TROIS FERMIERS
S'EN VONT AU BAL

RICHARD POWERS

TROIS FERMIERS S'EN VONT AU BAL

Traduit de l'anglais (États-Unis) par
Jean-Yves Pellegrin

COLLECTION
LOT49

le cherche midi

Ouvrage publié avec le concours du CNL.

23, rue du Cherche-Midi, 75006 Paris.

Vous pouvez consulter notre catalogue général et l'annonce
de nos prochaines parutions sur notre site Internet :
cherche-midi.com

On devine en lisant, on crée ; tout part d'une erreur initiale (...). Une bonne partie de ce que nous croyons (...) avec un entêtement et une bonne fois égale vient d'une première méprise.

Marcel PROUST, *À la Recherche du temps perdu*

« Tout le monde, dit Knudsen lorsqu'il voulut expliquer l'engouement pour l'automobile, a envie d'aller de A à B en restant assis dans un fauteuil. »

Anne JARDIN, *The First Henry Ford : A Study in Personality and Business Leadership*

CHAPITRE I

Je m'équipe pour un voyage à Saint-Ives

Chats, chatons, femmes et baluchons :
combien s'en allaient à Saint-Ives ?

Pendant trente-trois ans, je me suis très bien passé de Detroit. Il faut dire que je ne suis pas à l'aise en voiture, et que je n'en ai jamais possédé. Tout ce qui ressemble à du cuir, même de loin, me donne la nausée. Il ne m'en fallait pas davantage pour que la Capitale de l'Automobile figurât dans les trois dernières au palmarès des Villes d'Amérique Que J'Aimerais Visiter. Je compte d'ordinaire sur les paysages pour atténuer le désagrément des voyages, mais l'expression « paysages de Detroit » m'a toujours paru aussi antinomique que « tumeur bénigne », « actrice de cinéma », « ces messieurs de la Presse », ou « la diplomatie américaine ». Toute ma vie d'adulte, j'avais donc réussi à éviter cette ville. Mais un jour, voilà deux ans, Detroit m'a tendu une embuscade avant que je puisse me défiler.

Le premier train en provenance de Chicago m'avait déposé sur le quai de Grand Trunk, édifice magnifique, autrefois baptisé dans le marbre, mais qui reposait maintenant dans un cercueil de contreplaqué. Je traînai mon énorme sac jusqu'au terminal, pénombre publique qui puait l'urine et l'Histoire. Des personnes citées à comparaître accueillaient leurs proches sous un haut-parleur dont s'écoulaient des airs suaves, familiers et rassurants.

Il y a cent ans, Grand Trunk devait vous donner le frisson. Des piliers dans le style néoclassique soutenaient une voûte de quinze mètres posée sur des chapiteaux corinthiens richement décorés : c'était l'Amérique copiant l'Angleterre copiant la France copiant Rome copiant la Grèce. Un dôme de cuivre orné de motifs floraux en céramique portait les inscriptions de rigueur empruntées à Cicéron et Bill Taft. Mais son opulence faisait de cette gare un mausolée qui eût été désert sans les chefs d'entreprise descendus du premier train qui traversaient la rotonde en file indienne.

Je les rejoignis machinalement, sensible à la disposition des lieux. Le plafond semblait d'une hauteur démesurée par rapport à la taille du hall. Lorsque mes yeux se furent habitués à la lumière industrielle de Detroit, j'éprouvai un choc – le même que celui ressenti lorsque j'étais enfant, le jour où, dans une piscine municipale, j'avais vu un ancien combattant détacher puis retirer sa jambe avant de piquer une tête. L'antique terminal avait été amputé lui aussi : le couloir que j'empruntai ne traversait pas la gare dans sa longueur mais seulement dans sa largeur. On avait envoyé balader Grand Trunk. Des panneaux de contreplaqué condamnaient ses nombreuses portes et rognaient ses ailes palatines, laissant ainsi ce maigre poulet errer entre un quai solitaire et la sortie principale du bâtiment.

Prendre une correspondance à Detroit était le moyen le plus économique, sinon le plus expédient, d'aller de Chicago à Boston. Pendant le premier mois de sa mise en service, des prix sacrifiés faisaient la promotion d'un nouvel itinéraire : la Technoligne. Celle-ci est fermée aujourd'hui, ses usagers ayant depuis longtemps abandonné Detroit pour Houston ou la Californie du Nord, et depuis plus longtemps encore, le rail pour l'avion. Une fois de plus, notre réseau ferroviaire avait un train de retard. Je descendis néanmoins sous la latitude de Tolède pour bénéficier du tarif réduit.

Lorsque je suis en fonds, je peux ne pas finir mon repas au restaurant et laisser un bon pourboire. J'ai fait de gros efforts pour vaincre ma pingrerie naturelle. Mais lorsque je suis à sec, situation chronique comparable à l'alternance expansion-récession qui caractérisait l'économie américaine au siècle dernier, je retombe facilement dans mes vieilles habitudes. Pour ce voyage, je me trouvais à court d'argent une fois de plus : je venais de passer un an dans un trou perdu de l'Illinois à monter une petite affaire, mais ce n'était pas un bon filon. « Un bon filon » – j'imagine que l'expression remonte aux chercheurs d'or. L'éclat du filon sous la pioche. J'avais la petite trentaine et je l'ai passée à l'écart du monde à la recherche d'un bon filon.

Je savais que mes compétences professionnelles me permettraient de trouver du travail à Boston, si du moins je parvenais à me payer un studio avec l'argent que j'avais déposé sur un dépôt de garantie, et à conserver assez de liquide pour donner au teinturier le costume que je porterais lors de mes entretiens d'embauche. Mais la marge financière dont je disposais, bien étroite à vrai dire, ne m'inquiétait pas autant dans l'immédiat que de savoir que faire pendant les six heures qui me séparaient de ma correspondance, dans une ville que j'avais jusqu'alors honorée de mon absence. Duel contre le mal des transports dans la cité construite par les voitures.

Mais comme il arrive parfois lorsqu'on tue le temps, j'allais découvrir au cours de ma brève halte à Detroit quelque chose qui allait tuer, non pas six heures, mais un an et même plus, avant que je n'en vienne à bout. En maraude dans le Centre, à la recherche de nouveautés susceptibles de me distraire une dizaine de minutes, je ne pensais pas me retrouver dix mois durant obsédé par tout ce que je pourrais apprendre sur la capitale de l'automobile et le bouseux qui en avait fait la renommée.

Quand je fis cette halte, Detroit connaissait depuis quelque temps déjà un renouveau fabriqué de toutes pièces et proclamé à grand renfort de publicité. L'emblème de cette ère nouvelle, le Centre de la Renaissance, représente sans doute le projet immobilier le plus ambitieux de ces dernières années. Ses cinq tours noires écrasent le reste de la ville, comme la cathédrale de Chartres ses environs. Au milieu d'une esplanade se dresse un pilier massif flanqué de quatre cylindres dont la structure métallique recouverte de vitres noires cache son appartenance au style international.

Et pourtant, si la ville n'était pas déjà morte, aurait-elle besoin de renaître ? L'expression « Centre de la Renaissance » ressemble à ces campagnes publicitaires qui affirment que telle lessive « lave plus blanc », ou à ces restaurants qui vous assurent : « Ici on sert de vrais repas. » Comme on dit à un vieux veuf qu'il a l'air en forme pour lui signifier qu'il ne devrait pas trop forcer sa chance, les dirigeants de Detroit, en baptisant leur projet Centre de la Renaissance, sous-entendaient alors qu'ils seraient satisfaits si la municipalité réussissait à rentrer dans ses frais.

La taille et l'opulence du Centre étaient censées attirer touristes et congressistes dans un espace grand luxe complètement autonome. Mais le palace fit trop bien son office. Il draina du monde (entendez de l'argent) en délestant les établissements voisins et, comme les tours formaient un village à ce point autosuffisant, les gens n'en sortirent plus. Les abords du Centre de la Renaissance montrent les signes d'une évacuation et d'une débâcle précipitées. En m'approchant des tours, je passai devant des enfilades de résidences, bâtiments de briques à deux étages, dont les portes et fenêtres fracturées ouvraient sur du vide.

J'estimai que le Centre de la Renaissance – surnommé le « Cent' Ren » par ceux dont le métier consiste à réduire tous les mots à des monosyllabes – ferait bien mon affaire pendant une demi-heure. L'intérieur de l'édifice offrait une version contemporaine de Grand Trunk : cette architecture compliquée, disposée en étages, qui me ravissait lorsque j'avais six ans, à l'époque où je croyais encore à Tom Swift et au renouveau urbain. Je me commandai à déjeuner en lisant le menu de droite à gauche, assis dans un restaurant de forme circulaire qui flottait sur une douve dans la tour centrale et qui tournait doucement, mais d'une manière perceptible, actionné sans nul doute par un millier de coolies enchaînés à une roue cachée dans les profondeurs du bâtiment.

Ma formation en sciences physiques me faisait voir en ce vaste plateau tournant un hommage involontaire à la dernière grande expérience empirique du XIXe siècle. En 1897, les physiciens Michelson et Morley entreprirent de mesurer la vitesse absolue du vent d'éther. Les deux scientifiques firent flotter sur un lac de mercure une gigantesque plate-forme, de la même taille et disposition que celle sur laquelle je me déplaçais en cet instant. Ils projetèrent un rayon lumineux à travers un prisme posé au centre du mécanisme, qui renvoyait le faisceau vers des miroirs situés à la circonférence du dispositif ; les deux chercheurs pensaient que la lumière qui va dans le sens du vent d'éther voyagerait plus vite que celle qui le remonte. Mais Michelson et Morley ne trouvèrent aucune différence dans la vitesse de la lumière, quelle que fût son orientation. Un cataclysme international se produisit en 1905, lorsqu'Einstein, alors employé au Bureau des brevets de Berne, et qui n'avait aucune réputation à perdre, suggéra de conserver l'idée de vitesse constante de la lumière au détriment du concept de mesure absolue. Le siècle était sur le point de franchir d'un seul coup le Rubicond.

J'ai retrouvé plus tard un compte rendu de cette expérience, longtemps après m'être lancé sur les chemins du siècle naissant, à la poursuite du canular monté par Henry Ford. Mais à l'époque, j'établissais cette comparaison sans y prêter attention. J'attendis que le plateau eût fait un tour complet pour en descendre. Comme je ne fume pas, ne bois pas, et jure d'une manière peu convaincante, la symétrie se trouve être mon seul vice. M'échappant du Cent' Ren, je fis le tour du quartier dans le sens contraire des aiguilles d'une montre pour inverser la tendance de mon vertige. Je m'assis sur la première volée de marches qui se présenta. Un clochard vint vers moi en traversant la place et me demanda vingt-cinq *cents* pour s'acheter de l'huile solaire. Je lui expliquai qu'il me les fallait pour faire nettoyer le costume de mes entretiens d'embauche, et il me laissa tranquille.

Non loin de là, une statue des années cinquante représentait un titan de cuivre vert – l'Esprit de Detroit – qui, dans une main, tenait un couple miniature, allégorie dernier cri de la famille anglo-saxonne et protestante, et dans l'autre, un globe ou une voiture – je ne me rappelle plus. Deux avocats en venaient aux mains pour une place de parking. Une femme vendait des mottes de terre présentées dans une boîte à chaussures. Un ventriloque et sa marionnette expliquaient à une foule indifférente que l'actuel secrétaire d'État était l'Antéchrist. Une horloge, placée bien en évidence, me rabâchait que l'immobilisme ne m'avancerait à rien. Si je voulais prendre ma correspondance sans dommage, il faudrait que je me trouve une meilleure distraction.

Je pris un bus pour l'Institut d'art moderne. Bien sûr, les plus belles toiles de ce siècle ne pourront jamais racheter toutes les saloperies qui leur furent contemporaines. L'art peut au mieux espérer être un anesthésiant, un placebo. Les plus grands artistes savent que les malades simulent toujours leurs symptômes et qu'on doit les diagnostiquer par ruse avant de pouvoir les soigner. La dernière chose que je m'attendais à découvrir à l'Institut, c'était un mystère, une œuvre d'art qui réclame une enquête, un chemin indécis qui tâtonne un peu comme la mémoire lorsqu'elle nous propose « retourner », « retrousser », « retoucher », atteint presque au but avec « recouvrer », mais ne saisit jamais l'objet véritable de sa recherche : « retrouver ».

Le musée de Detroit s'ouvre lui aussi sur un grand hall, rectangle de pierre aux voûtes élevées qui souffre de l'influence européenne et qui est totalement inadapté à l'exposition d'œuvres d'art. Satyres rococo et fioritures alternent avec des bouches d'aération dans un mélange confus d'héritages architecturaux. En 1931, au creux de la Dépression, la Commission des Beaux-arts, financée par Edsel Ford, demanda au peintre muraliste mexicain Diego Rivera d'utiliser cette salle pour exécuter une fresque commémorant la grandeur de Detroit.

Bien étrange mariage : Edsel Ford, dont le père était le plus grand des capitalistes, s'acoquinait avec Rivera, révolutionnaire notoire qui obtint du Mexique l'asile politique pour Trotsky. Rivera, le défenseur du Tiers-Monde, rendait hommage à la ville dont l'emblème principal est l'immense panneau électrique qui compte les voitures à mesure qu'elles sortent des chaînes d'assemblage. Diego, qui avait incorporé une boîte à fusibles dans l'une de ses fresques, travaillait dans une salle qui copiait les fastes des Bourbon ! Mais Detroit et Diego avaient en commun quelque chose de crucial : l'amour des machines.

Les responsables de l'Institut déboursèrent les dix mille dollars d'Edsel, gênés d'offrir au « seul homme de ce temps qui sache représenter le monde dans lequel nous vivons – guerres, désordre et peuples en lutte » une si maigre somme. Ils lui proposèrent de se limiter à une surface de cinquante mètres carrés sur chacun des deux plus grands murs, considérant, par quelque calcul ésotérique, que cent dollars du mètre carré constituait un prix honorable pour un homme de la stature de Rivera. Ainsi les Ford, à la place des mécènes pontificaux de Michel-Ange, auraient-ils sans doute suggéré à ce dernier de ne pas peindre tout le plafond de la chapelle Sixtine, mais de leur faire juste un petit quelque chose au-dessus de l'autel. Pourtant, Rivera revit son ambition à la hausse pour apaiser la mauvaise conscience que lui donnait la libéralité des gringos. Lorsqu'il comprit que Diego avait l'intention de couvrir les quatre murs, Edsel porta son offre à vingt-cinq mille dollars.

Les responsables de l'Institut dirent à Diego qu'ils « lui seraient reconnaissants de bien vouloir tirer de l'histoire de Detroit un sujet ou un motif qui évoquât le développement industriel de la ville ». Ils ne se doutaient pas que cet homme immense irait promener son imposante carcasse dans les installations de Detroit, qu'il resterait enfermé pendant plus de trois mois dans les usines de Ford, Chrysler et Edison à réaliser des milliers de croquis préparatoires. Les anachronismes rococo du hall n'ont pas été atténués mais totalement balayés par une grande vision surgie des ateliers de construction. Dans la réalisation finale, les fioritures et les satyres passent inaperçus, noyés dans la vision mécanique de Diego.

Rivera travailla deux ans derrière une bâche ; il peignit sans interruption, quelquefois jusqu'à seize heures par jour, dans une salle dont la verrière produisait une température de serre qui dépassait les quarante degrés. Des journalistes, qui avaient aperçu l'œuvre en cours, déclarèrent que les fresques, loin de rendre hommage à la ville, allaient « flanquer une raclée à Detroit ». Lors de l'inauguration, tous ceux qui en secret aiment les coups de tonnerre furent servis. La foule resta déconcertée devant l'œuvre dévoilée, n'y trouvant aucune allusion historique, aucune allégorie représentant les autorités municipales, aucune parade où figureraient les principaux décideurs politiques de Detroit. Le public était venu en masse au musée pour voir ce qu'on le forçait à voir tout au long de la semaine : des gens ordinaires et anonymes enchaînés à des machines interminables et sensuelles.

Diego avait commis l'acte subversif par excellence : il avait peint l'esprit de Detroit sans retouche et dans ses moindres détails. Une file de formes humaines interchangeables étampait et soudait, caressait la chaîne de montage, machine sinueuse presque fonctionnelle, pour enfin produire le produit fini : un moteur d'automobile. Des hommes en combinaisons d'amiante et masques à gaz se métamorphosaient en insectes verts aux gros yeux ronds. Des nus allégoriques imitaient les courbes langoureuses des tapis roulants. Les fresques de cette salle montraient l'esprit de Detroit de bien plus près que le titan de cuivre consensuel et convenu devant lequel j'étais passé dehors dans la rue. Les spectateurs présents à l'inauguration se trouvaient plongés au cœur de Detroit, à l'instant même où les hommes-fresque, essaim grouillant, entouraient, recouvraient, habitaient leur création, et tissaient avec le métal une relation de parasitage mutuel. Diego avait dressé une chapelle à la gloire de la réalisation suprême de notre société : la chaîne de montage, œuvre d'art auto-reproductrice, précise, brillante et dure comme l'acier.

Hommes d'Église et hommes d'affaires se mobilisèrent aussitôt pour faire détruire ces fresques. Qui veut voir la subversion et l'hérésie dans une œuvre ordinaire produite par une main quelconque y parvient sans difficulté. La tâche est d'autant plus facile quand l'œuvre est ambitieuse, joyeuse et révolutionnaire. Celle de Rivera faisait une belle cible. Même ceux qui ne s'étaient pas encore rendus au musée découvraient en elle toutes sortes de blasphèmes. On y distinguait un saint Antoine ridicule en proie à la tentation, distrait des plans de son contremaître par les jambes d'un nu allégorique. Des capitalistes que la crise avait rendus chatouilleux voyaient dans les personnages des êtres proto-humains d'inspiration communiste. Un panneau représentant la vaccination d'un enfant parodiait la Nativité.

Le compliment de Diego – Detroit, la ville qui exulte à l'ère dynamique de la machine – devint, dans la bouche de ses exégètes, une insulte. Edsel, disait-on, s'était laissé prendre au piège d'une propagande dangereusement populiste. Un tollé bien orchestré à grand renfort de pétitions et de bulletins radio s'acheva en point d'orgue lorsque le *Detroit News* déclara que « le mieux serait de blanchir l'œuvre tout entière à la chaux ».

L'œuvre demeura. Parmi les opposants, quelques esprits moins échauffés savaient que la destruction d'une œuvre ambiguë rend celle-ci résolument subversive, tandis qu'une fresque ambitieuse et pleine d'effervescence signe son propre arrêt de mort. Laissée en l'état, elle daterait de plus en plus chaque année, s'adresserait à un public de moins en moins intéressé jusqu'au jour où, les racines de la civilisation toujours intactes, elle passerait un cap magique pour devenir cette chose tout à fait inoffensive, qui entre même dans le patrimoine commun : un artefact historique.

Je ne savais rien de tout cela lorsqu'entre deux trains je me trouvai dans la salle des fresques, et je ne soupçonnais pas que la fièvre de la découverte s'emparerait de moi. Pour qui travaillait en usine, la machine auto-reproductrice suscitait l'allégeance ou l'amertume mais interdisait l'indifférence. La technologie pouvait nourrir les rêves de progrès ou tuer ceux des nostalgiques. L'œuvre de Diego ravivait ce vieux débat en lui donnant une étrangeté nouvelle. La machine, déficiente, mais dotée d'une remarquable capacité de survie, était notre enfant. Rivera avait peint le baptême d'un rejeton mutant qui suscitait l'amour, l'amertume, la pitié, ou même l'espoir, mais qui refusait d'être renié.

Regardant de nouveau, je remarquai un panneau mineur situé sur l'un des petits murs un peu à l'écart des fresques consacrées au tapis roulant. Devant une dynamo sculpturale aux lignes plus érotiques que celles d'un nu, un homme aux cheveux blancs était assis à un bureau monolithique, le visage contracté en une expression qui mêlait la bienveillance à la cupidité ; ce pouvait être Ford, Edison, De Forest, ou n'importe qui parmi une bonne dizaine d'industriels et d'inventeurs revêches.

Sur ce visage, visage de ce temps, se trouvaient toutes les preuves dont j'aurais besoin pour démonter le canular, percer le mystère. Si j'avais su déchiffrer ce visage composite, je n'aurais peut-être pas perdu une année à suivre les autres pistes : Detroit, Rivera, Ford, l'automobile, la reproduction mécanisée, l'art du portrait, l'éther, la relativité. Quand on ne sait pas ce que l'on cherche, on risque fort de passer à côté dans le noir. Les Chinois ont joué avec les feux d'artifice pendant des siècles sans inventer le canon. Edison pensait que ses images en mouvement n'étaient qu'une amusette. Le médecin qui voulut trouver les dosages adaptés aux produits anesthésiants découvrit, au lieu de cela, la dépendance aux narcotiques. Et moi, croyant que les clés de mon malaise se trouvaient ailleurs, je tournai le dos à ce visage revêche, et je quittai le hall.

Lorsque je parvins au bout du couloir voisin, j'étais dans un état d'extrême agitation. J'avais tout oublié de ma correspondance. Pour me calmer, je répétai une vieille comptine : Sur la route de Saint-Ives, j'ai rencontré un homme et ses sept femmes. Les fresques de Rivera m'avaient profondément troublé et je ne pensais qu'à m'en éloigner. Au détour d'un dernier couloir que je mettais encore entre l'usine et moi, je tombai nez à nez avec une photographie fixée sur un support : trois jeunes hommes au tournant du siècle sur une route boueuse regardent par-dessus leur épaule droite. Je reconnus cette photo sur-le-champ sans l'avoir pourtant jamais vue auparavant. Combien se rendaient à Saint-Ives ?

La légende sous la photo m'évoqua un souvenir : *Trois fermiers s'en vont au bal, 1914*. À elle seule, la date indiquait qu'ils ne se rendaient pas au bal auquel ils s'attendaient. Et moi non plus, je ne me rendais pas au bal auquel je m'attendais. On nous entraînerait tous, les yeux bandés, au milieu d'un champ, quelque part dans ce siècle torturé, et on nous ferait danser tout notre saoul. Danser à en tomber.

CHAPITRE 2

Trois fermiers du Westerwald s'en vont au bal, 1914

> Et surgie des lointains de l'Histoire, cette vérité apparut à l'Europe : demain effacerait les projets d'aujourd'hui.
>
> Jaroslav Hašek, *Le Brave Soldat Chvéïk*

Trois hommes marchent sur une route boueuse par une fin d'après-midi ; deux d'entre eux sont jeunes à l'évidence, le dernier est sans âge. Ils marchent sans se presser. L'un d'eux chante :

– Carottes, oignons, céleri et pommes de terre. Voilà bien maigre chère ! Si ma mère m'avait servi plus souvent de la viande, je ne serais peut-être jamais parti.

Il chante en allemand, mais avec un accent de Rhénanie, peut-être même un accent étranger. C'est le plus grand des deux jeunes hommes. L'un et l'autre portent un costume noir taillé dans un tissu qui plisse aux coudes même lorsque les bras sont tendus. Le chapeau de celui qui chante est plus haut, plus prétentieux, et porté plus crânement que celui de son compagnon.

Mais cette différence n'empêche pas de voir que ces deux-là vont de pair. Sur l'un et l'autre visage, l'os qui part de l'arcade sourcilière et suit l'arête du nez dessine une voûte identique. Ce sont peut-être deux frères. Tous trois tiennent une canne ; celui qui chante imprime à la sienne un mouvement de balancier, simple et monotone : il bat la mesure de son récital. Carottes et oignons. Carottes et oignons. Nous sommes un premier mai, dans la province rhénane de Prusse, en 1914.

Ils vont sur un chemin de terre pour bêtes et carrioles à travers des champs mornes qui s'évanouissent une centaine de mètres plus loin, derrière une courbe douce. Plus tôt dans la journée, une averse de printemps a changé le mélange de gravier et de terre en un limon boueux impropre à la marche. Des flaques d'eau stagnent où le sabot des chevaux a défoncé le milieu de la route. Le trio reste sur l'un ou l'autre bord du chemin, là où le sol surélevé protège tant soit peu leurs chaussures des ornières affaissées laissées par les roues des charrettes. Celui qui chante a de longs souliers plats qui finissent en pointe et accusent son dandysme. Souliers d'un style raffiné, venu de la ville, qui sont du dernier cri ce mois-ci, mais qu'on dénigrera sous peu en les appelant des « *dreadnoughts* », comme les nouveaux cuirassés anglais. Ceux de son alter ego ont une allure plus sévère, plus sobre. Le troisième du groupe, moins joli garçon, est un distrait qui s'égare dans la boue ou quitte la route plus souvent que les autres ; il porte des chaussures dont on pourrait dire, si l'on poussait la flagornerie aux frontières du mensonge, qu'elles sont bien entretenues.

Il s'attarde derrière les autres, plongé dans des considérations abstraites. Il fait une expérience : jusqu'à quel point peut-il relâcher la pression de ses lèvres sans laisser échapper sa cigarette ? Celle-ci tombe plusieurs fois avant qu'il ne parvienne à trouver le degré parfait d'inclinaison. Il projette ses épaules vers l'avant dans son costume marron, d'un tissu plus clair que celui des autres, mais qui convient encore pour les grandes occasions. Il marche un moment les bras raides et collés contre le corps. Il s'arrête, s'examine et recompose son attitude, puis il repart, les bras souples. Il se livre à ces pauses-rectification de temps à autre, et penche la tête à chaque fois pour apprécier l'effet produit. Parfois sa canne lui sert d'arme, parfois d'accessoire, parfois de bagage inutile et encombrant. Lorsque, pour changer un peu, il jette un regard vers ses amis sur la route devant lui, regard suscité par une halte qu'occasionnent soudain une chanson ou une chamaillerie, il remarque que celui qui chante marche à reculons, pour le singer, en dansant un *cake-walk* outré. Le traînard réplique d'un geste grossier de son cru, et les deux hommes visiblement plus jeunes se regardent en souriant, désarmés.

Sur les champs ensemencés depuis peu flotte l'odeur ténue du fumier frais et du compost accumulé ces cinq dernières années. Odeur qu'accompagne le son tout aussi ténu d'un orchestre. Seules quelques notes éparses ou quelques mesures tirées de leur contexte parviennent à l'oreille, comme le billet d'un être cher, resté plié pendant des années, ne laisse plus voir que des signes fantomatiques et illisibles, un « j'espère que vous... » coupé de tout.

Des deux hommes qui se ressemblent, le plus petit parle :

– Peter, Hubert. Écoutez ça. Vous entendez ? Une fanfare. Je savais bien qu'on aurait encore une fanfare cette année. Les gens du coin, il n'y a pas plus gentil qu'eux, mais pour ce qui est de l'imagination, ce sont des rustiques. Ils ne sont jamais sortis de leur Westerwald, vous comprenez ? Je suis désolé de vous avoir fait venir de si loin tous les deux pour une fanfare.

Il utilise une quantité de mots surprenante pour quelqu'un qui marche et s'habille avec autant d'économie. Avant ce discours, il avait gardé le silence, sauf pour répondre aux piques incessantes de son jumeau. Cette salve de paroles permet à ce personnage réservé de traverser ses intervalles de silence.

Son sosie – celui qui chante, Peter – cherche à entendre la musique, mais en vain. À l'arrière, Hubert, qui prend encore des poses avec sa cigarette, fronce le sourcil, impatient. Peter semble curieux et amusé.

– Oh Adolphe...

Il interpelle son double circonspect d'un ton espiègle, donnant à son nom une inflexion efféminée qui joue sur le « o » de la deuxième syllabe.

– ... ce n'est pas une fanfare, espèce de chenapan. C'est tout un orchestre, avec des violons. Ah ! J'y suis, Adolphe. Ce n'est pas à Luden, ville charmante, et à son bal du premier mai que tu nous emmènes, même si le spectacle doit être pittoresque. Ma crapule ! Tu nous fais aller à pied – nous tes nouveaux frères – jusqu'à... Vienne !

Peter claironne le nom de la ville, puis se précipite sur Adolphe qu'il étreint et entraîne dans une danse comme une valseuse, l'embrassant avec effusion plusieurs fois de suite. Le plus petit repousse le farceur avec une sévérité teutonique, et lui sert d'un trait la liste complète des synonymes du mot « fou ». Il lisse ses vêtements froissés, rajuste sa cravate et son col raide. Ses yeux lancent des éclairs au plaisantin qui se tord de rire maintenant ; puis, redressant la forme de son chapeau après l'attaque, Adolphe tente de reproduire la posture inconvenante de Peter.

Hubert, toujours à la traîne, rit de bon cœur au spectacle de cette dispute, il glousse sans retenue, comme un enfant. Il parle avec toute la maîtrise d'un mauvais tragédien qui essaie de prendre une voix plus grave.

– On ne va pas à un bal, et pas à Vienne non plus. On va à Souviet du premier mai.

Il dit cela comme un petit Américain aurait dit à la même époque : « Il faut qu'on aille abattre Jesse James ».

– On ne dit pas Souviet, Hubert. On dit *So*viet. Et puis c'est *au* Soviet, sinon les gens vont penser que tu parles d'un endroit.

Hubert esquisse un sourire et laisse la cigarette pendre un peu plus entre ses lèvres. Encore contrarié par l'attaque viennoise, Adolphe lisse de nouveau les plis de son costume et vérifie que son portefeuille est toujours dans la poche intérieure de son gilet. Tout au long du voyage, il n'a pas laissé passer dix minutes sans procéder à cette même vérification. Personne n'est assez malin dans toute l'Allemagne pour traverser mille lieues de plates solitudes sans se faire voir et venir lui chiper en douce son portefeuille – qu'on se le dise ! Mais il vérifie quand même son trésor à chaque instant, par instinct, histoire d'en établir la matérielle réalité.

Peter, qui marche d'un bon pas, reprend la tête du cortège. Il aperçoit un moineau de Westphalie égaré là, qui sautille dans le champ juste au bord de la route et cherche à picoter les graines d'avril dans les sillons. Le dandy du groupe donne des petits coups de tête, parodie grotesque de l'oiseau en train de picorer – il ressemble alors un instant à ces enfants apeurés qui croient aux vertus des mouvements de cou pour prévenir l'horreur d'un goitre ou d'un double menton. Gagné par l'ennui, il recommence à chanter.

– Je ne serais peut-être jamais parti. Parti. Parti. Pa-aa-aa-aaa-rti.

Puis passant d'une idée à l'autre, il entonne un nouvel air :

– Tu es partie depuis si longtemps. Reviens-moi, reviens-moi, reviens-moi.

Cette deuxième chanson est plus entraînante que la première, et Peter se met donc aussitôt à marcher un peu plus vite. Le nouveau tempo lui donne bientôt près de cent pas d'avance sur ses compagnons. Quand il s'en aperçoit, il se retourne, bras croisés. Les autres approchent ; il crie :

– Un orchestre, Adolphe.

– Une fanfare, Peter.

Ils sont encore à plus d'un kilomètre et demi de leur destination, source de la musique. Cette dernière porte aussi loin en raison de l'immobilité totale de l'air en ce printemps 1914. Dans un air à zéro degré, le son parcourt environ 332 mètres par seconde, et cette vitesse augmente d'environ 60,80 centimètres par seconde chaque fois que la température monte d'un degré. L'air vif de ce premier mai se trouve à la température idéale de vingt degrés ; la vitesse du son est donc d'environ 344 mètres par seconde. En cinq secondes, la musique – celle qu'on joue en Bavière à la Fête de la Bière, comme celle des hautbois de Vienne – parcourt 1 720 mètres, soit ce plus-d'un-kilomètre-et-demi qui sépare nos trois jeunes gens du lieu du bal. Cinq secondes à cent soixante-dix croches la minute, et la valse qu'ils entendent est déjà deux mesures dans le passé.

Les quelques notes qui parviennent à franchir la distance se sont tues depuis longtemps lorsqu'elles se font connaître. Une modulation en remplace une autre ; il suffit de deux mesures pour que l'air entendu par les jeunes gens ne soit plus l'air joué par les musiciens. Les premiers n'ont à leur disposition qu'une musique dépassée pour se construire un présent en différé. Les étoiles observées une nuit d'hiver par temps clair se sont peut-être transformées en novae il y a mille ans, mais il est indiscutable que la persistance de leur lumière est un fait actuel. Les réalités du passé deviennent vérités seulement quand elles recoupent le présent. C'est alors, seulement, qu'elles deviennent présentes, connues de tous – et peu importe ce qui leur est arrivé dans l'intervalle. C'est en fait seulement quand le chagrin s'installe (le chagrin qui, à l'instar du son, varie en fonction de la température de l'air) que meurt le passé.

Peter perd sa place en tête du groupe au bénéfice d'Adolphe, plus régulier. Il prend du retard. Absorbé dans une rêverie, il prononce à voix haute le nom de Franz Joseph. Il répète ce nom encore et encore, d'autant de manières qu'il peut en imaginer. Une permutation étire le son « z » d'une façon saugrenue, puis fait glisser la déformation sur le « yo » qui commence le deuxième mot. Une autre variante imite les ellipses de l'accent prussien : « Frans Tchosèp » ; ce dialecte sonne faux dans la bouche de Peter. Il parle, psalmodie et chante les mots jusqu'à ce qu'ils prennent un caractère étrange et étranger. Mais comme Franz Joseph refuse de répondre à toutes ses supplications, Peter se sent gagné par l'ennui. Après quelques minutes, le jeune homme reprend sa voix animée et taquine pour lui donner l'intonation rythmée des comptines qui accompagnent les jeux de cache-cache.

– Adolphe. A-do-olphe. Peut-être bien, Adolphe, qu'Alicia viendra... A-lii-cia va venir à la fête, Adolphe. Et peut-être bien qu'elle voudra... tu sais quoi, Adolphe.

Adolphe se raidit, rougit, et vérifie la poche intérieure de son gilet.

– Tais-toi, faux frère, ou tu vas tâter de cette canne, c'est moi qui te le dis.

Sans le savoir, il imite à la perfection von Molkte, le vieux général de la guerre de 1870. Peter ne prête aucune attention à Adolphe.

– Oh Hubert. Huu-bert. Huu-uu.

Il prononce ce son pour faire un jeu de mot avec le néerlandais *hoe* qui signifie « comment ». Il ne fait aucun doute à présent que Peter est hollandais.

– Peut-être bien qu'au bal une mignonne sans cervelle va te donner ton premier petit bécot, Hubert.

Le visage d'Hubert est sans âge. C'est un masque d'argile qui colle aux pensées de l'instant ou reflète les idées préconçues de l'observateur. Le jeune homme ôte son chapeau de feutre tout usé et passe la main sur les rides de son front, des rides qui paraissent assez profondes pour avoir été creusées par soixante ans et plus de durs travaux agricoles.

– Les femmes préfèrent les Soviets. Les Soviets ont les plus grosses tiges.

– Ne dis pas une tige, Hubert. On va croire que tu n'es qu'un enfant. Il faut dire un mât. Là, on saura que tu en as vraiment une grosse.

Les jeunes gens se bousculent en riant. Ils se racontent en détail ce qu'ils feront à telles et telles filles si elles ont seulement l'audace de paraître au bal.

Tandis qu'ils s'amusent à lutter ensemble, ils s'appellent l'un et l'autre « mon frère » comme jamais de véritables frères qui ont grandi ensemble ne le feraient. Une carriole apparaît, qui se dirige vers l'enclave boisée où s'abrite la musique du bal. Les jeunes gens cessent aussitôt de se battre et s'efforcent de se rendre présentables. Des fermiers assez aisés adressent un salut familier à Adolphe depuis leur voiture, mais ils passent sans s'arrêter. Peter fait la grimace devant une tache de boue imaginaire projetée sur son costume par les sabots du cheval.

– *Verdomme !* À quoi rêvent ces dingos de paysans, hein Adolphe ? Ça conduit comme des casse-cou.

Adophe et Hubert rient en voyant Peter brandir le poing et mimer sa revanche sur la carriole au loin.

– Les gens dans cette vallée vivent encore au siècle dernier, Adolphe. Ils avancent tous si lentement qu'ils vont s'endormir avant d'arriver à la fête. Tous qu'ils dormiront ! Endormi, Frédéric Barberousse dans sa montagne du Kyffhaüser ; sa longue barbe lui pousse depuis des siècles. Mais il fa se réfeiller et rendre à l'Allemagne sa grandeur, hein Dolphi ?

Adolphe ne répond rien. Il se remet de l'intermède causé par la voiture et reprend la tête du cortège. Il ajuste son chapeau pour lui redonner une inclinaison plus sobre.

– Adolphe ? Tu dors, Adolphe ? Ce dont cette vallée endormie a besoin, c'est de quelques grosses automobiles hollandaises. De la vitesse, hein Dolphi ? Achète-moi une voiture – Ado-olphe ? Nous avions une auto en Hollande.

– Tu mens, mon frère.

– Non, je t'assure, mon frère. On en avait une. Dis-lui Huub. Hu-ub, explique au gentil monsieur que tout le monde en Hollande a une auto.

– Ben, étant flamand, et aussi un Soviet, je n'en sais rien moi.

– Allons donc ! Tu n'es pas plus flamand que cette vache là-bas. Yaaa, espèce de gros ruminant.

Adolphe retrouve les autres et sa bonne humeur. Il demande :

– Au fait, qu'est-ce que tu es toi, Hubert ? Comme nationalité, s'entend.

– Je te l'ai dit. Je suis...

– Ne l'écoute pas Adolphe. Il va te raconter des histoires toute la journée. Il est plus menteur qu'un Prussien. La vérité, c'est qu'une amie de Maman – une jolie perdrix d'ailleurs, mais qui approche la quarantaine maintenant – s'est fait engrosser un jour, et son ventre a dû lui annoncer par télégramme le foin que celui-là allait faire. Elle avait trop de travail pour s'occuper de lui, alors mon père – enfin, notre père – a su lui faire une place chez nous.

– Tais-toi. Tu as la braguette ouverte, on voit ton intelligence qui dépasse.

– Oh ! mouche-toi donc, morveux d'orphelin.

– Ça suffit Peter. Ôte plutôt la poutre qui est dans ton œil. Après tout, vous vivez *tous les deux* de la générosité de *ma* mère à présent.

Les yeux d'Adolphe triomphant brillent d'un éclat qu'ils n'avaient jamais eu jusqu'alors. Le trio poursuit son chemin vers la fête dans le silence revenu. La région rhénane du Westerwald est faite de distances trompeuses qui engloutissent et séparent les enclos d'intimité et de peuplement. Même si elle se trouve à moins de deux heures de Cologne en charrette, la contrée que traversent les jeunes gens dissimule certaines routes qui menacent, passé le prochain ruisseau séduisant, de s'abîmer aussitôt dans un isolement total. Le paysage change, allant de la violence des ravins boisés à l'ennui des grands espaces livrés au vide. À peine a-t-on quitté la chaleur et l'hilarité des villages bien éclairés dans le soir que s'étendent des marécages de solitude. Sur la route et dans l'air, rien ne se passe tandis que les jeunes gens approchent de l'endroit où se cache le bal de mai.

Quelque chose rompt le charme du silence. Un homme à bicyclette avance sur le chemin de terre qui descend de la ferme dont la mère d'Adolphe est propriétaire, une ferme posée sur un terre-plein bien dessiné au-dessus de Cologne ; on croirait la bâtisse piquée sur les flèches de la cathédrale. L'homme a placé en équilibre sur le garde-boue avant de sa bicyclette son sac à dos rempli de matériel. Le trio observe avec curiosité l'inconnu qui leur fait signe et s'arrête, non sans difficulté, à côté d'eux. Il est barbu, a peut-être trente ans, porte une culotte de golf, des guêtres et un chapeau à large bord. Avec la nonchalance de quelqu'un qui demande son chemin, il les interpelle :

– Vous portez vos habits du dimanche ?

À la réserve des hommes de la terre, les jeunes gens joignent l'attitude circonspecte réservée au très insolite.

– Oui... c'est-à-dire... il y a un bal.

– Bien sûr qu'il y a un bal, mon garçon. En Allemagne, on organise des festivités depuis des millénaires. Depuis le temps des Romains... les orgies, la déesse du printemps, Flore et tout le bazar. Je gage, mes jeunes amis, que vous ne saviez pas que vous vous rendiez à un rituel païen, n'est-ce pas ?

Les trois jeunes gens sont fascinés. Ils ne savent pas comment réagir devant cet homme plus mûr au parler étrange, paré de son chapeau de bohème et de ses guêtres. Hubert est l'ambassadeur improbable de son camp. Il risque une question :

– Êtes-vous un Soviet ?

L'homme à la bicyclette, qui commence à déballer le contenu de son sac, esquisse de la lèvre supérieure un petit sourire où se mêlent l'amusement et le dégoût.

– Social-démocrate.

Hubert interroge du regard son demi-frère Peter, lequel marmonne doucement que les deux mots sont similaires – enfin, c'est ce qu'il croit – à peu près équivalents. Hubert est en extase.

– Tu vois. Je t'avais bien dit que les riches aussi peuvent devenir des Soviets.

L'homme déballe des plaques photographiques et des tirages qu'il dépose sur le bas-côté. Adolphe l'avertit que le chemin est boueux, mais l'homme ne fait pas attention. S'adressant à Hubert, il ajoute :

– Alors comme ça, on fait de la politique ? Et vous voudriez me faire remarquer que la gauche a en quelque sorte fait du premier mai une journée de manifestation pour les travailleurs, n'est-ce pas ? La gauche est un peu novice en comparaison des Romains et de leur Flore. Mais après tout, ça va comme ça. Comme je dis toujours, il faut faire un peu de bruit dans ce monde. Le tout est de ne pas se mettre en défaut avec la loi. Mais on ne va pas parler gouvernements par une belle soirée comme celle-ci ? Tenez. Venez par ici et jetez un coup d'œil.

En dépit de leur réserve, les jeunes gens examinent les photographies disposées le long des ornières. Adolphe laisse échapper un cri lorsqu'il reconnaît sur une image deux gros cultivateurs qui possèdent plusieurs centaines d'hectares près de la ferme de sa mère.

– Ha ! Regardez-moi Herr Jacob qui plastronne dans son habit de fête. Est-ce que ce n'est pas lui le plus important sur sa photo ?

Puis, gêné d'avoir été soudain si volubile, pensant peut-être qu'il a, sans le savoir, blessé cet homme étrange dans sa fierté, Adolphe retombe dans sa réserve habituelle. Mais l'homme joint les mains en les faisant claquer, ravi de cette réaction.

– Tout juste ! Voyez comme il a cessé d'être le Herr Jacob avec qui vous discutez plantations et comme il est devenu, devant l'objectif, quelque chose d'autre, quelque chose de plus sérieux. Il a cessé d'être un simple individu avec une date de naissance et une date de mort (Dieu le protège, mais vous me comprenez) et pour d'invisibles spectateurs, il a rejoint le flot de l'universel, le type de l'homme qui s'est enrichi par son travail. L'*idée* de Herr Jacob, si vous préférez.

C'est au tour de l'homme à la bicyclette d'être gêné maintenant par son excès de paroles. Avec un haussement d'épaule, il reprend le déballage de son matériel. De son sac, il tire un trépied et un appareil de prise de vues dont la chambre est en bois. Peter, qui fouine autour, redevient lui-même, timidement.

– Ah ! *maintenant* je comprends, Monsieur le philosophe. Ça vous dirait bien de nous vendre quelques-unes de vos photos sous prétexte qu'elles montrent... la chose que vous dites. L'Idéal.

– Peter ! Qu'est-ce que tu insinues là !

– Pas tout à fait, mon garçon, mais je savais que tu serais perspicace. Ton menton le prouve sans conteste.

Peter porte la main à son visage, l'air méfiant. Pendant ce temps, l'expression d'Hubert, qui aurait pu passer, quelques instants plus tôt, quand il laissait pendre sa cigarette ou s'entraînait à la révolution, pour celle d'un homme de soixante ans, perd, dans l'extase enfantine que lui procure la contemplation des photos, plusieurs décennies pour redevenir celle de l'adolescent qu'il est.

– Regardez ! Les gars, regardez ça. Maastricht. Je connais cet endroit. Je *vis* là-bas. Enfin, c'est là que Peter et moi nous vivions avant. Hein Peter ? C'est la nouvelle fabrique d'outils. Quand y êtes-vous allé, mon vieux ?

– Je suis au regret de vous dire, Monsieur le Soviet, que ceci est une fabrique d'outils de la Ruhr. Il en pousse tellement ces temps-ci qu'il devient de plus en plus difficile de les différencier. Mais que vous confondiez celle-ci avec une autre, située – faut-il dire dans votre patrie ? – me ravit au plus haut point.

– Le révolutionnaire est citoyen de tous les pays à la fois.

– Ce qu'il veut dire, monsieur, c'est qu'il vit à présent chez ma mère, là-bas sur la montée – on fait surtout du navet cette année –, et qu'il est en passe d'être naturalisé allemand.

Peter, surpris alors qu'il caresse du doigt l'arête de l'appareil photographique, réagit avec la désinvolture d'un coupable.

– Et moi, je fais partie du paquet cadeau. Deux parents pour le prix d'un. Qu'est-ce que cet instrument sait faire ?

– Cela, mon ami, c'est mon appareil pour portraits en extérieur.

– En extérieur... ? Elle est bien bonne celle-là. Je m'y connais en machines, vous savez. Je ne suis pas un bleu. Je comprends la science de ces choses. Les portraits, si on veut qu'ils soient réussis, doivent être pris en studio. C'est à cause de la lumière du soleil qui est trop forte et noircit ou brouille la pellicule. Enfin quelque chose dans le genre. Pas vrai, *Opa ?* Vous essayez de nous embobiner. Vous êtes français ?

– Au contraire, ma jeune mâchoire. Toutes les images que tu vois ici ont été réalisées avec mon appareil de prise de vues en extérieur.

– Vous allez à bicyclette au lieu de rouler en auto, et vous racontez des mensonges pour gagner votre vie. Je ne crois pas qu'il puisse y avoir pire combinaison.

Cette double accusation choque Adolphe qui présente des excuses au nom de Peter. Le photographe invite celui-ci à regarder de plus près les images et à faire attention à leurs arrière-plans :

ici, les rangées de maisons jumelles à Luden, la crête de bois qui traverse les champs de Ainsbach, et là, derrière cette étude de deux petits bergers affligés d'une malformation faciale, les étendues de la vallée de Neandertal. Peter rejette ces preuves.

– Et moi je vous dis, Monsieur le magicien, que j'ai déjà vu tous ces tours de passe-passe. Bien sûr qu'ils sont réalisés avec des appareils photo. Mais en intérieur, devant des décors peints pour qu'ils ressemblent à ces endroits. Ils sont peints avec beaucoup d'astuce d'ailleurs, je dois le dire. L'illusion du naturel est très convaincante.

À cette époque, tous les photographes portraitistes sont aussi des peintres qui réalisent des paysages à l'huile. Et si leurs toiles de fond sont rarement assez convaincantes pour passer pour la nature, elles peuvent faire passer la nature pour une toile de fond.

– L'effet serait très artistique, très artificiel – presque parfait –, si vous pouviez empêcher vos modèles de perdre la pose à la dernière minute. Ou alors, c'est que vous avez vendu vos meilleures photos et que vous essayez de fourguer celles qui vous restent à des gens qui n'y connaissent rien ?

L'homme à la bicyclette continue de dévisager les jeunes gens l'un après l'autre avec toute l'attention et la froideur d'un botaniste occupé à identifier et classer des espèces.

– Je ne vois qu'une seule manière de vous convaincre que le portrait en extérieur est une réalité : c'est d'en faire un de vous trois. Ici. Maintenant. Vous trois sur cette route, comme je vous ai vus lorsque je suis arrivé.

– Vous voyez ? Je savais bien qu'il essayait de nous vendre quelque chose.

– Non, ce portrait-ci sera effectué pour le seul amour de la science, et pour les archives : un document privé qui rendra compte de notre conversation d'aujourd'hui.

Ce démenti porte un coup au sentiment de fierté qui s'était affiché sur le visage d'Adolphe. Il lui plaisait qu'on l'ait reconnu digne d'être photographié, et il est navré que Peter ait gâché cela. Il essaie d'apaiser le photographe.

– Mais si... imaginons que nous...

– Mais si l'un de vous souhaite me retrouver ici même dimanche prochain pour voir le résultat, alors nous pourrons parler affaires si vous le voulez.

Peter rassemble le groupe et essaye de lui faire prendre une pose censée refléter l'héroïsme absolu de la jeunesse. Il entre en discussion avec le photographe qui lui dit ne pas vouloir de pose mais un groupe au naturel : dans la position où tous trois se trouvaient, en marche vers Luden, lorsqu'il les a arrêtés. Peter somme le photographe de lui dire où l'art peut bien se nicher là-dedans. Le photographe menace de tout remballer et de remonter sur sa bicyclette si les jeunes gens ne veulent pas se tenir tranquilles. Impatient, Adolphe les avertit que le soleil décline et qu'ils feraient mieux de prendre la photo maintenant, ou sinon l'occasion sera manquée à jamais. Et qu'ils feraient mieux de reprendre très rapidement leur chemin, s'ils ne veulent pas manquer aussi le meilleur de la fête. Peter taquine Adolphe en lui disant qu'Alicia n'a aucune chance d'être élue Reine de mai parce que lui, Adolphe, de très loin le plus bel homme de Rhénanie, voire de l'Empire, remportera le vote et deviendra le premier roi du bal qu'on ait jamais vu.

La première prise est ratée parce qu'Hubert laisse échapper de ses lèvres sa cigarette et se penche pour la ramasser à l'instant précis où le photographe ouvre l'obturateur. Il faut se contenter de la deuxième prise parce que le photographe n'a plus de plaques pour le double de sécurité qu'il a l'habitude d'effectuer.

Pendant que l'homme rassemble ses photos et remballe son matériel, Hubert lui demande s'il appartient à un syndicat. Le photographe dit qu'il évite soigneusement les organisations et conseille aux jeunes gens de faire de même. La conversation glisse doucement du temps qu'il fait à l'état des cultures, puis rejoint la politique lorsque le photographe déplore les récents Incidents de Saverne au cours desquels un officier allemand a exploité et humilié des Alsaciens. D'une voix qui voudrait imiter quelqu'un de beaucoup plus vieux que lui, Adolphe recommande au photographe de ne pas manquer de respect au Kaiser. Le photographe demande à Adolphe :

– Que croyez-vous que le Kaiser avait en tête lorsqu'il a porté à huit cent mille les effectifs de l'armée ?

Adolphe, qui donne encore l'impression de répéter les mots qu'il vient à peine d'entendre dans la bouche de son père, répond qu'il en a par-dessus la tête des propos alarmistes sur la guerre. De tels propos témoignent d'une nature égoïste, d'un manque de volonté, et d'une aspiration scandaleuse au sensationnel. Il y a bien assez à faire chaque jour, et on ne devrait pas parler comme ça de la guerre, même pour s'amuser un peu. Et puis, faire son service militaire, c'est un honneur.

Trois hommes, dont l'un seulement est originaire de la région, sont photographiés comme s'ils se rendaient à ce qui ne serait pas tout à fait une fête. L'un d'eux reste un peu en arrière, il tient sa canne avec désinvolture, et les boucles de ses cheveux indisciplinés dépassent de son chapeau déglingué. La lèvre montre les premiers signes de son affaissement. On dirait que la mâchoire comporte une articulation supplémentaire juste au-dessus du menton. Malgré des oreilles mal soignées et un nez qui sera trop charnu l'âge venant, l'homme échappe à la laideur grâce à la courbe gracieuse de ses sourcils. Une cigarette pend à ses lèvres de Flamand bien pleines. Ses yeux sombres portent une souffrance accumulée pendant plusieurs décennies.

Devant lui, un homme qui semble plus vif d'esprit se tient de trois quarts dans une attitude qui témoigne d'une plus grande arrogance envers l'objectif. Son nez trop long paraît d'autant plus chevalin que, vu de face, on en distingue les narines. Les yeux et la bouche s'accordent en une même expression d'ironie que la joue rebondie et le menton minuscule essaient d'atténuer. Le pouce et l'un des doigts de la main gauche sont joints en un geste qui révèle l'aristocrate caché en lui.

En tête du cortège, le visage le plus jeune, quoique le plus vieux par les ans, semble devoir disparaître, mangé par un col blanc amidonné. La pose imite avec succès celle du personnage central, même si la raideur de l'attitude, signe d'autonomie, ou d'une recherche d'autonomie, paraît accuser le modèle d'être sa copie. Le style de l'arcade sourcilière est du plus pur dix-neuvième siècle. L'effet produit est celui d'un jeune homme qui tente de préserver quelque chose qu'il n'a pas tout à fait compris.

Tous trois se sont arrêtés pied gauche en avant et regardent par-dessus leur épaule droite en direction d'un observateur présent mais remarquablement discret. Derrière eux, des champs vides.

Alicia est au bal. La couronne lui a échappé au bénéfice de la fille cadette des Jacob. Les trois jeunes gens se disputent néanmoins ses tours de danse. Hubert s'enquiert de ce qu'elle pense des Soviets. Peter essaie de lui glisser sa langue dans l'oreille. Adolphe lui demande ce qu'elle croit que le Kaiser avait en tête lorsqu'il a porté à 800 000 les effectifs de l'armée, l'année dernière.

CHAPITRE 3

L'Armistice revu et corrigé

> ...Les boutiques des opticiens étaient remplies d'amateurs épris du daguerréotype, et partout on braquait des appareils photo sur les édifices. Chacun voulait consigner la vue qu'il avait depuis sa fenêtre...
>
> Marc Antoine Gaudin,
> *Traité pratique de photographie*

Un défilé. Le bruit, qui cinq minutes plus tôt aurait pu passer pour celui d'une berline Ford de taille moyenne au moteur très mal réglé, se précisait maintenant : c'était sans erreur possible celui d'un défilé. Mays écoutait la cadence régulière des pas qui martelaient le béton quelque part dans le quartier de Clarendon. Déterminer la provenance du son en cet instant précis, depuis un septième étage, était avant tout affaire d'interpolation, de spéculation à partir des faits. Ce bruit – sans conteste celui d'un défilé – laissait derrière lui une trace des plus discrètes. Que Peter s'en préoccupe tant soit peu montrait assez qu'il n'était guère sous l'emprise hypnotique du travail posé devant lui.

Face à Mays, de l'autre côté d'une barrière impénétrable de plantes en pots, et toujours à la recherche de la position la plus basse que lui permettait d'atteindre sa chaise de bureau, Moseley, le collègue de Peter, remaniait un manuscrit à grands coups de ciseaux et de tube de colle, comme si ce tapage ne pouvait être rien de plus alarmant que le râle d'un radiateur d'automobile. Trente ans passés dans le Powell Building, onze étages bruyants de béton coulé, avaient conditionné Moseley, qui ne prêtait plus attention à aucun phénomène sonore hormis la cloche de cinq heures, signal de la délivrance.

Mais aucun des deux rédacteurs ne put longtemps cultiver l'indifférence. En bas dans la rue, une voix affectée aux accents de sergent instructeur scandait la manœuvre :

– Hon-dé, hon-dé, taratata, tralala boum pouêt, hon-dé.

Après cette explosion épileptique, un piétinement concerté indiqua un changement dans la configuration de la troupe. Des tambours crépitèrent, secs et précis. Mays, peut-être parce que c'était la première parade qu'il eût jamais entendue sans la voir, s'étonna que personne ne lui ait fait remarquer que dans un défilé le pas cadencé ne suit pas le tic-tac régulier d'un métronome mais un une-*deux*, une-*deux* asymétrique et trapézoïdal. Les armées titubent ; celui qui écoute rétablit l'équilibre.

L'intérêt de Mays pour ce qui se passait sous la fenêtre grandissait peu à peu : il leva d'abord la tête plusieurs fois, impavide, afin de ne pas alerter ses compagnons de cellule. Il toussota, déplaça des papiers, puis se tourna doucement vers l'unique fenêtre du bureau. Les précautions de Peter étaient superflues en ce qui concernait Moseley assis à l'autre bout de la pièce, derrière le mur de plantes. Sa respiration devint plus sifflante – *sforzando* rauque – mais le vieux briscard continuait à brasser des piles de documents. Les troupes qui défilaient dans la rue allaient devoir lui tendre une embuscade jusque dans sa feinte indifférence.

Lorsque la rumeur du cortège s'intensifia, Peter croisa le regard de Caroline Brink et Doug Delaney, les deux autres membres de l'équipe rédactionnelle technique du *Micro Mag Mensuel*. Grâce à un concept de pointe, « l'aménagement modulaire », le septième étage du Powell Building autorisait ce contact visuel. L'adjectif « modulaire » était l'euphémisme employé par les architectes d'intérieur pour occulter le fait que les cloisons qui séparaient les rédacteurs ne montaient pas jusqu'au plafond mais s'arrêtaient à mi-hauteur. Moseley, pour sa part, avait cherché à corriger cette modularité (violation de son droit constitutionnel à l'oubli) en se construisant une barrière organique avec des plantes en pots, transportées une à une par train de banlieue.

– Il semblerait qu'on ait abandonné la côte est aux Boches, mon capitaine.

La toute première fois que Dougo Delaney avait amusé la galerie, c'était dans la classe de son institutrice, madame Rapp, quand celle-ci lui avait demandé comment il comptait apprendre les mathématiques s'il lui réclamait à tout bout de champ la clé des toilettes, et qu'il avait répondu : « par élimination ». Doug parlait à Caroline, son supérieur, à qui il adressa un salut militaire. Brink ne releva pas l'ironie et demanda :

– Ça vient d'où ce bruit ?

Mays avait bonne envie de dire à Caroline qu'il ne fallait pas commencer une question par un pronom démonstratif, mais il était incapable de déterminer si « ça » en était un. Il avait toujours eu l'esprit un peu trop lent pour sacrifier au rituel des bavardages sadiques qu'on pratique au bureau. S'il voulait identifier la nature du défilé, il lui faudrait se lever et glisser la tête par la fenêtre. Il refusa de se livrer à une observation active dégradante. Il préféra se tourner vers la barrière des plantes en pots :

– Vous n'allez pas jeter un œil, monsieur Moseley ?

– Non. Ils sont à deux ou trois rues d'ici. On ne peut pas les voir. De toute façon, ce n'est rien d'important.

Ce déni galvanisa les trois autres. Ils échangèrent un regard complice et quittèrent leurs modules : si Moseley dit qu'ils sont trop loin pour qu'on puisse les voir, c'est qu'ils se trouvent juste là, bien en vue, sous la fenêtre. Les soupçons de Mays (il y avait dehors quelque chose de remarquable, quelque chose qui valait le coup d'œil) trouvaient pleine et entière confirmation dans le jugement infailliblement erroné de l'asthmatique assis en face de lui.

– Brink, venez me tenir par les jambes.

Delaney, affalé sur le rebord de la fenêtre, ressemblait à un demi-centre que l'on plaque alors qu'il essaie de porter le ballon derrière la ligne d'en-but. Tambours, cornemuses et sergent instructeur avaient cédé le pavé à l'habituelle fanfare d'un défilé. Les nouveaux sons se dispersaient au hasard, fragments ivres de « *Turkey in the Straw* », le chant des Marines, et d'une version obscure de « *Columbia the Gem of the Ocean* ». Dans leur ascension jusqu'au septième étage le long du Powell Building, des particules d'Amérique s'entrechoquaient, mouvement brownien, anarchie enrégimentée.

Mays s'était lui aussi approché de la fenêtre, mais il voyait seulement le postérieur sans grâce de Delaney que Caro maintenait bien en place. Il songea à proposer son aide, mais il savait que Brink avait plus que lui la carrure et la résistance indispensables à un pilier. Moseley, claustrophobe, remonta ses lunettes cerclées de fer sur son nez de papier mâché, et dit quelque chose à propos des musiciens situés selon lui à deux rues de là. En revenant à l'intérieur du bureau, Delaney passa en douceur à quelques centimètres de la mort.

– Mesdames et messieurs les journalistes, que cet enfoireur de Powell aille se faire foutre. Soit dit entre nous, bien entendu.

Devant l'ampleur du crime commis par son patron, Delaney avait recatégorisé un adjectif, et non content de cela, avait opéré un changement de diathèse. Non seulement le personnel du *Micro Mag Mensuel* n'avait pas eu de jour de congé pour la fête de l'Armistice, et pire encore, on ne l'avait même pas informé que ce jour lui serait refusé. Comme on ne lui avait pas rappelé que cette date ne serait qu'une journée de travail ordinaire, il avait été privé du plaisir indirect de la rancœur, plaisir souvent plus gratifiant que le congé lui-même. Delaney entreprit de rattraper le temps perdu.

– La fête de l'Armistice ! Prolos minables que vous êtes. Il doit y avoir les trois quarts de Boston là dehors. Les chapeaux de cérémonie, les chars décorés, les confettis, les filles aux formes généreuses qui font tournoyer leurs fusils tout blancs...

Il empoigna Brink et l'entraîna dans un pas de danse, mi valse, mi polka autour du bureau. Il s'accompagnait en chantant « *O Caroline, my Caroline* » sur l'air de « *O Maryland, my Maryland* » qu'il estimait bien évidemment de circonstance puisque vaguement patriotique. C'est en réalité un chant d'un séparatisme radical qui incite à des actes de violence contre les soldats de l'Union, ceux-là même qui étaient en train de défiler dans la rue. Brink prit son air de directrice de rédaction et tenta de se libérer. Sans rien changer à la cadence de ses collages et découpages, Moseley prononça sur les événements un verdict qui faillit lui faire endosser sans permission l'identité d'un prophète de l'Ancien Testament :

– Les gonocoques.

Son diagnostique – impropriété par où Moseley désignait les « gonades » – laissait supposer que Delaney subissait l'influence vague de quelques glandes sexuelles, influence qui, une fois acceptée, disparaîtrait sitôt que Doug n'aurait plus le mauvais goût d'avoir vingt-six ans.

Mays, stimulé par la perspective de la nouveauté, décida de jeter lui-même un œil au défilé. Il ignorait encore que rien ne vaut une visite de l'Iran contemporain pour se gâcher l'exotisme des *Mille et une nuits*. Il ignorait aussi jusqu'où peut vous entraîner, au-delà de toute attente raisonnable, une banale indiscrétion.

Le rebord de la fenêtre le rendait nerveux ; en l'absence de l'ancre Caroline, il coinça ses pieds sous une canalisation. Même si cela réduisait de moitié son extension par rapport à celle de Delaney, il tendit le cou assez loin pour voir que le branle-bas sept étages au-dessous de lui n'était pas un défilé mais la dispersion d'un défilé. Delaney avait menti, délibérément et avec préméditation : les trois quarts de Boston n'assistaient pas à la cérémonie, ni les trois quarts de Back Bay ou Copley Square, pas même les trois quarts des employés du voisinage immédiat. Quand passa devant le Powell Building ce qui, de toute évidence, n'était plus que l'ombre d'un défilé, c'est à peine si les trois quarts de ceux qui y avaient participé étaient encore présents.

Malgré les protestations de Brink, Delaney continuait à chanter sur un rythme binaire et à danser sur un rythme ternaire ; l'effet était terrifiant. Mais lorsqu'il vit Mays prostré à la fenêtre, Doug s'arrêta aussitôt.

– Peter, non ! Ne saute pas. Powell dit qu'il est d'accord pour l'augmentation.

Revenu à l'intérieur, Mays enregistra une sensation de dégoût contre son palais, à droite derrière les dents de devant. Il s'était approché de la fenêtre dans l'espoir d'assister à un spectacle, mais en était reparti avec la vision d'une dissolution : des bataillons allaient au hasard, des batteries de tubas et d'euphoniums se dispersaient, soulagées de regagner le trottoir, des fantassins rompaient le pas, des clarinettes lasses s'arrêtaient au milieu d'une note, des trompettistes purgeaient l'embouchure de leurs instruments, des clowns arrachaient leurs nez d'ivrogne, de petits politiciens se repliaient en hâte, des régiments entiers s'engouffraient dans des bus en stationnement.

D'un bond suicidaire, Delaney avait repris son poste à la fenêtre laissée libre. Mays, le voyant se balancer sur le rebord de l'ouverture, dut s'asseoir par terre, pris de vertige pour son collègue. Caroline l'accompagna. Les cheveux défaits et les tempes gonflées par la *valzurka*, elle n'avait pas l'air d'une directrice de rédaction spécialisée dans la technique des composants pour circuits intégrés, ni du soi-disant grand chef de l'équipe *Micro*.

– Épatant, non ? C'est le jour de l'Armistice, et nous sommes en train de travailler.

À elle seule, Brink avait commis trois erreurs. La situation n'avait rien d'épatant ; ils n'étaient pas du tout en train de travailler ; et on n'était même pas le jour de l'Armistice – 11 novembre, date de la suspension des hostilités prévue dans les Quatorze Points, et jour anniversaire de la fin de la Première Guerre mondiale. Lorsque par la fenêtre, le premier, puis le second des deux jeunes hommes en âge de servir sous les drapeaux avaient regardé passer, l'un un défilé, l'autre une déception, le calendrier indiquait 29 octobre 1984. Une loi fédérale était à l'origine de ce décalage. Un législateur bien intentionné – décrétant sans doute que le jour choisi par les belligérants pour s'asseoir autour d'une table et mettre fin à ce qui était alors le plus grand cataclysme de l'humanité, tombait trop près de Thanksgiving – avait obtenu qu'on déplaçât la célébration de l'Armistice, rebaptisée, à la lumière des événements postérieurs, Journée des anciens combattants, au quatrième lundi du mois d'octobre, fête mobile et jour férié. Powell avait enfreint la loi ; tout employé du groupe *Powell Trade Magazine* pouvait en revanche disposer du Vendredi saint « à sa convenance ».

Mays, qui ne savait rien de cette réécriture de l'Histoire, était assis par terre, et tout en contemplant les dents de Brink, se demandait où il se situait par rapport à elle dans l'organigramme de l'entreprise. Plusieurs semaines après avoir signé son embauche chez *Micro*, et plutôt que de s'atteler à son premier travail (un article assez indigeste intitulé « La nouvelle carte à circuits imprimés augmente la fiabilité des codes de transmission MIC »), Peter avait tenté de déchiffrer les titres vagues et la hiérarchie confuse qui régissaient le septième étage du Powell Building.

Au sommet se trouvait Powell lui-même, diplômé de l'université d'Annapolis, qui faisait de brèves apparitions pour déverser ses métaphores nautiques sur ceux dont le salaire annuel était inférieur à vingt mille dollars. Chaque revue spécialisée du groupe Powell (parmi lesquelles *Synthetics World* ou *Modern Brick Journal*) avait son domaine réservé. Brink dirigeait celui de l'électronique, car elle était la seule parmi les cadres à maîtriser le sujet, la plupart des personnes compétentes en la matière ayant choisi des emplois plus lucratifs dans l'industrie, ceux-là même que Mays avait fuis.

Moseley occupait une catégorie à part, lui qui avait passé dix années ingrates dans l'ingénierie avant d'être taxé d'anachronisme et d'être relégué aux colonnes de la presse spécialisée. Son père lui avait dit que les électroniciens seraient les rescapés de ce siècle, mais il n'avait pas prévu leur rapide obsolescence. Moseley était ce que les revues appellent un « analogiste » : tout ce qu'il avait appris en électronique était antérieur à 1965, et il ne pouvait donc être d'aucune utilité dans un magazine dédié aux technologies numériques contemporaines. Delaney, qui était obligé d'apporter au magasin les piles de sa lampe torche s'il voulait en acheter des neuves sans se tromper, s'amusait à torturer Moseley en lui enseignant la simplicité du digital (« une question toute bête d'interrupteur ouvert ou fermé ») ; en guise d'illustration, il faisait des gestes obscènes avec ses doigts. Doug Delaney était entré par hasard au *Micro Mag* (« J'ai emprunté un

CV »), et y était resté par la magie de l'inertie. Quant à Mays, il avait survécu dans le tourbillon des *Magazines Powell* et de leur personnel en suivant ce simple conseil de Delaney : « Dans le doute, fais interface. »

Tandis que Delaney se balançait à la fenêtre, Brink reprenait son souffle avant de retourner à la micro-normalité. Moseley déplaçait des paragraphes. Mays, qui essayait de rassembler ses souvenirs d'écolier sur les circonstances de l'Armistice, projetait dans son esprit une image hybride de Lord Kitchener et du Maréchal Foch qui, l'un comme l'autre, ne lui évoquaient rien, sinon des moustaches.

– Peter, viens par ici. Il faut que tu voies ça. Bon sang ! Une couverture de magazine. Une bacchante.

« Amazone » avait été jusqu'alors l'éloge public le plus enthousiaste jamais consenti par Delaney à une femme. Mays, en supérieur dont le manque d'assurance contrebalançait les prérogatives, rejoignit son collègue à la fenêtre. Sans même que celui-ci la lui montre, il fixa aussitôt son regard sur une personne : une femme immédiatement improbable qui se détachait violemment du flot des jongleurs, des boy-scouts, des marchands ambulants, des soldats, et que le courant menaçait d'emporter. Elle se frayait un chemin à contresens, vers l'ouest, alors qu'autour d'elle le monde entier s'entêtait à marcher dans une tout autre direction. Sans cette perversité de saumon obstiné, l'inconnue se serait tout de même détachée du tumulte, étrangère à celui-ci : elle portait une robe du siècle dernier, une robe à fronces coupée dans le biais, aux manches larges, brodée et entravée vers le bas. Elle tenait une clarinette. Sa chevelure, d'un roux flamboyant, formait tout autour d'elle une cascade de boucles. Vue du septième étage, cette femme semblait écouter quelque chose, tourmentée, pétrifiée au milieu de la liesse, ou peut-être était-elle simplement perdue, à l'écart du temps.

C'était la fin du moi d'octobre, les Berkshires s'étaient effondrés une semaine plus tôt, et les anciens combattants revenaient maintenant s'entasser dans le métro pour rentrer chez eux avant que d'autres feuilles ne tombent. En tant que membre actif de la rédaction, Brink se devait de remettre le Secteur électronique au travail. Mais Caro était plongée dans la lecture d'une revue concurrente qui avait publié un article sur une puce électronique capable de remplacer plusieurs salles d'ordinateurs et qui tenait à l'aise sur l'extrémité de deux doigts. Moseley collait et retranchait encore, Delaney ravivait la tradition du music-hall. Seul Peter Mays restait figé devant la vision fugace et marquante qui avait surgi devant lui : une toison rousse aperçue depuis sa fenêtre.

CHAPITRE 4

Visage de ce temps

> Les rides et les plis de nos visages sont l'inscription des grandes passions, des vices et des idées qui nous ont rendu visite ; mais nous, les maîtres du logis, étions absents.
>
> Walter Benjamin, *Illuminations*

Quand j'éprouvai ce choc au musée de Detroit, j'en savais juste assez sur la photographie pour participer à une conversation, du moins s'il suffisait pour cela d'acquiescer d'un simple signe de tête. À l'époque, je me tirais de ce genre de discussion comme de toute affaire étrangère au domaine trop spécialisé de ma profession. J'ai une méthode qui a fait ses preuves : pour chaque discipline, je mémorise une demi-douzaine de noms célèbres et autant de termes techniques courants. Puis je me contente d'enchaîner des opinions en plaidant toujours le parti pris : « À mon avis, chez Weston, le sens de la composition présente bien plus d'intérêt que la profondeur de champ chez Strand. » C'est un jeu auquel je m'amusais déjà lorsque j'étais enfant, avec ces cartes qui représentent des parties du visage, et où les oreilles, les yeux, le nez, la bouche d'un personnage donné s'adaptent parfaitement au visage de n'importe quel autre.

Ce coup de bluff réussit parce que nous voyons en l'Histoire une œuvre accomplie par des individus. La politique a produit la démocratie jeffersonienne, la doctrine Monroe, ou la Folie de Seward. Toute histoire de la musique devient, au bout du compte, celle de Bach et du haut Baroque, ou celle de Debussy contre Wagner. Même un domaine aussi objectif que les mathématiques est soumis au règne des noms propres : les diagrammes de Venn, les transformations de Fourier. Le découvreur devient la découverte.

Le grand physicien Max Planck a soutenu que le progrès de la connaissance suit en réalité un chemin différent de celui indiqué par ce culte de la personnalité. Plus que la qualité intemporelle d'un quelconque génie individuel, c'est le climat d'une époque qui, selon Planck, favorise l'invention. Ainsi Newton et Leibniz ont-ils mis au point, en même temps et chacun de son côté, le calcul infinitésimal. Cette idée (que l'on a qualifiée de planckienne) fait autorité parce qu'elle a été avancée par l'un des plus grands physiciens de ce siècle. Mais cette même idée vous dirait qu'elle ne doit son éclosion qu'à l'esprit du temps.

Le bluff réussit parce que ceux qui vous écoutent imposent un sens au fragmentaire. Quand j'évoque Nijinski, vous voyez exactement de qui je veux parler, et vous gommez les ratures qui séparent le faune agile du vieillard fou et claustré. Lorsque j'accole une expression adjectivale à un nom familier, je ne suis que ce volontaire dans l'aimable assistance venu sur la scène pour verser un liquide incolore dans un autre. Mon interlocuteur est le magicien qui fait flamber dans le fluide résultant les couleurs de l'arc-en-ciel.

Mais à l'Institut d'art de Detroit, devant ce cliché en noir et blanc de trois jeunes hommes au début du siècle, je sentis qu'il me faudrait d'urgence mettre fin à mon dilettantisme. Je compris que mes connaissances superficielles en photographie étaient insuffisantes, que je ne m'en tirerais pas cette fois-ci avec un coup de bluff. « Technique de composition » et « profondeur de champ » ne comptaient plus. Qui avait réalisé ce cliché ? Dans quelles circonstances ? Qu'est-ce que cela signifiait ?

Frappé par trois regards jetés avec désinvolture, je sentais que le photographe avait fait là une grande découverte, qu'il avait saisi, grâce à son talent et par l'entremise du hasard, une image très importante, un instant que personne n'aurait arraché à l'obscurité si l'artiste ne l'avait fixé sur la pellicule. Ma première réaction, suscitée par une vague ressemblance entre l'un des personnages et moi-même, fut de rechercher le nom du photographe. Et plus tard, si cela était possible, de découvrir les noms et qualités de ces trois jeunes hommes, pour les dissimuler ensuite.

Je louchai furtivement sur le cartel, antisèche pour un examen important. Je m'attendais plus ou moins à reconnaître ce que j'allais trouver sur l'étiquette, mais l'inscription ne m'évoqua rien. Elle donnait le photographe pour autrichien – un certain August Zander. Il n'y avait dans cette salle aucune autre de ses œuvres. Il devait apparaître plus tard que le descriptif comportait trois erreurs : le nom du photographe était mal orthographié, sa nationalité n'était pas la bonne, et l'inscription revendiquait de manière tacite son exactitude ; variante d'une vieille énigme : « Cet phrase contient trois erreures ». La première porte sur l'accord du démonstratif ; la seconde, sur l'orthographe du mot erreur. Et la troisième sur le fait qu'il n'y a que deux erreurs. C'est cette dernière qui m'a retardé plusieurs mois dans ma poursuite du canular.

Je m'étais empressé de tuer le temps pour pouvoir prendre ma correspondance et rentrer à Boston en Technoliner, mais voilà que je m'empressais maintenant de demeurer un long moment dans cette salle, d'y passer plus de temps que je n'en avais, pour fixer l'image dans mon esprit. L'idée étrange me vint que si j'avais eu un appareil photo j'aurais pu prendre un cliché de cette image et me l'approprier alors, tout comme le photographe s'était emparé des trois personnages. Mais je n'avais pas d'appareil photo, et il me fallait donc confier à l'instrument moins fiable de la mémoire le soin de documenter mon angoisse. Or je n'ai jamais eu la mémoire photographique, loin de là.

Detroit et son culte rendu à la production de masse avaient jeté les bases de mon agitation. La fresque de Rivera joua sur celle-ci en me prenant par surprise avec ses mille mètres carrés de peinture, chapelle dressée à la plus grande et à la plus terrible des constructions de l'homme : la machine. Le sens de l'équilibre totalement détruit, je quittai cet autel dédié à la chaîne de montage. Surgis de nulle part, trois fermiers m'offraient une assise. J'eus le sentiment que ces trois hommes sur une route boueuse constituaient une ouverture de la plus haute importance – mais à quoi ? – cela demeurait incertain.

La pratique de mon métier m'incitait à faire de temps à autre un peu de recherche (tâches modestes, consultation des catalogues de périodiques). J'avais déjà vécu à Boston et je connaissais les endroits où je pourrais obtenir des réponses rapides à mes questions. J'obtins une chambre à bon prix dans le ghetto universitaire du Fens, à quelques pas de la bibliothèque municipale et à un pont de Cambridge. La chambre était propre, et les cafards ne m'empêchaient pas de dormir la nuit. Trouver du travail fut une autre histoire, car je refusais de signer tout formulaire qui dévoilât des informations personnelles destinées à la constitution de mon dossier. Dès qu'il se mit à faire froid, je m'emparai d'une carte d'abonnement au métro et débutai ma nouvelle vie.

Je n'avais jamais été sujet à l'obsession – sauf pendant une période d'un mois et demi au cours de laquelle j'avais demandé à toutes les personnes que je rencontrais si elles connaissaient une chanson où « une jeune fille flâne dans sa robe de bal », paroles que j'avais entendues quelque part mais que j'étais incapable de retrouver. Même après les premières semaines que je consacrais à mes recherches sur la photographie, je n'admettais pas mon obsession : je jetais tout au plus un rapide coup d'œil au volume *Xerxes-Zygote* d'une encyclopédie. Un vague air de famille ne pouvait à lui seul susciter un intérêt irrationnel. Je riais de ma curiosité. Le déni est l'un des passe-temps préférés de ceux qui s'aventurent dans l'obscurité. Avant peu, j'avais réuni assez d'absence de données pour avoir la conviction qu'aucun photographe du nom de Zander n'avait jamais existé. L'Autriche de 1914 n'avait pu engendrer un artiste susceptible de produire l'œuvre que je me rappelais avoir vue à Detroit quelques semaines plus tôt. Cet homme n'existait pas, voilà tout.

Un soir de 1910, alors qu'il travaillait à d'insignifiantes besognes, August Sander, citoyen allemand employé en Autriche, eut l'idée soudaine de réaliser une série de photographies qu'il intitulerait *Hommes du vingtième siècle*, somme immense et complète rédigée dans le langage universel de la photographie. Ce travail procéderait à l'examen méticuleux de l'humain, de son apparence, de sa personnalité, de son statut social, et présenterait sous la forme d'une vaste nomenclature de catégories et sous-catégories les échantillons comparés de chaque type représentatif.

Aussi invraisemblable que cela puisse nous paraître aujourd'hui, Sander croyait sans ironie (cette arme défensive propre au vingtième siècle) qu'un travail acharné viendrait à bout d'un tel ouvrage. Il fallait un homme du dix-neuvième siècle pour concevoir *Hommes du vingtième siècle*. Sander était né à Herdorf, bourgade minière et agricole à l'est de Cologne en 1876, six ans après le conflit franco-prussien au cours duquel le gouverneur provisoire de Paris avait fui sa ville assiégée à bord d'une montgolfière. Sander n'avait été à l'école que pendant six ans.

Dans ses mémoires, il dépeint le Siegerland de sa prime jeunesse comme un lieu idyllique, paradis de variétés. « Chaque jour, écrit-il, apportait son lot d'impressions et d'expériences nouvelles. » Enfant rêveur, il aimait plus que tout écouter les bergers lui raconter au crépuscule leurs histoires de fantômes. Il apprit à dessiner et à peindre, et se passionna pour les paysages. Mais l'idylle prit fin quand August descendit au fond de la mine à l'âge de treize ans. Le travail sous terre fit de Sander un pragmatique pour le reste de sa vie et imprima à son œuvre une âpre rudesse. Grâce à cette descente précoce dans le puits, Sander fut l'un des premiers à braquer un appareil photo sur les visages les plus laids de l'humanité. Avant lui, les photographes n'utilisaient leurs machines que pour isoler la beauté : vases de fleurs et portraits des membres de la classe supérieure. À l'inverse, la somme monumentale de Sander allait inclure une partie intitulée « Idiots, malades, fous et infirmes » – l'art n'est rien s'il ne témoigne de l'asphyxie des vies passées sous terre. Mais malgré ce réalisme social novateur, Sander resta à la mine car il se méfiait des idées et de l'avant-garde, plus à l'aise en compagnie des siens, les fermiers du Westerwald – idiots, malades, fous et infirmes.

Un jour, après des années passées au fond de la mine, on demanda à Sander de servir d'assistant à un photographe itinérant, membre de cette espèce qui voit le jour dans le sillage des innovations techniques, et qui était venu faire une étude de la région houillère. Sander le conduisit sur une colline qui dominait toute la vallée. Il raconte comment, encore enfant, il fut soudain frappé par la façon dont une invention humaine pouvait arrêter les fluctuations de la nature et rendre permanentes des qualités aussi accidentelles que l'ombre des nuages en mouvement. Sander avait trouvé sa vocation.

La réussite financière et l'éloge de la critique lui vinrent presque aussitôt. Les débuts de Sander dans la peinture l'aidèrent à maîtriser le procédé de la gomme arabique. C'est une technique qui permet au photographe de retoucher son tirage au pinceau ou au grattoir pendant qu'il le développe, et de corriger ainsi dans le laboratoire les imperfections d'un visage ou les erreurs commises en studio. Bien que Sander délaissât par la suite cette pratique et proclamât sa haine des « mièvreries, des pauses et des effets artificiels », sa maîtrise précoce de la retouche lui valut son premier studio et la fortune dont il avait besoin pour abandonner le procédé.

Dans les premiers temps de sa carrière, pour arrondir ses revenus, il quittait son studio de Cologne et sillonnait à bicyclette les paysages ruraux de sa Rhénanie familière. Il exécutait des portraits impromptus de la population locale, et fut l'un des premiers à diffuser la photographie hors du cercle des privilégiés et des classes moyennes. Les progrès techniques permettaient de réaliser des images en extérieur avec un temps d'exposition court. Parmi les fermiers les plus pauvres qui servirent de modèle à Sander, plusieurs firent connaissance avec la photographie lors des voyages que celui-ci venait effectuer en fin de semaine dans le Westerwald. Ainsi Sander devint-il le chef de file du mouvement qui voulait faire sortir la photographie sérieuse et commerciale du studio de l'artiste.

Sander considéra toujours la photographie comme un commerce, un gagne-pain conquis à force de travail. Art et revenus étaient indissociables. Outre les portraits des classes laborieuses, Sander se spécialisa dans le commerce lucratif des photos souvenir. Il photographiait les émigrants en partance pour l'Amérique. Il produisait des keepsakes pour soldats. Les clichés qu'il ne parvenait pas à vendre étaient destinés à des salons où ils remportaient presque toujours un prix. Puis en

1910, à l'âge de vingt-quatre ans, il trouva, du jour au lendemain, la forme définitive qu'il donnerait à l'œuvre de sa vie : ce catalogue exhaustif de visages qui allait décrire, avec une rigueur toute germanique, la vie en ces temps nouveaux.

Dès lors, Sander travailla à son encyclopédie de l'humanité, ne s'arrêtant qu'à l'occasion des deux coupures que connut le siècle. L'année où Sander réalisa la photographie des trois fermiers, sa carrière atteignait un premier sommet. Deux honneurs considérables venaient de lui échoir. Le Musée des arts et métiers de Berlin lui avait acheté six planches pour une exposition qui célébrait les pionniers internationaux de la photographie. De plus, le *Deutscher Werkbund* de Cologne, association de créateurs qui reconnaissait en Sander et son médium ce moyen terme entre les arts et l'industrie, entre les technologies tournées vers l'avenir et le portrait introspectif, lui avait commandé des photos pour une exposition qui associait innovations architecturales et avancées industrielles.

Malheureusement, le Kaiser ne se rendit pas à cette exposition Guillaume n'avait jamais entendu parler du moindre progrès dans quelque domaine que ce fût depuis le règne de Frédéric le Grand. L'équilibre des puissances en Europe, ou un défaut dans sa mise en place, freina l'ascension de Sander. Réserviste, il fut employé dans le Service de santé des armées. Il resta en Belgique avec son unité, puis en France, jusqu'à la défaite de 1918.

Dans les années d'après-guerre, Sander riposta en rendant à l'Histoire l'indifférence dont elle avait fait preuve à son égard. À l'époque où la République de Weimar conduisait l'Allemagne aux seize années de crise économique les plus noires de l'ère moderne, Sander entrait dans sa période la plus productive. Doté d'un naturel peu commun qui mêlait l'architecte visionnaire à l'ouvrier obéissant, il continua de travailler à son catalogue, œuvre désespérément anachronique en ces temps de désillusion générale qui suivirent la Grande Guerre. Sander passa outre le premier principe du positivisme qui nous interdit en ce siècle de parler de ce que nous ne pouvons pas connaître. Il fit au contraire la seule chose susceptible de sauver de la ruine un travail condamné par trop de naïveté et d'ambition : il lui donna plus d'envergure. Puisque son portfolio de visages grossissait, puisqu'au cours de sa propre existence il avait vu son sujet – l'Homme du Vingtième Siècle – doubler deux fois de volume, Sander réagit d'une manière dont seul était capable un individu qui n'avait que six ans d'instruction. Il ouvrit l'éventail de ses catégories physionomiques et de ses types humains pour y inclure les espèces nouvelles et terribles de l'époque.

Sander, membre aisé de la classe moyenne, artisan jamais controversé, se heurta à la volonté des pouvoirs publics en 1934 lorsque la Chambre de l'Art et de la Culture du Reich détruisit les planches d'impression et brûla tous les exemplaires disponibles de *Visages de ce temps*, premier volet des *Hommes du vingtième siècle. Visages de ce temps*, microcosme de l'œuvre plus vaste, suivait la trajectoire parabolique de celle-ci : le recueil s'ouvrait sur les fermiers du Westerwald, gravissait un à un les barreaux de l'échelle sociale et économique, atteignait son sommet avec les créateurs et les inventeurs, puis retournait, de compromis urbains en taudis insalubres, à l'image sinistre d'un chômeur au coin d'une rue de Cologne.

L'interdiction de *Visages de ce temps* par les Nazis mit fin au travail que Sander menait au grand jour sur *Hommes du vingtième siècle*. À première vue, cette interdiction semble due à l'exercice arbitraire du pouvoir policier. Comment ces images inoffensives, entre les mains d'un artisan respecté, pouvaient-elles être subversives ? Sander n'avait pas plus la fibre politique que la normale. Son parti, tout juste à la gauche du centre, était à l'époque l'un des plus populaires. Certes, l'homme qui avait rédigé la préface de son livre était un juif, mais converti au catholicisme. Erich, le fils de Sander, menait une lutte active contre les Nazis, mais le maigre recueil du père ne pouvait être accusé d'aucune complicité avec le fils.

Visages de ce temps fut pourtant jugé coupable. Avec sa galerie d'anarchistes, de minoritaires et d'errants, Sander contrariait la vision du peuple allemand que les Nazis tentaient de promouvoir. Et Sander avait aggravé son péché en présentant, sans mise au point ni commentaire, le rebut de la société aux côtés des industrieux et des nantis. Il avait délaissé le jugement photographique pour s'éclipser en artiste devant la réalité. Le ministère de la Culture, attaché à sa propre version du visage de ce temps, aurait peut-être plus vite pardonné à Sander une faute d'esthétique que cette déclaration d'objectivité. Pris de front, Sander abandonna le portrait pour des études d'après nature et d'innocents paysages. Par cette interdiction, le siècle confirmait que l'énorme projet du catalogue était condamné dès l'origine.

L'appareil de Sander contraria les autorités d'une autre manière, tragique celle-là. Erich imprimait sur une presse privée des tracts antinazis jusqu'au jour où la police trouva les rotatives et les détruisit. Le père proposa à son fils de l'aider en procédant à la reproduction photographique de tracts rédigés à la main. Erich qui, à l'occasion de plusieurs voyages à bicyclette, aurait pu émigrer en France et assurer sa sécurité, resta ainsi à Cologne où il continua de distribuer des écrits subversifs. Père et fils travaillaient ensemble à ce projet, appendice aux *Hommes du vingtième siècle*. Ils faisaient sécher les tirages sur une corde à linge tendue par-dessus leur toit. Un vent contraire aux conspirateurs fit s'envoler une page mal accrochée et la déposa, plus bas dans la cour, entre les mains d'un citoyen qui rêvait de se faire une réputation en dénonçant un inconnu. À quatre heures du matin le lendemain, la police secrète vint chercher Erich qui fut condamné à dix ans de prison. Quelques mois avant la fin de sa peine, Erich, faute d'avoir su convaincre son gardien qu'il souffrait d'une douleur aiguë à l'abdomen, mourut dans sa cellule d'une rupture d'appendice.

Sander survécut pendant dix ans, privé de sa vocation, soumis à des fouilles et à des saisies régulières de négatifs. Mais durant tout ce temps, il ne cessa jamais de scruter et d'archiver les visages, d'évaluer les individus à l'aune de son objectif, d'exposer et de développer la pellicule dans son esprit, un esprit qui ne laissait voir ni obturateur ni trace de nitrate d'argent. Sa maison près de Cologne fut éventrée par les bombardiers alliés qui apportaient leur feu purificateur et simplificateur. Les quarante mille négatifs de Sander, cachés dans sa cave, y survécurent.

À croire que l'interminable travail de compilation allait se poursuivre une fois terminée cette guerre relativement courte. Puis, ironie dont l'époque moderne a le secret, dans l'anarchie des dernières heures du conflit, une petite bande de pillards incendia la structure bombardée et détruisit la collection tout entière.

À la fin de sa carrière, Sander n'entretenait plus l'illusion qu'il pourrait compléter ses portfolios. Il continua pourtant de travailler sur les négatifs qui lui restaient. Quelques recueils parurent sur le tard, incapables d'admettre la perte définitive des volumes censés leur servir de support, et qui viendraient les étoffer. N'ayant plus la force de parcourir le Westerwald à bicyclette, Sander resta chez lui à polir et parfaire quelques corniches isolées qui peuvent nous donner une idée du palais somptueux prévu à l'origine. Récompenses et témoignages d'approbation continuèrent d'affluer jusqu'à atteindre enfin leur objectif : faire de Sander ce qu'il est aujourd'hui, un personnage couvert d'honneurs et presque entièrement oublié, à qui les multiples volumes de nos plus grosses encyclopédies n'accordent même pas une entrée. Sander a glissé dans une marge semi-fictionnelle.

Pas plus que la mécanique d'un planétarium ne peut épuiser la nuit étoilée, l'appareil de Sander, il est vrai, ne pouvait dresser le tableau exhaustif de l'Homme du vingtième siècle. Pourtant ce travail trouve en l'échec son accomplissement. L'œuvre éparse, trop ambitieuse et inachevée, nous apparaît comme le meilleur véhicule de son sujet introuvable. La synthèse de ces dizaines de milliers d'épreuves reproduites mécaniquement, qu'elles aient été conservées, détruites par une main criminelle, ou jamais réalisées, fait apparaître un modèle tour à tour coopératif, autodestructeur, réticent, réservé, mais qui jamais au bout du compte, fût-ce à travers la somme incalculable de ses parties, et contre toutes désignation, catégorisation, laborieuse et patiente compilation, ne se laisse saisir. Incomplet, l'ouvrage de référence est le plus précis.

L'œuvre de Sander est partout traversée de ces paradoxes. Son choix du portrait mécanique le classe parmi les modernes, comme son rejet de la bienséante nostalgie. Sander, pour qui la photographie apprêtée revenait à une duperie, travaillait avec un papier de sels d'argent qui représentait toujours les verrues comme des choses tristement verruqueuses. Il voyait les faits de la manière dont le siècle l'exigeait, images dures et dépouillées d'un vieillard syphilitique, d'un unijambiste ancien combattant de la Grande Guerre, ou de gamins aveugles qui faisaient des gestes furieux avec les mains. Dans une profession de foi rédigée en 1927 pour une exposition, il écrit :

> Nous devons être capables de supporter la vue de la réalité, mais avant tout, nous avons le devoir de transmettre cette réalité à nos contemporains et à la postérité, que cette réalité nous soit favorable ou défavorable. Mais si moi, être humain sain d'esprit, je pousse l'immodestie au point de voir les choses telles qu'elles sont, et non telles qu'elles sont censées être,

> ou peuvent être, je vous en demande pardon, quoique je ne puisse agir autrement (...). Aussi, laissez-moi dire la vérité sur notre temps et sur les gens de notre temps en toute honnêteté.

Mais cette foi en la possibilité de parvenir à la vérité objective est précisément ce qui date Sander et fait de lui un anachronisme. Le dix-neuvième siècle était attaché à la doctrine de la perfectibilité. Hormis quelques réfractaires, la plupart des penseurs de ce siècle croyaient en la spirale ascendante de la rationalité qui finirait par triompher des imperfections de la nature. Sander délaissa ce méliorisme pour l'observation impartiale. Mais le principal courant de pensée du siècle nouveau rompit de manière radicale avec la raison pour s'engager sur la voie de l'irrationalisme éclectique. Même le mécanisme froid de l'appareil photographique fut détourné, par les modernes véritables, pour servir la cause du surréalisme, de l'absurde et de l'abstraction à l'aide de procédés tels que le photo montage, les angles de vue étranges, les illusions d'optique ou les surimpressions.

Sander rejeta ces innovations de l'avant-garde, poursuivant son œuvre conservatrice et tournée tout entière vers un seul but. La métaphysique qui sous-tend les portraits les plus effroyablement modernes de Sander remonte au Moyen Âge et à ces pseudo sciences que sont la physiognomonie et la phrénologie, deux disciplines qui prétendaient classer les types de visages ou de crânes pour les faire correspondre avec précision à des caractères. Sander mit cette théorie au goût du siècle : un bon échantillon représentatif de photos peut révéler une maigreur nerveuse dans la classe des salariés et un front saturnien chez les nantis.

On raconte dans la famille de Sander la façon dont il traquait un visage intéressant jusqu'à ce que l'individu persécuté menace d'appeler la police si on ne lui fichait pas la paix. Sander se détourna des choses élevées qu'il vénérait pour braquer son objectif sur les petits détails de la rue. Son œuvre rend hommage au cas isolé : le sourire sans expression d'un fonctionnaire, la moue pincée et trop à la mode d'une mondaine, le haussement d'épaule d'un acteur de music-hall au chômage qui repousse ainsi la faim. Le titre d'un recueil de photos plus tardif, *Hommes sans masques*, trahit l'amour de Sander pour le fait particulier et authentique. L'hébétude d'un veuf et la tristesse de son fils sont en eux-mêmes leur meilleur commentaire.

Lors d'une émission de radio diffusée en 1931 (l'année où Diego réalisa ses fresques), Sander explique :

> Plus qu'aucune autre science, la physiognomonie mène à la connaissance de la nature humaine (...). On peut dire d'après l'apparence de quelqu'un le travail qu'il fait ou ne fait pas ; on peut lire sur son visage s'il est heureux ou préoccupé (...). L'individu ne fait pas l'histoire de son époque, il s'imprime en elle et en exprime le sens. Il est possible d'enregistrer l'image physiognomonique de toute une génération à un moment donné de l'Histoire et, avec une connaissance suffisante de la physiognomonie, de faire parler cette image contenue dans des photographies (...). L'état d'esprit d'une époque et d'un groupe se manifestera avec force en certains individus que nous pouvons appeler des « types ».

Cet homme qu'obsédaient les involutions des visages particuliers cherchait en eux le type de notre Visage-en-Général. Sander ne démasque l'individu que pour restituer au personnage dénudé le masque de son clan. Les portraits de *Visages de ce temps* essaient de gommer la présence indiscrète du photographe pour attirer toute notre attention sur l'objet photographique, ce visage de notre temps.

Mais les diagnosticiens apprennent vite que leur propre personnalité contribue à déclencher ou à désamorcer les plaintes de leurs patients. Le photographe qui pratique le détachement et l'effacement se fait tout de suite remarquer par son absence. Sander, à l'instar de ceux qui travaillaient au même moment dans les domaines de la physique, de la psychologie, des sciences politiques et autres disciplines, buttait contre (et, sans le vouloir, contribua à découvrir) la grande vérité de ce siècle : l'observateur et la chose observée se confondent en un tout indivisible. Voir un objet de loin, c'est déjà agir sur lui, le transformer et être transformé.

J'avais consulté un millier d'encyclopédies, constaté qu'elles passaient sans transition de la Zambie à Zanzibar, et commençai donc à mettre en doute l'existence de mon Zander de Detroit. La dizaine de monographies que j'avais disséquées laissait entendre que les contributions autrichiennes aux débuts de la photographie étaient rarissimes. Faute d'un avis contraire, l'image des trois fermiers perdit peu à peu sa netteté pour n'être bientôt plus dans mon esprit qu'un mélange informe de tons gris ; deux hommes, peut-être trois, l'année du déclenchement de la guerre, l'un d'eux me ressemble vaguement. Le trop familier est toujours ce que l'on reconnaît en dernier. Si dans un terminal bondé, un haut-parleur appelle notre nom, nous nous faisons la réflexion qu'il se trouve dans cette foule, par une extraordinaire coïncidence, quelqu'un d'autre qui porte notre nom.

Jour après jour, je tentais de retrouver le sentiment d'obligation que la photo avait spontanément éveillé en moi pendant que j'attendais le Technoliner. Il semblait que cet instant fût résolu à rejoindre tous ceux dont j'avais perdu le souvenir : ces soirées d'août passées à débattre de l'amour sur la pelouse obscurcie, ou ces samedis sur la palissade derrière un terrain vague où je chantais à une coccinelle que sa maison brûle et que ses enfants sont en danger. J'étais en train de perdre l'instant de cette photo, de perdre cette photo elle-même, comme si ma mémoire ne valait pas mieux qu'un réalisateur trop enclin au fondu enchaîné.

J'élargis alors le champ de mes recherches. Au bureau, entre deux tâches techniques, je lisais tout ce qui entretenait un rapport lointain avec ce jour perdu : Fodor sur Detroit, la *Britannica* sur Rivera et la Guerre. L'hiver arriva. Je tournai ma table de travail vers la fenêtre pour voir l'autoroute du Massachusetts depuis mon étage haut perché. Mes états de service établis au bout de six mois furent jugés satisfaisants, et mon potentiel insuffisamment exploité. La municipalité survécut à une affaire de pots de vin. Soixante mille personnes dans Boston et ses environs se trouvaient sans emploi. Je cessai de lire les journaux. Je m'intéressais de plus en plus à un autre homme du début du siècle, qui avait su, comme Sander, monnayer quelques courtes années d'études contre une renommée internationale et, sans m'en apercevoir, je passai le cap au-delà duquel je n'étais plus capable de me rappeler ces trois visages.

Pour qui tomberait un jour dessus, Sander, archiviste et témoin inlassable, tenait avec un soin méticuleux la chronique de sa propre évolution. Il se souvient :

> Je chargeai mon appareil et me lançai dans ma première équipée photographique vers la partie vallonnée du village d'où je pris quelques clichés du secteur des mines. Le soir venu, je les développai,

mais lorsque j'eus terminé, un deuxième village apparut en transparence dans le ciel. Je crus d'abord que j'avais exposé deux fois la même plaque et fus très déçu de ce cliché. Lorsque le tirage fut sec, je m'en allai le montrer au médecin du village et lui racontai ce qui s'était passé. Le docteur me répondit qu'il ne s'agissait pas d'une surimpression mais d'une « Fée Morgane » : un mirage, un reflet dans les airs. Ceci fut ma toute première photographie.

CHAPITRE 5

Trois Vierges

> La pâleur sur le front des jeunes filles sera leur linceul (...).
>
> Wilfred Owen, « *Anthem for Doomed Youth* »

Trois semaines après la petite affaire du mois de mai, Peter Kinder, ex-Hollandais de Maastricht, et Hubert, jeune homme d'origine inconnue dont le nom de famille était Minuit, acquirent la nationalité allemande. Pour simplifier une procédure difficile et quelquefois impossible, ils s'étaient dotés d'un père et d'une mère autochtones. Mais comme les deux jeunes gens avaient encore des parents, ils avaient dû, pour les besoins de l'adoption, s'inventer des défunts.

En vérité, la mère de Peter – cette femme qui, secondée par le besoin croissant de nouveauté de Jan Kinder, avait détourné celui-ci de la mère d'Adolphe – vivait encore dans le sud de la province hollandaise du Limbourg, juste au-dessus de la frontière allemande. Française de souche, elle avait obtenu pour seul changement de la part de son amant qu'il consentît à se faire appeler « Jean ». Elle ne put rien faire contre la prédilection de Jan pour la variété et les conquêtes, appétit immodéré qui le renvoya même pendant quelque temps dans les bras de son épouse allemande. Chaque fois que Jan revenait dans le Westerwald, lors d'escapades transfrontalières, la mère d'Adolphe continuait à céder aux avances de son mari, en secret et par devoir, contrainte technique du mariage oblige.

À la mort du vieux conquérant, en janvier 1914, sa compagne franco-hollandaise, la mère de Peter, ne vit plus aucune raison de garder le jeune homme auprès d'elle. Elle écrivit à l'épouse allemande de Jan, qui s'était remariée depuis longtemps sans avoir pris la précaution de divorcer. La lettre mêlait supplique et insinuations. La mère d'Adolphe, ignorant que la mort de Jan la mettait à l'abri d'un procès pour bigamie, prit ce chantage au sérieux. Sourde aux faibles protestations de son deuxième mari, elle accueillit chez elle un fils inconnu, aussi soumise et muette qu'elle l'avait toujours été devant le père de celui-ci. Lorsqu'il falsifia ses formulaires d'adoption, Peter escomptait que sa mère naturelle accepterait avec la même docilité une mort officielle et administrative.

Les papiers d'Hubert racontaient quant à eux des mensonges plus proches de la vérité. Si tous les agents des services d'immigration allemands pouvaient retrouver sa mère (voire, avec le capital et l'intérêt nécessaires, se l'offrir), son père en revanche était inconnu, même de cette dernière. Elle avait appelé son fils Minuit, comme le héros national hollandais qui avait acheté Manhattan. De son côté, le jeune garçon s'était mis dans la tête que son père était un aventurier flamand. Expédié chez la mère de Peter avant la mort de Jan, il avait été accepté sans objection. Clause surprise ajoutée au bas du traité conclu entre les deux femmes de Jan Kinder, Hubert avait traversé la frontière, et la mère d'Adolphe l'avait accueilli avec le même silence.

L'Europe grouillait de ces transfuges et les familles se tenaient toujours prêtes à changer de camp ou annexer les nouveaux venus. Ces échanges constants, servitudes de la mitoyenneté, rapprochèrent contre leur gré des familles de toutes nations, jusqu'à ce qu'au tournant du siècle, alliances et consanguinité finissent par lier tout le monde, depuis ces fermiers jusqu'aux trois cousins Edward VII, l'Empereur Guillaume et le Tsar Nicolas. Les optimistes se servirent de cette interdépendance familiale pour apporter la preuve qu'une guerre en Europe était impossible.

Mais abstraction faite de la coutume des transferts domestiques, les femmes inclinaient par nature à ouvrir leur porte à l'étrange petit Hubert. Le visage de cet enfant alliait la naïveté aux affres du gérontisme en un mélange si absurde qu'il inspirait aussitôt l'empathie. Hubert remplissait la condition première pour éveiller l'amour : il se dégageait de lui une cruauté doublée d'une impuissance fondamentale. Il était à la merci de tous. Souvent, l'une ou l'autre de ses mères-*moeders* se surprenait à le regarder tandis qu'il se lançait dans l'une de ses entreprises sadiques et sans effet (quand il pourchassait un écureuil avec un canif, ou brandissait la menace de la lutte des classes devant un banquier de la ville), alors elle lui prédisait d'une voix forte et maternelle qu'il n'y avait pas de place en ce monde pour les petits enfants vieux, et qu'il lui faudrait souffrir sous les coups de la société. En retour, Hubert leur lançait des jurons, mais il les prononçait de travers, ou se bavait dessus tant il était en colère, et confirmait du même coup les prophéties. Ce que ces femmes voyaient en lui, ce sur quoi elles s'apitoyaient, c'était leur méchanceté propre et dérisoire.

Ainsi donc, à la fin du mois de mai, deux adolescents avaient menti devant notaire sur leurs vrais parents et, contre ce parjure, en avaient reçu d'autres d'une nationalité différente. Ils avaient pris le nom de leur père légal, Schreck, nom qu'Adolphe avait lui-même adopté après le remariage de sa mère. En son cœur, sinon encore de manière consciente, Adolphe, l'aîné des fils de Jan Kinder, caressait l'idée de reprendre son premier nom afin que la lignée de son père ne perdît pas son ultime représentant.

Le nouveau père du trio possédait en copropriété une ferme modérément prospère dans le Westerwald. Pour se prémunir contre l'incertitude des récoltes, il investissait de lourdes sommes dans les entreprises coloniales britanniques. Ces nouveaux investissements internationaux, comme l'échange d'enfants indésirables, étaient censés resserrer les liens européens et empêcher qu'un pays ne veuille saper ses propres intérêts économiques. Mais les investissements internationaux, comme les organisations caritatives internationales, n'en étaient qu'à leurs balbutiements, et il faudrait encore attendre pour qu'un jour, peut-être, les uns ou les autres fournissent à la guerre un substitut acceptable.

Avant l'adoption, la procédure de naturalisation du Hollandais et du Belge autoproclamé était restée en sommeil pendant plusieurs mois dans des bureaux lambrissés. Une fois les certificats d'adoption signés, la citoyenneté avait suivi de façon presque automatique. Le vingt-trois mai, les deux garçons étaient devenus allemands. Ce changement n'eut presque aucun effet durable sur leur personne, si ce n'est que Peter parla toute la journée avec un accent prononcé mais indéfini, et marcha en claudiquant, imitation de ce qu'il tenait pour un type germanique reconnu. Pour fêter cette naturalisation, des réjouissances clandestines organisées par Peter se déroulèrent pendant quelque temps. Le fermier Schreck se demandait souvent à voix haute, dans cette langue confuse de la classe moyenne, pourquoi il ne parvenait pas à obtenir de trois Allemands jeunes et forts au moins autant de roublardise qu'il avait su en obtenir d'un seul.

Adolphe ne semblait pas, du moins en apparence, contaminé par l'influence étrangère de Peter et Hubert. Il estimait que son statut d'aîné (il avait un an et demi de plus que Peter, et trois de plus qu'Hubert) lui conférait une lourde responsabilité. En public, il les réprimandait avec la sévérité bienveillante d'un instituteur décidé à former de nouveaux Leibniz, Kepler ou Euler. Mais à la veillée, quand la famille se réunissait pour lire Goethe ou la Bible, il avait de plus en plus de mal à ne pas pouffer de rire devant les grossièretés que son demi-frère proférait et qu'il faisait toujours passer pour des erreurs de lecture : « Par Isaac une descendance père pétera ton nom. Quoi ? Oh pardon ! Une descendance perpétuera ton nom. Excusez-moi mes chers parents. Idiot que je suis. Idiot d'Hollandais. »

Au cours de ces séances, les deux aînés prenaient ensemble un plaisir secret à entendre Hubert, cet enfant totalement illettré, complètement inapte, et qui refusait d'apprendre à lire : « Qu'est-ce que j'en ai à faire moi de ce baratin ? Je suis un ouvrier, un Soviet. Il y a ceux qui savent lire, et ceux qui savent tirer au fusil, et moi j'aime autant vous dire tout de suite que lorsque ça viendra, le grand chambardement des pauvres, je préférerai une seule cartouche à tout ce boniment. » Ce même discours eût été passible de prison quelques années plus tôt, avant l'abrogation des lois socialistes de Bismarck.

Quand de tels éclats se produisaient, Adolphe intervenait pour empêcher que ses parents ne leur jouent la grande scène de la droiture indignée. Mais en vérité, le père adoptif avait fini par prendre plaisir aux emportements puérils d'Hubert car il pouvait ensuite écouter son premier fils reprendre les arguments bien-aimés de la droite. Adolphe adorait discuter politique avec Hubert. Et si l'un d'eux allait se fourrer comme un enfant dans une impasse dialectique, il faisait ce que fait tout bon politicien : inventer des chiffres. Adolphe continua de soutenir les vues conservatrices de son père bien après qu'il put en tirer un quelconque bénéfice.

Tout seul, Adolphe s'entraînait à parler, chose qu'il faisait rarement en public depuis la puberté. Il s'essayait au style bougon et désinvolte de Peter. Très vite, il se mit à copier ses nouveaux frères plus effrontément. Caustique, il traitait de « péquenauds » ses anciens amis. Lorsque dans une conversation un sujet le dépassait, il agitait la main comme le faisait toujours Peter, et disait : « x au carré, y au carré, z au carré. »

L'impératif moral de son père, tout écorné qu'il fût, devait accompagner Adolphe au moins jusqu'à la fin du mois. Alicia Heinecke, la presque reine de mai, qui voyait approcher la date fatidique du 18 juin (dix-neuvième anniversaire d'Adolphe, et début de ses privilèges militaires obligatoires), entreprit une cour efficace, à la mode des campagnes. Elle fit en sorte de monopoliser presque tout le temps libre d'Adolphe en ces mois de printemps très occupés par les travaux de la ferme, et elle s'appliqua à prendre l'air réservé de celles qui sont inaccessibles à qui les côtoie chaque instant. Un jour encalminé par une chaleur précoce, elle profita de sa compagnie pendant quarante minutes. Ils marchèrent en silence dans les bois de Truller. Plus qu'aucune autre de ses caractéristiques, le silence d'Alicia lui avait toujours valu la gratitude et donc l'amour d'Adolphe. Bien vite pourtant, Alicia compromit ce silence avec une grâce toute parlementaire.

– Adolphe... Il faut que je te dise... il y a quelque chose... que je n'ai plus.

Adolphe était bien en peine de démêler le sens de ce message, quand sa vanité lui souffla une solution.

– Oh ma petite caille ! C'est ton Adolphe que tu n'as plus parce qu'il est si souvent parti aux champs. N'est-ce pas, ma douce amie ?

Ce mot tendre venu du dix-neuvième siècle ne les fit tressaillir ni l'un ni l'autre. Dans le domaine des sentiments, Adolphe résistait à la mauvaise influence de Peter, qui appelait « mon lardon » toutes celles qui voulaient bien l'écouter. Adolphe parlait de lui-même à la troisième personne, comme un acteur de genre peu désireux de se voir en jeune premier. Sa réponse affectueuse ne fit qu'augmenter la nervosité d'Alicia.

– Non ! Enfin si. Bien sûr que tu me manques, mon chéri. Mais ce n'est pas ça. Il y a quelque chose d'autre que je n'ai plus. Que je n'ai plus depuis un certain temps.

Adolphe essaya de se rappeler quelle menue promesse il avait oublié de tenir, quel objet il s'était imprudemment engagé à lui donner en souvenir. Il ne se rappelait pas lui avoir emprunté quoi que ce soit. Il craignit alors que l'euphémisme ne désignât un vêtement égaré, laissé derrière eux parmi les feuilles de chêne, tandis qu'ils reprenaient leurs esprits après d'inoffensifs jeux de mains. Il s'imaginait la mère d'Alicia, immense devant elle, qui demandait à la jeune fille « Où est ton — ? », et dressé devant lui, le père de celle-ci, plus impressionnant encore, qui lui posait la même question. Il ne trouvait rien à dire de diplomate et ne savait interpréter la nature véritable de cette crise. Son silence fit passer Alicia de la nervosité à un profond ressentiment.

– Je. N'ai plus. De sang.

Pendant un horrible moment, il crut qu'elle voulait dire plus de sang à boire. C'était un vampire, livide la nuit venue, en robe de voiles minces, maculée de rouge, accroupie sur des animaux de basse-cour tombés à terre. Elle était en train de lui dire que leurs amours, si parfaites et paisibles jusqu'alors, n'avaient omis qu'un seul détail : l'appétit insatiable qu'elle éprouvait pour sa jugulaire.

Il écarta cette pensée et se donna une leçon rapide et approximative de physiologie rudimentaire. À première vue, les paroles d'Alicia avaient des implications plus graves que la Crise marocaine, l'Alliance franco-russe, ou une quelconque bêtise dans les Balkans. Adolphe ne savait pas si les petits riens auxquels il s'était livré jusqu'alors avec Alicia pouvaient l'avoir mise enceinte pour de bon, mais s'il y avait le moindre risque, aussi improbable fût-il, une seule conduite était honorable. Il releva la tête, plein de noble arrogance, et comme s'il était déjà soldat de métier, vieux troupier qui a pris perpète dans l'Armée prussienne, il dit simplement :

– *Du.*

À ce « tu » familier, Alicia comprit qu'elle était parvenue, grâce à une recette éculée, un stratagème vieux comme le monde, à se faire promettre le mariage avant la date fatidique de la conscription.

Adolphe fêta son anniversaire en grande pompe, se maria avec la bénédiction des deux familles, et reçut sa convocation militaire avec ce qui lui restait encore d'esprit sportif. Alicia n'avait jamais prétendu faire partie de ces femmes qui suivent les bivouacs ; elle resta donc dans le Westerwald à passer le temps, et à vivre dans la seule perspective d'une occasionnelle permission de fin de semaine. Lors d'un tendre échange dominical, Alicia révéla avoir menti au sujet de ce quelque chose qu'elle n'avait plus. Avant qu'Adolphe ne partît rejoindre son régiment, elle lui dit d'un air rêveur qu'ils devraient mettre en route cet enfant de soldat. La conception, action punitive et militante, eut lieu le soir même.

Le nouvel uniforme de Dolphi ne changea guère les rapports qu'entretenaient les trois frères amateurs. Peter, toujours prêt à s'adapter, se contenta de troquer son « Tu connais l'histoire du gars de Rhénanie ? » contre un « Tu connais l'histoire du gars dans l'infanterie ? ». Hubert demanda s'il était difficile de renverser le commandant en chef et de prendre le contrôle de son régiment. Adolphe apporta des faits nouveaux à leurs perpétuelles discussions politiques (si l'on pouvait appeler faits les rumeurs qu'il avalait tous les matins à l'ordinaire du soldat). Pendant ses permissions, Adolphe continua de débattre avec Hubert, jusqu'au jour où le Kaiser déclara ne plus vouloir reconnaître les partis politiques, mais seulement le peuple allemand. S'ils avaient toujours été en contact à ce moment-là, les deux frères auraient sans aucun doute discuté encore de ce que les bons Allemands devaient en penser.

Mais lorsque le Kaiser utilisa cet édit pour dissoudre le Reichstag et exiger d'Adolphe un travail contre sa solde, Peter et Hubert avaient quitté le pays. Jonglant avec leurs nationalités comme avec autant de cerceaux et de soucoupes, ils passaient et repassaient la frontière hollandaise en toute impunité. Plusieurs fois par mois, ils avaient deux jours de congé et entassaient alors sur des bicyclettes d'occasion un dangereux chargement de paniers-repas et de vêtements de rechange. Ils parcouraient les cinquante-six kilomètres qui les séparaient de Maastricht pour aller voir leurs mères, défuntes aux yeux de la loi. Ils pédalaient, poussaient leurs bicyclettes devant eux, malmenaient ou ménageaient leurs machines sur le terrain taciturne, ils souffraient quelquefois davantage que s'ils étaient allés à pied.

Hubert roulait à toute allure, ses pantalons se prenaient dans la chaîne nue, il serpentait comme un slalomeur, quittait la route à chaque instant en laissant échapper des cris rauques entre ses dents serrées. Il découvrit bientôt qu'il conduisait mieux s'il ne fumait pas et se concentrait sur la portion de route que lui indiquait sa roue avant. Peter rentrait la tête dans le guidon, comme les pilotes qu'il avait vus au motocross. Il s'abîma la gorge à force d'imiter des bruits de moteur, et s'écorcha la main droite à trop prendre la poignée de son guidon pour un accélérateur. Il devint expert dans l'art d'écraser les poules.

Lors du second de ces voyages à bicyclette, Peter fit sensation dans son ancien quartier en montrant la photo que les trois jeunes gens avaient achetée par acomptes à l'excentrique de Cologne. Il expliqua que ce cliché avait plus de valeur qu'un portrait officiel réalisé en studio, car il les montrait tels qu'ils étaient, pour de vrai, ce jour-là, sans mensonge ni artifice. Peu convaincu, un vieil Hollandais déclara qu'ils s'étaient fait rouler : s'ils se voulaient « tels qu'ils étaient », ils n'avaient qu'à regarder autour d'eux quand ça leur chantait, et sans rien débourser. Quitte à payer une somme rondelette, ce devait être pour se voir « comme ils devraient être ».

Mais la mère de Peter adora cette image, bien plus que le fils dont elle s'était débarrassée. Elle voulut la conserver dans son armoire en chêne avec les autres trésors de sa vie. Les garçons expliquèrent qu'ils devaient en partager la propriété avec Adolphe et Alicia. Ils promirent de rapporter la photo à chacun de leurs voyages, dès que l'un ou l'autre l'aurait en sa possession.

Maastricht était, et demeure, la plus grande ville du sud de la Hollande, mais aujourd'hui encore elle s'évanouit brutalement dans des champs que rien ne distingue de ceux du Westerwald. La ville en elle-même est un nœud ferroviaire et une fabrique industrielle de verre, de céramique, de textile et de papier. Mais les champs alentour, qui en hiver encerclent la ville comme des meutes de loups, n'ont pas changé depuis les Habsbourg. Tout entière consacrée à la production de matériaux utiles, Maastricht est une grande ville, mais dépourvue d'éclat et sans caractère cosmopolite. En Amérique, Detroit fournirait peut-être un bon équivalent.

Les autochtones récuseraient cette description et feraient valoir leur église du XIe siècle, les antiquités romaines, et même le nom originel de la ville, riche d'histoire : *Mosae Trajectum*, le gué du Maas. Mais ce serait noyer le poisson. La ville n'existe que par et pour la production industrielle. Elle fabrique des choses, des choses dont on peut se servir.

Peter, qui avait grandi sur la frange étroite entre le centre urbain et les champs vides, aimait tourner Adolphe en ridicule, l'écraser de sa superbe simplement parce que, dans le Westerwald, Jan Kinder avait dû aller aux champs à pied et y trimer quinze heures par jour, alors que dans sa deuxième vie, à Maastricht, le père des deux jeunes hommes avait pris le train chaque matin pour rejoindre une usine de céramique où il ne travaillait que douze heures. Pour Peter, c'était là un rêve de tubes métalliques, une vision de progrès et d'avancée par la mécanique. Donnez-moi un arbre de transmission assez long, une boîte de vitesse, et je soulèverai le monde.

Maastricht faisait aussi fonction de capitale régionale du Limbourg. Cette province entretient avec le reste des Pays-Bas un lien qui, une fois encore, rappelle celui du Middle West avec les États-Unis. Le Limbourg assure la pérennité d'Amsterdam, comme le Michigan celle de Boston et de la côte est. Pourtant, le Limbourg comme le Michigan passent pour des régions de deuxième ordre. Ils observent tous deux des coutumes si différentes de celles de leurs partenaires raffinées qu'ils partagent peu de choses avec celles-ci, sinon la langue et une vague hégémonie fédérale. Tous deux sont la risée de leurs vis-à-vis plus cultivés, quoique dépendants.

Depuis les origines, le Limbourg a changé de mains aussi souvent qu'un paquet d'actions à court terme. Des retournements successifs d'alliance attestent l'esprit de contradiction des gens de cette région. Comme les Parisiens et les habitants de Bohème, les Limbourgeois sont d'éternels opposants. Ils ont accueilli avec joie la révolte contre l'Espagne, mais, apathiques, sont retombés entre les mains des Espagnols peu après la création de la République des Provinces-Unies. Le Royaume des Pays-Bas a ensuite repris possession de la province et retrouvé avec celle-ci le ressentiment de la population. Le Limbourg a toujours affiché ses sympathies envers la France, sauf durant les périodes, aux dix-septième et dix-huitième siècles, où certaines parties de la province sont passées sous domination française.

Quand en 1831 la région fut séparée en deux moitiés, l'une belge, l'autre hollandaise, chacune rêva d'échanger sa place contre celle de sa voisine. La création de la Belgique par les Grandes Puissances servit à expérimenter la notion d'État tampon, ou comment séparer deux chiens qui se battent en agitant sous leur nez un même morceau de viande. Plus remarquable que l'illogisme de cette idée fut sa réussite. Garantie par les signataires de l'accord, la neutralité de la Belgique resta entière de 1831 à 1914, année où Peter et Hubert entreprirent leur voyage à bicyclette. Mais pour les Limbourgeois, la Belgique ne représentait qu'un État-nation de plus envers lequel exprimer leur ressentiment.

Chez les Limbourgeois, le séparatisme était un passe-temps, un violon d'Ingres, une religion. Freud a comparé le recouvrement du Ça par le Moi à l'assèchement de la Zuiderzee par les Hollandais. Cette analogie apparente le Limbourg à la partie toujours pleinement consciente de l'esprit, terres hautes et sèches : nomadisme, rancœur congénitale.

L'esprit retors des gens du cru ne pouvait à lui seul expliquer pourquoi Peter, qui avait sous la main une mère d'adoption, devait pédaler pendant toute une journée pour aller voir une mère à laquelle il avait renoncé. Car Peter était devenu citoyen allemand au point d'estimer qu'il ne fallait pas laisser la gentillesse vous éloigner de plus d'un kilomètre du chemin que vous vous étiez tracé. Un long voyage à bicyclette, comme l'excès de coquetterie ou la lecture obstinée d'un ouvrage trop difficile, devait reposer sur une motivation plus sérieuse. Peter fréquentait depuis peu la veuve d'un marchand de tabac, patronne d'une herboristerie située dans le quartier où sa mère naturelle avait autrefois habité.

Cette femme avait un fils qui avait deux ans de plus que Peter ; mère et fils approchaient ensemble les deux cent soixante-dix kilos. Pour la compagnie de cette femme, Peter avait délaissé une certaine Gertie, beauté simple aux incisives dangereusement écartées. En public, Peter confessait le culte idolâtre de la beauté parfaite. Mais jusqu'alors, tout au long de sa courte vie, ses goûts l'avaient toujours porté vers le grotesque. Dans son arrière-boutique, la veuve conservait un lit de camp, reste des affrontements de Sedan. C'est là qu'ils faisaient l'amour au sens presque technique du terme. Au nom d'une inébranlable fidélité à son défunt mari, la veuve interdisait à Peter tout véritable rapport sexuel. Dans les plis surabondants de sa chair, elle lui ménageait plutôt de douces cavités qui faisaient très bien l'affaire. C'est ainsi que Peter s'était approché le plus de l'acte qu'il se vantait d'avoir accompli des années auparavant.

La veuve, quant à elle, gardait le jeune homme à ses côtés pour égayer un commerce tout particulièrement morne. Son mari était mort, son fils marié, et le tabac n'était bon qu'à faire des ronds de fumée. L'anarchie de Peter était la seule distraction de la marchande. Il se promenait dans la boutique en bâillant, puis se jetait brusquement sur le cigare maduro le plus long et le plus gros qu'il pouvait trouver, et le laissait pendre à la braguette de son pantalon en se livrant à une pantomime suggestive. La veuve riait et hurlait : « Menteur », « Rêveur », « Romancier », trois termes qu'elle tenait pour à peu près équivalents.

Ensemble, ils avaient inventé un jeu : elle se retirait dans l'arrière-boutique tandis qu'il attendait derrière le comptoir l'arrivée d'un client. Puis en réponse à tout ce que ce dernier disait ou demandait, le faux propriétaire des lieux répétait les derniers mots de son interlocuteur en y mettant le ton voulu.

– Jeune homme, je cherche un cadeau d'anniversaire pour mon mari.

– Votre mari ?

– Oui. Il fume la pipe. Pourriez-vous me donner un conseil ?

– Un conseil ?

– Vous savez... Cette pipe de bruyère, par exemple. On dirait qu'elle n'est pas mal.

– Elle n'est pas mal.

– Je dois dire, jeune homme, que vous ne m'êtes pas d'un très grand secours.

– Pas d'un très grand secours !

– Ne vous fâchez pas comme ça. Je voudrais parler à la propriétaire. Je la connais bien... la grosse femme.

– Je la connais bien la grosse femme.

Si ce numéro n'était pas très bon pour les affaires, il donnait toujours le fou rire à la veuve du marchand de tabac. Cachée derrière le rideau, elle épiait la transaction, et ses gloussements vendaient quelquefois la mèche. Un second jeu, dérivé du premier, consistait à regarder les passants dans la rue et à évaluer combien de retours à l'envoyeur chacun pourrait supporter avant de perdre son sang-froid : « Vise-moi ce gros prétentieux. Je te parie qu'il n'en gobe pas plus de trois. Et ce nigaud-là. On lui en met facilement une douzaine. » Plus tard, ces commentaires furent réduits à un signe de tête suivi d'un « six » ou d'un « huit » lancés avec mépris.

Au fil de ses visites à la veuve, Peter s'était peu à peu forgé un code moral. Son tempérament et sa constitution ne favorisaient le respect permanent d'aucun principe, mais il s'était fixé, au moins pour le temps que dureraient ses résolutions, une règle de conduite qui s'énonçait à peu près comme suit : mieux vaut sortir tête nue que risquer de porter un chapeau jugé ridicule. Si quelqu'un doit se faire rosser, veiller à se placer du bon côté du bâton. Et surtout, les plaisanteries sont plus adaptées à la conversation que les nouvelles du jour. Avant de le trahir, ce dernier précepte allait l'accompagner bien longtemps pendant la Première Guerre.

Hubert était le grand perdant de ces voyages à bicyclette. Comme sa mère n'était pas souvent disponible, et puisque son frère allait fricoter avec une petite bourgeoise, il lui fallait bien accepter le délaissement avec autant de placidité qu'il avait enduré les cruautés de Peter tout au long du chemin. Les rides fluides et profondes de son visage provenaient de ce qu'Hubert n'avait jamais conscience du mal que l'on était en train de lui faire. Ce qui le faisait passer tantôt pour un nourrisson à l'agonie, tantôt pour un vieillard moribond, c'était ce halo de stupeur résignée qui l'enveloppait toujours, un air qui semblait dire : Il vaudrait mieux que je me trouve quelque chose à faire pendant deux jours.

Pour tuer le temps, il se dirigeait vers la *Hoog Straat* et sa fontaine publique. Ce modèle de propagande venue du Nord, qui commémorait la dernière reconquête du Limbourg par la Hollande, était censé soudoyer la province et la rallier à un semblant de nationalisme. L'albâtre, d'un effet moins immédiat que les réformes agricoles, était meilleur marché que celles-ci. Toutefois, les pauvres de Maastricht pouvaient utiliser la fontaine pour y faire leur lessive. Incapable de saisir le sens figuré des choses, Hubert avait mal interprété l'inscription en lettres de cuivre : « Aux seules mains des Hollandais. » Il croyait que seuls les Hollandais étaient autorisés à plonger leurs mains dans l'eau, et que ses nouveaux papiers allemands le frappaient d'anathème. Aussi, lors de chaque voyage, ne manquait-il jamais de se laver entièrement le torse avec tout l'empressement et toute la délectation d'un criminel.

Il éprouvait à enfreindre la loi cette sensation d'accomplissement de soi que d'autres enfants ressentent en construisant des villes miniatures. Coups frappés ici et là pour servir la cause, piqûres de moustique sur les grosses fesses des bourgeois. S'il avait eu une pelle et une pioche, il serait sûrement allé défoncer une route quelque part. Au lieu de ça, il traînait sous les fenêtres d'une école primaire dirigée par une œuvre de bienfaisance, à attendre qu'une pause dans la leçon d'histoire lui permette de crier sa propre version du passé et ses recommandations pour l'avenir. Il reçut par deux fois les avertissements mous et nonchalants de la police montée.

L'anonymat d'une ville industrielle lui donnait aussi la liberté de se livrer à des activités honteuses. Cela ne désignait pour Hubert ni la masturbation, ni le blasphème, mais consistait à jouer au ballon dans les rues avec les gamins du quartier. Les deux premiers péchés représentaient à ses yeux des obligations agréables auxquelles toute personne mûre et responsable devait sacrifier régulièrement – au même titre que le travail ou les discussions politiques. Mais il éprouvait une honte véritable à ne pouvoir renoncer aux jeux de ballon. Cette honte marquait chez Hubert le premier passage du narcissisme à la culpabilité, de l'enfance à l'adolescence. Encore quelque temps, et viendrait peut-être s'ajouter à cette culpabilité la marque d'une contrition bien catholique pour les péchés qu'il commettait aujourd'hui avec tant de naturel. Une fois le processus lancé, il ne faudrait pas plus de quelques années pour mener Hubert à cette forme ultime de la honte : l'indifférence de l'adulte.

Les enfants qui se réunissaient dans les ruelles en ce début d'après-midi s'amusaient à un jeu qui ressemblait vaguement au football, puisqu'on y jouait avec un ballon rond. Aucun de ces enfants n'avait plus de douze ans, aussi Hubert faisait-il étrange figure parmi eux, les dépassant de plusieurs têtes, bloquant et contrôlant la balle comme dans un match professionnel. Les gamins l'appelaient *Opa* : Grand-père. Pendant que *Opa* commettait des fautes de jeu brutales, Peter appelait

« Monsieur » le fils de sa bonne amie, et Adolphe recevait chaque semaine des lettres d'Alicia qui commençaient par « Mon très cher enfant », bien que la jeune femme fût de deux ans sa cadette. L'âge est une chose plus malléable que l'argile. Les joueurs de ballon vénéraient *Opa* comme leur plus grande curiosité, jusqu'au jour où un gosse de huit ans, nommé Sjefke, lui ravit la vedette en arrivant avec un bandeau sur l'œil que son père lui avait arraché.

En dehors de ces activités, Hubert partageait à parts presque égales le temps qu'il passait à Maastricht entre une jeune fille de quatorze ans prénommée Wies, et un ouvrier à la retraite du nom de Willy. Wies, dont le père était policier, aimait les hommes à la folie et ne quittait pas un seul instant leur compagnie. Mais elle les délaissa tous le jour où Hubert fit son apparition. Maîtresse des plus sévères, elle avait la vocation du salut. Et Hubert, plus qu'aucune personne de sa connaissance, avait grand besoin d'être sauvé.

Leur parade amoureuse suivait un rituel immuable. Hubert arrivait à l'improviste chez les parents de Wies, et la surprenait en compagnie plus ou moins intime de l'un de ses nouveaux cousins. Prise au dépourvu, elle faisait les présentations, et tout aussitôt, congédiait sans cérémonie le prétendant déconfit. Puis Hubert emmenait Wies en promenade ; ils allaient souvent dans un endroit où l'on distribuait gratuitement le pain de la veille. Fille d'un officier de police plutôt aisé, Wies proposait toujours de l'argent à Hubert. Celui-ci refusait cette aumône – « un *Soviet* n'a que faire de l'argent » – ce qui avait sur Wies l'effet d'un puissant aphrodisiaque. Et regarder cet enfant ronger son pain rassis l'excitait encore davantage. Alors, elle l'entraînait dans les coins sombres d'un jardin public, et lui expliquait en chemin quels projets le Seigneur nourrit pour chacun, si l'on veut bien cesser de s'opposer, par égoïsme et par sottise, à Sa Divine Volonté.

Quand elle abordait la partie de son discours consacrée aux aveugles qui s'imaginent n'être ici-bas que pour prendre du plaisir, Hubert savait qu'il était temps de retrousser les nombreux jupons superposés de Wies pour commencer à jouer avec ses dessous. Polémique, il rejetait les timides objections de la jeune fille : « Les Soviets n'ont pas besoin de Dieu. » Argument pragmatique qui lui rendait de grands services. Au bout de quelques minutes, Wies, très sensible aux stimulations sexuelles, haletait sous les doigts d'Hubert. Après avoir joui, elle se mettait à pleurer et le frappait avec toute la violence dont était capable la fille adolescente d'un policier. Ses coups se changeaient très vite en caresses d'une égale violence sur l'entrejambe d'Hubert, comme si la riposte avait été la pire et la meilleure des conduites possibles. Hubert ne mettait jamais plus de temps que Wies.

Quand descendait sur eux la grâce maladroite du calme revenu, Hubert comblait les silences singuliers en racontant tout ce qu'il savait du communisme et du mouvement socialiste. Au bout de trois minutes, il avait épuisé sa science. Après l'échange d'endoctrinements, l'amour devait s'accommoder du silence. Alors, Hubert riait comme glousse un animal de basse-cour, haussait les épaules, et laissait Wies retrouver toute seule le chemin de sa maison. Ainsi, dans cette course inconsciente à laquelle se livraient les trois frères pour prolonger une enfance à l'agonie, Hubert l'emportait-il haut la main. Mais il n'avait pas encore vu sa bien-aimée autrement que toute habillée.

Après avoir quitté Wies, Hubert se rendait en général chez Willy. Le vieil homme ne dormait que par tranches d'une demi-heure, le matin et l'après-midi, et il était toujours disposé à recevoir de la visite. À l'âge d'Hubert, Will avait déjà cinq années d'expérience dans le transport de briques. Sur ses épaules équipées d'une planche incurvée dans laquelle on avait aménagé une encoche pour la tête et le cou, il transportait, depuis les fours de cuisson jusqu'à des plates-formes de chargement, des pyramides de briques montées avec soin. À l'âge d'Hubert, le seul désir qui animait Willy était de trouver un travail dans les murs de l'usine, de préférence du côté des fours. Le travail à l'intérieur rapportait quinze sous de plus par jour que le transport de briques, et il mettait le dos à moins rude épreuve. Quand il eut enfin de l'avancement, il fut satisfait de sa situation pendant plusieurs années, assuré d'en savoir davantage sur les briques et leurs fabrications que le commun des mortels.

Toutefois, son sentiment de supériorité s'était émoussé au bout de quelque temps, et Willy avait dû se remettre en quête de nouveauté. Authentique Limbourgeois, il avait trouvé le réconfort dans la contestation. Il avait lu un article sur la Deuxième Internationale dans un journal qui, pour boucler son tirage, avait dressé un tableau de ce grand mouvement de la gauche. Après s'être demandé « Deuxième Internationale de quoi ? », Willy n'y avait plus songé jusqu'au jour où, à l'usine, de jeunes ouvriers s'étaient mis à parler grèves et syndicalisme. Il avait alors fait le lien entre les deux choses, et connu l'un de ces instants d'illumination rares et persistants qui tuent quelquefois l'incohérence banale du quotidien en lui imposant une exigeante simplicité. Il pouvait ensemble défendre une grande cause et satisfaire ses instincts belliqueux, célébrer le mariage heureux et presque impossible de la justification et du martyre. Il avait trouvé sa voie.

Dès lors, et bien qu'il ignorât presque tout du mouvement ouvrier, sinon l'esprit qui l'animait, Willy parla sans cesse de la révolte des travailleurs. Il suivit, avec tout l'attachement d'un supporter qui encourage une petite équipe, le flirt de l'Europe avec le progressisme et la propriété commune. Son nouvel enthousiasme n'eut guère d'incidence cependant sur sa production de briques.

Hubert n'était pas le seul novice à avoir appris la politique auprès de Will, mais lui seul s'y consacrait avec autant de sérieux que son maître. Willy avait bien conscience de tenir là son unique poulain, aussi prenait-il grand soin de cet élève. Nul ne savait à quel homme, en Belgique, en Hollande, en France ou au Luxembourg, la mère d'Hubert était allée offrir ses services pour enfanter ce garçon, mais à coup sûr Will n'était pas cet homme-là, aussi sûr qu'Hubert allait s'asseoir à ses pieds, tel un disciple respectueux, chaque fois qu'il venait à Maastricht.

Depuis qu'on l'avait forcé à prendre sa retraite, Willy clamait ses idées de plus en plus haut. Au point que ses harangues lui valaient d'être régulièrement jeté en prison par la police municipale pour ce que l'on appelait « trouble à l'ordre public », accusation vague, mi-politique, mi-administrative, qui ne nécessitait guère de preuves devant un tribunal. L'arrestation avait lieu en général autour du vingt-quatre de chaque mois, si bien que Willy figurait sur la liste des détenus tous les premiers du mois suivant, et entrait ainsi dans les calculs du passif d'impôt reporté de l'établissement. C'est en suivant l'un des agents responsables des arrestations, pour poser une bombe devant sa maison, ou tout au moins jeter des pierres dans ses fenêtres, qu'Hubert avait rencontré Wies, la fille du policier.

Hubert arriva chez Will le dernier jour de juillet pour découvrir que tout son univers avait changé.

– Hubie, il faut que je te dise, avant que tu n'ailles ouvrir ton clapet devant chez moi, que nous opérons un peu différemment ces derniers temps.

– Comment ça, différemment ? Est-ce qu'on va faire fumer la poudre de ton fusil, Oom Will ?

Hubert avait des vues tenaces sur l'arme de son « oncle » Willy, un fusil de chasse à double canon avec lequel le vieil homme allait tirer le canard sur les lacs qui alimentent la Maas. Hubert était convaincu qu'il fallait taquiner les reins de l'opinion publique pour la forcer à voir où se trouvait son avantage. Il n'avait pas vraiment l'intention de se servir du fusil mais plutôt de le brandir comme une menace.

– Nous n'allons pas nous servir du fusil. Par contre, nous allons commencer à moins nous servir de ta langue, petit.

– Mais Oom Will, tu disais pourtant que les Soviets ne se laisseront pas bâillonner tant que la dernière chaîne ne sera pas brisée.

– Tout ça c'est de la littérature mon garçon. Dorénavant, nous allons entreprendre la révolution silencieuse.

– Tu plaisantes. Tu me mets à l'épreuve. Ce n'est pas une politique, ça. Ce n'est pas comme ça que l'ouvrier opprimé va prendre le pouvoir, hein grand-père ?

– Laisse ta mâchoire se reposer un peu, Hub. J'en ai assez de la prison. Ras-le-bol. Ça sent mauvais là-bas. Ils nous mettent du poison dans la soupe, et on est quinze par cellule à devoir chier dans le même seau. C'est gênant pour un homme qui a mes problèmes.

Will faisait allusion à son autre sujet de conversation favori. Sa constitution, associée à l'atmosphère chimique de l'usine, l'avait affligé d'une colite ulcérative. Il allait à la selle d'une manière qu'en aucun cas on ne pouvait qualifier de statistiquement normale.

Hubert, assis sur la terrasse couverte devant la maison de Will, restait là, incrédule, et abasourdi par ce changement de politique. La terrasse de style hollandais, une parmi les centaines que comptait la longue rangée des maisons, n'était guère plus qu'un renflement sur le pavé étroit. Le flot lent des piétons devait contourner les deux conspirateurs. Will désigna un agent à pied posté de l'autre côté de la rue.

– Ça fait deux semaines qu'ils me tournent autour. Mais ils ne m'auront pas ce mois-ci à condition que tu la boucles. Demain nous serons en août, et moi je serai tiré d'affaire. Maintenant, parle-moi comme si de rien n'était, de tout ce que tu veux, sauf de tu sais quoi.

Privé de leur sujet de conversation habituel, Hubert restait coi. Et puis il lui fallait toute sa concentration pour comprendre comment le monde qu'il connaissait pouvait avoir changé sans préavis, d'une manière si complète, brutale et irrévocable. Willy parla donc pour deux. Avec habileté, il épilogua sur la pluie et les saisons, consacrant même plus de temps à ses commentaires qu'un journaliste spécialisé ne mettrait à les rédiger. Puis il enchaîna sur trois histoires graveleuses qui, changements de décor et de personnages mis à part, constituaient des variations autour d'une même chute. Willy menait un combat héroïque pour tenir la Loi en respect de l'autre côté de rue. Mais après la météo et la pornographie, il ne restait plus d'autres sujets à la conversation que ceux de l'actualité.

– Hé, Hubie. Tu as lu les gros titres ce matin ? Je te le dis, petit, les Allemands vont entrer en Belgique comme dans du BEURRE.

Il cria la dernière syllabe et, pour illustrer son propos, donna un violent coup de canif en direction de la boule de pain qu'ils étaient en train de manger. Deux ans plus tôt, devant une délégation britannique d'officiers d'état-major médusés, le Kaiser avait fendu l'air d'un geste semblable et employé la même image : « Mes troupes entreront en Belgique comme dans du beurre. » Will n'était en rien télépathe et n'avait aucun point commun avec le Kaiser, sinon qu'il faisait lui aussi passer ses maladresses pour de l'habileté. Son geste – comme les pissenlits qui apparaissent soudain au printemps, ou la grippe à la fin de l'automne – était seulement l'un de ceux que l'on voit partout. Des millions de personnes allaient le reprendre tout au long de la semaine. Malgré cela, le policier, une vieille connaissance, avait traversé la rue en un éclair.

– Bonjour Willy. Voilà des propos bien dangereux. Tu ne serais pas en train de nous mijoter quelque chose par hasard ?

Une demi-heure plus tard, Hubert arrivait au débit de tabac, le souffle court. Peter détestait voir sa pupille faire irruption sur le lieu de ses crimes, et il manifesta sa colère en imitant, sans le vouloir, mais à la perfection, un capitaliste américain.

– J'espère que c'est important, face de crapaud, sinon je te cloue au mur et je te brûle la couenne avec la pointe de mon cigare.

– Ils sont venus arrêter Oom Will. Ils l'ont mis en prison.

– Encore ? Et après ? Tu es venu ici contre mon ordre pour me dire ça ? Mais c'est du réchauffé ton histoire.

Cette expression en vogue signifiait que l'actualité brûlante était déjà dépassée. Cela arrive tout le temps. C'est ainsi, il n'y a que le degré de lassitude qui varie.

– Et puis, et puis...

– Et puis quoi, espèce d'épileptique ?

– Les troupes allemandes vont entrer en Belgique comme dans du BEURRE.

Sans l'accessoire de la boule de pain dur, il manquait au geste quelque chose. Du réchauffé. En tout cas, cette fois-ci Peter passa à l'action. Il prit trois inspirations profondes, le temps d'évaluer la fiabilité de son frère en tant que source d'information, de peser sa responsabilité individuelle et sa responsabilité collective, et il prit aussitôt une résolution plus ferme et plus défendable que le Plan Schlieffen ou le Plan XVII. Il se dirigea vers l'endroit où la veuve était en train de se rhabiller, et se mit à trier des cigares d'un air suffisant.

– Tu crois que tu pourrais fournir un travail stable à deux Hollandais ?

Hubert surmonta son amertume un court instant, assez longtemps pour aller frapper à la porte de Wies. Celle-ci fut surprise de le retrouver si vite après leur dernier au-revoir, et son cousin de passage était dans un état plus compromettant que d'habitude. Mais l'agitation d'Hubert montrait qu'il avait de gros ennuis. Dans ces circonstances, l'appel de la sainteté grandit en Wies comme la valeur d'un titre vedette, jusqu'à ce qu'elle se sente prête à tout faire pour lui, et, pour commencer, à le suivre dans la rue sans poser de questions.

Une fois dehors, Hubert l'entraîna sans dire un mot en la poussant devant lui. Elle protestait, demandait des explications, se plaignait de sa brutalité. Mais elle n'appela pas les passants à l'aide. La détermination d'Hubert rejaillissait sur elle ; elle pressentait qu'une sorte de destin l'attendait au carrefour.

Sans réfléchir, Hubert eut l'intuition que le seul endroit où il trouverait assez de solitude pour conclure une certaine affaire était la maison de Will maintenant inoccupée. L'instinct du nid. Et si Hubert ne gonflait pas la poitrine comme un pigeon, c'est parce qu'à l'allure vive à laquelle il marchait, il avait besoin des muscles de son cou pour maintenir en place sa cigarette. Will, embarqué par un policier pressé d'arriver à la prison avant le premier du mois, n'avait pas eu le temps de fermer sa porte à clé. Hubert la poussa et précipita Wies à l'intérieur.

– Vas-y. Cause-moi de Dieu.

– Mais Huubje, nous avons déjà...

– Tais-toi et cause. Vas-y. « Dieu se met en colère quand... »

Il lui tordit le bras, pas assez fort ni assez bien pour lui faire mal. Elle s'exécuta aussitôt, sachant pertinemment ce que la demande d'Hubert signifiait. Sa voix, sans intention ni intonation, semblait aussi lointaine et métallique que si elle avait été transmise par radio.

– ... Et Dieu se met en colère contre ceux qui rejettent le Royaume pour s'adonner au plaisir. Dieu donne à chacun...

Le début du rituel se déroula sans accroc, mais tout bascula quand Hubert déchira les dessous à fanfreluches grotesques de

Wies, qui offrirent peu de résistance. Comme dans du beurre. Cette fois-ci, il n'y eut pas de récriminations après.

Hubert exigea aussitôt de savoir si elle était enceinte. Stupéfaite, elle se mit à pouffer. Elle crut qu'il la soupçonnait de vouloir lui soutirer d'ici à quelques mois une promesse du genre de celle qu'avait obtenue Alicia. Elle l'appela d'un petit nom tendre, un diminutif, et lui dit de ne pas s'inquiéter, qu'ils avaient fait assez de mal comme ça pour aujourd'hui. Il lui donna un coup dont la puissance l'étonna lui-même.

Pour la première fois, cet orphelin lui faisait peur. Elle estima, à raison, qu'on ne pouvait ni protéger, ni sauver, ni même réconcilier avec le monde un être naïf au point d'imaginer qu'une femme était capable de sentir en elle l'instant de la conception. Les innocents représentent toujours les plus grandes menaces. Il fallait répondre correctement à la demande d'Hubert, mais elle n'avait pas la moindre idée de ce qu'il attendait. Elle ne pouvait pas savoir que celui-ci, instruit par l'exemple de son frère Adolphe, avait conclu à l'obligation secrète, pour tout soldat qui s'en va-t-en guerre, de mettre enceinte la première venue. Elle risqua un oui plein d'hésitation.

Aussitôt, Hubert retrouva le sourire. Il donna à Wies tous les noms tendres qu'il connaissait – surtout des noms de choses qui se mangent. Il lui confia la photo prise le premier mai, soigneusement pliée en quatre. Pour la lui offrir, il l'avait volée à Peter. Wies joua le jeu en attendant une occasion de s'enfuir. Avec beaucoup de difficulté, Hubert griffonna quelque chose sur un bout de papier qu'il lui fourra dans la main. Elle ne regarda pas ce que c'était avant de s'être mise en sécurité dans la maison du policier. Là, elle ouvrit avec précaution le billet pour y découvrir qu'une écriture hésitante y avait tracé un mot auquel la main s'était longtemps exercée : un prénom allemand.

Hubert vola le fusil de Will. Après tout, celui-ci lui avait bien enseigné que défendre une grande cause, c'était être hors-la-loi.

Il prit aussi une demi-boîte de chevrotines. Ce qui convenait pour le canard conviendrait pour ce qu'il projetait de faire. Il passa en Belgique à bicyclette par le gué du Maas, à l'endroit où le fleuve, sans changer d'apparence, devient la Meuse. Hubert se dirigea vers Liège et les forteresses belges qu'il pensait trouver à une vingtaine de kilomètres en amont. Il pédala huit kilomètres environ, et parvint même à ne pas quitter la route une seule fois sur de longues distances. La nuit, il dormit à poings fermés dans une charrette de foin.

Au matin, le propriétaire le surprit en train de prendre des œufs dans le poulailler. Hubert expliqua qu'il avait laissé un paquet de cigarettes dans le nid en guise de paiement. Il ajouta qu'il s'en allait chasser les Allemands hors de sa Belgique natale. Le fermier se gaussa et fit remarquer à Hubert que les Allemands avaient signé le traité qui garantissait la neutralité de la Belgique. La femme du propriétaire mit fin au débat qui suivit en faisant cuire les œufs pour ce garçon au visage simiesque, et en obligeant son mari à rendre les cigarettes auxquelles elle ajouta en cadeau un demi-paquet de tabac belge.

Tout en pédalant jusqu'à midi, Hubert se demandait de quoi Will et lui discuteraient maintenant qu'il n'y avait plus de Soviets. Will s'adapterait peut-être de nouveau à la prison, et alors ils pourraient reprendre leurs anciennes habitudes, les meilleures à vrai dire. Ces pensées complexes rendaient sa conduite plus approximative. Une déflagration tout près de là le renversa d'un seul coup.

Persuadé que l'invasion allemande avait commencé, Hubert visa dans la direction de la détonation, et déchargea le premier canon de son fusil, puis le second. Le recul lui meurtrit l'épaule. Blessés ou désireux de se mettre à couvert, des ingénieurs belges, qui démolissaient des ponts afin de retarder une éventuelle avancée allemande, se laissèrent tomber à terre. Incrédule, un tireur armé d'un petit fusil automatique fit feu sur l'homme à bicyclette. L'arme à répétition continua de tirer, même après que le vide se fut imposé dans l'air.

Ce jour-là, violant tous les traités, les Allemands entrèrent au Luxembourg par un endroit appelé Trois Vierges – comme les Trois Grâces, ou la Vierge Marie.

CHAPITRE 6

Deux pistes pour un mirage

Tu vois ce que je fais là : il y avait un espace vide dans cette malle, alors je le remplis avec du foin ; c'est comme les bagages que nous portons dans la vie ; qu'importe ce que nous fourrons dedans, ça vaut toujours mieux que de laisser un vide.

Tourgueniev, *Pères et fils*

– Mon préféré entre mille
C'est bien John Stuart Mill...

Les rugissements de Delaney faisaient beaucoup penser à un chasseur F4 aux mains d'une nation en voie de développement. Ses rafales d'injures visaient une carte récalcitrante à circuits imprimés sur plastique moulé qui générait ce que le magazine appelait un café « entièrement programmable par l'utilisateur ». Mais la machine avait réécrit son logiciel depuis belle lurette, et refusait désormais de quitter le mode « Réchauffage ». Bien qu'il fût capable de prendre une décision en quelques millisecondes, le microprocesseur de la cafetière choisissait invariablement de répéter la même action : porter l'eau à une température de 65 degrés pour la faire couler en un pitoyable goutte à goutte dans la verseuse prévue à cet effet. En 1917, dans les Ardennes, l'Armée de terre américaine avait mis au point une méthode (un grand pot d'eau tiède dans lequel on brassait le grain moulu) qui surpassait la technologie des circuits intégrés tant sur le plan gustatif que sur celui du débit.

Au cours du dernier quart d'heure, l'air que chantait Delaney s'était insensiblement transformé en un « C'est si bon d'arnaquer son patron », et Doug, sachant peut-être dans un coin de son volumineux préconscient que les chèques du groupe Powell lui imposaient l'obligation morale et minimale de faire un petit quelque chose chaque matin, s'empara d'une tasse à café et se dirigea vers le module de Mays en imitant de son mieux la ligne droite.

– Tu te rends compte que si je tirais sur ton intestin grêle, il ferait l'aller-retour d'ici jusqu'aux latrines. Plus besoin de se déplacer.

Mays dissimula les documents sur lesquels il travaillait, et afficha sur son visage l'air courtois des fonctionnaires. Il se montrait toujours attentif aux autres, car on lui avait inculqué cet impératif moral qui tient l'impolitesse pour un délit bien plus grave que peut l'être le crime passionnel. Il adoptait l'attitude servile du chien qui, après avoir opposé un semblant de résistance à un adversaire de plus grande taille, met fin à la bagarre en se couchant sur le dos, la gorge à découvert.

– Doug, je dois finir ce travail, tu sais. Mais peut-être que monsieur Moseley serait content de bavarder.

En fait, Moseley avait posé son stylo rouge et s'était accordé un rare instant de répit dans ses corrections pour travailler sur son projet favori : l'aspirateur à bruit. Selon le schéma, un microphone envoyait le signal entrant dans une boucle d'analyse qui produisait une onde sonore exactement inverse à celle de la source naturelle d'émission. Là où celle-ci formait une crête, l'onde calculée par la machine dessinait un creux et vice versa. Ainsi la somme des deux ondes était-elle égale à zéro : le silence. Moseley travaillait à son circuit chaque fois que Delaney se lançait dans ses délires. Lorsqu'il entendit prononcer son nom, Moseley rajusta le mur de plantes autour de son bureau pour combler dans le rideau d'arbustes un espace laissé dangereusement vide.

Delaney n'avait nulle intention de saisir les sous-entendus de Mays.

– Dougo, est-ce que tu ne pourrais pas au moins faire semblant de t'activer ?

– J'appartiens au syndicat moi, je te ferai dire.

– Tu veux qu'on se fasse doubler par la concurrence ?

Mays faisait allusion aux laïus que Caroline (Madame la Présidente, comme l'appelait Delaney) leur infligeait aux réunions du personnel, ou distillait dans de discrètes notes de service. Brink, qui n'avait pas le goût de la compétition, ne montrait d'ordinaire pas plus d'indulgence envers les toquards que ne le fait l'Américain moyen depuis la guerre de 1898 contre l'Espagne. Mais quand il s'agissait de la place que tenait *Micro* vis-à-vis de ses concurrents de la presse spécialisée, Caro se sentait pousser des griffes.

Un triumvirat de magazines interchangeables s'affrontait pour ce qu'on pouvait appeler grossièrement une « part du marché » des lecteurs de revues spécialisées dans la conception de systèmes micro-informatiques au début des années 1980. La presse spécialisée étant aux vrais magazines ce que les films de propagande financés par le gouvernement sont à Hollywood, ces périodiques ne peuvent se faire « concurrence » qu'au sens littéral du terme. Ce qui n'empêchait pas les rédacteurs en chef de *Micro Mensuel*, *Micro Mag* et *Micro Mag Mensuel* de s'observer avec l'animosité réciproque des diplomates, et de passer ainsi moins de temps à préparer leurs articles qu'à débiner l'ennemi.

Ces magazines, dont les différences n'apparaissaient qu'aux trois intéressés eux-mêmes, manœuvraient les uns par rapport aux autres afin de régner sans partage sur l'ingénieur concepteur. Mais comme pour l'Eurasie, l'Océanie et l'Asie orientale d'Orwell, la supériorité absolue était impossible. Le marché impliquait une répartition aléatoire des lecteurs. Chaque magazine s'offrait les services des mêmes instituts de sondage pour obtenir des « études indépendantes sur le lectorat ». Chaque étude, toutes manipulations savantes de statistiques confondues, restait catégorique : on notait au cours des six derniers mois, un report de préférence de 0,02 point, tout au plus. Si, par extraordinaire, l'un des trois magazines totalisait sur le « marché » une avance supérieure ou égale à 1 %, ses deux rivaux coopéraient de manière tacite pour enfoncer le géant et le ramener à une humble égalité.

Ce blocage absolu provenait du fait que les trois revues étaient en tous points interchangeables. Elles comptaient le même nombre de feuillets. Proposaient les mêmes publicités pleine page en quadrichromie (dans les parcs industriels de premier plan, le mot d'ordre était à la « saturation des organes d'évacuation »). Elles recevaient des communiqués de presse identiques, et les convertissaient en des techno-dialectes à peu près équivalents : « Simplifiez la tâche de la double commande de processus », etc. Mais surtout, chaque magazine surveillait de très près ses concurrents et interdisait par là toute innovation. Un rédacteur en chef fut autrefois renvoyé pour avoir proposé un nouveau titre qui ne comportait pas le mot « Micro ». Si une nouveauté parvenait malgré tout à trouver son chemin, la concurrence, implacable, la copiait aussitôt, jusqu'à ce qu'elle ne soit plus qu'un inoffensif statu quo.

Les cadres de chaque revue jouaient une partie d'espionnage compliquée et criminelle. Espions et voleurs de secrets industriels dérobaient des calendriers éditoriaux confidentiels pour les vendre à la concurrence qui s'empressait alors d'y conformer ses propres plannings. Chaque équipe de rédaction, se sachant espionnée, facilitait aux mouchards la collecte de l'information désirée, pour que ceux-ci n'aient pas besoin de piller un trop grand nombre de fichiers précieux. Personne ne voulait d'une escalade : ceux d'en face risquaient de lancer des représailles si vous cachiez trop bien vos secrets. Et au bout du compte, tout le monde serait obligé de se contenter de ses propres ressources.

Sur de doubles pages en couleur, pour convaincre d'éventuels annonceurs des risques qu'ils prendraient à s'afficher dans l'un des deux autres périodiques de qualité inférieure, chaque magazine répétait à l'envi les différences insignifiantes qui le distinguaient de la concurrence. *Micro Mensuel* avait lancé une campagne diffamatoire contre *Micro Mag* en publiant la photo d'un vieillard, vêtu d'un habit fin de siècle, appuyé sur une canne, et plongé dans la lecture de ladite revue. De l'exemplaire pendait une longue toile d'araignée rehaussée d'une veuve noire. « Quoi de neuf dans *Micro Mag* ? » s'interrogeait la légende. Le communiqué déplorait les lenteurs du rival de *Micro Mensuel* en matière de « délai d'obtention » (expression en vogue et au sens incertain), délai si long que bien des composants étaient devenus obsolètes quand paraissait enfin l'article qui leur était consacré. Mais l'annonce omettait de dire que la durée de vie nominale moyenne des nouveaux matériels était de quatre mois.

Deux semaines plus tard, *Micro Mag* avait riposté (pas de problème de délai d'obtention cette fois-là) en diffusant un papillon où s'étalait sur papier glacé la définition agrandie du mot « mensuel » donnée dans le *Webster*. Le tout accompagné d'un gros titre retentissant : « Dix fois par an, c'est un peu court pour un mensuel ! » L'annonce signalait que deux parutions de *Micro Mensuel*, les soi-disant « Foires aux matériels », tentaient de se faire passer pour des numéros doubles en s'intitulant simplement numéros de mai-juin et novembre-décembre. Le libelle demandait si, dans un secteur aussi foisonnant que l'informatique, un professionnel digne de ce nom pouvait se dispenser de mettre à jour ses données pendant deux mois. Lorsqu'il prit connaissance du papillon, Mays nota qu'il s'était dispensé de mise à jour pendant les dix-sept premières années de sa vie, qu'il n'y procédait depuis lors que de temps à autre, et ne voyait pas pourquoi il lui faudrait maintenant le faire chaque mois.

Micro Mag Mensuel (Brink, Moseley, Mays et Delaney), comme bien des tiers par le passé, aurait pu tirer son épingle du jeu en comptant les points. C'était le choix personnel de Mays. Chaque jour, il comptait les points avec une sorte de frénésie religieuse. Mais Caroline, soumise peut-être aux pressions d'invisibles supérieurs, ou convaincue que toute grande puissance devait avoir un peu de sang sur les mains pour se forger une crédibilité, encouragea le service publicitaire de *Micro* à rédiger son propre manifeste. C'était un magnifique tableau comparatif. Il reproduisait en réduction les deux attaques précédentes, une sur chaque côté de la page. Au centre, en caractères sans serif, on lisait « Pris entre deux feux ? ».

L'annonce signalait que des magazines si occupés à dénoncer les défauts d'autres publications l'étaient souvent au détriment d'une bonne couverture éditoriale. L'échange d'hostilités prenait fin sur cette déclaration : « Quand les autres se chamaillent, nous on travaille. » Delaney l'avait compris, la formule n'atteindrait jamais les sommets rhétoriques d'un « Je vous promets de la sueur, du sang et des larmes » ; devant tous ses collègues, il avait tourné le slogan en ridicule : « Quand les autres se bagarrent, nous on se marre. » Ainsi Mays, qui savait combien Delaney aimait se lancer à l'assaut de la concurrence avec la fausse ardeur d'un mahométan, avait fait allusion à la Cause dans l'espoir que Dougo cesserait de le torturer pour se retourner contre la cafetière, contre Moseley, ou tout autre objet inanimé. Mais ce matin-là, Dougo ne se laissait pas manœuvrer.

– Qu'est-ce que tu fabriques donc de si important pour ne pas pouvoir bavarder deux minutes avec celui qui t'a tout appris du Trigger de Schmidt ? Tu es à la bourre ? Tu es seul ? Suicidaire ? Constipé ? Peut-être que tu as besoin...

Mays dut interrompre Delaney aussitôt pour l'empêcher de se lancer pendant une demi-heure dans son numéro associationniste, façon Madison Avenue, celui qui commençait par une diatribe contre le tartre dans la cuvette de vos toilettes, enchaînait joyeusement sur un docudrame à propos des satellites chasseurs de satellites, et finissait enfin par une conférence-débat à quatre voix (Doug les faisait toutes) sur la pertinence de la Grande Charte dans ce monde sans pitié. En désespoir de cause, Mays eut recours au stratagème de la confiance.

– Comment tu t'y prendrais toi, pour retrouver une femme aux cheveux roux ?

Peter fut frappé de constater à quel point Delaney était rapide à la détente pour un schizophrène à tendance dissociative.

– Une fois, j'ai vu Gene Kelly essayer de retrouver Vera-Ellen, sauf qu'il ne savait pas que c'était elle et qu'il la prenait pour une certaine mademoiselle Tourniquet. Ha ! Je ris de sa naïveté. Enfin bref, il a fini par la trouver, à la quatrième bobine. Vu qu'il doit être quatre fois plus difficile de dénicher une blonde dans New York qu'une rousse dans Boston, ta poule devrait se pointer d'ici à une vingtaine de minutes.

– Et un conseil constructif, peut-être ?

– Plus tard. Tu dois d'abord nous faire ce magnifique numéro de claquettes dans le métro.

– Tu ne pourrais pas être sérieux une minute ?

Delaney se lança aussitôt dans son imitation de Lytton Strachey singeant Oswald Spengler. Il était beaucoup plus convaincant que Mays lorsque celui-ci refaisait Caroline.

– J'ai essayé de contacter le service des immatriculations de l'État du Massachusetts. Ils veulent bien révéler des statistiques relatives à la couleur des cheveux, mais pas de noms, pas d'adresses, pas de numéros de téléphone. J'ai essayé d'acheter la liste de leurs clientes aux coiffeurs de Newsbury, mais ils m'ont pris pour un Fédéral, un maniaque, ou quelque chose dans le genre. Il n'y aurait pas un lobby des rousses, un groupe de défense ?

– Tu as essayé les mouvements féministes ? Franchement, mon ami, nous ne sommes pas dans *Ivanhoé*. La femme d'aujourd'hui n'est plus une proie que l'on chasse. Il existe une nouvelle conscience, un nouveau...

Peter fit à Doug une suggestion obscène au sujet d'une pièce d'un dollar en argent à l'effigie de Susan B. Anthony.

– Et puis, tu t'y prends mal sur toute la ligne.

Mays se prépara à encaisser le discours préféré de Doug, celui qui commençait par « Il y a plus d'un poisson dans l'océan, plus d'un veau à l'abattoir, plus d'un "l" dans "constellation" ». Mais Doug dit :

– Elle joue aussi de la clarinette.

Un peu déconfit et très mal à l'aise, Peter s'aperçut qu'il n'avait pas su déguiser l'obsession dont il avait subi l'emprise ces dernières semaines.

Sorti de Hank Williams, Delaney ne connaissait rien à la musique ; quant à Mays, il avait autant d'oreille qu'un sourd. Comme tous les monosyllabes, fa et la le rendaient nerveux.

Quand ils allèrent tous deux interroger Moseley sur ce qu'il fallait faire pour retrouver une musicienne rousse qui, vue du septième étage, semblait avoir environ vingt-cinq ans, leur collègue menaça de les poursuivre en justice s'ils ne lui fichaient pas la paix. Mays avait déjà des ennuis avec Brink à cause d'une rubrique en retard ; des poursuites l'obligeraient à se remettre au travail pour assurer sa subsistance.

Ensemble, Mays et Delaney parvinrent malgré tout à réunir quelques pistes susceptibles d'occuper Peter assez longtemps pour l'empêcher au moins de répéter encore la conversation qu'il aurait avec la femme-mirage une fois celle-ci retrouvée. Il avait écrit un scénario adapté à chacun des nombreux lieux possibles de leur rencontre : au supermarché, à la bibliothèque municipale, à l'hôpital, dans la Casbah, sur la Côte d'Azur, ou sur le champ de bataille. Elle : « Vous en avez mis du temps. » Lui, soudain aussi impassible que Sherlock (ou Oliver Wendell) Holmes : « J'avais peu d'indices. » Elle, mutine, les yeux jus d'orange : « Vous n'auriez pas aimé que la chose soit facile, n'est-ce pas ? » Alors il répondrait, puis elle dirait.

Les dialogues qu'il imaginait lui semblaient progresser toujours plus facilement que son article en retard sur les « Accumulateurs ». La moitié des gens souffraient de l'esprit d'escalier, celui qui, à l'heure de se mettre au lit, vous rappelle toutes les occasions manquées de faire un bon mot pendant la soirée. Mais Peter appartenait au camp de ceux qui souffrent de l'esprit d'entrée, celui qui oblige sa victime à préparer inlassablement tous ses traits d'esprit. Ceux qui ne connaissent pas la psychose de la porte que l'on a oublié de verrouiller avant de partir succombent toujours à une manie qui les empêche de raccrocher le téléphone tant qu'ils n'en n'ont pas reçu l'ordre trois fois.

Delaney suggéra à Peter de trouver le programme du défilé. La mairie, expliqua-t-il, conservait pendant six mois le registre de tous les participants aux manifestations publiques. Cela protégeait la municipalité d'éventuelles poursuites. L'Amérique des années 80 produisait dix avocats pour un ingénieur, et *Micro* constituait la preuve écrite des dégâts que celui-ci pouvait causer. Mais les avocats étaient dix fois plus redoutables, c'est pourquoi la ville se barricadait derrière un mur défensif de paperasse. Le Japon, lui, produisait au contraire un avocat pour dix ingénieurs, et ceux-ci étaient tout naturellement les grands vainqueurs de cette guerre que *Micro* appelait « technologique », conflit dans lequel Delaney se prenait pour une sorte d'Ed Teller.

La mairie, semble-t-il, tenait à la disposition du public divers documents, comme le programme du défilé. Mays se demandait comment ce lourdaud de Delaney avait connaissance d'un arcane aussi opportun, mais il estima qu'il était sage de ne pas enquêter plus avant.

À eux deux, ils réunirent aussi une liste bien mince des institutions musicales de la ville : l'Orchestre symphonique, le Conservatoire. Nul ne montra qu'il soupçonnait la jeune fille rousse d'être, selon toute vraisemblance, une lycéenne défilant avec la fanfare de l'école pour accompagner son petit ami, ou une femme absorbée par sa carrière, qui faisait prendre l'air à sa Selmer les week-ends et jours fériés, parce que cela valait bien mieux que de rester plantée avec des enfants sur un trottoir, à enlever les morceaux de barbe à papa collés à leurs vêtements. Mays, encouragé par Delaney, entretenait l'idée que la jeune femme était fille de rescapés de Bergen Belsen, et qu'elle avait abandonné son internat de chirurgie à l'Hôpital du Massachusetts pour se mettre en quête de la septième mineure.

À mesure que la liste des pistes concrètes s'allongeait, Peter se renfrognait. Les savants lancés sur les traces de Pluton, du cœlacanthe, ou de l'*Andrea Doria* sont-ils soudain moroses lorsqu'ils approchent leur proie ? Si, ce matin-là, incapable d'échapper à Delaney, Mays n'avait eu par hasard cette conversation, il aurait peut-être passé six semaines encore à la recherche de la chevelure rousse, et utilisé pour ce faire toutes les méthodes de l'ivrogne célèbre qui veut s'éloigner de son lampadaire. Au bout du compte, et comme toujours, il aurait connu la gaieté de l'oubli, l'amnésie du sommeil dont s'accommodent les affaires sans importance. Mais parce qu'elle était nimbée d'étrangeté, l'inconnue qui nageait à contre-courant de la foule s'était emparée de son esprit : ses vêtements, son maintien, son allure, tout contribuait à faire d'elle une vision aperçue derrière le rideau d'un obturateur. Et les visions n'étaient pas faites pour être approchées de trop près.

Brink, surgie de nulle part, fondit sur les conspirateurs. Interrompu au milieu d'une phrase, Delaney tenta de dissimuler leurs activités.

– Et donc, pauvre ballot, tes idées superficielles sur la faisabilité d'un décodeur d'adresse gigaoctet montrent que tu n'as même pas une vague notion des dernières avancées en la matière. Regarde les particules alpha...

– Qui veut savoir quelque chose sur les formations musicales ?

Trop épuisé pour maintenir sa garde plus longtemps, Mays avoua. Brink lui signala que son ami était membre de la Société de musique de chambre de Cologne. Delaney demanda comment allait le couple légendaire ces derniers temps. La rédactrice en chef lui rappela que l'époque était difficile, et les grouillots surpayés, un luxe inutile. Menaces auxquelles Delaney riposta en disant qu'il connaissait deux magazines prêts à bondir sur l'occasion de rencontrer une personne avec ses qualifications. À quoi Brink répliqua que le terme « bondir » décrivait à la rigueur leur réaction à l'occasion de cette rencontre. Alors, il répondit, puis elle dit.

Mays trouvait incongrue l'idée que Brink entretînt des relations avec des hommes. Elle était attirante, professionnellement parlant. Mais presque corpulente, elle contrariait le goût que

Peter et la fin du vingtième siècle portaient aux anorexiques. Et puis, elle était bien trop sympathique pour être mêlée à la sordide affaire du sexe. Mays avait fait la connaissance de Lenny Bullock – l'ami de Brink, à défaut d'un terme plus adéquat – lors de fêtes organisées au bureau, et pendant lesquelles les deux hommes avaient sérieusement picolé. Même les vapeurs de l'alcool n'avaient pu atténuer les soupçons de Peter sur ce que ce mufle devait faire subir à Caroline, femme naïve et fanée.

– Il est incroyable. On chante un air une fois, et Len le retient par cœur. Il a étudié avec des professionnels, vous savez. À la maison, il se promène en chantant, la Cinquième de Brahms ou tout ce que vous voulez, comme vous et moi chanterions « Sonnez les matines ».

– Ça vous prend souvent de chanter ça ?

Là-dessus, et juste à temps, Delaney fila à l'européenne vers la machine à café. Brink s'étendit d'une manière peu habituelle sur le fait que Bullock pouvait introduire Mays dans le monde musical de Boston. Il ne l'avait jamais entendu parler de quiconque avec autant de respect, Edison ou De Forest mis à part. Plus elle parlait, plus Mays restait sur sa première impression : qualifier Bullock de déséquilibré était encore trop charitable. Errant quand l'errance était en vogue, il avait joué les adolescents américains attardés aussi longtemps qu'il était permis de le faire. Devenu enfin adulte et tout à fait incapable d'accomplir le moindre travail sérieux, il avait fini par atterrir dans le courtage, s'était fait « répertorier », comme on dit dans le jargon (les armes de poing, les monuments historiques et les agents de change). La société avait capturé cet électron libre, et par cooptation, l'avait fait rentrer dans le rang. À ceux qui la menacent le plus, la société réserve la réussite.

Malgré cela, et bien qu'il ramenât souvent chez lui, dans cet endroit qu'il partageait avec Caro, plus de sept mille dollars de commission par semaine, Bullock était endetté jusqu'au cou. Contrairement à la plupart de ceux qui empruntent de grosses sommes, il adorait parler de ses découverts. La première chose qu'il ait jamais dite à Peter, en guise d'entrée en matière, était que l'on pouvait estimer la valeur d'un homme au nombre de ses créanciers. Ce soir-là, il expliqua à Mays qu'il avait réalisé une opération dont le retour net sur investissement était susceptible d'atteindre un rapport de 8K pour 2 – « K » faisait partie du jargon professionnel des deux hommes. Lenny avait sans doute obtenu ce bon tuyau et découvert la nouvelle symphonie de Brahms en un même lieu.

Mays remercia son chef avec autant de déférence que son caractère le lui permettait, et dit qu'il entrerait en contact avec Leonard, qui lui serait sûrement d'une grande aide. En secret, Peter enregistra tout ce qu'il pensait du bonhomme dans son fichier « Insecte.doc ».

– Dites-moi, pourquoi cette passion soudaine pour la musique ? Vous d'ordinaire si sérieux et détaché de ces choses.

Mays garda le silence et imaginait un programme télévisé en trois parties diffusé sur une chaîne publique : « Le jeune Mays : son sérieux, son détachement. » Il se demandait si l'adjectif « sérieux » pouvait se substantiver. Sérieuseté ? Sériosité ?

– Ça ne serait pas le dossier spécial sur les synthétiseurs musicaux du mois de mars ? Bon sang, Peter. On n'a pas encore bouclé le numéro de Noël que vous en êtes déjà à prévoir ceux du printemps. Vous allez faire un rédacteur de premier ordre, finalement. Un rédacteur vachement efficace.

Il faudrait que Caro garde encore longtemps ce « vachement efficace » en bouche avant que son corps cesse de le rejeter comme un tissu étranger. Peter n'aimait pas non plus la couleur de ce « finalement ». Mais au moins Brink avait-elle refermé le chapitre des humains et des relations d'iceux pour revenir au magazine.

Moseley fit entendre le froissement suggestif de plusieurs enveloppes en papier kraft, et Caroline, ramenée soudain à la raison par le bruit inaccoutumé des fournitures de bureau en action, alla, circonspecte et honteuse, rejoindre son alvéole. Dans la jungle d'indifférence qu'il avait cultivée à l'égard du vieil homme, Mays fit fleurir pour vingt-quatre heures l'arbre de la gratitude. Moseley, enfin en paix, reprit ses corrections.

Il fallut consacrer à la maquette du prochain numéro le reste de cette journée que déjà tous reniaient. Delaney fit encore deux passages éclair chez Mays qui dut s'abaisser une fois à discuter sport professionnel. Caro, pour racheter son écart, resta cloîtrée dans son module. Mays écrivait deux mots, puis décrochait, deux mots encore, puis décrochait. Il voulut forcer sa mémoire (qu'il imaginait située à une profondeur de trois centimètres juste à gauche du sommet de son crâne) à reproduire la vue aérienne aperçue en cette Journée des anciens combattants. Mais plus il redoublait d'efforts, plus l'antique personnage qui marchait à contre-courant s'éloignait et se dispersait.

Quand les cloches sonnèrent cinq heures, Mays, au lieu du souvenir qu'il poursuivait, fit remonter à la surface de son esprit un air surgi spontanément d'un vieux livre de cantiques : « Remercions maintenant notre Dieu. » Il ignorait qu'il s'agissait de l'hymne allemand repris spontanément par le peuple de Berlin le premier août 1914, jour de la mobilisation. Il ne pouvait pas imaginer non plus ce que cet air donnait à la clarinette. Il n'y voyait qu'une manière de rendre grâce pour la fin d'une journée ingrate, une de plus.

CHAPITRE 7

Portraits à la gomme arabique

> Le monde d'avant et les idées qui lui avaient donné forme se sont perdus (...) dans les couloirs d'août et des mois qui suivirent.
>
> Barbara Tuchman, *The Guns of August*

Ainsi m'avait-il suffi d'un très court séjour à Boston pour perdre à la fois l'impression mystique et la sensation physique que m'avait procurées la photo de Detroit. J'avais croisé ces visages par accident, mais les accidents de l'existence, accumulés peu à peu chaque jour, avaient eux aussi voilé et surexposé ces visages dans ma mémoire. Car les trois personnages sur la route boueuse n'avaient pas de noms pour les ancrer dans un réseau d'associations plus solide. Les histoires marquent l'esprit plus longtemps que les sensations quasi religieuses.

Et il faut le reconnaître, l'oubli ôtait à mon existence une part d'anxiété, la rendait plus confortable. Il est heureux que nos souvenirs laissent bien moins de stigmates qu'ils ne pourraient le faire. Pouvoir oublier un bras cassé compense d'ordinaire le tracas d'un mauvais souvenir. Mais cette fois, la transaction était mauvaise. Si les faiblesses de la mémoire préservent de la réouverture répétée d'une plaie, elles retardent aussi le nécessaire coup de scalpel.

Je ne parvenais plus à me rappeler à volonté le sujet de l'image en noir et blanc qui m'avait tant ému. Pourtant, je connaissais des moments, certes de plus en plus rares, en apparence spontanés ou suscités par des associations ténues, où ces trois fermiers, qui regardaient par-dessus leur épaule droite, revenaient jusqu'à moi, aussi nets et pressants que lors du premier choc. Je me sentais alors très semblable au vieux veuf qui se demande, quinze ans après la mort de sa femme, ce qui peut bien la retenir si longtemps en ce beau matin.

Mais je ne pouvais prolonger ces quarts d'heure limpides, où les fermiers revenaient marcher sur la route, plus longtemps que le veuf ne peut entretenir sa confusion. Quand je réussissais à distinguer la forme des costumes noirs et des cannes, mes impressions reprenaient tant de vigueur que cet instant de lucidité me semblait le seul après des semaines de temps perdu. Au bureau, en entendant un vrai Bostonien prononcer le nom de Revere, je crus reconnaître celui de Rivera, et je me trouvai aussitôt projeté dans la fresque de Detroit, à la chaîne de montage. L'impression de recouvrer la raison fut si forte que je décrochai sans attendre le téléphone, avant que ma conviction ne s'évanouisse, et réservai une place à bord du premier vol pour le Michigan. L'opération était presque conclue quand l'employé me mit en attente. La musique enregistrée, objet technomorphe, n'était pas – mais alors pas du tout – « *It's a Long Way to Tipperary* ». Je me sentis bête et raccrochai le combiné.

Convaincu que ma mémoire se dégradait, je décidai de tenir un carnet de bord. Je veillais tard, et sous l'influence du café noir, alignais sur des pages et des pages réminiscences forcées et exercices de concentration. Je me réveillais au matin, impatient de voir les révélations qui m'attendaient en toutes lettres sur le papier. J'attrapais le carnet encore ouvert et relisais ce que j'avais écrit la veille au soir. Les rares lignes que je parvenais à déchiffrer me paraissaient d'une incohérence toute romantique.

Le plus clair de mon temps se passait en un calme désintérêt. Si j'étais incapable de me rappeler la force de la photographie, j'avais oublié aussi la crainte de l'oubli. Mon travail était assez technique pour que je puisse m'y perdre, mais pas difficile au point d'exiger une véritable concentration. Le soir, je suivais les pistes dont le hiatus de Detroit m'avait laissé le souvenir, mais j'avais perdu de vue l'objectif de mes recherches. Nulle conspiration ne prenait forme. Le week-end, le nez dans mon Baedeker, j'allais à pied visiter Boston. La *Freedom Trail* était ma bienheureuse monotonie.

Même rares, les intrusions de la mémoire étaient assez violentes pour forcer mon attention. Trois hommes marchent sur une route boueuse par une fin d'après-midi ; deux d'entre eux sont jeunes à l'évidence, le dernier est sans âge. Quand cette reproduction mécanisée me revenait à l'esprit, je ressentais la honte des négligents, celle que j'éprouve toujours dans ces rêves où mon père, mort d'un cancer lorsque j'avais vingt et un ans, vient s'asseoir au pied de mon lit pour me dire : « Tu m'as oublié ? Tu crois que je suis mort ou quoi ? » Les fermiers, qui regardaient par-dessus leur épaule droite, m'accusaient du même crime. Quand je les revoyais avec netteté, leurs yeux posés sur l'objectif semblaient m'appeler à vivre une expérience dont j'ignorais tout.

Plus que leur accusation, je craignais qu'une action soudaine de ma part ne dissipe à nouveau l'image. Mais souvent, celle-ci était chassée par cette crainte même. Il me semblait que j'approchais d'un temps où l'anxiété produite pas le souvenir se manifesterait bientôt sans que je perçoive l'image qui le constituait.

Je l'ignorais alors, mais je n'avais aucune raison de m'inquiéter. Ce qui ressemble à un détour a cette faculté de devenir, au fil du temps, une voie directe. Il me faudrait emprunter un chemin étrange et tortueux pour revenir à ce jour de 1914, mais je serais à l'heure au rendez-vous. Pour identifier ces candidats au bal, je devais d'abord entrer et me perdre dans leur danse.

L'hiver venu, je reçus ma première augmentation, d'environ 2,5 %. Associée à une inflation de 14 %, celle-ci représentait une baisse de salaire assez considérable. Le directeur adjoint des ressources humaines (les gens, dans le jargon vernaculaire) s'empressa de m'assurer en privé que cette augmentation ne reflétait pas la qualité de mon travail. Il me confia que j'étais l'un des rares à faire le poids dans le service. Mais il est vrai que j'ai toujours été un peu léger pour mon poids.

Notre secteur d'activité, m'expliqua-t-il, prospérait ou s'affolait au gré des fluctuations de la Bourse, et une perte durable de la confiance placée dans le marché entraînait une perte égale de confiance, chez nous, à la direction. « La confiance engendre la confiance ; le manque de confiance engendre le manque de confiance. » À moins que ce ne soit l'inverse. Je n'ai jamais été très doué en économie. Dans sa bouche, ça avait l'air censé.

Si j'avais eu encore vingt-cinq ans, j'aurais peut-être tiré argument de la circularité de son raisonnement. Mais je me fichais de l'argent et voulais seulement que ce type me laisse quitter son bureau. Je le remerciai pour les 2,5 % et espérai qu'après cela notre entretien tournerait court.

Au contraire. Cet homme, qui avait eu jusqu'alors la charité de me laisser en paix, se lançait à présent dans une analyse approfondie de la façon dont l'Amérique devait s'y prendre pour retrouver le chemin de la croissance. Ces théories semblaient le fruit d'une vie domestique malheureuse. Nul doute que madame refusait tout animal familier. Parti d'un discours sur l'érosion constante de la valeur en capital de la plupart des titres phares de l'industrie technique de notre pays, il plongea dans un océan de comparaisons pour revenir à la question de mon salaire : j'étais un employé sérieux, trop peut-être. Et c'était là le problème : la froideur de mon caractère mettait en péril le moral des troupes, et donc la production. Pourquoi ne pas m'ouvrir un peu plus aux autres ? Il ne me laissa partir qu'après m'avoir fait promettre d'assister à la fête de Noël du service.

Le jour venu, afin d'honorer ma promesse, je me rendis sans enthousiasme chez le président, dans une riche banlieue de South Shore. Il fallut compter deux heures de train pour le voyage, une heure et demie pour les plaisanteries, un quart d'heure pour le tirage au sort du gagnant de la dinde, et quarante minutes encore pour les toasts et les chants de Noël. J'étais sur le point d'inscrire les quatre heures et demie de ce samedi après-midi au registre des pertes sèches, quand je fis ma découverte la plus importante depuis la photographie. Je rencontrai la personne qui faisait le ménage au bureau, madame Schreck, une immigrée, avec qui je n'avais eu aucun contact jusqu'alors, sinon par l'intermédiaire d'étranges confiseries sous Cellophane, des bonbons au chocolat selon toute vraisemblance, qu'elle laissait parfois en cadeau sur ma table.

C'était une femme solide, bien qu'elle eût à l'évidence dépassé d'une bonne dizaine d'années l'âge réglementaire de la retraite. Lui permettre de travailler était peut-être le seul forfait respectable jamais commis par notre employeur commun. Nous avons discuté tout en regardant les trésors de notre hôte, vaste collection d'artefacts qu'il conservait pour se prémunir contre l'inflation. Madame Schreck prit l'un d'eux, une casquette d'ambulancier allemand datant de la Première Guerre mondiale, et me confia une histoire intime et merveilleuse. Tandis qu'elle me racontait, dans une langue presque impénétrable, un détail anodin de sa jeunesse, je sentis ses mots me rouvrir un chemin vers la photo, chemin que j'avais cru condamné pour toujours.

J'étais de nouveau sur la piste. Et même si elle exhalait la puanteur du passé, elle avait l'arôme de quelque chose de neuf et d'étrange.

En 1913, à quarante ans, Charles Péguy, mélange improbable de poète, de journaliste, de socialiste et de catholique romain, formulait l'opinion désormais célèbre, et souvent reprise, selon laquelle le monde avait davantage changé en trente ans que depuis la mort de Jésus-Christ. Péguy décrivit à ses millions de contemporains le spectacle à la fois horrible et enivrant d'une culture soumise à une accélération géométrique.

Derrière la formule de Péguy se cache l'idée que chaque outil – chaque mesure, chaque observation de la nature des choses, y compris l'observation faite par Péguy lui-même – accélère et automatise l'acquisition de l'outil suivant. Le premier éclat de silex trouve son prolongement logique, au fil d'étapes de plus en plus brèves, dans la chaîne de montage et la machine auto-reproductrice. Cette courbe de l'évolution toujours plus accentuée s'applique à toute entreprise par laquelle le progrès engendré contribue directement à l'accélération du progrès.

Comme les corps en chute libre, il semble que ces transformations, produits de l'évolution, de la culture, ou des techniques, ne puissent subir une accélération perpétuelle, mais doivent atteindre une vitesse limite. Appelons celle-ci point de déclic, instant où le degré de transformation d'un système atteint un niveau tel que les fondements du système, son aptitude à la transformation, se trouvent eux-mêmes transformés. Les points de déclic apparaissent quand un système progresse à une telle allure, et que ses outils sont devenus si aptes à se reproduire et se modifier, que le système se dote d'une conscience de lui-même et atteint la vitesse limite de l'analyse réflexive.

Les points de déclic correspondent à ces instants où le processus évolutif d'un système fait retour sur lui-même et s'applique à sa propre source. En un milliard d'années, l'évolution, dessinant une courbe toujours plus accentuée, produit une espèce capable de comprendre l'évolution. Après Darwin (ou, comme le soutiennent les historiens des sciences pourvus d'une méta-conscience de plus en plus grande, après Alfred Wallace, voire les naturalistes anonymes de la génération précédente), l'évolution ne peut plus emprunter ses chemins primitifs. Ayant atteint un point de déclic, la sélection naturelle se réorganise en sélection consciente. Même si nous, qui sommes le produit et, désormais, l'agent mandataire de l'évolution, décidons de ne pas favoriser ou de ne pas entraver directement la cause d'une espèce, nous parvenons encore à un résultat qui est celui d'un processus mental bien plus qu'environnemental. Si, parmi les idées de Marx, qui sont peut-être le point de déclic des sciences économiques appliquées à elles-mêmes, nous n'en tenions qu'une seule pour incontestable, ce serait celle qui énonce la transformation des changements quantitatifs en changements qualitatifs.

Dans le processus d'adaptation mentale, le déclic s'est produit avec Freud et la psychologie des profondeurs. Maintenant que notre culture sait identifier les mécanismes de défense, le moi ne peut plus y recourir de la même manière qu'avant. L'art, qui était autrefois le produit de mécanismes psychiques, réfléchit aujourd'hui sur ces mécanismes et, point de déclic extrême, sur le fait d'y réfléchir. La Révolution industrielle culmine avec l'ordinateur, machine capable de concevoir celle qui la remplacera.

En mathématiques, le point de déclic fut atteint avec Gödel lorsque celui-ci utilisa un système formel pour en démontrer l'incomplétude, et avec elle, celle de tout système assez rigoureux pour démontrer sa propre incomplétude. De la même façon, Planck, Bohr, Heisenberg et autres conspirateurs associés, ont retourné la physique sur elle-même en introduisant un nouvel élément réflexif à l'intérieur de cette discipline. (Los Alamos, sous-produit de cette étape, constitue un point de déclic dans l'histoire de la guerre.) Les modifications qui s'opèrent dans ces domaines ne s'arrêtent pas aux points de déclic. Seule la courbe de l'évolution atteint un seuil critique, sa dérivée seconde passe par zéro, et une nouvelle courbe commence, qui chemine à travers un territoire nouveau.

Que dire alors de l'observation déclic de Péguy (et des centaines d'autres qui lui sont contemporaines) selon laquelle la culture et ses outils auraient davantage changé en trente ans que pendant les 1 900 années qui les ont précédés ? La culture avait engendré des êtres qui n'étaient pas les simples produits passifs de leur société, mais aussi les acteurs et commentateurs de son accélération. Toujours plus vite, la culture avait remplacé ses articles de série jusqu'à parvenir dans une zone-déclic dont les occupants se savaient remplaçables et valaient uniquement comme tels. Non plus seulement une culture qui change, mais une culture du changement.

Les artefacts du comportement sociétal ont pris l'autoroute du temps ; aujourd'hui, une décennie suffit à accomplir l'œuvre du siècle qui l'a précédée ; deux ans bouleversent une décennie en y ajoutant leur mélange de nouveautés et d'épiphénomènes – comme, avant 1913, la menace malthusienne d'une catastrophe démographique. Ainsi, telle une particule accélérée dans un cyclotron, qui entre en collision avec sa cible et la transmute, le changement culturel soumis à l'accélération induite par la formule de Péguy est venu percuter le fer sociétal pour le transformer en un nouvel alliage. Et partout, les gens ont respiré l'air d'une planète nouvelle, qualités inédites du simultané et du réflexif.

Comme dans la célèbre plaisanterie, les changements culturels avaient accompli l'exploit de cette femme qui courait si vite qu'elle avait fini par se rattraper elle-même sur la route. En 1913, les goûts, les doctrines, les théories, les systèmes en « isme » (qui obéissaient jadis au vieux modèle de la progression séquentielle) changeaient et se succédaient à une telle cadence qu'ils se dépassaient les uns les autres et allaient se fondre dans le spontané. L'*avant* s'était porté si loin devant sa *garde* qu'il en avait rejoint les arrières et courait maintenant à leurs côtés. Ayant atteint sa vitesse limite, le « toujours-plus-vite » exalté par le *Manifeste du Futurisme* était voué à devenir une doctrine du « tout-en-même-temps ». Et cette simultanéité vaut encore aujourd'hui, à l'ère où se côtoient militarisation du Tiers-Monde, banque à distance, jeux télévisés, retour de l'orthodoxie religieuse, art conceptuel, punk rock et néo-romantisme.

Paradoxe : l'hyper-progrès se fait immobilisme. Il est *toujours* vrai que les choses ont changé davantage ces trente dernières années que depuis l'époque du Christ. Et puisque c'est *toujours* vrai, *rien* n'a donc changé depuis Péguy. Société et culture se mordent la queue et forment un cycle benzénique. L'art est à la fois son propre sujet et son propre matériau : le postmodernisme se penche sur la peinture, le sérialisme sur la composition musicale, le constructivisme sur la fiction. C'est ainsi que le siècle est devenu retour sur le siècle, l'Histoire, retour sur l'Histoire, un cercle clos, immobile, éclectique, universellement réflexif, uniformément divers, comme un nuage homogène de débris après l'apparition d'une nova. Rien ne peut plus avoir lieu dans ce siècle sans coïncider avec quelque événement qui l'associe à la conspiration d'un tout.

Péguy lui-même a subi les conséquences de la nature autocorrective de sa propre observation. Sa vie a changé davantage dans l'année qui a suivi ce constat que pendant les quarante ans qui l'avaient précédé. Tout ce en quoi il avait cru – mélange éclectique et simultané de catholicisme, de mysticisme, de socialisme et d'esthétisme – pâlit devant l'Isme qu'il reçut en pleine tête à la bataille de la Marne, un mois seulement après le début de la guerre. Il est difficile d'établir un bilan des victimes pour cette seule bataille, mais une petite centaine de milliers d'hommes au moins reçut le même baptême que Péguy, et la même foi dernière. Ces hommes la confessent désormais depuis plus longtemps qu'aucune autre. Elle pourrait bien se révéler la religion-déclic de ce siècle, et aussi la plus durable.

Enclencher un point de déclic produit toujours une explosion. C'est avec la Grande Guerre que le vingtième siècle combla le retard qu'il avait pris sur lui-même. Pour que le Simultané s'impose comme nouveau principe directeur, il lui fallait trouver sa place parmi les décombres inextricables des dynasties royales, de l'impérialisme et du colonialisme, parmi ceux des belles lettres moribondes, du système inégalitaire de la propriété, et il ne devait pas se laisser aller à la nostalgie si souvent confondue avec les précédents de l'Histoire. La tradition culturelle s'était distancée elle-même, elle était parvenue à son point de déclic, et comme la détonation qui retentit lorsqu'un bolide rattrape et dépasse la vitesse du son qu'il produit, une onde de choc considérable s'était propagée quand le vingtième siècle avait rejoint le vingtième siècle.

Un nombre incalculable d'individus – plus de dix millions, si ce chiffre a le moindre sens – n'a pas survécu à cette accélération. Et aucun aspect de l'ordre ancien n'est resté intact. La violence de cet accouchement par césarienne s'inscrit en chaque menu détail, chaque souvenir congénital enfoui au creux de nos vies quotidiennes.

Aujourd'hui encore, la cause accidentelle de la guerre (« une quelconque bêtise dans les Balkans ») nous semble tout arbitraire, partiellement hors de propos et d'un intérêt limité. Le brave soldat Chvéïk de Hašek, ancien combattant tchèque des Balkans, et volontaire docile pour la nouvelle conflagration, tantôt imbécile patenté, tantôt fou de lucidité, est le meilleur juge des causes aveugles qui menèrent à l'assassinat du prince :

> Pour un travail comme celui-là, moi j'achèterais un Browning. On dirait un jouet, mais ça vous descend vingt archiducs en deux minutes, qu'ils soient gros ou maigres. Même si, de vous à moi, Mme Muller, un gros archiduc fait une meilleure cible.

Aujourd'hui, la « cause » de la guerre (les événements de juin-juillet 1914) semble n'être que la mise en œuvre maladroite de pressions et d'intrigues diplomatiques ourdies quelque temps plus tôt. Les télégrammes échangés entre cousins germains de sang royal à la tête de leurs États, les accords secrets, les ultimatums imposés par la force, les chèques en blanc, les regrets de dernière minute, forment à présent un nœud inextricable qu'aucun de nous, trop éloigné des faits ou trop impliqué, ne peut plus démêler entièrement ni de manière satisfaisante. Ici encore, les explications erronées de Chvéïk en valent d'autres :

> Il faudra bien une guerre contre les Turcs. « Tu tues mon oncle, je te brise la mâchoire. » La guerre est inévitable. La Serbie et la Russie nous aideront...

Chvéïk avait certes inversé le sens des alliances, mais il avait malgré tout saisi le fond de l'affaire. Le conflit fut le produit d'une attitude largement partagée, et résumée par Sir Edward

Grey, le Secrétaire britannique aux Affaires étrangères : « Si nous participons à ce conflit, nous ne souffririons guère plus que si nous restons à l'écart. »

Mais la guerre était-elle nécessaire ? Selon A. J. P. Taylor : « Aucune guerre n'est inévitable tant qu'elle n'a pas éclaté. » Cette épigramme pleine de lucidité s'efforce au mieux de protéger ce que l'humanité a de meilleur – la raison – contre ce qu'elle a de pire : le fatalisme. Pourtant, on pourrait tout aussi bien dire que jamais personne, avant d'avoir touché le sol, ne s'est blessé en sautant du haut d'un immeuble. Dans un contexte où l'Autriche-Hongrie pensait que l'Allemagne supposait que la Russie croyait une guerre entre la Serbie et l'Autriche-Hongrie inévitable (sans parler de la Turquie, de la France et de la Grande-Bretagne qui s'empressaient toutes d'occuper des positions avantageuses pour ne pas se laisser dépasser par les autres nations), la formule de Taylor semble prisonnière d'un cercle vicieux : « Aucune guerre n'est inévitable tant qu'au moins l'une des parties en présence ne la croit pas inévitable, ou tant qu'au moins l'une des parties en présence ne croit pas qu'une autre partie la croit inévitable. »

Les tendances lourdes de la société accumulent une telle force d'inertie que bien des années s'écoulent avant de voir apparaître les résultats d'une nouvelle orientation. La voiture nous en donne un bon exemple. Ford a mis au point l'automobile à moins de cinq cents dollars au cours de la première décennie du siècle, mais il a fallu soixante-dix ans à notre pays pour se trouver pris en otage par les nations pétrolières, touché par un nombre croissant de maladies respiratoires et de cancers, incapable de se rendre de A à B par d'autres moyens que ceux offerts par la propriété privée, et condamné à voir disparaître tous les quinze ans dans des accidents de la route l'équivalent de la population de Houston. De même, il se peut que la guerre ait été le produit d'un facteur depuis longtemps disparu, généré par le passé, mais inévitable en apparence aux yeux du présent. Peut-être les morts imposent-ils leurs diktats aux vivants.

Barbara Tuchman évoque cette éventualité : von Schlieffen et l'état-major allemand, coupables d'avoir planifié dans l'urgence la destruction de l'Europe, se seraient néanmoins justifiés en invoquant une philosophie germanique pluriséculaire. Les germes de la guerre totale sont présents dans la pensée de Fichte et de Nietzsche qui exhortaient les peuples forts, de cultures supérieures, à asseoir leur domination légitime ; on trouve cette idée chez Hegel en particulier, qui voyait en la révolution perpétuelle l'instrument du progrès et du changement. Les Français subissaient aussi l'influence d'une tradition identique et très ancienne. Henri Bergson soutenait dans sa doctrine que « l'élan vital », entendons les Français, triompherait des bas instincts matériels, c'est-à-dire des Boches. Ainsi la guerre avait-elle trouvé de longue date son origine en cette foi profonde dans le progrès et le triomphe du Grand Homme.

L'an mil neuf cent treize connut plus de Grands Hommes qu'aucune époque depuis la Renaissance. À titre d'exemple, Vienne et Paris (dont on peut dire qu'elles représentaient le mieux les factions ennemies, l'une exubérante et monarchique, l'autre réservée et anarchique), pouvaient se vanter d'accueillir à elles seules Freud, Picasso, Wittgenstein, Proust, Apollinaire, Schönberg, Webern, Berg, Gide, Jarry, Debussy, Klimt, Stravinsky, Bernhardt, Mahler, les médecins et chercheurs de l'Hôpital général, Stein, Méliès, Krauss, Werfel et le Douanier Rousseau, liste non exhaustive dont on ne saurait épuiser la richesse. Pour décrire la période, on a souvent paraphrasé la vie de ces individus, pratique excusable, puisque la période elle-même semble s'être perçue ainsi. À croire qu'en un dernier sursaut, l'ancienne marche du progrès (succession de bonds en avant effectués par le génie individuel) ne pouvait céder le pas à l'ère nouvelle du simultané qu'après une dernière explosion de fécondité.

Il se peut aussi que la guerre ait été rendue nécessaire par quelque prédisposition génétique en l'homme. L'amour du morbide, la foi dans les vertus du maladif et du pervers, plus riches en possibilités que le statu quo, ont contaminé nos choix en ce siècle, comme une épidémie. Mais un état d'esprit inverse, un optimisme perpétuel et injustifié, porte tout autant la responsabilité de la catastrophe. Songez que presque tous les observateurs de l'époque, des plus profanes aux plus informés (hormis quelques pions impuissants placés à la tête des armées, comme Kitchener et von Moltke), prédisaient en public que la guerre serait courte.

Cet optimisme provenait en partie d'un raisonnement fondé sur les armes de nouvelles technologies : si l'on divisait le nombre total des combattants disponibles en Europe par un taux de pertes raisonnable pour les mitrailleuses et l'artillerie de campagne, on découvrait qu'il suffisait d'un mois au plus pour tuer tous les hommes en âge de servir sous les drapeaux. Pour d'autres, les économies des nations européennes étaient devenues si interdépendantes que nulle ne pourrait survivre à une guerre d'usure ; pas plus qu'à l'heure des conflits modernes, un gouvernement ne pourrait rester en place après quelques mois de combats. L'officier Saint-Loup, maître dans l'art paradoxal du raisonnement politique, explique à Marcel, civil souffreteux d'*À la Recherche du temps perdu*, que la guerre ne durerait pas au-delà d'une poignée de semaines, puisqu'aucun des deux camps ne se préparait à cette éventualité.

Pourtant, dire que des tendances présentes dans la société longtemps avant la guerre l'ont rendue nécessaire n'atténue en rien la responsabilité des individus qui s'en sont fait les complices. Les chefs d'État, dont la conduite a été dictée par des accusations montées de toutes pièces, doivent répondre de leurs actes. Sur un mode plus subtil, tous ceux qui se sont laissé gagner par le pessimisme ambiant ont contribué, par leurs propres négligences, à la perte générale de confiance : la femme qui attend, inquiète, des résultats d'admission à Oxford, le fabricant de briques hollandais, le propriétaire foncier allemand, tous sont coupables d'avoir attendu que retombe le vent de l'Histoire, coupables d'avoir cru que, jamais de leur vivant, la mort ne pourrait survenir.

Il est impossible d'identifier une nécessité après que les faits se sont produits. Toutes les spéculations sur l'origine de la Grande Guerre finissent par tomber en putréfaction au bout de quelque temps, et s'enlisent dans l'abstraction *post mortem*. « C'est pas bon, dit cet imbécile de Chvéïk, quand un type se retrouve tout à coup à philosopher. Ça empeste toujours le *delirium tremens*. » Il vient un moment où l'explication des causes doit s'effacer devant la description de l'effet, du fait effroyable.

Et pourtant, de toutes les conséquences de la guerre, les plus concrètes furent les moins importantes. Quelque dix millions de morts, chiffre inconcevable hier comme aujourd'hui, n'occasionnèrent qu'un infime fléchissement du doublement répété et continu de la population mondiale. En vérité, la grippe espagnole fit à elle seule plus de morts que les armes pendant les deux dernières années du conflit. Les invalides de guerre, plus de vingt millions, comptèrent davantage. Suite aux progrès technologiques accomplis dans le domaine médical, plusieurs pays furent contraints de réintégrer, pour la première fois sur une si vaste échelle, leurs estropiés et leurs amputés. Le cliché de Sander, portrait objectif et sans précédent d'un vétéran unijambiste en uniforme, qui mendiait dans la rue quelque menue monnaie (image reprise plus tard par les peintres Georg Grosz et Otto Dix), salue cette nouvelle caste sociale.

Horreurs incomparables, les nouveaux armements (blindés, bombardiers, sous-marins et gaz toxiques), demeurent tout au plus des dispositifs tactiques dont l'efficacité et le pouvoir terrifiants sont très vite dépassés par les armes de la génération suivante. La guerre en ce siècle a surtout permis de tester les nouvelles technologies sur le terrain. Et la plupart des livres d'histoire, qui déclarent que « la carte de l'Europe et de ses colonies fut entièrement redessinée » passent à côté de l'essentiel. Les colonies n'ont fait que changer de mains, les couleurs sur la carte se sont certes modifiées, mais seulement par petites touches, sans porter atteinte au système vicié des états nations.

Au nombre des transformations politiques majeures dont on a fait si grand cas, la Société des Nations et la République de Weimar ne furent au mieux que des expériences avortées. L'importance de la révolution russe, aux racines plus profondes, ne saurait être contestée. Sa signification exacte, en revanche, reste sujette à discussion. La portée de ces bouleversements politiques se résume à l'instabilité du système qu'ils ont mis en place, système qui s'est effondré presque aussitôt pour donner naissance à un deuxième conflit, bien plus horrible que le premier.

La conséquence majeure de la guerre n'est peut-être pas celle qui vient en premier à l'esprit. L'Europe a perdu son innocence et sa suprématie en portant la guerre à son point ultime : par la pratique irréversible de la guerre totale, le conflit a pris conscience de lui-même. Tout citoyen, et plus seulement le soldat, s'y est alors trouvé directement impliqué, d'une façon inédite, qui ne s'est jamais démentie depuis. Bombardements aériens, torpillages de transporteurs civils, batailles menées sur le front économique : la guerre totale englobait désormais chaque individu. Et nulle part cette nouvelle globalité ne s'est manifestée avec plus de clarté que dans l'occupation du territoire ennemi.

Inspiré de Clausewitz, le programme censé mener l'Allemagne à la victoire préconisait l'assujettissement total des zones occupées et des populations civiles par le règne de la terreur. Réglée comme du papier à musique, l'avancée à travers la Belgique ne tenait aucun compte des effroyables revers infligés par la guérilla. Avec cette naïveté propre au tournant du siècle, les Allemands essayèrent de résoudre le problème des tireurs isolés qui faisaient feu sur leurs soldats, en publiant une série de décrets. Aux yeux de l'état-major, toute proclamation faisait loi, même si elle était en parfaite contradiction avec les conventions internationales déjà mises en place. Les habitants jugés coupables d'actes subversifs étaient fusillés sur-le-champ, ou expédiés aux travaux forcés. Et les Allemands, créant un précédent intellectuel capital en ce siècle, déclarèrent que chaque village serait désormais leur otage, puni pour tout forfait accompli par la moindre balle rebelle.

L'armée d'occupation allemande était parvenue à édicter une loi que la paix s'était montrée incapable de promouvoir, et que la bombe atomique allait faire respecter en nous la transmettant tel un héritage ultime : tout être humain serait désormais tenu responsable de son prochain.

Mais dans les premiers temps du conflit, aucune de ces conséquences ne sautait aux yeux. La guerre était entrée dans une impasse ; mois après mois, parce qu'ils se refusaient à croire que la débâcle de la veille allait se reproduire, les commandants en chef faisaient sortir leurs hommes des tranchées. Sur la Somme, les Britanniques, qui cherchaient désespérément à effectuer une percée, retournèrent à la tactique de la « marche lente » employée au dix-huitième siècle : bras dessus, bras dessous, si l'on peut dire, des milliers de soldats marchaient d'un pas majestueux sur les nids de mitrailleuses placés devant eux.

L'Europe restait paralysée sur un front statique. La guerre avait atteint son point de transmutation. Elle était devenue autoréflexive, elle avait pris conscience d'elle-même. Elle allait se prolonger à l'infini. Elle était son propre fondement.

Pourtant, le 25 novembre 1915, à leur réveil, les New-Yorkais découvraient les gros titres du *Tribune* :

FORD METTRA FIN
À LA GRANDE GUERRE
LE JOUR DE NOËL.

CHAPITRE 8

Front statique

> En somme, chacun mourrait de sa maladie de classe si nous n'avions la guerre pour réconcilier tous les microbes.
>
> Jean Renoir, *La Grande Illusion*

Le fusil de Willy utilisait des cartouches de chevrotine. Elles permettaient au vieux socialiste de continuer à chasser les canards devenus bien plus petits et bien plus rapides que lorsqu'il avait trente ans. « L'évolution », expliquait-il à Hubert. « Nous les chasseurs, on tue toujours les gros, ceux qui sont lents, mais ceux qui restent donnent naissance à une race de qualité supérieure. C'était plus facile au siècle dernier. L'évolution n'existait pas encore. »

Will allait s'asseoir dans son affût avant le lever du soleil, le pantalon souillé par ses colites ulcératives, et il attendait que passe au-dessus de lui un vol d'oiseaux. N'importe quel type d'oiseau faisait l'affaire, puisque Willy n'y voyait plus assez clair pour faire la différence. Si la probabilité lui semblait raisonnable, il levait son fusil, fermait les yeux, et essayait de se protéger les oreilles avec les avant-bras. Il aurait apprécié la chasse bien davantage sans le désagrément du bruit. Quand il déchargeait son double canon, des oiseaux tombaient à terre avec une régularité surprenante.

À la distance de vingt mètres qui le séparait des artificiers, ces mêmes cartouches de chevrotine auraient dû rendre le tir d'Hubert mortel. Mais tombé de sa bicyclette, il avait agi dans la précipitation. Croyant que cette poignée d'ingénieurs belges formait l'avant-garde d'une armée allemande de plusieurs millions d'hommes, il avait sans doute jugé inutile de viser. Du moment qu'elle allait s'éparpiller dans un large secteur est, la chevrotine contribuerait nécessairement à réduire les rangs ennemis. Le manque d'expérience avait aussi diminué la précision du tir. Hubert, après tout, menait là sa première guerre véritable.

Pour ces différentes raisons, avec cette rafale de chevrotines qui, d'ordinaire, eût mouché à cinq cents pas un papillon posé sur le mur d'une grange, la guerre ne prenait pas un bon départ. La charge du canon gauche alla se perdre au loin : la plupart des plombs retombèrent dans l'affluent de la Meuse dont les Belges voulaient faire sauter les ponts. Ces petites billes restèrent dans le courant paresseux, où leur poussa, au long des décennies suivantes, une belle barbe d'algues vertes.

Une partie de la charge contenue dans le canon droit se logea dans la terre et envoya une volée de gravillons dans l'aine d'un ingénieur. Persuadé qu'il était mort, l'homme, plié de douleur, tomba à terre. Il ne garda cependant aucune séquelle de cette blessure. Son emplacement, sa superficialité, les pensées pathétiques et grivoises qui accompagnèrent l'impact, auraient même pu faire une bonne histoire à raconter au café, la quarantaine venue, si le malheureux n'était allé se faire tuer à peine dix jours plus tard, décervelé par un projectile un peu plus gros qu'un gravillon : un morceau de maçonnerie décroché par les canons de

420 que les Allemands avaient placés devant le camp retranché de Liège.

La dernière partie de la décharge toucha le bras d'un autre ingénieur qui fut projeté au sol. L'homme n'éprouva aucune douleur, seulement l'impression vague que sa manche avait effleuré quelque chose de doux. Il ne sentit rien de plus, jusqu'à ce que le tapage eût cessé. Alors, il vit le sang sourdre sous sa manche. Il déchira sa chemise au-dessus de l'épaule, aperçut la masse poisseuse de la blessure et, à ce spectacle horrible, s'évanouit d'effroi. On l'envoya au nord, à Antwerp, dans un hôpital qui faisait de la technique récente des prothèses sa spécialité.

Son nouveau bras, mobile et d'une esthétique convenable, l'éloigna du théâtre de la guerre les cinq années suivantes. Bien plus tard, les jours où la morosité relâchait son étreinte, il jouait avec ses petits-enfants à un jeu dans lequel il incarnait un homme mécanique, parfois conçu par Hitler, mais très souvent aussi, créature surgie de Bornéo ou de l'Afrique, et les enfants étaient des Pilotes, la seule race génétiquement capable de stopper l'être de métal.

Une fois le danger passé et ce bref incident terminé, quand le pistolet mitrailleur lui-même se fut aperçu qu'il était le seul à faire du bruit et que, gêné, il se tut, les artificiers se relevèrent pour examiner le corps de l'ennemi dont ils avaient essuyé le tir. Ce qu'ils virent alors n'était pas chose facile à expliquer. L'homme qui gisait là n'était pas un soldat de métier (un « meurtrier », comme on disait dans le *Fourth Eclectic Reader* – ce livre de McGuffey que Ford avait lu – au chapitre intitulé « Les choses par leurs noms »), mais un enfant qui avait un visage de Français, un fusil hollandais, et des cigarettes belges, celles que la femme du fermier lui avait données ce matin-là.

Après moult délibérations, comme l'exige la tradition européenne (il ne manqua que deux litres de bourgogne à ce pique-nique), la plupart des hommes furent d'avis que le sensationnalisme des journaux partout en circulation avait dû pousser ce garçon à la folie – démence que rien ne distinguait sinon son avance de quelques jours sur la moyenne. Cette question tranchée, les ingénieurs convinrent en hâte, vingt minutes plus tard, qu'ils n'avaient guère le temps de décider de ce qu'il fallait faire du corps. Ils y réfléchirent encore un peu en faisant sauter leurs dernières charges, celles qui, tout à l'heure, avaient surpris Hubert.

La structure du pont ne nécessita pas l'emploi de tous les explosifs. Quelqu'un dans l'équipe trouva qu'il était dommage de laisser se perdre une partie de l'invention de M. Nobel. Procédé destiné à économiser le travail de l'homme, la dynamite, comme le tracteur ou la chaîne de montage, avait été conçue pour servir l'humanité. Pourquoi ne pas économiser le travail et aussi la somme nécessaires à l'enterrement de ce jeune dément ?

Ce plan reçut aussitôt l'approbation générale. Dans un champ voisin laissé en jachère, les artificiers déposèrent la charge restante. L'explosion fit un cratère de taille moyenne, assez profond pour y ensevelir Hubert, son fusil et sa bicyclette. (L'année d'après, lorsque Henry Ford parla à Woodrow Wilson de son plan infaillible pour mettre fin à la Grande Guerre, il dérida le Président en lui racontant une plaisanterie de son cru, celle de l'homme qui demande à être enterré avec sa Ford parce qu'elle l'a toujours tiré de n'importe quel trou.)

Par ses funérailles, Hubert avait enfin déclenché le mouvement de masse qu'il appelait de ses vœux depuis si longtemps. Il était enfin devenu un révolutionnaire, premier occupant d'un champ bientôt comble, rempli de Belges et de Flamands jugés coupables au nom du principe de la responsabilité collective. Après la guerre, chaque emplacement, y compris celui d'Hubert, serait décoré d'une pierre blanche portant l'ubiquiste inscription :

1914
Fusillé par les Allemands

Les Belges de la génération suivante utilisèrent cette même épitaphe, à la date près.

Chez son policier de père, dans le confort relatif de sa maison, Wies était allée se mettre à l'abri des attaques lancées par Hubert la veille au soir. Bien sûr, elle n'avait rien dit de l'incident à ses parents, qui en savaient peu sur l'existence du jeune homme. Les projets qu'ils faisaient pour leur fille (des études, à Paris si possible) les empêchaient de prêter attention aux écueils du réel et à toutes ces broutilles. Le monde était ballotté par des événements plus graves et plus troublants ; trois jours auparavant, le père de Wies avait reçu une estafilade au cou, et chaque soir au dîner, pour sa famille, il répétait et précisait encore les détails de l'aventure :

– Une dispute conjugale, une bataille de chiffonniers. N'importe quel agent vous dira que c'est son pire cauchemar. Donnez-moi ce que vous voudrez – un voleur armé, un forcené, des étudiants ivres, un accident de la circulation – mais ne m'envoyez pas là où le bonheur conjugal a tourné au vinaigre. Les Bremmer, dans la Schunk Straat : seize ans de mariage. Tout le monde dit, voilà un couple parfait. Et puis mardi, on nous fait savoir qu'ils sont en train de se taper dessus, alors moi je sais déjà que je ne vais pas y couper. Ça n'a pas raté, j'arrive par la porte de devant pour les séparer, et voilà qu'ils me tombent dessus tous les deux. La petite bonne femme me charge avec son économe : « Mon mari me bat depuis des années, et j'adore ça. Fichez-moi le camp d'ici. » Et elle m'entaille le cou avec son couteau. Alors ne venez pas me parler de barouf international ; j'ai bien assez à faire avec le barouf domestique.

Après quoi, plusieurs soirs de suite, toute la famille était passée au gigot à la menthe, ou au poulet en cocotte, plats si relevés qu'aucune ration d'actualité ne pouvait en chasser le goût.

Après s'être terrée chez elle pendant quelques jours, Wies s'était habituée à la sécurité, au point de ne plus en éprouver la sensation ni le besoin. Elle se demandait quelle mouche avait piqué Hubert. Il avait toujours été à moitié fou : il riait comme une hyène et bavait comme un nourrisson. Mais lors de sa dernière visite, son état avait empiré. Il avait d'abord juré que son frère Peter ne pourrait jamais le contraindre à retourner dans le Westerwald. Il avait raconté des histoires horribles sur ce qu'il ferait aux riches s'il venait à en rencontrer. Wies avait essayé de le faire taire en lui expliquant combien il était dangereux, aujourd'hui encore, même pour un enfant, de parler ainsi à Maastricht. Mais, en guise de réponse, Hubert s'était contenté de lui pincer les avant-bras pour la forcer à dire qu'il n'était pas un enfant, qu'il pouvait parler n'importe où, et comme ça lui chantait.

Puis ce fut l'assaut. Wies était ensuite rentrée chez elle, et s'était lavé le sexe à l'eau chaude salée, contraceptif de bonne femme dont elle avait entendu parler. Deux semaines s'étaient écoulées, durant lesquelles elle avait tantôt redouté, tantôt espéré, un mot d'Hubert. Les visites de ses cousins se faisaient plus rares. Elle restait assise, en sécurité mais inquiète, dans le salon de son père, la Loi.

La découverte des journaux l'aida à passer le temps. Au début, ces histoires n'avaient pour elle aucun sens, mais elle s'habitua vite à leur cadence. Elle trouvait étrange que les Allemands s'en prennent tant au Limbourg belge, et qu'ils ne s'attaquent pas du tout au Limbourg hollandais. Elle éprouva la culpabilité de ceux qui reçoivent un traitement de faveur immérité. Hormis cela, 1914 ne l'affecta guère. Elle habitait un pays neutre. La folie d'Hubert était tout ce qu'elle connaissait de la folie du monde.

Lassée d'une maison changée en État policier, convaincue qu'Hubert ne retournerait pas en Allemagne dans les circonstances actuelles, et curieuse de savoir ce qui pouvait bien le fasciner davantage qu'elle-même, Wies, sans la moindre piste, entreprit de retrouver son amour égaré. La mère naturelle d'Hubert, femme d'ordinaire insaisissable, était désormais introuvable. Les autorités limbourgeoises, qui veillaient à la stabilité de la province en vue du déclenchement de la guerre, avaient assigné de nombreux citoyens à résidence, et placé les individus suspects en quarantaine. Le filet s'était refermé sur la mère d'Hubert, dont le seul crime était de s'être demandé en public laquelle des deux armées, française ou allemande, serait plus profitable à son commerce.

Wies rencontra des difficultés analogues pour trouver Willy, l'ami d'Hubert. Le jour où, après lui avoir présenté des excuses, la police de Maastricht l'avait libéré de ses obligations mensuelles et fiscales, les autorités limbourgeoises l'avaient interpellé pour lui faire passer un bien plus mauvais quart d'heure. On l'avait relâché seulement après qu'il eut accepté de parapher trente-quatre documents différents, engagements et attestations. Une fois libre, il fut incapable de se rappeler le moindre de ces papiers. Pourtant, en deux mots, il s'agissait pour Willy de dénoncer tout ce qu'il avait jamais dit ou pensé en matière de politique, et de prendre acte du fait qu'il se retrouverait en taule dès l'instant où il cesserait de bien se conduire.

Le jour où Wies vint le voir, Will se contenta de lui fermer sa porte et ses fenêtres en espérant que personne n'avait vu la jeune fille qui connaissait le garçon qui écoutait l'homme qui racontait les choses insensées que la signature dénonçait. La signature de l'homme. Qui a vu l'homme. Qui a vu l'ours. Sur la route de Saint-Ives. Cette politique de stricte neutralité permit à Willy de survivre le temps d'une grande et longue période apolitique, et d'être dans son quartier l'un des premiers heureux bénéficiaires du programme de logement subventionné par le gouvernement après la guerre.

Hormis ses compagnons de jeu (que Wies serait allée trouver si elle avait estimé qu'ils pouvaient l'aider), une seule autre personne à Maastricht connaissait Hubert, ou s'intéressait à son existence. La seule personne qu'Hubert avait formellement interdit à Wies d'essayer de rencontrer : son frère Peter. Hubert les avait tenus à distance l'un de l'autre pour la simple raison que, pendant deux ans, il s'était vanté devant Peter de ne jamais connaître le nom des femmes auxquelles il avait « fait leur affaire ». La déclaration d'Hubert, tant que celui-ci n'avait pas rencontré Wies, était au moins aussi recevable que celle du Kaiser qui prétendait devoir envahir la Belgique pour empêcher la France de le faire. La logique de l'ensemble vide est irréfutable, et un faux antécédent autorise n'importe quelle implication.

Mais une fois que Wies était entrée dans sa vie, Hubert, qui disposait pour la première fois d'un ensemble non-vide de femmes dont l'affaire avait été faite, ne pouvait plus prononcer la même affirmation sans mentir. Il avait donc simplement maintenu la jeune fille à l'écart de Peter, dans l'espoir qu'il pourrait continuer à se vanter encore un peu, en l'absence de preuve contraire. Il avait honte d'avouer à son frère adoptif qu'il retournait sans cesse voir la même femme, qu'il était devenu intime avec elle, au point de l'appeler par son prénom. Il avait appris quelque part que sexe et intimité ne pouvaient se négocier que séparément. Avouer l'un ou l'autre ne le gênait pas ; seule l'association des deux l'humiliait.

Wies, pour sa part, pensait qu'Hubert la tenait à l'écart de Peter parce qu'il avait honte de lui. Cet individu (dont la compagnie avait été imposée au malheureux Hubert par des machinations d'État) devait avoir des tares effrayantes : peut-être était-il lépreux, ou suédois. C'est seulement le jour où elle résolut de se rendre au débit de tabac que Wies se mit à redouter que le frère d'Hubert pût être cinglé, lui aussi ; voire atteint d'un catholicisme pathologique. Hubert avait toujours aimé les dévotes remontrances de Wies quand ils jouaient à bise-moi-là. Il se pouvait que Peter fût une sorte d'apostat inversé. Plus sûrement, elle allait recevoir de la part des deux frères une double volée : l'une pour dévouement, l'autre pour dévergondage. À pas furtifs, elle se dirigea vers la boutique, tête baissée, comme si, pour une raison inconnue, accumuler de nouvelles souffrances eût été un processus inévitable.

Ce qui attendait Wies dans l'échoppe de la veuve, ce n'était pas la souffrance, mais tout son contraire. Elle reconnut immédiatement Peter d'après la photo pliée qu'Hubert lui avait donnée le soir de son départ. Même en blouse de toile grossière, au lieu du superbe costume sombre qu'il portait ce premier mai, même si le cadre étriqué du magasin de détails détruisait le souvenir du chemin de terre et des grands espaces, Peter arborait un petit sourire satisfait bien identifiable, tout à la fois produit de sa personnalité et de la courbe dessinée par l'arcade sourcilière. Au client qui attendait devant Wies, il accordait ses cigares tel un héros sorti de ces romans encore populaires en cette année d'effondrements dynastiques : ceux où l'héritier royal est condamné dès l'enfance par quelque vaste conspiration à grandir parmi les paysans.

Vint pour la jeune femme le moment d'être servie, et elle avança vers le comptoir. Occupé à se salir les mains dans le tiroir-caisse graisseux, Peter releva la tête et laissa aussitôt tomber son masque de vendeur en ouvrant de grands yeux. Elle craignit un instant qu'il ne l'eût reconnue : que voyait-il en elle de si saisissant ? Ce qu'il dit fut pourtant insignifiant :

– *Hemel* ! Vous êtes bien trop charmante pour faire vous-même votre marché. Et, qui plus est, dans un magasin comme celui-ci. Où est donc votre bonne ?

Il feignait le reproche pour signifier qu'aucune jeune fille, ravissante et moderne, ne pouvait prendre au sérieux le tabou qui interdisait aux femmes de fumer. Certains muscles de son visage suggéraient même que la présence de Wies dans l'antre du tabac allait jusqu'à l'émoustiller.

Wies sentit soudain un bien-être l'envahir, un soulagement presque aussi physique que celui éprouvé chaque soir quand elle se débarrassait de son corset. Elle se trouvait en terrain connu ; voilà trop longtemps qu'elle n'avait reçu au salon ses admirateurs du mercredi. Le discours de Peter, aussi familier à ses oreilles que l'histoire de Noël racontée dans saint Luc, la mettait à l'aise. Elle aurait bien le temps de s'occuper de son affaire tout à l'heure. Il fallait recevoir les grâces de Peter comme la douceur d'un soir, avec nonchalance et sans précipitation. L'instant de la mission était passé. Wies y reviendrait au moment opportun, mais plus tard. Hubert avait disparu depuis plusieurs jours ; son sauvetage pouvait attendre tout autant.

– Oui... je recherche une petite bricole qui pourrait convenir à... l'un de mes cousins. Peut-être quelque chose comme du tabac à... fumer.

– Fumer du tabac. Voilà une idée nouvelle. Je ne suis pas grand clerc, mais je parie que cette combinaison pourrait fonctionner.

Peter avait l'art de rendre son discours affable et attrayant, il incitait ses interlocuteurs à conclure avec lui un pacte de conjurés : il accentuait la première consonne des mots, gonflait les joues, et postillonnait même un peu, comme il l'avait fait pendant cinq ans sur les bancs de l'école, quand il ne parvenait plus à contenir son hilarité devant la stupidité de l'un de ses maîtres.

– Rappelez-moi l'âge de votre cousin ?

– Je ne vous l'ai pas dit, monsieur. Mais il a à peu près votre âge. Est-ce important ? À chaque âge son tabac ?

– À peu près mon âge, hein ? Dites-moi, vous n'avez pas l'intention de vous réserver ce petit cadeau, n'est-ce pas ? De grosses taches brunes pourraient apparaître partout sur votre jolie peau. Regardez un peu ; vous voyez ce qu'il m'en coûte de travailler dans cette affreuse boutique ?

Il se pencha au-dessus du comptoir, la tête renversée pour exposer sa jugulaire, afin que Wies pût voir sous sa mâchoire bien dessinée. Il avança la main en même temps et la posa délicatement sur la nuque de la jeune fille, puis la guida avec autorité vers la marque.

Wies était sauvée des eaux, sur les terres les plus fermes qui soient. Une longue pratique l'autorisait à se déclarer la plus grande spécialiste du quartier ouvrier de Maastricht en maux de dents, imperfections de la peau et petites poussières dans l'œil. Elle fit entendre une exclamation de surprise calculée ; sortit le grand jeu, allant jusqu'à toucher d'un majeur timide et tremblant la zone considérée (un angiome ordinaire), comme s'il s'agissait d'un animal malade capable de transmettre, même à travers les gants de coton qu'elle avait reçus pour sa confirmation, ces microbes qui faisaient de plus en plus parler d'eux.

Il faisait très chaud en cette journée d'août, et les débits de tabacs étaient fort peu prisés. Il se pouvait aussi que le début du conflit retînt la clientèle habituelle dans ses foyers. Parce qu'ils ne s'attendaient pas à une guerre longue, les Hollandais ne s'étaient pas mis à faire la queue devant les magasins pour se constituer cinq mois de réserves. Ils restaient chez eux afin de prendre part à une chasse au désastre raffinée : le tabac ne faisait pas le poids contre la drogue des journaux à deux sous, avec leurs gravures montrant les lignes de front en mouvement.

Pour cette raison, la Première Guerre vida à peu près l'échoppe, et retint la veuve du marchand de tabac au-dehors, où elle traquait les rumeurs des combats. Peter passa devant le comptoir et fit faire à Wies le tour du magasin. Une main posée sur les reins de la jeune fille, il la conduisait selon la mode en vigueur cette année-là sur les pistes de danse. Après s'être familiarisée avec cette zone fascinante, mais trop étroite, sa main se mit à jouer les Balboa en quête du Pacifique.

Il parla fort longuement de la Cigarie, inventa des noms et des endroits fabuleux quand la vérité ne suffisait pas à distraire Wies de ce que faisait sa main. Mais la jeune femme se révéla d'une adresse olympique dans l'art de poser des questions naïves qui lui permettaient de se détourner et de renvoyer la main, perchée sur les monts du Pérou, vers son lointain port d'Espagne. Elle connaissait par cœur la vieille formule des intérêts composés : le report permet de transiger avec le crime sans dissiper l'intérêt du criminel.

La négociation commerciale suivit le schéma classique ; il proposait, elle disposait. Inventant encore des histoires, il mit la barre à tribord et entraîna Wies vers un coffret de panatelas ordinaires vendus à prix modique.

– Peut-être que votre cousin serait ravi de se voir offrir ces remarquables elegantas. Ils furent ramenés par l'un des premiers explorateurs de Java. Le gaillard découvrit là-bas une tribu qui fumait ces cigares par le bout incandescent. Comme ça. Ne riez pas, je vous prie : il s'avéra que tribu était cannibale, et l'explorateur perdit les trois quarts de ses hommes.

– Oh, c'est horrible. Je ne veux pas en entendre davantage.

– Mais notre explorateur fit-il cas du danger ? Bien sûr que non. Il ne pensait qu'à une chose : comment ramener ces cigares en Hollande pour que Sa Majesté et lui-même puissent faire fortune.

– Et... il a réussi à rentrer ? En vie ?

– Non. Il a tout envoyé par colis postal. Dites voir, vous n'êtes pas trop futée, hein ? Enfin, c'est ce qui fait notre grandeur à nous, les Hollandais. Vous êtes comme cet explorateur : pas assez maligne pour vous laisser intimider. C'est pour ça que les Boches préfèrent ne pas poser leurs pattes sur nous, de peur de se coltiner un ennemi trop obtus pour savoir quand il doit arrêter de se battre.

– Vous êtes hollandais ?

– Limbourgeois, s'il vous plaît. Qu'est-ce que vous croyiez ? Que j'étais letton ?

– Il me semblait qu'il avait dit... Oh, ne faites pas attention.

– Alors, qu'en dites-vous mademoiselle ? Des elegantas pour le cousin ?

À chaque fois, elle retirait son gant, prenait l'échantillon, le humait, le faisait rouler entre ses doigts, le remettait dans sa boîte et caressait l'étagère comme pour lui donner l'extrême-onction. Visiblement excité, Peter prévint Wies qu'elle risquait de cette façon des « morsures de nicotine », mais il ne fit rien pour l'arrêter. Et après chaque rituel, elle disait, d'un ton désarmant plein de regret nostalgique :

– Eh bien non, je ne crois pas que cela convienne à mon cousin.

Alors ils faisaient voile vers une autre boîte. Sachant que l'obstacle devait être surmontable pour provoquer le désir, Wies encouragea Peter à ouvrir un deuxième front. Elle laissa sa robe caresser sans retenue le bras du jeune homme. L'effet que produisait à cette époque le simple frôlement d'une étoffe dépasse l'imagination des modernes. La marche du siècle a tué cette sensibilité. Les sous-marins, les cuirassés, le confort, la radio, le roman psychologique, les cartouches de chevrotine, l'ordinateur, la psychanalyse ne permettent plus désormais de confondre effleurement et contact, suggestion et fait accompli.

Peter rendait à Wies chacune de ses caresses. Il lui frôla bientôt la jambe par mégarde, tandis qu'ils marchaient, et s'excusa au début ; mais il agit ensuite sans se cacher. Son boniment était en déroute, réduit bientôt à un simple « Ça dirait à votre cousin ? », et pour finir « Ça vous plaît ? ». Grâce à un plan des plus subtils, il entraîna Wies dans un coin reculé de la boutique, invisible depuis la rue, mais non encore dépourvu de danger.

Peter avait pleine conscience de l'impossibilité de la situation, mais il avait appris, comme cent millions d'Européens en ce mois d'août brûlant, qu'un tout petit pas sépare l'impossible du possible. Wies, devant une étagère de marchandises, une de plus, attendait l'inévitable, gagnée soudain par une quiétude qui semblait provenir d'un recoin de son passé, et s'était installée en elle comme une vieille amie. Lorsque Peter parvint, contre toute attente, à soulever d'un seul geste habile tous les dessous de la jeune fille, elle ne tressaillit même pas, mais attendit, résignée et docile comme le blé d'août. Elle se contenta de lisser le devant de ses jupes afin que, vue de face au moins, elle parût ne subir qu'un léger outrage. Quelque part dans son dos, Peter lui demandait quelque chose. Elle remarqua que la question s'éloignait si elle n'y prêtait pas attention.

Il lui demandait si elle aimait qu'il lui pose une main derrière la cuisse. Très vite, il oublia ces futilités pour s'occuper de l'affaire qui s'offrait à lui. Il voulut ouvrir sa braguette mais s'aperçut que c'était déjà fait. Il guida son membre vers l'avant pour la prendre à revers. Il eut un mouvement de recul, stupéfait l'espace d'un instant, quand une synapse entortillée lui fit croire qu'il avait touché un mammifère marin trempé, qui aurait traversé trois cents kilomètres de terre ferme depuis la Zuider Zee dans l'intention expresse de venir se fourrer sous la robe de la jeune femme.

Ce sentiment se dissipa aussitôt, et Peter s'introduisit en elle. Wies tourna la tête et, pour la première fois depuis qu'il l'avait touchée, lui laissa voir une partie de son visage. Les muscles du crâne, les paupières, les joues et le front s'étaient relâchés. Elle tenait un cigare entre ses lèvres humides et – parodie d'un directeur d'entreprise qui voit tout se dérouler exactement selon ses plans – soufflait par le coin de la bouche des bouffées de fumée imaginaire. Puisqu'elle n'avait jamais voyagé, il fallait qu'elle eût appris à Maastricht cette sordide mascarade. La mise en scène du cigare excita Peter encore plus que l'anonymat de la pénétration par-derrière. Il maintenait Wies et lui donnait des coups de boutoir avec une fermeté d'adolescent.

Savoir si Wies simulait l'extase ou l'éprouvait réellement importait moins à Peter qu'aux hommes nés plus tard en ce siècle. Ses craintes avaient des origines bien différentes, car presque parvenus au point ultime de leur accélération, elle s'était à moitié exclamée :

– Peter !

Il jouit instantanément, prématurément, en elle. L'instant d'après, l'incident était clos, il n'en restait rien. Peter tourna Wies vers lui en la saisissant par les épaules ; ses ongles laissèrent des demi-lunes sur la peau nue. D'un regard, il lui demanda comment elle avait appris son nom.

– Vous êtes... enfin, vous êtes Peter ? Peter Schreck ? N'est-ce pas ?

À tout hasard, elle avait associé le prénom si souvent prononcé par Hubert au nom allemand qu'il avait peiné à écrire sur le bout de papier le soir de l'attaque, le soir de son départ. Wies ne devait jamais connaître la réaction de Peter à ses accusations, car il se détourna, et s'éloigna la tête basse.

– Votre frère Hubert est venu me voir il y a plusieurs jours de ça, et... il s'est comporté d'une manière très étrange. Ensuite, il est parti et n'est pas revenu. Vous l'avez vu ?

Tandis qu'elle parlait, Peter réajustait ses vêtements, puis, avec toute l'impudence qui le caractérisait, il regagna le comptoir et le tiroir-caisse à l'avant du magasin. Au bord de l'hystérie, Wies le suivit, répétant sans cesse :

– Vous l'avez vu ?

Sa robe était encore toute décolletée. Peter la dévisagea, fixa les mains qui tenaient toujours le cigare utilisé un instant plus tôt pour jouer les dévergondées.

– Un panaleta espagnol vaut un quart de florin.

– Peter ?

– Bon d'accord, emportez-le pour rien, alors. Je le paierai sur mon salaire.

– Votre frère, Hubert. Il a peut-être des ennuis.

Elle pleurait à présent, et Peter gardait le silence, tandis qu'elle déclinait, tout en se dirigeant vers la sortie, des variations sur le thème du « Qu'est-ce que j'ai dit ? ». Elle ouvrit la porte et la clochette de cuivre destinée à prévenir la veuve et son commis de l'entrée d'un client tinta. Quand elle entendit Peter parler, elle tourna vers lui, avec un soulagement infini, son visage mobile qui avait déjà retrouvé une expression de joie et de pardon. Mais sans s'adresser à personne en particulier, le jeune homme se contenta de dire :

– J'ai mis mon pain à cuire dans un four éteint.

Parvenue à la frontière entre le besoin et la cruauté, Wies découvrit qu'elle ne voulait plus de l'amour des hommes pour le restant de ses jours. Elle rentra chez elle, où ses parents et le journal du soir devinrent plus que jamais ses proches compagnons. Et souvent, dans les semaines qui suivirent, elle allait retirer du fond de son armoire, pour les examiner encore, les deux documents – l'un mécanique, l'autre écrit à la main – susceptibles de passer en si peu de temps du statut de souvenirs nostalgiques à celui de contrainte juridique, dût-elle découvrir dans les prochains jours que la semence de l'un ou l'autre garçon l'obligeait à fournir des preuves documentaires.

Ce soir-là, tandis que la veuve du marchand de tabac se moquait de lui, Peter écrivit aux Schreck dans le Westerwald, se doutant qu'ils se soucieraient (peut-être davantage que la mère naturelle d'Hubert toujours en prison) de savoir où se trouvait leur fils : « Je lui avais dit de ne pas le faire, mais cet idiot est allé se mêler des événements internationaux, et je ne peux plus désormais me porter garant de sa sécurité. Votre Peter. »

Les Schreck firent parvenir cette information à Adolphe alors affecté à l'un des corps de l'armée de von Bülow sur l'aile droite du front ouest. La distribution du courrier, quoique sporadique, était restée fiable jusqu'à la fin de la première année du conflit. Les Schreck recommandaient à Adolphe de ne répondre à aucune question sur ses deux frères, si jamais on venait fouiner dans le camp comme beaucoup étaient déjà venus le faire à la ferme.

Le soir où le message rattrapa sa colonne, Adolphe, de son côté, rédigea deux lettres. Il les écrivit, debout au repos, pendant que son régiment en ordre de marche attendait devant Namur que les officiers débrouillent l'encombrement causé par deux moteurs à essence tombés en panne. La première lettre, adressée à l'état-major de sa division avec prière de faire suivre à qui de droit, disait : « Vous trouverez le déserteur Peter Kinder Schreck à... » Adolphe n'avait pas vingt ans, et il fallait lui pardonner de n'avoir pas encore eu l'occasion de réfléchir aux autres significations du mot « loyauté ».

La deuxième lettre était celle qu'il écrivait à sa femme chaque semaine, et ne différait des précédentes que par de menus détails. Elle commençait ainsi : « Ma petite Alicia, me voici arrivé dans un nouveau pays ! »

CHAPITRE 9

Marché de dupes

> Quand des dames à la belle chevelure faisaient leur apparition (...), il était comme ce chat transformé en femme, qui sautait du lit pour courir après une souris. (...) Si des cheveux ondulés et crêpés d'un brun roux particulier venaient à se montrer, il insistait aussitôt pour qu'on le présentât à la propriétaire de ladite chevelure. Il s'en faut d'un cheveu qu'il soit aussi fou que le Lièvre de mars.
>
> Elizabeth Gaskell
> à propos de Gabriel Dante Rossetti,
> lettre à Charles Eliot Norton.

Mays alla se placer au fond de l'ascenseur, prit son air le plus contrit, et attendit que le bouton du quatrième étage s'active de lui-même. Il détestait demander des faveurs aux objets inanimés, et surtout à ceux fabriqués par la main de l'homme. Leur refus de coopérer était humiliant, et humiliante leur manière de bien vouloir y condescendre. Les portes métalliques se refermèrent, mais la cabine resta immobile. Battu, Mays finit par s'avancer vers la rangée de boutons et supplia qu'on le fasse monter. Quiconque s'élèvera sera abaissé, et quiconque s'abaissera sera abaissé.

Après une seconde d'attente, défi lancé à l'autorité humaine, l'ascenseur obéit à la timide pression du doigt de Mays et se lança au ralenti à l'assaut des étages supérieurs. Quand les portes s'ouvrirent, Peter découvrit un intérieur nordique aux meubles lisses, aux lignes claires, aux cloisons tendues de cette toile de jute grossière hélas à la mode, que portaient autrefois les moines pour punir leurs corps. Sur l'un des murs, une inscription en lettres brillantes hautes de trente centimètres identifiait une grande société de courtage de la côte est qui, dans un élan d'invention créatrice, avait pris le nom de ses trois fondateurs.

Après avoir fait dix mètres dans la pièce, Mays dut choisir entre un téléscripteur qui crachait des données, et une standardiste qui enfonçait les boutons de son pupitre en faisant entendre de petits clics mécaniques. Véritable chaîne de montage, cette femme produisait en série des salutations précises et identiques – « Phillips, bonjour » et « Ne quittez pas s'il vous plaît » – qu'elle transformait, grâce à l'intercession de la machine du docteur Bell, en paquets impeccables de perturbations électromagnétiques.

Mays trouva curieux que chaque correspondant s'appelle Phillips. Quelques centaines d'appels plus tard, il comprit enfin que l'opératrice ne disait pas bonjour *à* Phillips, mais *au nom de* Phillips, l'associé principal de la société. Mays voulut avertir la standardiste que l'usurpation d'identité constituait un délit.

Mais il choisit de se diriger vers les parages plus sûrs du téléscripteur. Non que cette employée à la tenue soyeuse et à la carrure athlétique l'intimidât. Auparavant, une femme de cette beauté (« Un premier choix », comme disait Delaney toujours incapable de « comprendre à quoi rimait ce tapage féministe sur le réveil des consciences ») aurait ramené le niveau de la conversation de Peter à un seuil situé quelque part entre celui du mutique président Coolidge et d'un moule à gaufres. Mais puisqu'elle était brune, cette femme ne pouvait plus désormais l'inciter à « ne pas quitter s'il vous plaît », pas plus que de vieilles affiches pour l'emprunt de 1917 ne pouvaient le pousser à acheter des bons du Trésor. Du roux ; c'est de roux qu'il s'agissait ici. D'auburn, à la rigueur, mais rien de plus clair ou que l'on pouvait obtenir par coloration.

Un examen attentif du téléscripteur amena Mays à penser qu'il s'agissait d'un moyen de communication primitif utilisé autrefois. Sur un rouleau perpétuel de papier journal, des dépêches faisaient baver leur encre bleue. Muet d'admiration, Mays lisait : ses contemporains s'appliquaient à faire du remue-ménage aux quatre coins du Globe tandis que, depuis la fosse d'orchestre, il assistait au spectacle pour un prix modique. À l'autre bout de la connexion, jamais directement visibles, sinon par le truchement du doigt électronique en mouvement, se trouvaient les acteurs, personnes dotées par l'obstination de la génétique du pouvoir exceptionnel de provoquer l'événement, fût-il sans importance. Accrochée à leurs basques, suivait la meute des journalistes (simples comparses, comme la clique du *Micro Mag*, échotiers qui arpentent les couloirs des palais de justice, transforment un accident sordide en « LA POLICE EXÉCUTE UN ESCROC », accablent les porteurs de mauvaises nouvelles, et glorifient les intermédiaires qui salopent les faits en y ajoutant leurs propres préjugés) dont le seul pouvoir consistait à transmettre l'information au téléscripteur.

Quand la machine impartiale détenait toutes les données nécessaires, elle les lançait avec violence à des milliers de courtiers en informations qui tendaient les mains pour recevoir les événements du monde. Sans tremper dans le véritable courant de l'Histoire, les membres de cette caste avaient néanmoins le privilège d'interpréter les données sorties de l'appareil, et de les vendre ensuite aux profanes. Mays observa pourtant que, dans l'atmosphère bourdonnante de ce bureau modèle, les courtiers en informations n'allaient à la source que pour obtenir des explications après coup. Les compagnies de transport maritime ont perdu quelques points à quinze heures ? Un coup d'œil jeté sur le téléscripteur vous confirme que le *Lusitania* a coulé à midi.

Venait enfin, tout en bas de la pyramide, la classe des sempiternels indiscrets qui se retrouvaient, comme Mays, à épier jour après jour le flot de l'information (seule ressource naturelle encore disponible dans le monde contemporain), et voyaient se déverser, sans pouvoir le comprendre, le prolifique babillage du Télétype. Pour ces chiffonniers, toute feuille de choux constituait un jeu de tarots ; pressés les uns contre les autres, ils formaient des attroupements devant les magasins d'électroménager, quand la direction laissait en devanture des postes allumés. Faute d'être intelligibles, les tonnes de papier journal vomies quotidiennement par les téléscripteurs pouvaient au moins divertir les foules.

Mays – qui avait renoncé à la religion au moment de la puberté, à Marx lorsqu'il avait obtenu son premier emploi, et au *Scientific American* quand les différentielles partielles avaient commencé à lui échapper – était devenu depuis peu membre éminent de la communauté des chiffonniers. Chaque soir, dans son appartement de Back Bay, tandis qu'il essayait sans conviction de préparer quelque chose qui ressemblât à un repas équilibré, il laissait s'écouler dans le salon les nouvelles du journal télévisé. S'il s'était rendu chez Phillips, Ne-quittez-pas, et S'il-vous-plaît, c'était en fait pour obtenir des renseignements confidentiels, acquérir une stratégie d'ensemble. Il était venu pour trouver grâce à la machine ce qu'il n'avait pas réussi à trouver tout seul. Il était venu demander à Lenny Bullock de l'aider à mettre la main sur une rousse.

Quand, en toute simplicité, Brink avait laissé entendre que son ami pouvait introduire Peter dans les hautes sphères musicales de Boston, celui-ci avait fait le serment d'appeler tous les noms inscrits sur la liste des participants au défilé de la Journée des anciens combattants avant d'aller demander assistance à cet énergumène. Dans un domaine d'activité où souffrir de troubles du comportement constituait une condition préalable à l'embauche, Bullock avait la réputation parmi les courtiers de chez Phillips d'être l'arbitre officieux des psychoses maniaco-dépressives.

Peter l'avait rencontré pour la dernière fois lors d'une fête donnée chez Caroline, dans sa baraque à mobilité sociale désespérément ascendante, sur la Route 128. Un mardi soir, la Brink & Bullock Incorporated avait accueilli une petite réunion du personnel assez embarrassante, dont le motif était indiqué sur l'invitation : « conversations, hamburgers et volley-ball ». Le souvenir des maigres efforts consentis par Moseley pour participer à un sport d'équipe faisait grimacer Mays de douleur.

Pris d'un excès de zèle culinaire, Lenny avait préparé quatre fois trop de nourriture. Pendant que ses invités se lançaient sans succès à l'assaut du repas, et essayaient de prendre position sur le sommet d'une montagne de porc aux haricots, il dissertait sur la manière dont les États-Unis auraient dû donner une leçon aux Ruskofs quand ils en avaient eu l'occasion, et expliquait pourquoi le plan Marshall était de l'argent jeté par les fenêtres. Caroline n'avait laissé partir aucun invité sans lui donner trois livres de salade de pommes de terre. Mays, qui s'était éclipsé précipitamment, avait oublié les clés de son appartement et s'était vu obligé de retourner à la fête pour les chercher. Quand il reparut, la sauterie était terminée depuis longtemps ; Brink, à la cuisine, lavait les assiettes à la main afin qu'elles soient assez propres pour être mises au lave-vaisselle, et Bullock, derrière la maison, tondait la pelouse à la lumière d'un projecteur.

Naturellement, lorsque Caro avait proposé l'aide de Lenny pour résoudre un problème auquel personne ne comprenait rien, Peter ne s'était pas précipité de conclure le marché. C'était avant d'avoir appris par ses propres moyens combien de rousses au juste, de clarinettistes, et de combinaisons des deux, peuplaient la côte est.

Lancé à la poursuite de l'ombre exotique, Mays avait vu se dissiper une première illusion, certitude entretenue par la propagande en vigueur dans les écoles primaires, selon laquelle la culture en Amérique était à la portée des petites gens. À lui seul, le prix des places de concert avait bien failli obliger Peter à vendre son sang à la Croix Rouge pour essayer de faire durer jusqu'au quinze du mois son salaire de rédacteur. Il s'était d'abord rendu à des concerts symphoniques dans l'idée de rayer de sa liste plusieurs clarinettistes d'un seul coup. Il restait juste assez longtemps pour s'assurer que, derrière leurs instruments à vent de malheur, les musiciens étaient tous vieux, chauves et de sexe masculin.

Cela impliquait de survivre au premier morceau : l'Ouverture de *Fidelio*, invariablement. Après plusieurs centaines d'écoutes, Mays n'appréciait toujours pas cette œuvre. Peut-être était-il insensible aux choses qui ne présentaient pas une utilité immédiate. Au palmarès de l'inutile, *Fidelio* rivalisait avec le persil et les ronds de serviette. Mays n'avait jamais rien entendu à l'art en général, et ce depuis qu'il avait manqué trois semaines de cours en sixième. À son retour, après une mononucléose, il avait découvert que tous ses camarades avaient déjà fait la Renaissance alors qu'il bataillait toujours avec le Moyen Âge.

Après avoir épuisé les orchestres locaux, Mays avait pénétré dans l'atmosphère raréfiée de la musique de chambre. Il passait en revue les programmes hebdomadaires des spectacles diffusés dans la presse, retenait d'abord les pièces pour clarinettes et procédait à une seconde recherche selon le sexe des interprètes. Bien que moins onéreux, ces concerts rendaient Mays tout à fait claustrophobe. D'abord, le violon se lançait dans un trille, puis le violoncelle se lançait dans un trille, et quand la clarinette attrapait enfin le trille au vol pour le porter derrière la ligne d'en-but, Mays, nerveux, fredonnait déjà le thème de *Vingt mille lieues sous les mers* en se demandant s'il y avait assez d'air dans la petite salle de concert pour tous ces gens qui respiraient si fort.

En plus de ces récitals échevelés, il avait aussi assisté aux premières mi-temps d'une flopée de matchs de football, à une kyrielle de galas de bienfaisance, s'était rendu dans une foultitude de night-clubs, une ribambelle de cafés-concerts, et avait entendu des chorales à foison. En fin de compte, fauché, épuisé, il n'avait trouvé aucun fantôme. Par deux fois, il avait manqué se faire arrêter pour avoir foncé à travers la foule sur des femmes qui avaient la bonne couleur de cheveux. À la lumière de si nombreuses preuves statistiques, Mays aurait fini par mettre en doute l'existence de l'image anachronique si, quelques mois plus tôt, Delaney ne l'avait vue lui aussi, ou ne l'avait montrée du doigt, qui marchait à contre-défilé.

Pourtant, si d'autres n'avaient pris l'affaire en mains, Peter aurait encore évité Bullock tant cet homme lui déplaisait, ou tant il aimait cette recherche impossible. Toujours dans l'attente d'un concert, en train d'y assister ou de s'en remettre, Mays voyait son travail au *Micro Mag* – qui n'avait jamais été qu'un doux euphémisme – flirter désormais avec le simulacre. Delaney, plaidant l'altruisme, avait vendu la mèche à Caro. (« Qu'est-ce qui compte le plus ? une amitié secondaire ou le top des revues d'électronique à l'ouest de Bangor ? ») C'était la troisième fois que des amis bien intentionnés empêchaient Mays d'abandonner la piste de la rousse.

Après que Doug lui eut dit ce qui se passait, Citizen Brink avait convoqué Mays dans le saint des saints pour un petit tête-à-tête. Devant tout ce foin, Peter avait fini par ressentir un profond respect pour ce bon vieux Moseley, simplement parce qu'il lui fichait la paix. Pendant leur entretien à huis clos, Caroline refusa de prendre le moindre appel, quoique la sonnerie incessante du téléphone fût plus dérangeante encore. Brink exigea de connaître le fin mot de l'histoire.

– Vous pourriez être plus précise ?

– Ne vous dérobez pas, Peter. Vous avez aperçu une femme par une fenêtre, et vous vous êtes mis en tête de la retrouver ? Ça sent un peu le roman de gare, vous ne trouvez pas ?

– Si.

– Si, quoi ?

– Si... madame ?

– Sapristi, Peter.

Mays était heureux d'avoir assisté à la première réédition du mot « sapristi » depuis Kipling. Pourtant, d'une certaine manière, ce mot convenait mieux à Caroline que les grossièretés plus corsées auxquelles elle s'était essayée ces derniers temps.

– À quoi peut bien vous servir pareille folie, j'imagine ?

Brink avait la détestable habitude de dire « J'imagine » au lieu de « Je me le demande ».

– À rien, j'en ai bien peur.

De fait, la femme-saumon aux manières rebelles formait avec le persil et *Fidelio* un remarquable trio de l'inutile.

– Je ne peux pas vous expliquer, chef.

– Tout peut s'expliquer.

– Dans ce cas, la raison pour laquelle je poursuis cette inconnue est que je refuse de croire qu'il existe une raison à tout.

Brink jouait avec son presse-papiers, le calculateur programmable à mémoire non volatile et circuit semiconducteur oxyde-métal le plus léger du monde. C'était une prise faite lors d'une conférence de presse, un pot-de-vin accepté en échange d'un article dans la revue. Son bureau regorgeait de ces techno-souvenirs : galettes de silicium incluses dans leurs supports en plastique, jeux de commandes figurés sur des posters, photos d'Edison et de Ford en train de camper.

– Si la chaleur humaine vous manque à ce point, pourquoi ne pas passer une petite annonce dans les hebdomadaires ? Beaucoup de losers font ça. Vous savez bien : homme hétéro, blanc, cherche femme origines, couleur et confession indifférentes, pour relations sans lendemain. Contactez le...

– J'ai déjà tenté ça : « Clarinettiste rousse, défilé Journée anciens combattants. Devons nous rencontrer. Dites où et quand. »

– Fichtre ! Vous n'auriez pas pu jeter votre dévolu sur quelqu'un de plus accessible ? C'est à peine si vous l'avez aperçue depuis la fenêtre. Avez-vous fait attention à ses dents ? Les dents sont très importantes. Beaucoup de rousses sont mal loties, question dents.

Peter était écœuré. Brink parlait de sexe avec la même curiosité clinique et le même naturel que si elle abordait un produit phare. C'était vraiment malsain. Mays militait pour que l'on retire le sexe des salles de classe et qu'on le renvoie aux vestiaires. En outre, l'attirance qu'il éprouvait pour l'inconnue n'était pas sexuelle, tout au plus s'apparentait-elle à celle d'un collectionneur.

– Eh bien, elle est menue, d'après ce que j'ai pu voir. Et elle semblait venir, comment dire, d'un autre âge.

– Menue ? D'un autre âge ? Vous savez, il y a une maison de retraite près de l'Hôpital du Massachusetts, à même pas trois rues d'ici...

– Pas d'un autre âge, alors. Mais déplacée. Comme un souvenir que l'on n'arriverait pas bien à resituer.

Et pour une raison inconnue (il y a toujours des raisons que la raison ne peut comprendre), Mays imaginait cette femme dans sa robe à fronces, qui débarquait sur un quai, quelque part au siècle dernier.

– Peter, vous me mettez dans l'embarras. J'aimerais vous garder comme rédacteur, et je suis sûre que vous savez pourquoi...

Mays n'en avait pas la moindre idée. La seule explication possible était que Caro devait se satisfaire d'une demi-compétence quand tous ceux qui avaient une compétence véritable travaillaient dans l'industrie, où ils se faisaient une montagne de fric, plutôt que dans la presse spécialisée qui écrivait sur eux.

– ... mais je n'ai nul besoin d'un deuxième Dougo.

Pour quelle raison avait-elle besoin du premier, cela n'était pas tout à fait clair.

– Tenez. Prenez ces huit dollars tout de suite, allez en taxi jusqu'au bureau de Lenny à Cambridge, et demandez-lui de vous débrouiller cette histoire une fois pour toutes. Je vous assure qu'il connaît tout le monde dans l'industrie musicale de Boston. Et j'espère au moins que vous savez ce que vous avez l'intention de faire quand vous aurez retrouvé cette femme.

C'est alors seulement, tandis qu'il fixait le téléscripteur frénétique, que Mays saisit le caractère décisif de la dernière remarque de Caroline. Rien de tel qu'une dose de réussite pour calmer le désir.

Jusqu'au bureau de Bullock, la route était certes longue, mais pas plus que bien des trajets effectués par Mays ces derniers temps. Il avait apporté la liste des participants au défilé, crible grossier, sur laquelle il avait rayé au fur et à mesure chaque nom éliminé. À tout le moins, Bullock pourrait peut-être l'aider à en écarter quelques-uns de plus, et ramener ainsi à plusieurs centaines le nombre total des possibilités. Le charme opiacé des crépitements du Télétype fut rompu par une voix qui apostrophait Mays à l'autre bout de la pièce.

– Nicky !

La raison qui poussait Bullock à appeler Peter « Nicky » se perdait dans les brumes de l'Histoire. Mays n'avait pour hypothèse qu'une seule explication suspecte : son nom de famille rappelait à Bullock celui d'un célèbre joueur de base-ball et, par association d'idées, celui d'un joueur contemporain de ce dernier, qui était le seul de son niveau, et dont le prénom ressemblait vaguement à Nicky. Sans doute ces liaisons synaptiques tortueuses s'étaient-elles gravées à jamais dans l'esprit de Bullock lors de leur première rencontre, car elles offraient maintenant le chemin neuronal de moindre résistance. Mays, qui avait élevé le manque d'assurance au rang de culte, répondit d'un sourire à cet accueil, mais il riposta :

– Leonard !

Comme toutes les personnes pointilleuses à l'excès, Bullock se rattrapait par une décontraction exagérée en public. Son prénom complet le faisait grincer des dents, aussi demandait-il, comme s'il donnait un ordre, qu'on l'appelle « Len ». La plupart de ses amis transigeaient pour « Lenny ». Il avait la générosité de l'avare qui vous invite à dîner pour vous faire voir combien il peut se montrer magnanime envers ses hôtes quand ils font des trous de cigarette dans son tapis persan hors de prix. Bien sûr, s'il avait pensé pouvoir obtenir satisfaction, il eût exigé qu'on lui donne son titre complet, avec l'initiale du milieu s'il vous plaît. Mais ceci étant exclu, il feignait l'affabilité. Comme à la Bourse, celui qui dissimule le plus remporte la victoire.

– Leonard, quel plaisir de vous revoir après toutes ces... semaines. Comment ça va ?

Au commencement de sa vie d'adulte, Mays disait « Comment allez-vous ? », mais en ces temps avancés du vingtième siècle, il était passé à l'expression qui gagnait chaque année davantage de parts de marché.

– Pas trop mal, Nicky. Évidemment, les cours se sont cassé la gueule et on peut dire que la dégringolade nous a secoué les miches. Mais l'obligataire m'a sauvé la mise. Croyez-moi, l'ami, je pourrais vous donner le code d'un petit bijou, une obligation convertible, sur laquelle j'ai un bon tuyau. Elle a beaucoup baissé, c'est une véritable affaire. Il faudrait que je viole tous les règlements pour vous mettre au parfum, mais d'ici quatre ans vous me bénirez de vous avoir fait acheter au plus fort de cette foutue dépression.

– D'ici quatre ans, Leonard, nous serons morts tous les deux.

– Qu'est-ce que vous me chantez là ? Quoi ! Vous n'avez pas rejoint la bande des catastrophistes quand même ?

Mays, aussi abasourdi que Bullock par l'oracle qu'il venait de rendre, fit ce qu'il faisait toujours quand la conversation devenait grave. Il la boucla.

– Écoutez, Nicky. Je vous parle de dix-neuf, vingt, voire vingt et un pour cent de bénéfice par an. *Après* imposition.

– Merci, Leonard. Je préfère dépenser mon argent.

Dans le silence qui suivit, les deux hommes s'aperçurent qu'ils étaient parvenus à l'affrontement avant la première poignée de main. Bullock se sortit de l'impasse en affectant la plus extrême bonne humeur.

– OK l'ami. Qui voudrait s'enrichir au-delà de ses espoirs les plus fous ?

Il entraîna Peter loin du téléscripteur et le fit pénétrer sans cérémonie dans un secteur qui tenait à la fois de la mine de sel et de l'espace de loisirs. Le bureau de Bullock était impeccable : rayonnages ininterrompus de prospectus sur les fonds d'affectation spéciale, guides Standard & Poor's des cotations, vieux numéros du *Certified Trader*, parution spécialisée réservée aux agents de change. Mays reconnut en celle-ci l'une des feuilles de chou produite par l'un des services de presse du groupe Powell, deuxième étage.

Si Brink décidait de le virer, il pourrait toujours demander à Delaney de lui fabriquer un faux CV, et travailler pour cette revue. Il avait déjà peaufiné les détails d'une grande stratégie commerciale : acheter à bas prix, revendre à la hausse. Bullock lui serait une source intarissable de spéculations, insinuations et inventions manifestes, toutes choses dont la presse spécialisée fait son miel pour les graver ensuite dans le marbre de ses éditoriaux. Cet accommodement profiterait aussi à Bullock qui pourrait apporter à ses clients et à lui-même la confirmation écrite des rumeurs lancées par ses soins. Les agents de change, comme les états-majors, ne désirent rien tant que de pouvoir se fier à leurs propres communiqués lorsque ceux-ci leur reviennent par la chaîne de commandement. Et les rumeurs, une fois couchées par écrit, ont tendance à enfler toutes seules jusqu'à devenir des réalités. Si, en effet, une part suffisante de l'opinion publique croit en la chute de telle valeur dont on annonce l'effondrement, elle le fait advenir. Oubliez ceux qui vous racontent qu'aucune baisse des cours n'est inévitable tant qu'elle ne s'est pas déclarée. Les baisses se déclarent dès qu'un type ouvre la bouche pour demander : « Et si ça arrivait ? »

En face de l'impeccable bureau, se trouvait un coin repos au désordre bien étudié, espace constitué d'une table basse ovale et de deux fauteuils d'un style outrageusement nordique. Le mobilier, sans égaler l'innovante modularité de celui du *Micro Mag*, était néanmoins conçu pour parer à toute éventualité, si ce n'est celle d'un corps humain. Violentes concavités de polyéthylène, les fauteuils auraient pu passer pour du chêne véritable, n'était sur chacun d'eux l'incessante et trop voyante répétition d'un dessin figurant une certaine irrégularité de la fibre. Alors qu'il s'enfonçait dans l'un des sièges, Peter aperçut sur la table un bloc-notes qui portait le logo de Phillips, et où l'on avait écrit au pochoir : *Bureau de Len Bullock.* Apparaissait à l'encre rouge un griffonnage aux ornements compliqués : « Devrait rapp 250 K minim/an. » Bullock se pencha au-dessus de la table et retira le bloc d'un geste vif et nonchalant.

Il s'assit, l'air affable, et glissa les mains derrière son bureau pour atteindre le grand tiroir du bas. Les mains toujours cachées, il versa à boire dans deux gobelets en plastique qu'il fit surgir de nulle part. Il tendit les verres en chuchotant :

– Kahlua. Servi dans ces machins-là, ça peut passer pour du café. Dans ce métier, c'est chacun pour sa santé, alors on ne craint rien.

Mays regarda Bullock avaler sa mixture.

– Allez les p'tits gars de Princeton, buvez, buvez. Il y a de la thiamine là-dedans, ou quelque chose dans le genre. Ça fait pousser du poil au cul. Dans ce bureau, on apprend sur le tas que la bibine fait partie du boulot. Vous n'imaginez pas que tous ces escrocs puissent rester là, jour après jour, à regarder leur marge bénéficiaire se débiner comme la ligne Maginot sans se taper un petit remontant ?

– Comment faites-vous pour que ça fume comme du café ?

– Secret de fabrication. Non toxique.

Mays but tout en calculant avec délectation que Brink le payait à présent 5,37 dollars de l'heure pour se pinter en compagnie de son Lenny. Ne sachant comment relancer la conservation, Peter alla puiser dans la mémoire génétique de la race humaine et finit par dire :

– Bon alors, Leonard. Comment ça va ? Enfin – comment ça va pour de vrai ?

Mais Leonard ne répondit pas tout de suite. Il s'était absorbé dans la lecture de cotations qu'il consultait depuis un terminal informatique placé entre eux sur la table. Peter n'existait plus. Au bout d'une minute, Len se lança dans un simulacre de conversation, pratique dont à l'évidence il avait une grande habitude.

– Pas mal. Enfin, je n'ai pas le cancer. Et après le cancer, quelle est la deuxième cause de mortalité ? L'ennui, tout le monde le sait. Moi, ça ne me prend qu'une ou deux fois par semaine. Je n'ai donc pas à me plaindre. Dans le fond, il n'existe aucun remède contre l'ennui, pas vrai Nicky ? Il n'y a rien à faire, mis à part le tuer en se gavant de nourriture.

– Heureux d'apprendre que vous allez bien. Qu'est-ce que vous faites de vos journées, Leonard ?

– Len. Ce que je fais ? Je gagne ma vie. Je joue dans la cour des grands. Je vais vous dire, Nick. Si ça vous tente vous aussi de jouer dans la cour des grands, il y a pas mal de places à prendre en ce moment. Vu l'état de nos capitaines d'industrie, plus d'une grosse pointure s'est ramenée au bureau l'autre lundi pour trouver ses petites affaires rangées dans des cartons devant sa porte.

Mays n'avait rien à répondre à cette déclaration surprenante, et le fit savoir avec emphase.

– Oui l'ami, reprit Bullock, les petites perturbations produites en bas de l'échelle provoquent de grosses secousses au sommet. Ça commence à souffler fort sur les cimes, et voilà tous les aigles qui dégringolent. On peut dire qu'il fait meilleur être un petit poisson au fond de la mer, j'ai pas raison ?

Mays acquiesça sans hésiter, même s'il pensait en son for intérieur qu'un poisson, petit ou grand, était toujours plus à son affaire dans l'eau que perché sur les cimes. Bullock avala une gorgée sans cesser d'interroger le clavier de la machine et de surveiller le moniteur. À mesure qu'il parlait, sa voix rappelait de plus en plus celle de James Cagney à ses débuts. On aurait dit qu'il voulait prendre d'assaut la Bourse tout entière.

Mays observait le visage crispé de Lenny prendre une expression de sadisme enjoué chaque fois qu'une mauvaise nouvelle apparaissait à l'écran. Peter essayait d'imaginer cet individu aux réunions de l'association qu'avait mentionnées Caro : la Société de musique de chambre de Cologne. Brink avait dit que Bullock connaissait tout le monde dans le secteur de la musique ; sans doute leur vendait-il entre deux mouvements des échappatoires fiscales. Selon Mays, une personne comme Lenny ne pouvait être mélomane que pour une seule raison : la musique l'occupait un soir par semaine et ne lui en laissait donc plus que six à tuer. Tondre sa pelouse à la lumière d'un projecteur en meublait deux autres, et pour le reste il pouvait toujours ramener du travail à la maison.

Mais pourquoi la musique ? Elle semblait quantité si négligeable pour un homme qui avait les obsessions de Bullock, si délicate, si peu susceptible de produire un bénéfice. À cet instant, Bullock devait avoir vu s'afficher un titre qui lui plaisait car il se mit à chanter un air d'opéra bouffe. Mays n'avait entendu cette aria que dans les vieux dessins animés de la Warner Bros – ils la jouaient toujours quand le lapin faisait tourner en bourrique le bonhomme chauve à l'élocution difficile.

C'est alors que Mays fit le lien entre la musique et la fascination du marché. Certes, l'une était affaire de hausses et de baisses, tandis que l'autre reposait sur des crescendo et des decrescendo. Mais toutes deux s'appuyaient sur des mouvements cachés, des contextes, des preuves informulables. Toutes deux donnaient au moi étriqué le sentiment d'appartenir à un ensemble plus grand – qu'il s'agisse de compagnies industrielles ou de sensations océaniques. Toutes deux faisaient commerce d'objets de culte et de collection. Les abstractions se vendent bien. Toutes deux, enfin, étaient à la portée du petit investisseur.

– Tralalaboum, tralalalère. Pendant que les aigles se cassent le bec, les petits poissons se mettent quelquefois à sentir la rose. Regardez par ici, Nicky.

Bullock fit pivoter le plateau qui soutenait le terminal jusqu'à ce que Mays eût sous le nez le tableau récapitulatif d'une valeur. Colonnes et lignes en ordre serré ne lui évoquaient rien. Il n'était pas bon en langues étrangères ; il avait raté sa première année de français, incapable de répéter « Je m'appelle Jacques » pour la simple raison que son nom était Peter. Pendant ses quatre premières semaines au *Micro Mag*, il avait passé plusieurs jours d'affilée derrière son bureau à regarder de longs articles qu'il était censé réviser, espérant que Moseley n'entendait pas ses fous rires accablés. La même dissociation du fond et de la forme s'opérait en lui s'il répétait vingt fois très vite le mot « canapé ».

Au bout d'une minute, il commença à saisir des fragments épars : PFH et PFB devaient signifier plus forte hausse et plus forte baisse ; O voulait dire Ouverture, F Fermeture ; A Acheté, V Vendu. Le titre en question appartenait à une certaine Trans-Air Transport, en hausse considérable depuis le matin. Ce devait être l'action que Bullock avait déjà essayé de lui vendre par deux fois. Mays releva la tête pour demander confirmation, mais Lenny était reparti vers de nouvelles conquêtes et vidait maintenant les cendriers.

– Pour chaque perdant, il doit y avoir un gagnant. C'est aussi simple que ça. Un acheteur pour chaque vendeur. Différence nulle. Il n'y a pas plus élégant ni plus moral.

Mays refusa un deuxième Kahlua et se demanda comment Bullock pouvait encore trouver quelque chose à ranger sur son impeccable bureau. Len aligna au cordeau tous ses périodiques, puis froissa l'un deux avec précaution.

– Cruellement moral. Car perdre deux points vous pénalise plus qu'en gagner deux ne vous aide. L'aigle doit fondre sur le petit poisson pour reprendre de l'altitude. Ou en d'autres termes...

– Leonard, il se trouve que j'étais un peu pressé...

– J'allais justement vous demander ce que je pouvais faire pour vous, Nick. J'imagine que vous n'êtes pas venu jusqu'ici sans raison, que Claire Booth Luce ne vous a pas payé le voyage pour que vous me refusiez des tuyaux fiables à cent pour cent.

Neuf dollars et onze cents, pensa Mays. Puisqu'il venait de perdre l'occasion de consacrer à son exposé le temps nécessaire, Peter déballa toute l'histoire d'un seul trait. Laisser se déverser le récit interprétatif de sa fixation lui rappelait la sensation qu'il éprouvait, enfant, lorsqu'il pissait dans sa culotte : agréable sur le moment, franchement déplaisante ensuite.

Il tenta de retracer la saga des cheveux roux aperçus depuis le septième étage en adoptant, autant que possible, le point de vue détaché et le ton théâtral d'un conteur professionnel. Peut-être parce que le scénario semblait franchement ridicule, fallait-il à présent rendre le récit le plus séduisant possible. Éveiller l'intérêt de Bullock, puis le retenir, était essentiel, et pour y parvenir Mays embellissait l'aventure, dépersonnalisait son « je » jusqu'à sembler parler de quelqu'un d'autre. Il accordait une attention extrême aux détails, si bien que ceux-ci menaçaient parfois de prendre le pas sur l'histoire. Emporté par son élan, Peter donnait l'impression que les derniers chapitres de son existence étaient tirés de *Moby Dick*, ou en rappelaient du moins l'intrigue amoureuse.

Il y avait une inconnue, que Mays voulait rencontrer, une personne dont émanait l'aura d'un autre temps : était-ce tout ? Était-ce là le fin mot de l'histoire ? Peter ignorait quel récit entendait Bullock. Sans applaudimètre, riromètre ni sanglomètre, il ignorait comment son monologue passait la rampe. Pour l'instant, du moins, Lenny avait interrompu son rangement compulsif et semblait plutôt séduit. Une fois achevée sa supplique compliquée, Mays connut l'embarras du conteur.

– Une musicienne rousse ? Qui n'appartient à aucune des formations connues de la région ? Elle participait au défilé des Anciens combattants, mais ne se trouve dans aucun des orchestres répertoriés sur la liste. Vous êtes sûr de ne pas avoir rayé des noms sans une raison plus que suffisante ? Et vous dites qu'elle joue... ?

– De la clarinette.

– Du hautbois.

– De la clarinette.

Les deux hommes étaient entrés dans la même impasse que ces télégrammes échangés entre cousins germains, ceux qui commençaient par « Mon cher Willie » et « Mon cher Nicky », et expliquaient comment mettre au pas François-Joseph et les Serbes.

– Du hautbois, bien que, du septième étage, je conçois que vous ayez pu confondre. Toutefois, il nous faut de la rigueur en la matière, je peux vous l'assurer pour avoir traqué quelques mirages en mon temps.

Mays était trop excité, trop épuisé, ou avait le caquet trop rabattu pour poser la question de circonstance : « Est-ce que vous la connaissez ? » Il restait assis, immobile, tandis que Bullock se remettait à fouiller dans la masse d'imprimés entreposée sur son bureau. Cette fois-ci, il retira quelques revues pour dévoiler plusieurs livres cachés derrière elles dans une deuxième rangée. Il prit un épais volume, un de ces ouvrages qui vous font faire *Le Tour des grandes figures du siècle passé en dix chapitres*. Chaque page comportait une petite biographie et une photo sur papier glacé. Le commerce des valeurs boursières, activité de vente pour l'essentiel, consistait à flatter les intérêts particuliers du client (qu'il s'agisse de Dizzy Dean ou de William Dean Howells, de Bill ou Bertrand Russell), à connaître toutes les célébrités, même si celles-ci étaient déjà mortes. Et voilà pour quelle raison

Mays était aux yeux de Bullock un cas social si désespéré : jusqu'alors, Peter avait fait preuve d'une remarquable indifférence à l'égard du culte voué aux personnalités des temps modernes.

– Nous y sommes. Regardez bien cette photo. Sauf erreur, elle devrait vous rappeler un petit quelque chose.

En effet. C'était le mirage de Mays, ou une image très approchante de celle qu'il avait encore à l'esprit après plusieurs mois d'embellissement. La photographie noir et blanc de qualité médiocre, prise sans doute au tournant du siècle, montrait une belle femme couchée dans un cercueil, les bras croisés sur la poitrine. Même en noir et blanc, ses cheveux semblaient une toison rouge et or.

Bien qu'elle lui fût familière, Mays ne pouvait encore nommer cette femme. Il loucha sur la page en regard de la photo, nouvelle tricherie au test que le hasard lui faisait passer : Sarah Bernhardt, actrice française, peut-être la femme la plus célèbre au monde à la grande époque de sa gloire, endormie, et non morte, dans un cercueil doré offert par un admirateur.

Mays leva vers Bullock des yeux remplis d'incompréhension. Pour la première fois depuis le début de leur entretien, Bullock fixa directement sa proie.

– Allons, Nicky. Voilà une après-midi idéale pour l'Histoire.

CHAPITRE 10

Rafiot Tacot

J'ai la réponse, mais je ne sais pas encore comment y parvenir.

Attribué au mathématicien Karl Friedrich Gauss.

Henry Ford reçut la même instruction que Sander : il quitta l'école à l'âge de douze ans. Il fut aussitôt enrôlé dans l'agriculture, équivalent, dans le Michigan, des mines de charbon du Siegerland. À la fin du siècle dernier, les deux hommes présentaient des destinées comparables : l'une et l'autre écrasaient le corps et ensevelissaient l'âme sous terre ou sous la glaise.

Tous deux échappèrent à leur destin grâce à la machine, mais pas complètement. Tous deux gardèrent la nostalgie de ces vies trahies qui les auraient pourtant tués ; à soixante ans, Sander écrivait les mémoires de son idyllique vallée minière, tandis que Ford, vieillissant, déplorait que personne au pays ne s'occupe de la ferme. Tous deux, malgré leur allégeance mécanique, accordèrent aux Gens de la Terre une place de choix dans leurs archives respectives des *Hommes du vingtième siècle*.

La ressemblance s'arrête là. Sander se libéra en inventant une profession qui n'appartient qu'au vingtième siècle, métier technique, à une époque où tout savoir-faire mécanique était une grâce suffisante. Mais Sander n'échappa jamais à ce que Walter Benjamin appelle « la nostalgie du portraitiste ». Seul le regard rétrospectif du photographe pouvait embrasser le progrès mécanique de la période.

Cependant, l'année des *Trois Fermiers*, Ford déclara publiquement qu'il « ne donnerait pas cinq *cents* pour tout l'art du monde ». (Son fils Edsel racheta ces propos en versant à Rivera vingt-cinq mille dollars pour sa fresque de l'usine.) À une exception près, le vie de Ford ne fit nulle place au mémorial ; sa solution n'était pas une machine à rétrospective mais à nombre de tours par minute. Sa voiture ou son tracteur le tireraient de chaque trou où il irait tomber, confierait à la technique les corvées meurtrières de son enfance (rudes besognes de la ferme), et réduirait du même coup l'effort pénible qu'engendrait tout déplacement de A à B.

Sander, qui associa vocation et profession, réussit assez bien dans la vie. Pourtant, l'œuvre de sa vie, *Hommes du vingtième siècle*, comme le siècle lui-même, ne réussit pas à trouver son accomplissement. Ford, lui, réussit dès le début du siècle à dominer son temps et devint ainsi le collégien le plus puissant de l'époque. Mais en traçant les routes de son paysage intérieur, l'industriel ne pouvait aller plus loin que la science de la production standardisée n'était à même de le conduire.

De tous les Américains illustres qui vécurent au début du siècle, quand la théorie historique du Grand Homme était encore en vigueur, Ford est le plus paradoxal. Morgan, le vieux créancier, mit fin à une époque lorsqu'il mourut en 1913. Wilson fut un universitaire ambivalent. Edison, utilitariste ambitieux, avait la sale manie de chiquer et de cracher son jus de tabac.

Norris et Dreiser furent des journalistes dotés d'une conscience. Les Wright, Dodge et autres Firestone ne se montrèrent pas plus subtils que les garagistes d'aujourd'hui. Seul Ford reste une énigme, improbable rencontre du pragmatiste et de l'idéaliste, de l'innovateur et du réactionnaire, du marchand de paix et du profiteur de guerre. Son ami John Burroughs fit un jour ce portrait de lui :

> Malgré son sens pratique et sa maîtrise des arts mécaniques, il est idéaliste jusqu'au bout des ongles (...), sensible comme une femme, et bien plus tolérant. Il a l'allure d'un poète et règle sa vie comme un philosophe. (...) Sa voiture et son tracteur lui ressemblent : ni imposants, ni compliqués, ils expriment moins la puissance et la masse que la simplicité, l'adaptabilité et le service rendu à tous.

Sans aucun doute, le *Detroit Saturday Night* aurait rapproché l'appréciation de Burroughs d'autres cas de Fordite : « Ce que nous aimerions que le monde pense du père Henry. » Le *Chicago Tribune* qualifia l'industriel d'anarchiste dangereusement ignorant, et fut poursuivi en justice pour avoir tenu ces propos. Dans *Mein Kampf*, Hitler fit l'éloge de Ford, le seul Américain qui eût saisi l'étendue du problème juif tout en échappant à la controverse.

Henry suscite moins l'admiration ou le mépris que l'étonnement. Il incarne l'insoluble paradoxe inscrit au cœur de l'homme moderne. En 1915, alors que la guerre durait depuis presque deux ans, et que les armées d'occupation mettaient en pratique le principe de la responsabilité collective, Henry Ford prit l'incroyable décision d'agir en individu. Il fit le projet de court-circuiter la diplomatie d'État, et d'utiliser la volonté collective des personnes pour mettre fin à une guerre qui impliquait, d'une manière directe ou indirecte, toutes les nations de la Terre.

Car, aussi vaste fût-il, son empire s'était bâti sur le système de la production en série : il s'agissait de mettre la machine au service de l'ouvrier. La première chaîne de montage automatique fut un chef-d'œuvre de conception, révolutionnaire ne serait-ce que parce qu'elle adaptait la machine à la taille et à la rapidité du travailleur humain. Dans le rêve industriel et enfantin de Ford, la machine assistait l'individu aussi bien à l'intérieur qu'à l'extérieur de l'usine. Henry dirigeait la fabrique automobile dont sortait plus de 60 % des voitures du pays à la manière d'un grand-père qui se mêle de tout. Il voulut imposer la sobriété à ses employés ; à quoi la presse, sa vieille ennemie, répondit que la seule façon de contrôler l'haleine de cinquante mille ouvriers était de construire une chaîne automatique prévue à cet effet.

La plupart des contemporains de Ford acceptaient la guerre et citaient la prophétie faite par Napoléon en 1814 selon laquelle, cent ans plus tard, le continent tout entier serait aux mains des autocrates ou des républicains. Cette explication enflamma le front en Europe et attisa les incendies allumés aux États-Unis. Le plan de paix conçu par Ford était à peine plus simpliste. Ford se rappelait la leçon « Les Choses par leur nom » apprise dans le *McGuffey's Fourth Reader* : un « soldat », appelé par son nom, était un « meurtrier ». L'Europe faisait de millions d'hommes des meurtriers ; à problème simple, solution simple.

Et la solution de Ford était simple ou elle n'était pas. Remplissez un grand navire de célébrités, de dignitaires et d'anonymes, puis lancez-le (ce fut le tout premier missile pour la paix) vers le continent européen. Une fois là-bas, les émissaires pourraient organiser un forum où se tiendraient des « négociations continues » au cours desquelles les belligérants auraient le loisir d'exposer poliment leurs griefs. Ce navire serait affrété et financé par des personnes privées. Aucune nation, aucun État, aucune organisation collective ne pourrait lui accorder une reconnaissance officielle.

En 1915, le Navire pour la Paix devait paraître une entreprise moins farfelue qu'aujourd'hui. Un mouvement pacifiste international, qui bénéficiait d'un large soutien, était apparu avant la guerre. Publiés à la même époque, deux livres qui eurent une influence considérable – *Bas les armes !* du prix Nobel Bertha von Suttner, et *La Grande Illusion* de Norman Angell – avaient convaincu bien du monde que les épées et les socs de charrue étaient du même alliage. Il semblait que la paix éternelle fût simple affaire d'insistance collective et de volume sonore.

Ford, pour sa part, avait toute raison de croire en la puissance de l'idéalisme et de la conviction individuelle. Une grande partie des États-Unis et de l'Europe avait attrapé la Fordite, forme d'hystérie qui poussait ses victimes à réclamer la canonisation de l'ancien fermier. La biographie de Ford, digne des romans de Horatio Alger, faisait l'admiration de tous. Cette admiration se transforma en gratitude lorsque le grand homme mit sa voiture à la portée des classes moyennes. Et la gratitude devint adoration pure et simple quand il institua le salaire minimum et inédit de cinq dollars par jour. Edgar Guest, « le poète du peuple », composa ces quelques vers :

> Les enfants rient qui jadis pleuraient, les yeux de leurs parents brillent
> D'un bonheur qu'ils pensaient réservé aux riches familles.
> De Henry Ford voilà l'ouvrage – contemplez son œuvre admirable
> Et en lui, voyez l'ami qui vécut pour son semblable.

Au plus fort de la Fordite, Henry commença à croire en sa propre image, celle du héros qui « vivait pour son semblable ». À cette époque, il se préparait à battre sa propre monnaie, qui bien sûr ne devait pas avoir de cours légal, mais conservait néanmoins la taille et le métal utilisés pour la pièce d'un *cent* à l'effigie de Lincoln. En lieu et place du Grand Émancipateur, elle arborait la silhouette d'un autre libérateur, l'homme qui avait permis à l'Amérique d'aller de A à B dans un fauteuil. Cette pièce – les six *cents* qui lui avaient été adjugés par les tribunaux dans l'affaire du *Tribune* moins les cinq qu'il ne donnerait pas pour tout l'art du monde – portait, au lieu du traditionnel *En Dieu notre confiance* l'inscription suivante : *Aide ton Semblable.*

Or donc, si diplomates et chefs d'État perpétuaient l'assassinat inutile de la jeunesse européenne et justifiaient ce crime en s'appuyant sur un tissu de mensonges transparents fondés les uns sur les autres, peut-être était-il temps, songea Ford, qu'un idéaliste pétri de bon sens intervienne et se charge de mettre fin à cette sottise. Ford allait aider son semblable une bonne fois pour toutes.

À la fin du mois de novembre 1915, il accorda un entretien à la Hongroise Rosika Schwimmer et à l'Américain Louis P. Lochner. Tous deux étaient venus demander à Ford d'aider le mouvement pour la paix. Avant que l'entretien n'ait commencé, il déconcerta ses interlocuteurs en faisant preuve de l'esprit terre-à-terre du Middle West : « Dites-moi ce qu'il faut que je fasse. » Les pacifistes n'avaient pas de programme établi en dehors d'un vague projet qui visait à mettre en place un processus de médiation par l'entremise de pays neutres. En construction mécanique, Ford adorait ce genre de problème sommaire, et il saisit au bond une plaisanterie que l'Américain, nerveux, avait lancée à propos d'une arche d'émissaires. À problème concret, solution concrète : le Navire pour la Paix venait de naître.

En quelques jours, le trio avait affrété un paquebot scandinave, l'*Oscar II*, envoyé des invitations à diverses sommités, annoncé une conférence de presse, et organisé une rencontre avec le Président des États-Unis. À la Maison-Blanche, un Wilson abasourdi écouta Ford qui ne cessa pendant tout l'entretien de balancer sa jambe passée par-dessus l'accoudoir d'un fauteuil. Le Président crut à un canular compliqué jusqu'à ce que Ford affirme qu'il appareillerait sous deux semaines avec ou sans la bénédiction des États-Unis. Wilson ne pouvait avoir partie liée avec une entreprise aussi définitive et si peu planifiée. Il loua le principe mais ne put apporter son soutien à cet effort. Quand, la rencontre terminée, le Président prit congé, Ford grommela tout haut que ce diplômé de Princeton et de Johns Hopkins s'était montré « petit ».

Aucun menu revers politique ne devait arrêter cette mission. Ford, qui avait un sens aigu de la manière dont l'Histoire repose sur quelques formules patriotiques bien senties, s'occupa de fabriquer des aphorismes et laissa à des subalternes le soin de préparer le voyage. Il proposa « Faisons rentrer nos petits gars pour Noël », mais quelqu'un fit remarquer que même si l'*Oscar II* partait le lendemain et que l'Europe entière s'accordât à déposer les armes dès l'instant où le navire accosterait, telle éventualité serait encore irréalisable d'un point de vue logistique. Imperturbable, Ford modifia aussitôt son slogan : « Faisons sortir nos petits gars des tranchées pour Noël. »

Une forte participation à la conférence de presse mit Ford en émoi. Ses discours publics comptent parmi les plus courts jamais entendus. À l'occasion du lancement d'un programme de bourses universitaires, il était parvenu à formuler cette déclaration : « Félicitations. On ne pourra pas dire que tout le monde n'a pas sa chance. » Quand s'ouvrit la conférence destinée à promouvoir le Navire pour la Paix, il ne fit guère mieux :

Tout homme devrait toujours s'efforcer de faire le plus grand bien au plus grand nombre, n'est-ce pas ? ... Nous allons essayer de faire sortir nos petits gars des tranchées pour Noël. J'ai affrété un navire, et certains d'entre nous vont aller en Europe.

Cette conférence de presse fit l'effet d'une bombe à peine moins puissante que les canons allemands de 420 déployés sur la ligne de front. La presse lâcha la bride à l'ironie, au ridicule et à la satire – chevaux de bataille réservés d'ordinaire à l'idéalisme et aux œuvres d'art révolutionnaires. Le *New York Tribune* publia un gros titre sarcastique sur Ford et son projet de mettre fin personnellement à la guerre avant Noël. Le *New York Herald* qualifia le Navire pour la Paix de « farce la plus cruelle du siècle », bien que le siècle fût encore dans ses premières années. Le *World* recourut à une épigramme plus savoureuse :

Ford et sa clique vont en bateau ;
L'Europe attend de par les flots.
Il tangue et roule leur beau steamer ;
Sous le capot du caboteur,
Des soixante-dix chevaux-vapeur
Hennit le chœur dans un seul cri :
Hourra pour Henry-hi-hi-hi !...

Et sans frémir ils vont à l'eau
Apprendre aux Turcs, à Clemenceau,
Aux Grecs, aux Celtes et au Kaiser
Que de la paix ils n'ont pas peur.
Rafiot Tacot part tout à l'heure ;
Il a un gros moteur devant,
Mais marche mieux avec du vent.

Si la mission s'était révélée aussi inepte que ses censeurs voulaient le dire, il eût été inutile de la dénoncer avec autant de véhémence. Elle se serait sabordée d'elle-même, aurait fait naufrage sur les côtes d'Europe, et aurait sombré dans l'oubli. Les journalistes semblèrent éprouver le besoin de couler la mission avant qu'elle n'ait débuté. Quelques journaux new-yorkais se montrèrent plus cléments. L'*Evening Post* salua « cette action généreuse et chevaleresque » et soutint que « des centaines de milliers de personnes bienveillantes applaudiraient cet exemple d'idéalisme américain à l'heure où le reste du monde avait cédé à la folie de la guerre et de ses préparatifs ». Le *Times* déclara que l'entreprise ne pouvait pas faire « plus de mal que de bien ». L'effort de Ford variait selon les observateurs.

Des dizaines de journalistes en mal de copie constituèrent la seule classe qui ne refusa pas d'un bloc une couchette à bord de l'*Oscar II*. Parmi les autres invités, seuls un gouverneur d'État sur quarante-huit et une poignée de petits politiciens prirent la mer. La participation fut plus élevée dans le haut clergé, bien qu'aucun des ecclésiastiques qui s'embarquèrent ne soit connu aujourd'hui. Les écrivains, activistes et orateurs présents sur le navire étaient tout aussi obscurs. Du côté des célébrités, Teddy Roosevelt déclina l'invitation en qualifiant la mission de mascarade qu'il faudrait empêcher par la force. Pas une seule « personnalité de premier plan » ne voulut se compromettre en rejoignant le Navire pour la Paix. Jane Addams, qui avait réservé sa place, et donné à l'expédition son seul semblant de crédibilité, se fit porter pâle à la dernière minute. Même Edison, l'ami proche, fit l'éloge public de Ford et de son idée, mais refusa d'y apporter sa participation. Sur le quai du départ, Ford lui proposa un million de dollars pour monter à bord. Edison prêta à cette offre une oreille plus sourde qu'à l'accoutumée.

Beaucoup repoussèrent l'invitation avec grossièreté et, préférant l'horreur destructrice au risible, placèrent le Navire pour la Paix sur le même plan moral que la guerre. D'autres, pourtant, envoyèrent des témoignages de sympathie enflammés, comme si de bonnes paroles pouvaient remplacer le corps en personne. Vachel Lindsay, Luther Burbank et Helen Keller mirent une éloquence toute particulière dans leur refus. Outre le noyau dur des délégués (moins d'une vingtaine de membres issus de diverses organisations pacifistes plus ou moins structurées), ceux qui vinrent compléter la liste des passagers étaient des hommes d'affaires, des étudiants et des citoyens ordinaires qui donnaient à voir une coupe transversale de la petite société américaine dans son ensemble. Moins de deux cents allèrent à Saint-Ives, affirmant que le ridicule valait mieux que le meurtre.

Toute tentative de susciter l'admiration internationale échoua quand les solennités du départ tournèrent à la foire. Un passager prit l'initiative de jouer les maîtres de cérémonie, il mit beaucoup d'animation, et demanda à la foule de pousser des hourras en l'honneur de Ford, du respectable clergé et des personnalités qui soutenaient la cause. Quand parut Edison, le maître de cérémonie pressa l'assistance de réserver un tonnerre d'applaudissements à « celui qui fait la lumière pour que vous puissiez voir ». Deux des voyageurs sur le départ offrirent au public ravi un numéro d'un goût douteux en faisant prononcer leur mariage par le commandant de bord. Ce mariage fut ensuite annulé pour avoir été célébré à terre. Un plaisantin expédia en cadeau un couple d'écureuils dans une cage, le tout accompagné d'un mot précisant que les deux animaux se sentiraient sûrement chez eux sur une coquille de noix.

Le navire s'éloigna du quai au son des fanfares et des vivats, comme si, dans son ivresse, ce coin précis du New Jersey avait déjà signé une paix séparée avec le monde entier. Avant que le bateau n'ait parcouru quelques encablures, un spectateur se jeta à l'eau et nagea derrière lui. Repêché par la police, il déclara s'appeler « M. Zéro » et nager, selon une première source, « pour l'opinion publique », selon une autre, « pour écarter les torpilles ». Ces détails prouvent assez l'ample participation d'un corps journalistique insatiable qui n'avait rien de mieux à faire – en cette année où la Serbie se faisait envahir, où l'Italie entrait en guerre, où pour la première fois, à Ypres, les Allemands employaient des gaz toxiques, en cette année où le *Lusitania* allait par le fond, où s'ouvrait la campagne de Gallipoli, où des Zeppelins effectuaient leurs premiers bombardements, où un nouveau gouvernement britannique se mettait en place, où Picasso, Lawrence et Pound signaient des œuvres majeures, l'année du premier grand film, *Naissance d'une Nation*, et de la théorie générale de la relativité – que de couvrir le ridicule.

Le projet qui entendait soigner la société en lui administrant la volonté commune des individus rencontra des difficultés avant même d'avoir gagné le champ de bataille. Ou plutôt, c'est le champ de bataille qui vint à sa rencontre, au milieu de l'Atlantique. Ford avait commencé le voyage d'assez bonne humeur : il avait réprimandé une jeune passagère parce qu'elle fumait, raconté des histoires drôles, et prononcé quelques homélies pendant les repas pris en commun dans la salle à manger du navire. Bien vite, pourtant, prétextant un virus contracté en mer, mais atteint plus sûrement d'une crise de lucidité, il partit s'enfermer dans la solitude totale de sa cabine. La rumeur de sa maladie se répandit : on le disait mourant ; déjà mort. Une meute de reporters fit alors irruption dans ses appartements. Ils expliquèrent à Ford, fulminant et en parfaite santé, que six jours s'étaient écoulés entre la mort de Morgan et l'annonce de son décès : ils ne toléreraient pas qu'une affaire d'aussi haute importance leur passe une deuxième fois sous le nez. Ainsi laissa-t-on les ambassadeurs concocter leurs propres tracas sans l'aide d'aucune instance supérieure.

Au début, les journalistes du bord se plaignirent d'un manque d'événements dignes de ce nom. Ils transmettaient par radio des brèves insipides sur les menus, la mode vestimentaire et les passe-temps des pèlerins pour la paix. Puis vint la première grande réunion. Les représentants convinrent de rédiger un manifeste qui résumerait leurs convictions et dessinerait les grandes lignes de leur programme d'action. On pourra s'étonner qu'un tel document n'ait pas vu le jour bien avant que M. Zéro ne chasse le navire des eaux du New Jersey. Mais après tout, Trois Vierges n'avait pas attendu qu'un manifeste vînt expliquer la nécessité d'une guerre.

Un comité de rédaction établit une déclaration collégiale qui condamnait les hostilités en Europe mais aussi les préparatifs américains à la guerre. Quand vint pour chacun l'heure d'apposer sa signature, un grand nombre refusa, réclamant la suppression de plusieurs clauses et une démilitarisation de la rhétorique. « Dieu merci », entendit-on quelques journalistes soupirer. « Il se passe enfin quelque chose. »

La couverture de cette querelle offrit à la presse internationale une occasion de se divertir. Des dessins humoristiques montraient deux colombes agrippées l'une à l'autre, qui tentaient de s'arracher du bec un rameau d'olivier. Des éditoriaux laissaient entendre que, s'ils avaient l'intention de donner une leçon aux chefs d'États, les pèlerins pour la paix faisaient du beau travail. Les journaux, qui exploitèrent ce drame aussi longtemps qu'il leur permit de faire du tirage, omirent de rapporter que les émissaires réglèrent leur différend sans que quiconque fût gazé, estropié ou amputé. Après tout ce tapage, Ford se fit de plus en plus discret. À Oslo, sitôt le navire amarré, l'industriel – sur ordre des médecins, dira-t-on – fut rapatrié aux États-Unis à l'insu de la délégation trahie. Mais avant de quitter la scène par la coulisse, il parvint à donner une conférence de presse. Devant un parterre de journalistes incrédules, il ne voulut parler de rien, hormis des plans du nouveau tracteur dont il venait de lancer la production.

Affaibli par la désertion de Ford et la défection incessante de représentants désabusés, le noyau dur de la délégation fit route à travers les pays neutres où il souleva un tiède enthousiasme pour la médiation continue. Un groupe réduit passa en Hollande et s'attela au travail long, ennuyeux et invisible de la négociation, travail qui n'intéressait guère la première page des quotidiens. Les derniers pèlerins espéraient que leur obstination dépasserait celle, massive, des États-nations. En vain. Deux ans plus tard, le projet abandonné, ils se séparèrent. Quand survint l'armistice, ses termes furent presque identiques à la toute première proposition de paix formulée par le comité.

Le Navire pour la Paix remplit les termes de son contrat initial. Il offrit aux individus intéressés la publicité d'un forum très controversé. Il fournit aux belligérants l'alternative d'un canal pacifique qui les priva d'une nouvelle excuse pour continuer une lutte de toute évidence désespérée. Ford avait seulement promis que « certains d'entre nous » tenteraient de faire sortir les petits gars des tranchées pour Noël. Et, de fait, quelques-uns essayèrent. Mais aux yeux du monde, le Navire pour la Paix était une farce anachronique, un acte monstrueux d'égotisme qui échoua lamentablement. L'une après l'autre, toutes les encyclopédies désignent le Navire pour la Paix comme une bizarrerie annexe dans l'histoire personnelle de Ford.

C'est seulement dans les biographies et les sources primaires que l'histoire de l'*Oscar II* devient intéressante. Aux dires d'un biographe, la mission aurait été sabotée par une cohorte de reporters hostiles que les tenants de l'inévitable avaient dépêchée dans le Port du New Jersey. Le navire a coulé, dit ce biographe, non sous sa surcharge d'idéalisme, mais parce que le monde lui a refusé le ballast de la confiance.

Ford lui-même tint les journaux pour responsables de l'échec. Mais lorsqu'on lui demanda s'il avait été froissé par le traitement réservé dans la presse au Navire pour la Paix, il répondit : « Je n'ai pas eu à m'en plaindre. » Ford l'industriel y gagna ce que perdit Ford l'ambassadeur de la volonté individuelle. L'*Oscar II*, fit-il très vite remarquer, avait réussi à voler la première page aux discours sur la guerre pour les remplacer par des discours sur la paix.

Quand Ford quitta la conférence de presse inaugurale, des journalistes le rappelèrent pour une dernière déclaration. Il répondit : « Dites aux gens de réclamer la paix et de combattre les préparatifs de guerre. » Interrogé sur ses projets en cas d'échec de l'expédition, il dit : « J'en monterai une autre. » Mais il n'affréta pas de second navire. Ses campagnes ultérieures ne furent pas aussi louables.

Au cours d'un entretien, John Reed – qui avait lui-même un penchant pour les convictions qui ébranlent le monde – voulut pousser Ford à dire qu'il recommencerait tout si c'était à refaire. Celui-ci répondit qu'il laisserait à quai les grosses légumes et partirait avec les habitants de son village de Dearborn. La chose, en effet, n'eût pas été ordinaire : sans aucun appui, à la dérive sur le Gulf Stream, une localité obscure du Middle West à qui personne n'avait rien demandé serait prête à s'interposer entre les belligérants en leur lançant des ultimatums d'humanité.

Mais qui, de toute façon, sinon un narcissique à tendance obsessionnelle, aurait pu avoir l'initiative d'un tel voyage ? Le projet fut sans doute compromis dès l'origine par les intentions de son mécène, par ce besoin permanent de contraindre son semblable à l'aimer autant qu'il pensait devoir le mériter. Cela expliquerait que Ford se soit retranché après son humiliant retour d'Europe. Pour expliquer l'échec de son évangile de paix, Ford insinua qu'il avait découvert la cause véritable du conflit. Les Juifs avaient déclenché la guerre pour en tirer profit. Après quoi, pendant dix ans, une horde de folliculaires et de tourmenteurs d'Histoire à la solde de l'industriel combattirent le « réseau israélite » avec toute la vigueur idéaliste qu'avait employée le navire dans sa lutte pour la paix.

Un narcissisme frustré explique aussi le complet retournement de Ford après l'entrée en guerre des États-Unis. Il devint l'un des armuriers les plus dévoués du pays, transformant son usine automobile de River Rouge en machine de guerre. Il s'engagea à ne pas faire de bénéfices sur les hostilités et promit de rendre chaque penny au gouvernement (en monnaie légale, les *En Dieu notre confiance*, pas les *Aide ton prochain*), une fois le conflit terminé. Il n'en fit rien. On peut voir aisément en ce genre d'altruisme l'œuvre d'un homme pris dans l'ornière de l'égotisme.

Ces interprétations de l'échec du Navire pour la Paix, bien qu'intéressantes, représentent des opinions marginales. Dans leur vaste majorité, les commentaires soutiennent que la mission a échoué pour des raisons évidentes : à qui est attentif, il apparaîtra que la Grande Guerre avait justement sonné le glas des actions comme celle entreprise par Ford. La Bataille des frontières avait démontré que quelque chose d'irréversible s'était produit à l'échelle des événements humains : bien sûr, l'homme qui avait automatisé l'assemblage de la « Tin Lizzie » aurait dû le savoir.

Ce bouleversement avait eu lieu dans tous les domaines : la guerre, l'industrie, les arts ; passage brutal à l'ère moderne des grands nombres, à l'échelle nouvelle des masses. Le changement quantitatif était devenu qualitatif, et la guerre, avec ses sept mille morts par jour, servait de référence. Cent cinquante personnes dans un bateau ne pouvaient que faire rire les journalistes. C'était comme dans la fameuse blague des échelles disparates : un juge condamne un malfaiteur à une amende de dix mille dollars. Le malfaiteur fouille dans ses poches et se met à compter sa monnaie. Un astronome déclare que le soleil s'éteindra dans un milliard d'années. Au fond de l'assistance, une voix terrifiée demande au conférencier de répéter sa prévision. « J'ai dit que le soleil s'éteindrait dans un milliard d'années. » « Dieu merci, répond la voix soulagée. J'avais compris un million. »

La majeure partie des biographes (si nombreux que même les acharnés et les astucieux se trouvent devant eux aussi démunis que Ford face à la guerre de la majorité) laisse apparaître que l'action de Ford relevait d'une époque révolue. Se battre contre des moulins à vent était peut-être chose admirable par le passé, mais se battre contre des fusils – comme les états-majors s'en aperçurent à plusieurs reprises – ne rimait à rien. Selon la formule de Mies van der Rohe, dont le Style International homogène reconstruirait bientôt un monde dévasté : « L'individu perd de son importance ; sa destinée n'est plus ce qui nous intéresse. » Les dix millions de personnes en mesure de le contredire n'allaient pas se relever de leurs cratères boueux. Dorénavant, seul comptait le Collectif.

Ford était un vestige oublié par l'évolution, appendice ou amygdale, et le Navire pour la Paix fut son correctif chirurgical. Il était parti tel un notable du dix-neuvième siècle qui agit en son âme et conscience, puis était revenu commotionné, créature façonnée par le nouveau paysage, des théories de conspiration plein la tête pour expliquer son impuissance. « Ai beaucoup appris du Navire pour la Paix », écrivit-il dans l'un de ses carnets. Il ne jugea pas nécessaire de préciser quoi.

Mais de tout ce Collectif émerge un « nous ». À la fête de Noël du personnel, madame Schreck, la femme de ménage, m'expliqua avec un fort accent qu'elle déposait des chocolats sur mon bureau le soir parce qu'elle avait vu ma photo dans le bulletin de la société, à la rubrique « Nouveaux collègues », et qu'elle s'était promis de m'empêcher d'atteindre le dernier degré de la maigreur. Elle parlait tout en caressant la déchirure faite par un éclat d'obus dans la casquette d'ambulancier, l'un des artefacts de la Première Guerre que collectionnait notre hôte. Pour l'avoir rencontré au hasard de mes recherches sur la photo de 1914, j'identifiai l'insigne sur la casquette. Madame Schreck fut étonnée et ravie.

– Beaucoup de jeunes gens vivent seulement dans cette année.

Elle parla de son enfance. Et c'est elle qui, la première, m'apprit l'incroyable histoire de l'*Oscar II*. Elle raconta comment, à peine adolescente, elle dînait chaque soir au son des commentaires de son père sur l'actualité et la politique mondiale. Elle apprit avec lui à assimiler le mot « Allemand » au mot « destruction ». Sans se cacher, son père pleura l'incendie de la bibliothèque de Louvain, et jura de haïr jusqu'à la fin de sa vie tout ce qui était allemand. Un soir d'hiver, alors que la guerre était dans sa deuxième année, il annonça, avec une première note d'espoir dans la voix depuis l'invasion de la Belgique, qu'un grand inventeur américain allait venir en Europe mettre fin au conflit. Toute sa famille, remplie de respect pour ceux qui comprenaient les nouvelles machines, et plus encore pour ceux qui savaient les faire obéir, crut aussitôt que cet étranger pourrait accomplir le miracle.

J'attribuai d'abord ce récit étrange et émouvant à la broderie compliquée de la mémoire. Mais je me trompais, d'autant plus que je découvris au fil du temps, dans des faits répertoriés, le parallèle de chaque détail que madame Schreck avait porté en elle pendant trois quarts de siècle. J'y trouvai même un équivalent de son espoir enfantin. Mary Alden Hopkins, rédactrice pour un magazine et passagère du Navire pour la Paix, avait abandonné un instant le journalisme objectif pour écrire ces lignes :

> Cent cinquante personnes ordinaires ont été confrontées à une grande idée : la perspective d'un désarmement mondial. Pas moyen d'y échapper, à moins de se jeter à la mer. (...) Par moments, cette vision s'impose à nous tous – mystique, voilée et merveilleuse. Puis le sens commun se révolte. Pourtant, nous n'osons pas traiter cette vision par le mépris. Une Nef des fous a franchi l'Atlantique en 1492. Une Nef des fous a rallié Plymouth en 1620. Se peut-il que, dans notre Nef des fous, nous portions le Saint Graal pour venir en aide à un monde blessé ?

À la fête de Noël – encore un Noël pour lequel dix millions de petits gars ne seraient toujours pas sortis des tranchées –, l'histoire de madame Schreck me fournit l'indice qui me permettrait enfin d'identifier les hommes de la photographie, de leur donner les noms que, sans cesse depuis mon passage à Detroit, j'avais essayé de me rappeler. Mais je ne fus pas assez rapide pour saisir cet indice, et devais encore faire une longue route avant de revenir jusqu'à lui. Sans savoir tout ce qu'elle m'avait révélé, madame Schreck me demanda :

– Comment un *jonge mannetje* aussi maigre que vous en sait si long sur le temps d'avant ?

Je lui fis un récit décousu dont je perdis plusieurs fois le fil, récapitulation de mes recherches tâtonnantes. Je décrivis, assez mal, la photo que je cherchais, et me demandais, tout en parlant, ce qui avait bien pu susciter en moi autant d'anxiété. Entre son anglais insuffisant et ma description médiocre d'un souvenir partiel, je ne fus pas surpris, au terme de mon histoire, de retrouver madame Schreck assise, parfaitement immobile. Mais ce n'était pas un ennui poli qui l'avait ainsi calcifiée.

– De bien des années, je connais votre photo.

Elle parlait comme quelqu'un qui avoue sous la contrainte. Celui que je cherchais, me dit-elle en tapotant du doigt la casquette trouée comme si celle-ci représentait une nationalité, comme si elle seule pouvait expliquer la coïncidence pathétique – la collision pathétique de l'espoir, du ridicule, de l'horreur et de la joie –, le souvenir d'un lieu disparu de longue date mais jamais bien loin de là, même en cette lointaine décennie,

– Est allemand.

CHAPITRE 11

La conjuration des Égaux

« Du sommeil de ma mère, je fus précipité dans l'État. »

Randall Jarrell,
« The Death of the Ball Turret Gunner »

Avant que le conflit n'éclate, la vie sous les drapeaux n'avait guère mis de frein à la transformation qui s'était amorcée chez Adolphe le jour où les deux étrangers avaient envahi sa maison et pris la nationalité allemande. Peter en particulier l'avait contaminé – gosse irresponsable qui en influence un autre plus âgé, placé prématurément sur sa route. Adolphe avait appris très tôt de son père adoptif que le désordre et le plaisir étaient des formes de démence. À force de travailler chaque jour à la ferme dans le Westerwald, labeur dont l'ennui se révélait plus nocif que l'effort physique consenti, l'enfant était passé de douze à dix-huit ans sans transition. Mais quand Peter et Hubert étaient venus conquérir le vieux monde, Adolphe avait commencé à rattraper le temps perdu.

À la ferme, sa transformation était restée très discrète. Il inclinait son chapeau pour lui donner le même angle que celui de Peter, et ricanait de temps à autre à ses obscénités, mais lorsqu'on le mettait à l'épreuve, lorsque ses parents lui demandaient de porter haut le flambeau de la tradition, il faisait merveille. Pour Adolphe, le charme ancien de l'ordre établi conservait encore le parfum de l'altérité mise sous clé. Si la conscription obligatoire n'était survenue juste à temps, il serait entré dans l'âge adulte après être parvenu à un compromis plus ou moins insatisfaisant. Mais la guerre, par définition, supprime la nécessité du compromis.

Quand il fut précipité pour la première fois dans la chaleur de son bataillon, Adolphe eut une agréable surprise. Il découvrit qu'il était bien plus facile de désobéir à ses supérieurs que de défier l'autorité de ses parents. Ceux-ci ne lui avaient-ils pas tout donné ? À l'inverse, le caporal de sa section ne l'avait pourvu que de trois pains de savon qui empestaient la charogne, d'un lit de camp mobile trop lourd pour qu'on se donne la peine de le transporter, et d'une gamelle en fer dont les assiettes, les cuillères, et les quarts de métal embouti s'encastraient les uns dans les autres et se repliaient en un tout compact. Pendant les deux heures qui suivirent la perception de son équipement, Adolphe avait défait et refait sa gamelle, émerveillé par l'ingéniosité du concepteur capable de réaliser un tel chef-d'œuvre d'économie.

Mais la joie d'Adolphe prit fin, et sa rancœur envers le caporal à la grosse bedaine grandit quand, regardant vers la couchette voisine où un autre garçon de dix-neuf ans était tout entier absorbé dans l'examen de sa propre gamelle, il découvrit qu'il lui manquait une pièce : un bol à soupe de dix centimètres. Adolphe alla se plaindre aussitôt. Le caporal lui répondit que les gamelles étaient fournies au complet ; Adolphe devait donc avoir perdu son bol. Il ne pourrait en recevoir un autre à moins de se faire tuer, de se réincarner et de s'enrôler à nouveau. Adolphe traita le caporal de cochon et fut envoyé devant son premier conseil de discipline.

Désormais, au lieu de n'avoir que ses deux frères pour le provoquer, Adolphe mangeait, dormait, se lavait, s'entraînait et souffrait en compagnie d'une centaine de Peter et d'Hubert. L'Allemagne, incapable de prévoir les implications d'une guerre totale, avait commis la même erreur que les autres grandes puissances. Chaque nation avait regroupé ses fantassins par lieu d'origine. Un mauvais coup sur la Somme, et des villages entiers disparaissaient. Ainsi, la section d'Adolphe était-elle exclusivement constituée de jeunes gens de dix-neuf ans issus du Westerwald, dont beaucoup avaient dansé au bal de mai à peine deux mois plus tôt. La période des classes fut leur colonie de vacances. Même cet entraînement rigoureux valait mieux que la ferme ; quel garçon n'aurait pas préféré les ecchymoses à l'ennui ?

Parce qu'ils se connaissaient tous, au moins de vue, et parce que tous se trouvaient loin de chez eux pour la première fois, les conscrits de la section du Westerwald transformaient chaque soir leur baraquement en bobinard, ou ce qui voulait passer pour tel. Soldats dans l'armée la plus disciplinée du monde, leur chahut était en réalité fort limité. Mais pour ces garçons, et pour Adolphe en particulier, le simple fait de veiller jusqu'à dix heures du soir, de contracter aux cartes des dettes insignifiantes et de chanter à mi-voix tous ensemble revenait à flirter avec l'anarchie autant que ce monde planifié à l'excès permettait de le faire.

C'est la dernière de ces activités – les chants et les toasts – qui marqua la véritable conversion d'Adolphe au Peterisme débridé. D'ordinaire, tandis que le groupe chantait et que se déroulait le chambard tout en retenue teutonne, Adolphe restait assis sur son lit, à dissimuler son infirmité sociale derrière un sourire imbécile. Mais un soir, alors qu'il remplissait ses obligations militaires depuis une quinzaine de jours, une envie irrépressible, irréconciliable avec les principes de son caractère, s'empara de lui. Sans crier gare, un couplet lui passa par la tête, une parodie de l'hymne du bataillon, vieux cantique protestant qui disait :

Ô mon Dieu, nous ne craignons rien,
Pas le moindre tourment,
Sinon ceux que Ta Volonté nous inflige.

La parodie vint spontanément à l'esprit d'Adolphe, signe qu'elle était destinée à la réjouissance publique. Il attendit une accalmie dans les festivités, et prit alors la parole à la surprise générale. Avec un accent qu'il estimait convenir aux salles de concert berlinoises, mais qui évoquait davantage celui d'un vendeur de saucisse munichois, il annonça :

– Mesdames, pour le plus grand plaisir de vos oreilles, venu tout exprès de Bayreuth...

Et d'une voix claire, qui était encore celle d'un ténor léger de grand opéra tout en vibratos expressifs, il chanta à pleins poumons :

Ô mon Dieu, nous avons tout à craindre,
C'est à notre sergent
Que pendent les plus petites couilles.

Le baraquement explosa de rire – jubilation éméchée à l'allemande tout d'abord, puis déchaînement hystérique à la française. Adolphe devint aussitôt un héros populaire. Les conscrits applaudissaient, frappaient du pied et, à coups répétés de leurs gamelles, en réclamaient encore. Comme le tumulte se prolongeait, la police militaire fit irruption dans la chambrée et menaça de mettre aux arrêts le premier qui ouvrirait la bouche.

Dans le silence qui suivit, quelqu'un se mit à fredonner le cantique. Tout aussitôt, la troupe entière se lança dans un chant choral à quatre voix, lèvres fermées, en laissant échapper, *ostinato*, de petits gloussements.

L'hilarité se poursuivit après le départ de la police, mais sur le terrain plus limité de l'imagination partagée. Chacun accomplit son pèlerinage jusqu'au lit d'Adolphe et le félicita pour sa belle ouvrage. Chacun, donc, se rendit complice du forfait. Pourtant, le lendemain, à la lumière du jour, l'un des participants, adepte de la responsabilité collective qui ne se fit jamais connaître, dénonça Adolphe aux autorités comme l'instigateur du désordre de la veille. Cette fois, le conseil de discipline le mit aux arrêts pour une courte période.

En moins de temps qu'il n'avait côtoyé son frère Peter, Adolphe s'était bâti une réputation digne d'un agitateur politique amateur. Mais Adolphe ne nourrissait aucune prétention, politique ou autre. Il n'était pas en train de céder au cynisme et n'oubliait pas non plus la vieille déférence des classes laborieuses pour l'autorité. Il n'allait pas troquer ses bonnes manières contre un nihilisme mondain. Seulement, il avait appris de son demi-frère hollandais qu'en société les pitreries faisaient meilleur effet que la gravité.

Même le mariage que lui avait extorqué Alicia n'avait pas entamé sa foi en l'institution. Il continuait à écrire des lettres dans un style fleuri et très guindé. Il ne manquait jamais d'y joindre la majeure partie de sa solde, et ne faisait nulle mention des facéties qui lui valaient sa renommée. Car Adolphe était devenu le bouffon attitré de la section du Westerwald : il oubliait exprès de se raser le visage par endroits, faisait mine de succomber à des crises cardiaques, singeait l'aumônier seul dans la sacristie avec le vin de messe, ou en train de boire de la petite bière par le nez. Ces jeux anodins faisaient passer le temps de la conscription. Adolphe comptait tous les abandonner à la fin du service, et retourner aux travaux sérieux de la ferme sans plus d'hypocrisie que le Protestant dévot, la maturité venue, tire un trait sur l'époque du bordel. Mais comment pouvait-il expliquer cela à sa femme (bien enceinte cette fois), ou à ses parents, sans leur donner d'inutiles inquiétudes ?

Puis vint le mois d'août. Un été anormalement chaud qui tourna à la canicule. Le Kaiser, par la bouche de ses officiers supérieurs aux accents infiniment variés, annonça que l'heure de l'Allemagne était venue. Il fit dissoudre le Reichstag, taire les grincheux, puis décréta que chaque soldat allemand devait être un modèle d'efficacité au combat et un exemple de Perfection dans la Volonté : Allez donc, de toutes les nations faites des disciples, et jusqu'aux extrémités de la Terre.

Adolphe entendit cette déclaration sur le champ de manœuvre avec un millier d'autres soldats. Il prit part aux hourras spontanés, et hurla plus fort qu'il ne croyait possible de le faire. L'incertitude des annonces et de leurs démentis, la tension engendrée par l'attente des deux derniers mois, l'angoisse que provoquaient les événements internationaux – trop pesants pour être ignorés, mais trop subtils pour être compris – trouvaient maintenant une solution, évidente, dans l'euphorie du terrain de manœuvre. Et pour la première fois depuis le bal de mai, Adolphe se sentit libéré de l'irritante question qui l'avait obsédé, question que le photographe leur avait lancée par cette belle soirée dont plus rien ne subsistait maintenant, sauf la photographie (qui détenait le cliché ? Il aurait aimé le revoir) : le Kaiser avait augmenté les effectifs – c'était si simple à présent ; si seulement Adolphe avait su répondre au bonhomme à ce moment-là – parce que, dès ce magnifique printemps, il savait, dans sa royale prescience, que l'Allemagne serait appelée à faire la guerre et devait donc se tenir prête.

À son insu, la question du photographe sur les 800 000 hommes avait ouvert une brèche en Adolphe. Elle avait tout altéré : le bal de mai, Alicia, le travail quotidien dans la ferme de son père, la lecture de Goethe et de la Bible à la veillée. Rien ne demeura intact après que le photographe lui eut glissé dans l'oreille que les instances supérieures de la collectivité orientaient les événements et complotaient hors de son contrôle, et dans un sens qui ne servait pas forcément ses intérêts. Les sous-entendus du photographe (il se pouvait, après tout, que la volonté de l'Allemagne ne fût pas le simple prolongement bienveillant des attentes et des espoirs d'Adolphe) étaient la plaie ouverte par où Peter l'avait contaminé. Elle seule – il en était persuadé – l'avait entraîné dans ses récentes pitreries.

Et là, sur le champ de manœuvres, à la pensée de ces facéties, Adolphe passa de la joie à la honte embarrassée. Dès que retomberait l'exaltation de ses camarades fantassins, ils ne pourraient manquer de le remarquer, lui, et de se demander quel émissaire de la Volonté allemande il pourrait bien faire devant des étrangers. Son bataillon ne voudrait pas se voir représenté par un rimailleur et un bouffon, attitré ou non.

Aussitôt, Adolphe cessa de bondir en tous sens, rentra sa chemise dans son pantalon, s'assura que la morve ne lui pendait pas du nez, et attendit, résigné, l'officier qui viendrait lui annoncer que lui, bien sûr, ne pourrait pas monter au front, mais serait fusillé ou mis aux arrêts pour toute la durée de la guerre. Au lieu de cela, plusieurs soldats à ses côtés se mirent à le bousculer à grands coups d'épaule en répétant « Allemagne ». Celui qui se tenait juste derrière lui sauta sur le dos et cria en lui donnant des coups de talons comme dans les flancs d'un cheval de charge : « Paris ! Calais ! Londres ! » Une autre voix tout excitée expliquait que si l'on additionnait les lettres contenues dans les noms de Frédéric Barberousse ou du Kaiser Guillaume, on obtenait le même total à condition d'effectuer ce calcul à l'aide d'un système numérologique complexe.

Peu à peu, Adolphe comprit qu'une deuxième chance lui était donnée. Était-ce la sagesse des autorités ou cet accidentel tumulte ? Il avait reçu l'absolution ; la grande campagne lui avait offert son retour en grâce. Il serait à tout jamais irréprochable. Il se mit à pleurer, et sa joie grandit encore quand il s'aperçut qu'il pouvait arrêter ses larmes à volonté.

La rédemption était à l'ordre du jour. En Angleterre, un autre soldat, Rupert Brooke, acclama le temps des moissons et accueillit avec joie le baptême des

> ... nageurs qui plongent dans la pureté,
> Heureux, ils quittent un monde trop vieux, froid et fatigué,
> Les cœurs malingres que l'honneur ne pouvait émouvoir,
> Les demi-hommes, leurs chants infects et lugubres,
> Et tous ces petits néants de l'amour !

L'hommage rendu à ceux qui allaient entrer en possession de leur héritage plongea Adolphe dans un bain plus purificateur que celui reçu à l'âge de six ans, lorsqu'il avait essayé d'empêcher la cuisinière de tuer les animaux de la ferme. Il éprouva une sensation de plénitude oubliée, chaque partie de lui-même était en harmonie avec toutes les autres. La riposte aux provocations du photographe se trouvait là, à portée de main depuis le commencement, il fallait seulement qu'Adolphe se décide à la voir. Cette réponse s'offrait, aussi simple et agréable que le soulagement d'une vessie trop pleine : si la volonté de l'État ne se pliait pas à la sienne, c'était alors à sa volonté de plier devant l'État. Après avoir exigé pendant des mois que le Tout se conforme aux parties, Adolphe devait dissoudre la partie dans le Tout.

Ici et là sur le champ de manœuvre, nombre de conscrits parvenaient à la même révélation. Le commandant eut tôt fait de remettre au pas les troupes dont les démonstrations de joie rappelaient un peu trop l'exubérance française. Il dirigea le chœur des fermiers, désormais homogène, dans une interprétation du « Remercions maintenant notre Dieu » ; et à entendre cet air très ancien, on eût dit que la confédération des petites principautés s'était dissoute dans l'Empire, non depuis quelques années, mais depuis des siècles.

Adolphe tendit l'oreille afin de percevoir la cadence du cantique. Le terrain de manœuvre était si vaste, rempli de tant de chanteurs, qu'il fallait à la mélodie (dont la vitesse approchait les 358 mètres par seconde en cette journée à 25 degrés) près de deux longues secondes pour parcourir la distance qui séparait l'avant de la tribune de l'endroit où Adolphe se trouvait. Au lieu de faire retentir un bel unisson national, le cantique se propageait depuis son épicentre à travers le magma des voix. Mais Adolphe n'était pas gêné par ce décalage ; l'important était que son timbre clair de ténor, employé jusqu'ici à de vaines satires, vînt se fondre à présent dans la mélodie en un élan de ferveur partagée : tout homme devait s'efforcer de faire le plus grand bien au plus grand nombre.

Du jour où il connut ce réveil sur le champ de manœuvre, Adolphe se munit d'un vade-mecum mental qui conférait un air de gravité à ses moindres gestes. À cause du temps qu'il mettait à accomplir les choses les plus insignifiantes, on le prit bientôt pour quelqu'un qui avait fait de longues études. Il se curait les dents comme s'il s'agissait de réfuter la philosophie thomiste. Pourtant, son comportement, bien que réfléchi, s'expliquait le plus simplement du monde : avant de faire quoi que ce soit (nettoyer son fusil ou déféquer), Adolphe se demandait seulement comment s'y prendre pour susciter chez un éventuel observateur français la honte suprême de n'être pas allemand.

Aussi se réjouit-il d'apprendre que le Plan Schlieffen supprimait les forces de réserve et appelait donc tous les corps à se porter vers l'avant pour prendre part au combat. C'est dans cet esprit qu'Adolphe était entré en Belgique d'un pas lourd et solennel, derrière les sabres et les chevaux de cavalerie censés rayer des cartes d'état-major six divisions belges et leurs emplacements de pièce, sans pertes humaines sinon accidentelles. Et c'est encore dans cet esprit qu'il avait écrit, au cours d'une halte dans un champ flamand (un champ pareil à ceux vus mille fois chez van Eyck, Memling, van der Weyden, mais surtout, ces derniers temps, dans un certain tableau de Bosch), la lettre qui dénonçait son frère.

Dolphi dénonça Peter pour lui faire une faveur. Il goûtait une telle paix depuis qu'il avait résolu son conflit intérieur, qu'il se croyait obligé de transmettre ce sentiment aux Belges, aux Français, et surtout à ses frères, Peter et Hubert. Peter partageait l'insatiabilité bien connue de Jan Kinder, la vieille querelle du moi contre l'État était inscrite sur son visage : discorde entre l'os bombé du front et le profil chevalin. Adolphe pouvait guider Peter sur la voie du champ de manœuvre et de la réconciliation. Même Hubert qui, sans être un Kinder, cultivait encore des idées confuses en matière de politique, pourrait y trouver une grande paix, et Dolphi comptait bien l'y aider dès qu'il aurait son adresse.

Toute tromperie désormais pardonnée, il écrivit à son Alicia bien-aimée avec le zèle d'un missionnaire. Ses mots d'écolier tentaient de décrire les vertus purificatrices inhérentes aux lourdes responsabilités de ceux qui se trouvent en terre étrangère. Car Adolphe, fils de Jan Kinder seulement par les gènes, n'avait jamais voyagé au-delà de son canton. Avant cette promenade à l'intérieur de la Belgique, la route boueuse du bal de mai avait à ses yeux tout l'exotisme de la conquête du Pérou.

Il luttait contre le double obstacle de l'illettrisme et de la marche pour écrire que la guerre était préventive, étape ultime et naturelle avant l'avènement d'un nouvel ordre mondial qui simplifierait les frontières, supprimerait les pratiques anciennes et violentes des États-nations. Il voyait l'Allemagne et la Belgique tirer toutes deux parti de cet accord commercial mutuel. Corrigez la grammaire, redressez la syntaxe, et ces mêmes idées circulaient dans tous les journaux à l'arrière des combats.

Au pays, Alicia avait enfin rattrapé ses propres fictions. Elle n'avait que dix jours de retard, mais savait que son corps avait fini par rallier le camp de sa ruse. À l'embryon qu'elle portait dans son ventre, elle lut à haute voix la première lettre d'Adolphe envoyée depuis un pays étranger, comme si les théories de son père et cette prose pâle qui décrivait 200 000 uniformes gris sur une route fangeuse ne pouvaient que fasciner le fœtus :

> Nous attendons que des hommes réparent les moteurs à essence de quelques camions qui ont calé et bloquent la colonne. Il faudrait que Peter voie ça. Il dit qu'il peut réparer n'importe quelle auto en quatre minutes et demie. Il ment, parce que nos véhicules, en tout cas, sont très compliqués et n'aiment pas rouler longtemps. On dit que les moteurs viennent d'Amérique, mais je ne vois pas comment ça se pourrait, à cause de l'océan Atlantique. On dit que les Anglais ne vont pas se battre et que les Turcs sont avec nous. Bien à toi, ma petite Alicia.
>
> Ton Adolphe à jamais.
>
> Va trouver mes parents si tu as besoin d'eux.

Tout était prêt pour le premier engagement : la Bataille des frontières. Les six divisions belges – certes refoulées – avaient mis à mal le plan de campagne des Allemands. Ceux-ci devaient à présent affronter soixante-quatorze divisions alliées, soit un million et demi d'hommes. Pour Adolphe et ses camarades aussi mal renseignés que lui, cet affrontement constituait la guerre tout entière. Malgré son prudent ralliement à la Volonté générale de l'Allemagne, Adolphe ne devait pas prendre part à cette bataille. Le 15 août, quelques jours avant l'opération qui n'allait produire aucun résultat sinon 300 000 victimes, ordre fut secrètement donné d'éloigner du front Adolphe et sa section mal entraînée pour l'affecter au contingent des forces d'occupation.

Car les envahisseurs rencontrèrent plus de difficultés que prévu dans la germanisation de la Belgique. En vertu d'un principe insoupçonné et incompris des Allemands, les fâcheux citoyens de ce pays insignifiant résistaient à l'acquisition de la *Kultur*. Cette résistance prenait diverses formes, depuis le refus de converser à table avec les officiers logés chez l'habitant, jusqu'à la destruction de dépôts d'approvisionnement et de voies de communication. Les Belges allaient même jusqu'au meurtre en tirant sur des soldats depuis des cachettes. Les Allemands ne pouvaient pardonner de tels actes. Dans chaque ville occupée, des avis placardés par les conquérants déclaraient ces actions hors-la-loi et punissables sur-le-champ. Mais les Belges têtus ne respectaient même pas ces appels à la raison.

Au début, les forces d'occupation allemandes comptaient surtout des hommes âgés d'une quarantaine ou d'une cinquantaine d'années, trop vieux pour le front mais encore utiles à l'effort de guerre. Dans leur pleine maturité, ceux-ci pouvaient servir d'arbitres en matière de goût et d'ordre, ou d'exemples, en tant que preuves vivantes de la supériorité des pratiques nouvelles sur celles du passé. Et puis, cela va de soi, n'importe qui, jusqu'à un âge bien avancé, peut utiliser un fusil contre des civils sans armes.

Mais les actions terroristes se poursuivant, la vieille garde avait affaire à forte partie. Même si cela entraînait une diminution des effectifs de l'armée active, le commandement allemand n'avait d'autre recours que de renforcer les troupes d'occupation avec des unités prélevées sur la ligne de bataille. Ce fut d'abord le contingent de juillet, qui se révéla insuffisant. Une semaine plus tard, les recrues de deux mois, comme Adolphe, étaient retirées de l'avant et envoyées à l'arrière.

S'être trouvé sur une route poussiéreuse dans son premier pays étranger, à une seule longue journée de marche du second ; avoir vécu chaque heure enivré d'adrénaline ; entendu siffler les balles de toute part sans savoir qui l'emporterait ; écouté jour après jour l'annonce de la campagne éclair toute proche, qui mettrait fin à la guerre pour de bon ; côtoyé des milliers d'individus régénérés ; dissous son moi minuscule dans la puanteur compacte des pelotons d'infanterie ; ne s'être pas lavé pendant des jours ; avoir chié dans des seaux et trouvé que jamais le corps n'avait connu purge si merveilleuse ; avoir parcouru tant de chemin en trois mois depuis mai ; en bref, avoir senti que l'Histoire tout entière vous conduisait à une mort féconde et culminait en celle-ci – puis, tout aussi vite, se voir déclaré inapte, coupable, au seul motif de l'inexpérience, et assigné à un poste tout juste plus prestigieux qu'une guérite de gendarme, tout cela était cruel. Le mélange vaccina Adolphe contre son flirt rapide avec l'Histoire. Privé du cours certain de sa destinée, détourné vers un lac artificiel à l'instant précis où il allait se jeter dans le froid océan, Adolphe parvint à son point de déclic et amorça l'ultime transformation qui lui donnerait, malgré sa fin insolite, les traits plus que caractéristiques des Visages de ce temps.

En première ligne, on n'avait qu'à se soucier de la mort. À l'arrière, en revanche, il fallait faire face aux conjectures. J'aurais pu me trouver là-bas ; j'aurais dû me trouver là-bas ; pourquoi eux et pas moi ? Celui qui a fini par toucher du doigt la tragédie – ruiné par la banqueroute, victime d'un accident de voiture, exploité par son pays – celui-là, même mort ou estropié, a traversé l'épreuve et substitué l'expérience à l'effroi. Pour lui, les cartes redoutées ont été abattues, abolie l'incertitude, et fermé le petit théâtre de l'horreur. Sphères publiques et privées signent leurs accords individuels et, débarrassé de son inquiétude, le malade peut continuer à vivre dans un monde post mortem. Mais lire chaque jour, depuis la sécurité relative d'une petite ville derrière les lignes, la liste des victimes et celle des distinctions honorifiques est plus épouvantable. On s'habitue à la pire des tragédies, et elle s'amenuise. Mais l'imagination travaille sans fin – diverse, insatiable, elle ne propose pas de compromis.

Les souffrances d'Adolphe outrepassaient toutes celles qu'il aurait pu endurer au front, parce qu'elles croissaient sans limite dans son imagination. Les comptes rendus schématiques et elliptiques de la presse quotidienne, remaniés selon les directives rigoureuses dictées par les Allemands en matière de reportage, lui laissaient toute liberté de s'infliger plusieurs mutilations à l'heure. Ainsi Adolphe s'installait-il dans l'occupation, tandis que le front s'éloignait chaque jour davantage. Il aurait pu survivre à une vraie bataille, mais n'avait pas l'ombre d'une chance face à celles de sa propre invention.

L'état-major affecta la section d'Adolphe à Petit-Roi, bourgade de huit mille habitants, en Belgique limbourgeoise. Les officiers qui avaient de l'étoffe furent détachés du groupe des nouvelles recrues et renvoyés sur le front. Restèrent quatre hommes plus âgés pour superviser la pacification du village par deux cents gamins. Ceux-ci se trouvèrent donc livrés à eux-mêmes pour convertir la population locale.

L'unité se mit aussitôt au travail à coups de proclamations. La première tâche d'Adolphe consista à préparer la colle d'amidon qui servirait à placarder, sur chaque centimètre carré disponible dans Petit-Roi, décrets, amendements aux décrets, et amendements aux amendements. En une semaine, le bourg passa du plâtre au papier journal – royaume surréaliste. Partout fleurissaient des imprimés : sur les autobus et les voitures, à l'intérieur, à l'extérieur ; sur les lampadaires (il fallait alors décrire une petite orbite pour lire une ligne jusqu'au bout) ; sur les murs des maisons, des boutiques, des églises ; même sur les trottoirs et les routes, pour ceux qui marchaient tête baissée.

À Petit-Roi (rebaptisé Königen par proclamation), il suffisait d'attendre tranquillement pour voir apparaître les écriteaux. Tous ces avis, règlements, articles, et clauses rédigés d'une plume collégiale disaient en substance que les forces d'occupation étaient libres de faire ce qu'elles voulaient sans promulgation préalable. Les autochtones se regroupaient autour des dernières parutions (collées sur des strates plus anciennes, rêve de tout paléontologue) et secouaient la tête, mécontents.

– Yo... V'là qu'ils nous demandent « d'effectuer toute transaction commerciale en allemand ou en flamand ».

– Et comment je fais, moi ? J'ai mis trente ans à apprendre le français à mes vaches.

Dans cette guerre, Dolphi ne resta pas longtemps simple préparateur de colle. Les forces d'occupation, à qui l'on avait donné carte blanche pour refondre la politique locale, ne conservèrent à la mairie que les fonctionnaires suffisamment sensés pour collaborer. Les autres furent révoqués et remplacés par des hommes de confiance. L'occupant, bientôt rompu aux usages politiques, en profita pour mettre sur pied plusieurs nouveaux services, et nomma Adolphe Commissaire à la contrebande. En d'autres termes, il devait aller de maison en maison à la recherche systématique de tout matériel décrété illégal.

Il traquait réserves de nourriture, littérature subversive, littérature française, matériel radiophonique et, surtout, explosifs, armes à feu et armes artisanales. Adolphe écrivit :

> Alicia, ma petite châtaigne. Non seulement ils nous résistent, mais en plus ils nous détestent. Va comprendre ; avec ces gens, nous sommes pourtant plus justes que la justice elle-même. Et malgré ça, on entend dire partout que des civils, dans des villages comme le nôtre, ont tiré tout de bon sur des soldats allemands – qui ne sont là que pour maintenir l'ordre ! C'est incroyable.

« Incroyable » voulait dire pour Adolphe que l'appréhension était une épreuve plus terrible qu'une balle dans le dos.

Au cours de ses inspections, il mit au jour assez de preuves pour l'aider à croire. Il emportait avec lui le registre des habitants (fourni par le Commissaire aux archives et à l'information, un autre gamin de dix-neuf ans installé à la mairie) et, tel un commis voyageur, faisait du porte-à-porte en cochant sur sa liste chaque foyer visité. Partout, pour ainsi dire, il trouvait quelque chose qui pouvait s'apparenter à une arme : antiques fusils de chasse, tuyaux de plomb bricolés et remplis de poudre, outils agricoles montés sur des piques et même des brassées de bouts de bois taillés en pointe.

Adolphe restait dubitatif. Personne ne pouvait sérieusement espérer utiliser ces engins contre des armes de haute technologie. Même un enfant non entraîné pouvait avec une carabine tenir en respect tout Petit-Roi et ses bâtons pointus. C'est alors seulement qu'Adolphe commença à mesurer l'ampleur de la haine des villageois pour leurs sauveurs culturels. Les habitants amassaient des armes sans espoir de s'en servir, par besoin d'élever quelque protestation muette.

Un jour, il alla inspecter une habitation qui, d'après le registre, appartenait à la famille Desprès. Adolphe était nerveux ; il savait d'expérience que la somme des ennuis à prévoir augmentait d'autant plus qu'un nom sonnait français. Mais cette famille était sortie, hormis la jeune fille de la maison, qui devait avoir seize ans. Il lui posa quelques questions avec toute l'amabilité dont pouvait faire preuve un Commissaire à la contrebande. La jeune fille ne voulut pas coopérer.

Adolphe en fut blessé. D'ordinaire, il eût fouillé les lieux sans prendre le temps de poser de questions. Il avait déjà perdu plusieurs minutes à essayer d'amadouer la demoiselle, simplement parce qu'elle était jeune et de sexe féminin. Et bien qu'il lui accordât une attention toute particulière, elle persistait à se montrer aussi obstinée que n'importe quel Belge. Mais Adolphe s'était déjà trop avancé ; il ne pouvait plus maintenant fouiller l'endroit sans avoir fait d'elle une complice. Il frappa du plat de la main sur le premier meuble robuste qui se présenta.

– Ça suffit comme ça ! Vous n'avez pas lu les avis ? Ils disent que vous devez coopérer.

– Qu'est-ce que vous voulez ?

– Je ne veux rien. Soyez polie avec moi, c'est tout, comme avec n'importe qui d'autre, ou alors tout ce cirque n'a aucun sens.

– Je peux être polie, si c'est ça que vous voulez.

– Ce n'est pas ce que je veux, c'est ce que vous devez être. Et pas parce que les affiches le disent, mais parce que vous, vous le voulez. Une personne face à une autre.

– Je peux être polie, mais je ne peux pas vouloir être polie. Y a-t-il autre chose que vous voudriez que je fasse ?

– Une réponse bien française, ça. La guerre va tordre le cou à ce genre de réponses.

La jeune fille restait immobile et muette.

– Comment vous vous appelez ?

– Comélia Després.

Il vérifia sur sa liste. Elle ne mentait pas. Il la regarda. Docile, elle n'était peut-être pas aussi attirante que son Alicia dont il n'avait pas de nouvelles depuis un certain temps. Il essaya de réfléchir, de décider s'il était convenable pour un représentant de la Volonté allemande de prendre cette femme. D'un côté, ce serait un acte énergique, une preuve de détermination, et une victoire du dominant sur le faible. De l'autre, il y avait en ce comportement une part de brutalité et de bassesse, qui contribuerait sans doute assez peu à améliorer les relations diplomatiques à Petit-Roi. La guerre devait ouvrir la voie à l'Homme Nouveau. Celui-là pourrait prendre tout ce qu'il voudrait, mais devrait dans le même temps s'élever au-dessus des viles passions. L'affaire était bien trop déroutante, autant que de se voir réduit à un emploi subalterne derrière les lignes.

Bien entendu, Adolphe ne voulait pas être infidèle à son Alicia, dont le ventre s'arrondissait en cet instant, et qui attendait patiemment la victoire et le retour de son mari sain et sauf. Il pouvait éviter de la trahir si, au moment de prendre cette Belge, il l'appelait par le nom d'Alicia. Peut-être ne désirait-il pas du tout la jeune fille. L'affaire n'était pas simple.

Il n'inspecta pas la maison dans les règles. Au lieu de consacrer la majeure partie de son temps au vide sanitaire et à la cave – endroits les plus susceptibles de receler des armes – il s'attarda trop dans les étages, intéressé surtout par la chambre de la demoiselle, chambre qu'elle partageait avec sa sœur cadette. Il mit un grand soin à fouiller l'endroit ; dans les tiroirs, sous les meubles, derrière les meubles, et même entre les draps. Il se retint d'éventrer le matelas avec sa baïonnette.

Au cours de cette investigation, le seul objet digne d'intérêt que découvrit Adolphe était accroché au mur près de la porte. Sur une photographie, on voyait deux personnages en habits d'autrefois, ou plutôt, en habits qui évoquaient un lointain passé imaginé par un styliste moderne. Les personnages – des acteurs – représentaient un jeune garçon et une femme plus âgée. L'enfant montrait fièrement dans sa paume ouverte une demi-douzaine de petites graines. La femme portait les mains à son visage en un geste stéréotypé qui indiquait qu'elle pleurait. Sous l'image, une légende en hollandais disait : *De moeder van Jan is niet tevreden met de boonen* – « La mère de Jacques ne trouve pas les haricots à son goût. »

À l'évidence, la photo faisait partie d'une série qui illustrait le vieux conte de fée « Jacques et le haricot magique ». Tirée de son contexte, sans histoire pour l'accompagner, cette image bouleversa Adolphe. Il se sentait attiré vers elle, promesse d'une longue grâce. Même s'il ne pouvait dire ce qu'il voyait sur cette photo – voyait-il d'ailleurs quoi que ce soit ? –, son regard en fut transformé. L'image mal reproduite, grandiloquente et grossière, de ces deux comédiens aux contours trop appuyés, aux piètres costumes, mimant une scène tirée d'un conte larmoyant dont la morale (les choses utiles n'en ont pas toujours l'air) n'avait rien à voir avec la guerre, avec le rôle qu'y jouait Adolphe, ni avec la jeune Belge qui le détestait sans raison valable – cette image lui rappelait quelque chose, et il décida qu'il devait la posséder.

– C'est à vous ou à votre petite sœur ?

La jeune fille détourna la tête. Elle ne répondit pas.

– Combien vous en voulez ? Ce sera un souvenir de vous.

– Je ne vous la vendrai pas. Il faudra que vous la voliez.

Adolphe fut saisi de tristesse. Il n'avait encore jamais perdu de proche et les mauvaises nouvelles l'avaient plutôt épargné jusqu'ici. Mais il reconnut cette sensation sans pouvoir l'identifier. Le soleil était immobile, enfoncé dans un ciel bleu-vert, la Belgique, brûlante sous la chaleur de septembre. Les habituels tirs de barrage parvenaient du front sur l'air immobile et neutre du pays. Il avait déjà consacré trop de temps à cette maison ; d'autres attendaient. Il avait atteint un seuil au-delà duquel il n'y avait plus de passage.

Adolphe fouilla dans ses poches dont il sonda les profonds recoins. Ses mains s'enfoncèrent toujours plus loin, jusqu'à toucher le fond et la petite monnaie. Il remonta les pièces et compta le tiers de ce qu'il avait donné au photographe à peine trois mois plus tôt : la moitié, parce que cette image était deux fois moins grande que l'autre, puis les deux tiers de cette somme, parce que le cliché ne comportait que deux personnages et l'autre trois. Il déposa la monnaie, décrocha la photo du mur, descendit l'escalier et sortit. Derrière lui, il entendit le bourdonnement bien reconnaissable du silence absolu.

Ce soir-là, au cantonnement, il prit l'image et la libéra de son cadre volumineux. Il essaya de se forcer à la regarder de très près, avec toute l'attention que pouvait rassembler un fantassin. Il recherchait un détail, un indice ou un lien qui pourrait lui indiquer pourquoi il sentait que cette image stupide avait un sens. Il avait déjà vu cette mère-actrice quelque part, et avait l'impression qu'il aurait dû connaître son nom.

Lentement, tiré de son effroi esthétique, il prit conscience du tumulte au-dehors : coups de feu et éclats de voix. Le soldat allongé sur la couchette d'à côté sortit à la hâte en chuchotant :

– Les assassins !

Tout près de là, deux autres hommes dirent qu'il perdait la tête. Ils dirent que c'était les bruits du front, comme d'habitude, que seuls le temps et un changement de vent les faisaient paraître plus forts.

Adolphe regarda sa photo. Le petit garçon tendait fièrement la main ; sa mère, honteuse, baissait le tête. Deux façons de voir les mêmes haricots. Il entendit de nouveau les tirs. Peut-être s'étaient-ils rapprochés ; il n'avait pas encore tranché cette question. Il était parti bien loin sur la route du premier mai, et ce n'était pas des coups de feu qu'il entendait, mais la musique d'un bal. À haute voix (seule manière de s'assurer qu'il les avait dits une fois pour de bon), il prononça ces mots :

– Une fanfare, Peter.

CHAPITRE 12

L'intérêt amoureux

> On trouve dans ces états un événement dont l'action rend finalement superflue une grande dépense psychique qui avait été longtemps entretenue ou engagée de façon habituelle, de telle sorte que cette énergie devient disponible pour des utilisations et des possibilités de décharge de toutes sortes.
>
> Sigmund Freud, *Deuil et mélancolie* [1]

Mays n'avait jamais remarqué à quel point le Charles River Drive ressemblait aux chicanes du Mans. La machine responsable de cette révélation était la voiture de sport minuscule de Bullock dans laquelle ils se trouvaient alors tous deux coincés. Lenny avait dit à Mays de quel modèle il s'agissait : une italienne dont le nom finissait en « i » ou en « o », comme les genres et espèces sur lesquels Peter avait lamentablement séché en classe de troisième.

---

1. Traduction de Jean Laplanche et Jean-Bernard Pontalis in *Métapsychologie*, Folio, Essais, 1968. (N.d.T.)

Mays était assis dans ce qui, à l'évidence, devait être le cockpit du navigateur : la bordure du trottoir se profilait à quelque distance au-dessus de son épaule droite. Il se répétait inlassablement des expressions comme « les gommes agrippaient l'asphalte », ou « le petit bolide fuselé flirtait avec le rail de sécurité ». Il n'avait qu'une idée vague de ce qu'elles voulaient dire. Elles lui venaient spontanément à l'esprit depuis l'entrepôt immense de la quintessence culturelle qu'il avait absorbée en un quart de siècle. Surface portante, tours par minute, turbocompression : terrible contrainte du *Zeitgeist*.

Tandis que Bullock franchissait la ligne jaune pour trouver un passage sur une file lointaine, Peter essayait à titre expérimental d'écarter, par la force de sa volonté, camions et automobiles qui déboîtaient devant eux. La femme rousse lui avait échappé pendant des mois mais, à présent, comme dans tout bon film projeté en matinée, il suffisait, semblait-il, de survivre à la séquence obligée de la poursuite en voiture pour coincer enfin l'inconnue. Non que Peter eût grand espoir de survivre : ici, au milieu de la circulation, le bon mot de Bullock sur l'ennui, deuxième cause de mortalité après le cancer, prenait une toute autre dimension.

Jusqu'à son entretien avec Lenny autour d'une machine à cotations survoltée, Mays s'était contenté de poursuivre l'éternelle insaisissable à la manière inepte du mâle moderne. Vu ses maigres résultats, il pouvait à la rigueur accepter de risquer sa vie pour la cause, mais pas dans une voiture italienne. Il voulait faire signe à Bullock de s'arrêter ; si Lenny freinait maintenant, Mays pourrait peut-être descendre quelque part dans le nord de l'État de New York.

Le vent et l'excès de force gravitationnelle tiraient les joues de Bullock en arrière et plaquaient un sourire sur ses lèvres. Il n'avait pas lâché un mot depuis qu'à l'agence de courtage il avait annoncé que l'inconnue de Mays était Sarah Bernhardt. Il s'était concentré sur son objectif immédiat : la vitesse. Mays jeta un regard vers Lenny et, impuissant face au narrateur dont la voix venait toujours le hanter dans les moments de crise, il sentit monter en lui cette formule : « les yeux rivés sur la route ».

Lenny enclencha le modérateur de vitesse et se tourna vers Peter en lui adressant un salut militaire. Le geste était reconnaissable entre mille : ce cockpit surbaissé, ce visage lissé par le vent ; c'était Errol Flynn dans *La Patrouille de l'aube*. Que vienne le fondu enchaîné et, dans le plan suivant, le lieutenant-colonel se dirigerait, stoïque, vers le tableau de service poussiéreux, trouverait sur la liste les noms de Len Bullock et Peter Mays, les rayerait d'un trait épais, et prononcerait ces mots : « Adieu, mes amis. » Len hurla quelque chose par-dessus le bruit de la circulation :

– Sécurité optimale !

Mays crut d'abord que Bullock avait dit « Tuer c'est génial », mais il écarta cette possibilité, la jugeant douteuse sinon inadaptée au personnage. Lenny, qui n'avait de conducteur que le nom, lâcha le volant et, afin de mimer certaines lois de la physique, propulsa ses mains dans l'air, les inclina et les agita, pour démontrer que plus un corps prend un virage à vive allure, plus il résiste au renversement. Mays croisa le regard de son interlocuteur et acquiesça frénétiquement. Il était sûr que Bullock était bon à enfermer. Peter ne parvenait cependant pas à réveiller assez de souvenirs universitaires pour réfuter l'affirmation de Lenny ; il avait tout oublié des sciences physiques depuis longtemps, hormis un professeur maniaque qui s'écriait régulièrement devant la classe que la force centrifuge n'existait pas mais en avait seulement l'air. Et comme en cette époque si lointaine, Mays se demanda une fois encore quelle différence pouvait exister entre une force réelle et une force qui n'avait que l'apparence de la réalité.

Ce ne fut pas une surprise : un coup d'œil à l'indicateur de vitesse révéla que Bullock avait assassiné le compteur et s'en était débarrassé. À quoi un tel instrument aurait-il bien pu lui servir ? Pour les individus comme lui, il n'existait que deux sortes de personnes : celles qui mesuraient la vitesse et celles qui la vivaient. Mays s'enfonça dans son cockpit, coinça entre ses dents l'ongle de son petit doigt, et se rangea tout entier derrière le camp des mesureurs. Abstraction faite de leur destination, Mays devait au moins déterminer d'une façon ou d'une autre à quelle vitesse Bullock et lui s'y rendaient. Il lui restait assez de rudiments de physique pour savoir que la vitesse est égale à la distance divisée par le temps. S'il trouvait le nombre de mètres parcourus en une seconde, il lui serait possible de convertir ce chiffre en kilomètres/heure, processus exactement inverse à celui qu'il employait toujours pour calculer son salaire à la seconde. Mays pourrait ainsi déterminer à quelle vitesse il se déplaçait à l'instant de sa mort.

L'horloge du tableau de bord marquait 17 heures 25. Cela semblait impossible ; il ne pouvait pas être plus de 17 heures moins le quart. Un coup d'œil furtif au poignet de Bullock lui indiqua qu'il était 17 heures 31... de mieux en mieux. Mays repensa à la pendule digitale sur le bureau de Lenny à l'agence : elle avançait, elle aussi. Conjuration des horloges ; alors Peter eut soudain l'impression malsaine que l'homme assis à côté de lui, une main sur le volant, avançait volontairement – parfois de quarante-cinq minutes – toutes ses pendules.

À cette habitude, une seule explication : Bullock estimait qu'être à l'heure, c'était déjà être en retard. Lenny souffrait de la maladie qui afflige ceux qui font un régime, perdent du poids, mais continuent d'acheter des vêtements trop petits d'une taille, ou ces maris qui arpentent le jardin sous la fenêtre de leur femme et finissent par découvrir les traces de son infidélité, celles qu'ils viennent à l'instant de laisser derrière eux. Même s'il pouvait encore trouver sur le tableau de bord ou le poignet de Lenny de légitimes secondes, Mays abandonna son projet de mesure : quel que fût le nombre cardinal auquel il serait parvenu, celui-ci se situait à coup sûr au-delà de la zone rouge de son compteur de vitesse personnel.

Quand enfin ils décélérèrent, quelque part dans le centre-ville, Mays s'extirpa de l'habitacle et chercha du regard le porte-avions ou l'hélicoptère que la Marine ne manquait jamais de dépêcher dans ce genre de situations.

– Leonard, si vous teniez absolument à me faire acheter les actions de votre société de transport préférée, vous auriez pu employer des moyens de persuasion plus subtils. Comme me briser les doigts par exemple.

– Comment ça ? Vous voulez parler de la balade ? Allons, Nicky ; je n'ai jamais récolté une seule prune que je ne doive pas au moins un peu à un autre type. Et puis, vous croyez que j'irais bousiller une machine sur laquelle il me reste douze mille dollars à payer ?

– Je préfère encore acheter toute la Trans-Air et leur demander de me rapatrier par transport de troupes plutôt que de remonter en voiture avec vous.

Bullock ricana d'un air supérieur et proposa « d'aller aux abris se caler les amygdales ». Quel que fût le sens de cette offre, Mays était d'accord, pourvu qu'elle ne soit pas trop infectieuse. La scène de la poursuite avait porté un sérieux coup à son taux de globules blancs.

Mays avait un penchant aberrant pour les gargotes et, instant de joie fugace, crut se diriger vers un caboulot appelé Le Ventre Plein. Parce qu'il vivait seul, Peter prenait tous ses repas au restaurant. Il ne consentait à dépenser six dollars pour un sandwich que s'il apprenait que celui-ci en valait sept dans un endroit plus huppé. En outre, plus la cantine était miteuse, plus la clientèle vous laissait tranquille. Seuls les riches avaient le temps de vous embringuer dans leurs psychopathies.

Mais Bullock passa devant le misérable Ventre Plein pour introduire Peter dans le temple de l'opulence, un établissement nommé La Corbeille. Cuivres et velours toisaient Mays qui se rebella instantanément contre les lieux. À peine entré par une sorte d'escalier à balustrade de chêne, il se mit à élaborer des plans de démolition. Brink pourrait fournir les explosifs et l'électronique. Delaney pourrait faire diversion. Et Moseley pourrait le soustraire à la loi en lui offrant l'abri complice de ses plantes en pot.

Le personnel de La Corbeille accueillit Bullock en habitué. Des hommes en cols cassés et des femmes en chemisiers amidonnés adressaient à Peter des saluts de la tête dignes de gros propriétaires, reconnaissance tacite de l'importance de toute transaction conclue en ce lieu. Derrière cette circonspection, Mays en était persuadé, se cachait l'ignoble fan de boxe ou l'atroce amateur de concerts. Ils attendaient que les grosses légumes défaillent, que s'affolent les actionnaires, et qu'armés de couverts affûtés ils se lancent d'un seul bond dans des OPA. Pendant ce temps, le personnel arborait la pompeuse indifférence de la classe des serviteurs.

Un jeune homme, chasseur en grande tenue d'apparat, les conduisit à une table.

– C'est votre place, me semble-t-il, monsieur Bullock ?

Mays remarqua le billet qui changeait de mains. Si jamais la Brink & Bullock Incorporated rencontrait de graves problèmes de trésorerie, elle pourrait toujours venir à La Corbeille demander un prêt à ce garçon en échange des pourboires à venir. Len emmenait-il Caro dans cet endroit, ou le réservait-il à ses clients importants ? Dans ce cas, que faisaient-ils ici tous les deux ?

Mays ne se sentait pas du tout à sa place. Cette tôle puait les époques défuntes : temps glorieux de Teddy Roosevelt, Taft, et l'impérialisme américain. Pas une seule corniche ne datait d'après le Traité de Versailles. Quelqu'un avait dépensé beaucoup d'argent et d'énergie pour orner les moulures de cuivre et les dais de bois sombre de motifs que l'on pouvait croquer pour quatre-vingt *cents* la livre au premier étal de fruits et légumes. Chaque caisson du plafond renfermait un ciel nuageux peint à l'huile et incrusté de nacre. Mays n'avait jamais vu un ciel pareil auparavant, sauf une fois, dans un bouge, où la chute d'un ventilateur avait laissé au plafond un trou béant.

– Écoutez, Leonard. Je n'ai pas de liquide sur moi. Allons plutôt en face, au Ventre Plein. Je pourrais y échanger ma montre contre deux sandwiches fromage-choucroute.

Bullock lui fit signe de se taire à l'instant où approchait le maître d'hôtel suivi d'une femme à l'allure réservée, en tenue Belle Époque.

– Bonjour messieurs. Voici Miss Stark, qui sera à votre service.

Mays commença à bredouiller qu'il était enchanté. Un regard glacial de Bullock l'interrompit.

– Vous trouverez deux lignes privées en liaison avec la Bourse à chaque extrémité du bar, un téléscripteur dans le coin et une impr...

D'un geste, Bullock congédia le maître d'hôtel avec une nonchalance exercée. Celui-ci se retira tout en continuant à offrir ses services jusqu'à ce qu'il fût trop loin pour être entendu. L'anachronique Miss Stark ajusta les nœuds de son tablier et entreprit de dresser la table. Mays jeta un nouveau regard autour de la salle qui avait pris une tout autre allure depuis que le maître d'hôtel en avait désigné les aménagements. Si des boiseries et des métaux polis émanait encore l'aura bien reconnaissable du temps jadis, ici et là, sous les ornements fin de siècle, perçaient les fruits étranges du présent : écrans cathodiques, imprimantes matricielles et, au-dessus du bar, de ses miroirs et de son marbre, un téléscripteur vert phosphorescent, long de trois mètres cinquante, qui affichait les derniers spasmes des cotations ordinaires. Les clients de La Corbeille avaient besoin de leurs données quotidiennes à flot continu et en temps réel : argent qui dort fait sans nul doute le lit de vos dettes.

Un fois accoutumé à la richesse, aux teintes sombres, à l'opulence des cuivres et du chêne, Mays se surprit à trouver anachroniques les machines informatiques. L'hôte était devenu l'invité, et aux yeux de Peter, pupilles dilatées sous les lampes à gaz, il semblait impossible que ceci ait pu procéder de cela sans rupture. Et pourtant, à leur manière, les autels mécaniques dédiés à l'information semblaient faits du même matériau, dégager la même aura que le marbre et la nacre. Mays se rappelait avoir lu quelque part – dans la *Britannica* ou dans *Culture Comix* (il ne se souvenait jamais de ses sources) – qu'après l'introduction du poste de radio par l'Homme blanc en Polynésie, la forme de l'objet à boutons était apparue sur les totems.

Bullock dit qu'il réglerait la note et que Nicky n'avait pas besoin de lire le menu de droite à gauche. Mays était occupé à observer l'inéluctable Miss Stark (vingt-cinq ans ou un siècle) dresser le couvert. Elle posait chaque pièce d'argenterie en l'accompagnant d'une curieuse génuflexion. À l'évidence, son employeur l'avait abondamment instruite dans le protocole de la table, protocole aussi défunt que la Model T, et conservé seulement par ceux qui lui rendaient un culte. Mais il survivait, douteux témoignage fossile, dans la raideur saccadée de cette femme.

Derrière les attitudes rituelles et au-delà du costume, le visage de Miss Stark laissait deviner l'ossature très contemporaine d'une femme qui se déguisait par jeu. Si Mays manifestait d'un rire son amusement, peut-être parviendrait-il à lui faire lever les yeux au ciel en signe de secrète connivence. Mais il n'eut pas l'audace de tenter pareille action d'éclat en un tel lieu. Quand Miss Stark eut achevé le service et pris congé, Bullock dit :

– Elle aura un bon gros pourboire.

– Comment ça ?

– Je place la barre à vingt-cinq dollars et j'en retranche un à chaque mot qu'ils prononcent. Quand je vais au restaurant, je veux être servi. Si j'ai envie de faire la causette, j'ai Caroline à la maison.

En silence, les deux hommes parcoururent leurs menus, fac-similés de prospectus datés de 1910. Au moment qui semblait le plus opportun, Miss Stark reparut. Mays retint son souffle et espéra que la jeune femme n'irait pas claquer toute une journée de salaire en se montrant soudain volubile.

– Messieurs ?

Bullock lança un regard à Peter, l'œil brillant, ravi d'avoir enfin déniché dans la classe des serviteurs un membre susceptible, si elle s'en tenait à un au revoir aussi succinct, de lui rafler vingt dollars. Ils commandèrent. Miss Stark, sans condescendre à noter quoi que ce soit, s'évapora en silence.

Ils se trouvaient enfin face à face, débarrassés des gêneurs. Mays était assis devant la dernière personne à qui il eût demandé de l'aide, celle qui allait tout lui révéler. Après avoir fait passer Peter du picaresque ennuyeux au policier haletant, la quête de l'ombre rousse devait maintenant trouver son épilogue, ici, dans ce monument bourré d'électronique, orné d'émaux et d'ivoires, dressé à la gloire du *Laissez-faire* et du *Maine*. Seulement voilà, Mays avait perdu d'un seul coup tout intérêt pour la chose.

D'une part, son esprit s'était habitué aux errances et revers trop fréquents – les fausses pistes, les claustrophobiques concerts de musique de chambre, les titillations produites par une chevelure rousse aperçue tout au bout d'une rue –, habitué au point de se sentir désormais plus à l'aise dans le simple labeur de la poursuite que face à la perspective d'en sortir vainqueur, blessé, mais tête haute. D'autre part, son désir pour la jeune femme rousse, si tant est qu'il se fût agi de désir au sens strict, s'était transformé depuis longtemps et ne représentait plus rien, sinon une raison de se lever le matin, un objectif – l'objet d'une recherche, quel qu'il soit – pour vaincre au moins la paresse que Peter devinait au fond de lui. Il aurait même abandonné toutes ces fantaisies depuis quelque temps déjà, si des amis et le hasard ne s'étaient ligués pour qu'il continue la traque.

Enfin, Mays s'était fait de si longue date à l'échec inéluctable de sa quête – au point d'avoir fini par prendre goût à cette idée –, il croyait tant à l'incommensurable supériorité de la femme fantôme sur les créatures de chair et de sang qu'il viendrait à rencontrer, que toutes celles dont lui parlerait Bullock ne pouvaient être, par définition, la bonne. Peter avait encore le goût de la traque et voulait la poursuivre. Mais il n'avait nul besoin des pistes que Lenny pourrait lui fournir autour d'un steak, un œil sur le téléscripteur géant accroché au-dessus du bar.

Mays n'avait pas de hobbies, pas de religion, pas de convictions politiques. Son métier était dépourvu d'intérêt. Ses amitiés, aussi humbles fussent-elles, et ses liaisons, aussi brèves, devenaient prévisibles au bout de quelque temps. Il lui semblait toujours que les choses perdaient leur intérêt dès qu'elles révélaient leur fonctionnement sous-jacent. Mais la poursuite, elle, était arbitraire ; elle n'était sous-tendue par aucun motif et aurait donc pu conserver à jamais un semblant d'intérêt. Cependant, Peter avait commis l'erreur de fixer son obsession sur une femme qui, pour être éthérée, avait, ne serait-ce qu'une fois, et même depuis le septième étage, possédé une existence réelle, matérielle. Il devait maintenant payer cette erreur et rester là à écouter Bullock, ce maniaque, lui dire *qui* (voilà le hic) était cette personne.

Lenny, bien aise de jouer le rôle de l'homme qui détient la vérité, sourit avec suffisance et un art consommé de la mise en scène. Tout au long du discours qui suivit, Mays regretta de ne pas avoir un exemplaire du Code pénal pour vérifier si ce qu'il voulait faire subir à Bullock entraînait vraiment des sanctions aussi sévères qu'on le disait. Tandis que Lenny donnait son avis sur les faits, Miss Stark apporta les plats sans souffler mot. Lenny se tut poliment lorsqu'elle approcha de la table, mais Peter, impatient, lui fit signe de continuer ; s'il pouvait encaisser les faits, d'innocents témoins le pouvaient aussi.

– Les énigmes de ce genre, Nicky, impliquent toujours un moment d'illumination : l'instant du déclic. La solution vous vient en un éclair, tout d'un coup, si simple, si évidente qu'on se demande pourquoi on ne l'a pas vue plus tôt. Mais voir la réponse exige que l'on se débarrasse de mauvaises hypothèses. Prenez par exemple l'astuce des deux hommes qui font trois parties d'échecs : chaque joueur remporte le même nombre de parties et il n'y a pas de partie nulle. Vous tombez sur cette énigme dans un magazine et bientôt ça vous obsède. Vous arrêtez de manger et de vous laver. Finalement, vous décidez que l'affaire est insoluble. Et puis un an plus tard, vous vous réveillez au beau milieu de la nuit, et vous vous rendez compte que vous aviez supposé, à tort, que les deux hommes jouaient l'un contre l'autre.

Désormais habitué aux digressions, Mays se demandait s'il existait un moyen simple de faire avancer Bullock un peu plus vite sur le chemin de la révélation. Il pouvait toujours essayer de lui sauter à la gorge en hurlant : « Au fait ! »

– Il ne s'agit pas de minimiser la fascination profonde qu'exercent sur nous les intrigues policières : « Cherchez la femme. » Je sais bien qu'il est plus difficile de dénicher votre souris rousse que de résoudre un problème de logique. Vous seul d'abord, puis moi ensuite, quand vous êtes venu me trouver, avons émis des hypothèses erronées sur l'objet de nos recherches.

– À savoir ?

Mays se perfectionnait dans l'art de l'interrogative elliptique.

– À savoir que vous vous êtes pointé dans mon bureau pour me demander de vous aider à trouver une clarinettiste rousse. Vos données étaient fausses sur toute la ligne.

– Une hautboïste, d'accord. Tout ce que vous voudrez. Je ne l'ai pas bien vue.

– C'est pire que ça, l'ami.

– Elle n'est pas rousse ? Ce n'est pas une femme ?

– Amusant, Nicky, mais voilà le scepticisme qu'il nous faut. Ce que je veux vous dire, c'est que votre délicieuse apparition n'est même pas musicienne.

– Pas... ? Soyons sérieux. Je l'ai vue de mes propres yeux : elle jouait dans le défilé. En fait...

Mays n'éprouvait que dégoût et lassitude ; il venait de se faire détrousser et cherchait sans enthousiasme à convaincre son voleur de lui rendre ses cartes de crédit et son permis de conduire. Il n'avait pas la force de mettre davantage d'énergie dans ses protestations.

– Fascinant, non ? Par le cadre d'une fenêtre on aperçoit une frêle charpente de faits, et l'on bâtit tout le reste à partir d'une erreur initiale.

– Mais vous avez dit vous-même qu'elle jouait du hautbois.

– Je n'ai jamais dit ça. Elle tenait un hautbois à la main. Indice crucial. Quand j'y pense, être aussi borné, c'est à se flanquer des coups de pied au cul. Et me voilà parti à chercher dans mes souvenirs toutes les instrumentistes que je connais. Dès l'instant où j'ai abandonné l'idée que l'instrument lui appartenait, toute la scène m'est revenue d'un bloc : j'avais vu votre image, et le même jour que vous.

– Impossible. Ça se passait dans le centre-ville, et vous étiez...

– Hypothèses, Nicky. La Bourse ferme pour la Journée des anciens combattants. Je traînais dans le Centre, histoire de tuer le temps et de faire quelques courses. J'ai assisté à un bout du défilé. Votre rousse y figurait en assez bonne place avant que les chars ne se dispersent. Je ne me suis pas attardé sur elle, mais j'ai quand même vu qu'elle disposait des atouts nécessaires pour faire tourner une tête ou deux. Mais c'est le hautbois qui m'a chiffonné. Ça clochait. Pan ne joue pas du hautbois. Il joue du syrinx.

– Vous y'en a bien vouloir pas parler petit-nègre ?

– Remarquez, elle n'avait pas son hautbois à ce moment-là. Il appartenait au type sur le char à côté d'elle. Nijinski.

C'en était trop. Mays voulait oublier tout ça, rentrer chez lui, regarder un peu les programmes de début de soirée, prendre une douche, pioncer un bon coup et se chercher du travail le lendemain sous une fausse identité. Les fixations, dit-on, sont choses claires et nettes. Celle-ci ne méritait pas d'être débrouillée.

– Il faut croire qu'un responsable municipal a eu l'idée brillante de dépoussiérer un peu le défilé. Au lieu de se farcir une année de plus les fanas-milis bas de plafond qui descendent Commonwealth Avenue clopin-clopant en souvenir des splendeurs régimentaires, mettons un peu de couleur locale, un zeste d'exotisme.

– Des clowns, des fanfares, les machins traditionnels ? J'ai vu tout ça, oui. Vous n'êtes pas en train de me dire que je suis aux trousses d'une majorette ?

– Ça non. C'est tout l'inverse de ces bouche-trous qu'on voit d'habitude dans les défilés. Je vous parle d'un truc typiquement bostonien. Il y a trop d'universités par ici. Reniflez-vous les aisselles et vous trouvez six étudiants de maîtrise qui veulent écrire un mémoire là-dessus. Non, je vous parle d'un Défilé de l'Histoire. Un documentaire à roulettes, sur les anciens combattants et l'esprit de « camarderie ». Quelque chose dans ce goût-là.

– Désolé, je ne vois toujours pas où vous voulez en venir.

– Écoutez, vous avez la liste des participants sur vous ?

Mays tendit la liste puis replongea ostensiblement le nez dans son assiette. Il avait délaissé son pavé de bœuf pour d'insipides excroissances que la carte appelait « Pommes de terre en robe des champs » – évolution régressive. Bullock examina le document. Il répertoriait chaque nom dans l'ordre alphabétique, par sponsor et par activité. Mays avait déjà biffé tous ceux qui n'avaient pas de rapport avec la musique. Bullock parcourut du doigt une longue colonne rayée de gros traits noirs.

– Voyons voir... Voilà ce qu'il nous faut : *Figures illustres du temps de la Grande Guerre*. Titre maladroit, mais pertinent.

Mays, qui jouait avec sa nourriture, releva brusquement la tête. Cent fois, il avait remarqué cet élément dans la liste, et plusieurs autres du même acabit, sans lui accorder la moindre importance. Intermède superflu : « Un tableau des hommes et des femmes célèbres qui ont dominé la période de la Première Guerre mondiale. » Ils étaient sponsorisés par deux musées d'art locaux, la section régionale du Comité de vigilance des savants et ingénieurs américains, et l'Auto club. Mays suivait le pouce de Bullock qui parcourait la liste.

– Une idée perverse, quand on y réfléchit. Regardez tous ces gars envoyés se battre sur un autre continent, et pour quoi faire ? Asseoir la démocratie dans le monde. Et ils se font estropier, gazer, ou tuer, ensuite ils rentrent au pays, et ils ne trouvent pas de boulot, alors ils sont obligés de virer gangsters ou contrebandiers. Au bout du compte, soixante-dix ans plus tard, on les fait marcher dans un défilé qui nous présente tout ça comme une jolie photo bien léchée dans le grand *Livre d'or de l'Histoire* : un acteur joue Einstein, un autre, Freud. Un autre encore est déguisé en Nijinski, le satyre de *L'Après-midi d'un faune*, mais – allez comprendre ! – avec un hautbois au lieu d'une flûte de Pan.

Mays rougit inconsciemment. Il avait toujours cru que ce morceau s'intitulait *L'Après-midi d'un fauve.*

– Mais avant que je n'aille me perdre dans les profondeurs de la liste, du côté du Club des cœurs brisés, laissez-moi vous montrer votre actrice, celle qui jouait les Sarah Bernhardt.

Et le pouce graisseux de Bullock vint s'arrêter sous un nom rayé d'un trait au crayon : « Kimberly Greene. » Mays se sentit accablé de déconvenue. Apprendre ce nom le déprimait au plus haut point.

– Je ne vois pas comment tout ça s'enchaîne. Comment savez-vous que c'est elle ? Qu'elle ait été sur ce char ne signifie pas... Bon d'accord. Je veux bien accepter les principes de votre théorie, mais comment savez-vous que c'est de cette femme qu'il s'agit ?

– Parce que, gros ballot, le char des « Figures illustres » a déjà fait appel par le passé à une célébrité locale pour tenir le rôle de l'actrice la plus connue au monde. Mais ça, comment vous auriez pu le savoir, hein ? Trop préoccupé par vos puces électroniques pour vous tenir au courant de la scène artistique. Avec Caro, c'est exactement pareil. Si je lui dit : « Isaac Stern est en ville. Allons le voir », elle me répond : « Isaac Stern, l'inventeur du relai à basse conductivité ? » Pourquoi faut-il toujours qu'on choisisse entre deux chapelles ?

Mays n'avait guère envie d'admettre qu'en dépit de son travail il était pour ainsi dire illettré et que, malgré sa fréquentation récente et assidue des salles de concert, il n'avait toujours pas ses entrées dans le temple de la culture. Isaac Stern était ce garçon intelligent en cours élémentaire, qui ne venait pas en classe le jour du Yom Kippour.

– Vous voulez dire que cette femme est célèbre ?

– Bernhardt ?

– Greene.

– Comme ça. Une vedette locale qui s'est fait un nom grâce à un spectacle où elle met en scène les femmes illustres d'autrefois. La Divine Sarah fait partie de ses spécialités. Son numéro est depuis toujours à l'affiche du Your Move Theater : *J'habite le Possible*. Les critiques ont encensé sa Virginia Woolf, mais ils ont trouvé sa Margaret Sanger un peu stérile. Vous pigez ?

Non, Mays ne pigeait rien du tout, et même s'il avait fait un effort, il n'y serait sans doute pas arrivé.

– Et vous avez vu ce spectacle ? Vous êtes certain que c'est la même femme ?

– Non. Je n'assiste qu'aux superproductions. Mais elle est sur la liste des participants, alors ? Les journaux ont porté sa Bernhardt aux nues. Elle était toute désignée pour le char des « Figures illustres ».

Ces indices laissaient fortement présumer que Sarah Bernhardt, Kimberly Greene et l'idée fixe de Mays n'étaient qu'une seule et même personne. Par là pouvait s'expliquer le caractère anachronique et déplacé de cette silhouette, caractère perceptible même du haut de plusieurs étages, inexorable nostalgie que Peter avait remarqué, et qui l'avait incité à poursuivre si longtemps ses recherches. Toutefois, l'idée qu'une actrice interprète son propre personnage – une actrice jouant le rôle d'une actrice jouant un vieux rôle du répertoire pour le défilé de la Journée des anciens combattants – semblait à Mays la chose la plus récursive et improbable qu'il ait jamais vue. Mais il faut dire qu'il n'avait pas lu grand-chose sur l'Histoire.

– Si vous doutez de mon explication, mettez-la à l'épreuve.

Le spectacle de Greene se donne au Your Move Theater, sur Boylston.

Bullock donna à Peter quelques indications sommaires et lui suggéra de téléphoner aux journaux pour de plus amples informations. Puis il s'excusa en disant qu'il s'absentait une minute. Mays le regarda se diriger, au bout du bar, vers un terminal disponible qui ressemblait à celui de l'agence. Bullock se mit à consulter les cotations. Voilà pourquoi ils avaient dû manger à La Corbeille et non au Ventre Plein. L'ami de Caroline était atteint d'un mal encore plus violent que Mays ne l'avait d'abord pensé. Il était accro à l'information.

Peu à peu, la clientèle sérieuse du soir vint remplacer les hommes d'affaires, buveurs de l'après-midi. Mays regarda par la fenêtre pour la première fois depuis qu'il était entré dans le restaurant et eut un léger sursaut quand il vit que la soirée était déjà bien avancée. Pour la première fois depuis des années, rien de précis ne le poussait à rentrer chez lui, à respecter un programme établi. Il se sentait apathique ; il suffisait que le soir fût tombé pour que Peter ne soit plus contraint de se trouver en tel ou tel lieu. Le mystère de l'organisation de son temps s'était dissipé.

Il regarda Bullock consulter encore quelques cotations à l'autre bout de la salle. Miss Stark reparut et, cette fois, sut donner l'illusion si parfaite du style vieille Angleterre que Mays dut se retenir de la presser de questions sur Sarah Bernhardt.

– Ce sera tout, messieurs ?

Peter se demanda ce qu'il avait bien pu faire à cette femme pour mériter ce pluriel. Il restait au moins trois bouchées de chaque mets dans l'assiette de Bullock. Mays blêmit : il entendait encore son immigrée de mère le sermonner sur ces millions d'enfants (des Indiens, le plus souvent, ou quelquefois des Chinois, histoire de varier) qui tueraient pour de tels restes.

Peter, qui ne voulait pas se faire tuer par des enfants de quelque nationalité qu'ils soient, avait perfectionné de longue date sa technique du nettoyage d'assiette ; et même dans un endroit aussi huppé que La Corbeille, quand personne ne le regardait faire, il avait épongé tout son jus de viande avec un morceau de pain.

Mais que Bullock refusât de finir son repas semblait conforme au reste de sa personnalité. Cette manie concordait avec son énorme dette personnelle, ses prêts de consolidation, ses horloges qui avançaient de quarante-cinq minutes et ses tontes de minuit. Mays résista à la tentation de nettoyer l'assiette de Bullock d'un énorme coup de langue, bien qu'il eût aimé voir l'effet produit sur le visage de la femme en noir.

– Oui, ce sera tout, mesdames.

Il l'observa tandis qu'elle se penchait pour desservir la porcelaine. Ou elle n'avait pas entendu la plaisanterie, ou on l'avait bien formée. Elle ne songea même pas à sourire. Sur la table débarrassée, elle déposa la note, face cachée, et dit, toujours avec cet accent suranné :

– J'espère que vous avez apprécié votre repas.

Mays résolut de ne pas rapporter à Bullock cette poussée d'activité verbale. Bien décidé à faire passer la plus large part possible du capital de vingt-cinq dollars de la poche du courtier à celle de l'anachronisme edwardien, il prit le parti de dire que Miss Stark était venue, avait débarrassé la table et lancé la note en disant : « Voici » – soit un total de deux mots équivalant à vingt-trois dollars. Après tout, Mays n'était-il pas correcteur professionnel ?

Mais Bullock était si excité à son retour que Peter n'eut pas l'occasion de mentir pour servir les intérêts de la jeune femme.

– Écoutez, Nicky. C'est votre toute dernière chance. Vous en voulez, oui ou non ?

Même en leur faisant violence, Mays ne voyait pas comment rattacher ces paroles à la discussion précédente. Vouloir de quoi ? De la théorie de Bullock sur la femme rousse ? De la moitié de la note ? D'une place pour *J'habite le Possible* ? Comme il avait coutume de le faire lorsqu'il était plongé dans une irrévocable perplexité, Mays ne répondit rien.

– Mieux vaut vous décider tout de suite. Je repasse au bureau et je peux encore vous arranger le coup pour demain.

Alors Peter comprit. Ce repas d'affaires, ce restaurant archaïque au cadre opulent, la clé du mystère Bernhardt, tout cela n'était rien de plus pour Bullock qu'un argument de vente. Il l'avait embobiné, lui avait passé ses caprices, dans l'espoir qu'une fois rompu le charme du petit fantasme qui accaparait son client, il pourrait le saisir au bond et lui refiler un bon gros paquet d'actions, celles qu'il voulait lui fourguer depuis si longtemps : les Trans-Air Transport. On se tait et on achète.

L'espace d'un instant, Mays entrevit que les mystères de ce genre finissent toujours par se réduire à une affaire de comptabilité en partie double, qu'après avoir batifolé avec des rousses, il fallait bien revenir à des questions de pertes et profits. Mais un instinct pervers incita Peter à refuser de baisser tout de suite les bras ; l'objet de sa perversité, pourtant, n'était plus la femme du temps jadis aperçue depuis la fenêtre, la susnommée damoiselle Greene, mais l'image improbable d'une actrice unijambiste qui boitait sur scène et dormait dans un cercueil en or.

– Les Trans-Air ? Je ne sais pas trop, Lenny. Les avions, c'est une idée qui m'a toujours semblé – comment dire ? – expérimentale.

– Enfin quoi ! Je ne vous demande pas de monter dedans. Juste d'acheter une part de leur capital.

– Je sais bien. Mais les avions, ça monte en l'air et on ne sait jamais dans quel état ça retombe. Tenez, ce matin encore, à votre bureau, je lisais sur le téléscripteur qu'à Chicago, un avion...

– Nick, il faut que j'y aille...

– Vous n'auriez rien de plus terre à terre ?

– Des voitures ? Vous voulez acheter des voitures ? Nom de Dieu, Nicky. On ne vous a pas dit ce que les Japs ont fait de Detroit ? Ils l'ont rayée de la carte.

Un jour marqué par l'infamie, songea Mays.

– Navré, Leonard.

Bullock grommela. D'un geste brusque, il déposa l'argent du repas et un supplément de vingt-cinq dollars avec des instructions précises sur le pourboire de la serveuse, à calculer selon la formule préétablie.

– Et avec la monnaie, allez donc vous acheter une place pour le spectacle de cette bonne femme. Ensuite, quand vous aurez retrouvé la raison et que vous serez prêt à discuter du principe de réalité, repassez à l'agence. Mais une occasion comme celle-là, ça ne se représente pas.

Quand Lenny fut parti, Mays prit d'autorité la résolution de ne pas respecter les termes du testament, et de laisser à Miss Stark l'héritage intégral des vingt-cinq dollars. Après avoir mûri cette décision, Peter posa ses mains à plat sur la nappe empesée d'amidon en prenant bien soin de ne pas appuyer trop sur la mare que l'irréprochable serveuse avait répandue par inadvertance en retirant la saucière. Il éprouva de nouveau la désagréable sensation d'être responsable de lui-même, sans commanditaire ni engagement : il n'emportait jamais de travail chez lui, il n'y avait rien d'intéressant à la télévision ce soir-là, la dernière lettre écrite à sa mère remontait à peine à cinq mois, et mademoiselle Kimberly Greene, par son existence même, lui avait retiré l'ultime possibilité d'enchanter la vie. Il n'avait pas la moindre raison de se trouver ailleurs plutôt qu'ici.

Comme toute révélation, cette impression profonde ne dura qu'un instant, bientôt chassée par une autre, plus intense, d'inconfort physique. Il fallait que Mays aille aux latrines, et il énonça cet état de faits à voix haute sans s'adresser à personne en particulier.

Quand il vit les toilettes de La Corbeille, Peter cessa de déplorer la perte de sa révélation. Pour voir un tel lieu, il en eût sacrifié deux du même tonneau. Les lavabos étaient de marbre gris fumée ; le sol, une riche mosaïque d'hexagones bigarrés ; les miroirs, polis à la perfection et rehaussés d'un motif floral qui menaçait de noyer leur reflet sous un pastiche de pétales. Les équipements étaient faits de métaux semi précieux, comme les robinets en forme de dauphins, qui crachaient des paraboles d'eau. Mays les ouvrit et les ferma plusieurs fois de suite, ravi par le spectacle des arcs liquides qui jaillissaient puis mouraient.

Au milieu de tous ces ornements grotesques, il se sentait plus heureux que jamais depuis la Journée des pseudo anciens combattants. Cette surabondance lui procurait une sensation absolument océanique ; il ne regrettait qu'une chose : ne pouvoir demeurer dans un coin discret et observer les courtiers, au temps glorieux de cet établissement, déboutonner leurs braguettes cousues main et pisser là en vertu de leurs privilèges. Cannes et chapeaux, la race originelle des exécuteurs testamentaires : en quoi différait-elle des Bullock actuels ?

Les cabinets ne se révélèrent pas moins fastueux que la salle d'eau. Portes et lunettes rabattantes étaient sculptées dans un bois sombre superbe que l'on ne produisait sans doute plus aujourd'hui. Le réservoir de la chasse était perché à trois mètres de haut, au bout d'un conduit en plomb, et Mays avait grand hâte de se vider les entrailles afin de pouvoir tirer sur la chaîne, procédé d'évacuation tout à fait nouveau pour lui. Les cloisons latérales, taillées dans la même carrière que les vasques, étaient tapissées de coupures de presse. Pour quelqu'un dont la famille avait toujours banni des petits coins la lecture, cet endroit était le paradis sur terre.

Le document qui occupait de loin la surface la plus importante était intitulé « La Commission des opérations en Bourse réglemente l'activité des agents de change agréés ». Mays avait l'impression de lire des textes sacrés interdits aux regards profanes. Il s'imaginait un courtier, constipé, qui employait néanmoins le temps passé là, et autrement perdu, à vérifier que tout ce qu'il avait fait dans sa journée était conforme au règlement.

Mays cala sur le jargon juridique indigeste. Comme il terminait ce que sa mère, longtemps après qu'il fut devenu adulte, appelait encore « ses petites affaires », il se prit à regretter que les autorités compétentes n'aient rien affiché sur les « Actrices célèbres » ou les « Figures illustres du temps de la Grande Guerre ». Enfant déjà, il adorait les biographies éclair de quatre lignes avec leurs légendes et leurs accroches enthousiastes : « Sarah Bernhardt ne transforma pas l'histoire du théâtre. Elle fit l'histoire du théâtre. »

Peter se redressa et commença à reboutonner son pantalon. Ce faisant, il lut machinalement le texte épinglé à hauteur de ses yeux. « La Bourse sera fermée les jours fériés suivants. » Sans réfléchir, il sauta du premier janvier au quatre juillet. Mais après avoir passé le premier mai et Thanksgiving, il s'arrêta et revint en arrière. Pas de Journée des anciens combattants – ni le jour original de l'Armistice, ni à la date revue par le Congrès. Bullock avait menti au sujet du défilé qu'il disait avoir vu.

Mays sentit qu'il s'était fait rouler dans la farine, impression familière dont il ne put se débarrasser. Il se pencha au-dessus de la vasque en marbre et s'aspergea le visage avec une violence dirigée, non pas contre la seule duperie de Bullock, mais contre la longue succession des mensonges, représentations erronées, obstacles, fausses pistes et ambiguïtés qui avaient entravé son chemin et anéanti tous ses espoirs d'établir une biographie succincte indépendante de ses propres interprétations ou de celles d'autrui. Plus il s'engageait sur la piste de la crinière rousse, plus l'identité de sa propriétaire lui semblait construite de toutes pièces ou reposer sur des observations maladroites. Pire, sous l'arc d'eau froide qui jaillissait de la bouche du dauphin, Mays soupçonnait qu'une suite encore plus subtile d'interprétations l'entraînait, en amont des méandres du temps, bien au-delà de ce moment passé à la fenêtre, par-delà les préoccupations de Delaney, Brink, Bullock et mademoiselle Greene, jusqu'en un lieu qui embrassait et dépassait Sarah Bernhardt elle-même.

Faute de mieux, le mensonge de Bullock avait rendu à Peter le sentiment de devoir être quelque part et de devoir respecter des délais. Une aspersion d'eau continue fit tomber sur les hexagones du carrelage en porcelaine la léthargie consécutive à la révélation de l'après-midi. Mays quitta le fastueux sanctuaire des toilettes et retourna dans la salle à manger sans céder à la tentation de s'approcher du téléscripteur au bout du bar pour s'enquérir des dernières tragédies, nouvelles catastrophes aériennes, maritimes ou terrestres. C'en était fini de la chasse aux indices ; si une conspiration se tramait contre lui, il tomberait de sa propre volonté dans le piège, satisfait d'avoir contribué, au moins en partie, à la constitution de son héritage.

Tandis qu'il se dirigeait vers la porte, l'air abattu, une main l'accrocha sous le bras pour le retenir. Mays se rappela aussitôt le traumatisme subi à l'âge de neuf ans quand on l'avait surpris à voler à l'étalage, et il protesta de son innocence, dit qu'il avait laissé le règlement sur la table, que quelqu'un avait dû le prendre et s'en aller. Comme il se retournait, il se trouva face à face avec le visage épanoui de Miss Stark. Elle était exactement de la même taille que lui, et roulait des yeux au ciel, expression burlesque de la patience mise à mal.

La vieille Anglaise à l'uniforme impeccable avait disparu. À sa place se tenait une comédienne digne des films de Mack Sennet, dont les joues gonflées d'une pâtissière jovialité donnaient l'impression qu'elle s'était empêtrée dans une chute comique trop ridicule pour être expliquée. Son visage était vivant et photogénique, ses cheveux ordinaires, d'un brun reposant, et son expression, qui aurait pu passer pour ironique si elle avait été figée par l'objectif, transformait l'ironie en contentement et en bonne humeur quand on lui laissait le loisir de s'animer.

– J'ai besoin de votre aide. Voulez-vous bien jouer le jeu un instant ? Je vous expliquerai plus tard.

Jouer le jeu et espérer ensuite une explication était devenu chez Peter une sorte de religion. Mais il ne lui était jamais venu à l'esprit qu'il pût aider quelqu'un en agissant de la sorte. Il acquiesça.

Ils restèrent face à face le temps d'un battement de cils. Puis elle resserra son étreinte autour du bras de Mays, se blottit contre lui, et mit le cap vers une table lointaine. Quand ils approchèrent, une ombre se leva en déployant toute la grâce du Vieux Monde. Même Peter, dont les connaissances historiques se limitaient à ces vieux films en costumes rediffusés tard le soir, avec Garbo et Charles Boyer, vit aussitôt qu'il avait affaire à un spécimen authentique. Contrairement aux copies que portait Miss Stark, les vêtements européens de ce personnage les saluaient du fond des âges glorieux de La Corbeille.

En bon aristotélicien, Mays n'estimait jamais l'âge des gens sans préciser s'ils étaient du début, du milieu ou de la fin de leur génération. Peter n'avait jamais rencontré individu qui fût plus assurément de la fin. Pour cet homme, le simple fait de se tenir debout nécessitait un solide engin de levage. Miss Stark glissa sur cette scène pénible en procédant aux présentations.

– Monsieur Krakow, j'aimerais que vous fassiez la connaissance de mon fiancé, monsieur...

Avant qu'elle eût le temps d'augmenter la somme des travestissements et des mensonges (même bien intentionnés) qui l'avait écœuré un instant plus tôt, Mays intervint :

– Peter Mays.

Inutile effort de précision. Après avoir laissé échapper ces mots, Peter, un peu gêné, espéra ne pas avoir perturbé les plans de Miss Stark. À en croire son expression de gratitude et de soulagement, les opérations ne se déroulaient pas trop mal.

Mays serra la main tendue du vieil homme, effrayé à l'idée que la plus légère pression suffise à briser le mécanisme antédiluvien et complexe caché sous la peau. Le contact fit se contracter les muscles du vieillard comme une impulsion électrique galvanise les pattes d'une grenouille morte. Il se mit à parler très vite avec un accent européen si prononcé qu'il était presque indéchiffrable.

Monsieur Krakow mêlait excuses, félicitations, réminiscences, homélies et crise d'asthme en un tout tortueux qui assiégeait la syntaxe et tissait un ensemble sans liens ni logique apparente. Au début, Mays crut déceler le fil d'un récit qui évoquait une enfance à Vienne, mais quand son attention flottante revint à l'homme et à son monologue, il découvrit que le propos avait dévié sur la beauté de Miss Stark, la chance de Peter et la stupidité sénile du vieil homme.

– Mais surtout, je vous prie, mes deux jeunes amis, sachez que dans mon cœur, je bats pour vous. Voulez-vous joindre à ma table pour le repas du soir ?

– Pour le dîner ? Eh bien, monsieur Krakow, je crains que Peter et moi n'ayons...

Inquiet des moindres retouches que cette femme pouvait apporter à la réalité, Mays intervint une fois encore :

– Nous avons des projets de sortie pour ce soir. Mais Miss

Stark et moi-même serions enchantés de manger avec vous à une autre occasion.

Une étrange raideur avait contaminé la diction de Peter. Son regard et celui de Krakow se croisèrent longuement, fixement. Tandis qu'il les observait, Mays s'imaginait voir les yeux de cet homme se liquéfier, se vider de leur substance, céder du terrain aux plis proliférants des joues et des paupières – des yeux battus par le spectacle de tout un siècle. Mays eut la sensation désagréable de n'être qu'une vision de plus couchée sur la dernière page d'un bien long carnet de voyage. Il éprouva l'envie ardente de se rétracter, de retirer ce qu'il venait de dire à propos de Miss Stark et de leurs projets, pour passer la soirée avec cet homme, exposer sous ce regard liquide les impasses obscures auxquelles l'avait conduit la poursuite d'un mirage, afin de voir ce que l'histoire pourrait faire de ce mystère, avant que l'expérience n'ait fini de liquéfier les yeux du vieillard.

Mays ouvrit la bouche, mais cette fois ce fut Miss Stark qui l'interrompit. Elle procéda aux au revoir de circonstance au nom de chacun, et les deux hommes se serrèrent la main. Mays voulut se rappeler à jamais le contact de ces doigts. Miss Stark le reconduisit ensuite vers la porte en disant :

– Un grand merci... Peter. Ça m'embête vraiment de vous avoir infligé ça. Mais ce type perd la boule. Il vient dîner ici trois fois par semaine, avec sur le dos des fringues d'époque à mille dollars, et il déblatère sur le Vieux Monde, comme il l'a fait à l'instant. Il est convaincu que je suis l'image parfaite de sa femme morte. Ça me fout la chair de poule. C'est un peu macabre, non ? Enfin bref, je me suis dit que je pourrais me servir de vous pour faire un choc à Arkady et le rappeler au présent.

Ses paroles eurent sur Mays cet effet précis. À nouveau, il se trouvait, sans conspiration, Bernhardt aux oubliettes, dans un restaurant prétentieux, devant une serveuse qui, malgré son allure, avait l'heur de posséder des charmes bien contemporains. Elle lui tenait toujours le bras et laissait encore voir l'expression qu'elle avait eue en l'accostant. Quand elle parlait, elle mettait dans ses paroles une tendresse, en apparence héréditaire, qui les sauvait du sarcasme ou du cynisme :

– Alors, quels sont ces « projets » que la rumeur nous prête pour la soirée ?

– Un spectacle. Au Your Move Theater.

CHAPITRE 13

Figures illustres du temps de la Grande Guerre

> L'épuisement culturel est quelquefois précédé d'une sorte d'euphorie, un éclair ultime, qui annonce l'effondrement prochain.
>
> Gerhard Mauser

Sur le chemin qui le ramène à l'univers de la Première Guerre mondiale, chemin que lui ouvre le portail d'une photographie, ou une remarque faite au hasard par un témoin de l'époque, l'historien amateur trouve chaque relais peuplé de monde, comme si le passé n'était rien d'autre qu'une somme de portraits à la gomme arabique, retouchés au pinceau pour une parfaite représentativité devant l'objectif. Chaque livre consacré à la période revient encore et toujours sur les mêmes noms, ces noms censés symboliser l'esprit du temps. Prenez-en un, n'importe lequel – celui de la rousse la plus adulée de l'époque – et retrouvez-le un siècle plus tard, remis à neuf, comme si, dès l'origine, il avait eu vocation à croiser et relier, avec l'aide extérieure d'un responsable éditorial, la totalité des grands personnages de son temps.

Pour une figure aussi célèbre que Sarah Bernhardt, le travail éditorial accompli par les observateurs occulte presque entièrement son moi véritable. À l'instar des minéraux qui remplacent les cellules d'un arbre abattu, la légende a cristallisé la vie de Bernhardt au point que celle-ci est devenue la rumeur émise par ses observateurs. Au bout du compte, nous sommes tous des copies remaniées. Mais chez les célébrités, le processus démarre simplement plus tôt, de leur vivant. Bernhardt a aggravé cette situation en cultivant sa propre légende et en y accordant du crédit. Ses mémoires capricieux ressemblent aux colonnes des échotiers. Chacun de ses biographes (liés à Sarah par le sang, l'amour ou le scandale) a des raisons personnelles de perpétuer la légende de Bernhardt. Seuls trois faits la concernant sont établis : sa renommée s'étendait des palaces aux taudis, elle mentait d'une façon obsessionnelle, et était d'une minceur extrême.

Elle naquit dans une demi-douzaine de maisons à la fois, d'une vingtaine de parents différents. Elle était très vraisemblablement d'origine hollandaise, bien qu'elle cultivât cent traces d'accents divers. Son enfance reste au mieux anecdotique ; il ne subsiste aucune archive des six années qu'elle passa sur les bancs de l'école. Sarah fit toujours en sorte de ne jamais raconter deux fois de la même manière son ascension pittoresque vers la gloire.

Chaque témoignage sur la Grande Sarah vient enjoliver l'histoire d'un célèbre cercueil que l'actrice aurait emporté dans ses déplacements pour s'y reposer. Certaines sources opèrent sa transmutation en plaqué or, d'autres le disent en bois de rose doublé de satin. Couchée à l'intérieur, elle communiquait avec les esprits. Elle y dormait pour capter les énergies de comédiens défunts ; ce qu'elle faisait pour choquer la France, pour choquer le monde. Elle recevait dans son cercueil. Elle y faisait venir ses amants. Un journaliste l'a qualifié de « sépulcre pour deux ». Robert de Montesquiou, qui servit de modèle à Proust pour le baron de Charlus, aurait célébré des funérailles, une messe noire, sur le corps de Sarah tandis qu'elle était allongée dans sa boîte.

De son côté, Sarah prétendait qu'elle avait supplié sa mère de la lui acheter quand elle avait quinze ans. Malade perpétuelle, habituée à cracher du sang quand elle toussait, elle avait été condamnée par divers médecins. De crainte de finir dans une bière affreuse, et désireuse de s'accoutumer à un état qui durerait longtemps, Sarah s'était procurée ce cercueil afin de s'entraîner et de calmer ses angoisses esthétiques. Le *Theater Magazine* de décembre 1903 importe cette légende en Amérique :

> Quand Mme Sarah Bernhardt est lasse du monde, elle rentre dans son cercueil (...). Couverte de couronnes et de fleurs fanées, elle croise les mains sur sa poitrine, ferme les yeux, et fait à la vie des adieux temporaires. À sa gauche, un cierge allumé sur une stèle votive, et par terre, un crâne qui grimace ajoutent à l'illusion.

Aussi parfaite connaissance journalistique des détails qui environnaient le cercueil de Sarah Bernhardt ne provenait pas d'un témoignage direct, mais d'une photographie de l'actrice allongée sur sa couche en bois de rose. Ces détails survivent dans d'innombrables reproductions mécanisées. Sarah s'est fait photographier ainsi au moins deux fois au cours de sa longue vie. La première tentative, entachée d'amateurisme, floue et mal composée, montre une Bernhardt adolescente qui repose. La seconde, améliorée par l'expérience, présente une scène somptueuse, modèle du journaliste pour ses inventions byzantines.

Loin de dissiper la légende, l'artificialité flagrante de ce document ne fait qu'ajouter au bûcher funéraire. L'époque de la reproduction mécanisée crée un nouveau culte de la célébrité. Nous lisons des ouvrages sur Garrick et Booth, étudions leurs carrières et leurs rôles, digérons les descriptions de leurs faits et gestes et de leurs excentricités, mais ils nous restent inconnus. Nous pouvons bien tout ignorer de Sarah, *voir* son corps exposé solennellement suffit à produire l'illusion de l'intimité. Nous n'avons qu'à faire comme si c'était nous qui avions composé la scène, et non le photographe.

La légende Bernhardt repose sur nombre de ces images intimes. À plusieurs reprises, elle amassa des fortunes qu'elle dilapida. Elle passait souvent, en quelques jours, d'une richesse obscène à une dette immense. Quand les factures s'accumulaient, elle n'avait qu'à plonger la main dans une vasque remplie de bagues de grand prix offertes par des amants, et en mettait une poignée en gage. La somme retirée couvrait toujours largement le dû. Les moindres frais de Sarah étaient immodérés. Un hiver, elle dépensa deux mille francs pour nourrir les moineaux de Paris.

Par le truchement des journaux à sensation, les lecteurs visitaient sa célèbre ménagerie. Des singes habitaient son grenier, des lions dévoraient des cailles vivantes, des serpents régnaient sur ses salons et semaient la panique dans ses soirées. Si un scénario réclamait des animaux, elle en utilisait de véritables, sans se soucier du danger. Panthéiste, elle refusa un jour de marcher sur un tapis de lys qu'Oscar Wilde avait déployé à ses pieds. Wilde, à qui l'extravagance ne faisait pas peur, alla rejoindre son propre cercueil, la première année de ce siècle, en soutenant que les trois femmes qu'il aurait le plus aimé épouser étaient Lillie Langtry, la reine Victoria et Sarah.

Elle partait honorer ses engagements en train privé, le Sarah Bernhardt Spécial, dont toute une voiture était mise à sa seule disposition. Elle portait des montagnes de fourrures, même en été. Pourtant, cette femme, qui tendait ses appartements d'un éternel damas, donnait aussi des sommes extravagantes aux soupes populaires des anarchistes. Elle se lia d'amitié avec Vaillant, amusée et touchée par l'idéalisme puéril de cet homme. Le souvenir de son enfance pauvre associé à un amour inné du fantasmagorique avait attiré Sarah vers ce personnage. Quand la bombe de Vaillant explosa à la Chambre des députés, ce naïf se vanta :

> (...) des centaines de députés gisaient sur le sol, blessés (...) Partout où je suis allé, (...) j'ai vu ces mêmes blessures qui laissaient couler des larmes de sang. Fatigué de vivre une vie de souffrance et de peur, j'ai apporté ma bombe à ceux qui étaient les premiers responsables de la misère sociale.

Leur amitié prit fin quand l'anarchiste fut guillotiné.

Les spectateurs venaient en masse, d'abord pour voir l'actrice, ensuite pour voir ce que tout le monde venait voir, et enfin, pour voir cette Personnalité dont la vie scandaleuse alimentait la presse populaire. En ces temps de bienséance, ses liaisons avec des hommes de premier plan, miséreux et ducs de toutes confessions, étaient jugées indispensables à une femme de son envergure. Si elle se tint à l'écart de la politique après la débâcle anarchiste, elle ne se laissa pas effaroucher par les chefs d'État. Elle fut honorée par Louis Napoléon. Partout se répandait la rumeur de ses relations avec des princes et des ministres de toutes nationalités. En 1910, quand neuf monarques se réunirent pour les funérailles d'Édouard VII, ceux-ci pleurèrent, outre leur écroulement prochain, la disparition de leur vieille maîtresse, Sarah Bernhardt. Si elle avait couché avec autant d'hommes que les journaux le laissaient entendre, elle n'aurait jamais eu le temps de monter sur scène. Elle entretint sa propre notoriété en disant de son fils : « Je n'ai jamais su dire qui, de Gambetta, Victor Hugo, ou le général Boulanger, était son père. »

Parmi ceux qui lui étaient liés, on trouve le poète italien Gabriele D'Annunzio. Sa *Pisanelle*, drame musical de 1913, raconte l'histoire d'une belle prostituée du Moyen Âge, capturée par des pirates, qui danse jusqu'à en mourir, ensevelie sous des brassées de roses. Au sortir de la première, l'ancien président du Conseil Georges Clemenceau fit observer à l'attention d'un journaliste que D'Annunzio était « le dernier des troubadours ». Les Parisiens ne pouvaient se laisser distraire par de telles amusettes. Ils étaient occupés à faire le coup de poing devant les innovations barbares des ballets de Nijinski, à siffler ses mouvements minimalistes et ses pauses immobiles dans *L'Après-midi d'un faune*, rôle pour lequel le danseur avait revêtu un costume de satyre, mais ne tenait pas de flûte de Pan. En réponse aux invectives lancées à l'encontre de son interprétation du *Sacre du printemps*, le chorégraphe, qui allait bientôt sombrer dans une folie incurable, inaugura toute une époque avec cette formule : « La grâce et le charme me dégoûtent (...) Je mange ma viande sans sauce béarnaise. »

Poussé hors de la scène artistique, D'Annunzio partit gagner ses galons sur un tout autre front. Quand la guerre éclata, ce proche de Bernhardt regagna l'Italie où ses talents d'écrivain et d'orateur contribuèrent à faire entrer son pays dans le conflit aux côtés des Alliés. Il devint l'as le plus téméraire de l'aviation italienne, comme si sa transformation de rimeur anachronique en pionnier du biplan avait été la chose la plus naturelle au monde.

Après la guerre, D'Annunzio prit parti dans la querelle du port de Rijeka, aussi appelé Fiume. Le traité secret de Paris avait promis cette principauté à la Yougoslavie, mais l'Italie ne voulait pas renoncer à ses prétentions. D'Annunzio prit l'affaire en main et fit marcher sur la ville son armée personnelle, un corps franc transalpin ; là, il mit en place un État libre, opposé à tous les belligérants et au reste de l'Europe. D'Annunzio introduisit dans cet État un uniforme à chemise noire, celui qu'il devait recréer pour son futur employeur, Mussolini. Quand les poètes deviennent des activistes, puis des fascistes, on touche au cœur de ce siècle. Mais avant-guerre, quand il était jeune homme, D'Annunzio fut lui aussi l'un des amants de Madame Sarah.

Le monde, cependant, ne comptait pas que des Saradorateurs. Outre-Manche, Max Beerbohm tourna l'actrice en dérision. George Bernard Shaw l'accusa de posséder tout un arsenal d'effets sensationnels « parfaitement vulgaires ». Henry Ford se servit des journaux dont il était propriétaire pour dissuader ses employés de suivre la tournée américaine de cette femme immorale. Quand elle le pouvait, Sarah s'attaquait de front à ses détracteurs. Un poignard de théâtre dans une main, une cravache dans l'autre, elle poursuivit la calomnieuse Marie Colombier. Trois continents firent retentir la nouvelle de cette agression, répandant mille fois les propos que Colombier avait tenus au départ. La seule façon de s'en tirer avec les journalistes, c'est de leur fournir un bon papier.

Hommes ou femmes, tous attendirent en coulisses, appelèrent depuis les balcons, pleurèrent aux spectacles, se pressèrent dans les gares et les ports, poursuivirent cette ombre rousse comme si elle détenait quelque secret d'une importance fabuleuse, l'adorèrent jusque dans son vieil âge, et s'engouffrèrent à sa suite dans le siècle nouveau. Tous, hormis quelques exceptions d'importance. Car un groupe d'hommes et de femmes pénétra dans ce siècle par une petite porte qui devint au fil du temps une entrée monumentale. En 1900, alors que Sarah était l'invitée d'honneur de tous les dîners respectables, un banquet bien différent se tenait sur l'autre rive de la Seine.

À côté de la *Phèdre* de Racine produite par Sarah, une autre pièce se donnait en ville. En une seule représentation, quatre ans avant le début du siècle, cette pièce avait établi sa renommée sur sa seule ouverture : *Merdre*. Le soir de la première, on s'était étripé dans la salle pendant une demi-heure avant que le drame pût atteindre son deuxième mot. Après cela, tout Paris s'était battu en duel six semaines durant.

L'auteur d'*Ubu Roi* se nommait Alfred Jarry, un homme qui avait élevé l'aliénation mentale au rang de religion. Il avait ouvert les vannes de ce mouvement en lui donnant un nom militaire : l'avant-garde. À la mort de Jarry, en 1907, tous les praticiens d'un art radical – Picasso, Matisse, Pound, Joyce, Stein, Satie, Stravinsky – avaient une dette envers ce tout petit homme et son obèse roi Ubu. Le soir de la première, Yeats se trouvait dans la salle où il applaudit la pièce contre ses détracteurs. Plus tard cependant, il écrivit avoir éprouvé une extrême tristesse. Après le raffinement de ses propres vers, de Bernhardt et de Brahms, il devait se produire une réaction contre tant de beauté. Affligé, Yeats rédigea le traité d'obstétrique de ce siècle : « Après nous, le Dieu Sauvage. »

Pourtant, Jarry et l'*avant-garde* des premières décennies n'étaient pas aussi sauvages qu'ils le laissaient d'abord supposer. Ils se voulaient moins antibourgeois que bourgeois jusqu'à l'absurde. L'avant-garde artistique célébrait le mariage de la logique des classes moyennes avec les rêves inavoués de ces mêmes classes. Jarry se borna à souligner les ressorts de l'intimité suscitée par la reproduction mécanisée : quand il nous encourage à nous identifier à la scène photographiée, l'appareil photographique ment toujours. Coupures, colorations, expositions multiples : l'objectif brouille la distinction entre rêve privé et sphère publique – logique reproduite en série.

Jarry ne fit que renverser Bernhardt cul par-dessus tête, poussé par l'intuition que les gens ne s'entassaient pas au théâtre pour *Phèdre*, pièce ancienne et poussiéreuse. Ils venaient voir celle qui dormait dans un cercueil, laissait des bêtes sauvages rôder dans sa maison, et comptait des rois parmi ses amants. Le public venait voir Bernhardt. Jarry se contenta d'inverser cette relation et découvrit ainsi, avec Planck, Einstein, Freud, les cubistes et les romanciers du flux de la conscience, l'union de l'observateur et de la chose observée, du rêveur et du rêve, de l'admirateur et de l'actrice célèbre. Il devint le roi Ubu de la fiction.

Changé en monarque de théâtre, il se bâtit un château, masure dressée sur quatre planches pourries, qu'il appelait – logique du rêve à ses machinations – « le Tripode Royal ». Il pédalait, juché sur « ce qui roule ». Brandissait des armes à feu en public. Consommait alcool et éther en quantités héroïques. Donnait des banquets, parodies gloutonnes et bohèmes des fêtes de Sarah. À ces beuveries qui duraient plusieurs jours, les invités se poussaient par les fenêtres et faisaient de longs discours à la gloire d'un écureuil, d'un boulon ou d'un lambeau d'affiche arraché à la devanture d'un kiosque. Les festins de Jarry montraient comment aimer une chose et la ridiculiser tout ensemble.

En temps que roi Ubu, Jarry s'autorisait grandiloquence et ampleur du propos, même lorsqu'il sombra dans l'alcoolisme et la misère sordide. Il y eut un moment, au cours de la mascarade, où Jarry passa du jeu d'acteur à la conviction. Il fit naître en lui une divine schizophrénie qui n'allait pas sans rappeler celle de la Divine Sarah : il se proclama tout à la fois Figure Illustre et obscur monsieur Tout le Monde. Le roi Ubu, schizophrène fait de sa propre main, s'adressait à lui-même en employant le « nous » de majesté. Il ne revint à la première personne que sur son lit de mort. Pendant plusieurs jours, plongé dans un demi-coma, il répéta « je cherche, je cherche ».

Dans son dernier sursaut de lucidité, Jarry demanda un cure-dent. On lui en donna un qu'il prit avec vénération, comme si cet objet devait lui apporter délivrance et bonheur ultime. Après son enterrement, ses amis firent un banquet.

Contraindre deux choses opposées à occuper le même espace fut la grande tâche à laquelle s'employèrent Jarry et l'*avant-garde* : le public et le privé, le célèbre et l'obscur, le sérieux et le ridicule. L'un des outils qui favorisa cette poursuite du simultané fut l'automobile. Lancé à la vitesse époustouflante de quatre-vingts kilomètres heure, le siècle nouveau vit ses paysages familiers se comprimer dans l'axe du déplacement, il vit se briser la vieille barrière du temps, et la distance entre Paris et Vienne se réduire à tel point que les deux capitales semblaient désormais devenues synonymes. La voiture inspira le tachisme, la surimpression photographique, les clusters et les polycordes : tout un art du simultané. Mouvements et manifestes égalèrent en puissance et en beauté la voiture et sa vitesse. Marinetti et les Futuristes découvrirent dans l'automobile d'autres bienfaits : le danger, l'audace, la révolution et la guerre. Une fois encore, à travers le culte de la voiture privée, l'*avant-garde* démocratisait les valeurs de Sarah plus qu'elle ne les contredisait : à chacun son petit Bernhardt Spécial.

Ainsi le public qui se rendait au spectacle se trouvait-il violemment réparti en deux pôles : le camp de la reine Sarah et celui du roi Ubu. Toutefois, l'immense majorité de ceux qui vécurent au début du siècle (figures illustres ou millions d'anonymes qui ne laissèrent pas le moindre témoignage de leur existence) ne fut pas affectée par la controverse entre la célébrité devenue actrice et le dramaturge devenu célébrité.

Le comte Zeppelin s'appliquait à empêcher ses aéronefs d'exploser. Diesel n'était plus, disparition dont les agences d'espionnage allemande et britannique se renvoyaient la responsabilité. (L'inventeur s'était en fait suicidé après avoir perdu à la Bourse des sommes considérables.) La tsarine Alexandra veillait tard son fils hémophile ; elle venait de découvrir un homme capable d'arrêter les saignements. De Broglie, Planck, Heisenberg et Einstein interprétaient les découvertes qu'ils avaient faites pendant leur Année Miraculeuse. Mahler faisait tenir debout sa neuvième symphonie dans laquelle tout s'écroule. Sun Yat-sen s'employait à libérer un demi-milliard de personnes. Au Derby d'Angleterre, la suffragette Emily Davison se jetait sous le cheval du roi, et par ce geste consigné sur une photographie remarquable, renonçait au théâtre pour de bon.

Les Wright bricolaient, Staline rédigeait des articles de presse, et Kafka tamponnait de la paperasse administrative. Hearst incitait ses reporters à condamner le ragtime. Schweitzer écrivait sur Bach et plantait sa tente en Afrique. Et Alexander Fleming, l'homme qui identifia la substance la plus importante du siècle, s'activait autour de mille boîtes de pétri en attendant que la spore envolée d'une brasserie vienne par hasard se mélanger au mucus d'un nez enrhumé pour révéler l'action antagoniste de la pénicilline. Reste enfin la classe innombrable de ceux qui auraient pu dépasser les réalisations de tous les grands noms que nous venons de citer. Où est la Sarah des années cinquante ? Où est l'héritier du roi Ubu ? Ils sont, comme l'a dit un poète journaliste, dans les prés de Flandres.

Ainsi donc, les témoignages sur cette époque reviennent encore et toujours sur Sarah Bernhardt et son immense popularité. Ses biographies rapportent d'interminables listes d'anecdotes : foules au bord de l'hystérie, duels, Jours de Gloire, parades ; on lui vouait un tel culte que lors de sa première visite en Amérique, quand elle entendit un journaliste incrédule s'exclamer : « New York n'a pas fait pareille ovation à Dom Pedro du Brésil », elle répliqua sèchement : « Oui, mais lui n'était qu'empereur. »

Au crépuscule de sa vie, Sarah resserra l'étreinte hypnotique qu'elle exerçait sur son public. En mars 1914, tandis que Ford mettait au point son usine automatisée et que Sander parcourait le Westerwald à bicyclette, Bernhardt (encore une célébrité qui n'avait passé qu'une demi-douzaine d'années à l'école), endettée jusqu'au cou, jouait sur la scène de son Théâtre Sarah Bernhardt et recevait la plus haute distinction française : la Légion d'Honneur. Cet été-là, pour la dernière fois, l'actrice âgée de soixante-dix ans partit sur les routes où elle électrisa la province comme une jeune fille de dix-huit ans. Elle regagna sa résidence d'été pour de courtes vacances quand les journaux commencèrent à se faire l'écho d'événements dans les Balkans. Lorsque tomba la nouvelle du mois d'août, on raconte que Bernhardt s'est écriée : « Seigneur ! Pourquoi la civilisation ne cesse-t-elle pas de reculer ? »

La fière ligne de front des Français, censée tenir grâce aux pantalons rouges et à l'élan vital, s'effondra dans le mois qui suivit le sac de la Belgique par les Allemands. La France ne possédait qu'un léger dispositif de protection sur son flanc belge et mettait ainsi l'Allemagne au défi de pousser la Grande-Bretagne à entrer en guerre pour défendre la neutralité des plaines de Flandre. Chaque jour, les colonnes allemandes progressaient jusqu'à ce que la chute de Paris parût certaine. Le gouvernement se transporta à Bordeaux après avoir confié à Gallieni la défense de la capitale. Sarah refusa pourtant d'évacuer. Elle avait soigné des soldats pendant l'occupation de 1870, et voulait faire de même cette fois encore. Mais quand les services secrets dévoilèrent que son nom figurait en tête sur la liste des personnalités que le Kaiser souhaitait voir capturées et ramenées à Berlin, un Paris hystérique contraignit sa Divine Sarah à quitter la ville.

Le matin du départ de Bernhardt, son fils rencontra d'extraordinaires difficultés pour trouver un taxi qui la conduise à la gare. Il chercha pendant plus d'une heure et dut finir par inventer une piètre excuse afin d'en dénicher un. Sarah ordonna au chauffeur d'emprunter les Champs-Élysées de sorte qu'elle puisse regarder, peut-être pour la dernière fois, cette avenue superbe qui appartenait désormais à une époque défunte. Arrivée sur les lieux, elle assista à un spectacle qui poussa Gallieni lui-même, le défenseur de Paris, à s'écrier : « Voilà enfin quelque chose de remarquable. »

Le passage était bloqué par cinq cents taxis emportant une armée entière vers la bataille de la Marne. Ce fut le dernier acte d'héroïsme venu d'un monde disparu. Un officier ordonna au taxi de Bernhardt de s'arrêter et réprimanda le conducteur pour n'avoir pas rejoint les rangs de ces étranges conscrits. Il ouvrit tout grand la portière afin d'expulser la passagère, et se retrouva nez à nez avec la femme la plus célèbre en France après Jeanne d'Arc et la Sainte Vierge :

> Je vous prie de m'excuser, Madame, je ne savais pas ! Allez-y chauffeur, conduisez Mme Bernhardt à la gare, puis revenez vous mettre à notre disposition. (...) Partez l'esprit tranquille, Madame.

Puis il reprit la devise à laquelle la France entière se ralliait : Ils ne passeront pas. Et s'il est vrai, d'un point de vue technique, que les Allemands ne passèrent pas, il nous faut, pour dire la vérité sur les quatre ans qui suivirent, employer la repartie cynique que les recrues inventèrent plus tard sur le front : « Et nous non plus. »

Sarah partit pour Bordeaux. Là-bas, l'inflammation d'une vieille blessure reçue au genou en sautant d'un praticable prit de telles proportions qu'elle nécessita une intervention chirurgicale. Sarah alla se faire amputer, presque impatiente de recevoir elle aussi sa blessure de guerre. Fait extraordinaire, même l'amputation d'une jambe à la hauteur de la hanche ne put mettre un terme à la carrière de Bernhardt. Elle brûla sa prothèse de bois et monta sur scène en fauteuil roulant. Derechef, elle fut un prodige, et plus encore que jamais le public eut des raisons de l'aduler. L'un des agents artistiques de Barnum offrit dix mille dollars pour le membre coupé.

Sarah réclama le privilège de jouer pour les hommes sur le champ de bataille, et affirma qu'elle partirait avec ou sans escorte. Le commandement l'installa sous une tente près du front, puis annonça à une division de soldats traumatisés par les combats – des soldats qui venaient de passer un an sous les 420 allemands, avaient essuyé des bombardements aériens, avaient été gazés et massacrés à coups de mitraille – qu'ils allaient voir la Grande Sarah. Ils regardèrent en silence cette femme terriblement âgée claudiquer sur scène, miroir de leurs propres mutilations, déclamer des vers avec les vestiges d'une voix jadis appelée « la huitième merveille du monde », une femme qui ne pouvait plus se déplacer sans faire des efforts surhumains, qui débitait de ridicules niaiseries patriotiques, refusait de croire qu'elle était hideuse, qu'elle n'était plus irrésistible aux yeux de son vieil et fidèle amant, le public, et qui, dans ce refus obstiné, tirait à elle la réalité. Les soldats, dit-on, tombèrent en pleurs et beaucoup appelèrent aux armes.

Plongée dans une très grande nécessité, Sarah se tourna vers une source de revenus qu'elle estimait à peine plus honorable que la prostitution : elle tourna pour le cinéma. Voir ces films ou l'écouter sur un Victrola révèle le paradoxe de la reproduction mécanisée ; car l'objectif répète avec insistance : « Voici la preuve physique de sa présence. Voyez comme le cadre la suit et la fait coïncider avec le monde du spectateur. » Mais il n'existe aucune correspondance entre son monde et le nôtre. C'est à nous de saisir la reproduction de cette crinière aux reflets cuivrés, ces mouvements d'un autre monde, et de reconstituer, malgré la machine, le culte de cette personnalité, et ce qui poussait les foules à courir après cette ombre. Mais les contemporains de la rousse Sarah couraient derrière elle tout en allant de l'avant, vers la promesse d'un siècle nouveau. Quant à nous, il ne nous reste plus qu'à courir derrière sa reproduction, à reculons, en quête d'une ressemblance mal comprise.

Sarah disait ses répliques devant la caméra, elle jouait pour cette machine sourde exactement comme sur scène, ignorant que l'appareil ne pouvait reproduire sa diction et ses alexandrins passionnés. Elle allait donc clopin-clopant, obligeant la caméra à la suivre, prononçant chaque vers comme elle l'aurait fait devant un véritable public. Si elle donnait à l'un d'eux, n'était qu'une fausse inflexion, elle insistait pour que l'on refît la prise.

Sarah fut la première célébrité aussi mythique à laisser derrière elle des archives si complètes de ses œuvres. Et pourtant, les Sarah reproduites mécaniquement multiplient plus qu'elles ne réduisent l'ambiguïté de ce sujet parmi les plus insaisissables. Comme Magritte, qui ajoutait au pinceau sous la représentation hyperréaliste d'une pipe la légende *« Ceci n'est pas une pipe »*, le film *La Reine Élizabeth* donne au spectateur l'impression que ceci n'est pas Sarah. Il ne s'agit que de ses traces, une interprétation.

Trois ans après la guerre, Bernhardt continua à écrire, donner des conférences et jouer sur scène. Elle était en répétition lorsqu'elle tomba dans le coma. À son réveil, une heure plus tard, elle demanda : « Quand est-ce que je reprends ? » Elle resta pendant une semaine dans un état de semi-conscience. Revenue à elle, elle voulut savoir s'il y avait des journalistes dehors. Informée de leur présence, elle répondit : « Toute ma vie, les journalistes m'ont assez tourmentée. À mon tour de les taquiner un peu en leur faisant faire le pied de grue. » Ce furent ses dernières paroles. C'est ici que la légende, ou sa documentation mécanisée, s'achève.

Mais à la fête de Noël du personnel, où le destin voulut que je découvre tant de choses qui ne figuraient pas dans les livres, madame Schreck, la femme de ménage immigrée, me donna une version étoffée de la légende, avec un accent si prononcé que son récit devint plusieurs fois obscur et incohérent. Elle raconta comment l'un de ses parents s'était retrouvé parmi les journalistes qui faisaient le pied de grue devant la chambre funèbre de la Divine Sarah. Cet homme légua à sa famille un héritage et racontait sans cesse, année après année, comment, à sa dernière heure, la Bernhardt s'était repentie de sa cruauté envers ces messieurs de la presse qui attendaient des nouvelles de son état de santé. Elle avait alors fait venir l'un d'eux, choisi au hasard, pour lui confier un message d'importance.

Quand le cousin de madame Schreck était entré dans la pièce, il avait dû approcher tout près de cette femme ratatinée pour saisir son français aux « h » aspirés. Elle l'avait regardé et lui avait demandé :

– Vous savez que j'ai perdu une jambe ?

Il avait souri et fait signe que oui. Alors, prenant l'air de qui révèle une vérité profonde, elle avait ajouté :

– Et pourtant, je la sens toujours, bien qu'on me l'ait retirée il y a quelques années de cela.

Sur ces mots, les médecins avaient raccompagné le journaliste dans le vestibule où il avait été assailli par ses collègues. Il avait annoncé que la grande actrice avait perdu conscience, sans dire quoi que ce soit.

Cet échange n'est ni plus ni moins crédible que le reste de la biographie spéculative de Bernhardt. Tant de choses dépendent d'une première méprise. Du cousin de madame Schreck, je ne pouvais trouver mention dans aucun livre sur Bernhardt ou sur Ford, dont il prétendait avoir croisé le chemin en jouant son rôle de reporter. Aucun document ne subsiste pour attester que cet individu a jamais vécu, hormis, si l'on en convient, la photographie de Sander.

CHAPITRE 14

Conscription et Vocation

> Chodounský disait à Vanek que cette guerre mondiale n'avait selon lui aucun sens.
>
> Jaroslav Hašek, *Le Brave Soldat Chvéïk*

Quand les deux messieurs replets se présentèrent pour la première fois chez la veuve du marchand de tabac, Peter n'échappa à l'arrestation que de justesse, sur un très léger malentendu. C'était à la fin du mois de septembre. Le virage opéré par l'armée de von Kluck devant Paris prostré avait exposé le flanc sur lequel Adolphe aurait dû se trouver, s'il n'avait été retenu pour exercer les fonctions de l'Occupant. Gallieni et ses taxis de la Marne avaient profité de cette erreur pour stopper l'avancée allemande. La Course à la mer s'était essoufflée, et les armées du front occidental se déployaient maintenant sur une ligne que rien, pour ainsi dire, ne devait faire varier pendant quatre ans, sinon l'identité de ceux qui s'élançaient hors des tranchées.

Quand il entendit la clochette de la porte, Peter, qui se rhabillait plus vite que la veuve, parut le premier. Devant lui se tenaient deux individus hors d'haleine, qui flirtaient avec l'apoplexie et parlaient en plusieurs langues. Lorsqu'ils virent Peter, ils se lancèrent dans une parodie de néerlandais qu'ils accompagnèrent de moult gestes inventifs. Peter, trop amusé par ce spectacle, omit de dire à ces gaillards qu'en bon sujet du Kaiser, il parlait allemand.

Saisir le sens de cette comédie était la tâche la plus divertissante que Peter ait eu à accomplir depuis le début de la guerre. Influencé par une erreur initiale, il résolut bientôt l'énigme de leur néerlandais primitif. Dans la bouche des deux hommes revenaient sans cesse les mêmes mots clés : *zoon*, qu'ils prononçaient comme un dissyllabe, mais qui signifiait à coup sûr « fils », et *neet waar*, sans doute une restitution fantaisiste du mot « faux ». Peter ne reconnut le nom de Schreck qu'au bout d'un moment, car il avait repris l'habitude de s'entendre appeler Kinder depuis son retour en Hollande.

Une fois ces indices réunis, Peter n'avait plus qu'un pas à faire pour reconstituer l'essentiel de ce qui préoccupait les deux gros messieurs : le faux fils Schreck. Il fit entendre une exclamation, entre l'éclat de rire et le « ha ha ! » avisé.

– Ces messieurs veulent sans doute parler d'Hubert Minuit, ou Schreck, comme vous l'appelez. Je pensais bien qu'il avait la justice aux trousses. Vous le trouverez chez son ami Willy Hoven, dans la Schunk Straat. Mais prudence. Ce sont tous deux des communistes fanatiques, comme on a déjà dû vous le dire.

Les enquêteurs, soulagés d'avoir enfin établi une communication, oublièrent de montrer la moindre irritation devant ce flot d'allemand aisé et soudain. Ils remercièrent Peter tout en riant de sa mise en garde. L'un d'eux, épongeant la sueur qui ruisselait sur son visage couvert de plaques rouges, formula dans quelque idiome l'équivalent rustique d'un « naturellement » :

« Merci de nous avoir signalé que le fond de nos braies était sale. »

En retournant dans l'arrière-boutique, où il entreprit de raconter à la veuve cette transaction, Peter se demandait si l'on pouvait appeler « délation » ce qu'il venait de faire. Il imaginait que oui, et se sentait un peu triste d'avoir trahi Hub sans le vouloir. Intentions et cruauté semblaient n'entretenir qu'un rapport lointain. Il s'arrêta devant une boîte de tabac en vrac et se mit à parler, sans s'adresser à qui que ce soit :

– Alors Hub est allé se fourrer dans un sacré pétrin. Je savais bien que ça lui arriverait.

Puis il ne repensa plus à la délation jusqu'au retour des Bavarois, deux jours plus tard. Cette fois, il avait quitté la boutique pour aller faire une course. Les deux hommes reprirent leur enquête auprès de la veuve, mais elle était moins forte que Peter au jeu de la salade de mots. Elle refusait de comprendre l'allemand et ne parvenait pas à déchiffrer le néerlandais défiguré par ses interlocuteurs. Elle refusait de communiquer dans une autre langue que son dialecte provincial du Plaat.

Les jumeaux mégalithiques d'Europe centrale recoururent à la pantomime pour expliquer l'objet de leur visite. Le premier tendit un index boudiné vers la poitrine de la veuve, et secoua la tête pour indiquer qu'ils n'étaient pas à la recherche d'une femme. La veuve crut que ses tétons les avaient offensés. C'est bien regrettable, répondit-elle. Le second appliqua alors un doigt sous son nez pour symboliser une moustache, et donc, la masculinité. Or Peter était aussi imberbe qu'un nourrisson. Mais la veuve, désormais convaincue que les deux inconnus faisaient une allergie à sa poitrine, ne se laissa pas troubler pour autant.

L'un des Allemands alla rouler sa bedaine derrière le comptoir. La veuve, prise de panique, crut qu'il voulait dévaliser le tiroir-caisse. Mais les deux agents entreprirent de mimer un dialogue qui figurait à l'évidence une conversation avec Peter. Celui qui tenait le rôle du jeune homme émettait un commentaire que l'autre désapprouvait énergiquement. Celui-ci attrapait alors le substitut du boutiquier par le poignet et faisait mine de l'emmener. Ensuite, d'un geste familier et universellement reconnaissable, il simulait une exécution.

La veuve fit entendre une plainte stridente et éplorée. Le sens de cette cérémonie s'éclairait. Les écailles lui étaient tombées des yeux : à l'occasion de l'une de ses sempiternelles facéties, Peter avait insulté ces clients, qui revenaient à présent pour le tuer. Cette interprétation rapprochait la veuve de la vérité. Tandis qu'elle reconduisait les deux biftecks vers la porte, elle se mit à débiter un flot continu de paroles dans un allemand de bazar.

– Allez, mes chéris, ne traînez pas ici. Les gens de votre envergure ont des dossiers autrement plus lourds à régler. Je me charge de donner à ce jeune garnement la correction qu'il mérite, soyez-en sûrs. Il en aura les fesses si rouges qu'il ne pourra plus s'asseoir pendant quinze jours. A-t-on idée ! Faire l'impertinent devant des messieurs de votre poids. Bien le bonjour, mes amis. Et tenez : voilà un cigare. Mais maintenant il faut partir, et quand vous reviendrez à la fin de la semaine, vous aurez le plaisir de voir comment j'aurai mis ce chenapan sur des béquilles.

Elle pensait que proférer des inepties d'une voix forte tout en branlant du chef lui suffirait à se faire comprendre des deux hommes. « Étranger » et « étroit d'esprit » lui avaient toujours semblé à peu près synonymes. En leur laissant croire qu'elle était de leur côté, la veuve pourrait embobiner les inconnus et s'en débarrasser ; alors, tout irait pour le mieux, dans le meilleur des mondes.

Mais les Bavarois ne se laissèrent pas berner aussi facilement. L'un d'eux se débattit pour résister à l'expulsion. D'un regard avisé, l'autre le retint, conscient des ramifications internationales d'une telle échauffourée. Les deux hommes préférèrent donc établir un poste de contrôle devant la boutique. Là, ils dévisageaient chaque client qui entrait. Ils pressaient leurs visages contre la devanture, scrutaient l'intérieur du magasin et laissaient sur la vitre un champ de bataille criblé de cratères, empreintes graisseuses de leurs nez bavarois.

À mesure que le jour avançait, la veuve bénissait la prodigalité compulsive de Peter. Elle savait que les gros Allemands lui avaient tendu une embuscade et priait pour que le jeune homme persévérât dans l'habitude qu'elle avait essayé de lui faire passer. Elle espérait, au mieux, que ce matin-là il avait empoché l'argent des courses pour le boire et était allé s'écrouler quelque part dans un fossé. Si Peter reparaissait et se faisait tuer par les deux gros pleins de soupe, elle serait obligée de fermer boutique, sombrerait dans l'indigence et, pire encore, devrait initier un autre homme aux jeux sexuels que ce garçon maîtrisait si parfaitement.

Quand le soleil se coucha, les Bavarois, évidemment fatigués, affamés et irrités, commencèrent à débattre. L'impatient réussit à convaincre le méthodique de lever le siège. Toutefois, avant de se retirer pour la nuit, l'un d'eux passa la tête à l'intérieur de l'échoppe et imita une dernière fois le crépitement sec d'une rafale de balles. Voilà au moins qui ne laissait aucune place à l'ambiguïté : ils allaient revenir.

Il était onze heures bien sonnées quand Peter, enfin de retour, fit tinter la clochette du magasin. Il se dirigea droit vers l'arrière-boutique où il logeait avec la veuve, son visage chevalin éclairé d'un large et désarmant sourire.

– Désolé pour le retard, la vieille. Ce que tu m'as envoyé chercher ce matin était rudement difficile à trouver. Mais tu veux que je te dise, ma vieille sorcière ? Ça devait être bien facile à perdre, parce que, foutre Dieu, je te garantis que je ne l'ai plus à l'heure qu'il est.

Son rire – hennissement enfantin et incontrôlé – ressemblait à celui d'Hubert, mais assagi par le monde. La veuve, soulagée du fardeau de cette journée passée dans l'attente d'une catastrophe, était à ce point groggy que le rire de Peter la gagna. Elle rit à tout rompre, songeant au chic que possédait ce garçon sans scrupule pour échapper de justesse au désastre en faisant passer les autres pour des imbéciles. Elle repensa aux gros Bavarois qui avaient attendu jusqu'au soir pour tuer ce vagabond, et rit si fort qu'elle eut peur de s'en faire péter la jugulaire. La décence réclamait qu'elle explique à Peter les raisons d'une telle hystérie. Elle réussit à se sortir les mots de la bouche, entrecoupés de postillons.

– Deux hommes sont venus aujourd'hui pour te tuer.

Ils rirent de plus belle, d'un rire nerveux.

– Je le sais, ma vieille carne. Pourquoi crois-tu que j'ai tant tardé ? Je les observais d'en face, à La Cuiller. Six heures, que j'y suis resté.

Ces paroles déclenchèrent à nouveau l'hilarité. La Cuiller, qu'il eût mieux valu appeler La Chopine, était un café installé dans une salle unique. La vision de Peter buvant bière sur bière et singeant la garnison allemande au grand amusement de la clientèle était plus que la veuve pouvait en supporter. Quand elle cessa de rire pour reprendre son souffle, elle parvint à dire :

– Qu'as-tu donc fait à ces andouilles pour qu'ils soient aussi remontés ? Tu as chié dans leurs draps ?

– Ce que je leur ai fait ? Ils sont passés l'autre jour. Je pensais qu'ils étaient après mon frère Hubie. Mais crois-le ou pas, la mère, c'est ton garçon qu'ils voulaient. Et foutre non, je n'ai pas chié dans leurs draps.

La veuve gloussa encore, par habitude cette fois. Peter avait une merveilleuse façon de jurer, comme s'il inventait ses expressions au fur et à mesure. Elle aspira une bouffée d'air et, impatiente, lui fit signe de poursuivre.

– Je croyais m'être débarrassé de ces saucisses de Strasbourg. Mais voilà que cet après-midi, je tourne au coin de la rue, et qui je vois en train d'attendre ton gentil Petje ? Nos amis M. et Mme Matterhorn. Alors je vais à La Cuiller me mettre aux abris, histoire de rassembler mes idées. Hé ! Deux bières plus tard, je pige : le faux fils Schreck, c'est moi. Ces gaillards sont venus m'emmener faire leur guerre.

– La guerre ? Grands dieux ! Qu'est-ce que tu dis là ?

La veuve accomplit un rituel qui commençait par un signe de croix et s'achevait sur une conjuration du mauvais œil. Ces deux derniers mois, elle avait caressé le projet de survivre au conflit en l'ignorant jusqu'à ce qu'il s'éloigne. Peter venait d'anéantir ses espérances en lâchant ce mot devant elle, et sous son propre toit. Bon d'accord, il fallait de toute façon balayer et désinfecter la pièce. Elle s'en occuperait demain.

– Qu'est-ce que c'est que cette histoire de... ce que tu as dit ? Tu es hollandais. Pas question que tu ailles faire la guerre de quelqu'un d'autre. Tu restes ici. J'ai besoin de tes étalons de vendeur. Tu es hollandais. Tu es neutre.

– Allemand, la mère. Le sang ne compte plus une fois que tu as signé des papiers.

– *Ach* ! Les papiers brûleront. Laisse donc les autres faire leur guerre.

– Ce n'est pas une mauvaise idée. Aligne-les tous en rang d'oignons : ils couvriront la ligne de front depuis Paris jusqu'en Suisse, et il restera même des culottes de rechange.

– Tu n'iras pas faire la guerre de personne d'autre, Petje. C'est moi qui te le dis.

– Je n'irai pas faire la guerre de *quelqu'un* d'autre.

– Tiens donc. Voilà Aristote qui nous revient d'entre les morts pour me pisser sur les genoux ? Ça a passé six ans à l'école, et ça reprend ses aînés ! Je vais te dire pourquoi rien ne t'oblige à aller faire la guerre de personne.

– Ah oui, pourquoi ?

– Parce qu'ils tuent les gens là-bas, voilà pourquoi. Ça illégalise tous les papiers de la terre où tu aurais pu coller ton nom.

Toute trace d'hilarité avait quitté le visage de la veuve. En prononçant ces dernières paroles, elle avait ouvert des yeux grands comme des soucoupes. Anarchie grammaticale mise à part, il semblait à Peter que ce qu'elle venait de dire reflétait l'imparable logique dont le monde aurait dû faire son credo. Ils restèrent assis tous deux un moment, transfigurés par ce discours frappé au coin du bon sens. Ils ne pouvaient espérer prêcher cet évangile qu'en faisant sortir discrètement Peter de la ville.

Après la guerre, le Kaiser viendrait trouver refuge en Hollande. Et ce petit pays, qui avait pourtant passé les quatre dernières années de son histoire à craindre chaque jour pour sa survie, refusa d'extrader le souverain vers le camp des vainqueurs. Mais en automne 1914, avant que les nations d'Europe ne se retranchent dans le cynisme politique, la Hollande, en vertu du même principe de neutralité, ne devait pas s'opposer à l'extradition de ses ressortissants allemands. La veuve prépara un panier-repas en prévision de la fuite du jeune homme le lendemain : trois pains fourrés au chocolat, spécialité nationale, et seule nourriture que Peter consentait à avaler.

Tandis qu'elle travaillait, la veuve s'étonnait de ne pas éprouver la peine qu'auraient dû lui causer de si tristes circonstances. Ce garçon possédait à ses yeux une valeur inestimable, d'un point de vue personnel sinon professionnel. Elle pensait lui être attachée ; il n'avait pas son pareil pour la divertir. Il trouvait toujours une bêtise pour les faire rire, rire à en crever. Et surtout, elle s'était faite à lui. Après son départ, il faudrait du temps pour que s'établissent de nouvelles habitudes.

Mais elle n'avait pas de peine. Quand elle repensait à la gravité de la situation, au fait qu'elle ne reverrait sans doute jamais plus le jeune homme, la veuve, au lieu de se remémorer tous les sombres malheurs de son passé (la mort de son mari qui l'avait toujours si bien traitée et à qui, d'une façon singulière, elle était restée fidèle ; le souvenir de sa sœur préférée, amputée au-dessus du genou lorsqu'elle était enfant ; la perte d'une chèvre qu'elle aimait, écrasée par l'une des premières voitures de Maastricht), elle songeait à toutes les habitudes qu'il lui faudrait désormais changer. Et à la pensée de ces habitudes scandaleuses, ridicules, souvent inavouables, elle ne pouvait s'empêcher de rire sous cape pendant qu'elle fendait les petits pains pour y glisser les barres de chocolat.

Bien souvent par le passé, elle avait connu ce sentiment, l'avait connu puis oublié chaque fois qu'une tragédie éphémère était survenue : la guerre, les tensions internationales, ne lui semblaient jamais aussi urgentes que les bribes éparses et insignifiantes d'un souvenir perdu. C'est ce qu'elle avait appris le jour où, après avoir quitté son mari sur son lit de mort, elle s'était désespérée à la vue d'une auréole de graisse qui tachait ses habits de deuil tout neufs. Elle oublia, puis apprit de nouveau à l'occasion de chaque petite catastrophe : le moi individuel ne fait jamais face aux crises comme il le devrait.

Tandis qu'elle tranchait et beurrait le pain, la veuve gloussa encore, jugeant que cette distraction n'était pas si mauvaise. Où trouver la joie et la compassion, premiers pas timides vers la responsabilité, sinon dans ces moments de rémission que les remèdes secrets du moi accordent toujours aux tragédies collectives ? Dans un sac en papier, elle glissa les pains fourrés et un billet de cinquante florins. Sans même savoir ce qu'elle faisait, oubliant tout ce qui venait de lui passer par l'esprit, elle porta le sac à sa bouche et l'embrassa.

Peter dormit à peine quelques heures et quitta l'échoppe de la veuve avant l'aube. Ce fermier, d'ordinaire plein de ressource, désemparé sans sa canne et son chapeau, s'en allait maintenant vers un tout autre bal. Incertain de la marche à suivre, il traversa la rue sans encombre et entra à La Cuiller. Il n'alla pas plus loin ce jour-là.

Assis au bar, il accueillit les habitués, qu'il saluait par leur nom, et souriait de sa pitoyable évasion. Il entreprit la tâche difficile de choisir entre deux épitaphes qui le ravissaient autant l'une que l'autre : « Il mourut en levant le coude » ou « Dites ce que vous voudrez, c'était un agréable compagnon ». Au bout du compte, il résolut de laisser au hasard le choix de la formule, puisque son angle de vue ne lui permettrait pas de toute manière de la lire.

Les Bavarois reparurent devant la boutique quarante minutes après le départ de Peter. On les voyait très bien depuis la devanture de La Cuiller. Les Teutons frappèrent à la porte à coups répétés, en rythme, mais la veuve rusée ne vint pas leur ouvrir. Une clameur s'éleva à La Cuiller :

– Bravo, la vieille marchande de cigares !

L'un des Bavarois attira alors l'attention de son acolyte sur un écriteau accroché à la porte du magasin. La veuve, hostile au caractère définitif des pancartes « Fermé », leur préférait depuis toujours un placard où l'on pouvait lire « Patience. Nous sommes de retour avant la fin de l'heure. » Peter affichait ce message chaque soir à la fermeture. La clientèle semblait apprécier. Mais il faut dire que la longue tradition de l'impératif dialectique, bien connue des Allemands, était étrangère aux Hollandais.

La compagnie fidèle des clients qui fréquentaient La Cuiller avant l'aube observait les deux agents avec une fascination malsaine. Il avait suffi de quelques années pour que l'œil du public s'habitue au spectacle muet et tremblotant de ces mises en scène comiques. Les piliers de La Cuiller identifièrent sans hésiter ce duo célèbre de comédiens bedonnants, qui jouissaient déjà sur le continent d'une renommée universelle, et enchaînaient les culbutes à longueur de bobines : 1) A donne à B un coup de pied au derrière. 2) B tombe sur son nez trop long. 3) B se relève et lance son poing vers A. 4) A se baisse, B frappe le mur. 5) Gros plan sur sa réaction. C'était réglé comme du papier à musique. Seuls les intertitres manquaient un peu aux clients du café.

– Qu'est-ce qu'ils se disent d'après toi, Petje ?

– Le futé dit à son copain : « Regarde. Il est écrit ici qu'ils reviennent dans une heure. On le tient, notre fantassin. »

– Hourra ! Ils ont attrapé le malheureux Kinder.

La fréquentation de La Cuiller, bien que modeste, n'en était pas moins considérable si l'on tenait compte de l'horaire matinal ; à croire qu'une grande partie de Maastricht avait coutume de venir avant l'aube s'y rincer un peu la dalle. Au Limbourg, la bière constituait le premier des remèdes, on l'administrait même aux nourrissons et aux agonisants. Malgré l'ambiance joyeuse du troquet, Peter se sentait plus abattu chaque fois qu'il voyait ses amis vider leur verre et s'en aller les uns après les autres en lui souhaitant bonne chance. Il ne pouvait espérer survivre aux deux brutes. S'il continuait de dilapider à ce train l'héritage de la veuve, il serait obligé de se rendre avant midi.

Peter en était là de ces inquiétudes, le moral en berne et le capital en baisse, lorsqu'il fit la connaissance du sieur Theo Langerson. Ceux qu'attendait un emploi fixe avaient depuis longtemps abandonné le jeune homme et le patron de La Cuiller ; le premier salissait la vaisselle, le second la nettoyait. Un policier qui faisait sa ronde (le père de la jeune Wies) glissait de temps en temps la tête à l'intérieur, sous prétexte de maintenir l'ordre, mais surtout pour la demi-pinte qui lui revenait de droit à chacun de ses passages.

Theo était entré dans le café peu après midi et s'était installé à portée de voix, comme le fait souvent la morosité. Sitôt faites les présentations, les deux hommes n'avaient pas tardé à se lancer dans une compétition de : « Alors comme ça, vous croyez avoir des ennuis ? » Theo ouvrit la partie de manière conventionnelle :

– Qu'est-ce qui t'arrive, *karel* ? Je ne sais pas ce que c'est, mais ça m'a tout l'air intéressant. Tu es bien trop jeune pour la lever en l'air, et le duvet que tu portais à ta naissance n'est pas encore tombé.

– Fichez-moi la paix.

– C'est qu'on est contrarié pour de bon, hein l'ami ? Tu as la chaude-pisse, c'est ça ?

– Qu'est-ce que c'est ? L'Inquisition ?

– En tant que compagnon de douleur, j'ai l'intention de démontrer ma supériorité morale sur tout prétendant au malheur, ou d'éprouver au moins quelque réconfort à voir des andouilles en plus mauvaise posture que moi. Tu comprends donc comment un homme tel que toi, de toute évidence aux abois, ne peut que me porter secours, d'une manière ou d'une autre.

– Vous ? Des problèmes ? C'est votre femme qui ne veut plus que vous la touchiez, je parie.

– Je t'assure, l'ami...

– Est-ce qu'on peut lui en vouloir ?

– ...que rien d'aussi quelconque...

– Vous avez entendu parler des prostituées ? Elles vous remonteront la supériorité morale pour quelques florins.

– Ha ! S'il ne s'agissait que de ça. Non, *karel*, je crains que ma supériorité ne soit un peu plus morale encore.

– Alors quoi ? Vous avez eu un accident de voiture, c'est ça ? Du coup, vos amis ne veulent plus trinquer avec vous parce que vous tenez des propos bizarres, et c'est pour ça que vous devez servir votre moralité à des inconnus.

– Tu n'es pas un inconnu, mon enfant. Nous sommes compagnons de douleur.

Theo n'invoquait cette union dans la souffrance qu'à titre d'ironie. Mais le mot qu'il venait d'utiliser, « enfant » – *kind* en néerlandais –, dans lequel Peter avait cru entendre son ancien patronyme, produisit un choc chez ce garçon qui s'imagina alors avoir déjà rencontré Langerson : les présentations avaient dues être faites à La Cuiller par des amis communs. Son interlocuteur, parti du principe que Peter l'avait reconnu, avait sans doute mené toute cette conversation par plaisanterie.

Voilà qui changeait la situation du tout au tout. Peter devait à présent se prêter au jeu, faire meilleure figure, laisser croire que ce prélude n'avait été qu'une comédie, et tenter d'amener ce personnage à lui révéler son nom. Car la frontière décisive avait été franchie : Peter n'avait plus affaire à un inconnu qu'il pouvait insulter en gardant l'anonymat. Dans son esprit, les deux hommes partageaient désormais la responsabilité d'avoir été présentés l'un à l'autre.

– À toi la victoire, l'ami. Et puisque tu veux tout savoir, je m'en vais te donner un indice sur la nature de mes ennuis. Je suis torturé par les A-L-E-M-A-N-D-S.

Cette orthographe fit grimacer Theo qui avala deux gorgées de bière. Voilà quelque temps déjà, à l'âge de ce garçon, il avait caressé le rêve d'une école publique et gratuite jusqu'à la fin du lycée.

– Ah ! Notre deuxième point commun. Étrange peuple que celui-là : au nom de Bach et de Kant, ils incendient la bibliothèque de Louvain.

Peter aurait aimé se rappeler où il avait rencontré cet inconnu. Il avait eu par le passé une conversation avec un homme qui s'exprimait d'une manière très semblable. Le philosophe à la bicyclette. C'était il y a bien longtemps, avant que le monde ne marche sur la tête. Cette conversation avait eu lieu en Allemagne. Il rapprocha son tabouret et écouta.

– Dois-je comprendre que tu souffres dans l'absolu ? Que tu es « torturé », comme tu le dis de manière si fleurie, par l'indignation fondamentalement humaine que t'inspire l'attitude des Allemands en tant que nation ? Cela serait en effet remarquable. J'ai peine à croire que tu boives depuis le petit matin par pur principe.

– Par principe ? Foutre non. Bismarck et le Kaiser attendent sur le pas de ma porte pour m'envoyer passer des vacances en France.

– Bravo. Je savais qu'il devait y avoir là-dessous quelque engagement personnel. Chaque instant nous rapproche de plus en plus l'un de l'autre. Après tout, il semble bien que je ne puisse prétendre à la plus grande souffrance. Pour échapper à mes créanciers, il me suffit d'abandonner mon poste. Mais pour échapper aux tiens, on dirait qu'il te faut abandonner ta maison, tes amis, et, sans aucun doute, ta jolie petite femme.

À ce dernier mot, Peter partit d'un rire franc. Le bonhomme ne devait pas le connaître en fin de compte ; il était impossible qu'ils se soient rencontrés lors d'une quelconque bamboche à La Cuiller, car on y échangeait toujours quantité de plaisanteries grossières sur Peter et la veuve du marchand de tabac. Dispensé du devoir d'amitié, le jeune homme pouvait retourner à son état naturel de joyeuse cruauté.

Pour rattraper le temps perdu, il fit valoir qu'un demi-million d'hommes auraient volontiers sauté sur l'occasion d'abandonner leur poste avant le Miracle de la Marne ; si tout ce que risquait ce monsieur, c'était de la prison pour dettes, il ferait mieux de fermer son clapet et de se satisfaire d'un paradis relatif.

Theo se récria : il fallait prendre au sens figuré la « dette » à laquelle il faisait allusion. Voilà deux jours encore, il était journaliste, emploi honnête et sans risque, pour un petit quotidien de Maastricht dont Peter connaissait le nom. Au cours de l'année écoulée, expliqua Theo, son travail avait consisté à rester assis derrière un magnifique bureau en teck pour servir de nègre à un rédacteur en chef alcoolique. En cette qualité, il avait défendu un bon millier de causes progressistes : le suffrage universel, la réforme agraire, la production standardisée, le revenu minimum.

– Bien sûr, ces derniers mois, le déclenchement des hostilités a fait couler de plus en plus d'encre. Rien de tel qu'une bonne empoignade pour vous gonfler un tirage. De la pure spéculation, tu t'en doutes ; le temps que les nouvelles du front arrivent sur mon superbe bureau, elles valent encore moins qu'une rumeur : elles ne sont plus que des interprétations inutilisables. C'est là que le rédacteur entre en scène. Vendredi, on nous dit que les Anglais sont de la partie. Samedi, on vous dit qu'ils n'en sont pas. Qui croire ? C'est sans importance ; j'esquive le problème et j'accouche d'un chef-d'œuvre qui commence ainsi : « Tandis que le monde décide de son avenir, Sa Majesté et Lord Kitchener peuvent-ils se permettre l'abstention ? » Nul besoin de se soucier des faits.

Peter commanda une autre chope et compta sa monnaie. Il ne parvenait pas à suivre ce journaliste : le saligaud était-il déjà parvenu au bout de son raisonnement, ou se trouvait-il encore en chemin ? De toutes les façons, cela n'avait aucun rapport avec le problème de Peter, seul objet de ses préoccupations. Le jeune homme avait cependant acquis depuis longtemps l'habitude de se taire et de feindre l'omniscience.

– Oui mais voilà, les chefs ont décrété que le public n'allait pas se satisfaire de simples éditoriaux plus de deux mois. Il faut des faits à nos lecteurs, qu'ils disent. Ha ! Tu imagines ? Un journal, s'abaisser à rassembler des faits ! J'ai bien essayé de protester : nous autres, aux Pays-Bas, il faut qu'on reste assis sans bouger et qu'on garde les mains propres. Dès l'instant où nous commencerons à fourrer notre nez perspicace dans cette affaire, nous serons mouillés. Et on ne se mouille jamais sans se rendre complice.

Peter fit claquer sa langue. Il restait immobile sur le siège de son tabouret et tâchait de faire en sorte qu'aucune partie de son corps ne rentre en contact avec une autre surface. Ici même, à La Cuiller, une récente conversation sur les empreintes digitales lui avait inspiré une peur panique des traces que laissaient ses mains, partout où il allait. À mesure que l'homme amoncelait les mots devant lui, Peter eut le sentiment que, s'il modifiait tant soit peu le geste mesuré du bras par lequel il portait sa chope à son menton, il finirait par se retrouver mouillé dans l'histoire de cet inconnu.

– Mais les chefs ne s'embarrassent pas d'objections aussi dérisoires. Au contraire, ils se mettent à chercher dans toute la rédaction le correspondant de guerre idéal, et bien sûr, leur regard s'arrête sur moi. Mes éditoriaux, s'ils sont des plus spéculatifs, font quand même de moi l'employé le mieux documenté sur la question. Et voilà Theo Langerson, en route pour le front, humble reporter par devoir. Bois à ma santé, veux-tu, frère maçon.

À ces dernières paroles, Peter partit d'un rire si violent que la bière lui remonta dans le nez. En un mot comme en cent, Theo et lui se trouvaient dans le même pétrin. Pourquoi ne pas l'avoir dit tout de suite ? Aussitôt Peter apprécia cet homme bien davantage. Il fit redescendre sa bière et suggéra avec l'insolence charmante qui le caractérisait :

– Et après ? Tu n'as qu'à dire aux patrons de ta foutue gazette d'aller se faire cuire un œuf. Ensuite tu pars te balader et tu te dégotes un travail honnête.

– Certes, jeune homme. Sans doute. Quant à toi, tu n'as qu'à faire un pied de nez à tes Boches, fourrer toutes tes chemises dans une valise, et aller te chercher une maison dans une autre ville.

– Et j'irais où ? Qui m'accueillerait ? Je n'ai pas de papiers ; je ne suis bon qu'aux menus travaux de la ferme et à la vente des pipes. Je finirais dans le ruisseau au bout de trois jours. D'ailleurs les Boches finiraient par me retrouver en peu de temps, n'importe où.

– C'est exactement mon avis. Je me demande s'il faut que je change mes habitudes juste parce que c'est l'Apocalypse ?

– Mais ça ne va pas si mal pour toi. Tu serais avec la presse. En sécurité ; des vacances tous frais payés. Ils ne peuvent pas tirer sur quelqu'un qui a des papiers de journaliste.

– Manque de chance, ils ne vérifient pas toujours tes papiers avant de te tirer dessus. Et puis, il y a les incendies, les chutes de maçonnerie et les obus d'artillerie. Il se trouve que j'ai fait une petite estimation…

De sa pèlerine, Theo sortit un papier sale et griffonné. Il entreprit d'expliquer ses calculs à Peter qui perdit pied, passé le premier logarithme. Theo affirmait avoir évalué, avec une précision remarquable pour qui ne possède pas de données directes, ses chances de mourir au front en tant que journaliste, si la guerre devait durer encore six mois comme l'affirmaient maintenant une poignée d'extrémistes. À l'aide de variables statistiques, il avait établi que ses chances d'être blessé s'élevaient à 17 %, et celles d'être tué, à 9 %. Son visage s'assombrit, aussi grave qu'un éditorial.

– Un risque parfaitement inacceptable, tu vois bien.

Peter ne voyait pas. Au regard de ses propres chances, dont il estimait à présent qu'elles avaient dépassé la cote d'une mort certaine à cent contre un, ces 9 % ressemblaient à un pays de Cocagne pour parieurs. D'ordinaire, Peter refusait de prendre part aux disputes qui ne le concernaient pas. Mais cette fois, c'était le seul moyen d'échapper à ses poursuivants et de ne pas être envoyé au front pour y jouer un rôle actif.

– Si j'avais ton problème, je m'estimerais bien heureux.

Les deux hommes durent poursuivre encore une demi-heure le petit jeu de la supériorité morale avant de s'apercevoir que dans cette dernière affirmation résidait leur salut réciproque. Le seul endroit en ce monde complexe où Peter pouvait espérer échapper à la conscription, c'était le front. Et le seul espoir pour Theo de se soustraire au fardeau de l'observation directe, c'était d'agir selon son habitude : envoyer un mandataire à sa place.

Les deux complices eurent la même idée au même instant, comme si le climat, et non leur génie individuel, les avait poussés à cette découverte. Ils s'employèrent alors avec méthode à préciser les détails de l'opération en s'adressant des objections à tour de rôle.

– Comment arriverai-je à me faire passer pour toi ?

– Facile : tu prends mes papiers, mon barda de journaliste, et voilà ! : Theo *bis*. Personne en France n'est en mesure de m'identifier. Tu n'auras qu'à berner quelques fonctionnaires ; se faire berner, c'est leur vocation. Je m'inquiète davantage de savoir comment moi je vais m'y prendre. Rentrer au pays tout en partant à l'étranger, ce n'est pas très évident. Le monde commence tout juste à s'habituer à l'absurdité, et mes voisins n'y sont pas encore préparés.

– Loge chez la veuve. Elle cherche justement un locataire. Et puis, ça ne sera pas long. Passé trois semaines sous la mitraille, tout le monde sera mort et on pourra retourner chez soi. Installe-toi dans la boutique en face. Il y a de la place, et même quelqu'un comme toi peut apprendre à rester derrière un comptoir. Mais moi, comment je vais faire pour apprendre à écrire des dépêches ?

Peter se rembrunit. L'impossibilité de l'échange venait de lui sauter aux yeux, et il voyait la situation avec trop de lucidité pour feindre de croire à son succès. Mais en parvenant à cette conclusion, il avait négligé la variable de la nécessité. N'avait-il pas appris à être un Schreck, et même un Kinder ? Il pourrait bien passer pour un Langerson – sous les balles.

– Le journalisme ? Rien de plus simple. Tu n'as qu'à mettre tout ce que tu as à dire dans ta première phrase : qui, quoi, quand, où... et une dernière chose. Qu'est-ce que c'est déjà ? Peu importe, écris ce que tu vois, ou ce que tu parviens à te faire raconter. Prends tous les noms propres que tu trouves : les noms de lieux, d'armements, de chefs d'état-major. Compte tout et mesure le reste. Marque chaque mot peu courant. Quand il ne se passe rien, note l'histoire du premier fantassin venu. Lorsque tu auras rempli quelques pages, envoie-les-moi, aux bons soins de ta veuve. Je les arrangerai et les expédierai au journal.

Peter salua, à la manière militaire. Ce jeu de déguisement recelait de réelles possibilités.

– Évidemment, tes lettres devront passer par la censure. Alors, si tu veux leur donner un air de crédibilité, commence déjà par ajouter un « l » à « Allemand ».

– Quoi ? Je note ça tout de suite. Qui es-tu ? Quel jour sommes-nous ? Où sommes-nous ?

– Pas mal. Et à propos, tu te débrouilles en langues ?

– Je vous signale humblement, monsieur, que je cause hollandais comme les gens d'ici.

– Je voulais parler des langues étrangères. Ton allemand est bon ?

– D'après toi, pourquoi ils veulent m'incorporer ?

– Et ton français ?

Lèvres pincées, Peter lâcha une salve de « *lunes* » et de « *soleils* » qui, sous l'effet du houblon, fit rire aux larmes les deux hommes.

Après s'être bien assuré que l'échange, même s'il n'était pas plausible, représentait sa seule et unique chance d'échapper à ses responsabilités, Theo partit se procurer les documents indispensables au transfert. Outre les cartes de presse et papiers d'identité, il fournit à Peter un carnet et un stylo : il fallait au moins mettre ce garçon sur la bonne voie. Il lui donna aussi un manteau d'hiver et plus d'argent que le jeune homme n'en avait jamais vu d'un seul coup. Theo plaçait peu d'espoir dans la réussite de cette aventure, mais elle valait mieux que l'autre solution.

Les familiers de La Cuiller, qui venaient faire un saut après le travail, commençaient à remplir les lieux. En vingt minutes, Peter avait habitué ses vieux camarades à l'appeler Theo et à penser à lui sous ce nom.

CHAPITRE 15

L'Illusion biographique

> Il y a des êtres en effet – et ç'avait été dès la jeunesse mon cas – pour qui tout ce qui a une valeur fixe, constatable par d'autres, la fortune, le succès, les hautes situations, ne compte pas ; ce qu'il leur faut, ce sont des fantômes.
>
> Marcel Proust, *À la Recherche du temps perdu*

Au fronton du *Your Move Theater*, une affiche immense donnait à voir une reproduction plus grande que nature de Kimberly Greene en Sarah Bernhardt dans son spectacle *J'habite le Possible.* À droite de l'agrandissement, les critiques des plus importants journaux de Boston proclamaient d'une même voix que cette création théâtrale était l'événement le plus capital depuis la découverte de la pénicilline. Mays observait ces témoignages d'estime, et essayait de retrouver tous les mots que l'on avait retirés à coups d'ellipses chirurgicales.

Il avait l'impression d'être un anthropologue qui reconstitue l'intégralité d'un crâne protohumain à partir d'un petit fragment de mâchoire. « Indispensable (...). Fondamental (...). Renversant » ; Mays songeait que le texte original disait peut-être : « Il est indispensable de préserver le droit de chacun à rester chez soi. Droit fondamental que mon rédacteur en chef a bafoué en me forçant à voir ce prétendu spectacle. Je trouve renversant qu'une telle escroquerie n'ait pas encore attiré l'attention du Bureau de la répression des fraudes. » « (...) L'une des meilleures productions de la saison. (...) Vous devez voir cette (...) merveille (...) qui vous clouera à votre fauteuil (...) » pouvait donner au départ : « Journaliste respectueux de ma profession, j'accepterai de dire que cette pièce est l'une des meilleures productions de la saison à condition que les personnes concernées déposent la somme habituelle à la consigne de la gare de Boston (casier 35B). Si vous devez voir cette nullité et que vous restez, ô merveille, au-delà du premier acte, songez à emporter un marteau : c'est la seule chose qui vous clouera à votre fauteuil. » Avec une bonne dose d'ellipse, on peut faire dire tout à n'importe quoi.

Si Mays n'attendait pas grand-chose de *J'habite le Possible*, et entretenait une franche hostilité envers l'idée même de ce spectacle, c'était en raison de la publicité que celui-ci faisait à l'objet de son obsession. À dix reprises au moins, depuis le jour du défilé, Peter était passé devant l'affiche gigantesque, et pas une fois il n'avait associé cette image plus grande que nature à l'antique rousse de huit centimètres qui hantait sa mémoire. Il était aveugle, comme ces enfants qui s'amusent à chercher un nom sur une carte de géographie : l'un pourra mettre une heure à découvrir le minuscule C-O-M de Combrai, mais l'autre ne trouvera peut-être jamais le E-U-R du mot Europe, car il ne pensera pas à regarder d'aussi grands caractères. C'est l'évidence, non la chose cachée, qui avait toujours donné à Mays le plus de fil à retordre.

Si la reproduction photographique était fidèle à son modèle, Kimberly Greene possédait des charmes encore plus offensifs que Peter l'avait imaginé. Jamais il ne se serait lancé à la poursuite de cette femme s'il avait pu voir distinctement ces pommettes saillantes et ces yeux noisette depuis le septième étage. Pour susciter le désir, toute quête obsessionnelle, aussi rude soit-elle, doit avoir quelque chance d'aboutir. Voir Kimberly ainsi exposée aux regards du public ôtait à Peter presque toute l'envie qu'il avait eue autrefois de la retrouver. Les dialogues qu'il avait répétés chez lui en prévision du dénouement, instant mythique de leur rencontre, lui causaient à présent une gêne intense dont il espérait seulement qu'elle se dissiperait au cours des semaines à venir. Sa curiosité s'était évanouie. Tout ce qui subsistait d'intérêt dramatique dans l'existence de Peter se résumait à savoir si Miss Stark, qu'il avait eu l'audace d'inviter pour de bon, viendrait au rendez-vous.

Cependant, chaque fois qu'il regardait dans la rue pour voir si la jeune femme se montrait, il levait les yeux vers l'image agrandie de Mlle Greene. Plus exactement, il regardait Sarah Bernhardt, ou ce curieux compromis entre deux personnes, leur partage et occupation d'un même corps. Les voyant un instant toutes deux ensemble, il ressentit la pleine puissance du mystère d'autrefois : non pas une rousse, mais un paradoxe ; non pas cette beauté d'aujourd'hui, mais l'indice de quelque dette passée.

Comme une Pentecôte, un sentiment de panique descendit sur Peter lorsqu'au bout de la rue il vit Miss Stark s'approcher du théâtre. Il disposait de cent mètres pour se rappeler le prénom qu'il avait eu la prévoyance de demander à la jeune femme avant de quitter l'époque lointaine de La Corbeille. Il croyait se souvenir qu'il commençait par A-L, avec une forte prédominance des sons « I » et « S ». Il passa en revue les permutations des prénoms féminins en A-L-I-S : Alice, Alicia, Anne-Lise... Noms, mots, lettres et sons n'étaient pas le fort de Peter. Il soupçonnait son cerveau d'être gouverné par l'hémisphère non verbal, même si les quantités analytiques le terrifiaient tout autant. Pendant que A-L (et peut-être I-S) Stark se dirigeait droit sur lui, Mays se rappela l'une des maximes préférées de Delaney : ceux qui ne sont pas doués pour l'action deviennent journalistes, ceux qui ne sont doués ni pour l'action ni pour la narration deviennent rédacteurs en chef, et ceux qui ne sont pas doués pour l'action, la narration ou la réflexion finissent correcteurs.

Mais l'appréhension fit place à la fascination quand Peter nota une certaine qualité dans la démarche de Miss Stark lancée sur les derniers mètres de son parcours. Les yeux tantôt posés sur Mays, tantôt baissés ou jetés alentour pour explorer au hasard les abords du théâtre, la jeune femme en jean et pull décolleté (tout le contraire du style vieille Angleterre) se déplaçait avec l'aisance parfaite et la grâce non calculée d'une danseuse en puissance. Elle témoignait à travers ses mouvements d'une exquise conscience d'elle-même, comme si elle possédait une connaissance directe de chaque colonie de son corps.

La transformation de la dentelle en toile de jean, la gêne que Miss Stark feignait d'éprouver pour s'être rendue à cette invitation impromptue, le plaisir manifeste qu'elle prenait à l'étrangeté de la situation, l'attaque syncopée de ses chaussures usées sur le trottoir, tout cela contribuait à susciter chez Peter une sensation qu'il n'avait pas éprouvée depuis des mois, une sensation qui commençait, croyait-il, par A-P-P-R : appréhender, apprendre, approcher, apprécier. Oui, voilà : il appréciait.

Sentiment auquel vint s'ajouter la gratitude lorsque Miss Stark, tirant Peter d'un mauvais pas prévisible, se mit au garde-à-vous et lança gaiement :

– Alison Stark, à vos ordres. L'ennemi est à bonne distance et il semble qu'on puisse s'autoriser un bref moment de détente.

– Repos la garnichon.

Avant que Peter eût le temps de rougir de son lapsus, Alison éclata de rire et remonta son décolleté en affectant la pudeur.

– Vous avez déjà acheté les billets ?

– Non. Je n'étais pas certain que vous viendriez.

– Parfait. C'est moi qui vous invite. J'ai fait un héritage.

Elle sortit les vingt-cinq dollars du pourboire de Bullock et ajouta :

– Vos parents savent que vous claquez des sommes pareilles ?

– Je dois dire que cet argent n'était pas à moi. Le type qui m'accompagnait calcule les pourboires en...

– Bien sûr. Vous croyez peut-être que je suis naïve ? Vous essayez d'acheter mon affection, je me trompe ?

Elle prit une pose qui rappelait un peu la statue d'Horatius Coclès sur le pont Sublicius :

– Eh bien il en vous coûtera au bas mot cinquante dollars.

Tandis qu'elle se dirigeait vers la caisse, Mays comprit qu'il venait d'assister à une manifestation de bonne humeur.

Ils gagnèrent leurs places. Le murmure que faisait entendre le public dans l'attente du lever de rideau donnait à Peter le mal de mer. L'opulent théâtre aux lumières tamisées et les rangées de fauteuils en arc de cercle lui rappelaient les concerts interminables auxquels il avait assisté quand il cherchait encore. Ce frémissement d'avant concert lui avait toujours soulevé le cœur. Il était persuadé qu'autour de lui les gens avaient amené en douce des partitions de poche pour suivre le texte pendant la représentation et sursauter d'indignation si l'orchestre osait altérer tant soit peu l'œuvre originale. Seul l'espoir d'une chevelure rousse avait rendu ces concerts supportables. Mais la certitude a une façon bien à elle de tuer l'espérance ; désormais, Peter n'avait plus rien à quoi se raccrocher pour se prémunir contre la fièvre du public.

Au *Your Move Theater*, l'atmosphère semblait encore plus électrique qu'ailleurs. Une femme allait entrer seule dans l'arène – summum de virtuosité – et déjà les spectateurs passionnés sentaient l'odeur du sang. Mays dressa la liste de toutes les raisons pour lesquelles il pouvait imaginer que des gens venaient assister à ce genre d'événement. Certains venaient flamber l'excédent de leurs revenus. D'autres, qui avaient abandonné l'espoir de grimper dans la hiérarchie de leur société, trouvaient au théâtre une nouvelle lice. D'autres encore, aurait dit Bullock, sortaient de chez eux parce qu'une soirée de plus en tête à tête avec la vaisselle du dîner, la télévision et une partie de cartes leur eût à coup sûr été fatale.

Après avoir jeté un regard vers le dernier balcon, Mays conclut que la plupart des gens se rendaient au théâtre parce que cette activité satisfaisait à toutes les exigences de ce qu'en de lointaines époques on appelait des « hobbies » : elle était coûteuse, ne produisait rien d'utile, et permettait de tuer le temps. Le problème de la survie ne tenait plus à la dureté de l'existence, à sa brutalité et sa brièveté. Aujourd'hui, la difficulté venait de ce que la vie était devenue confortable, sinistre et longue.

Sans cérémonie, Alison prit place à côté de Peter. Mays songea que jamais encore il n'avait rencontré si parfaite décontraction. Il prit d'abord cette sérénité pour une illusion causée par le contraste avec sa propre gêne. Mais non ; la jeune femme s'était coulée dans son fauteuil, son corps en épousait familièrement les contours. Quand il la regardait, Peter sentait diminuer son vertige. Après avoir lu chaque centimètre carré du programme, y compris les inscriptions en petits caractères et les avis de non-responsabilité, Alison commença à plier le document en polygones réguliers. Lorsqu'elle sentit les yeux de Mays posés sur elle, elle releva la tête et expliqua :

– Je régresse.

Un instant plus tard, quelques habiles torsions, pliures, et bouleversements topologiques avaient transformé le programme en l'une de ces gracieuses figures japonaises – cygne, aigrette ou héron –, membre d'une espèce sauvage en voie de disparition qu'aucun d'eux ne verrait jamais. La jeune femme prit l'animal par le cou et tira sur sa queue. Les ailes de papier évoquèrent le vol d'un oiseau.

Alison fit alors entendre un son guttural – celui d'un moteur qui s'emballe – et, tout d'un coup, lança l'oiseau à plusieurs mètres de hauteur. Il retomba trois rangées plus loin sur une grande dame, vieille habituée des concerts, qui les fusilla du regard. Alison marmonna entre ses dents :

– Bon sang, Orville ! Tu m'avais pourtant bien dit que cet essai serait le bon !

Mays se mit à rire. Sans réfléchir, il se pencha vers elle, souleva les cheveux qui recouvraient sa nuque et y posa les lèvres. Il se redressa, et dans l'espoir d'échapper aux conséquences de son acte, fit son numéro de la disparition du Soldat inconnu. Il entendit la voix d'Alison à côté de lui :

– Il y a vingt-cinq *cents* pour vous si vous recommencez.

Cela semblait injuste : il eût été normal de payer pour goûter le bien-être que dégageait sa personne. Mays lui posa des questions sur son travail à La Corbeille, son déguisement, le service et les grosses légumes. Alison répondit comme si on l'interrogeait à ce sujet pour la première fois.

– Eh bien voilà. Avant, j'étais catholique, mais j'ai découvert que je pouvais tirer de mon travail toute la souffrance dont j'avais besoin. Ça c'est passé comme ça : au début, les trois premiers jours, j'étais tout excitée par l'endroit, c'était tellement ravissant – ce vieux costume et tout le tremblement. C'était érotique, vous voyez ? Comme un rêve. Et puis l'excitation est tombée. Alors, pendant environ trois semaines, j'ai ressenti de la fierté à me montrer très professionnelle, savoir où placer la saucière, quelle fourchette poser le plus à l'extérieur de l'assiette, quelles paroles ne pas prononcer. Quand ça aussi a disparu, je me suis contentée pendant trois ans de rentrer chez moi pour compter mes pourboires, empiler ma monnaie et calculer combien il me manquait encore avant d'arriver à la prochaine centaine. J'imagine qu'il y avait un côté affriolant là-dedans aussi. Mais ça m'est passé. Maintenant je suis à la recherche du truc qui pourra me divertir pendant les trente prochaines années.

Mays ne connaissait aucun truc de ce genre et resta donc muet. Alison se tut elle aussi, mais sans s'assombrir pour autant. Après quelques secondes de réflexion, elle poursuivit d'elle-même :

– Ce n'est pas tant l'endroit en soi. Il est curieux, mais il n'y a rien là-bas dont on ne puisse s'accommoder. Non, ce sont les clients psychotiques. Mon travail consiste à leur prêter attention, or je suis incapable d'avoir la moindre attention à leur égard. En tout cas, pas au-delà des limites ordinaires de l'humaine bonté. Ce sont tous des écorchés vifs. Impossible de leur servir à dîner sans qu'ils se répandent devant vous. Tous cherchent à vous entraîner dans des tragédies compliquées. Comme ce monsieur Krakow, le vieux bonhomme dont vous m'avez délivrée. Il vient tous les deux jours, habillé comme aux temps de la Vienne d'autrefois, avec à la bouche ses éternelles histoires d'abris antiaériens, de camps de concentration et d'épouse dont je serais soi-disant la copie parfaite. Ça doit être le costume et tout ce qui a trait à cette époque-là. Je peux le servir. Je peux même l'écouter. Je ne l'enverrai pas promener parce que j'ai des égards pour lui. Mais seulement en tant qu'être humain, pas en tant qu'épouse défunte depuis des lustres. Ils sont trop nombreux pour que je leur joue à tous les épouses disparues.

Alison s'arrêta net quand elle comprit qu'elle réclamait de Peter l'investissement qu'elle refusait à ses clients. Elle fronça le museau.

– Ne faites pas attention. Apportez-moi plutôt un autre sherry et l'addition. J'imagine que tout ça, c'est de ma faute. J'ai tenu à faire des Lettres. De l'Histoire. On m'a bien prévenue qu'un diplôme de ce genre ne me servirait à rien. Vous comprenez, j'avais l'extravagance de croire que l'intérêt porté à un domaine était une raison suffisante à son étude. Mais si c'était à refaire, j'enverrais l'intérêt se faire pendre ailleurs. Je décrocherais des diplômes monnayables. Je me choisirais une formation technique. Dans l'informatique.

Elle prononça ce mot en détachant toutes les syllabes.

– Au fait, et vous, vous faites quoi dans la vie ? Question boulot, j'entends. À l'évidence, vous n'êtes pas agent de change, sans quoi, je n'aurais jamais accepté de vous retrouver ici.

Les accords soudains d'un cantique protestant épargnèrent à Mays l'embarras d'une réponse. Une grande partie de l'auditoire se contorsionna dans son fauteuil pour tenter d'apercevoir l'orgue et l'épinette qui produisaient cette musique. Mais Alison et Peter, tous deux rompus à ce genre d'artifice, et guidés par l'intuition que la mélodie était enregistrée, continuèrent à regarder devant eux tandis que baissaient les lumières du théâtre.

Un instant suffit à expliquer le choix de cette musique. Seule, au centre du plateau, Kimberly Greene se tenait dans un costume du dix-neuvième siècle, les cheveux, une teinte plus sombre que prévu, tirés en arrière à la mode sévère de Nouvelle-Angleterre. Le programme indiquait que le premier tableau mettait en scène

Emily Dickinson. Par ces deux vers sans apprêts, Greene entama un monologue qui allait durer deux heures et réunir une vingtaine de voix :

> J'habite le Possible – Maison
> Plus belle que la Prose.

Là, devant Mays, se trouvait l'objet magnifique et insaisissable qui avait contribué à donner sens à sa vie d'une manière plus durable et plus forte qu'aucun but matériel, l'objet qui avait fait vibrer l'anche de sa mémoire, seul motif mystérieux sur fond d'étouffante et routinière sécurité. Il voyait cette femme en personne, à vingt pas de lui tout au plus. Elle paraissait plus petite que dans son souvenir.

Pendant une demi-heure, la présence d'Alison à ses côtés avait libéré Peter de la boucle infinie de la spéculation. Leur conversation lui avait permis de préserver sa respectabilité, de rester concentré. Mais quand le rideau se leva, plus moyen de dissimuler. Tel un fondamentaliste qui se représente le Jugement dernier, Peter voyait sa vanité, ses manies et ses menus travers consignés, reproduits mécaniquement – non pas, comme chez les esprits trop prosaïques, sur un morceau de Celluloïd, mais sur le corps d'une actrice, dans un registre de chair –, et il serait contraint d'en étudier chaque nuance compromettante.

Dans aucun des fantasmes où il s'imaginait retrouver enfin la rousse inaccessible, Peter ne lui avait jamais prêté de voix. Des discours, oui ; de longues conversations bien répétées. Mais il n'avait jamais créé le grain de voix qui accompagnait ces mots. Or voici qu'elle parlait à présent. En fait, comme l'introvertie d'Amherst, elle ne faisait pour ainsi dire que parler. Elle allait, côté jardin, s'asseoir à un secrétaire et parlait en faisant mine d'écrire des lettres. Elle allait, côté cour, regarder par une fenêtre du décor, et parlait, décrivant une scène imaginaire. Elle approchait, sur l'avant-scène, et parlait encore, faisant les questions et réponses d'un dialogue fictif. Mays ne savait expliquer comment un public contemporain pouvait regarder une actrice jouer le rôle d'une figure historique qui simulait un dialogue à l'attention d'hypothétiques spectateurs à venir.

Kimberly Greene faisait rouler aux quatre coins de la salle les rondeurs de ses périodes rhétoriques très professionnelles, et l'Ouïe, le plus abstrait de tous les sens, devint l'instrument de la honte de Mays. La dame du temps jadis, celle qu'il avait imaginée, celle qui boitait à contre-courant du défilé, n'existait plus. En parlant, Greene avait révélé Greene.

Non que Mays écoutât vraiment ce que disait cette femme. Il se détourna de ses pensées, le temps d'entendre Miss Dickinson menacer « d'arracher la société par les racines pour la replanter ailleurs ». Il resta concentré pendant le début d'un nouveau quatrain :

> Je n'ai jamais vu la lande,
> Je n'ai jamais vu la mer,

mais, passé ces deux vers, son attention se dissipa.

Tandis qu'il regardait ce personnage étonnant faire son numéro, Mays commença à ressentir des troubles gastriques, symptômes de sa mauvaise conscience : il avait oublié de faire quelque chose, ou bien avait fait quelque chose qu'il s'était juré de ne pas faire. Malgré les preuves tangibles que lui fournissait Mlle Greene, il refusait de laisser l'image venue d'un autre temps s'en aller tout à fait. Dans l'espoir de s'éclaircir les idées et de calmer son estomac, il saisit d'un geste impulsif la main d'Alison. Ce contact fit tressaillir la jeune femme, mais elle ne manifesta aucun désaccord.

Le spectacle de Kimberly Greene reposait sur une formule simple et élégante. Elle apparaissait sous les traits approximatifs d'une personnalité féminine qui, même si elle était parfois peu connue, avait marqué le siècle écoulé. Elle pastichait les écrits et les propos attribués à ces figures, donnait de la vigueur à ses attaques et à ses conclusions, et, par son élocution, incitait le public à s'imaginer spectateur indiscret de l'événement.

À la fin de chaque tableau, l'actrice disparaissait de l'estrade plongée dans l'obscurité et, dans l'intervalle, suivaient des airs d'époque et des photographies projetées sur un écran au fond du plateau. Puis elle reparaissait, au centre de la scène, dans un autre rôle. Les personnages se succédaient selon une progression chronologique. En dehors du dispositif technique mis en œuvre pour projeter les photographies (images lourdes des événements politiques et des privations du siècle), cette production faisait montre d'une remarquable sobriété. Elle ne tentait pas de rivaliser avec les attraits du cinéma ou de la télévision. Le spectacle n'utilisait pour ainsi dire aucun décor, peu d'accessoires, quelques modestes changements d'éclairage et aucun artifice théâtral.

En lieu et place du frisson que procurent au spectateur les somptueuses créations, le public, devant ces tableaux intimistes, n'avait que la satisfaction terrible d'écouter aux portes, et de se trouver presque partie prenante dans une affaire privée. La plupart des critiques professionnels et amateurs ne parvenaient pas à comprendre comment un spectacle aussi discret restait à l'affiche, quand des productions autrement plus luxueuses et divertissantes passaient à la trappe au bout d'une semaine. Ce spectacle se rapprochait davantage de l'essai aride que du théâtre véritable. On ne pouvait attribuer son succès qu'au phénomène Kimberly Greene.

Mays, pour sa part, avait l'impression d'être revenu sur les bancs de l'école. Quand Emily Dickinson disparut et revint sous les traits de Susan B. Anthony, il éprouva l'angoisse ancienne, latente, glaçante, de devoir rendre des comptes. À la fin du premier acte, les ouvreuses reprendraient peut-être tous les programmes pour soumettre à l'assistance un questionnaire sur la contribution de chaque personnage à l'histoire. Il serait obligé d'assister à plusieurs représentations avant d'atteindre les 90 % et plus de bonnes réponses.

Cela faisait un moment déjà que Mays n'apprenait plus rien, hormis quelques variations sur des thèmes rencontrés au gré de son travail. À vingt et un ans, il avait décrété ne plus avoir le temps d'apprendre quoi que ce soit de neuf en dehors des connaissances strictement nécessaires à sa survie. Mais les plus de quatre-vingts ans vous confirmeront que cette science consiste tout au plus à savoir traverser la rue sans se faire écraser par une voiture. À présent, Peter regrettait cette économie utilitariste. Il avait le sentiment que la seule façon de se débarrasser de sa fixation sur la chevelure rousse, et de soulager son estomac (qu'il n'avait apaisé que provisoirement en s'emparant de la main d'Alison), c'était de consigner dans sa mémoire les moindres faits et gestes de ces femmes qui défilaient sur scène.

Quand vint l'entracte, ils avaient vu, outre Dickinson et Anthony, Mme Pankhurst, Gertrude Stein, Emily Davison (la suffragette photographiée à l'instant où elle se jetait sous le cheval du roi, à Epsom, après s'être écriée : « Il faut à la cause une tragédie »), Marie Curie, Isadora Duncan et Edith Cavell. Ce dernier tableau se situait intégralement dans une prison belge, en 1915, pendant que l'infirmière Cavell attendait d'être fusillée par les Allemands. Avant de mimer l'instant où ses gardes l'emmenait, Greene-Cavell avait eu le temps de dire : « Le patriotisme ne suffit pas. » Mays était alors parvenu à une idée qui ne devait plus le laisser en paix.

L'interprétation si précise de Greene, sa perfection d'un autre âge, avaient conduit Mays à trois notions distinctes. En premier lieu, les photographies projetées pendant les intermèdes (anarchistes dans leurs cercueils, troupes coloniales en Afrique, cuirassés en cale sèche, révolutionnaires à Saint-Pétersbourg, émeutiers à Chicago, sammies dans les Flandres) n'autorisaient qu'une seule interprétation sans équivoque : la violence fournissait au siècle naissant son thème principal. Mais, en second lieu, quelles que fussent leurs piteuses réalisations, ces cent dernières années avaient aussi entrepris – trop lentement, sans doute, et par à-coups – de relever la moitié de la race humaine. La troisième idée, encore embryonnaire, trouvait sa source dans le discours de l'infirmière Cavell. Mays avait encore bien du chemin à parcourir avant de pouvoir la formuler aussi clairement, mais elle revenait à dire ceci : nulle existence n'est indépendante d'autrui.

Le dernier portrait avant l'entracte requérait toute la virtuosité de Greene. Elle était apparue sous les traits d'une Sarah Bernhardt juvénile, vision qui avait coupé le souffle à l'auditoire tout entier, charmé par la beauté et la grâce enfin libérées de l'actrice. La Bernhardt de Greene incarnait le sexe, la sensualité, l'assurance, rayonnait de la beauté animale d'une panthère ou d'un serpent. Une voix à faire fondre les lustres du théâtre, des attitudes révélatrices d'un hédonisme arrogant et insouciant, d'un art raffiné, ajoutaient encore à l'attirance brute que suscitait cette image. Cette Bernhardt réclamait moins l'adoration qu'elle ne l'exigeait, et la salle la lui donnait sans murmure. L'ombre qui avait captivé Mays depuis le septième étage était enfin apparue, à vingt pas de son fauteuil.

Mais tout cela n'était que charmes de surface. Il fallut attendre le milieu du monologue – flot continu de banales futilités et de saillies théâtrales – pour que la légende Bernhardt commence à submerger les gradins de l'arène. Par quelque effet de posture ou subtilité dans l'expression du visage, dans l'inflexion de la voix, Greene réussit à infliger à madame Sarah les ravages de la vieillesse, à raidir ses articulations, érailler sa voix et creuser ses traits, au point que les spectateurs eurent bientôt la nostalgie de la jeune créature au timbre d'or.

Elle parlait avec flamme et courage de sa jambe amputée, et se mettait alors à boiter sur scène en déployant des efforts surhumains. Captivé, Mays cherchait du regard le membre coupé et mis de côté. Puis elle jouait une fois encore pour les soldats du front, comme soixante-dix ans plus tôt. Et, de nouveau, politique et violence laissaient place à la fascination qu'avait exercée une crinière autrefois rousse.

Elle ne joua pas la scène de sa mort et ne fit aucune allusion à ses dernières paroles. Elle se contenta de lancer une fois encore, sur le plateau qui s'enténébrait, la devise qu'elle s'était donnée, et que l'on avait si souvent répétée : « Quand même » : même si, et malgré tout.

Quand les lumières du théâtre se rallumèrent à l'entracte, Alison se trouvait dans un état d'extrême agitation.

– C'est fabuleux. C'est pile ce que j'essayais de dire.

Mays ne se rappelait pas qu'elle eût dit quelque chose. Et quand il la regarda, il s'aperçut que, pendant cette heure passée dans l'obscurité, il n'avait pas gardé un souvenir bien clair de la physionomie de Miss Stark. Son visage paraissait changé. Mays entendait sa mère lui dire de ne pas fixer les gens, ou de le faire, au moins, avec plus de discrétion.

Impatiente de capter l'attention de Mays, Alison se servit de leurs mains encore jointes comme d'une sorte de masse pour lui frapper la cuisse. Soudain consciente de cette familiarité (elle ne connaissait même pas cet homme), elle relâcha son étreinte et éclata de rire, rouge de confusion.

– On peut dire que ces femmes n'ont pas eu peur de se salir les mains, non ? Elles en avaient les moyens, et elles se sont mises au boulot. Mais les études de Lettres, ça ne vous donne aucun moyen. Enfin... à mon avis... pas depuis le Spoutnik... la technologie.

Sa voix, de plus en plus faible, avait pris une inflexion nostalgique : Alison venait de découvrir son effroyable ignorance. Pour Mays, il était préférable qu'un être aussi authentiquement charmant se heurte à un obstacle imaginaire, plutôt qu'il s'aperçoive un jour, comme ç'avait été son propre cas, que plus personne, même bardé de diplômes techniques, n'est en mesure de mener les actions significatives dont rêvait Alison et que dépeignaient les biographies auxquelles ils venaient d'assister. Mais il se garda d'engager une discussion sur ce point. Si elle lui demandait encore dans quelle branche il travaillait, il arguerait d'un travail secret pour le gouvernement, qu'il n'avait pas le droit de divulguer.

– Mais c'est réellement fabuleux. Ce n'est pas un spectacle comme les autres. On ne se contente pas de regarder, on... Où en avez-vous entendu parler ? À moins que vous n'emmeniez toujours vos conquêtes ici pour un premier rendez-vous ?

Mays rit de bon cœur à ce trait d'ironie car il pensait à la façon dont, à peine quelques heures plus tôt, cette femme l'avait accosté et recruté pour tenir le rôle de son fiancé. Il savait qu'en cet instant, Alison, elle aussi, pensait au vieux Krakow. Saurait-il leur fournir des détails sur l'infirmière Cavell, ou bien appartenait-elle à une époque antérieure à la sienne ? Mays, qui savait précisément combien de minutes prenait la révision d'un paragraphe dans un texte technique, était tout à fait incapable d'évaluer le temps autrement que par quinzaines, rythme auquel il touchait sa paye.

– Un ami me l'a conseillé. Celui avec qui j'ai déjeuné dans votre restaurant.

– « Mon restaurant ? » Je plaide non coupable. Vous voulez

parler du type à la Leopold et Loeb qui a filé en vous laissant la note ?

– Oui, enfin, c'était son argent.

– Que vous dites. C'est un agent de change, non ?

– Comment le savez-vous ?

– Ils sont toujours à fouiner. Ils ne peuvent pas rester dix minutes sans regarder l'écran. Ils utilisent beaucoup leur vision périphérique, et ils marchent voûtés, sans doute sous le poids des O.P.

– Qu'est-ce que c'est que ça ?

– Les Occasions Perdues. C'est ce qui fait tourner La Corbeille. Vous achetez cent actions à cent dollars. Elles grimpent d'un point. Pour le commun des mortels, ça fait cent dollars que vous pouvez aller claquer à Martha's Vineyard. Mais pour un agent de change, ça représente deux cents dollars d'Occasions Perdues, car vous auriez pu acheter trois cents titres. Plus vous faites de bénéf', plus vous êtes dans la mouise.

– Et pourquoi ça fait tourner votre... La Corbeille.

– Ils aiment regarder le téléscripteur pendant qu'ils mangent. Où est le plaisir de dîner si vous ne pouvez pas vous faire punir pendant le repas ? Ils surveillent les O.P. Plus ces types ne font pas de bénéf', plus ils sont heureux. Mais ça c'est un problème masculin, non ? Vous aimez accoucher de la vertu dans la douleur. Vous autres bonshommes, vous espérez toujours rentrer chez vous et trouver votre femme en train de – comment dire ça avec délicatesse ? – tirer une carotte à un inconnu.

Mays rougit pour deux. Un regard jeté sur les paupières d'Alison lui confirma que si la « carotte » était bien ce à quoi il pensait, se la faire tirer par elle pourrait être agréable. Alison s'exprimait à la manière des acteurs d'opéra bouffe, faisant ainsi baisser l'enchère de sa fausse misanthropie. Elle aimait parler. Il adorait l'écouter. Même ses accusations contenaient une espèce d'admiration et de respect. Elle appartenait à la classe restreinte de ceux pour qui rien ne pouvait être dissocié de la complexité du tout, et pour qui tout était source d'étonnement.

– Ça vous va bien de dénigrer l'ambition, après ce que vous avez dit, sur le travail, ce qu'il faut payer et j'en passe.

– Deux choses distinctes. Les agents de change courent après le fric, il ne s'agit que de posséder : c'est de la consommation. Pour le reste – retourner à l'école étudier les sciences et tout le tremblement – là, il s'agit de faire quelque chose. On travaille : c'est de la production.

Mays avait du mal à saisir. Production et consommation contribuaient au même marché, et il ne voyait pas la vertu de l'une par rapport à l'autre. Il avait la tête ailleurs : l'infirmière Cavell, Sarah Bernhardt, et surtout, Kimberly Greene qu'il aurait préférée moins réelle. Il repensait au patriotisme qui ne suffit pas, à la politique qui ne suffit pas, à la production, à la consommation – toutes choses qui ne menaient pas bien loin dans ce climat d'éternelle violence.

Il attendait le deuxième acte, s'imaginant que s'il restait là assez longtemps, immobile et patient, quelqu'un prendrait pitié de son obstination et lui accorderait la plus modeste des révélations, lui apprendrait quel motif l'avait incité à poursuivre le fantôme apparu sous la fenêtre, ce qu'il croyait avoir aperçu en la lointaine Mlle Greene, et pourquoi un vague sentiment de mal-être le poussait à mettre en péril son sens de la mesure ; lui apprendrait aussi quelle personne était assise à côté de lui. Ils se reprirent par la main tandis que baissaient les lumières du théâtre.

Le programme annonçait que Greene ouvrirait le deuxième acte sur Jane Addams. Pour capter l'attention de la salle, la musique enregistrée se fit entendre de nouveau ; c'était un air composé par George M. Cohan. Et de nouveau, les photographies projetées plantèrent le décor : vues du vieux Chicago ; pauvres des rues ; soupes populaires ; immigrants massés sur les quais de New York ; deux hommes qui se battent à poings nus ; pancartes proposant du travail – Irlandais et nègres s'abstenir. Ensuite, en un effort appuyé pour marquer le contraste, ces images laissèrent soudain place à un montage de portraits où figuraient les personnalités les plus riches du tournant du siècle : les Vanderbilt à un dîner, accompagnés d'un équipage de vingt personnes ; Morgan, le banquier ; les grandes résidences d'été de Newport ; une maîtresse de maison de Park Avenue, qui piétine un monceau d'hermine.

Dernière arrivée à ce Banquet de millionnaires, une banale photo de journal, choisie sans nul doute pour sa légende : *L'un des hommes les plus riches du monde et son héritier ?* Apparaissait la silhouette célèbre de Henry Ford, le bras passé autour des épaules d'un jeune homme. Le public laissa s'enfuir cette image et continua à se préparer pour Jane Addams. Seul Mays se dressa d'un bond. Car le personnage que monsieur Ford enveloppait de son bras, ce personnage en qui la presse voyait un éventuel bénéficiaire, c'était lui.

CHAPITRE 16

J'habite le Possible

> Il n'existe aucun mode d'existence indépendant. On doit envisager chaque entité à travers la manière dont elle se mêle au reste de l'Univers.
>
> Alfred North Whitehead

Le soir de la fête de Noël, j'avais quitté la maison de mon patron bien plus tard que prévu. Lourde et lente, la neige tombait sur tout South Shore. Même si, durant l'après-midi, je n'avais rien bu de plus corsé que du lait de poule, j'étais tout joyeux d'avoir triomphé, pour une fois, de mes manies de vieille fille, celles que j'entretenais depuis l'âge de vingt ans, et qui d'ordinaire faisaient tourner mes vacances à l'exercice de défense passive.

Si l'on ne m'avait pas poussé à faire une petite apparition à cette fête, je n'aurais jamais rencontré madame Schreck, tant sont indépendantes équipe de jour et équipe de nuit dans les entreprises américaines. En plus des indices qui pourraient enfin me permettre d'avancer, de retrouver la photo et la sensation océanique éprouvée à Detroit en ce jour perdu, madame Schreck m'avait donné deux heures de sa vie, durant lesquelles elle m'avait parlé en détail de la mémoire, de la Grande Guerre et de la vie des immigrants. Elle était plus âgée que ma grand-mère et ne parlait presque pas anglais, mais pourtant, en quelques heures, je m'étais pris pour elle d'une affection que je réserve d'habitude aux amis de longue date. À bord du train qui me ramenait en ville, vers le nord, dans la neige qui s'obscurcissait, je repensais aux mois passés à chercher Zander, alors que, chaque soir, Sander était là, dans mon bureau, un quart d'heure après mon départ.

Ce soir-là, sur le chemin du retour, je pris la résolution de rester un peu plus tard, au moins deux jours par semaine, afin d'entretenir mon amitié avec madame Schreck et voir ce qu'elle pouvait m'apprendre d'autre. Mais comme les résolutions, fermes et pleines de bonnes intentions, prises devant les fresques de Rivera, celle-ci fut abandonnée presque aussitôt. Mon sentiment de bien-être, mon désir de voir madame Schreck plus souvent, ne passèrent pas la nuit. En fait, pendant les jours qui suivirent, je quittai mon travail quelques minutes plus tôt, simplement pour ne pas avoir à rencontrer cette femme. Après avoir entendu ses histoires dans un pénible baragouin (enfance passée à deux pas des tranchées, famille décimée par le système des nations et par une deuxième catastrophe, et un long voyage vers un nouveau pays à bord d'une Nef des fous), après avoir entendu ce pan d'Histoire s'ouvrir à moi, je ne voulais plus voir madame Schreck dans sa tenue de femme de ménage sous les néons fluorescents de notre bureau commun. Je ne pouvais relier ces deux mondes et ne voulais les voir occuper un même espace.

Madame Schreck fut peut-être déconcertée ou blessée par ce recul après notre si chaleureuse rencontre. J'apaisais ma conscience en me répétant que nous n'avions pas fait le projet de nous revoir un jour, et que je lui épargnais à elle aussi la gêne de paraître devant moi revêtue du présent. Trouver les pauvres bonbons qu'elle continuait d'apporter et, la veille des vacances d'hiver, selon la coutume hollandaise, un « P » en chocolat (initiale de mon nom), fut pour moi un déchirement. Qu'importe, je partais plus tôt.

Les informations qu'elle détenait sur la photographie – connaissances privilégiées qui pourraient combler les lacunes de ma recherche, expérience personnelle qui pourrait enfin donner cohérence à mes lectures – m'effrayaient tout autant que l'idée de voir madame Schreck dans la lumière des néons. Non que ma curiosité eût diminué. Chaque jour, quand je fouillais dans mon tiroir à chaussettes, affrontais les congères pour me rendre au travail, ou me réchauffais quelque préparation instantanée pour le dîner, je songeais aux noms qu'elle m'avait donnés, à la façon dont ils pourraient venir étoffer et compléter mon image de 1914 et de la photographie. J'avais tant fréquenté la section Histoire de la bibliothèque municipale – premier étage, au bout du couloir – que j'étais désormais capable de trouver, en une vingtaine de minutes et sans hésitation, un cliché des trois fermiers. Cette idée me terrifiait.

Je craignais tout d'abord que les informations de madame Schreck ne me conduisent à une photo identique à celle qui m'avait captivé depuis si longtemps, mais différente. Je m'étais tant attardé sur l'image restée dans mon souvenir qu'elle s'était forcément modifiée, avait acquis sa propre autorité. Je n'avais aucune envie de voir démontré le manque de fiabilité de ma mémoire. Par ailleurs, le lien personnel qui associait madame Schreck à cette image me donnait à penser que, par vanité, j'avais tenu pour « miens » ce cliché et ces fermiers. Je n'étais qu'un égoïste qui se mêlait en amateur de la politique d'un autre temps (la vie et la mort de dix millions de personnes) pour la simple raison que je trouvais ça plus distrayant que mon train-train quotidien. Enfin, je redoutais d'atteindre à l'objet ultime de tous mes efforts et, par cette réussite, de mettre fin à mon unique divertissement.

Alors, feignant la patience, je ne revins que peu à peu vers Sander. Je retardai l'inévitable et me retrouvai bientôt à lire une biographie de Bernhardt. L'histoire de l'actrice la plus célèbre du monde correspondait par de nombreux détails à celle de madame Schreck. Avant d'en avoir terminé la lecture, j'étais retombé dans l'illusion biographique, celle qui vous pousse à écouter aux portes des grands de ce monde. Je commençai, et laissai inachevé, un ouvrage sur le Kaiser, un autre sur Max Planck, et un troisième intitulé *Les Grands Acteurs de la bataille de la Marne*. Je retournai sans tarder à mes vieux livres sur Henry Ford, simplement pour voir ce qui m'avait échappé.

Tout m'avait échappé, je n'avais rien vu : j'avais occulté le lien manifeste qui me rattachait à la photo et à ce qui s'était d'abord emparé de mon imagination au musée de Detroit. Les détails que j'avais consignés ce jour-là dans ma mémoire recelaient déjà, en eux-mêmes et par eux-mêmes, tous les indices dont j'avais besoin pour décoder la demande pressante, contenue dans l'image, de ceux qui voulaient être reconnus, l'appel à l'aide lancé par ces trois jeunes hommes qui regardaient par-dessus leur épaule droite un photographe désormais absent.

La biographie de Ford éclairait le lien qui me rapprochait de ces trois personnages, mais je m'étais montré trop négligent ou trop obstiné pour le percevoir à la première lecture. En reprenant le livre, je fus effaré de découvrir la preuve indiscutable, dans l'histoire de cet industriel yankee, de l'existence d'une intrigue secondaire à laquelle se trouvaient mêlés les trois jeunes gens sur leur route boueuse en cette fin d'après-midi. (Ils marchent sans se presser. L'un d'eux chante : « Carottes, oignons et pommes de terre. Voilà bien maigre chère. ») Tous les livres concordaient sur un point : Ford avait séjourné en Europe, au moins pendant une brève période, lors de sa mission malheureuse pour mettre fin à la Grande Guerre par la seule force de la volonté. C'était là, décidai-je alors, qu'il avait dû rencontrer mes trois fermiers, ou plutôt, ceux de madame Schreck.

Les biographies posent la question suivante : « Comment les détails d'une vie particulière manifestent-ils l'esprit de l'époque dans laquelle elle s'inscrit ? » Faire coïncider une existence avec une période implique que l'on remanie la première et, quelquefois, que l'on réinterprète la seconde. Dans les deux cas, la biographie réclame toujours du biographe que, pour maquiller ses acrobaties, il en fasse beaucoup d'autres. Quand elle démontre le lien qui associe tel cas singulier à l'Histoire collective, la biographie doit faire preuve d'impartialité. Mais elle est déjà de parti pris quand elle pose l'hypothèse d'un lien entre l'individuel et le collectif.

Toutes les vies sont des agrégats incohérents : Ford le fermier, Ford l'illettré, Ford le génie de la mécanique, Ford le progressiste, Ford le réactionnaire, Ford l'antisémite, Ford le philanthrope. Les temps modernes sont, par définition, des millions de fois plus incohérents encore. Associer un agrégat à un autre réclame une bonne dose de remaniement, et donc de tempérament. Lorsque les biographes disent : « Voici ce qui fait l'intérêt de mon sujet : une figure représentative de son temps », et qu'ils vous expliquent aussitôt pourquoi ils ont perdu en recherches tant d'années de leurs vies, ils commencent à s'investir dans leur entreprise, à y mettre leur propre tempérament et, paradoxe, à y mettre une vision de leur propre temps.

Tous les biographes ont les mains sales. Seul l'enchaînement de leurs démonstrations les distingue des romanciers : le biographe part des détails particuliers d'un caractère pour tenter de déduire l'arrière-plan général et historique d'une vie. Le romancier, lui, commence par poser le contexte historique pour induire ensuite les détails représentatifs d'un caractère. L'un et l'autre voient leur travail entaché par leurs intentions et leur tempérament. Le biographe et son sujet se définissent mutuellement et s'interpénètrent. Les biographes ne peuvent démontrer l'existence d'aucun lien objectif entre une vie et son époque sans que ce lien ne contienne une part d'interprétation biographique. Pourtant, ultime cercle vicieux, cette interprétation, dans laquelle la biographie trouve ses limites, résulte en partie de la relation des biographes à leur époque. Même la manière dont je formule cette aporie est influencée par le climat des années 1980.

Rencontré simultanément dans d'innombrables disciplines, le paradoxe de l'observateur qui scie la branche sur laquelle il est assis est la signature de ce siècle. Les psychologues savent désormais qu'aucun examen n'est assez subtil pour se dérouler sans modifier le comportement examiné. Les traités d'économie avancent l'hypothèse selon laquelle l'exactitude du Modèle A serait incontestable si un nombre suffisant de personnes s'apercevait qu'elle est incontestable. Les sondages politiques produisent les résultats qu'ils prédisent. Même dans le domaine des sciences objectives, les physiciens attachés à décrire l'infiniment petit ont fini par conclure qu'ils ne pouvaient parler de ce qui se trouve à l'intérieur d'une boîte fermée, mais aussi, qu'ouvrir la boîte en perturbe invariablement le contenu.

Ce sont là les discours et clichés bien propres à notre temps. Pas une conversation où l'on n'énonce l'idée qu'on ne peut comprendre un système sans interférer avec lui. Tout cela, je le savais. Ce qui ne m'avait pas effleuré avant de relire des biographies de Ford, c'est que cette conception est, elle aussi, retorse.

Si on la généralise, elle se retourne contre elle-même : « Toute observation est le produit de son temps. Celle-ci y compris. »

Récursion critique, non parce qu'elle impose une limite au savoir, mais parce qu'elle révèle l'impossibilité de déterminer où s'arrête la connaissance et où commence l'implication de l'observateur. S'il n'existe aucun point de vue indépendant, si la vie de l'individu observé est inséparable des observations du biographe qui interfèrent avec elle, alors chaque action accomplie par cet individu doit aussi être reliée à l'impulsion biographique. Action et observation forment un nœud inextricable. Décrire et modifier sont les deux mouvements indissociables d'un même processus qui les confond en un tout nébuleux.

Ce paradoxe de l'observation n'empêche certes pas le zoologiste parti en Afrique étudier les grands singes d'inventer des chiffres ou de se laisser aller à la fantaisie poétique. Le scientifique doit néanmoins reconnaître que la présence d'une équipe de chercheurs et d'une caméra en apprend autant aux singes sur les motivations humaines que ce dispositif permet aux humains d'en apprendre sur le comportement des singes dans la nature.

À travers chacune de nos actions, nous écrivons notre biographie. Je prends chaque décision non seulement pour ce qu'elle vaut en soi, mais aussi pour montrer quel genre de choix un homme comme moi est susceptible de faire. Et lorsque je jette un regard rétrospectif sur l'ensemble de mes décisions et de mes expériences, je m'efforce sans cesse de leur donner la forme d'un tout biographique, et m'invente alors un thème et une continuité. Cette continuité que j'invente influence en retour mes nouvelles décisions, et chaque nouvelle action redéfinit l'ancienne continuité. Création et explication de soi progressent de front, inséparables. Le tempérament, c'est l'autocommentaire en acte.

L'hypothèse (« Cette action me définit ») se confond avec l'expérimentation (« Quel individu serais-je si je faisais ceci ? »). Et tout comme cet hybride formé par l'action et le commentaire définit l'individu, chaque vie théorise et invente à la fois l'esprit de son époque. Chaque existence discrète examine et explique tout ce à quoi elle touche en un va-et-vient constant entre définition et réévaluation. Le simple fait de vivre fait de nous les biographes de notre temps.

Certains se trompent sur la nature de l'hybride lorsqu'ils donnent plus d'importance au commentaire qu'à l'action. Trop conscients des signes du temps, trop habiles à pointer les antécédents des situations dont elles héritent, ces personnes oublient leur propre aptitude à modifier leur héritage par l'action. Pour la classe très majoritaire des fatalistes bien informés, la Grande Guerre a commencé en 1871 avec l'annexion de l'Alsace-Lorraine par l'Allemagne, puis elle a poursuivi sa trajectoire autonome et irréversible, depuis le traité de Versailles jusqu'à la Seconde Guerre mondiale.

D'autres, qui font l'erreur inverse et se trompent tout autant, accordent une importance excessive à l'action. Ils voudraient changer l'Histoire en distribuant des tracts au coin des rues. Enivrés par le résultat de leurs propres agissements, ils tournent le dos au contexte dont ils ont hérité, contexte qui relie et définit toutes les conséquences possibles. Ils appartiennent au camp de ceux qui estiment que la Grande Guerre n'était pas inévitable tant qu'elle n'avait pas commencé. Et pourtant, s'il leur était donné d'apercevoir le mois d'août depuis la route boueuse de mai, que pèserait encore la somme de leurs actions individuelles ?

Non ; la Grande Guerre fut un hybride, mélange d'héritage et de résignation, de précédents et de consensus. Tous ceux qui ont vécu cette époque ont agi à la fois en ayants droit et en exécuteurs testamentaires des événements. Plus tard, mon oncle

Robert, tué pendant la Seconde Guerre mondiale (ce qui changea du même coup le destin de mon père et le mien), est mort à cause d'une interprétation : celle qu'une majorité d'Européens faisait de l'armistice signé en 1918 entre le maréchal Foch et Matthias Erzberger, dans la voiture de Louis Napoléon. Tant de choses dépendent de notre incapacité à séparer la donnée empirique de la nécessité personnelle. Celles-ci procèdent l'une de l'autre, comme faire et comprendre.

À l'instar du législateur qui suit une procédure légale rigoureuse pour modifier la loi, mes actions elles-mêmes modifient à la fois ce que je suis et la manière dont je me vois. Après avoir conclu (et m'être ainsi forgé une biographie personnelle doublée d'un sentiment de continuité) qu'il n'existe pas de différence qualitative entre l'existence et ce que les historiens perçoivent comme la transformation d'une époque en une autre, je me suis mis en quête de l'incontournable clause d'honnêteté. Parce que toute interprétation nécessite adhésion, le biographe doit répondre de ses jugements devant un tiers qui, n'étant ni un commentateur, ni le sujet étudié, est indépendant du système observé. Sans cette responsabilité morale, chaque jugement serait indéfiniment mis en suspens, condamné à un éternel recul critique par rapport à lui-même. Si l'on ne peut espérer obtenir une photographie de notre sujet qui ne soit pas perturbée par l'observation, il nous est au moins loisible de chercher à vérifier que nous avons atteint la concordance parfaite entre le sujet et son observation.

Pour cela, on peut recourir au test de la reconnaissance spontanée. Chaque jour, alors que je fais une multitude d'expériences nouvelles, il s'en trouve toujours quelques-unes que je reconnais sans en avoir pourtant le moindre souvenir ou la moindre pratique. Je ne fais pas ici allusion à une impression mystique de déjà-vu ; je veux parler de ce moment pragmatique que les artistes appellent épiphanie et les scientifiques, l'instant du déclic.

À l'instant de la reconnaissance, je cesse provisoirement de prendre part à l'action considérée et m'élève d'un degré dans la hiérarchie de la conscience : je ne regarde plus l'objet depuis mon point de vue, mais je me regarde moi-même depuis le point de vue de l'objet. Ce saut de la conscience, qui se détourne de la chose regardée pour se concentrer sur le regard, provoque un sentiment illusoire de familiarité car la sortie hors du système observé est un instant propre à tous les moments de reconnaissance.

Mettons que je sois à bord d'un train qui traverse la Pennsylvanie, tard dans la nuit. Le contrôleur passe sans s'attarder, en faisant tourner sa poinçonneuse au bout d'une chaîne. « Linton, prochain arrêt, lance-t-il, prochain arrêt, Linton. » Une vague de chaleur m'envahit soudain. Je reconnais le nom de cette ville alors même que je suis certain de ne l'avoir jamais entendu auparavant : « Ah oui, Linton. » Je m'enfonce un peu plus dans mon siège, rempli de bienveillance pour l'homme à l'air mesquin assis en face de moi : il doit connaître, lui aussi, cette épreuve du retour à un endroit que ni lui, ni moi, n'avons jamais visité. L'homme remarque mon changement d'attitude. Quand il croise mon regard, il desserre les lèvres. Je ne suis pas du tout surpris de reconnaître l'espace qui sépare la canine de la première prémolaire.

Il ne s'agit là ni de prescience, ni de plongée dans une vision mystique. Ce n'est qu'un effet produit par la structure de la conscience, conséquence de notre aptitude insolite à contraindre l'un des niveaux de notre empilement perceptif à former une boucle pour évaluer un autre niveau. Au moment où l'objet qui retient notre attention disparaît derrière la conscience de la conscience elle-même, nous reconnaissons ce que cet instant a de commun avec tous ceux qui lui ressemblent et par lesquels nous sommes déjà passés : correspondance, rapport étroit entre l'hypothèse et la mesure obtenue.

Nous avons une responsabilité envers ces instants. Nous sentons en eux la concordance logique qui associe deux activités interdépendantes : voir et savoir. Si nous modifions un peu notre angle d'observation, le taillis formé par des arbres que l'on croyait plantés au hasard, se révèle être un verger. Cet angle d'observation précis possède donc une validité autonome, puisqu'il fait voir à l'observateur un verger que celui-ci n'a pas inventé. Voir cet « effet verger » surgir à l'improviste procure toujours une sensation fort agréable, jouissance de la chose reconnue, sentiment d'appartenir à la communauté de tous les explorateurs qui foulent eux aussi ce sol partagé.

J'écris sans arrêt ma propre biographie à travers mes actes, en mélangeant participation et conscience, et suis responsable devant ces instants où l'une et l'autre s'effacent pour dévoiler leur mélange – quelque chose d'*a priori* reconnaissable. Ce processus ne se distingue guère de la façon dont j'en viens à comprendre les autres, mon époque ou le passé. Ainsi, la mémoire n'est-elle pas simple récupération d'un événement disparu, mais un message que l'on envoie devant soi, au moment de la mémorisation, et que l'on destine à tous les instants à venir de semblables circonstances.

La mémoire regarde devant elle ; c'est un télégramme que nous adressons à nos moi futurs, et à autrui : « Préserve ceci ; reconnais cela, ou plutôt, ne reconnais pas cela, mais le fait de l'avoir reconnu. » Si, par le biais de chaque expérience, nous ré-formons sans cesse la continuité de notre passé, alors chaque message expédié depuis un passé ignorant ou encore inexpérimenté nous met au défi de ré-former l'avenir. Il n'existe aucune action qui ne soit pas modifiée par l'observation.

Il n'existe aucune observation qui ne soit pas compromise par l'action. Tous les instants de reconnaissance spontanée m'invitent à un retour à la grisaille du monde, à reprendre la routine quotidienne de l'invention et de l'observation, et à me salir les mains dans l'accomplissement de tous les travaux que mes mains peuvent faire.

Dans mes efforts pour recouvrer le souvenir de la journée cruciale passée à Detroit, j'avais complètement négligé ces possibilités. Ce jour-là, j'étais absorbé par la rédaction de ma biographie, occupé à répondre à mes propres questions : « Comment suis-je arrivé ici ? Quel est mon but ? Comment cette journée vient-elle compléter la somme des jours qui constituent mon passé ? » Et puis, sans l'avoir cherché, j'étais entré dans l'usine imaginaire de Rivera, aussitôt plus reconnaissable que n'importe quelle usine où j'avais moi-même travaillé.

Pour ajouter à cet instant de déclic, j'étais tombé sur les trois fermiers, dressés devant moi au détour d'un couloir, plus familiers à mon esprit que mes propres parents, même si j'étais bien certain de n'avoir jamais vu auparavant ces personnages ni leur photo. Pendant les mois qui suivirent, j'allais être obsédé par le désir de cerner le message personnel que cette image voulait m'adresser, et je devais chercher à tort parmi des noms, des dates et des lieux.

Il me faudrait apprendre que rien de tout cela n'avait une réelle importance, et qu'en réalité ces phénomènes n'existaient pas sans mon intervention active. L'épreuve en noir et blanc était moins un document destiné aux archives qu'un appel à l'action. Je devais mieux le comprendre lors de mon rendez-vous avec un autre souvenir dépêché devant moi le même jour. Ce troisième souvenir allait susciter un moment de reconnaissance aussi intense que celui provoqué par les trois fermiers de madame Schreck.

Car au musée, sur le chemin de la sortie, tandis que je me répétais « Zander, autrichien, Zander, autrichien », j'étais passé devant une vitrine que rien ne distinguait, sinon le fait qu'elle contenait les objets les plus ordinaires du monde et les moins dignes d'être exposés : une douzaine de pennies en cuivre.

Je ne m'étais pas arrêté pour les examiner, mais l'incongruité de la chose (des objets courants érigés en pièces de musée) me les avait fait remarquer. Il me fallut attendre de relire les biographies de Ford pour comprendre. À une demi-heure de l'instant où je pourrais enfin exhumer la photo, je jouais les prolongations, passais en revue les vieux documents que j'avais tenus autrefois pour mon unique piste mais qui ne m'avaient conduit nulle part. Gardant toujours à l'esprit ce que madame Schreck m'avait dit au sujet des fermiers et du photographe, je relisais un passage, dont j'avais déjà bonne connaissance, et qui racontait comment, au plus fort de la Grande Guerre, Ford le philanthrope avait projeté de battre sa propre monnaie. Une fois encore, je lisais l'histoire de ces pièces qu'il avait fait tirer à plusieurs centaines d'exemplaires et que rien, pour ainsi dire, ne distinguait du *cent* en cuivre à l'effigie de Lincoln, sinon le profil de Henry venu remplacer celui d'Abe, et la devise « En Dieu notre confiance » transformée en « Aide ton Semblable ».

Voilà sans doute ce que renfermait la vitrine du musée : le banal transmué. Mais tant que je n'étais pas retombé sur cette histoire, j'ignorais ce que j'avais vu. Par ailleurs, ce détail biographique ne m'avait pas semblé mériter une attention particulière avant que je ne me rappelle en avoir eu une connaissance directe. La combinaison de l'ensemble me révéla la vraie nature du canular de Ford : geste biographique d'une hubris et d'un humour invraisemblables, acte d'auto-explication, mais aussi souvenir adressé à un éventuel « semblable » des temps futurs, qui ne s'était pas encore fait connaître. Il s'agissait d'un commentaire et d'un engagement : un industriel qui, au sens propre, faisait de l'argent, remplaçait le fonctionnaire élu par son successeur auto-proclamé et plaçait sa confiance non plus en Dieu mais dans son compagnon d'action.

Cette fois, je remarquai que Ford, après avoir frappé seulement une fraction des pièces prévues, avait suspendu la production de la série lorsque l'Amérique était entrée en guerre. Le cuivre venait de prendre une importance nouvelle qui appelait une nouvelle relation du moi au monde et une nouvelle frappe de la biographie. Ford le constructeur automobile devint Ford le fabricant d'armes. Ainsi le fabricant d'armes devait-il grandir, lentement mais sûrement, et – d'un point de vue rétrospectif – supplanter l'homme qui, à peine dix-huit mois plus tôt, avait été Ford l'inspirateur du Navire pour la Paix.

Ce navire prit alors une signification tout à fait nouvelle. Par cette entreprise, Ford s'était efforcé, là encore, de battre sa propre monnaie, d'écrire sa propre biographie et l'histoire de son temps. Sans doute la communauté des historiens juge-t-elle l'aventure compromise dès l'origine par l'opinion ridicule selon laquelle une petite troupe de célébrités aurait eu le pouvoir de réviser le mandat le plus absolu jamais donné à la violence par l'Histoire. Pourtant, ces mêmes historiens ne m'ont toujours pas dit à combien s'élevaient les effectifs de la troupe de célébrités qui déclencha d'abord la guerre. Derrière la controverse qui faisait rage autour du navire se cachait le vieux débat qui oppose l'efficacité aux nobles desseins.

Et derrière la réaction de Ford, derrière la création du tout premier « missile pour la paix » se cachait l'amour des réponses simples, un amour qui, un an plus tard, changerait l'homme en guerrier et transformerait ses usines en fabriques de munitions. Il paraissait désormais évident que derrière la réaction de mes historiens au Navire pour la Paix se cachait la même ambivalence, le même amour de la simplicité au nom duquel le projet tout entier fut repoussé avec une violence continue.

Il m'apparut également, à la deuxième lecture, que le geste de Ford, aussi coupable ou aussi louable fût-il, s'inscrivait dans la longue tradition de la Nef des fous, métaphore qui montre l'humanité sous le jour d'une foule bigarrée perdue au milieu de l'océan, incapable de naviguer, sans gouvernail ni boussole, avec pour seule destination, une idée vague. Henry Ford avait tout bonnement adapté la métaphore à son époque, et en réécrivant sa propre biographie (« Aide ton Semblable », « On ne pourra pas dire que tout le monde n'a pas sa chance »), il indiquait simplement que nous ne pouvons pas abdiquer en faveur d'un nouveau capitaine. Il faut se résoudre à évaluer la situation, puis lever l'ancre. Ford manqua de rigueur dans le tracé de sa carte, mais au moins réussit-il à me faire voir que, de mon côté, j'avais manqué de rigueur dans ma navigation.

J'avais cherché mes fermiers au mauvais endroit. J'avais passé des mois à traquer le photographe : qui avait dérangé ces jeunes gens sur la route du bal ? Quelles étaient les intentions de cet observateur ? Pourquoi tant de discrétion de sa part, quand ces trois garçons sont à l'évidence stupéfaits et intimidés par ce qu'ils voient de l'autre côté de l'objectif ? Il me fallait à présent admettre que j'avais consacré trop de temps à regarder ces fermiers pour découvrir ce qui c'était passé ce jour-là. J'avais déjà perturbé le système, et il ne me restait plus qu'à mener la perturbation à son terme logique : je devais battre ma propre monnaie, diriger ma Nef des fous vers l'endroit où les trois jeune gens avaient placé leur stupeur. Je savais désormais que leur attention effarée, fixée au-delà de l'objectif, au-delà du photographe, et même au-delà du cadre, se portait sur moi.

Entre deux emplois, entre deux trains, dans une ville inconnue, alors que j'étais occupé à réviser la manière dont je me présentais à moi-même, que j'interprétais et définissais mon époque, j'avais été touché par l'interprétation d'un autre. Rivera avait regardé autour de lui, il avait vu et il avait agi. Tourné vers des fresques religieuses du passé, et tendu vers une vision futuriste des chaînes de montage, il avait transformé à jamais ma conception des unes et des autres par son hommage à la machine, son acte biographique. Dans cette œuvre, Rivera voulait faire coïncider le monde dont il rêvait avec celui qu'il avait sous les yeux.

Un recoin de la fresque portait le sceau biographique de Ford : visage contracté devant une dynamo énorme ; Ford, dont son ami Burroughs écrivait : « Monsieur Ford a mis sa personnalité dans sa voiture et son tracteur : ils lui ressemblent. » Eux et lui ne font qu'un. Ses créations sont l'acte biographique qui associe l'industriel à son temps. Mais une fois achevée la conception des moteurs, il fallait que la révision biographique de Ford se poursuive, poussée par cette quantité insaisissable, jamais facile à définir : le semblable.

Trente millions de semblables (et trois en particulier) occupés à rédiger et traduire en acte la biographie de leurs voisins, faisant violence à l'ancien texte pour en écrire la version nouvelle, avaient poussé Ford à prendre le commandement du Navire pour la Paix. L'industriel avait alors conduit aux rivages d'Europe sa mission diplomatique personnelle en concluant quelque transaction privée sans importance : il avait eu l'intention expresse d'associer son destin à celui de ses semblables, et le leur au sien. Si les biographies actuelles ne faisaient pas état d'une telle transaction, il me faudrait l'inventer.

À l'évidence, je n'apprendrais rien si je me contentais de retracer l'origine et les circonstances de la photographie. Je devais avancer sur le terrain mouvant et ambigu du sens possible, découvrir pourquoi j'avais reconnu ces fermiers sans jamais les avoir vus. (En habits du dimanche, ils posent, fiers, dans une campagne vide, un léger soupçon de terreur dans les yeux, comme des animaux traqués.) Porter le regard au-delà de ma routine quotidienne, c'était toujours aller trop loin.

Occupés à écrire notre biographie, impatients de comprendre la façon dont notre existence affecte toutes les autres, nous nous apercevons un jour que nos semblables, du simple fait de leur nombre – des milliards aujourd'hui –, possèdent un argument qui nous persuade plutôt de conformer notre vie à la leur. Ils attendent un émissaire de paix, attendent, surpris, figés dans une pose ; derrière eux, le vide flou d'une campagne déserte surgie du fond de l'objectif. Sur une route boueuse, qui se prolonge hors cadre, au-delà du bord blanc situé à main droite, ils cheminent, soit vers un bal où les attend une jeune fille (appelons-la Alicia), soit vers cette démonstration de violence que l'on appelle le vingtième siècle.

CHAPITRE 17

Un pays sous occupation

> Chaque décision est comme un meurtre, et nous marchons sur les cadavres mort-nés de nos moi possibles qui ne seront jamais.
>
> René Dubos, *Louis Pasteur*

Adolphe se rappelait encore la dispute avec son demi-frère à propos de la lointaine fanfare, et la façon dont Peter l'avait taquiné au sujet de la présence d'Alicia au bal, quand tomba l'ordre de prendre les armes et de se rassembler dans la rue. Adolphe ne comprit pas tout de suite ce qui se passait, il continua de regarder la photo que la jeune Belge lui avait donnée (*La mère de Jacques ne trouve pas les haricots à son goût*), et il pressait l'image de lui dire pourquoi il ne pouvait parler encore un peu avec son frère.

Les cris et les détonations lui éclaircirent les idées ; il comprit, du moins autant que les autres soldats, ce qui se préparait. Il enfila sa tenue en essayant de la défroisser. Mit la main sur le fusil dont il se munissait toujours lorsqu'il inspectait les maisons belges, puis se dirigea vers la porte du casernement. Dehors l'attendait le spectacle d'une confusion générale : qui se battait, et dans quel camp ? Pourquoi tout le monde courait ? Adolphe avait toujours préféré la douleur physique au désordre ; et ce qu'il voyait là excédait de beaucoup le désordre. Poussé par une marée de jeunes hommes nerveux en uniformes, Adolphe tenta de soudoyer Dieu : ses yeux, son argent, les lettres d'Alicia – il Lui donnerait tout pour que revienne dans le bourg la paix qui devait logiquement y régner.

À droite, dans l'obscurité, une troupe d'Allemands trottait derrière son chef : un gros bonhomme d'une cinquantaine d'années qui soufflait comme un bœuf et rythmait d'un « Merde » chaque pas frappé du pied droit sur le pavé. Tandis que passait l'escouade, un jeune garçon sortit des rangs et se tourna vers Adolphe, le visage exsangue, pour lancer d'une voix étranglée par-dessus les coups de feu :

– Les francs-tireurs !

Forgée en 1870, cette expression, qui désigne des civils armés postés en embuscade, semblait renvoyer, dans la bouche de cet adolescent, aux pires terreurs de l'enfance – interro surprise qui aurait basculé dans la folie. Depuis qu'ils occupaient Petit-Roi, les soldats ne parlaient que de ça, et voilà que leurs peurs semblaient avoir engendré l'événement. Adolphe songea aussitôt que, si les Belges avaient bien utilisé une cache secrète pour armer un soulèvement, il serait alors tenu responsable, lui, le Commissaire à la contrebande.

Il essaya d'établir l'endroit où se formait le front, mais il ne parvint pas à déterminer une ligne précise. Civils et soldats se mélangeaient librement, chaque force pénétrant l'autre. Rien, pendant ses classes bâclées, ni dans les conférences dispensées chaque semaine sur « La Guerre hier et aujourd'hui », ne l'avait préparé au chaos qui l'environnait. Derrière lui, sur sa gauche, une douzaine de soldats armés de seaux s'affairait autour de l'incendie qu'une torche lancée sur le casernement avait allumé. À cinq mètres, une fillette de huit ans jetait des tessons de vaisselle sur un officier qui esquivait et menaçait l'enfant de son arme en répétant dans un français incompréhensible :

– Ça est le baïonnette. *Es ist* pointu.

D'un bout à l'autre de la rue, depuis les premiers et deuxièmes étages, les balles pleuvaient, même si l'obscurité empêchait quiconque de viser quoi que ce soit. L'air se chargeait de projectiles – pierres, briques, bouts de métal pris sur des outils. Une douleur brûla Adolphe à la cheville, il crut un instant qu'un chien l'avait mordu, un de ces gros bouledogues au museau aplati. Mais lorsqu'il regarda la route sous son pied, il ne vit qu'un bout de bois arraché à une clôture brisée, dont dépassaient des clous. Il souleva le revers de son pantalon et examina les trous par lesquels les pointes avaient pénétré dans sa chair. Il déposa un filet de salive sur le bout de ses doigts et frotta la blessure. Après quoi, il remonta sa chaussette et la pressa contre sa cheville pour étancher le sang.

Il se redressa, honteux de l'inutilité dont il avait fait preuve jusqu'ici dans le combat. Si au moins il parvenait à retrouver le Belge qui l'avait blessé, il pourrait riposter. Mais il n'avait reçu aucun entraînement en matière de maintien de l'ordre. Une mêlée se forma devant lui. Quand il se lança à l'assaut des combattants, ceux-ci commençaient à se rendre compte qu'ils étaient tous allemands. Le temps de les rejoindre, ils décidaient déjà qu'afin d'éviter de nouveaux malentendus mieux valait se séparer et s'occuper de l'ennemi chacun de son côté, vaillamment. Adolphe se retrouvait seul, incapable de s'associer au désastre.

Il rencontra bientôt deux personnes, des villageois cette fois, sans l'ombre d'un doute. Un vieux couple, mari et femme ; ils paraissaient au moins centenaires. Ils luttaient l'un contre l'autre : l'homme essayait de retenir son épouse qui brandissait un crucifix attaché à une chaîne autour de son cou, et dont la base était taillée en pointe depuis les pieds du Sauveur jusqu'à l'extrémité de la croix. La femme criait :

– Un jugement ! Une punition du Ciel ! Isaïe, chapitre quarante-deux, Psaume trente, Épître aux Romains, chapitre onze...

Elle citait encore plusieurs autres passages piochés au hasard, et si son mari ne l'avait retenue avec vigueur, elle aurait frappé de son pieu Adolphe abasourdi. Car après s'être approché suffisamment près pour les voir, celui-ci était resté figé sur place : il avait reconnu les deux vieux qui posaient sur l'un des clichés que l'homme à la bicyclette avait alignés au bord de la route ce fameux premier mai. Mais il pouvait se tromper. Il avait vu la photo d'un couple de vieux, ça il en était sûr. Il aurait bien voulu comparer ses souvenirs avec ceux de Peter ou d'Hubert pour tirer au clair cette étrange ressemblance.

Il fut rappelé à la réalité quand le vieil homme, voûté par une scoliose, lui hurla de ne pas faire attention à sa femme : c'était cette guerre qui la tourneboulait, expliqua-t-il, et aussi la mort de leur plus belle vache à lait, survenue un peu plus tôt dans la journée. Ces deux villageois n'étaient guère plus à l'aise dans leur rôle de francs-tireurs qu'Adolphe dans celui des forces de répression. Malgré tout, lorsqu'il pointa sa carabine, il sentit qu'il avait sur eux un petit ascendant.

– Rentrez chez vous, *Opa*. Vous n'avez rien à faire ici tous les deux.

– Un jugement ! Une punition du Ciel ! Dieu a-t-il abandonné son peuple ? Le Ciel nous en préserve.

– Ne faites pas attention, monsieur. Elle perd la tête. C'est seulement ce soir, quand elle a entendu dire que quelque chose se préparait, qu'elle a taillé le crucifix. Sans quoi, j'aurais déjà remis cette arme aux autorités. Je le jure.

– Allez. Rentrez chez vous, fermez votre porte et mettez-vous au lit. Vous n'avez pas idée de ce qui se passe ici. L'Histoire est en marche.

À ces mots, les deux vieux jetèrent autour d'eux des yeux horrifiés. Qu'une chose aussi abstraite puisse surgir là, dans les rues de Petit-Roi, les effrayait plus que le fusil d'Adolphe ou les projectiles qui s'abattaient tout autour d'eux. Ils remercièrent humblement et se retirèrent, chacun empêchant l'autre de regarder en arrière. Adolphe les suivit du regard pour s'assurer qu'ils ne faisaient pas demi-tour. Et voilà comment on mettait au pas les populations civiles.

Adolphe repartit à la recherche de l'insurrection. Il croisa un homme imposant en chemise de nuit, qui avait hissé sa lourde carcasse en haut de la tribune construite sur la place par les Allemands, et disait d'un ton impérieux :

– Écoutez-moi tous. C'est Kruger, votre maire, qui vous parle. Je vous ordonne de rentrer chez vous sur-le-champ. Cette situation ne mène à rien et ne peut conduire qu'à davantage de *désagrémentation*.

Le marchand Kruger, ce fantoche placé à la tête de l'administration, était l'unique habitant du bourg dont les forces d'occupation fussent parvenues à prouver les origines allemandes. Adolphe le regardait pérorer sur l'estrade ; voilà un homme que tout le monde ou presque détestait parce que c'était un collaborateur doublé d'un bouffon. Si Kruger disait aux habitants de regagner leurs pénates, ceux-ci resteraient dehors et se livreraient toute la nuit à des actes séditieux pour le simple plaisir de le contrarier. Il fallait qu'Adolphe le fasse taire.

– Commencez donc vous-même par rentrer chez vous. Suivez votre conseil.

– Permettez, monsieur. J'essaie de remettre de l'ordre dans ma circonscription.

– Exécution ! *Herr Bürgermeister*. Tant que vous le pouvez encore.

– Je vous remercie, monsieur.

Après ce nouveau succès, Adolphe se rengorgea. Son colonel lui reparlerait à coup sûr de cette action d'éclat, la première qu'il avait accomplie dans cette guerre. Déjà, trois Belges l'avaient remercié, preuve que même les nations dépourvues de raison pouvaient comprendre le bien-fondé de la cause allemande. Bientôt, Français et Russes verraient clair eux aussi. Et Adolphe ne s'inquiéta plus de la fin imminente du conflit : il y avait apporté sa contribution.

Mais où les villageois avaient-ils trouvé des armes ? Forcément dans la maison qu'il avait inspectée ce matin, chez les Després. Il était allé dans le détail partout ailleurs, avait confisqué tout objet tranchant (des boîtes en métal aux burins, en passant par les bouteilles de verre que l'on pouvait briser et transformer en poignards). Il n'avait relâché sa vigilance que chez les Després, à cause de cette fille. Il se souvenait d'elle, se rappelait combien il l'avait désirée et comment son caractère belliqueux avait tout gâché. La photographie de Jacques et de sa mère lui revint en mémoire, nette et précise : cette actrice qu'il connaissait sans pouvoir la situer, le visage enfoui au creux de ses mains.

Un piquet acéré lui frôla l'épaule et le ramena à l'urgence du moment présent. Il se donna un coup sur la cuisse du plat de son fusil pour punir cette absence. Il devenait pire qu'Hubert dont il partageait l'incapacité étrange à se concentrer sur l'événement. Il se dirigea au pas de course vers la maison Després.

Plusieurs soldats, dont le troisième officier le plus gradé de la garnison, l'y avaient devancé. Postés dans une vaste cour devant la maison, ils faisaient feu sur les fenêtres comme à un concours de tir aux pigeons d'argile. À tour de rôle, chacun déchargeait son fusil, jusqu'à ce que quelque chose vole par une fenêtre du premier étage. Comme un seul homme, les Allemands se jetèrent à plat ventre, sans riposter. L'officier envoya Adolphe examiner l'objet. Fier et intrépide, il s'avança : c'était un linge blanc taché de sauce. Les occupants de la maison se rendaient. Un à un, des hommes en cols droits, manteaux sombres et chapeaux mous sortirent par la porte de devant, mains sur la tête.

Adolphe se sentit mal à l'aise. Il ne voulait pas se trouver là quand apparaîtrait Comélia, la jeune fille. Lui, le Commissaire à la contrebande, était responsable de ce que recelait la cache d'armes de cette maison (depuis les bouts de grillage jusqu'aux tuyaux de plomb). Il s'éloigna discrètement des soldats et des prisonniers, s'efforçant de ne pas attirer l'attention. Tandis qu'il manœuvrait, un sous-lieutenant à cheval passa au petit galop et s'adressa à l'officier :

– L'église brûle comme du bois mort, mon capitaine, et nous avons organisé une petite flambée à la bibliothèque pour faire bonne mesure. Si je puis me permettre, mon capitaine, on dirait que les jeux sont faits.

Ce discours arracha aux soldats un hourra collectif. À la faveur du tumulte, Adolphe s'éclipsa. Il regagnerait la place par les approches du bourg. Si on l'arrêtait en chemin, il prétexterait qu'il se rendait aux écuries communales pour mettre les chevaux en sécurité et empêcher les habitants de s'emparer des montures. L'explication passerait dans l'effervescence générale.

Dans les petites rues sombres, que seuls éclairaient un ou deux becs de gaz, il tomba sur un jeune Belge d'une dizaine d'années, qui se battait avec un Allemand deux fois plus âgé que lui. L'enfant s'était procuré une vieille pétoire et, accroupi dans le caniveau, fusil calé entre les genoux, essayait de comprendre comment faire fonctionner cette antiquité, si toutefois cela était encore possible. Le soldat était passé par là et avait confisqué l'arme. Il s'en servait maintenant pour frapper l'enfant sur les épaules et dans les côtes. Il ne cherchait pas à le tuer, ni à l'assommer. Il le battait à coups répétés, comme on fouette un chien avec un journal. Il scandait chaque coup d'un « Non » ou d'un « Jamais ». L'enfant poussait des cris d'animal blessé.

Adolphe se laissa entraîner par ses habitudes et fit ce qu'il eût fait dans le Westerwald s'il avait assisté à une telle scène : il sépara les deux gosses pour flanquer une correction au plus grand. Mais sitôt la main posée sur l'uniforme allemand, Adolphe se souvint que frapper cet homme, c'était s'en prendre au bras étranger du Kaiser. Il s'immobilisa, déconcerté.

– Pense aux commandements, bon Dieu.

Adolphe mit dans ces mots plus de véhémence qu'il n'en avait eu l'intention, car il s'était laissé surprendre par le visage du soldat. Avenant et imberbe, un visage qui ne laissait rien paraître, ni méchanceté, ni pitié, ni excitation. Une brise d'été sans relief, qui n'exprimait aucune émotion, sinon celle d'un homme un peu stupéfait d'avoir été arraché à son devoir.

– De quels...commandements... est-ce que tu parles ?

Adolphe resta pétrifié, les yeux rivés sur le soldat. Il essayait de se rappeler de quels commandements en effet il avait bien pu vouloir parler. Il les passa en revue, avec leurs gloses tirées du Petit Catéchisme de Luther, pour découvrir à sa grande surprise qu'aucun d'entre eux n'interdisait expressément de frapper un enfant avec un fusil, pourvu que cela fût fait en toute bonne foi et pour une bonne raison. Il relâcha le soldat et courut se mettre à l'abri, assez loin pour ne pas entendre le début de la prochaine volée.

Le ciel se teintait d'un rose irréel, et Adolphe crut qu'il allait bientôt assister à sa deuxième aurore boréale. La première, quatre ans plus tôt, spectaculaire rideau de lumière qui dansait sur la voûte céleste, avait fait dire à son beau-père qu'il y voyait un signe, celui du réveil prochain de Frédéric Barberousse plongé dans le long sommeil du Kyffhaüser. Mais quand il approcha de la place, Adolphe s'aperçut que la lueur n'était nullement un édit du vieux roi : elle provenait de la bibliothèque et de l'église qui brûlaient, comme l'avait déclaré le sous-lieutenant. Tout combat avait cessé, les Belges avaient abandonné la résistance pour sauver leurs édifices. Les Allemands tirèrent profit de cette trêve que n'avaient su imposer leurs soldats et leurs armes modernes. Après avoir reformé les rangs, ils encerclèrent les villageois occupés à combattre l'incendie.

Parce que l'église et la bibliothèque se trouvaient en deux points opposés de la place, et qu'acheminer l'eau vers les brasiers se révélait une opération difficile, les habitants durent décider lequel des bâtiments ils voulaient sauver. Tous, ou à peu près, se prononcèrent pour l'église, même s'ils n'étaient pas assez nombreux pour avoir quelques chances d'en préserver les fondations. Amère et stoïque, réduite à de vaines mesures, une petite troupe d'une dizaine de personnes se consacra à la bibliothèque, s'efforçant de rabattre les flammes à coups de pardessus, ce qui ne faisait qu'attiser le bûcher. Le groupe persévéra néanmoins dans cette action désespérée, car avoir pris le parti de l'opposition l'emportait sur les maigres chances de succès.

Ceux de l'église formèrent des équipes. Un premier groupe réquisitionna plusieurs chevaux et des haquets pour faire la navette entre l'édifice et la citerne. Un deuxième leva un bataillon de porteurs d'eau, qui déchargeait les bidons et les faisait passer de mains en mains jusqu'à la sacristie. Un troisième groupe dirigeait les arrivages vers les endroits de l'église où le besoin s'en faisait le plus sentir. Enfin, jusqu'à ce que la chaleur ne le force à quitter les lieux, un quatrième groupe resta dans la nef à défendre les accès directs de l'intercession divine.

Face au brasier, Adolphe se demandait si le sous-lieutenant avait eu raison d'employer des méthodes aussi radicales pour étouffer la résistance. Il savait que la question de la nature des édifices religieux – sacrée ou seulement symbolique ? – faisait l'objet d'un débat théologique, mais il lui semblait, dans tous les cas de figure, que raser une église revenait à peu près à insulter l'Éternel. Cela dit, l'attaque sournoise des Belges, qui avait semé la terreur, n'était pas morale elle non plus. La riposte allemande avait pour mission de laver cette faute, de répondre au glaive par le glaive. On ne pouvait être tout ensemble pieux et efficace. L'efficacité d'aujourd'hui laisserait place demain à la piété.

Quand enfin les Belges eurent éteint les flammes, il ne restait plus rien de la bibliothèque dont la ruine avait entraîné la disparition d'un ouvrage rare en plusieurs volumes sur la faune et la flore locales. De l'unique église de Petit-Roi, rebaptisé Königen, subsistaient deux ou trois murs et la silhouette carbonisée d'un clocher. L'une des chaînes du carillon s'était rompue dans l'incendie, laissant échapper son contrepoids et une paire de cloches. Ceux qui fouillèrent parmi les décombres trouvèrent divers objets de culte, et un calice en argent qui avait fondu.

Sous le coup de la chute du carillon, les inventeurs du calice affirmèrent que les coulées d'argent avaient dessiné sur le sol une petite image du Christ en croix. Le calice, qui passa de mains en mains parmi les gens du village, divisa la population en deux camps : d'un côté ceux qui voyaient l'icône du Christ, et en celle-ci une promesse de rédemption après la tragédie ; de l'autre, ceux qui ne voyaient que de l'argent fondu, œuvre des Allemands. Toutefois, quand ceux-ci rassemblèrent les villageois afin de les emprisonner pour la nuit, sceptiques et partisans du miracle entonnèrent aussitôt d'une seule voix le choral de la Passion : *« Salve caput cruentatum »*.

Les craintes d'Adolphe, qui s'estimait personnellement coupable d'avoir négligé la maison des Després pendant l'inspection, étaient infondées. Le fait ne fut jamais établi par l'enquête : il n'y eut pas d'enquête. Unanime, la troïka des officiers supérieurs déclara que des Belges, anonymes et perfides, avaient fait feu sur des Allemands : inutile de creuser la question de la responsabilité ou de la culpabilité. Des Allemands s'étaient fait tirer dessus ; tout le bourg avait pris part aux affrontements. Chaque individu était responsable de la conduite du groupe. La vérité (un morceau de maçonnerie branlant tombé sur le casque d'un jeune Prussien fébrile avait poussé celui-ci à prendre pour cible un attroupement de commerçants qui avait alors envoyé dire aux résistants d'aller chercher leurs piquets acérés), nul ne s'en souciait désormais, ni dans un camp, ni dans l'autre – simple détail que le passé emporte.

Parmi les victimes, on compta au total huit blessés côté allemand ; l'un avait attrapé le tétanos, un autre avait les côtes brisées et souffrait d'une hémorragie. Côté belge, on releva quatre morts et un nombre bien plus considérable de blessés par balles. Ce cauchemar faucha une cinquième personne quelques jours plus tard ; une vieille dame de quatre-vingt-quatre ans qui refusait de se nourrir, affligée par la dévastation de l'église, et qui mourut dans son lit en bredouillant des paroles à la Vierge.

Par la chaîne de commandement, ordre fut transmis aux troupes de mener, à Petit-Roi et partout en Belgique, une politique de répression totale et impitoyable envers d'aussi coûteuses actions civiles. L'armée devait punir sans hésiter chacun des habitants impliqués dans les affrontements. Les autorités de Petit-Roi, sur ordre de leurs supérieurs, résolurent de mettre en pratique le principe de la responsabilité collective.

Trois jours après ce que désormais on appelait « l'incident », les avis fleurirent de toute part. Ils recouvraient les anciens communiqués décrivant les atrocités réservées aux insurgés qui prendraient les armes. Placardée sur les camions, collée sur les lampadaires et le pavé des rues, la nouvelle mouture de l'Histoire par les textes se bornait à ordonner un rassemblement général sur la grand-place, le soir même, à cinq heures. À l'heure dite, au signal convenu, dans la grisaille du jour finissant, par mille portes, le village tout entier se déversa en colonnes dans les rues, sans bruit, tête basse. Chacun de ceux qui défilaient, du citoyen le plus en vue au plus petit des nourrissons, arborait ses habits du dimanche. Tous étaient vêtus comme s'ils avaient rendez-vous avec quelque archiviste pour un portrait de groupe. L'occasion était importante ; ils s'étaient fait beaux.

Les files prêtes pour l'objectif vinrent se ranger en carré devant l'estrade démolie puis rebâtie. Les soldats, et Adolphe parmi eux, formaient un carré identique de l'autre côté de la place. Quelqu'un avait pensé apporter des chaises en bois pour les personnes âgées, afin qu'elles puissent s'asseoir devant et entendre quand serait prononcé le jugement. Le jugement fut rapide et sans appel. Le sous-lieutenant s'avança et ordonna aux Belges de se compter par séries de vingt, et aux derniers de chaque série, de se diriger vers le centre de la place. La première personne du carré, une Belge de trente ans, marchande d'œufs, saisissant les intentions du siècle nouveau, mais incapable de se prémunir contre les valeurs de l'ancien, dit aussitôt : « Vingt. » Sans hésiter, l'homme à côté d'elle, comptable de son état, dit aussi : « Vingt. » Et tous les Belges rassemblés suivirent leur exemple : « Vingt. Vingt », répétaient-il les uns après les autres aux sons variés de leurs accents.

Dolphi réprima un sourire et jeta un regard furtif autour de lui. Rien à craindre ; les autres soldats de l'armée d'occupation regardaient droit devant eux. Il prit note de l'événement (tout un bourg qui se met à lancer des « Vingt » héroïques) pour raconter cela à Peter quand il le reverrait. Son frère apprécierait sûrement.

Le sous-lieutenant, sans montrer aucune humeur, aboya quelques ordres efficaces à un détachement qui ratissa aussitôt les rangs belges et en expulsa *manu militari* un individu sur vingt. Adolphe sourit encore une fois devant cette ingénieuse riposte à l'ingénieuse parade belge, puis il attendit la prochaine contre-attaque dans ce jeu du chat et de la souris. Un nouveau regard jeté de biais lui fit voir que ses compatriotes regardaient toujours devant eux, mais en spectateurs qui avaient bien entendu choisi leur camp. À l'instant où il commençait à éprouver la sensation confortable de servir une cause plus grande que lui, Adolphe fut ébranlé par un sursaut de mémoire involontaire. Et la jeune fille, Comélia Després ?

S'il ne l'avait pas possédée au moment où il l'avait désirée, Adolphe sentait tout de même que ce désir les avait soudés. Il avait toujours agi dans l'honneur ; s'il n'avait pas été déjà marié avec Alicia, il aurait sûrement dit *du* à Comélia aussi, après les pensées qu'elle lui avait inspirées. Et puis, ne lui avait-elle pas donné quelque chose, la photo de la mère de Jacques ? À moins qu'il ne la lui ait prise de force ? Quelle importance ; l'essentiel était que chacun ait reçu quelque chose de l'autre : elle, son désir ; lui, sa photo. Il avait donc obligation de veiller sur elle comme sur lui-même.

Il regarda du côté où le détachement finissait d'éclaircir les rangs belges. Il ne distinguait aucun visage dans la grande troupe de ceux qui étaient hors de danger. Inquiet, il jeta les yeux sur les soixante-dix condamnés. Elle ne se trouvait pas parmi eux, il sentit alors tomber devant lui le dernier obstacle à son bonheur.

Le vieux colonel descendit de la tribune pour passer en revue les soixante-dix Belges, futurs exemples de la responsabilité collective. Il approuva le sous-lieutenant d'un signe de tête et dit que les enfants serviraient à appuyer la démonstration. Il ajouta un commentaire sur les sous-ensembles aléatoires qui fournissaient toujours de bons échantillons, et remonta dans la tribune.

– Ajoutez-y le maire, Herr Kruger, pour avoir eu vent d'une conspiration et n'en avoir rien dit aux autorités.

Le marchand aux jambes grêles fut isolé puis séparé de la communauté des sains et saufs. Les jeunes Allemands près d'Adolphe ricanaient de la démarche comique de Kruger. Il fallait exécuter Kruger pour que la presse internationale, si injustement acharnée à déformer la cause allemande, ne puisse accuser les soldats du Kaiser de barbarie ou de favoritisme. Kruger, bien que de souche germanique, devait souffrir comme n'importe qui d'autre.

– Et ajoutez aussi la famille du sept rue de l'Étroit, pour avoir armé l'incident.

Les Després ! Adolphe repéra Comélia dès que le détachement partit la chercher. De son côté, elle sembla lui renvoyer son regard par-dessus la place vide, et le soutenir tandis qu'elle partait rejoindre les victimes. Parvenue à la place qui lui était prédestinée parmi les soixante-dix, elle prit les siens par la main et se tourna vers la tribune. L'ordre tomba du haut de l'estrade, puis quatre commandements prononcés par le sous-lieutenant, et les gamins des forces d'occupation firent feu sur les exemples.

Il fallut trois salves pour faire tomber les soixante-dix jusqu'au dernier. Parmi les Belges épargnés, quelques-uns crièrent, mais à l'instar des exemples, la plupart attendirent en silence, pensant peut-être que l'attente et le silence constituaient la meilleure défense contre un avenir que nulle action et nulle parole ne pourraient plus défausser. Jour après jour, ils avaient appris auprès de leurs bêtes que la route de l'abattoir n'était jamais si propre et droite que lorsqu'elle s'ouvrait et se refermait dans le silence.

Pendant les jours qui suivirent, Adolphe découvrit qu'il trouvait plus facilement le sommeil s'il substituait au visage de Comélia, dont le souvenir venait souvent partager son lit sans crier gare, celui de l'actrice familière qui cachait sa figure dans ses mains et jouait la mère de Jacques. Le visage photographié avait un effet apaisant, soporifique ; Adolphe s'endormait alors, certain que l'incident et l'après-incident trouvaient leur signification dans un contexte plus large auquel il n'avait nulle part.

Mais une fois assoupi, Adolphe ne dormait que par intermittence. Souvent il se réveillait et tentait de hurler : « Courez. » Mais, comme les jambes d'un rêveur en fuite, le mot se dérobait, plomb immobile au fond de la gorge ; et à côté de lui, dans la chambrée, ceux qui s'éveillaient en sursaut ne le comprenaient pas davantage que les soixante-dix auxquels s'adressait ce cri.

Tard une nuit, il se réveilla pour une tout autre raison. Il s'habilla avec méthode sans répondre aux questions de son voisin de lit et dit seulement qu'il avait à faire. Dehors dans l'obscurité, il se dirigea vers le quartier du colonel. Celui-ci logeait à présent dans la maison du maire Kruger, libre depuis l'après-incident. Des sentinelles se relayaient vingt-quatre heures sur vingt-quatre devant les grilles reconstruites. Adolphe reconnut les deux plantons, des amis du Westerwald, dont l'un était le frère cadet de la fille Jacob qui avait ravi la couronne de mai à Alicia.

– Daniel, Johann, laissez-moi passer, j'ai à parler au colonel.

– Ohé ! Dolphi. C'est à quel sujet ?

– Des informations de premier ordre, confidentielles, rien que pour le colonel.

– Hors de question. Il est plus de minuit. On ne réveille pas le colonel, sauf pour lui annoncer la victoire allemande ou une nouvelle attaque des francs-tireurs.

À ces derniers mots, Adolphe blêmit et s'assit sur le pavé, adossé à la clôture, son fusil sur les genoux. Il resta là et attendit son audience. Plusieurs fois, ses amis tentèrent de le faire parler, mais il refusait de répondre. Il n'accepta ni la nourriture, ni les cigarettes, ni même l'alcool de contrebande qu'on lui offrait. Quand vint la relève, il ne dit pas au revoir à ses compagnons.

Au matin, il n'était toujours pas autorisé à entrer sans identifier la nature de sa mission. Les gardes firent valoir que le nom de Schreck était synonyme d'emmerdements, que, pendant les classes, Adolphe avait détenu le record du peloton en matière de conseils disciplinaires. Adolphe protesta : ils voyaient bien qu'il était rentré dans le rang, que c'en était fini des farces depuis la guerre. Mais les sentinelles ne voulaient pas courir le risque d'une rechute accidentelle. Adolphe allégua que la sécurité des forces basées à Königen, et peut-être celle de l'armée entière, était en jeu. À quoi les gardes répliquèrent que, pour leur part, leur sécurité était assurée tant qu'ils restaient à leur poste, mais qu'elle serait menacée sitôt qu'Adolphe commencerait à jouer des tours au colonel. Adolphe dut abattre sa dernière carte :

– J'ai intercepté un message radio de l'ennemi.

Les plantons se raidirent et, sans le vouloir, écarquillèrent les yeux. Ils savaient ce qu'était la radio, mais le procédé restait tout entier enveloppé des voiles de l'innovation technologique. À peine treize ans auparavant, Marconi réussissait à envoyer la lettre S par-dessus l'Atlantique, et un an plus tôt, en 1913, Armstrong faisait breveter son circuit régénérateur. Il faudrait attendre six années encore avant la première émission commerciale ; mais plus rapides que le grand public, les militaires avaient bondi sur cette nouvelle technologie, et toute la piétaille savait que chaque camp faisait voler dans l'air nu des messages inaudibles au commun des mortels.

Pour le reste, les gardes étaient dans le bleu. La génération de leurs parents s'habituait tout juste à voir ces gens qui pouvaient reproduire à volonté leur image de façon mécanique. Voilà maintenant, nouveauté plus inquiétante encore, que l'on pouvait reproduire à l'infini sa propre voix, sa propre individualité, et l'envoyer dans l'atmosphère sans laisser aucune trace de l'expédition. Les sentinelles admettaient ce phénomène sans le comprendre.

Aussi l'affirmation d'Adolphe eut-elle sur les deux fermiers du Westerwald postés devant les grilles de Kruger un impact profond et terrible. Ils ne songèrent pas à demander comment Adolphe avait capté ce message radio. À leur connaissance, il était possible de fabriquer un poste à galène avec un portemanteau en fil de fer et quelques incantations. Ce message radio réclamait une attention immédiate. On en avisa le colonel, Adolphe fut introduit dans la maison.

Il pénétra dans un bureau somptueux au rez-de-chaussée, tout en lambris sombres, de ceux qui restent à demeure une fois posés. Chaque espace libre de la pièce était occupé par des centaines de tirelires mécaniques – bûcherons, acrobates, chasseurs, ours –, autant de jouets qui exécutaient un petit numéro quand on glissait une pièce dans leur fente. La demeure était sans conteste celle d'un célibataire aisé mais non fortuné, aux goûts douteux. Adolphe, lui, se crut dans un palais, c'était l'intérieur le plus riche qu'il eût jamais vu. Il essayait d'imaginer quel tour chacun de ces automates pouvait effectuer, et le colonel, encore en pyjama de soie pastel, assis dans un fauteuil trop rembourré, devant le plateau de son petit déjeuner, dut rappeler Adolphe à la réalité.

– Vous dites, soldat, que vous avez surpris,... intercepté, un message radio ?

– Tout juste, mon colonel.

– Un message de... euh... l'ennemi.

– Des Russes, mon colonel.

Le colonel leva un sourcil et touilla son œuf poché.

– Il me semblait que notre opérateur radio se nommait Nederman.

– C'est exact, mon colonel.

– Alors, vous êtes son second ?

– Non, mon colonel. Je suis Adolphe Schreck, Commissaire à la contrebande et simple soldat.

– Vous avez construit votre propre T.S.F. ?

Le colonel posa ses couverts en argent et releva la tête, un sourire d'encouragement sur les lèvres. Si un jeune fermier sans instruction était à même de s'approprier la nouvelle technologie, preuve était faite de la supériorité de la cause allemande. Rayonnant, il observait Adolphe et se demandait quel Français pouvait afficher de semblables prétentions.

– Non, mon colonel.

– Vous n'avez pas de poste à galène ?

– J'ai un plombage dans une molaire du fond, mon colonel.

Ce coq-à-l'âne plongea l'officier dans la perplexité. Il examina les petits pois dans son assiette pendant une longue minute avant de pouvoir reconstituer la logique de ce garçon. Le Commissaire à la contrebande semblait prétendre qu'un amalgame de calcium, d'argent et quelque chose dans la salive (le sel peut-être) pouvaient transformer un homme en récepteur radio. L'officier fit appel à ses études scientifiques pour déterminer si pareil phénomène était possible, mais il ne se rappelait rien, sinon le nombre $6{,}02 \times 10^{23}$, en rapport quelconque avec une unité de masse dont l'inventeur, un chimiste italien, avait un nom qui evoquait très vaguement un fruit.

– Et vous avez réussi à... déchiffrer le code des transmissions russes ?

– Ils n'ont pas utilisé de code, mon colonel.

– Vous parlez le russe, alors ?

– J'ai l'honneur de vous informer, mon colonel, qu'ils ont diffusé leur message en néerlandais.

– En néerlandais ! Voilà qui est... bien étrange.

Adolphe sentit que le colonel éprouvait des difficultés à suivre cet entretien. Peut-être ne croyait-il pas qu'Adolphe connaissait le néerlandais. Celui-ci s'apprêtait à rassurer son supérieur en lui parlant de Peter et Hubert, mais il se ravisa. Que ses demi-frères eussent grandi en Hollande n'impliquait pas forcément qu'il parle lui-même néerlandais. Il dit alors :

– Mon père est à moitié hollandais, mon colonel.

Ce premier mensonge fut pour Adolphe une torture. Mais la situation exigeait qu'il donne quelque vraisemblance à son récit. Il se mit néanmoins à répéter en silence son acte de contrition.

– Et quelle était la teneur de ce message radio en néerlandais que les Russes ont diffusé sur votre plombage ?

– Les Russes ont débarqué en secret trois divisions sur les côtes de la Manche. Elles ont infiltré nos lignes et l'une d'elles se trouve à moins de trente kilomètres.

Le colonel, qui essayait de décrocher un morceau de nerf coincé entre ses dents, manqua avaler sa langue à l'annonce de cette révélation. Ce garçon était à l'évidence atteint d'une démence légère. Des cas similaires se déclaraient en nombre sur le front depuis que les duels d'artillerie se faisaient plus rudes. Peut-être les tirs à basse altitude, audibles depuis Königen, avaient-ils suffi à engendrer ce cas bénin. Pas un instant le colonel ne jugea utile de poursuivre.

Pourtant, chose étrange, chaque détail de l'histoire d'Adolphe trouvait son écho dans la réalité. Pendant la première année du conflit, l'échec des transmissions codées contribua aux défaites russes de Tannenberg et des lacs de Mazurie. Tout au long du siècle, des gens ont prétendu recevoir des messages radiophoniques retransmis par des plombages ; on raconte qu'une célèbre actrice de cinéma aurait démantelé un réseau d'espionnage japonais à Hollywood après avoir perçu d'étranges vibrations dans l'un de ses amalgames. Quant aux troupes fantômes, en 1914, l'Angleterre victime d'une hallucination collective, crut en l'existence, non pas de trois divisions, mais d'une armée russe au grand complet, expédiée en secret sur le front ouest. Sans y avoir été incité par le gouvernement ou la presse, la population voyait des Russes partout, des soldats équipés de pied en cap. Des Anglais, pourtant sobres, disaient les avoir vus à l'exercice, débarquer de leurs navires, monter dans des trains. Pendant quelques jours, un pays entier inventa toute une armée à partir de rien. En cette année portée sur les hallucinations, celle d'Adolphe restait modeste.

Mais le colonel avait arrêté son diagnostic. Il prit sur le secrétaire de feu le maire Kruger un bloc de papier pelure d'oignon et adressa ces quelques lignes au médecin du bourg :

> Il me semble avoir entendu parler d'un nouveau traitement, mis au point à Vienne, contre certaines formes bénignes de délire engendrées par les tensions de la vie quotidienne. Auriez-vous l'obligeance de l'administrer au soldat porteur de la présente, car il semble sujet à l'exagération.

Le colonel apposa au bas de la lettre un paraphe tout militaire accompagné des nombreux titres qu'il s'était octroyés en prenant le commandement de Petit-Roi. Il scella la missive, la remit à Adolphe et donna ses ordres :

– Votre information est de la plus haute importance. Je l'ai reproduite dans cette lettre. Vous devez la remettre au docteur Minguette, rue des Glands, pour qu'il fasse ses recommandations à la population civile. Je me charge d'avertir nos forces dans les environs. Au revoir, soldat.

Le colonel adhérait à l'opinion, répandue chez les officiers, et universellement admise parmi les chefs d'État, selon laquelle il n'existe qu'une seule façon de combattre l'illusion : jouer le jeu. Il demanda à l'un des membres de sa garde personnelle de suivre Adolphe de loin pour s'assurer qu'il parvenait à destination.

Adolphe, obéissant aux ordres comme il se doit, saisit le pli et s'en retourna vers les rues familières de Petit-Roi. Il se demandait pourtant si le colonel avait saisi toute l'urgence de la situation. Trois divisions de Cosaques, ce n'était pas une bagatelle. Se priver d'un homme, fût-ce d'un seul, pour l'envoyer en mission, comme lui à présent, c'était à coup sûr commettre une erreur.

Jusqu'alors, Adolphe n'avait jamais songé à transgresser l'ordre d'un supérieur. À la ferme de son beau-père, comme sur le front du Kaiser, il savait que l'avenir de la nation dépendait de la soumission de chacun aux commandements. Mais cette fois, il devait allégeance à une plus haute autorité, une logique supérieure. La survie du bourg, l'occupation, le front, et même la patrie dépendaient de la résistance qu'il opposerait sur le terrain à ces sournoises forces russes. Il quitta soudain la route et coupa à travers une basse-cour belge.

Tandis qu'il avançait dans un champ vide, il se sentit visité par une puissante détermination. On comprendrait plus tard sa petite mutinerie : replacée dans son contexte général, on la lui pardonnerait, on l'en féliciterait. Après avoir tranché cette question, Adolphe ne songea plus aux Russes ni au rempart qu'il voulait dresser contre eux. Il pensait à ses demi-frères.

Il en voulait à Hubert qui, sans attendre son tour, avait chipé la photographie du trio, car il coulerait peut-être de l'eau sous les ponts avant qu'ils se retrouvent et puissent s'échanger le cliché. Alicia aimait tant ranger cette image dans son armoire, à côté de ses peignes : ainsi Adolphe pouvait se trouver chez lui quand il n'y était pas. Il réfléchit au message radio reçu par sa dent pendant la nuit. Quelle remarquable, quelle excellente société, qui permettait ainsi aux individus de reproduire leur voix et leur image à bon marché, de façon mécanique, pour la consommation des masses. La photographie et la radio, ces formes nouvelles de la reproduction mécanisée, Adolphe y voyait de nouveaux commandements – allez et multipliez-vous, aimez l'image de votre prochain comme vous-même.

Il aimait l'image de ses demi-frères dans son souvenir. Il aimait l'image d'Alicia dans son portefeuille. Il aimait l'image de l'enfant, fruit de leur union, l'enfant qui n'avait pas encore paru en ce monde. Il aimait Comélia Després, quand il l'imaginait en pleurs, le visage enfoui au creux de ses mains, comme sur la photo de l'actrice.

Dans la direction de Königen, une voix l'appela, mais il ne pouvait plus faire demi-tour à présent. On comprendrait plus tard sa petite mutinerie. La voix appela encore ; c'était peut-être ce drôle de photographe à bicyclette, mais il n'avait pas le temps de s'arrêter pour vérifier. Quelle était cette chanson que Peter chantait – « Carottes et oignons. Si l'on m'avait donné plus de viande, je ne serais peut-être jamais parti. »

Il achèterait un gramophone après la guerre, et jouerait cette chanson une fois par semaine pour son enfant. Des coups de feu retentirent près de lui ; les Russes, sans aucun doute. Mais Adolphe n'avait pas le temps de s'arrêter. Il s'aperçut que s'il se concentrait, il pouvait, par la force de sa volonté, détourner les balles et les faire éclater au loin.

Un officier subalterne des forces d'occupation fut chargé de la paperasse relative à l'affaire Schreck. Siècle des archives, il y en a même pour les petites gens. Allez les consultez, si la bibliothèque n'a pas brûlé : « Après plusieurs sommations laissées sans réponse, le déserteur a été abattu. » Un membre du corps médical ajouta au dossier d'affreux détails sur la perforation du ventricule gauche. Aucun des deux rapporteurs ne jugea bon de noter que le déserteur, couché dans le champ vide, avait répété pendant plusieurs minutes avant d'expirer : « La mère de Jacques ne trouve pas les haricots à son goût. »

CHAPITRE 18

Au petit bonheur la chance

> Une coutume observée par les Américains d'origine arménienne consistait à coller des morceaux de photos prises en Arménie sur un portrait de famille réalisé plus tard aux États-Unis afin de le compléter. Ces photos composites, aux ajouts maladroits, ont quelque chose d'enfantin, et témoignent du souvenir vivace des pères et des fils exécutés dans les massacres.
>
> « Portrait poignant d'un peuple opprimé »,
> *The Boston Globe*, 24 avril 1983

Pour autant qu'il s'en souvienne, Mays n'avait jamais posé en compagnie de Henry Ford Senior, mort une bonne dizaine d'années avant sa naissance. Il avait aperçu une fois Dizzy Dean au fond d'un parking pris d'assaut par une nuée de gamins, mais ses relations avec les célébrités s'arrêtaient là. Pourtant, comme dit le truisme, l'objectif ne ment pas, et sur le grand écran du Your Move Theater s'étalait, haute de sept mètres, une image de Peter en compagnie d'un Henry de la même taille, qui lui passait le bras autour des épaules.

Sans poser pour l'objectif, surpris pas la présence de l'appareil, ils sortaient tous deux d'une pièce dont on avait refermé la porte. La diapositive ne resta à l'écran qu'une poignée de secondes pour très vite laisser place à la seconde partie du spectacle. Mays lança un regard furtif vers Alison dont il avait repris la main. À cette étreinte inquiète et involontaire, la jeune femme répondit par une pression affectueuse, mais rien n'indiquait qu'elle avait vu quoi que ce soit d'extraordinaire. Peter ne parvenait pourtant pas à se persuader qu'il avait inventé cette ressemblance. *L'héritier* – il aurait pu ne pas tenir compte de ce sous-titre problématique, interprétation journalistique semblable à celles dont il faisait lui-même commerce, n'était une tradition familiale à laquelle il n'avait jamais prêté grande attention jusqu'alors.

Mays était si absorbé par l'effort qu'il faisait pour s'expliquer cette photographie que le retour sur scène de Kimberly Greene le fit sursauter. Sa perception du temps était à ce point bouleversé qu'il fut à nouveau frappé de voir apparaître devant lui l'objet de sa longue recherche. Mais l'énigme ancienne (une Bernhardt à contre-courant dans la cohue du défilé) céda aussitôt la place à une autre, très différente (énigme de l'identité), reliée à la première d'une façon que Mays devinait sans pouvoir la préciser.

Greene consacra la seconde partie de *J'habite le Possible* à une série d'imitations qui allaient d'Eleanor Roosevelt à Mère Teresa en passant par Sylvia Plath, mais Peter n'était pas en mesure d'apprécier la grande finesse déployée dans chaque tableau. Bernhardt en personne n'aurait eu qu'une faible chance de l'arracher à lui-même : il remaniait. Examiné à la lumière du nouvel indice, son passé récent réclamait une fois encore une réinterprétation. Assis dans son fauteuil, Mays y travaillait comme si sa vie en dépendait. Deux théories antagonistes pouvaient expliquer les événements de ces derniers mois. Il les appela, sans trop de rigueur, théorie de la Conspiration et théorie de la Coïncidence. Dans la première, la succession déroutante des motifs (la Journée des anciens combattants, la guerre, la musique instrumentale, la Bourse, Bernhardt, et Ford à présent) complotaient en secret pour produire un sens. Dans la seconde, rien de tel : seul le hasard avait voulu que ces motifs surgissent à peu près au même moment.

Mays trouvait dans ce deuxième camp infiniment plus d'attrait et de consolation. Quel que fût le lien impliqué en apparence par l'enchaînement des énigmes, Peter devait avoir inventé celui-ci. Peut-être, comme Bullock se plaisait à le dire, était-il victime de l'ennui, deuxième cause de mortalité des temps modernes. Mays, dont l'existence offrait le parfait exemple d'une vie morne, avait bien le droit de pimenter son quotidien avec un soupçon d'exotisme. Il s'était inventé un intérêt pour la rousse lointaine à cause de ses manières insolites. La chaîne qui reliait Greene à la Grande Guerre, et Nijinski à Bernhardt, était un effet ironique engendré par la structure de l'Histoire. Les clins d'œil que La Corbeille adressait au tournant du siècle ne reflétaient que la fascination du présent pour la nostalgie. Les mensonges et les dérobades de Brink, Delaney ou Bullock étaient le fruit du hasard et non celui d'une intention. Au théâtre, sous la poussée du réel, devant le spectacle d'une actrice accomplie qui lui coupait une à une les routes fascinantes du possible, Mays, en un ultime sursaut, avait sans doute fomenté une dernière intrigue, concocté une vague ressemblance avec un mort enterré de longue date. L'essentiel était de demeurer actif, de poursuivre la recherche.

Peter se serait volontiers satisfait de cette explication, il aurait aimé se détendre pendant le reste de la représentation et faire connaissance avec la délicieuse Alison, mais restait un atroce détail : cette bribe de folklore familial. Toute son enfance – le plus souvent quand il fallait payer les factures, ou après une grosse dépense inattendue (jambe cassée, nouveau chauffe-eau), bref, quand l'assise socio-économique précaire des Mays glissait vers les rigueurs de la pauvreté –, Peter avait vu sa mère remonter son fichu sur sa tête et lâcher dans un soupir :

– Et dire que Ford aurait pu faire notre bonheur.

La formule était proverbiale, simple habitude de sa mère, comme le rosbif du dimanche et les cartes qu'elle confectionnait à Noël. Maxime si familière que Peter lui-même, pendant un temps, l'avait crue universelle, un peu comme « Avec des "si" on mettrait Paris en bouteille ». Il l'avait employée, à l'âge d'homme, lorsque les soucis d'argent l'avaient rattrapé. Mais ses amis relevaient toujours la bizarrerie de l'expression. Du jour où il comprit qu'elle n'appartenait qu'à sa mère (sorte de grief adressé à ses aïeux pour ne s'être pas mieux débrouillés en matière de finances), Mays n'y accorda pas plus d'attention qu'à d'autres formules, comme celle de son professeur de géométrie, agacé par l'inaptitude totale de ses élèves à mener une démonstration, qui s'écriait toujours : « J'aurais dû me faire croque-mort. » Mais la photo de Ford transformait la vieille formule du tout au tout.

Dans le camp de la Conspiration, Dieu, Conan Doyle, ou quelque autre scélérat distribuait les cartes pour apprendre à Mays comment déduire, à partir de son propre jeu, celles qui étaient sorties du talon. Peter refusait cette possibilité, sans pourtant la juger invraisemblable : il ne voyait dans le scepticisme aucune vertu ni aucune logique. Mays rejetait l'hypothèse divine parce que, si elle se révélait exacte, croyant ou non, elle le placerait sous la coupe d'un Autre ; mais si elle était fausse, il ne parviendrait jamais à en établir la preuve. Mieux valait d'emblée déclarer la métaphysique hors de propos et explorer d'autres pistes. Celles-ci éliminées, il serait toujours temps de revenir jouer avec les Écritures.

Un cran au-dessous du divin, restait la possibilité que l'Histoire, somme vectorielle inconsciente tendue vers l'avenir, conspire pour livrer à Peter une révélation. Retour éternel et obsédant des mêmes préoccupations : la Grande Guerre, les premières décennies du siècle. Qu'il eût été choisi, lui, pour établir un lien personnel avec un passé depuis longtemps oublié, ou que ce passé cherchât par son intermédiaire à se faire reconnaître, laissait Mays sceptique, cependant. Il se lavait les dents avec soin, prenait les transports en commun, et ne conservait pour toute archive que des avis de non-imposition ; il n'était pas homme à endosser une destinée.

L'hypothèse d'une conspiration fomentée par ses amis et ses nouvelles connaissances paraissait la plus plausible. Depuis le début, à coups de méprises concertées, les autres avaient orienté ses recherches et l'avaient maintenu sur la piste. Quand Peter s'était désintéressé du défilé, Delaney l'avait rappelé à la fenêtre pour lui montrer Greene, surgie de nulle part, des reflets d'or dans ses cheveux roux, comme une apparition programmée. Plus tard, Delaney s'était volontairement immiscé dans la petite enquête de Mays et l'avait relancée avec la piste de l'instrument musical. Doug l'avait alors dirigé vers Caro, et Caro vers son ami Lenny, lequel détenait justement une photo de Bernhardt cachée derrière son guide *Standard & Poor's*. Lenny l'avait envoyé vers Greene *via* Alison Stark ; même le vieil Arkady Krakow semblait tremper dans une savante machination destinée à lui obtenir un rendez-vous et assurer ensuite qu'il irait au *Your Move*. Enfin, Greene, comme si cela faisait partie de son spectacle, l'avait dirigé vers la photo de Ford. La solution était inélégante, d'une impossible complexité, mais elle était fidèle à chaque rebondissement du scénario.

À quand le dénouement, l'indice ultime ? Quelle leçon cette conjuration des Égaux voulait-elle lui donner, et pourquoi avoir choisi des stratégies aussi alambiquées alors qu'il était possible de manipuler Peter plus simplement ? Il considéra encore chaque maillon de la chaîne de l'intrigue : jamais personne ne lui avait forcé la main. On s'était contenté de lui faire des suggestions, et il avait saisi la balle au bond, couru de sa propre volonté. Peut-être, ici ou là, les autres avaient-il fait une entorse aux règles du jeu : pressions de Brink, mensonge de Bullock à propos du jour chômé à la Bourse. Mais personne n'avait restreint sa liberté d'action. Cette pensée lui donnait le tournis.

Il fut tiré de cette méditation par l'impression vague qu'Alison l'attaquait. Ultime coup de poignard : il devait finir étranglé en silence, dans un théâtre, par une vieille Anglaise déguisée en jeune femme active et moderne. Les doigts d'Alison luttaient sous ceux de Peter :

– Vous me faites mal, grande brute.

La théorie de la Conspiration l'avait retourné, et il avait serré la main d'Alison prise dans son poing, de plus en plus fort, jusqu'à ce que la jeune femme se torde de douleur. Il se dégagea.

– Non, reprit-elle, je ne voulais pas vous...

Mais Peter repoussa la tentative que fit Alison pour reprendre sa main. Il s'assura qu'elle ne lui avait pas prélevé un échantillon de peau ou laissé une marque secrète, marque de Caïn tracée à l'encre ultraviolette. Puis, dans un bref éclair de lucidité, Mays comprit que s'il n'avait pas encore perdu le nord, ce serait bientôt chose faite s'il persévérait dans la voie trop facile qu'il venait d'emprunter. La théorie de la Conspiration relevait de la paranoïa pure et simple. Ces machinations trop lourdes et mal ficelées risquaient bien vite de tourner court. Il faudrait déployer des efforts trop considérables pour convaincre Mays – entreprise hasardeuse – qu'il était millionnaire sans le savoir. Et tout ça pourquoi ? À qui cela pouvait-il profiter ?

Par ailleurs, les conjurés ne pouvaient connaître l'expression fétiche de sa mère, expression dont dépendait à présent toute la chasse au trésor. Du coin de l'œil, Peter regarda le profil d'Alison : les plus belles arcades sourcilières depuis l'homme de Piltdown. Au moins ne pouvait-il pas soupçonner Miss Stark de duplicité. Il oublia toute cette histoire de Conspiration et reprit la main de la jeune femme.

Après avoir remis de l'ordre dans son esprit, Mays se concentra sur la scène où Kimberly Greene, qui avait de nouveau revêtu la défroque sévère de Dickinson, l'ermite-prophète de Nouvelle-Angleterre, disait les vers fameux sur le possible, lieu plus confortable que la prose. Peter avait des doutes, mais à l'instant où la rampe s'éteignit, il se leva d'un bond comme le reste du public et applaudit vigoureusement. Ce geste le rapprocha de mademoiselle Greene de plus d'un mètre et lui permit de mieux observer son visage. Il avait des questions à poser à ce visage, en tête à tête.

Le public continuait d'applaudir, de siffler et de frapper des pieds, au point que Mays fut bientôt écœuré par cette démonstration de narcissisme. Au bout du huitième rappel, il regarda Alison qui roulait des yeux au ciel, fatiguée, elle aussi, de ce raffut héroïque et conquérant. D'un commun accord, sans avoir eu besoin de se parler, ils se faufilèrent hors de la salle en délire.

Parvenu dans le foyer, Mays chercha l'entrée des coulisses. Alison essaya de le pousser vers la sortie.

– Vingt-cinq *cents* si vous me ramenez chez moi.

– Accordez-moi un instant. Je voudrais trouver...

– Allez, ne soyez pas timide. Je ne lancerai aucune proposition que vous ne puissiez attraper au vol.

– Ce n'est pas ça. Seulement… vous ne voulez pas qu'on aille féliciter l'artiste ?

– Quel intérêt ? Quand le torero a tué le taureau, chacun rentre chez soi. Je n'aurais pas cru que vous étiez du genre à vous prosterner devant des idoles.

– Il ne s'agit pas de se prosterner, simplement…

– D'aller voir ça de plus près ? Qu'est-ce qu'elle a de plus que moi, en dehors de la grâce, d'un beau visage, d'une silhouette fine, du talent et du charisme ?

Mays se demandait pourquoi Alison montrait tant de réticence à rencontrer Greene, mais il refusa de retomber dans la paranoïa. Simple rivalité, sans doute. Peter rejeta les objections de la jeune femme, et ils se retrouvèrent bientôt dans la file des admirateurs, cette conga qui, par convention théâtrale, se danse toujours devant les loges des comédiens. Et bien qu'ils se fussent éclipsés en pleine ovation, Alison et Peter n'étaient pas les premiers arrivés. Une petite demi-douzaine de personnes (très bel échantillon représentatif de l'Amérique moyenne) les avait devancés.

– Ils ont dû sortir à l'entracte.

– Tant pis pour le spectacle. Donnez-leur de la notoriété.

Alison et Peter cessèrent d'échanger des plaisanteries lorsque parut l'artiste. Exclamations et applaudissements polis parcoururent la file quand Greene ouvrit la porte de sa loge en Sarah Bernhardt. Peter se figea : elle avait fini sur Dickinson ; pourquoi avait-elle remis ce costume ? Elle s'était donné beaucoup de mal pour enfiler à nouveau son corset. Théâtrale dans sa folie, elle croyait sûrement à la transmigration de l'âme des actrices. Mays se contrôla en songeant à la mission de transmigration qu'il était lui-même venu effectuer.

Greene, courtoise mais expéditive, congédiait un à un ses admirateurs. Ce rituel lui pesait plus qu'il ne lui procurait de satisfaction. Néanmoins, aucun de ses admirateurs, de la poussière d'étoile plein les yeux, trop conscient d'avoir approché la renommée, ne s'apercevait qu'il était traité comme ces articles qui défilent à la caisse d'une épicerie. Systématique, Greene se débarrassa promptement des cinq ou six premières personnes de la file. Puis elle tendit la main et saisit celle de Mays.

Et pour la première fois, ce fut au tour de l'artiste d'être médusée. Le visage de Greene s'éclaira : elle l'avait reconnu. Pour une fois, les mots habituels ne lui venaient pas à la bouche. Mays, qui touchait à présent la chair du fantôme qui l'avait hanté, conservait un calme remarquable. Il n'était plus en présence de la talentueuse Greene, de la fabuleuse Bernhardt, ni même de l'énigmatique rousse ; non, il se trouvait à un mètre d'une femme qui pouvait lui donner enfin des réponses, des indications fiables sur un héritage auquel il avait été longtemps fait allusion. Il ne bougerait pas de là tant qu'elle ne lui aurait pas transmis les faits.

Troublée, Greene dégagea sa main et se dirigea vers le mur situé au fond de la loge. Elle appuyait davantage sur une jambe que sur l'autre, elle boitait, tic nerveux qu'elle avait sans aucun doute attrapé en revêtant les oripeaux de Sarah. Mays tendit le cou, pour voir où elle allait. Le mur était recouvert, du sol au plafond et jusque dans les coins, de coupures de presse et de photos, archives verticales qui ne retraçaient pas, comme Peter le crut d'abord, la carrière de Greene, mais la carrière générale du siècle passé : l'explosion du *Hindenburg*, « Dewey bat Truman », des fermiers chassés du *dust bowl*, l'usine de River Rouge, Charles Lindbergh. Bon nombre avaient servi de source aux diapositives du spectacle de Greene.

Hésitante, Bernhardt se tenait devant le collage, et Mays ne pouvait croire qu'elle eût alors l'intention de retrouver dans cette collection monumentale un document précis. L'autel dédié à l'Histoire, que Greene avait dressé pour s'amuser, avait pris des proportions incontrôlables, trop vastes pour que l'on puisse le détailler du regard. Pourtant, Greene restait devant le mur-document, tel un cobra royal qui se balance, puis elle leva une main légère et frappa le panneau. Elle revint en boitant, et glissa sa proie dans la paume de Peter.

– Tenez. Je crois qu'elle est à vous. C'est ce que vous êtes venu chercher. Prenez-la.

Mays jeta un regard superflu sur ce qu'il tenait entre ses doigts ; il savait déjà de quoi il s'agissait. Cette photo où il apparaissait en compagnie de Ford, et dont la transparence avait été reproduite de façon mécanique, était accompagnée d'un petit encadré.

– Où l'avez-vous trouvée ?

– Allez savoir. Elle n'est pas datée, et l'indication de la source a été découpée. Impossible de dire d'où elle provient. Vous connaissez cet homme ?

– Ford ?

La repartie ridicule de Mays fit enfin sourire Kimberly Greene. Ses traits apparurent sous son masque impassible.

– Je voulais parler de l'autre homme. S'il s'agit bien de vous, vous portez votre âge à merveille. Gardez la photo, si elle peut vous servir à quelque chose. Merci d'être venu me voir en coulisse ; quand je vous ai aperçu, j'ai reçu une délicieuse décharge de synchronie.

– Pardon ?

Au plus profond de lui, Mays se sentait dans l'incapacité totale de dire quoi que ce soit qui fût tant soit peu intelligible. Il se demanda si l'on pouvait traîner une personne en justice pour avoir manqué de repartie dans une conversation. Peter se retrouvait à mille lieues des scénarios échafaudés en vue de cette rencontre, et il ne savait pas improviser.

– La synchronie. Toutes les époques en même temps. Mon hobby.

Elle lui montra son costume, déploya les plis de sa robe, et esquissa une révérence. À l'instant où Mays détachait son regard de l'actrice pour examiner encore le bout de papier jauni, la file des admirateurs l'emporta inexorablement. Quand il releva la tête, il vit Greene recevoir les compliments enthousiastes de deux joueurs de hockey. Pressé par Alison restée à l'écart, et par un ouvreur sinistre prêt à bondir sur les traînards, Peter battit en retraite. Embourbée dans le passé, cette femme ne pouvait de toute façon lui être d'aucune aide.

Dans la rue, Mays se pencha sur la coupure. Alison vint se glisser près lui pour regarder aussi.

– Voyons un peu ce que la jolie dame a donné au gentil petit garçon.

Ils s'accusèrent l'un l'autre de se cacher la lumière, et aucun ne songea à approcher le morceau de papier du lampadaire. Mays lut à voix haute :

– « Notre photographe, présent sur les lieux, a pris ce cliché du génie de l'industrie, M. Henry Ford, en compagnie d'un ami au sortir d'un entretien à huis clos, après le récent fiasco du Navire pour la Paix. M. Ford, cerné par la presse, a déclaré : "L'Europe ne veut pas mettre fin à cette guerre. J'étais venu aider dix millions d'hommes. Je devrai me contenter d'un seul." Lequel d'entre vous, chers lecteurs, ne voudrait prendre la place de cet homme-là ? »

Dans l'espoir d'un indice, Mays retourna la coupure. Des particules tombèrent du papier rendu friable par le temps. Au dos du document, il découvrit, à demi effacée, une publicité pour un gramophone, et un article où étaient rapportés les propos d'un courtier de chez Morgan, convaincu que la guerre avait rendu certains investissements très attractifs, que le conflit serait sûrement le dernier en Europe, et que les petits porteurs seraient bien avisés d'acheter au comptant. Mays retourna de nouveau le morceau de papier pour voir si la photo ou sa légende n'avaient pas changé dans l'intervalle.

– Regardez. On dirait que ça a été fait à la plume.

À ce stade précoce de son évolution, le procédé de reproduction laissait en effet voir des traces de lithographie au carbone.

– Je ne comprends pas. C'est vous que l'on est censé reconnaître sur cette photo ? Moi, je ne vois pas.

– Allons donc. C'est vrai ? Regardez. Franchement. Regardez bien. Ne me dites pas que vous ne voyez pas la ressemblance.

Mays se baissa pour se mettre à la hauteur d'Alison et tint le cliché à côté de son oreille. Il essaya de reproduire l'expression exacte de son double sur la photo. Il avait pleine conscience de se trouver sur un trottoir désert, vidé par la pluie, en compagnie d'une inconnue, bien après la fin du bal, et de toucher aux dernières limites de l'absurde. Pourtant, il ne regrettait pas sa lucidité passée. Il attendait le verdict, observait le visage d'Alison avec la même intensité qu'elle observait le sien.

– Non. Désolée. Rien à faire. Et d'abord, le type à gauche ne mesure que cinq centimètres.

Mays sourit malgré lui. Peu lui importait qu'Alison fût malicieuse, menteuse ou aveugle ; il était content qu'elle ne vît pas de ressemblance. Voilà qui restituait à cette aventure l'aura salutaire de la spéculation, l'élément de doute familier dont Peter, enfant du milieu du siècle, était l'héritier. Il estima, après mûre réflexion, que l'heure était venue d'agir de façon spontanée. Pendant treize secondes, durant lesquelles il formula l'hypothèse de travail selon laquelle le chaud et le moelleux sont choses plus agréables que le froid et le dur, Mays se retint de demander à Alison si elle avait jamais entendu l'expression « Et dire que Ford aurait pu faire notre bonheur ». À la fin de cette soirée, il avait vingt-cinq *cents* de plus en poche, mais n'avait pas davantage de réponses à ses questions.

Le lendemain matin, Peter décida de ne pas se rendre à son bureau. Il appela Caroline et lui expliqua qu'il devait régler une affaire de famille. Brink fit preuve d'une remarquable sollicitude ; elle dit obtenir davantage de travail de Delaney, et donc de Moseley, quand il n'était pas là. Mays suggéra l'adoption d'un programme d'indemnités compensatoires : chaque journée d'absence lui serait payée le double. Brink répondit qu'elle y songerait. Puis elle lui demanda à mi-voix s'il avait aimé Madame Bernhardt.

– Comment êtes-vous au courant ?

– Lenny m'a tout raconté. Et aussi qu'il vous soupçonnait de ne pas aller seul au spectacle. Y aurait-il un fond de rumeur dans cette vérité ?

– J'aimerais bien qu'on m'explique pourquoi ma vie privée doit tourner à la conférence téléphonique. Dites à Lenny qu'il reste une ou deux personnes à Charleston qui ne savent pas encore jusqu'où je suis allé avec sa serveuse. Et tant que vous y êtes, demandez-lui donc s'il a quelques bons livres à me conseiller sur Ford.

Peter se rendit compte aussitôt qu'il était mal venu de hurler sur son supérieur et de lui raccrocher au nez. Mais tant pis ; *Micro Mag* pouvait allait se faire pendre. D'ailleurs, il ne comprenait même pas comment la boîte restait à flot. Ses deux concurrents devaient lui verser des subventions, pour préserver l'équilibre des pouvoirs. Mays chassa la revue de son esprit et commença à faire ses bagages.

Des années d'épuisantes recherches l'avaient conduit à cette irréfutable conclusion : il était matériellement impossible d'arriver par surprise chez sa mère à Chicago. Il avait cessé toute tentative depuis qu'un mercredi matin, à la mi-février, du temps où il préparait avec sérieux sa licence d'informatique (comme Alison, Peter avait cru lui aussi que la voie de la satisfaction véritable passait par l'acquisition de savoir-faire techniques), il avait parcouru les huit mille kilomètres qui le séparaient de la maison, était même passé par la porte de derrière, pour trouver sa mère dans le jardin, en polaire, assise sur son pliant, et l'entendre dire : « Je savais bien que tu ne décrocherais jamais ton premier semestre. »

Elle savait toujours tout, soit qu'elle eût des antennes, comme toutes les mères, soit qu'elle fût perpétuellement aux aguets. Peut-être versait-elle une souscription à un réseau d'habitants de Chicago qui, à l'instar des combattants de la liberté, membres de la Résistance française, se tenaient informés les uns les autres des plus menus désordres du South Side. Quoi qu'il en soit, Peter ne prenait plus la peine d'annoncer sa venue depuis longtemps. D'ailleurs, ces annonces anticipées n'auraient fait que contrarier sa mère qui préférait se fier à ses dons de voyance. Prévoir les visites rares et inopinées de son fils restait son unique divertissement. Cette fois-ci, Peter la trouva à mi-chemin entre la porte d'entrée et le point dans la rue où un corps devenait visible depuis la maison.

– Doux Jésus, Petje, est-ce que tu es mort ?

Mays ne savait jamais comment répondre aux questions de sa mère. D'une certaine façon, il semblait qu'un simple « non » ne fût pas assez emphatique. Mais s'il en disait davantage, sa mère prendrait un air offensé et dirait : « Ce n'était qu'une question. » Parmi plusieurs centaines de réponses possibles, Peter en choisit une :

– Ça va, M'man.

– Tu as perdu ton travail ?

– Non, mais j'y pense. Je n'ai pas dit à mon patron que je venais ici.

– Tu crois que ça va leur faire plaisir ? Tu sais, Petje, la plupart des établissements n'apprécient pas que leurs employés filent en douce. Viens à la maison. Tu pourras les appeler. Je paierai la communication.

– M'man, ça n'a pas d'importance. Écoute-moi. Tu te rappelles cette expression que tu emploies toujours : « Et dire que Ford aurait pu faire notre bonheur » ?

– Tu as besoin d'argent et tu dis que ça n'a pas d'importance si tu perds ton travail ?

– Oublions ça. Qu'est-ce qu'on mange à midi ?

Et tous deux, bras dessus, bras dessous, empruntèrent l'allée pavée d'un pas nonchalant, tandis que madame Mays expliquait à son fils qu'elle venait de préparer plusieurs sandwiches à la saucisse de Bologne – ses préférés –, parce qu'elle avait eu le pressentiment qu'il ferait peut-être un petit saut depuis Boston dans la journée.

Même si le prix à payer était exorbitant, Peter aimait se retrouver à la maison. C'était en partie pure affaire d'hédonisme : il aimait le linge toujours propre et les plats chauds qui lui faisaient tant défaut à Boston. Il aimait le parfum de mémoire attaché à cet endroit, l'odeur forte de goudron qui reste sur les mains après qu'elles ont été fraîchement lavées. Les réparations que sa mère effectuait en permanence sur les murs à coups de peinture et de mastic (elle ne travaillait pas et n'avait rien d'autre à faire de son temps que d'« entretenir les lieux ») n'effaceraient jamais entièrement l'atlas des coups et des éraflures qui commémoraient les joies diverses et accidentelles de l'enfance de Peter : l'endroit où, un Noël, il avait enfoncé la porte d'un coup de poing rageur, les marques laissées par le vaisselier massif sur les déclivités du parquet. Les senteurs d'eucalyptus et d'extrait de vanille, le gargouillis constant des radiateurs, les traces de scotch indélébiles, rectangles jaunis semés au hasard par une armée de cartes postales et autres souvenirs.

Surtout, il aimait rentrer à la maison pour goûter la tristesse monacale de la classe moyenne qu'il chérissait. Madame Mays gardait seule le fort. Son mari était mort quand Peter n'avait qu'une douzaine d'années. De son père, il avait seulement conservé le souvenir d'émotions extrêmes : la colère, quand il détachait sa ceinture, menace de punition ; l'espoir, quand, en privé, il rappelait à son fils combien il importait d'acquérir une solide formation scientifique ; ou l'amour, quand il lui donnait d'affectueuses calottes pleines de sensiblerie pendant les parties de belote qu'ils faisaient à trois.

Parmi les images moins fugaces de son père, Mays ne s'en rappelait qu'une seule : celle des trois dernières heures de sa vie, quand, allongé sur un lit à baldaquin dans la chambre du fond, au milieu des vapeurs anesthésiantes du camphre, sa chair de la couleur et de la consistance d'un clam cuit à l'étouffée, il avait repris conscience juste assez longtemps pour dire : « Cette douleur dans la poitrine me rend fou. » Depuis lors, il ne restait plus que Peter et sa mère, et après le départ de son fils pour le monde du travail, Mme Mays avait pris ses quartiers permanents de solitude.

Tous deux s'accordaient à penser que les plaisirs de la vie monastique surpassaient ceux du monde et de ses biens matériels. Mme Mays n'aimait rien tant que rôder devant sa fenêtre panoramique, jamais bien loin du déjeuner qu'elle avait préparé dans l'éventualité où se vérifieraient ce jour-là ses vagues intuitions au sujet du retour de son fils.

En matière de longue solitude, cette maison n'avait pas sa pareille et aucun quartier de Chicago n'égalait les abords du Southwest Side. Même si les demeures y sont plus petites, les pelouses moins spacieuses que dans les beaux quartiers de North Shore, un gouffre plus profond sépare chaque salon. Leurs occupants vivent encore sous le choc de l'immigration. Ils sont venus d'Europe de l'Est quand les vannes des années trente et quarante se sont ouvertes : Lettons, Tchèques, Slaves – les « Merdeux » comme Mays, supérieur, les appelait tous lorsqu'il était enfant parce qu'il possédait sur eux une génération d'avance.

Qu'ils aient vécu dans la peur de se voir retirer leur permis de travail, ou qu'ils aient conclu, unanimes, à la lumière des événements du demi-siècle passé, que la seule nation qui vaille était celle dont les frontières s'arrêtaient aux marches de leurs caves, peu d'habitants s'aventuraient hors de chez eux, sinon pour désherber leur pelouse dans l'anonymat des samedis. Seules preuves que des gens occupaient la succession infinie des étroites maisons à étage (chacune flanquée de son belvédère et de sa volée abrupte de marches en pierre), les petits rideaux de laine propre et les Vierges de plâtre qui hantaient chaque fenêtre. Sur les trottoirs, de rares graffiti annonçaient la montée en puissance des Lituaniens, mais s'ils montaient, c'était sans se faire voir, perfides comme le levain dans la pâte.

Mays aimait revenir chez lui pour retrouver ce respect universel de l'isolement. Il aimait passer les soirs d'été à dormir dans le fauteuil à bascule sous la moustiquaire de la véranda, ou bien, réveillé, mettre son esprit au diapason des criquets. Dès son arrivée, après avoir répondu aux questions de sa mère, qui cessaient sitôt qu'elle sentait que tout allait bien, Peter pouvait descendre dans le jardin derrière la maison, ou monter au grenier qui donnait sur la rue, et cultiver l'oubli absolu : la plus agréable des impressions après le sentiment d'être complètement perdu. Plus on s'exerçait à ne rien ressentir, plus la sensation devenait agréable. Mays, sa mère, les Merdeux, tous aimaient ce néant pour la même raison : ils y étaient habitués. C'était ce qu'ils connaissaient.

Mais le temps de cette visite, et pour une période bien plus longue peut-être, le charme ancien de la solitude demeurerait hors d'atteinte. Peter devrait se passer un peu de l'isolement. Voilà plusieurs mois de cela, il avait commencé à nourrir ce qu'il fallait appeler, faute de mieux, une préoccupation ; comme l'huître qui convertit le sable en nacre et privilégie la taille de la perle plutôt que son poli, Mays avait effectué des girations de plus en plus larges afin de pouvoir vivre avec cette préoccupation, jusqu'au jour où il s'était enfin décidé à débourser deux cents dollars et sacrifier son travail pour venir demander à sa mère, autour d'un petit déjeuner, ce qu'elle savait au sujet du père de la production standardisée.

– « Et dire que Ford aurait pu faire notre bonheur » ? J'ai toujours dit ça. C'est une expression que je tiens de ma mère, et je l'ai reprise, comme un héritage. Tu peux l'utiliser si tu veux ; je n'ai pas déposé de brevet.

– Très bien. Mais raconte-moi comment ta mère a commencé à l'employer. Et je ne veux pas entendre « par hasard ». Il a bien fallu qu'elle aille pêcher ça quelque part.

– Je ne sais plus. C'est de l'histoire ancienne, Petje.

– Réfléchis. C'est important. Crois-moi.

– Qu'est-ce qui ne va pas ? Tu as besoin d'argent ? Je vendrai les meubles s'il faut. À quoi ils me servent les meubles ?

– Ce n'est pas ça, M'man.

– Tu cherches un endroit où loger ? Viens habiter ici.

– Ce n'est pas sain pour un homme adulte de vivre avec sa mère.

– Pas sain ? Tu vas me donner la tuberculose peut-être ? À quoi elle me sert à moi, la santé ?

Bien que fervente catholique, et membre occasionnelle d'une association locale, Mme Mays avait emprunté sa syntaxe yiddish au professeur qui lui avait appris l'anglais comme à ses parents. C'était une femme intelligente, mais elle n'avait pas fait beaucoup d'études. Autre influence majeure sur son langage : les tabloïds qu'elle épluchait religieusement chaque semaine, surtout à la recherche d'articles sur les dernières avancées de la médecine. Aussi, son vocabulaire, de bonne facture anglo-saxonne, se laissait-il aller quelquefois au techno-jargon, à ses polysyllabiques flamboyants, surprenants « piézoélectrique » et autres « multivalences ». Elle écrivait plus qu'elle ne parlait. Elle vivait pour les lettres, celles qu'elle expédiait à son fils par vingtaines quand celui-ci ne lui en envoyait qu'une seule.

– Écoute, M'man. Il faut que je sache d'où vient cette expression. Je t'expliquerai ça mieux quand j'aurai moi-même compris de quoi il retourne. À ta connaissance, ton grand-père n'a jamais travaillé pour Ford ? Est-ce que ça n'est pas aussi bête que ça ?

– Ton arrière-grand-père n'a jamais mis les pieds en Amérique.

Mays releva l'inconséquence de cette réponse mais l'interpréta comme un non définitif. À peine avait-il entamé ses recherches que Peter découvrait ce que tout chercheur finit un jour par reconnaître : retrouver les origines d'une tradition folklorique relève pour l'essentiel de la spéculation, même lorsque l'on remonte à sa source. Il en vint à soupçonner que la photo était une coïncidence. Peut-être le grand-père de sa mère avait-il perdu sa ferme dans les années difficiles de l'après-guerre parce qu'il ne possédait pas de tracteur Ford. Mais Peter ne pouvait en rester là. Bernhardt, Nijinski, la fête de l'Armistice, l'infirmière Cavell, La Corbeille, tout cela réclamait une explication.

L'heure était venue d'employer les grands moyens. Peter s'était gardé d'aller droit au but, tout aussi terrifié que l'on réponde à sa question par oui que par non.

– Est-ce qu'un de mes ancêtres a un jour rencontré Ford ?

– Tu te fiches de moi ?

– Je ne vois pas ce que ça aurait de si extraordinaire. Cet homme n'était pas un dieu. Il a dû rencontrer des petites gens plusieurs fois dans sa vie. On raconte qu'il a été petit lui-même, avant.

– Pas d'impertinence avec ta mère. Mon père n'était qu'un pauvre policier. Il n'a eu affaire qu'à une seule célébrité dans sa vie : Bauble, l'amuseur public. Il a dû empêcher ce lascar de tuer sa femme.

– Alors, tu es bien certaine ?

– Les certitudes, c'est bon pour les chefs d'État.

– Je vais quand même jeter un coup d'œil dans les vieilles affaires.

– Ne t'en prive pas. Regarde si tu peux en bazarder un peu cette fois. Toute cette vieille paperasse, ça me donne le frisson. Je l'entends qui jaunit.

Deux cents kilos de risque d'incendie entreposés dans les combles de la maison constituaient les annales de la famille Mays. Mme Mays ne pouvait pas les entendre jaunir parce que, jaunies, elles l'étaient depuis belle lurette. Elles ne lui donnaient pas non plus le frisson, et Mme Mays ne voulait pas vraiment qu'on en bazarde un peu. Elle et son fils partageaient la même tendresse pour ce vieux bric-à-brac d'archives. Le trésor du grenier renforçait leur solitude. Dans les rares occasions où Peter était allé traîner parmi ces restes de souvenirs, il s'était moins plu à les examiner qu'à s'asseoir au milieu d'eux pour les respirer – odeurs de naphtaline et d'alcool de bois –, et faire l'appel de tous les morts. Pourtant, mère et fils se sentaient obligés de dénigrer ces vieilleries quand ils en parlaient, honteux d'aimer des objets si dépourvus d'utilité et oubliés de tous.

Le mémorial occupait le dégagement créé sous les combles par l'avancée du toit ; il ne s'agissait pas du grenier proprement dit, mais plutôt de deux réduits tronqués situés de chaque côté de la charpente. Dans les maisons de ce type, cet espace superflu est en général rempli de matériau isolant. Ainsi, la vieille paperasse offrait-elle aux Mays une isolation en libre accès. Les archives étaient réparties de manière chronologique : dans l'aile ouest, se trouvaient les documents qui couvraient les deux dernières générations (Peter et ses parents). L'aile est contenait tout ce qui remontait aux périodes antérieures.

Enfant, Peter n'était autorisé à pénétrer dans aucune. Quand l'interdit fut levé, à l'adolescence, il assouvit sa curiosité en restant tout un week-end sous les toits. Passé ce premier excès, les goûts de Mays se précisèrent et il jeta son dévolu sur l'aile ouest. Il aimait consulter ses archives personnelles, regarder des photos de lui, non par abus de narcissisme, mais parce qu'il reconnaissait ce qu'il voyait. Il aimait revivre, de façon consciente cette fois, ces modestes triomphes remportés par et sur l'inconséquence : sa toute première dent ; sa première toilette sans assistance (Kodak, 1957). Ces documents se trouvaient à l'entrée du débarras, à l'endroit où il était le plus commode de se glisser dans la soupente et d'en repartir.

Quand il partait pour de plus longues expéditions, Peter s'enfonçait davantage dans l'aile ouest, rampait jusqu'aux documents qui concernaient ses parents. Il aimait les photos de sa mère enfant, juchée sur un poney en costume de pionnière, ou adossée au bastingage d'un navire, le visage souriant, le jour où sa famille entrait dans le port de New York. À l'arrière-plan, dans la lumière laiteuse du cliché, ce n'était pas la silhouette attendue de la Statue de la Liberté qui se dressait, mais le camp de détention d'Ellis Island. Sous la composition, Peter sentait toujours davantage percer la présence du photographe – son grand-père probablement – que celle du sujet photographié. Mais Peter ne s'attardait guère sur les images et reproductions de la vie de sa mère. Quand il allait dans l'aile ouest, il consacrait le plus clair de son temps à faire connaissance avec son père.

Les archives lui avaient appris que ce dernier – immigrant de la première génération lui aussi, à en juger par le nombre des lettres expédiées depuis l'étranger – était arrivé orphelin dans ce pays (son passeport) et qu'il était allé à l'école primaire dans un établissement caritatif (six bulletins scolaires de la *Waterloo Ohio Home for the Homeless* : résultats honorables, dans la moyenne, avec quelques difficultés en anglais, en histoire et en calligraphie). Il avait décroché son premier emploi dans les chemins de fer (certificat médical ; règlement effectué par son assurance maladie pour un tibia cassé lors de la chute d'une traverse). Dans les derniers temps de la Seconde Guerre mondiale, à sa majorité, il s'était engagé dans l'armée (carte de volontaire, papiers d'identité, ordre d'incorporation, ordre de démobilisation). Il avait servi dans le génie, à l'arrière (photo ; insignes), après avoir été refusé dans l'aviation en raison de sa trop petite taille (correspondance privée).

Une caisse d'invendus témoignait de son premier échec dans les affaires : cendriers souvenirs en cuivre de mauvaise qualité qui portaient l'inscription *Bienvenue à Chicago* et différentes vues gravées des hauts lieux de la ville – le Water Tower, le Musée des sciences et de l'industrie, le métro aérien, le Loop. Une scrupuleuse liste des ventes, dressée par le père de Peter, attestait que son commerce n'avait jamais été florissant. Chicago, regrettait-il dans une lettre à un ami, n'était jamais devenue la capitale touristique qu'elle aurait dû être.

Il avait fini par trouver sa vocation à la radio, comme acteur. Un producteur l'avait découvert dans un foyer municipal lors d'une partie de Bingo pendant laquelle il annonçait les numéros sortants avec un accent qui pouvait passer pour allemand. Au dire de tous, il suffisait d'avoir entendu une fois le père de Peter pour se souvenir de lui. La radio lui offrit une notoriété sans visage. Il devint Herr Gustav, l'Allemand Charmant, celui qui venait interrompre *Mystery Tonight* pour vous exhorter à « poire la ponne pière qui fous fait du pien ». Après avoir été la plus redoutée des communautés nationales aux États-Unis, la communauté allemande était devenue, à la fin des années quarante, la plus comique d'entre toutes, et le père de Mays avait tiré parti de ce changement.

Sur une vieille machine de la taille d'une grosse valise, Peter avait écouté à plusieurs reprises des échantillons du travail de son père, des enregistrements d'une durée de deux minutes. Les déformations conjointes de la radio et de la bande magnétique donnaient l'impression d'entendre une voix aussi lointaine que le signal du Spoutnik, une voix pourtant proche ; proche et familière comme la soupente de l'aile ouest : le plus allemand des faux Allemands parlait plusieurs langues, voix d'un homme qui ne serait jamais mort. Quand vint le déclin de la radio commerciale, le père de Peter se débarrassa de son accent pour présenter les bulletins météo, sans qu'aucun auditeur en fût pour autant plus avisé.

Par-delà les affaires du père, tout au bout du comble, se trouvait un escabeau. Trois marches tapies dans l'ombre, et Mays pénétra dans un vaste grenier sous le faîte de la maison. Il n'y avait là rien d'intéressant : de vieux meubles, un globe terrestre où figurait encore le Mandchoukouo et le Siam, et un gramophone qui ne reproduisait aucun son reconnaissable. Mays se dirigea vers le fond de la pièce où un autre escabeau descendait dans l'aile est. Peter ne se détourna même pas pour renifler ces souvenirs de famille plus récents. Cette fois, il était venu se plonger dans les époques anciennes.

Il emprunta les marches et chercha à tâtons le cordon qui commandait l'éclairage de la soupente. La lumière produite était d'une puissance bien inférieure au nombre de Watts indiqué sur l'ampoule, mais elle brillait assez pour révéler que le matériau entreposé là datait d'une époque encore trop récente. Il n'existait aucune archive sur la famille du père de Peter ; il avait débarqué orphelin en Amérique, sans annales. Les cartons autour de Mays renfermaient des documents contemporains des plus anciennes archives de l'aile ouest, documents centrés non plus sur sa mère mais sur les parents de celle-ci : les mêmes photos prises devant Ellis Island depuis le bastingage d'un navire, où la mère remplaçait la fille. Mays devait encore creuser et ramper pour atteindre des strates intéressantes.

Progressant à la façon d'un mineur, Mays suivit le boyau au plafond incliné et bas qui longeait le mur du grenier. Il sentait vieillir l'odeur des objets. Un regard à droite et à gauche lui fit apercevoir un voile de mariée, les restes d'une robe de deuil, une mèche de cheveux dans un médaillon ovale, un rouleau pour piano mécanique intitulé « *Heerlijke Opa* ». Peter brûlait. Toutes ces saintes reliques de papier moisi – autorisations, lettres, certificats, polices d'assurances caduques – parlaient en un Babel de langues infini.

Mays s'arrêta devant un carton et l'ouvrit : sous ses yeux, quatre bons kilos de stéréogrammes, panoramas autrefois prisés par un public dépensier. Deux photos presque identiques (souvent des perspectives de la Tour Eiffel, une exposition automobile, ou la promenade d'Antwerp) placées côte à côte sur une plaque de carton rigide. Celui qui avait jugé bon de conserver ces vues n'avait pas gardé la visionneuse, aussi Peter dut-il se contenter d'en lever quelques-unes à la lumière pour regarder les images jumelles dont l'angle variait imperceptiblement, et imaginer comment la parallaxe créait le relief.

Juste un peu plus loin, il ouvrit un deuxième carton semblable au premier, rempli de vignettes photographiques reproduites de façon mécanique, ancêtres de nos cartes postales modernes. Il en prit quelques-unes au hasard mais soudain son sang se glaça : il était tombé sur un portait de Madame Sarah, allongée sur un canapé, vivante, mais dans une attitude qui vous la faisait croire morte. Mays se demanda aussitôt comment

Brink, Bullock, Delaney, et même Moseley, l'allié silencieux, avaient réussi à s'introduire dans l'aile est pour y déposer ce document. Quand il eut calmé ses soupçons, regardé encore le visage mobile et extatique de l'actrice, il se sentit de nouveau submergé par le désir, le besoin d'arracher un masque, mais qui n'était pas celui de Sarah Bernhardt ni de la talentueuse Kimberly Greene. Il voulait découvrir la femme qui s'était assise à ses côtés, celle dont il sentait et imaginait la main : Alison.

Il était encore temps de quitter l'aile est, de faire à l'envers le chemin parcouru dans la matinée, de se présenter à La Corbeille, de s'abandonner à l'Anglaise et à ses dentelles 1900. Mays n'avait plus devant lui qu'un mètre et demi d'archives, surtout des babioles et un bric-à-brac peu prometteurs. Les papiers n'avaient rien donné d'intéressant jusqu'ici : aucun nom célèbre, aucune mention de l'Amérique. L'espace d'un instant, il songea que cette dernière strate ne pourrait rien lui promettre qu'Alison ne puisse lui fournir à profusion. Elle semblait l'apprécier, même sans savoir qu'il était rédacteur technique. Et puis, elle avait des pommettes comme celles qu'on décrit dans les livres.

Peter retournait tout cela dans son esprit en faisant défiler sous ses yeux les cartes postales primitives. Sur chacune apparaissait une célébrité ; beaucoup étaient inconnues de Mays. Il trouva étrange que ses ancêtres aient possédé par centaines des photos de célébrités, et pas un seul cliché personnel. Mais il est vrai que l'on pouvait s'acheter vingt Madame Curie pour le prix d'une épreuve originale sur gélatine. Mays vit passer tous les grands classiques : Édouard VII, Victor Hugo, le Kaiser. Lorsque Ford apparut, Peter eut un léger rictus ; il s'apprêtait à poursuivre quand il remarqua que l'on avait repassé les lettres au stylo plume et souligné la légende d'un trait épais. Ce détail, bien qu'accessoire et anecdotique, força l'attention de Mays.

Quelque temps plus tard (combien, Peter n'aurait su le dire), il avait retourné de fond en comble toute l'aile est. Il avait étudié des correspondances et des papiers écrits en quatre langues différentes, les avait examinés de si près qu'il imaginait presque pouvoir les comprendre, lui qui possédait tout au plus quelques rudiments de Fortran. Devant une modeste enveloppe marquée *Sparen*, il sut que quelqu'un l'avait expédiée vers un point indéterminé de l'avenir, avait ordonné aux générations futures d'en préserver le contenu, de lui faire traverser toutes les catastrophes collectives que le siècle pourrait apporter.

L'enveloppe ne contenait que trois documents. Quand Mays l'ouvrit, le plus petit tomba par terre. Peter éleva le morceau de papier à la lumière mais ne put lire ce qui était écrit. Quelle que fût la nature de l'inscription (en apparence, un simple mot), elle avait été rendue à jamais illisible par la légèreté du trait de crayon, la salissure du papier, et son pliage qui, au fil des années, avait gommé toute trace. Avec précaution, Mays remit le fragment dans son enveloppe.

Le deuxième document, d'une dimension beaucoup plus importante, était plié en quatre. Mays l'ouvrit tout doucement et vit apparaître une photo en piteux état, très abîmée. Il la mit à plat. Les mauvais traitements n'avaient pas voilé l'image de trois jeunes hommes sur une route boueuse, peu avant le crépuscule. Peter tira de sa poche la coupure de Greene et la plaça en regard du cliché. Même dans la lumière du grenier, il était incontestable que l'héritier de Ford et le personnage central sur la photographie ne faisaient qu'un.

Par peur de brûler des étapes, Peter agit avec une lenteur calculée. Il retira de l'enveloppe la dernière pièce du dossier *Sparen* et la déplia : il s'agissait d'une feuille de papier à lettre pliée en deux, vélin épais et luxueux qui avait perdu sa raideur d'autrefois. Datée du premier mai 1916, la missive commençait ainsi : « Cher M. Langerson. » Peter releva la tête et réfléchit : était-ce le nom de jeune fille de sa mère ? Mais celle-ci s'appelait Mays ; le père de Peter avait pris le nom de sa femme après leur mariage car il portait le même patronyme qu'un sinistre Nazi, criminel de guerre. Il chercha à retrouver un Langerson dans ses connaissances sur le Reich, mais tout ce qui lui revenait en mémoire, c'était que Hitler, ou Göring ou Goebbels avaient un seul testicule. Pour la cinquième fois en cinq semaines, il se maudissait de connaître si mal l'Histoire.

Il reprit sa lecture :

> Au cours de mes récentes tentatives pour ramener l'Europe à la raison, j'ai eu plus d'une fois l'occasion de déclarer en public que vous étiez la seule personne en qui j'avais pu trouver un peu de bon sens, et que je vous en étais redevable.

Mays cessa de lire, pour raison médicale. Il regarda la signature avant de ranger la lettre dans son enveloppe, bien que cette vérification fût superflue. Il s'extirpa des deux soupentes en beaucoup moins de temps qu'il ne lui avait fallu pour s'y introduire. Et lorsqu'il revint au rez-de-chaussée, où sa mère était assise devant une réussite, Mays sentit la solitude reprendre possession de la maison, comme le parfum d'une vieille amie.

CHAPITRE 19

L'épreuve accessible et bon marché

> (...) Ceux qui entrèrent en contact avec la machine eurent de plus en plus de mal à admettre l'hypothèse de la « loi naturelle » et de la différentiation sociale qui entourait les classes oisives. C'est ainsi qu'un clivage est apparu dans la société : non plus entre le pauvre et le riche, mais entre le technicien et l'homme d'affaires, le mécanicien et le seigneur de la guerre, le scientifique et le ritualiste.
>
> Robert L. Heilbroner, *The Wordly Philosophers*

L'une de ces légendes apocryphes qui forgèrent l'histoire officielle d'Hollywood rapporte ce qu'un producteur fauché répondit à un metteur en scène désireux d'emmener son équipe tourner des extérieurs en Afrique : « Un rocher est un rocher ; un arbre est un arbre. Tournez la scène à Griffith Park. » Cet homme soucieux de son budget avait compris que la jungle sur l'écran ne contribuait qu'en partie à créer l'atmosphère. Le reste du travail, ce sont les millions d'explorateurs africains et de collaborateurs qui l'accomplissent dans l'espace clos de la salle obscure. Reproduit sur Celluloïd, et accompagné d'une esquisse de scénario, Griffith Park peut l'emporter sur le cœur des ténèbres le plus obscur, même si, sur le chemin du cinéma, les spectateurs sont passés devant ce même parc.

Prenez l'exemple d'un adulte averti qui passe dix heures par semaine à Griffith Park, en connaît chaque graffiti et les moindres blocs de granit. Filmez cet endroit, recadrez-le, dissimulez la perche et les voies express qui passent à proximité, puis mettez deux soldats dans la boue, équipés d'uniformes gris et de casques bourguignotte ; pour que l'illusion soit parfaite, ajoutez des tirs de barrage reproduits en faisant feu dans une poubelle à coups de pistolet, et ce même spectateur averti se dira : « Alors c'était ça, Verdun. Ça a dû être horrible. »

On invoque les progrès techniques réalisés en matière de reproduction et la précision grandissante de la réplique mécanisée pour expliquer que nous soyons si prompts à accepter l'artifice. Selon cette théorie, nos machines ont atteint un tel degré de perfection dans l'imitation des sonorités, textures et couleurs originales, que la moindre suspension de l'incrédulité suffit à rendre l'illusion parfaite. Mais ceci n'explique pas tout. Boccace raconte qu'il arrivait fréquemment aux contemporains de Giotto (qui n'avait pourtant pas recours à la perspective rectiligne) de prendre les fresques du maître pour la réalité ; plusieurs spectateurs, dit-on, s'évanouirent devant une séquence du *Vol du Grand Rapide* dans laquelle un acteur tire en direction de l'objectif. Pourtant, les copies les mieux préservées de cette œuvre nous montrent un film muet en noir et blanc, aux images saccadées et floues.

L'ignorance de la technique ne suffit pas à expliquer pourquoi les premiers spectateurs tombèrent ainsi dans les pièges les plus grossiers. Pas plus que les peintures de Giotto, les films et photographies des années 80, aussi sophistiqués soient-ils, ne parviennent à une ressemblance parfaite avec le modèle. L'objectif ne saurait reproduire, fût-ce de manière approximative, la façon dont l'œil voit une image. Il modifie l'échelle, la mise au point, la profondeur de champ, les dimensions de l'objet, la perspective, le cadrage, la définition, la modulation d'intensité et la luminosité de l'image. En photographie, la couleur se résume à quelques valeurs discrètes obtenues par soustraction des trois couleurs primaires, équivalence approximative du spectre ininterrompu perçu par l'œil humain. Chaque photographie en couleurs est unique, et ses tons ne peuvent être reproduits à l'infini. Certes, grâce à la technologie, la reproduction des images a fait des progrès qui dépassent toutes les espérances. Mais nos clichés les plus perfectionnés sont encore plus proches des fresques de Giotto que de l'image imprimée sur la rétine par un objet en trois dimensions.

En outre, si la technique photographique était vraiment capable de nous faire confondre une image et sa source, nous nous dirions sur-le-champ « Voilà des acteurs dans Griffith Park », au lieu de penser « Voilà des soldats à Verdun ». Car le parc devant lequel nous passons tous les jours se trouverait si parfaitement reproduit que nous serions bien forcés de le reconnaître. Le pouvoir véritable de la photographie et du cinéma, le subterfuge qui permet à notre imagination de nous faire pénétrer dans le cadre, ne tient pas à la perfection de la technique mais au camouflage partiel que nous choisissons de lui faire subir.

Ce qui fait l'étrange force de persuasion des photographies, c'est la façon dont nous marions exactitude et distorsion. La reproduction doit être suffisamment fidèle à l'original pour susciter chez le spectateur une chaîne d'associations, mais suffisamment différente pour lui laisser le loisir de remplir et meubler l'image en y ajoutant sa propre conviction. La photographie semble particulièrement adaptée à cet hybride précaire. Sans pinceau, elle réalise une peinture avec du sel d'argent, mais c'est une peinture qui trouve ses lois en la mécanique : ainsi est-elle à la fois le procédé le plus libre de toute contrainte et celui qui se trouve soumis au plus grand déterminisme. L'obturateur de notre appareil ne peut être qu'ouvert ou fermé, pourtant il nous est impossible d'avoir par avance une vision parfaite de l'image finale, de la corriger ou de la dupliquer.

Comparé à celui de l'œil, le fonctionnement de l'objectif est si rapide, son regard si scrupuleux, que le résultat obtenu surprend même le photographe qui découvre les détails de son cliché : « Ce panneau, à la gauche du bâtiment, je ne l'avais pas remarqué. » Parce que le procédé mélange la rigueur mécanique aux caprices de la lumière, et que le résultat final réunit précision technique et flou artistique, la réaction du spectateur associe le sérieux de l'essayiste – « les faits, tous les faits, rien que les faits » – aux tentations de la fiction : « Que faire de cette image ? »

Aux débuts de la photographie, il fallut habituer le public à cette alliance. Les rédacteurs des journaux illustrés tentèrent d'introduire des rotogravures dans leurs pages et se heurtèrent à un rejet massif des lecteurs, qui trouvaient les vieilles tailles-douces plus réalistes et plus frappantes. Mais dès 1939, le public ne voyait déjà plus Élizabeth Ire, ni une Bette Davis anémiée, ni même un simulacre sans épaisseur, aux reflets gris argent, sous-exposé et démesurément grand, mais un hybride de tout cela, façonné par chaque spectateur.

Dès l'origine, le médium impliquait que la possession d'un appareil photo constituât la seule différence matérielle entre le public et l'artiste. La technologie naquit d'abord du désir des amateurs de fixer une scène sans l'intervention d'une main incertaine. La *camera obscura*, dispositif inventé au XVIIIe siècle, permettait de décalquer une image sans qu'il fût nécessaire d'avoir un quelconque talent, mais le procédé manquait encore de fiabilité et ce, quelle que soit l'habileté de Hans ou la maladresse de Franz. Il fallait trouver un moyen de graver les Alpes ou le grand tour d'Europe directement sur la plaque de verre, tels qu'ils se présentaient à l'observateur. C'est ce besoin, et non celui, plus général, de mieux voir ou de surpasser les Vieux Maîtres, qui a accéléré le développement de la photographie, même si tous les mécanismes en étaient connus depuis quelque temps déjà.

Et, comme cela arrive souvent, lorsque plusieurs personnes élaborèrent en même temps le procédé grâce auquel la lumière laisse son empreinte sur un support, on assista à la naissance d'un art qui n'impliquait ni talent, ni magie, mais faisait seulement appel à la composition, au point de vue, et aux choix de l'artiste ; un art qui n'exigeait plus une technique d'exécution – puisque la machine s'en chargeait – mais une maîtrise dans la conception. Pourtant, composition, point de vue et choix sont les savoir-faire auxquels recourt le spectateur éclairé lorsqu'il se tient devant une image achevée et en estime la valeur. Sur le plan qualitatif, il n'existe plus aucune différence entre processus de fabrication et processus d'appréciation. Comme le souligne Walter Benjamin dans son essai fondateur, *L'Œuvre d'art à l'époque de sa reproduction mécanisée* :

> (...) la différence entre auteur et public tend ainsi à perdre son caractère fondamental. Elle n'est plus que fonctionnelle.

L'avènement de l'appareil autofocus, automatique et bon marché, a presque effacé cette différence fonctionnelle. Les membres des classes moyennes naissantes ont alors porté en bandoulière des machines qui leur permettaient de sélectionner, découper et conserver à leur guise des instants de réalité. Ce qu'ils ont fait en masse, jusqu'à ce que chaque foyer croule sous quantité d'albums photo exposés au regard ou remisés au grenier. Chaque famille devint à la fois sujet, auteur et metteur en scène de ces albums, sautant ainsi le petit pas qui séparait encore l'auteur de l'autorité.

L'engouement prodigieux dont bénéficient la photographie et le cinéma tient à l'amalgame séduisant qui leur permet de dévoiler un objet tout en suscitant la participation de l'observateur. L'effet produit par une image filmée est moins affaire de contenu que d'épaisseur, de rythme, de contraste et de transformation. L'alternance rapide de plans qui montrent un homme marchant dans la rue puis, à l'autre bout de la ville, une femme jetant sur sa montre un regard angoissé, nous touche moins par le contenu que par le montage. Si chaque samedi, en matinée, nous venons assister aux nouveaux malheurs de Pauline, c'est pour voir comment, avec l'aide du metteur en scène, nous allons réussir à la tirer de là. Comme l'écrit Benjamin :

> L'identification du public à l'acteur est en réalité une identification à la caméra elle-même.

La technique ne suffit pas à nous faire prendre un parc à peine maquillé pour Verdun. Nous aimons le film en partie parce que nous *savons* qu'il s'agit de Griffith Park mais que nous le transformons en champ de bataille. La ressemblance est assez frappante pour nous inviter à établir une table de symboles semblable en tout point à la table de décisions qu'utilise le photographe pour faire ses choix artistiques et techniques. Nous sommes des enfants à qui on raconte une histoire, et la photo est l'amorce que nous devons développer, étoffer et répéter afin de ne pas nous endormir dans l'obscurité menaçante. Écoutez deux personnes décrire la même scène tirée d'un film récent : elles reproduisent les gestes des acteurs, le montage, vous expliquent la mise en scène ; mais les deux versions ne sont jamais identiques. Témoins d'un même meurtre, ils ont à jamais dénaturé les faits en y participant.

Encouragés par l'autonomie de l'image que crée la machine, nous projetons sur elle nos propres symboles. Même si la photographie se prête aux manipulations – couleur, retouche, surexposition ou défaut d'éclairage, collage, assemblage, peinture sur négatif –, ces trucages trompent rarement l'œil et encore moins l'esprit. Mais sous les auspices de la machine contraignante, les spectateurs prêtent foi aux modifications qu'ils apportent à l'image en toute liberté.

Le dix-neuvième siècle aimait poser en grande cérémonie devant l'objectif pour trois raisons. D'abord, ces séances accomplissaient, à moindre frais, l'œuvre de la peinture, qui restait l'apanage des classes aisées. Ensuite, la photographie permettait d'obtenir une ressemblance satisfaisante tout en vous épargnant les maniérismes du peintre. Enfin, le client avait le plaisir d'être à la fois sujet, spectateur, et – par le biais de la commande, de la pose et du choix de l'épreuve définitive – auteur. Le public qui achetait des photos, et devait bientôt se mettre à en faire, voyait dans le portrait effectué en studio le compagnon idéal de son incessant projet autobiographique.

Par ailleurs, au dix-neuvième siècle, en raison d'une espérance de vie plus courte et d'une conscience accrue de la mort, les classes moyennes gardaient grâce au daguerréotype et à la photographie des souvenirs plus convaincants que les traditionnels mèches de cheveux, ou colliers reçus en héritage. Dans un journal, une réclame pour un photographe professionnel spécialisé dans le portrait exhortait les lecteurs à « préserver l'ombre avant que la substance ne fane », slogan qui mettait en évidence l'atout commercial de la photographie : pour les survivants, l'ombre, infiniment plus malléable que la substance, était dotée d'un pouvoir évocateur bien plus grand que celle-ci.

L'ombre se prête mieux au travail biographique perpétuel dont les spectateurs tissent la trame dès lors qu'ils tentent de comprendre le sujet. Icônes religieuses, souvenirs qui parachèvent la biographie interprétative, des portraits ovales se dressent sur des buffets transformés en autels. Dans l'esprit de ceux qui ont pris, ou cru prendre la photo, le contenu de l'image ne vient qu'en deuxième position, derrière les associations d'idées qu'elle suscite : « Celle-là, nous l'avons fait faire le jour du dixième anniversaire de Stephen, deux mois avant sa disparition. Le photographe en avait pris une douzaine, mais c'est ce cliché que j'ai retenu. Son visage montre bien ce qu'il serait devenu. J'en ai fait faire plusieurs tirages et les ai envoyés aux oncles et aux tantes. »

Multiplier des tirages, tous identiques sauf pour un œil exercé, n'en diminue pas la valeur, comme dans le cas des pièces de monnaie et des timbres de collection, mais en augmente au contraire le prix. Il ne peut y avoir qu'un seul retable de Ghent, mais autant d'exemplaires de Matthew assis sur les marches du perron que l'on demandera à la machine d'en fabriquer. La valeur marchande du retable est inestimable, Matthew, lui, se vend à vingt *cents* le tirage. Mais pour le public (le consommateur d'art), la singularité du retable ne le rend propre qu'à l'adoration : cinq minutes de recueillement, accoudé à la balustrade du musée, le temps que les gens derrière vous commencent à s'impatienter : invitation, courtoise dans le meilleur des cas, à prendre de la distance. En revanche, on peut posséder, modifier, chérir et archiver un cliché. Il ne suffit pas, lorsque le *Hindenburg* explose, de regarder par-dessus l'épaule d'un voyageur dans le train et de constater que l'aéronef s'est désintégré. Il nous faut encore acheter un exemplaire du journal où se trouve la photo de l'événement, et faire nôtre cette réalité.

Même si la valeur marchande d'un objet est inversement proportionnelle à la probabilité d'acquérir celui-ci, notre siècle a proclamé l'insignifiance du coût au regard de la propriété. L'impulsion autobiographique – cet étalon de la valeur des choses – doit imprimer le poinçon de l'observateur sur son objet. On ne peut interagir avec *La Joconde* en restant derrière le cordon de sécurité. Mais la machine a fabriqué assez de Betty Grable pour la consommation personnelle de chacun.

Certains photographes réactionnaires ont tenté de préserver la valeur de leurs épreuves au détriment de leur consommabilité en recourant à des éditions limitées et en jurant sur une pile de Stieglitz qu'ils avaient détruit leur négatif au cinquantième tirage. Mais la photo est la Model T des arts. Celui qui veut être enterré avec sa Ford à cinq cents dollars parce qu'elle l'a toujours sorti de n'importe quel trou voudra aussi une photo à cinq dollars de sa femme : ainsi, quand elle disparaîtra, il pourra la sortir de son trou et la poser une bonne fois pour toutes sur le buffet. Un rocher est un rocher, un arbre est un arbre, et un portrait vaut bien un original.

Cette aptitude à reproduire à l'infini des images quasi identiques sans l'intervention de la main de l'homme apparaît soit comme la plus grande perversion de l'ère de la machine, soit comme son accomplissement le plus prometteur. La machine n'accorde aucune valeur aux processus, seul compte le résultat obtenu. Usines d'emballage, appareils photo et automobiles se moquent bien de savoir quel chemin emprunter pour aller de A à B, du moment que le trajet s'effectue dans un fauteuil, de la façon la plus simple qui soit. Mais le parcours le plus indiqué n'est jamais le plus agréable : ces deux qualités, par définition, sont distinctes. Nous devons choisir entre la fin et les moyens, le voyage et son aboutissement, le transport esthétique et le transport mécanique.

Aussi chaque époque voit-elle une large part de la population reprocher à la machine d'être déshumanisante, moribonde, impitoyable, débilitante, incontrôlable, banale, laide ; bref, d'incarner ce qu'il y a de pire sous les mots « mécanique » et « production de masse ». Pour les détracteurs de la machine, la valeur d'un objet se mesure à la part d'humanité qu'on lui attribue et à la chaleur dont on l'entoure. La reproduction détruit le caractère unique des choses et leur valeur. Le culte de la beauté ne reconnaît que deux critères : la difficulté et l'effort. La peinture la plus maladroite a davantage de prix que la photo la plus saisissante, la première ayant vu le jour au terme d'un parcours plus révélateur, car plus difficile.

Les ennemis de la machine estiment que remplacer le simple et le beau par le mécanique et l'opportun – la charrue par le tracteur, le cheval et sa carriole par une Ford, le sabre par le mousquet puis la carabine – donne lieu à une escalade autoreproductrice qui prend seulement fin lorsque nos outils, sans qu'on n'y puisse rien, cherchent à trouver force et efficacité dans une action violente. Personne ne peut nier que les guerres menées en ce siècle ont été des démonstrations de puissance mécanique, et nul ne peut douter – en dépit de la doctrine équivoque de la dissuasion nucléaire – que la simple existence de cinquante mille ogives rende supérieure à zéro la probabilité d'une destruction totale. Mais dans le camp anti-technologique, on adopte une position encore plus radicale : la reproduction massive d'images photographiques était à l'origine des valeurs qui allaient détruire le beau, le singulier, l'humain et toute humanité.

Pour d'autres, qui s'opposent à ces vues, production standardisée et reproduction offrent une alternative bienvenue et libératrice à la tyrannie de l'esthétique élitiste : « Un art à cinq kopecks. » Selon ce camp, auquel se rallie Benjamin, assimiler la rareté à la beauté, vénérer l'art dans les musées au lieu de le faire entrer chez soi, empêcher que les imitations n'inondent le marché pour faire grimper le prix de l'original, ont privé trop de monde et depuis trop longtemps des ressources naturelles nécessaires à la méditation et au perfectionnement de soi.

Considérée sous cet angle, la photographie, c'est-à-dire la reproduction et la distribution de masse, permet enfin de propager et de démocratiser la valeur artistique. Pour la première fois dans l'Histoire, dupliquer une image n'est pas plus difficile ni plus coûteux que d'admirer l'original. La sacro-sainte barrière qui séparait autrefois le fabricant et l'amateur d'art s'effondre aujourd'hui. Les mécanophobes déplorent la déchéance de l'auteur dont le titre revient au grand public. Les mécanophiles, eux, se réjouissent que le grand public soit élevé au rang d'auteur.

Pour ces derniers, la prolifération rapide et incontrôlée de l'art photographique, au lieu d'en nier ou d'en diluer la valeur, apporte à une humanité lancée dans une expansion sans frein la promesse insoupçonnée d'une valeur pratique et esthétique. Comme le suggère Benjamin :

> (...) les actualités filmées offrent à chacun la possibilité de troquer le statut de passant contre celui de figurant. De cette façon, n'importe qui peut même faire partie d'une œuvre d'art.

Que penser de l'accusation proférée par les mécanophobes, qui affirment que la machine concentrée sur les fins au détriment des moyens fait naître un état de violence dans lequel la domination découle naturellement de l'efficacité ? La technologie de la machine produit sans conteste des armes d'une puissance de destruction inimaginable. Mais les mécanophiles rétorquent que c'est l'esprit dans lequel nous utilisons ou rejetons les machines, bien plus que les machines elles-mêmes, qui provoque ou évite les conflits. De la même façon que les combats menés par procuration, ou les revers infligés aux entreprises visent à consolider (au moyen de la lutte) les intérêts respectifs des belligérants, les guerres entre nations – affirment les mécanophiles – ont pour but de protéger et de faire grandir la valeur matérielle de l'État (son caractère unique), tout en demandant au contribuable de payer les frais avec le sang des sammies.

Un art de l'élite, plutôt qu'un art de masse, qui assimile le beau à la rareté d'une marchandise, ne peut que perpétuer les mobiles matériels qui sous-tendent les guerres. Comme le dit Benjamin :

> Lorsque l'utilisation naturelle des forces de production est retardée et refoulée par l'ordre de la propriété, l'intensification de la technique (...) tend à une utilisation contre nature. Elle la trouve dans la guerre, qui par ses destructions vient prouver que la société n'était pas mûre pour faire de la technique son organe, que la technique n'était pas assez développée pour juguler les forces sociales élémentaires. (...) Dans cette guerre, la technique insurgée pour avoir été frustrée par la société de son matériel naturel extorque des dommages et intérêts au matériel humain.

L'alternative est simple : il faut appuyer sur le déclencheur de l'appareil ou sur la détente du fusil. Produire et distribuer à grande échelle des images qui satisfont aux besoins matériels du monde, émettre des titres que l'on pourra retrouver et se procurer partout sur la planète, ou bien faire respecter par la force le système ancien de la propriété esthétique. Nous avons le choix entre politiser l'esthétique au moyen de l'appareil photo, ou maquiller la réalité politique qui, selon Benjamin, a pour seule issue la guerre. Voir dans le quotidien une forme d'art, ou lire en l'Histoire une fiction romantique aboutit aussi, fatalement, au culte de l'affrontement envisagé dans sa beauté plastique.

Dans le débat sur la reproduction mécanisée, les deux extrêmes s'accusent mutuellement de défendre des positions qui mènent droit à la catastrophe. Entre ces deux groupes, la plupart des gens font des photos sans réfléchir aux enjeux que ce geste implique. Nous constituons nos albums de famille, réalisons nos clichés, quelquefois par amour du beau et du rare, quelquefois par souci documentaire, mais le plus souvent, pour conjurer la mort. À l'aide de l'objectif, dont nous ne saisissons ni les mécanismes, ni la portée philosophique, nous nous efforçons de combattre l'annihilation du temps et d'endiguer la perte ; non pas seulement celle du sujet photographié (notre défunte tante Sophie, ou les dernières vacances d'été dans les Balkans), mais aussi celle de l'instant de la vision, cette mort de l'œil qui, sans l'empreinte durable archivée par la machine, effacerait peu à peu la qualité révélée à l'observateur dans l'acte du regard.

Chaque cliché invite le spectateur à s'identifier au photographe et l'oblige à reconstituer les valeurs induites par la volonté de préserver l'image disparue. Voir devient un *memento mori*, un rappel de la mort du sujet, portrait ou paysage depuis longtemps défunts, mais ressuscités par celui qui possède une épreuve et y investit une part de lui-même. Contempler une scène du passé fixée sur la pellicule entraîne l'observateur bien au-delà de la sphère esthétique ou politique. C'est ce qu'explique Hannah Arendt dans son essai sur la violence :

> La mort, affrontée à l'instant véritable de l'agonie ou dans la conscience intime de notre propre mortalité, est peut-être l'expérience la plus antipolitique qui soit. Elle signifie que nous allons disparaître du monde des apparences et quitter la compagnie de nos semblables, conditions nécessaires à toute politique.

La conscience profonde de cette rupture se fait jour en nous chaque fois que nous examinons un cliché dans le détail ou que notre regard coïncide avec celui de l'objectif. Car nous nous sommes absentés, éloignés des conditions de la prise du cliché. Chaque paysage, chaque intérieur, chaque portrait mécanique parvient au spectateur au fil du temps, souvenirs expédiés vers l'avenir, en attente de l'instant où l'œil et l'obturateur entreront en conjonction. Remarquer telle image, l'observer, implique aussitôt le spectateur qui devient partie prenante du souvenir enregistré sur la pellicule. Lorsque nous regardons une photo, nous reproduisons et répétons, devant le double d'un fantôme, des décisions et des critiques qui font écho à celles du photographe. Nous demandons ce qu'il nous faudrait être, ce en quoi il nous faudrait croire pour vouloir préserver ce moment.

De même que nos révisions autobiographiques quotidiennes s'apparentent à la mémoire collective et lui permettent de s'écrire, voir et aimer une épreuve photographique nous engage à l'action, mais une action limitée par le cadre historique de l'image. L'interprétation nous exhorte à la complicité, nous enjoint d'ouvrir un passage entre sentiment et signification, entre le sujet éphémère de la représentation et la volonté obstinée de le préserver, entre le photographe et nous-même.

L'idée que nous regardons le modèle perd de sa crédibilité. Notre œil glisse sur le sujet, à la recherche d'autre chose. Lorsqu'un monteur de cinéma enchaîne un plan où l'on voit une femme tourner la tête, et une vue d'ensemble qui nous montre les boutiques situées de l'autre côté de la rue, nous suivons le regard de la femme, car nous avons décidé de notre plein gré de nous concentrer sur ce qu'elle observe. Donner sens à un montage c'est refaire celui-ci à l'envers, en utilisant les critères du monteur. Nous reconstituons le montage de façon dynamique, comme un regard en action.

Le même phénomène s'applique aux images fixes : l'objectif découpe une tranche de temps, fenêtre immuable sur un événement en mutation. Le cadre nous invite à entrer dans un rapport de synchronie avec le photographe, tout comme les vitrines de musée, comparables aux rayons verticaux d'une ruche, nous font voir une coupe transversale de la colonie et nous incitent à en partager l'existence. Nous ne pouvons guère nous soucier de ce qui se situe à la droite ou à la gauche du cadre. Si un passage se fait jour entre le sens et la portée d'une image, il ne pourra s'ouvrir qu'en ces rares instants où, ravis par quelque détail inaperçu ou telle ressemblance que nous aurons reconstruite, nous prendrons conscience de ce qui se situe devant le plan de la photo.

Nous glissons sur la pellicule sans nous demander quel monde s'y trouve préservé, soucieux seulement de découvrir en quoi nous différons de celui qui l'a préservé et de ceux qu'il a préservés. Nous ne pouvons comprendre l'autre sans rectifier notre propre image. Les deux processus s'interpénètrent. L'intérêt que nous portons aux photos tient surtout au fait qu'elles regardent vers le passé.

À maintes reprises, dans cette galerie de portraits inachevée qu'est *Hommes du vingtième siècle*, on voit les modèles de Sander faire l'expérience douloureuse de l'objectif, et renoncer à l'espoir de manifester leurs caractéristiques individuelles pour s'acquitter d'une l'obligation plus pesante, celle qui les oblige à incarner une éducation, une classe et une fonction sociale. Les yeux dans le vague, ils regardent loin devant eux, bien au-delà du photographe, vers de plus graves préoccupations. Quand nous venons nous placer derrière l'épaule du photographe et que nous croisons ces regards, nous ressentons la sinistre impression qu'ils se fixent sur nous, que les modèles cherchent à nous transmettre quelque chose, ainsi qu'à toute postérité.

Pourtant, la façon dont les modèles nous sont présentés est tout à l'inverse de ce que l'on appelle communément la pose. Sander prive ses sujets de cette attitude raffinée censée révéler un tempérament. À la manière d'un naturaliste qui éprouve le besoin de classer les espèces, il traite ses modèles comme des spécimens ; dans le meilleur des cas, ceux-ci ont à peine le temps de se rendre présentables. D'habitude, le sujet qui aspire à l'immortalité prend rendez-vous avec un photographe puis se présente à son studio. Sander a bouleversé tout cela en allant à bicyclette traquer ses modèles dans leur habitat naturel pour les épingler sur ses planches à leur insu. En les privant du désir actif d'être photographiés, Sander impose à ses sujets un devoir envers l'appareil. Ils sont pris sur le fait, en train de réviser leur propre biographie sous l'œil inquisiteur de l'Histoire, c'est-à-dire de l'objectif.

Un poisson et un enfant placés de part et d'autre de la vitre d'un aquarium réagissent au comportement de leur vis-à-vis et influencent ce comportement : un coup frappé sur la vitre du bout du doigt déclenche un battement de nageoires, qui déclenche à son tour un cri émerveillé, qui déclenche alors une dilatation soudaine des branchies. Placés derrière la vitre, nous réagissons de la même manière. Le sujet de l'œuvre de Sander, c'est cette interaction permanente entre le moi étriqué et l'imposante galerie des portraits. Le sujet d'*Hommes du vingtième siècle*, c'est nous.

Quand Sander prive ses modèles de la possibilité de se dissimuler derrière une pose héroïque, il prive aussi le spectateur de cette dérobade : même le visiteur venu par hasard au musée se sent convoqué par l'image. À l'aube du vingtième siècle, lorsque Jacob A. Riis, photographe dans la police, publia son recueil de clichés intitulé *How the Other Half Lives*, une étape supplémentaire fut franchie dans la disparition de la pose. Non seulement les sujets n'étaient pas volontaires, mais ils n'avaient même pas conscience d'être photographiés. Armés de flashs, Riis et ses deux assistants rôdaient la nuit, et prenaient clandestinement des photos de malfaiteurs et d'indigents. Après l'éclair aveuglant, les photographes devaient déguerpir, souvent poursuivis par des foules mécontentes et frappées de stupeur.

Riis voulait dévoiler les conditions de vie sordides qui régnaient à New York dans le Lower East Side, montrer la pauvreté et la déchéance des traîne-misère qui vivaient là. Il ne pouvait accomplir ce travail qu'en cachette, sans le consentement de ses sujets. Sur l'un de ces clichés saisissants, on voit des voleurs, certains armés de gourdins, qui, depuis leur repaire au fond d'une ruelle, lancent un regard menaçant vers l'éclat aveuglant du phosphore. Plusieurs décennies ont passé derrière la vitre, et les bandits regardent encore l'historien, le visiteur ou le nostalgique venu prendre la place de l'intrus qui les a surpris en premier.

Peut-être Riis pressentait-il qu'une classe aisée de nantis ne croirait aux conditions de vie débilitantes dont il voulait rendre compte que si elle découvrait, comme une double preuve, sa propre réticence à regarder les pauvres reflétée dans la réticence des pauvres à être regardés. Ce photographe qui expose la décrépitude de certains quartiers d'une ville est parvenu à montrer le vrai visage de l'humanité quand on ne lui laisse pas le temps de s'apprêter pour l'objectif.

La disparition de la pose est consommée dans l'œuvre d'Eugène Atget, photographe qui prit des vues de Paris au début du siècle. Des dizaines de milliers de plaques montrent les rues désertes de la capitale, des vitrines remplies de bric-à-brac et de mannequins sans tête, des porches et des arcades vides, des cafés où l'on attend une clientèle remarquablement absente. Ces scènes dépeignent les lendemains d'une tragédie, silencieux et paralysés. Les rues désertes d'Atget sont des portraits sans modèles, attirant l'attention sur un arrière-plan qui nous surprend par sa vacuité. Ils évoquent ces clichés stéréotypés où les membres d'une famille posent devant des monuments, à cette différence près que cette fois-ci, l'observateur doit placer lui-même ses proches dans le décor.

L'ouverture de l'obturateur constitue une lucarne par laquelle, chacun de son côté, sujet et spectateur tentent d'apercevoir un autre temps. Le sujet, conscient de la pérennité du document, expédie un souvenir vers l'avenir. Le spectateur, qui entre ensuite en conjonction avec ce souvenir, œuvre pour empêcher la scène de se volatiliser. Ensemble, sujet et spectateur sont présents en deux moments à la fois ; expérience qui leur révèle la dérive de leurs existences sur le flot du temps, et la coupe transversale qu'elles en proposent.

Le moment de la prise de vue et celui de son interprétation perdent leur différence fondamentale. À un moment donné, l'observateur et la personne observée inversent les rôles. Conscients d'être regardés par-delà l'écran asynchrone, tous deux modifient leur comportement pour présenter leur meilleur profil : interaction du spectateur et du sujet, du public et de l'auteur, de la fuite esthétique et de l'attitude polémique, fondus en un tout indissociable que la machine propage à travers le temps.

Regarder un objet, c'est déjà le modifier. Aussi chaque action doit-elle débuter par le plus respectueux des regards. Celui du modèle se porte au-delà du photographe, au-delà du cadre, et modifie à jamais chaque spectateur qui viendra le croiser. Le spectateur, nouveau sujet de ce regard, se soumet alors à l'obligation de réécrire patiemment sa biographie pour se conformer à l'optique inversée de l'objectif. Chaque ellipse, chaque plan flou devient invitation au montage. Chaque recadrage, chaque panoramique, chaque changement de focale reçoit notre approbation et devient notre propriété.

Observez une photo où vous posez en compagnie de votre bien-aimée, devant la maison. Vous pouvez la réduire ou l'agrandir à volonté. Vous pouvez la faire tirer sur un support mat, brillant, en noir et blanc ou en couleurs. Vous pouvez assombrir le négatif, le colorer, l'imprimer pour en faire des cartes de vœux. Vous pouvez le recadrer et couper votre compagne ou vous-même, selon les besoins. Enfin, vous pouvez vous munir d'un appareil bon marché et répéter la scène avec une autre personne, jusqu'à ce que vous soyez satisfait du résultat.

Et une nouvelle technologie, déjà à notre disposition, ouvre ces possibilités à un domaine qui dépasse de beaucoup celui des images fixes. Chaque foyer est en passe de se transformer en studio de montage, où les livres, les photos, les films et les bandes sonores seront autant de rushs que le spectateur des temps nouveaux va pouvoir assembler pour élaborer à sa guise ses propres récits. La reproduction rendra parfaitement interactives la création des œuvres et leur appréciation. Ces technologies exotiques, comme le daguerréotype avant elles, permettront au spectateur de mieux comprendre l'acte du créateur.

Nous ressentons plus intensément l'acte du regard lorsque nous ne sommes pas déconcentrés par l'objet qui attire notre attention. Dans une rue animée, un homme d'affaires, indifférent comme il se doit, s'arrête sur le chemin de son bureau et redresse la tête pour soulager un torticolis attrapé après avoir dormi fenêtre ouverte. La femme qui le suit s'arrête à son tour et lève la tête, par curiosité et voyeurisme. Bientôt, toute une foule se rassemble, qui ne veut pas manquer une occasion de se distraire, et scrute le ciel désespérément vide. Certains demandent : « Qu'est-ce que c'est ? Qu'est-ce qui se passe ? » D'autres imaginent : « Là, je l'ai vu, derrière cet immeuble. » D'autres encore sentent monter en eux une vague de gratitude : « Me voilà par un beau matin de juillet, arrêté un instant, la tête dans les nuages. » Au bout du compte, tout le monde hausse les épaules, lisse ses manches de chemise et se dit : « c'est drôle, la conscience » ; puis chacun vaque à ses occupations.

Voilà donc pourquoi nous pouvons être touchés par une scène filmée de toute évidence dans Griffith Park. Nous ne réagissons pas tant aux événements imprimés sur la pellicule qu'aux milliers de bobines que nous montons simultanément dans notre tête – films de nos propres espoirs et de nos terreurs. Griffith Park, Verdun, les rues désertes de Paris, ou trois hommes sur une route boueuse importent moins que la décision mécanique de nous engager, de refaire la prise et de prolonger l'histoire.

Un mercredi après-midi, peu après une heure, la bruine d'un mois de janvier aux faux airs de printemps commença à cristalliser doucement, imperceptiblement, pour se transformer en rafales de neige. Je ne m'étais pas rendu au bureau, prétextant qu'une urgence familiale m'appelait dans le Midwest. Le couple qui vivait dans l'appartement juste au-dessus du mien était là aussi, et se disputait, selon son mode habituel de communication. Tantôt la femme criait, tantôt elle riait de plaisir. L'homme suppliait, implorait, menaçait et s'en prenait au mobilier. Je n'entendais pas le motif de leur dispute.

De l'autre côté de la cour, un saxo baryton faisait des gammes chromatiques – musique utilisée dans les dessins animés pour illustrer le mal de mer – et achoppait toujours sur les mêmes notes depuis que j'occupais cet appartement. Dans la rue, un homme vêtu de deux manteaux épais et graisseux restait planté comme un piquet, à répéter « Bien sûr que oui, bien sûr que oui » sans s'adresser à personne en particulier. Je sentais venir dans mon cou et mes avant-bras une angoisse fébrile, signe avant-coureur de la grippe. Je décidai d'aller faire une promenade, pas seulement pour sortir de chez moi avant qu'il se mette à neiger à gros flocons, mais afin d'attraper une vraie bonne grippe si je devais tomber malade.

Je préfère la marche à tout autre moyen de transport pour me rendre d'un point A à un point B. C'est pure et simple perversité de ma part, mais j'aime qu'une course, aussi petite et insignifiante soit-elle, me coûte vingt dollars calculés sur la base de mon salaire horaire. La voiture personnelle mise à disposition de chacun rend inabordable tout autre moyen de transport moins coûteux. Mais ce jour-là, avant même que j'aie pu dépenser cinquante dollars en promenade, la neige se mit à tomber, si drue que je ne parvenais plus à garder les yeux ouverts. En moins d'une heure, la journée avait perdu ses airs de printemps exquis – odeur puissante de vers de terre, escadrilles d'oies de retour de migration – pour faire place à une tempête de neige qui brisait les lignes à haute tension, obstruait les rues et recouvrait le paysage d'un manteau de blanc et de demi-teintes.

Pendant plusieurs minutes je fus incapable de bouger. Je me protégeais les yeux tandis que le quartier disparaissait sous l'estompe grise de ses contours. Non loin de moi, une voiture se retrouva en travers de la route et heurta doucement le trottoir dans un bruit sourd. La neige effaçait le paysage mais, chose étrange, l'air ne semblait pas spécialement froid. Il avait cette curieuse douceur que l'on ressent à vingt degrés, puis à dix, puis à zéro, et qui fait une dernière apparition, nous disent les récits d'aventure, à moins quarante, quand la température extérieure entre en osmose avec celle du corps et l'enveloppe sans se faire sentir.

Je restais immobile, ne voyais rien, n'étais troublé par rien, ne sentais rien, à l'exception du bord d'attaque de ma maladie. Soudain, j'éprouvai le besoin impérieux de quitter mon emploi : c'était la décision la plus banale et la plus évidente de toute mon existence. J'ignorais quelle raison me poussait à abandonner mon travail, et ce que j'allais faire pour survivre. J'avais envie de voyager. Je me baissai pour amasser un peu de neige fraîchement tombée, la pressai contre mes joues et mes yeux et la laissai couler dans mon cou et sur ma chemise.

Un souvenir surgit, juste à la lisière de mes pensées – nom, lieu, ou événement qui, depuis l'extérieur, forçait le passage et réclamait la parole. Quand la neige se mit à tomber un peu moins fort, je crus que j'allais assister à quelque tableau vivant : Model T qui glisserait sur la poudreuse, ou apparition d'une femme rousse en jupons d'autrefois et bottines à lacets, qui appellerait une photographie sur fond de neige, camaïeux où vont se noyer les contours de la ville et son époque.

Mais ce que je vis n'avait rien de bien exceptionnel. Mon nez saignait un peu parce que j'avais écrasé la neige contre mon visage. Un soupçon d'imagination me permit de découvrir que je me trouvais dans le quartier de madame Schreck. On était toujours en début d'après-midi ; impossible que la vieille femme de ménage soit déjà partie au bureau pour prendre son service de nuit. À Noël, pendant la fête du personnel, elle avait insisté à plusieurs reprises pour que je lui rende visite si je passais dans le quartier. Eh bien justement, j'y passais dans le quartier. Peut-être ne m'en voudrait-elle pas d'arriver chez elle à l'improviste pour lui demander de quoi arrêter mon saignement de nez.

Pendant des mois, j'avais recherché les origines de cette photo – les noms, les dates, les lieux – en espérant que la découverte de ces données biographiques apaiserait ma douleur et lèverait le mystère qui planait sur le cliché. Pourtant, ces moments passés à tenter de me débarrasser du souvenir avaient fait de moi une sorte de martyr qui considérait la photo et les fermiers comme « siens ». Mais ils ne m'appartenaient pas : je n'avais rien fait de cette photo sinon tenter de lui trouver une justification. Madame Schreck avait des droits bien plus légitimes sur le cliché, non parce qu'elle avait fait la connaissance du photographe, lui avait serré la main ou lui avait acheté cette image. Cela n'était que pure coïncidence.

Les droits de madame Schreck égalaient même ceux de Sander. Car elle s'était approprié l'image ; en la voyant, elle avait établi une relation entre l'un des personnages de la photo et un ami qu'elle avait chéri plus que la vie elle-même. Pendant cinquante ans, elle avait poli cette ressemblance, en avait travaillé les détails, monté le film, même si aucun de ceux qui avaient connu cet homme n'avait jamais trouvé la moindre ressemblance entre lui et le fermier.

Peut-être ne m'en voudrait-elle pas si je passais prendre une petite leçon, pour qu'elle m'apprenne à voir.

CHAPITRE 20

Nouvelles d'ailleurs

Il croyait que distiller la boue lui permettrait de saisir le Weltgeist, ou l'Esprit universel. Il observa par hasard que le résidu au fond de la cornue, une fois chauffé, et même après refroidissement, luisait dans le noir ; il l'appela phosphore (le porte-lumière).

Beaumont Newhall, *The History of Photography*

Après avoir franchi, non sans crainte, ses premiers postes de contrôle, Peter se ressaisit et ne s'inquiéta plus de ressembler si peu à la photo sur les papiers de Theo Langerson. Mis à part une vague similitude dans la couleur des cheveux, le teint et la forme du visage, les deux hommes ne pouvaient pas être plus différents l'un de l'autre. Theo avait quinze bonnes années de plus que Peter, des pommettes saillantes, le front étroit et l'air sombre, alors que son remplaçant respirait la malice. Même si la photo sur le passeport et la carte de presse ne mesurait pas plus de cinq centimètres, elle ne pourrait jamais passer pour un cliché de Peter aux yeux d'un quelconque observateur sans que celui-ci fasse preuve d'une bienveillante coopération.

Quand, arrivée de Maastricht, la délégation de médecins, diplomates et journalistes neutres à laquelle Peter appartenait se présenta à la frontière belge, le jeune homme, devant le soin avec lequel les autorités d'occupation et leurs adjoints locaux contrôlaient les papiers des voyageurs, abandonna tout espoir de faire croire à sa fausse identité. Mais à l'instant précis où il s'apprêtait à tourner les talons pour remonter dans le train qui le réexpédierait vers la Hollande et une probable conscription, une nouvelle file s'ouvrit devant lui, et un garçon de son âge, revêtu de l'uniforme que Peter aurait dû porter, lui demanda de s'avancer. Peter obéit et présenta ses papiers. Il comptait sur le divertissement occasionné par la confusion du jeune soldat pour adoucir un peu la punition qui l'attendait. Si celui-ci lui posait des questions, il répondrait en lui faisant le coup de l'écho, ce petit jeu que la veuve du marchand de tabac affectionnait tant.

Le bras étranger du Kaiser retourna les documents dans tous les sens. Peter soupçonna le jeune homme d'être, comme Hubert, plus porté sur la polémique que sur la lecture. Mais aussitôt après avoir observé la première photo, le gaillard releva la tête et opina du bonnet. Il fit de même devant le second cliché, identique au précédent, puis fit signe à Peter-Theo d'entrer en pays occupé. Passé de l'autre côté du poste de douanes, Peter, abasourdi, observa les deux épreuves pour voir si elles s'étaient métamorphosées.

Maintenant qu'il se trouvait en Belgique, vouloir retraverser la Meuse serait aussi dangereux que de poursuivre vers Paris. Peter s'en tint donc au plan initial : rester avec le groupe des pèlerins neutres afin de se donner un supplément de crédibilité, et avancer vers le front pour échapper au front. Après avoir renouvelé son exploit devant divers postes de contrôle, Peter se prit à penser, incrédule, qu'il pourrait bien réussir son pari. Au quatrième poste, son sang n'avait fait qu'un tour : bras tendu, paupières plissées, le préposé avait tenu la photo à côté du visage de l'imposteur. Au bout de quelques secondes insoutenables, l'ersatz de M. Langerson avait risqué une explication :

– La coupe de cheveux.

« Ah », avait fait le fonctionnaire d'un air entendu, qui l'avait alors laissé passer. Au septième contrôle, un petit homme trapu et accommodant, originaire de Hanovre, qui avait dit son amour des Hollandais tout au long de l'inspection, était tombé en arrêt devant le cliché :

– Vous en teniez une bonne ce jour-là.

Peter avait alors pris son air le plus contrit et le plus charmeur.

Il le savait, l'épreuve véritable l'attendait au premier poste de douanes français. Pour contourner les tranchées, la délégation devait embarquer dans un port libre de Belgique à destination du Havre avec un sauf-conduit qui permettrait au groupe de passer entre les torpilles allemandes. Peter pensait que les Français n'accepteraient pas aussi facilement ses photos que les Allemands. La guerre en Europe tenait à ce que l'Allemagne avait trop à faire pour se montrer observatrice, alors que la France était trop observatrice pour faire quoi que ce soit ; deux nations aux tempéraments aussi opposés ne pouvaient coexister sur une même carte. Mais le premier Français, et aussi le seul, qui contrôla les papiers de Peter avant de l'expédier vers Paris se contenta de hausser un sourcil devant la ressemblance ridicule.

– Un vieux cliché ?

La fatigue nerveuse engendrée par le voyage était venue à bout de la résistance de Peter.

– En fait, monsieur, ce n'est pas moi sur cette photo.

Le Poilu fit entendre un rire forcé, comme pour dire : « Nous autres Français, on est peut-être en train de se faire botter le cul, mais personne ne pourra dire que nous n'apprécions pas la plaisanterie. » Et c'est ainsi que Peter Kinder, devenu Peter Schreck, fit route à travers les décombres du premier conflit mondial vers Paris assiégé, première étape de sa transformation en Theo Langerson, correspondant de guerre hollandais.

À Paris, les autorités lui fournirent une chambre sans chauffage, et le placèrent sous haute surveillance. Elles exigèrent qu'il se présente chaque matin à dix heures devant une commission improvisée, la Chambre des actualités internationales, pour qu'il vienne cocher son nom sur une liste et participer à une réunion facultative, compte rendu officiel des dernières hostilités. La première séance à laquelle Peter assista présentait un éboueur de la capitale qui, pendant la résistance déjà légendaire organisée par Gallieni, avait eu la cervelle transpercée par un tube en plomb de sept centimètres ; le projectile avait pénétré par le lobe frontal et était ressorti par le lobe pariétal.

La réunion d'information expliqua comment le malheureux s'était vu affligé d'un impressionnant dédoublement de la personnalité et prétendait venir d'un autre temps. Les autorités françaises laissèrent à la presse toute latitude pour interroger l'homme, à condition, bien sûr, que les récits des journalistes fussent visés par la censure habituelle en temps de guerre. Lors de cette première réunion, Peter comprit que, même s'il souhaitait couvrir le conflit, les conférences de presse officielles ne lui seraient d'aucune aide.

Il voulut faire un tour des monuments de Paris, mais renonça bien vite au bout de deux heures, quand tous les édifices célèbres commencèrent à ressembler aux Invalides. La ville semblait plus belle vue de loin, sur les rotogravures. Il ne se sentait pas chez lui dans cette capitale des expatriés, et ce pour une raison essentielle : bien que de passage, Peter ne craignait pas d'avoir du mal à trouver ses marques, mais savait au contraire qu'il s'acclimatait trop vite à chaque nouveau pays. À Paris, il n'était pas nécessaire d'être un habitué pour s'habituer.

Chaque matin, il quittait sa chambre juste assez tôt pour se présenter devant les juges de la Chambre des actualités. Il se dispensait d'assister ensuite à la réunion, et s'en allait aussitôt au hasard des rues. Car le marché conclu avec Theo ne stipulait nulle part que Peter dût prendre au sérieux ses fonctions de correspondant de guerre. L'accord arrangeait les deux parties : chacun sauvait la peau de l'autre. Theo ne pouvait attendre davantage. Pourtant, Peter, reconnaissant d'avoir été délivré des deux agents rondouillards, s'efforça de satisfaire aux exigences du pacte : il se rappelait qu'il était tenu d'ouvrir les yeux et les oreilles, de transmettre à Theo des données géographiques et chiffrées, et de ne pas avoir d'ennuis avec les autorités.

Theo lui avait expliqué que l'essentiel du travail journalistique consistait à broder une histoire à partir d'un tout petit nombre de faits. Le bon reporter s'en sortait avec presque rien. C'est ce que Theo avait appelé « restituer le contexte » ; et il avait fait valoir que le public préfère une description enlevée de tirs de barrage aux statistiques et aux kilomètres. D'ailleurs, qui pouvait dire la longueur d'un kilomètre en temps de guerre ? « Audacieuse contre-attaque » et autre « glissement de troupes » présentaient mieux devant le lecteur venu débourser son florin au kiosque que « la position x, la position y et la position z ».

Ainsi, à partir des observations que Peter avait glanées avec désinvolture au fil de ses promenades parisiennes pendant la première semaine de son séjour (« Des hommes en bras de chemise emploient des jumelles de théâtre pour tenter d'apercevoir le front depuis les étages des maisons », « Ma concierge a trouvé un éclat d'obus dans son pique-nique »), le vrai Theo, qui coulait des jours heureux chez la veuve, auprès de ses cigares et dans les replis moelleux de sa chair, composa un éditorial intitulé « État de siège sur les grands boulevards ». Trouver le titre prit plus de temps que la rédaction de l'article. Theo l'écrivit en mettant sur les os que Peter lui jetait la chair de quelques faits tangibles puisés dans une encyclopédie en un volume.

La chronique fit sensation et le journal en tira une réputation qui le propulsa en tête des quotidiens de Maastricht habitués à se plagier les uns les autres pour donner de froides précisions sur les effectifs et les manœuvres. Une insignifiante agence gouvernementale fit mention de l'article dont elle salua « la remarquable capacité à porter la guerre jusqu'en Hollande », sans préciser toutefois ce que cette réussite avait de recommandable.

L'humble correspondance de Peter, d'une portée toujours modeste – « Le général Joffre, chef de l'état-major, a annoncé publiquement aujourd'hui que les Français allaient à la victoire » –, aurait tari au bout de quelques semaines sans le concours d'une certaine perversité : Peter adorait s'envoyer des lettres. Écrire son nom sur une enveloppe, aux bons soins de la veuve, lui procurait le plaisir exquis de recevoir depuis le front des informations de première main, même s'il savait, en tant qu'expéditeur, que ces informations n'avaient aucune valeur. Il avait l'impression d'être le premier mort à communiquer par-delà la tombe, ou le premier homme à envoyer des messages vers une époque lointaine. Il oubliait les règles de la bienséance chaque fois qu'il se postait une lettre, et la nouveauté de cette distance prise avec son ancien moi refusait de se démentir.

Cependant, les autorités militaires de Paris ne tardèrent pas à intervenir. Un jour, alors que Peter n'avait pas encore passé six semaines à Paris, il fut convoqué devant le comité de censure.

– M. Langerson, il n'a pas échappé à l'attention de nos observateurs que les articles – je devrais plutôt dire les histoires – que vous envoyez dans votre pays sont les plus courts, les plus sporadiques, et les moins précis parmi tous ceux que rédigent les correspondants étrangers en poste dans la ville. Est-ce la politique de votre journal, M. Langerson, de transformer la plus grave catastrophe de tous les temps en un plat fumant de billevesées à servir au petit déjeuner ?

– Au petit déjeuner, monsieur ?

– Ou au dîner si vous préférez. J'avais imaginé que votre journal, que j'ai la joie de ne pas connaître, n'avait pas d'édition du soir.

– Pas d'édition du soir, monsieur.

– Enfin soit, mon ami, nous nous comprenons. D'ordinaire, le comité de censure se garde d'intervenir en pareil cas ; nous autorisons tout propos qui n'est pas diffamatoire ou injurieux envers notre cause. Laisser au public la liberté de tordre le cou à ses sources d'information, telle est notre devise. Mais les soupçons qui pèsent sur vous sont bien lourds : voilà un étranger qui vient fouiner dans Paris, ne se rend pas une seule fois sur le front dont il est censé couvrir l'évolution, et envoie chez lui quelques notes éparses, tissus de spéculations qui ne sont même pas dignes de la rubrique sportive.

– Pas digne... ? C'est que je n'ai pas l'habitude de ce genre de reportage, monsieur. Avant, j'étais dans... l'autre sorte de journalisme, vous comprenez ? En fait, notre premier correspondant de guerre, une pauvre andouille, s'est fait tuer à Liège. Il y a eu du grabuge là-bas, comme vous le savez sûrement. Le deuxième est tombé en Alsace. Ensuite, deux de nos envoyés sont morts derrière les lignes allemandes après avoir mangé du turbot en conserve. Au bout du compte, il ne restait plus que moi. Je m'occupais de la rubrique mondaine. Vous savez : qui couche avec qui, et quels sont ceux que ça dérange. Je crois que je n'arrive pas à trouver mes marques dans toute cette pagaille de... conflit mondial, monsieur.

– Soit. Mais vous comprendrez tout de même notre position. En temps de guerre, la conduite de chacun, et en particulier celle des invités de l'État, doit être au-dessus de tout soupçon. Sinon, c'est l'expulsion ou le jugement pour espionnage. Les Allemands fusillent des civils, vous le savez.

– Merci, monsieur. Je suis navré, monsieur.

Son instinct poussait Peter à employer ces deux expressions quand il avait des ennuis, car sa mère lui avait toujours répété que les bonnes manières peuvent sauver la vie d'un homme. Il dut accomplir un suprême effort de volonté pour se retenir d'ajouter « Vous êtes bien aimable », dernière expression de la trilogie.

– Ce sera tout, M. Langerson. Et si vous cherchez la guerre...

Le président de la commission indiqua la direction du nord-est. Peter quitta la pièce puis le bâtiment en suivant cette direction pour ne pas éveiller davantage les soupçons. Si l'on venait à découvrir qu'il travaillait sous un faux nom et adressait ses comptes rendus à un débit de tabac, son procès pour espionnage s'annoncerait plutôt mal, nul besoin d'être grand clerc pour le prédire. Il semblait donc que Peter dût s'approcher encore plus près du front s'il voulait lui échapper.

Pour quelqu'un qui avait quitté l'école à douze ans, il fit des progrès fulgurants et remarquables, en longueur et en qualité, dans la rédaction de ses articles. Il s'enfonça plus avant dans la zone des combats, sous escorte armée, et découvrit le frisson du non-combattant sur le champ de bataille. Il éprouva un plaisir de voyeur, et même de collectionneur, à connaître le quotidien des soldats sans devoir pour autant le vivre. Il n'était autorisé à effectuer de reconnaissances que les jours où, dans l'air au-dessus des lignes, se laissait observer une accalmie ; et à l'évidence sa venue mettait les Poilus en émoi. Ils se rengorgeaient, faisaient des mimiques pour se faire remarquer, rivalisaient pour attirer son attention, et s'attribuaient toutes sortes d'actes de bravoure, certes modestes, mais qui, affirmaient-ils, avaient changé du tout au tout le cours de la guerre.

Dans les premiers temps, carnet en main au milieu des lignes, Peter ne parvenait pas à se faire à l'idée qu'il était au centre de toutes les attentions. Il avait l'habitude de jouer les *Lümmel* [1], et le respect que lui témoignaient ces hommes graves lui donnait l'envie irrésistible de raconter, en l'accompagnant du geste, la blague du type qui va aux chiottes. Mais au premier faux pas, il serait bon pour l'accusation d'espionnage : il était le seul Allemand derrière les lignes françaises qui fût en âge de combattre. Pour exorciser ses vieux démons nihilistes, Peter se montra de plus en plus cérémonieux, raide et réservé. Attitude qui, en retour, poussa les simples soldats à accorder plus de poids à ses faits et gestes, et à le harceler de plus belle avec leurs petites histoires.

Même s'il n'avait pas fait d'études, Peter avait assez de bon sens pour s'apercevoir que ses nouvelles dépêches, beaucoup plus fouillées et moins anecdotiques, n'étaient pas pour autant plus précises que ses anciens comptes rendus, informations de première main détenues par sa concierge au sujet d'un pacte avec l'Italie. D'abord, on lui montra seulement les zones qui n'étaient pas engagées directement dans le conflit. Il n'avait jamais vu à l'œuvre, même depuis l'abri d'une colline voisine, la véritable mécanique du massacre. Tant que le gouvernement français surveillerait ses allers et venues, il ne pourrait espérer voir la guerre mais seulement son produit dérivé, image d'une éclipse reproduite par un sténopé.

Ensuite, il était évident que les soldats modifiaient leur comportement pour attirer son attention. Quand ils l'apercevaient, ils sortaient de leur silence de plomb et chantaient « Le Régiment

1. En allemand : un lourdaud, un rustre. (N.d.T.)

de Sambre et Meuse ». Ils cessaient de rouspéter contre les asticots dans leurs gamelles pour se vanter ensemble de la dernière déculottée infligée aux Boches. Peter se demandait à quoi ressemblaient les cantonnements en son absence, mais il écarta cette question qu'il jugeait sans fondement. Il ne pouvait rendre compte de ce qu'il ne connaissait pas. Il ne pouvait connaître que ce dont il était le témoin direct. Pourtant, sa présence directe modifiait à jamais l'objet observé.

Quand il s'était servi de Paris dans le seul but d'échapper à la conscription, Peter ne s'était pas soucié de la qualité de ses rapports sur les opérations militaires, s'en tenant au strict nécessaire pour protéger son identité d'adoption. Mais forcé par les autorités, pour la forme, à se rapprocher de son sujet, il se mit à vouloir le cerner de plus près. Au fil de plusieurs excursions sur les lignes, il s'était lié d'amitié avec l'un des membres réguliers de son escorte, un sergent breton, dont il espérait obtenir des informations plus fiables que celles fournies par ses entretiens subjectifs avec des cuistots, des agents de police militaire, et des as de la carabine qui se cramponnaient encore à leur cran et à leur élan vital. Un jour, il posa au sergent cette simple question :

– Parlez-moi de la guerre. Qu'est-ce qui la fait avancer ? Comment elle va tourner ? J'en sais si peu.

Après lui avoir adressé un regard étrange et un salut ironique, le sergent poussa Peter dans un improbable véhicule de fonction et se lança à l'assaut d'une colline voisine. Ils descendirent de l'automobile pour regarder la plaine en contrebas, agitée par les mouvements incompréhensibles de la ruche. Le sergent se mit au garde-à-vous, et presque aussi précis qu'un Teuton à la parade, tendit le bras et l'index pour décrire l'arc grandiose d'une ballerine dans sa boîte à musique en porcelaine :

– Les Allemands, dit-il d'une voix forte, ont lancé l'offensive en recourant à une manœuvre d'enveloppement, comme une scie circulaire. Près de la Manche, von Kluck et sa Première armée se sont portés sur notre aile gauche. Ils devaient régler la marche de toute la manœuvre, puisqu'ils se trouvaient sur la circonférence de la roue. Ensuite, Bülow et la Deuxième armée sont arrivés. Et puis von Hausen et la Troisième armée. Ils sont entrés en Belgique comme dans du beurre. Alors se sont amenées la Quatrième et la Cinquième, sous le commandement de beaux messieurs : le duc de Würtemberg et le *Kronprinz*, Frédéric Guillaume. Et maintenant, face à eux, voilà nos troupes : sur la gauche, notre Cinquième armée, dirigée par Lanzerac, et la Quatrième dirigée par...

Ce compte rendu était déjà imprimé, relié, relu et corrigé ; il attendait seulement de se voir confirmé par les événements pour être envoyé à tous les libraires. Peter interrompit le sergent juste avant qu'il ne parvienne au récit de la bataille rangée qui marquerait la fin des hostilités et du grand nettoyage mondial.

– Pardonnez-moi, monsieur, mais tous ces noms appartiennent-ils à des gens ? Est-ce que ces personnes *sont* la guerre ?

– Bien sûr que non, monsieur. Patience, accordez-moi un instant. J'en viens à la question des Britanniques et aux affaires sur le front oriental. Très décevant, le rouleau compresseur russe. Et puis, il y a aussi les petits pays dans les Balkans, mais je ne suis pas trop calé là-dessus.

– Donc von Kluck plus Bülow divisés par Lanzerac égalent la somme de tous ces hommes que j'ai vus à l'hôpital et qui veulent que je sache qu'ils n'ont pas crié quand une mine leur a arraché le gros orteil ? C'est ça que je dois écrire et envoyer à mon journal ?

– Pardon ?

Le sergent adressa à Peter le regard minéral qu'il réservait aux recrues dont il voulait ignorer la stupidité. Il tenta une explication, reprit courage, repartit à l'attaque, chancela, puis finit par battre en retraite devant la conversation en déroute.

– Les lecteurs hollandais n'aiment-ils donc pas entendre parler des chefs ? Je ne suis pas politicien, mais je crois qu'il est un peu tard maintenant pour se soucier des causes, monsieur.

Se sentant insulté, le sergent remonta brusquement dans l'automobile. Sur la route de Paris, il refusa de répondre à toute question et déclara seulement qu'il ne resterait plus un seul Allemand sur le sol français si on laissait les officiers se battre plutôt que de leur faire jouer les guides.

Peter écrivit au vrai Theo pour lui demander conseil en matière journalistique ; une lettre tout en finesse afin de ne pas alerter les censeurs français :

> Peter, mon cher directeur de rédaction,
>
> J'espère que tu as apprécié mes derniers comptes rendus sur la guerre vue de ce côté des lignes. Question renseignements, les Français se montrent plus que coopératifs. Je crois pourtant que je peux encore améliorer mon travail. Je veux décrire la guerre véritable, celle des pères, des épouses, des fils, des petits entrepreneurs. Pourrais-tu m'aider un peu ? Tes conseils de vieux professionnel me seraient des plus précieux.
>
> Theo.

L'ancien Theo, inquiet des progrès spectaculaires réalisés pas Peter, fut frappé de stupeur à la lecture de cette lettre. Tout s'était si bien déroulé jusqu'ici ; en envoyant un substitut sur le front, il avait échappé aux griffes de sa famille et de son patron, et en avait appris davantage sur les cigares qu'il ne le croyait possible. Son travail de rédaction était plus facile que jamais : il lui suffisait d'observer la concurrence pour transformer les bribes d'informations que lui transmettait Peter en témoignages pris sur le vif qui enflammeraient tout Maastricht. Écrire un bon papier ne lui prenait que la moitié d'une après-midi.

Mais quand les envois de Peter commencèrent à inclure des faits, Theo redouta que le recours à une aide extérieure n'ait mis en péril tout son système. Dérouté par les euphémismes de la lettre, le trop subtil Theo conclut un peu vite que Peter lui faisait du chantage : la guerre du petit entrepreneur ; le prix donné à ses conseils. À l'évidence, Peter s'était trouvé de puissants appuis et n'avait plus besoin de lui. La menace perçait sous le discours : paye ou je dis tout. Paniqué, l'imposteur ne savait s'il devait écrire au nouveau Theo ou rédiger le testament de l'ancien. La veuve ne lui fut d'aucun secours :

– Qu'il essaie un peu, ce garnement, et j'irai moi-même sur le front lui apprendre comment on couvre une guerre.

Theo s'était contenté d'observer les nations approcher le seuil critique, assis derrière la ligne de touche, en pays neutre, et de mettre en forme les observations reçues. Mais les belligérants venaient, semblait-il, réclamer leur dû. Ils avaient détruit sa vie de petit commerçant. La clochette au-dessus de la porte du magasin, qui avait fait autrefois ses délices de vendeur, le faisait maintenant se détourner et tressaillir. Celui qui déclenchait le tintement (son patron, le cadavre du mari de la veuve, sa propre femme, qui sait ?, Joffre ou le Roi des Aulnes) venait le chercher.

Toute la Hollande savait que l'Allemagne, qui avait entraîné la Grande-Bretagne dans la guerre en violant les frontières de la Belgique et du Luxembourg, n'avait rien à perdre, sinon deux jours, à envahir les Pays-Bas. Mais ces craintes ne changeaient rien aux impressions du rédacteur en chambre qui se croyait choisi pour attirer sur sa tête les persécutions. Il préférait laisser la guerre venir à lui plutôt que de devoir s'y rendre. Il écrivit à Peter : « Tu peux te mettre ta guerre et tes articles où je pense. Tes menaces sont sans effet. » Peter, trop dérouté pour se sentir blessé, se dit qu'avec l'aide d'un membre du comité de censure, qui avait étudié le néerlandais à L'École normale et corrigerait son orthographe, il serait en mesure d'envoyer ses articles directement au journal à Maastricht.

Comme il ne recevait pas de réponse de son double sur le front, Theo se crut perdu pour de bon. Des mois durant, il refusa de quitter la boutique, ne fût-ce que pour aller prendre l'air. Quand entraient des clients, il se cachait derrière le comptoir puis s'écriait d'une voix étranglée et fluette : « Qui va là ? » Il rêvait d'une mission à New York ou à Khartoum, mais il n'avait plus de papiers d'identité. Theo Langerson jouissait d'une petite réputation pour ses chroniques parisiennes ; Peter Schreck était recherché pour être extradé. Et cinquante mille patronymes rayés chaque jour des états civils faisaient grimper la cote des prête-noms.

Attendre que l'Histoire le rattrape avait suscité chez l'employé-escroc une tension qui eut raison de lui. Il quitta Maastricht et gagna la Mer du Nord en auto-stop. Parce qu'il lui était impossible de trouver une place sur un navire sans présenter les papiers adéquats, il loua une petite embarcation et tenta de rallier la Suède à la godille. Le premier mai 1915, anniversaire du jour où Peter, Hubert et Adolphe s'étaient fait prendre en photo, un sous-marin allemand l'arraisonna et l'enrôla de force. Six jours plus tard, il aidait l'équipage à couler le *Lusitania*, plus à l'aise dans son époque qu'il ne croyait l'être.

Maintenant qu'il traitait directement avec son journal, Peter prenait de plus en plus conscience de l'injustice faite aux événements et aux lecteurs de ses articles. Dans un style toujours plus cavalier, décrivant les combats, il inventait des faits ou n'en tenait nul compte. Si Français et Allemands avaient accumulé autant d'avancées qu'ils le prétendaient, ils seraient déjà rendus, chacun de son côté, à Moscou et à Tulsa. Si le compte des victimes et des munitions avait été exact, la guerre aurait tourné depuis longtemps à une bataille de poissonniers dont les deux participants se seraient envoyé à la figure des carpes arrachées à la Somme.

Pourtant, Peter savait rendre l'effet d'un tir de barrage : « Collez l'oreille contre le bloc moteur de votre voiture tandis que votre voisin tourne la manivelle pendant douze heures. » En quelques phrases courtes et haletantes, il décrivit la première machine volante, frêle silhouette aperçue à trente mètres au-dessus des lignes, les applaudissements ravis d'une moitié des hommes, et la terreur des autres qui pointaient leurs armes vers l'inconnu. Peter fut le premier à suggérer par voie de presse aux deux camps d'utiliser des insignes afin que les troupes puissent savoir de quel côté venait la mitraille.

Il s'appuya de plus en plus sur des citations littérales. Un fantassin lui avait confié : « L'avantage de l'ordre groupé, c'est qu'on se soucie plus de son odeur. » Un autre avait ajouté : « Tout est affaire d'attente ; d'abord j'attends qu'il se passe quelque chose, ensuite, j'attends que ça finisse, ensuite, j'attends une explication, mais ça ne dure guère. Maintenant, j'attends d'être touché – c'est ce qui peut m'arriver de mieux, on dirait. Les jeux sont faits ; j'attends simplement de voir quelles cartes sont sur la table. »

Peu à peu, en dehors de ces citations, rien de ce que Peter écrivait ne semblait pertinent. Il appréciait surtout les propos rapportés : « J'ai surpris le capitaine M... en train de dire... » Il leur accordait plus de crédit qu'aux propos fabriqués à son attention. Il se prenait à rêver d'un mouchard mécanique, une invention qui lui permettrait de citer à distance les paroles que personne ne prononcerait jamais en sa présence. Une telle machine transformerait chaque individu en journaliste et l'on trouverait en chaque homme matière à écrire un article.

Sans cette machine, Peter reconnaissait assez son imposture pour ne pas prêter foi à ses propres récits. Convaincu que ses modèles pourraient raconter leur histoire mieux que lui, il transforma ses comptes rendus qui devinrent pour ainsi dire des pastiches de conversations entendues par hasard.

Avide de citations et de paraphrase, il écrivit aux Schreck, dans leur ferme du Westerwald :

> *Volken,*
>
> Dites-moi s'il vous plaît où je peux écrire à Dolphi, et aussi à Hub, si vous êtes en contact avec lui et s'il est parti à la guerre. Je n'en veux pas à Adolphe ; sans le savoir, il m'a rendu service. Je ne suis plus aussi stupide qu'avant, car j'ai trouvé ma vocation. Je reviendrai après la bagarre vous raconter tout ça. Il y a dans ce conflit mondial quelque chose de remarquable que les gens ne peuvent pas savoir en lisant les journaux.

Peter savait qu'il risquait de se faire arrêter pour cette lettre. Si ces aveux signés ne lui attiraient pas les foudres des autorités, la missive – même en voyageant par la Hollande – avait bien peu de chances de passer d'un camp à l'autre. Mais l'envie de confronter les témoignages directs de son frère avec ceux de l'ennemi était trop forte, et Peter brava le danger. Comme il ne recevait aucune réponse, il accusa la censure, ou les Schreck, qui l'avaient renié pour avoir fait faux bond au Kaiser.

Depuis Maastricht, la rédaction du journal adressa deux reproches à Peter-Theo. Après avoir suscité une première vague d'enthousiasme, les articles de Langerson avaient fini par voir chuter le nombre de leurs lecteurs, qui étaient retournés à des chroniques plus impersonnelles et stratégiques, récits de telle percée ou mission de reconnaissance. Car la presse poursuit toujours les mêmes fins que la mémoire : ressasser les faits matériels et bruts jusqu'à ce qu'ils ne représentent plus aucune menace pour l'individu. Les citations de Peter, en réclamant trop de participation de la part des lecteurs, provoquaient l'effet exactement inverse, et avaient donc perdu peu à peu la faveur du public comme celle du journal. Le quotidien soupçonnait aussi que par ses citations trop nombreuses Peter cherchait à s'épargner la peine de trouver quelque chose à dire par lui-même.

Ces critiques mortifièrent Peter, et il découvrit bientôt que son dévouement pourrait vite tourner au cynisme devant la résistance que lui opposait la rédaction. Mais il refusait de capituler tout de suite. Il avait d'autres projets pour apporter la guerre aux Hollandais de manière directe et sans concession. Peter, qui songeait de plus en plus à ses frères depuis l'échec de la lettre envoyée dans le Westerwald, était mûr pour une expérience de mémoire involontaire.

Celle-ci eut lieu un mercredi alors qu'il descendait l'escalier extérieur du centre de détention de la presse. Comme il l'avait fait en d'innombrables occasions, il posa la main sur la rampe de bois. Mais cette fois, parce qu'il accomplit ce geste en évitant une flaque d'eau qui s'était accumulée sur la dernière marche, il éprouva, telle une décharge électrique, la sensation de tenir sa vieille canne, et se crut sur la route boueuse en ce premier mai si lointain, avant le début de l'histoire. Il pensa à la photo et combien il serait facile d'emporter un appareil avec soi, jusque sur le front si nécessaire.

À l'époque, pour leurs principales illustrations, même les journaux à gros tirage recouraient encore aux gravures, choix qu'avait imposé la force des habitudes et, dans une moindre mesure, un souci d'économie. Le procédé de la similigravure, connu depuis des décennies, permettait d'obtenir à bon marché des impressions en série d'une qualité convenable. Pourtant, même une photo mal prise et mal reproduite pouvait transmettre bien plus d'informations qu'une gravure. Mais les journaux en usaient rarement – quelques médaillons ovales, portraits de l'archiduc Ferdinand, de John French ou du Tsar –, leur préférant les cartes d'état-major schématiques où de grosses flèches noires pointaient vers d'impossibles rêves.

L'idée de Peter (cet éclair de génie qui frappe souvent les êtres ordinaires) consistait à utiliser les preuves irréfutables fournies par les clichés d'un amateur pour démontrer que la guerre ne ressemblait nullement à des cartes dessinées. Il ignorait en vérité à quoi la guerre pouvait bien ressembler, mais il était convaincu que ce qui traverserait la lentille et s'imprimerait sur la plaque en révélerait le vrai visage. Ses photos seraient directes ; au-delà de toute retouche, trop naïves pour être truquées, elles prendraient modèles et spectateurs par surprise.

Pour s'offrir son appareil, Peter employa la vieille méthode des quatre jours de jeûne. Il ne voulait pas réclamer d'argent à Maastricht : cela prendrait trop de temps et atténuerait l'effet de surprise. La faim lui sembla une épreuve légère ; les quatre jours l'affaiblirent à peine. Il acheta l'appareil et un manuel d'utilisation succinct. Il fit quelques essais, dont l'incontournable autoportrait à bout de bras. Il se sentait prêt.

Il ne savait pas quelle image il cherchait à prendre ni où la trouver. Il lui paraissait préférable de respecter à la lettre les procédures habituelles. Il avait rendez-vous pour visiter un hôpital de campagne britannique dont le personnel se composait de bonnes sœurs et de jeunes filles qui s'étaient portées volontaires. Il se mit en route comme à l'accoutumée, mais muni cette fois de son appareil accroché à la ceinture.

Avec cette chance qui sourit aux débutants, Peter trouva presque tout de suite son image. Des camions qui transportaient des blessés étaient arrivés sur les talons de son escorte. Les portières s'ouvrirent et l'on sortit des véhicules les victimes de la deuxième bataille d'Ypres, premiers combattants gazés. Un instant plus tard, tous les bras portaient des brancards. Sur les trois premiers soldats qui émergèrent des camions, deux faisaient entendre un râle venu du fond de la gorge, et le troisième était déjà mort. Parce qu'ils n'avaient pas eu le temps de placer le cadavre dans un lieu plus adapté, les brancardiers s'en étaient débarrassés par l'arrière du camion. Il gisait là, exposé, à l'air libre, sans même un drap pour le recouvrir. Il posait dans la simplicité de son agonie, et montrait par-dessus tout combien les vieux maîtres se trompaient sur l'instant de la mort.

Le photographe débutant n'éprouva aucun sentiment d'horreur, ni cette excitation qui s'empare de l'explorateur. Au contraire, Peter reconnut son sujet avec sang-froid, comme s'il avait réagi à un signal convenu. Rapide et précise, la mémoire dicta à ses doigts les gestes qu'ils devaient accomplir ; ils firent ce qu'elle lui ordonnait. Ensuite, machinalement, il cacha l'appareil en lieu sûr et, les mains libres, se consacra au déchargement des blessés. Il ne prit plus de photos et ne consigna rien dans ses carnets. Il passa la journée à aider les médecins du camp, ne songeant plus au journalisme, jusqu'à ce qu'il se fût mis à l'abri des combats dans sa chambre à Paris.

Là, guidé par son manuel, Peter fit naître l'image dans un cabinet obscur envahi par la puanteur des produits réactifs. Il observa le développement, et au moment voulu, plongea l'épreuve dans un fixateur. Un cadavre recroquevillé à côté de l'essieu arrière d'un camion. La scène était à la fois identique à celle que Peter avait aperçue dans son viseur, et tout à fait différente. L'image apparaissait tellement plus riche à présent : le jeu des détails, cette forme fripée en demi-teinte, son silence absolu. Tant de choses qu'il n'avait pas vues dans l'original et qui correspondaient pourtant en tout point à ce qu'il avait imaginé au moment d'ouvrir l'obturateur.

Il avait accompli la tâche qui incombait à son identité d'emprunt, celle pour laquelle on l'avait envoyé au front. À travers ce simple cliché, l'observateur resté à l'écart des combats verrait enfin, sans équivoque, sans interprétation, le bal de 1914. Aucun mot ne pourrait en atténuer l'effet. Cette photo montrerait au spectateur le visage de la guerre. Elle ressemblait à ce cadavre, dernière Pietà dans le droit fil d'une longue lignée, où l'essieu d'un camion tenait le rôle de la mère éplorée. Comme il arrive toujours quand une tradition s'augmente d'un nouvel exemple, celui-ci n'attirait pas l'attention sur lui-même mais renvoyait plutôt à toutes les Pietà qui l'avaient précédé, demandait ce qu'elles signifiaient alors dans ce monde transformé.

Ce qu'il pouvait dire à ses lecteurs de Maastricht, avides d'informations, revenait à ceci : la guerre était ce mort, voilà tout.

Peter laissa l'épreuve sur le rebord de sa fenêtre pendant deux jours, comme s'il s'agissait d'un lointain parent dont on aurait réalisé le portrait en studio. Ensuite, poussé par le désir de transmettre cet objet, il l'enveloppa avec soin dans du papier kraft, ficela le paquet, et l'envoya à sa rédaction. Après quoi, il se sentit vide et libéré. Le compte rendu définitif avait été soumis à approbation, et Peter n'attendait plus qu'une réponse.

Comme toutes les réponses importantes, celle qui lui fut rendue était inattendue. Deux jours plus tard, le comité de censure le convoqua pour un entretien à huis clos. Peter s'y présenta vêtu de la vieille tenue de travail qu'il avait portée pour la dernière fois à La Cuiller, le jour de sa rencontre avec Theo. Le même plumitif, qui lui avait reproché quelque temps plus tôt son manque de sérieux et l'avait menacé d'un procès pour espionnage, se lançait à présent dans une diatribe magistrale.

– M. Langerson, les membres du comité on tous vu et admiré la photo de ce malheureux Britannique. Celui qui a été gazé.

– Merci votre Horreur.

Prononcé en avalant le mot, ce calembour pouvait passer pour un « votre Honneur ». Le masque impassible de Peter et son sourire narquois d'adolescent attardé confirmaient la maxime hégélienne selon laquelle les opposés se rejoignent.

– Du grand art, nous en convenons tous.

– Le gaz ?

– La photo, jeune homme. Dois-je vous rappeler que vous n'êtes ici, devant cette commission, qu'un invité de la France ?

– Tout comme je l'étais là-bas.

– Exact. Ce qui nous mène à notre affaire. Les forces de l'Entente, telle est leur politique, demandent à la presse d'avoir l'obligeance de ne pas publier de photographies où soient exposés les cadavres de l'un ou l'autre camp. Et l'Entente ne communique pas ce genre de photos aux journaux des pays neutres. Dans cette guerre, voyez-vous, c'est le moral des populations civiles qui décidera de la victoire ou de la défaite.

– Pas de morts ?

– Pas de photographies où soient exposés les cadavres de l'un ou l'autre camp.

– Vous croyez entretenir le moral de vos concitoyens en niant les morts ?

– Il ne s'agit pas de les nier ; contentez-vous de ne pas nous les servir au dîner.

Peter dévisagea les membres du comité, du premier jusqu'au dernier, à la recherche du rictus qui trahirait cette vaste plaisanterie. Il restait bouche bée, sans comprendre.

– Messieurs, dans mon village, on appelle ça accuser les vaches de puer quand on vient de chier dans ses braies.

– Sans doute. Mais vous voilà averti : un manquement à la discipline, ou de nouvelles tentatives pour faire publier cette photo vous vaudront, dans le meilleur des cas, une expulsion immédiate. Peut-être, après la guerre, s'il plaît à Dieu, votre belle œuvre d'art trouvera-t-elle preneur. Nous comprenons votre frustration et votre hostilité. Bonjour monsieur.

Il n'y avait plus rien à faire sinon saluer l'assistance et quitter la pièce. De façon surprenante, la colère que lui dictaient les circonstances ne s'empara pas de Peter sur-le-champ, ni même pendant les jours qui suivirent. Son travail de journaliste désormais accompli, il renonça aux faux-semblants, perdit son reste de conscience, ses modestes ambitions. Il avait eu son éclair de génie, son instant d'illumination. Il avait pris sa photo. Redevenu Peter Kinder, *Lümmel* congénital, il ne se souciait plus du cliché. Il cherchait maintenant à se divertir.

Sitôt après s'être fait remonter les bretelles, il avait traversé la Seine pour se rendre sur la Rive gauche, à Montparnasse, où il avait échangé son pardessus contre une flasque et de la monnaie. Devant un cabaret sans prétention, la Rive gauche vint à lui. Deux jeunes gens d'allure suspecte, qui semblaient avoir échappé à la conscription en raison d'une hémophilie aiguë et portaient des cuillers fixées à leurs habits en guise d'épaulettes, l'accostèrent proprement et le jetèrent sur le pavé. Coiffé d'un chapeau pointu en feutre, le premier, le plus gradé à première vue, prit la parole :

– Estes-vous la chose qui gouverne, ce prétendu président du Conseil, celui qui règne sur les gueux que comprend sa circonscription ?

Peter, qui n'avait d'ordinaire aucun talent pour répondre aux questions, n'était même pas capable d'identifier celle-ci.

– Vous m'avez fait tomber !

– Il fait preuve, à la vérité, des facultés logico-physico-nucléaires de celui qui gouverne.

– C'est lui. C'est le président du Conseil.

– Président de mon cul, oui !

– Il avoue. Nous le tenons donc.

Le moins gradé des deux acolytes, celui qui ne portait pas de couvre-chef et dont le nez menaçait de fomenter une révolte populiste contre le reste de son visage, voulut empoigner Peter dans un excès de zèle. D'une taloche, son supérieur l'en empêcha.

– Holà, Monsieuye mon subalterne. S'il s'agit tout de bon du président du Conseil, celui-ci doit, par conseiquent de quoye, connaître ce que les hommes appellent l'intention logico-mécanique de cet entretien.

Peter, remis du traitement brutal qu'il s'était vu infliger, commençait à saisir l'esprit de cette farce. Incapable de répondre à ses inquisiteurs dans leur langage tarabiscoté, il choisit, à l'extrême opposé, de les insulter en néerlandais. Il commença par une invective qui signifiait à peu près « Hachez-vous les parties menues et bouffez-les en ragoût », puis il en trouva de plus belles et de plus salées à mesure qu'il s'échauffait.

– Fi ! Le président du Conseil est un tenant de la nationa-logicalité ? Voilà qui explique bien des choses, n'est-ce pas, Petit ?

L'homme sans couvre-chef frotta son énorme nez et se mit à rire. Son haleine sentait l'essence de térébenthine.

– *Jawohlt*. La guerre logico-mécanique. Le président du Conseil, un Allemand ! Très bizarre, la géopolitique. Mais qui sommes-nous pour réclamer de la logique ?

Peter se releva et s'épousseta.

– Écoutez-moi, bande de péquenauds. Je ne suis pas votre foutu président du Conseil.

– Comment ça ? Mais vous nous l'avez pour ainsi dire avoué.

L'homme au chapeau calma l'homme au gros nez, puis fit signe qu'il demandait la permission de régler cette crise.

– C'est plutôt à vous d'écouter. Nous avons été envoyés chercher le président du Conseil pour le ramener, et vous êtes président de Conseil ; ou sinon nous vous briserons la fiole.

– J'abdique. Trouvez-en un autre.

– Quoi ? Un autre ? Dans toute cette... cette foule de primates ?

D'un geste ample qui fit sursauter deux ou trois passants, le grand anémique balaya toute l'humanité d'un revers de la main, et Peter rit malgré lui.

– Offrez-moi un verre et nous en discuterons.

L'individu au chapeau prit un air interdit et consulta son assistant.

– Un verre ? Qu'est-ce que c'est que ça, « un verre », Petit ?

– Ce que les hommes s'envoient dans le siphon, votre Ivrognité.

Une fois éclairé, le supérieur fit entendre une exclamation qui décrocha ses cuillers-épaulettes et les fit tomber à terre. Plein de bonne humeur, avec force bourrades dans le dos, le trio se mit en route comme une bande de vieux camarades.

Les deux jeunes gens entraînèrent Peter dans les catacombes situées sous le quartier Montparnasse. Chemin faisant, dans leur parler torturé à l'inextricable syntaxe, ils lui expliquèrent qu'une dizaine d'artistes – des « modulateurs de réalité » comme les appelait le nez métastatique – festoyaient sous terre depuis soixante-douze heures, dormant à tour de rôle et se relayant à la surface pour aller acheter ce que les hommes se jettent dans le siphon et s'envoient dans la gidouille. À peine une heure plus tôt, l'un des convives avait remarqué qu'ils n'avaient pas d'invité d'honneur, personne à qui consacrer ce banquet. Après avoir éliminé Gengis Khan et Simon Bolivar pour cause de décès, ils avaient arrêté leur choix sur le président du Conseil. Puisqu'il est de coutume que les invités d'honneur fassent ripaille avec leurs hôtes, Charles et Petit avaient été désignés pour ramener le susdit président ou subir tortures psychologiques et agressions verbales.

Pendant qu'il écoutait, Peter songeait à la rapidité avec laquelle il avait été tour à tour hollandais, allemand, hollandais de nouveau, puis expatrié parisien ; qu'il avait eu pour nom Kinder, Schreck et Langerson ; avait été vagabond, fermier, marchand de tabac, reporter et maintenant chef du gouvernement français. Tout cela lui semblait logico-mécanique, comme se plaisaient à dire les modulateurs de réalité.

Ces artistes-étudiants étaient tombés par hasard sur une portion des anciennes catacombes romaines qui ne faisait pas partie des circuits touristiques officiels. Les salles, même si elles sentaient le renfermé et le trépassé, offraient un abri parfait contre l'incorporation. Charles alluma une bougie et entra le premier dans la nécropole, tandis que Petit poussait Peter dans le dos. Les parois de pierre abritaient à intervalles périodiques des cavités que Peter évitait de regarder de trop près. De temps à autre, un objet trouvé (une chaîne de vélo, une pomme de douche, un fragment de commode, chacun accompagné de sa pancarte : *Trajectoire d'un proton* ; *Vous et moi, les deux pronoms métaphysiologiques*) indiquait qu'un anonyme modulateur de réalité avait entrepris de décorer les cryptes.

Le tintement des couverts et la rumeur des discours se précisaient ; un instant plus tard, les trois hommes débouchaient dans une caverne qui, bien qu'elle fût taillée dans le roc, pourrie d'infiltrations et empuantie par une odeur de vase, passait pour une élégante salle à manger. Une dizaine d'hommes et de femmes était allongée ici et là, rendue à divers stades de l'oubli. Un épais voile de fumée flottait dans l'air, des restes de nourriture et de boisson jonchaient le sol.

Les convives cessèrent de chanter et observèrent le silence quand Peter fit son entrée. Au bout d'un moment, l'un des membres de l'assistance, le maître de cérémonie à en juger par sa queue-de-pie – l'homme le plus laid et le plus hirsute que Peter eût jamais vu –, se leva et, l'air grave, le geste tremblant, s'écria d'une voix de stentor :

– Le présimatique du Conseil.

Ce néologisme indiquait que les « logico-mécanique » étaient désormais passés de mode, et que les mots en « matique » auraient la faveur du roi pendant les prochaines quarante-huit heures.

Peter fut fêté, on porta des toasts en son honneur et on l'obligea à boire tout un litre de vin sans reprendre sa respiration. Chacun voulait caresser le président du Conseil et, parmi les femmes, quelques-unes se frottèrent si fort contre lui qu'il eut une érection ; ce que deux de ces dames s'empressèrent d'annoncer à l'assemblée par communiqué officiel. L'homme à la tignasse se leva, l'air sévère, et ordonna :

– Un discours ! Parlez-nous de la guerre. Le peuple exige que celui qui gouverne l'informe du déroulement de la guerre.

S'ensuivirent moult vociférations et marques d'assentiment. Peter fut entraîné vers un bloc de pierre qui servait de tribune.

– Amis, Français, concitoyens. Les plans de la guerre consistent à... à... tenir secrets... très, très secrets... les plans de la guerre.

L'assistance fit entendre des sifflets.

– Dites-nous tout.

– Faites-nous confiance. Nous sommes muets comme une tombe.

– Il y a une chose que je peux vous dire malgré tout. Je tiens de la plus haute autorité que nous continuerons le combat jusqu'à ce que ceux d'en face soient tous morts, ou jusqu'à ce que nous soyons tous morts, ou jusqu'à ce que tout le monde soit mort, ou jusqu'à ce que ceux d'en face cessent de se battre et nous disent que nous pouvons en faire autant, ou jusqu'à ce que ceux d'en face s'arrêtent parce qu'ils croient que nous avons arrêté, ou jusqu'à ce que ceux d'en face disent qu'ils ne s'arrêteront pas tant que nous n'aurons pas dit...

– Bravo !

– Exactement.

– Liberté, égalité...

Les noceurs entonnèrent des hymnes : « La Marseillaise » pour les uns, « Nini-Peau-d'chien » pour les autres. Dans la confusion générale, le maître de cérémonie remplaça Peter à la tribune et réclama le silence.

– Après ce très instrucmatique discours de notre bien-aimé Présimatique...

– Bis !

– Il ne nous reste plus grand-chose à dire. Pourtant, je puis ajouter que nous est parvenu depuis la surface un bruit relayé par ce quotidien merveilleux et souvent bien informé que l'on appelle...

Il tira un journal de la poche de son habit et brandit la manchette sous le nez de Peter.

– ...*L'Aurore*. Nous autres, modulateurs de réalité, ne serions pas les seuls à tenter de rebâtir le monde à coups de proto-vouloir. On raconte là-dedans qu'un certain Monsieur Henri Forte, célèbre fabricant automobile américain et conducteur de voiture, a imaginé une torpille, qui vogue en cet instant même sur ce qui est mouillé, dans l'intention de faire sauter ce qui est vieux – l'Europe –, pour inaugurer un nouvel et pacifique Âge d'or. Égaux, qu'il me soit permis de porter un toast. À la Paix.

– À la Paix et à la Diplomatie.

– À la Paix, à la Diplomatie et aux Voitures.

– À la Paix, à la Diplomatie, aux Voitures et à ces jolis petits paquets dans lesquels est vendu le papier à cigarette.

Le toast gigogne circula de convive en convive dans le sens des aiguilles d'une montre, chacun y allant de sa rallonge, forçant tous les autres à boire. Mais quand vint le tour de Peter, la chaîne auto-reproductrice et auto-régénératrice se brisa, et les rires s'arrêtèrent net. Car le président du Conseil s'était emparé de l'*Aurore* et en dévorait les pages.

CHAPITRE 21

Correspondances

Je n'accuse personne sinon le système.

Henry Ford

Cette nuit-là, Mays était allongé dans la baignoire, un peu après deux heures. L'eau, brûlante quelques minutes plus tôt lorsqu'il avait fait couler son bain, lui paraissait tiède à présent. Bien des fois depuis l'enfance, Peter s'était interrogé sur ce phénomène : la température de l'eau avait-elle réellement diminué, ou était-ce celle de sa peau qui s'était élevée pour parvenir à un *statu quo* ? Aucune de ces deux hypothèses ne réussissait à le réchauffer. La situation réclamait moins de considérations métaphysiques et davantage d'eau chaude.

Si l'on ouvrait complètement les robinets, la plomberie de la maison se mettait à tousser comme une bronchitique. La mère de Mays dormait à l'étage, d'un sommeil agité, après les émotions qu'elle avait eues un peu plus tôt, et Peter ne voulait pas la réveiller. À la demande insistante de son fils, elle avait exposé sous ses yeux la plaie mal cicatrisée qui avait torturé les Mays pendant quatre générations, et elle avait besoin à présent du pouvoir réparateur des rêves pour refermer à nouveau cette blessure.

Afin d'éviter le poltergeist de la tuyauterie, Peter alla fouiller les épaves de sa mémoire et y retrouva une vieille astuce utilisée dans l'enfance. Le dos calé contre la porcelaine, il exerça une légère pression sur le robinet d'eau chaude avec le gros orteil de son pied gauche. Cette manœuvre donnait du jeu à un joint situé dans les canalisations, qui, pourri depuis vingt ans, laissait alors s'écouler un filet d'eau chaude le long du mur carrelé. Enfilé sur le pied droit de Mays, un gant de toilette en éponge captait le ruisselet que la jambe de Peter canalisait vers la cuve. Si Mays soulevait d'un rien le bouchon de la baignoire, le système atteignait l'équilibre dynamique : adieu le froid, bonjour la chaleur. La technique était parfaite, et si, après l'accident de John Glenn dans sa douche, la mère de Peter n'avait collé des marguerites en caoutchouc au fond de la baignoire, marguerites qui laissaient de petits bouquets sur le dos de Mays quand il prolongeait trop son bain, il n'aurait plus bougé de là, se serait lentement calcifié, sculptant du bout des doigts l'eau calcaire du Middle West.

Cette baignoire avait toujours été pour Peter le temple de la simplification. Étendu dans l'eau translucide, il revenait sur ses récents traumatismes, en revoyait le film sous tous les angles possibles, projetait sa souffrance sur le carrelage de céramique, s'en lavait dans la vapeur du bain. La mémoire et l'eau chaude décrassaient l'image qu'il avait de lui-même. Il ne se savonnait jamais, laissait agir l'eau, et évitait ainsi de se salir en posant sur son corps des mains infestées de microbes.

Mais ce bain d'après minuit, heure pourtant propice à l'oubli, ne parvenait pas à calmer les effets de la conversation que Peter venait d'avoir avec sa mère ; et peu importe combien de fois il en déroulait le fil. Peter et sa baignoire d'eau chaude, certes très habiles à lisser la trame de son existence, étaient démunis face aux biographies héritées de l'arbre généalogique des Mays.

Issu de l'immigration (la cohorte des sans-classe en Amérique), Peter n'avait jamais prêté à ses ascendants qu'une attention flottante. Il ne se sentait relié à ses parents que de manière lointaine et se voyait davantage en pupille de la nation. Il ne savait rien de ses ancêtres plus éloignés. Ce soir-là, pour la première fois, sa mère avait fait germer dans son esprit l'idée sinistre qu'il partageait des gènes avec des étrangers. Qu'il avait une dette envers des gens dont il n'avait jamais entendu parler. C'était comme dans ces rêves où il découvrait des pièces inconnues dans la vieille maison.

La lettre de Ford à monsieur Langerson, et les trois dandys – parmi lesquels se trouvait Mays – photographiés au tournant du siècle sur une route boueuse – avaient provoqué une vive réaction chez la mère de Peter. Le souffle court, haletante, elle avait répété : « Je ne savais pas. » Ne savait pas que ces documents existaient ? C'était pourtant elle qui les avait mis là. Ne savait pas que c'était cela que son fils cherchait ? Une écolière de douze ans aurait pu faire le rapprochement. Ne savait pas que Ford avait assuré l'avenir des descendants de son grand-père ? Il lui suffisait de lire la lettre.

Remise de ses émotions, devant sa réussite inachevée, elle avait invoqué de tortueuses raisons pour se défendre de n'avoir jamais raconté à son fil l'histoire de la famille.

– C'était pour ton bien, Petje. Les choses qui se sont passées là-bas sont atroces pour la plupart. Tu n'imagines pas ce que ces gens ont vécu ; toi, tu as eu la vie facile. Et tu y avais bien droit. À quoi bon réveiller les vieux démons ? Les enfants ne doivent pas porter le fardeau de leurs aïeux.

Mays, qui était sorti de la baignoire pour gagner la terre ferme (nouvelle étape dans l'évolution), se rappelait que sa mère avait prononcé le mot aïeux « aïeuls ». Était-ce l'usage en vigueur à son époque ? Peter n'avait qu'une notion vague de la vitesse et du degré de transformation des langues. Shakespeare ressemblait à du chinois ; et sa mère lui racontait des bobards : quelque part entre ces deux pôles, la langue avait atteint la perfection télégraphique du *Micro Mag*.

Tandis qu'il s'essuyait, Peter songeait que les mœurs, elles aussi, avaient évolué avant d'atteindre leur achèvement actuel. Les détails que sa mère lui avait cachés pour son bien (son arrière-grand-père avait abandonné les siens et déserté sa patrie ; son grand-père était un enfant illégitime), loin de lui faire honte, ravissaient Peter. Mais sous les faux-semblants et derrière les considérations morales surannées de sa mère, se cachait le véritable traumatisme de l'histoire familiale.

À pas de loup, les pieds nus flétris par le bain, Mays se rendit dans son ancienne chambre et ferma la porte pour mettre une barrière de plus entre sa mère et le bruit qu'il faisait. Il avait une envie irrésistible d'appeler Alison. Depuis longtemps, Peter s'était rendu à l'opinion que la seule façon de combattre une tentation était d'y céder. Mais il enfila d'abord un slip et un pantalon. Quatre générations de pratique téléphonique n'avaient pas suffi à effacer chez les Mays l'idée qu'il était malséant de passer une communication à poil.

Pour étouffer un peu plus le bruit du cadran dont la rotation semblait faire trembler le silence de la maison, Peter plaça le téléphone dans le dernier tiroir de sa commode, meuble pour enfant bien trop petit désormais, et l'enfouit sous les pulls que sa mère conservait religieusement. Il dégagea le combiné et, une main dans le tiroir, referma celui-ci sur son poignet. Il actionna le cadran à l'aveuglette en cherchant les trous du bout des ongles, étonné que ses doigts connaissent déjà le numéro qu'Alison lui avait donné la veille. Il essayait de parer à une éventuelle erreur en comptant les déclics qui s'égrenaient à chaque révolution du cadran, mais il n'avait pas l'oreille assez rapide. Au bout d'une demi-pulsation, une voix effrayée retentit à l'autre bout du fil :

– Keskesé ?

– Alison ?

– Qui est à l'appareil ? Qui est mort ?

Tout d'un coup, Peter s'aperçut qu'il était plus de deux heures du matin – trois heures sur la côte est –, bien trop tard pour appeler qui que ce soit, et en particulier une inconnue plus ou moins proche. Mais cette nuit était celle des proches inconnus et des inconnus proches.

– Je crois bien que c'est moi.

Dans le silence palpable, Mays se souvint que le monoxyde de carbone était réputé indolore. Quand elle reprit la parole, Alison semblait avoir retrouvé le naturel affectueux dont elle avait fait preuve le soir de leur rendez-vous.

– Oh, c'est mon petit copain. Tu viens jouer ?

– Ça risque d'être compliqué : je suis dans l'Illinois.

- L'Illinois. Juste ciel. À l'attention de nos aimables auditeurs, je précise que je vais à présent faire un signe de croix.

Mays entendit un bruit sourd quand Alison porta le combiné à sa poitrine. Il ressentait une attirance infinie pour les Catholiques déchus.

– Écoute-moi, Alison. Je t'appelle pour savoir ce que tu penses du mariage ?

– En tant que concept ?

– En tant qu'institution.

– Ce n'est pas aussi amusant que d'autres arrangements dont nous pourrions convenir. Pourquoi ?

– Voilà, il se trouve que... enfin... je vais avoir une rentrée d'argent, et je pourrais bénéficier d'un abattement fiscal.

– Je vois que les affaires reprennent, c'est ça ?

– Dans un certain sens.

– Eh bien je vais réfléchir et je te recontacte. Mais en attendant, as-tu pensé aux souscriptions municipales ?

Derrière sa désinvolture, Alison cachait mal son réel intérêt pour ce jeu de devinettes. Mays, d'une voix trop posée pour être naturelle, lui décrivit les trésors exhumés dans la soupente et répéta les explications de sa mère. Son arrière-grand-père (personnage douteux du folklore familial) avait trouvé le moyen de rentrer dans les bonnes grâces de Ford. Pour lui rendre la pareille, celui-ci avait fait ce qu'il savait le mieux faire : il avait accordé un fidéicommis au bonhomme et à ses descendants.

– Laisse-moi deviner : un titre à durée de validité limitée datant de 1915.

– Presque. Cinq cents dollars en liquide. Le prix d'une Model T, placé à plus de 9 % depuis 1916.

– Tu dînes bientôt chez les Vanderbilt ? Ça va chercher dans les combien tout ça ?

– Un quart de million de dollars, c'est un chiffre qui te parle ?

– Pas possible. Merde alors. Tu sais, tu aurais pu m'appeler en heures pleines, du coup.

– Désolé.

– Un quart de... Pas possible. Et comment tu as calculé ça ?

– Les nombres complexes ? L'un de mes rares souvenirs en arithmétique.

Un silence étonné à l'autre bout du téléphone apprit à Peter que cette femme, restée presque impassible à l'annonce d'une somme qui, aux yeux de tous, aurait fait de lui le plus beau parti du monde, lui vouerait un respect sans borne pour ses quelques connaissances mathématiques.

– Alors, c'était bien toi sur la photo.

– Mon arrière-grand-père, corrigea Mays.

– Et comment se fait-il que personne dans ta famille ne soit allé plumer cette poule aux œufs d'or ?

– D'abord, tout comme toi, ils n'entendaient rien au miracle des intérêts composés. Ensuite, ma mère et mon grand-père ont renié mon ancêtre parce qu'il faisait tache dans la famille. Ils se sont mis d'accord pour le planquer sous le tapis. Par chance, ma mère ne s'est jamais résolue à jeter les deux seules preuves de l'existence de cet homme.

– N'empêche, un quart de million de dollars qui dort dans un grenier, ça ne paraît guère plausible.

– Il faut prendre en compte les autres termes du contrat. On ne pouvait pas toucher au principal pendant trente ans. Ça écarte de la succession tous les oncles et les grand-tantes. En plus, la somme ne pouvait être versée qu'à un descendant direct exerçant la même profession que mon arrière-grand-père à l'époque où il a rencontré Ford.

– À savoir ?

– Journaliste.

– Et tu es ?

– Plus riche d'un quart de million de dollars.

– Un écrivain ? Tu connais l'arithmétique et tu es devenu écrivain ? Il y a vraiment des gens qui foutent leur vie en l'air.

– En fait, il s'agit de journalisme technique, si cela peut t'aider à m'apprécier davantage. À part ça, quoi de neuf de ton côté ?

– Tu veux dire depuis notre soirée, il y a deux jours ? Rien de spécial : salaire, pourboires, appointements. La routine.

– Et mon copain, le vieux bonhomme ? Comment s'appelle-t-il déjà ? Herr Krakow.

Un silence à l'autre bout du fil signala à Mays qu'il avait commis un impair.

– Pourquoi tu me demandes ça ?

La voix d'Alison était devenue métallique.

– Ce n'était qu'une plaisanterie, pour te faire rire.

Alison n'était qu'à demi rassurée ; l'état d'Arkady, lui expliqua-t-elle, s'était sensiblement détérioré au cours des dernières quarante-huit heures.

– Ce n'est pas ta faute, mais il n'arrête pas de demander après toi.

– Qu'est-ce qu'il y a de si terrible à ça ?

– Il veut savoir comment va notre fils. Par où il entend le sien et le mien – c'est-à-dire toi. Et attends, il y a mieux. Il ne me parle pour ainsi dire qu'en langues étranges. Il régresse, il rajeunit d'un an toutes les cinq minutes. Le voilà rendu à vingt ans, et à présent il prend le restaurant pour un café viennois. Il fait le tour des tables pour demander aux courtiers comment ils trouvent son adorable jeune femme.

– C'est de toi qu'il parle ? Là, il a vraiment perdu un boulon.

– Pas de blague, si toutefois c'en est une. Peter, est-ce que tu crois qu'il va mourir ? Qu'il remonte pas à pas le cours de sa vie jusqu'au moment où tout le fil en sera déroulé ?

Mays, incapable de se rappeler une quelconque formule arithmétique qui explique cette régression non linéaire, fit comme toujours lorsqu'on le pressait de répondre à une question : il garda le silence. Alison dut relancer la conversation :

– Alors, qu'est-ce que tu vas faire de ton magot ?

– Le léguer à la Bourse de Voyage Peter Mays pour l'Enseignement Technique. « Léguer », ça existe comme mot ?

– On dirait le titre d'un livre. Mais mieux vaut t'en tenir là. Comme s'inscrit-on ?

– Il suffit de signer la paperasse.

Ils parlaient depuis près d'une heure. Peter songea qu'il ne devait pas oublier de laisser un chèque à sa mère pour payer la communication ; même s'il savait qu'elle ne l'encaisserait pas. Le badinage se poursuivait, les plaisanteries poussaient comme des champignons. Ils ne parvenaient pas à raccrocher, ne pouvaient renoncer au plaisir de se rappeler l'un à l'autre que quelqu'un existait en dehors d'eux-mêmes. C'était la seule joie de Mays depuis quelque temps. Il finit par réussir à ne pas dire bonne nuit en disant bonjour.

– Alors c'est sûr, tu ne veux pas venir me rejoindre ?

Alison avait mis tant de nonchalance et de rondeur dans son invitation (comme s'il n'existait aucune différence entre les grands espaces et leurs fauteuils voisins au théâtre) que Peter éprouva l'envie irrésistible de tout plaquer pour un nouveau gros plan sur cette femme qui voyait dans son costume Belle Époque, dans les banalités de La Corbeille, dans un appel aux heures indécentes de la nuit, dans ses inquiétudes au sujet d'un homme qui avait glissé hors de la trame du temps, dans les mystères de l'arithmétique et dans la découverte d'une manne immense autant d'éléments destinés à prendre place dans une vaste, une improbable expérience improvisée.

L'espace d'un instant, Mays soupçonna Alison de tenir un rôle dans une inextricable conspiration qui devait le conduire à son trésor. Mais il conclut aussitôt que s'il y avait conspiration, lui seul devait en être jugé coupable. Après avoir dit au revoir, ouvert la commode et replacé le combiné sur son support, Peter sentit une torpeur l'envahir.

L'état de narcose qui s'empara de lui après avoir raccroché semblait propre à son époque, un sort auquel nul ne pouvait se soustraire. Telle personne vous dira peut-être « Je suis drogué » mais, sous l'influence de la drogue, refusera de se désintoxiquer. Car, selon Mays, les gens de sa génération, comme ces malades à qui l'on donne de la morphine, savaient qu'ils avaient perdu la faculté de sentir sans pouvoir, par définition, sentir cette perte. À eux la mémoire sans catharsis, l'histoire sans le souvenir.

En Sarah Bernhardt, et dans la Journée des anciens combattants, Peter avait cherché quelque chose qui se refusait à lui de longue date : une sensation, une tristesse, un émétique qui le libère du produit anesthésiant. Mais il n'avait rien trouvé sinon la fortune, autre somnifère, l'héritage qui semblait devoir couronner toute recherche. Le silence de sa chambre d'enfant, dans la maison de sa mère, se refermait autour de lui et il s'aperçut alors de l'heure tardive, assis en tailleur devant le téléphone comme un adorateur devant un autel, la peau encore humide de l'eau du bain.

Il entendait distinctement la voix d'Alison, quoique déformée maintenant par le silence. Elle seule semblait immunisée contre l'anesthésie générale du temps présent, la terreur de l'occupation. Bullock avait ses actions et ses tontes nocturnes ; Delaney, ses petits numéros et ses manies ; Brink, sa compétence ; Moseley, son désir compulsif de solitude ; Kimberly Greene et Arkady Krakow faisaient allégeance à la nostalgie. Seule Alison trouvait le temps d'entretenir sa curiosité.

Elle avait néanmoins un défaut : l'admiration qu'elle vouait au savoir-faire technique et les ambitions qu'elle nourrissait pour celui-ci. Mays se demandait pourquoi cela l'ulcérait. La photographie, l'automobile et l'ordinateur avaient-ils provoqué la narcose du temps présent, ou bien n'étaient-ils que ses sous-produits ? Peut-être perdait-on la sensation du voyage quand on allait de A à B assis dans un fauteuil. Il faudrait bien qu'Alison grandisse, qu'elle sorte de l'âge mécanique pour se rendre à la raison de la raison. L'innocence ou l'esquive n'avaient aucune valeur. Peter se demandait toutefois si l'affection congénitale de cette femme, son aptitude à éprouver des sentiments pourraient survivre à une bonne dose de connaissances techniques.

Trop fatigué pour se sentir épuisé, Mays prit les pièces du dossier Ford sur la commode et s'écroula sur son lit. Il relut d'un œil distrait la lettre de 1916 adressée à Theo Langerson, et grommela quelque chose avant de l'envoyer valser par terre. Elle ne contenait rien que les faits. Si dans la capitale de l'automobile, on voulait bien assimiler la presse spécialisée à du journalisme, il n'avait plus qu'à se pointer là-bas et ramasser le pactole.

Mais cette perspective lui semblait déjà irréelle. Une fois de plus, il regarda la vieille coupure que Kimberly Greene lui avait donnée ; la photo de « l'héritier ». Il l'avait examinée trop souvent pour qu'elle puisse présenter encore un grand intérêt. La stupéfaction de se voir ainsi étreint par l'un des hommes les plus influents du siècle s'était dissipée. Reconnaître son propre visage sous les traits de son arrière-grand-père le troublait, cette expression étonnée et narquoise, ce manque de présence d'esprit devant le flash de l'archiviste. Le jeune homme avait l'air d'un enfant surpris en train de mettre son doigt dans le pot à confiture de l'époque, un sosie à ranger dans les cartons de l'Histoire.

Peter trouvait bien plus d'intérêt au visage de Ford : perspicace, dérangé, c'était le visage d'un visionnaire ou d'un fou qui avait résolu d'enseigner à des milliards d'êtres humains les lois célestes de la thermodynamique. Que faisait en Europe ce danger public ? N'aurait-il pas dû se trouver aux États-Unis pour veiller à la bonne marche de sa première usine entièrement automatisée, ou pour entretenir les foyers allumés dans le pays ?

La légende sous la photo, comme la lettre de Ford, faisait allusion à un service rendu par le jeune inconnu – le seul frein aux revers que Henry avait essuyés en Europe. Quelle épreuve infligée au plus grand industriel du monde avait pu être adoucie en quoi que ce soit par un journaliste en herbe ?

Même si elles piquaient sa curiosité, Mays sentait que ces questions ne jouaient qu'un rôle secondaire dans l'intrigue, une intrigue de plus en plus trouble à mesure qu'il l'étudiait. Peter laissa tomber la coupure de presse à côté de lui et prit la dernière pièce de ce dossier improvisé. Face au plan de l'image, il se trouvait devant le cliché de trois fermiers qui s'en vont au bal, et rien de plus. Peter ne pouvait trouver de clé plus pertinente pour expliquer la mystérieuse régénération d'une expérience passée, en dehors de cette ressemblance physique avec l'un des jeunes gens, jeunes gens figés dans la surprise calculée de ce jour lointain et à jamais perdu, mais préservé par la traîtrise de l'objectif.

Parce qu'on l'avait fourrée dans une enveloppe et cachée dans la soupente, personne n'avait vu cette photo depuis plusieurs dizaines d'années. Était-ce l'épreuve originale, celle que le photographe avait tirée de son négatif ? Les plis profonds qui creusaient le cliché étaient-ils l'œuvre de l'un des trois personnages ? Ces questions n'avaient aucun sens. Une épreuve n'était par nature qu'une épreuve, identique en tout point à n'importe quelle autre, ancienne ou récente. En tant que marchandise, elle n'était accompagnée d'aucune marque d'authentification. Cet objet ne valait comme passage vers d'autres lieux que par son contenu, signature laissée par la lumière en traversant la lentille.

Le contenu de cette image captivait Mays, et il la fixa jusqu'à ce qu'elle prenne les contours vagues et distordus des choses fixées trop longtemps. Il cligna les paupières, détourna le regard, puis essaya de nouveau. Sans avoir une idée précise de ce qu'il cherchait, Peter sentait néanmoins les détails de l'image l'attirer à elle. L'inclinaison des chapeaux et des cannes, les minuscules taches sur les visages, les plis dans le drap des vestes, les cheveux coiffés et décoiffés, la cigarette inclinée, l'usure des souliers, tout cela invitait Mays à spéculer sur le scénario, inventer la fiction derrière l'événement consigné sur la photo, et qui tendait à l'infini vers le passé et l'avenir.

Au début, lorsqu'il revenait sur l'image pour l'examiner, Peter était intrigué par la main gauche du personnage central, ce

Theo Langerson qui lui ressemblait. Le pouce et l'index se rejoignaient pour former un cercle, imitation d'une pose impériale en désaccord avec le visage et l'allure du sujet. Après une observation prolongée, Peter vit, ou crut voir, un détail inaperçu qui donnait sens à cette forme. Une ligne ténue, peut-être un simple défaut dans le négatif, soulignait un objet sombre (mouchoir ou paire de gants) qui se fondait par homochromie dans la veste du jeune homme à la tête du trio.

Cette nouvelle interprétation éclairait la zone : les doigts ne formaient plus un cercle autour d'un espace vide mais se refermaient sur un objet réel. Toutefois, la photo manquait de définition pour révéler si cette nouvelle façon de voir correspondait à la réalité. Peut-être cette question, comme celle de l'authenticité de l'épreuve, n'avait-elle aucun sens.

Mays, tenant le cliché jauni et froissé dans ses mains, essayait de précipiter un souvenir. Il ignorait si celui-ci remontait à son propre passé, à celui des trois jeunes hommes, ou aux dix minutes qui s'étaient écoulées depuis sa petite trouvaille. Toujours aussi mal assuré de ce qu'il essayait au juste de retrouver (était-ce un animal, un végétal, un minéral ? un lieu, une idée ? Était-ce la simple possibilité de ressentir quelque chose sans ironie ou sans conscience aiguë de soi-même ?), il avait peu de chance de réussir. Il redoubla ses efforts pour cerner ce que cette image avait de remarquable, mais l'intensité de son application chassa le souvenir, comme un geste brusque fait s'envoler encore plus loin la feuille que l'on voulait rattraper. Mays devrait renoncer à la traque pour que se stabilise l'objet de sa recherche. Vint alors un moment, que Peter ne remarqua pas, où le violent travail de la mémoire céda le pas au sommeil.

Il rêva qu'il participait depuis sa plus tendre enfance à un programme de recherche dirigé par une grande université publique, entreprise au budget pharaonique, qui employait une armée de gens, se déroulait sur plusieurs dizaines d'années et devait survivre à ses fondateurs. L'expérience voulait que des habitants d'une ville de taille moyenne, Peter y compris, viennent tout au long de leur vie se faire photographier à intervalles réguliers de quelques mois. Les portraits ainsi obtenus étaient alors montés pour constituer par accroissement organique la pellicule d'un film qui montrait l'œuvre des décennies sur le visage changeant des sujets photographiés.

Mays se réveilla de bonne heure, plus fatigué que lorsqu'il avait sombré dans le sommeil. À son lever, quand elle trouva son fils en train de plier bagages et d'appeler le service des réservations, Mme Mays conclut aussitôt que les secrets de famille, gardés avec tant de soin pendant un demi-siècle, forçaient Peter à fuir la maison.

– Petje, mais qu'est-ce que tu fais ? Tu as à peine laissé les mites s'envoler de ta valise. Tu n'as aucune raison d'avoir honte ; tu es le même que lorsque tu ne savais rien.

– Hein ? De quoi tu parles, *Moedi* ?

– Tu sais, Petje, ton grand-père n'était ni le premier ni le dernier de son acabit.

« Son acabit » : l'un de ces oiseaux rares que Mme Mays était allée attraper dans les tabloïds. Peter essayait de comprendre ce que sa mère voulait lui dire.

– Tu parles du collabo ou du salopard ?

La main droite de Mme Mays se mit à trembler et agrippa le bouton de son col. Voilà longtemps qu'elle avait abandonné le signe de croix pour échapper au laïus de Peter sur le culte vaudou. Mais incapable de chasser une vieille habitude, elle se contentait de saisir le bouton de son col, maigre vestige oublié par l'évolution, comme le coccyx chez l'homme ou les membres antérieurs chez le serpent.

– Tout le monde en Hollande a collaboré d'une façon ou

d'une autre. Tu ne sais pas ce que c'est, Peter. Tu n'as jamais vécu dans un pays occupé.

Peter s'en voulait d'avoir peiné sa mère et se sentait honteux des vérités qu'elle lui disait. Mais il ne pouvait lui répondre : à la gare, l'employé du service des réservations l'avait mis en attente, sur un disque de musique classique, air lénifiant que Mays se rappelait avoir entendu du temps où il assistait à des concerts, quand l'objet de ses recherches était encore la femme rousse, et que cette femme rousse était encore clarinettiste. Préhistoire, enquête inutile, mais qui apportait maintenant un infime supplément d'intérêt à l'attente des billets.

Le réseau ferroviaire avait connu quelques années plus tôt une nationalisation partielle, c'est-à-dire qu'il pratiquait les tarifs exorbitants du secteur privé tout en faisant preuve de l'incurie bureaucratique et ruineuse propre aux administrations publiques. Patienter au téléphone en écoutant des concertos fantômes pouvait facilement vous prendre plus de temps que le retour à Boston lui-même. Chaque fois qu'il effectuait un voyage en train, Mays se jurait, à l'avenir, de faire le trajet en avion ou en stop, plutôt que d'emprunter à nouveau le rail. Mais il avait quitté la ville comme un voleur et ne pouvait espérer retrouver du travail une fois rentré. Cette perspective faisait un peu grimper le prix du billet d'avion. Peter n'avait pas encore intégré le fait qu'un quart de million de dollars l'attendait en chemin. L'odeur des sièges d'autobus lui donnait la nausée, et les chaussures qu'il avait aux pieds n'étaient pas assez solides pour traverser l'Ohio ; il écoutait donc la musique sans rien dire.

L'employé reprit enfin la communication et dit à Mays qu'il pourrait rejoindre Boston le lendemain *via* Detroit. Peter réserva une place dans le premier train du matin, puis se remit à préparer ses bagages.

– Écoute, Petje. Tu vas rester à la maison encore un peu. Nous ferons quelques parties de cartes ; tu répareras le tuyau du tout-à-l'égout comme tu l'avais promis. Rien n'a changé. Attends quelques jours, bientôt tu ne te rappelleras plus rien.

– Il ne s'agit pas de ça, *Moedi*, pas du tout. Je n'ai pas honte de mes ancêtres. Ils ont fait comme des millions d'autres pendant ce siècle.

– Alors reste encore quelques jours. Cet endroit a besoin de toi. À quoi ça te sert à toi d'aller à Detroit ? C'est cet argent dont parle la lettre ?

– Ce n'est pas tant l'argent. C'est plutôt qu'il y en a une telle montagne.

– Quoi ? Cinq cents dollars à 9 % ? Ça te rembourse à peine le train.

La veille au soir, Peter s'était efforcé à grand peine d'expliquer à sa mère la somme colossale qui était en jeu, mais sans succès. Pour elle, 500 dollars à 9 % faisaient 545 dollars.

– Je n'ai pas élevé un fils pour qu'il aille chercher fortune.

– Et pour quoi l'as-tu élevé alors ?

– Ne commence pas, *kind*, ou ça va mal finir.

Cette menace, qui terrifiait Mays enfant, ne manquait jamais de le ravir à présent. Il aimait entendre sourdre dans la voix de sa mère les vieux accents des colères maternelles, même si désormais elle en jouait surtout par calcul.

– Qu'est-ce que tu vas me faire, hein *Moedi* ?

– Je vais te briser les côtes, mon petit cœur. Je ne t'ai pas élevé pour que tu ailles déterrer des trésors. Je t'ai élevé pour que tu deviennes un homme bon. Un homme irréprochable. Tu trouves ça idiot ?

Le premier train du matin fit un arrêt imprévu avant Detroit, quelque part dans les solitudes désolées de l'Indiana. Derrière la fenêtre, le paysage ressemblait à l'atoll de Bikini : des hectares de broussailles et de chaume à perte de vue. Un groupe d'hommes en uniforme monta dans le train à la recherche probable d'un malfaiteur qui se serait introduit à bord de manière clandestine. L'espace effroyable d'un instant, Mays redouta d'avoir à présenter une pièce d'identité. Dernier individu à refuser l'utilisation d'une carte de crédit, il n'avait pour toute photo d'identité que les deux clichés de son arrière-grand-père. Mais les fonctionnaires bredouilles descendirent de voiture aussi vite qu'ils y étaient montés et retournèrent au grand vide des champs moissonnés.

Parvenu à Detroit, le train rejeta Mays sur le quai d'une gare majestueuse mais délabrée, réduite désormais à une superficie bien inférieure à celle du temps de sa splendeur. La veille, Peter avait appelé le siège de la Ford Motors Company et obtenu un rendez-vous dans l'après-midi avec un certain M. Nichols, l'un des innombrables employés du service de relations publiques. Puis il avait réservé une place dans le Technoliner qui assurait la correspondance pour Boston. Mays avait deux heures à tuer.

Sorti de la gare, il tomba dans la circulation du centre-ville, sentit le temps peser sur ses épaules, et désespéra de pouvoir le tuer à lui tout seul. Il se demanda s'il n'allait pas faire du tourisme : voir le légendaire Centre de la Renaissance ou se rendre sur la frontière canadienne. Mais il opposa son veto à ces deux projets : une ville morne ressemblait à n'importe quelle autre. Le musée d'art ? Il s'était juré de renoncer aux idoles aussi longtemps qu'il n'aurait pas touché son pactole. Après tout, Peter se trouvait à Detroit, et il pensait donc n'avoir rien de mieux à faire que de rester assis à regarder passer les voitures.

Mays se présenta devant le bureau de M. Nichols avec une bonne demi-heure d'avance. Les secrétaires lui confisquèrent son dossier et l'obligèrent à patienter dans un vestibule à la modularité criminelle. Là, ceinturant la pièce à hauteur du regard, un cortège de photos et de documents exposait les étapes successives de l'histoire de Henry Ford : Ford jeune fermier, Ford apprenti mécanicien, Ford ingénieur chez Edison, la voiture qu'il mit au point en 1896, l'acte constitutif de la Ford Motors Company, la première *Lizzie*, l'usine automatisée et, coup de tonnerre en 1914, la mise en place des cinq dollars par jour.

Mays s'arrêta devant une photo de Henry sur la passerelle d'embarquement d'un navire, l'*Oscar II*. Il lut la légende :

> En 1915, Ford arma l'infortuné Navire pour la Paix. Sans l'aval des États-Unis ni d'une quelconque puissance, il tenta d'enrôler à son bord quelques grandes figures de l'époque et fit route vers l'Europe dans la ferme intention d'arracher le monde à l'impasse diplomatique de la Grande Guerre.

D'un seul coup, Mays sentit voler en éclats l'impasse dans laquelle il se trouvait lui-même. Alors qu'il se concentrait sur l'échec sous-entendu de cette mission (tentative d'une louable absurdité, insensée, ironique, ridicule, stupide, qui voulait prendre en charge l'Histoire et croyait en l'action, fût-elle grotesque), il s'aperçut qu'il pouvait contracter sa gorge et sa poitrine. Les spasmes musculaires ainsi obtenus pénétraient la photo, et l'émotion croissante, comme une déferlante, aurait forcé Mays à la canaliser vers l'estuaire de quelque manifestation physique, si une voix, qui appelait son nom depuis les bureaux, n'avait fait retomber cette vague. Peter se détourna et aperçut le visage d'un homme qui aurait pu faire la couverture de l'*American Journal of Orthodontics*. Il saisit la main de M. Nichols et s'efforça de comprendre ce que celui-ci lui disait.

– ... la dépense faite pour venir nous voir jusqu'ici. La lettre – une pièce de collection, vous savez, un autographe de grande valeur – rembourse les frais, si l'on peut dire. M. Ford a en effet pris des dispositions en faveur de la famille de votre arrière-grand-père, mais pas comme vous devez sûrement l'espérer.

CHAPITRE 22

Le mémoire de l'immigrée

> Le passé, temps qui habite nos vies et peuple les livres d'Histoire, ne peut prétendre posséder une portée et une puissance que s'il sous-entend aussi un présent. Lorsque nous en trouvons le courage, nous accordons nos vies à ces moments où le passé et le présent interfèrent, où le temps est de nouveau en phase avec lui-même. C'est la seule signification de l'Histoire. Nous n'explorons pas le passé à la recherche d'autres créatures mais de notre moi perdu.
>
> Roger Shattuck, *Les Primitifs de l'avant-garde*

Je trouvai l'appartement de Mme Schreck sans difficulté, et comme je l'avais espéré, elle n'était pas encore partie à son travail. Elle m'accueillit sur le pas de sa porte, chaleureuse mais surprise. D'une efficacité toute maternelle, elle me fit entrer promptement et appliqua un mouchoir de dentelle sur mon nez ensanglanté, puis elle sortit deux serviettes d'un endroit dérobé.

– Séchez-vous avant d'aller finir à la morgue des bonhommes de neige.

Elle restait là, sergent instructeur fidèle à son poste, tandis que j'ôtais ma couche de neige et laissais voir que les hommes jeunes ne comprennent pas l'urgence de telles situations. Elle avait connu une époque où la pneumonie, la phtisie et la tuberculose étaient des maladies réelles, une époque où l'on mourait d'être resté assis trop longtemps à une fenêtre, dans un courant d'air.

Si je prenais mon temps pour m'essuyer, ce n'était pas par manque de respect envers les théories médicales de Mme Schreck. Quand je portai à mon visage l'antique serviette bleu-vert, un parfum puissant me surprit, douloureusement agréable : alliance d'épices, de moisissure, de colle, d'amidon et d'odeurs corporelles ; un parfum qui dépassait pourtant ses senteurs individuelles. Il sentait l'usage – long, continuel et tendre.

Il me semblait avoir déjà senti cette odeur par le passé, et tentai pendant un instant de l'identifier. Mais je me rendis très vite à l'évidence : cette odeur elle-même était le souvenir, j'étais en train de l'inventorier et de l'expédier vers l'avenir. Si, dans quelques années, je devais sentir une odeur qui ressemblât tant soit peu à ce mélange, je me retrouverais aussitôt, sorti d'une tempête de neige, à m'essuyer dans le vestibule de Mme Schreck.

Voilà pourquoi je prenais mon temps, faisais durer l'opération plus que nécessaire. Mais chaque passage de la serviette sous mon nez ne parvenait qu'à remplacer le pressant par le familier, et je finis donc par rendre ses biens à mon hôtesse. Elle me conduisit à travers une enfilade de pièces jusqu'à la cuisine où elle se mit à préparer des doses létales de tisane. Il m'apparut que le parfum des serviettes n'était pas un cas isolé ; l'appartement tout entier était un temple dédié aux arômes : eucalyptus, eau de rose, naphtaline et bien d'autres senteurs. Je m'assis à une très ancienne table de bois brut. Mes yeux devaient briller comme ceux des pèlerins dans la cathédrale de Chartres, car la vieille dame me dit :

– J'habite ici depuis trente ans, et même plus.

Il semble que les accents soient arbitraires, indépendants du temps passé à apprendre une langue et de l'application que l'on y met. Une personne de soixante ans peut effacer en six mois ce qu'un enfant laisse intact au bout de vingt ans. L'accent de Mme Schreck surprenait tant il était marqué pour quelqu'un qui pratiquait la langue depuis si longtemps, même si l'on y décelait les traces d'une lutte. Elle prononçait « depuis » « dépouis », et « j'habite » faisait penser à « chapitre ».

– Ah ! Le quartier était si différent autrefois. Tout était fragile et plaisant. Mais enfin ! Le ciel fait la sourde oreille aux soupirs. Et vous, comment ça va ?

Son « va » ressemblait à un « fa » et son « vous », à un « fou », mais l'ensemble restait expressif.

– Pas trop mal. Si ce n'est que je ne suis pas allé au travail aujourd'hui.

– C'est bien. Le corps a besoin de faire l'école buissonnière de temps en temps.

Je ne pus m'empêcher de rire de son « école buissonnière », à cause de l'expression et de sa prononciation. Ravie de mon ravissement, Mme Schreck répéta encore « école bouse, bouzonnière ». Nous riions ensemble, et elle ajouta, comme si elle racontait une histoire :

– Nous riâmes à en crever.

– Oui. Mais je ne voulais pas venir chez vous comme ça, à l'improviste. Je ne veux pas vous mettre en retard.

– Peut-être, je vais faire l'école buissonnière moi aussi. Je vais leur dire que je ne peux pas venir à cause de la neige. Et puis, vous aviez l'intention de venir, sinon pourquoi vous êtes là ? Laissez les politesses. Je suis trop vieille pour les politesses.

Elle avait raison ; elle avait survécu aux pires années du siècle, et n'avait pas besoin de mon amabilité pour la protéger. Les vieilles personnes ont besoin d'honnêteté, pas de déférence. Je regardai son sourire stoïque, le lui renvoyai, et ne cherchai plus à m'excuser d'avoir rompu le contact après la fête de Noël.

Je promenais les yeux sur ce que je voyais de cet appartement. Les objets accumulés avaient ici gagné la bataille. Pourtant, on ne trouvait aucune des idoles qui se dressent d'ordinaire chez les nantis : robots ménagers, chaîne stéréo, tapis étroits qui vous guettent dans le couloir, ou ces appuie-têtes, artefacts qui affichent leur valeur en se montrant au-dessus de tout usage. Dans cet appartement, chaque mètre carré était occupé par un fatras d'objets si usés et manipulés que beaucoup se trouvaient en état de mort fonctionnelle. Dans la pièce contiguë, trois fauteuils trop rembourrés conservaient l'empreinte composite de corps disparus depuis longtemps. Le bric-à-brac de Mme Schreck emmagasinait le souvenir de ses anciens propriétaires et les identifiait aussi distinctement qu'un miroir poli.

D'ordinaire, la technologie crée de nouveaux biens, qui créent le besoin des consommateurs, au point que ceux-ci ne peuvent bientôt plus se passer de produits qui n'existaient pas encore quelques années plus tôt. Mais la caverne aux objets de Mme Schreck laissait voir qu'elle était passée au large de cette assimilation en ne faisant tout simplement aucune distinction entre la valeur d'une pomme de pin ramassée la veille au cours de la promenade et celle de l'antique radio montée sur châssis, objet très rare, qu'elle me surprit à observer.

– L'avantage des vieilles radios ? Elles sont tout en bois. Alors, quand elles tombent en panne et qu'elles refusent de se remettre à marcher, vous les apportez au menuisier qui travaille pour moins cher qu'un électricien.

Elle posa son poing sur ses lèvres et rit doucement de sa plaisanterie. Elle tenait serrée dans sa main un napperon de dentelle venu d'une époque incroyablement lointaine et brodé en une langue étrangère.

– Mme Schreck, vous avez là quelques antiquités de valeur.

– De valeur ? Vous savez ce qu'on dit : si les riches pouvaient payer des gens pour mourir à leur place, les pauvres vivraient enfin à leur aise.

Puis elle m'expliqua que lorsque cette vieille radio marchait encore, sa valeur résidait dans son bon fonctionnement. Ensuite, quand elle avait rendu l'âme, et qu'il n'était plus temps de la jeter à la casse, Mme Schreck s'était aperçue qu'elle avait fait trop de bosses à cet appareil pour s'en séparer. La somme qu'elle aurait pu en tirer n'aurait pas compensé la perte d'une carte aussi parfaite de tous les accidents, de toutes les colères distribués sur l'axe du temps. Elle me fit comprendre, dans un haussement d'épaule, que la valeur d'un souvenir, et toute valeur en général, dépassait notre capacité à dire quoi que ce soit de sensé à ce propos.

Mme Schreck servit la tisane, mais ne but pas la sienne à même la tasse. D'un rapide coup de poignet, elle versa quelques gouttes dans sa soucoupe. Elle prit celle-ci à deux mains, réussit à porter le récipient à ses lèvres et à boire une petite gorgée sans rien renverser. Elle croisa mon regard médusé.

– Je fais à la mode du Vieux Monde. Et puis, c'est bon remède contre la tremblote.

D'un geste de la main, elle me signifia de ne jamais la prendre au sérieux.

La vieillesse varie autant que les accents. Apprivoiser un nouveau corps ressemble à l'apprentissage d'une langue étrangère. Certains habitent leurs dernières années avec l'aisance et la grâce de ceux qui parlent sans accent. D'autres, adolescents retenus captifs sur l'Ellis Island de la cytologie, s'obstinent à garder les intonations et la diction d'une langue antérieure. Certaines personnes se voûtent et radotent dès qu'elles ont atteint la soixantaine, quand d'autres, centenaires, ont dix idées intelligentes pour chaque phrase qu'elles prononcent.

À la fête de Noël, j'avais tout de suite reconnu en Mme Schreck, quatre-vingts ans passés, une femme qui, après avoir parcouru le spectre du siècle, se bornait à ajouter chaque nouvelle décennie à un répertoire de plus en plus vaste. Si elle se montrait plus sotte aujourd'hui que le soir où elle avait passé son doigt sur le trou dans la casquette de l'ambulancier, cela attestait que les vieilles personnes ont des comportements aussi riches et variés que leurs années écoulées.

Depuis la fenêtre de la cuisine on apercevait la cour du bâtiment, l'angle de la rue, et au-delà, un terrain vague. La neige continuait de tomber, lourde, épaisse, générale, plus pesante encore qu'au moment de mon récent aveuglement, si rapide qu'elle donnait l'illusion de tomber vers le haut. Parce qu'elle croyait que la fureur ininterrompue de la neige constituait une menace plus grande encore pour ma santé, Mme Schreck m'obligea à boire ma tisane jusqu'au dernier dépôt, et à m'essuyer de nouveau, jusqu'à ce que mon épiderme s'écorche sous la force de persuasion de la serviette. C'est ensuite seulement qu'elle s'activa de son côté.

– *Hemel*. Il faut que je fais l'école buissonnière pour de bon.

D'un pas rapide, qui traduisait autant l'inquiétude que la joie, elle quitta la pièce pour téléphoner au bureau. Je l'entendis négocier avec un supérieur dans une langue à mi-chemin entre l'anglais et l'allemand. Je profitai de ce que Mme Schreck était passée à côté pour fouiner alentour. En dehors de la vieille radio, le seul produit notable de la technologie était un piano mécanique massif, à pédales, équipé d'un rouleau perforé. Le banc en contenait toute une collection, depuis « *Mijn Kleintje* », chanson du dix-neuvième siècle, qui n'aurait pas pu tourner sans tomber en miettes, jusqu'à « *Henry Made a Lady Out of Lizzie* », titre plus récent, accompagné de ses paroles : elles racontaient les tergiversations de Ford avant l'abandon de la Model T pour la Model A.

Je refermai le couvercle et continuai mon inspection impromptue. Une étagère étroite supportait quelques volumes aux reliures de mauvaise qualité, écrits en néerlandais, en allemand et en français. Les seuls ouvrages en anglais étaient un livre de cuisine, un opuscule sur la piété religieuse et, fait inexplicable, un bouquin sur Ted Williams, publié dans les années cinquante, lorsque les Red Sox faisaient des étincelles dans le championnat. Même le cours des vies les plus droites emprunte d'étranges détours.

Rendu à divers degrés d'ancienneté, un millier de bibelots et babioles peuplaient la pièce : un stéréoscope qui montrait des vues de grandes villes ; un ange d'albâtre en train de chanter. Dans sa boîte qui tombait en poussière, un jeu daté de 1920 promettait « Toutes les émotions d'un grand voyage en train ». Posé sur le couvercle qu'il écrasait de son poids destructeur, un avion en fonte portait une décalcomanie à demi arrachée : « irit of St. Lo ». Non loin de là, un cliché à la gomme arabique montrait une version plus jeune de Mme Schreck dans l'entrepont d'un paquebot. Je n'avais exploré qu'une minuscule fraction du trésor quand mon hôtesse revint, alerte.

– Ils me supplient de rester à l'intérieur. Je leur dis : « Qui va nettoyer ? », mais ils me supplient quand même. Ils croient que je vais glisser et me casser la hanche. Les vieilles gens, ça se casse toujours la hanche. Alors la compagnie d'assurances découvre qu'ils emploient quelqu'un qui a dépassé l'âge de la retraite.

Puis elle ajouta, en roulant des yeux de conspiratrice :

– Je ne leur ai pas dit où vous étiez.

Et elle me fourra quelque chose dans la main ; c'était un bonbon au chocolat.

– Maintenant nous faisons vraiment l'école buissonnière. Asseyez-vous et racontez-moi. Dites-moi d'abord pourquoi vous êtes venu ici.

– C'est que... Je me suis dit que nous pourrions commencer cette amitié dont nous avions parlé.

– Ha ! L'amitié, ça n'a jamais suffi à faire sortir quelqu'un dans une tempête de neige.

D'un pouce tremblant, elle désigna la fenêtre et les bourrasques. Je m'imaginais rester là pendant quelques jours, bloqué par la neige ; ce serait presque amusant d'aller remuer les tas de foin de la mémoire. Mme Schreck, toujours imprévisible, pourrait me distraire le temps de mon séjour.

– Peut-être vous aimeriez en savoir plus sur mon histoire de Navire pour la Paix.

Je faillis avaler mes poumons devant ce cas de télépathie. À la fête de Noël, j'avais exposé à Mme Schreck mon obsession pour l'image de Detroit. De son côté, elle m'avait fourni tous les détails – le nom du photographe, sa véritable nationalité, la date et le lieu du cliché – tout ce dont j'avais besoin pour calmer mon obsession. Si, comme elle le suggérait, j'étais venu ce jour-là pour en savoir davantage sur le second récit de la soirée – celui du Navire pour la Paix –, c'était parce que les faits derrière la photo ne me suffisaient pas. Je faisais comme ces chercheurs de laboratoire qui répètent une expérience longtemps après que les résultats ont été obtenus.

– Quand je me souviens du Navire pour la Paix, je sens une odeur d'oignons. J'épluchais des oignons pour aider ma mère à préparer le dîner. J'avais quinze ans, comme le siècle. Le garçon que j'aimais partait déjà à l'armée, et je savais que je ne reverrais plus lui. Et j'avais vu vrai.

À l'écouter parler, je m'apercevais qu'il est impossible d'apprendre les idiotismes d'une langue. Je me concentrai alors sur le sens de ce qu'elle disait et non sur ses mots.

– Ce soir-là, mon père est rentré avec le journal. Il était socialiste à l'époque, mais en secret, pour garder son travail dans la police. Il profitait du dîner pour critiquer le gouvernement en privé. La politique est le sport préféré des Européens. Ici, nous avons le base-ball, là-bas, les discussions.

Elle mimait le mouvement d'une batte puis celui d'une bouche en train de parler, et riait de ce parallèle ridicule. Quand le souvenir l'envahit de nouveau, elle se posa et reprit :

– Mais ce jour-là, les nouvelles avaient rendu mon père nerveux. Il nous fait asseoir à table et il dit le bénédicité. Après, il nous explique, à ma mère, mes deux frères, ma sœur et moi (j'étais la plus jeune), que le grand Henry Ford allait venir en Europe arrêter la guerre. La Guerre ; la guerre totale, comme on l'appelait ; totale, ça voulait dire contre le peuple aussi ; ça voulait dire le travail de toute la nation, des canons plus gros qu'une maison, des canons dans le ciel, sur l'eau, sous l'eau, et personne ne savait si ça durerait encore un an ou une éternité. Au début, ils disaient trois semaines, et ensuite trois semaines et encore trois semaines, et puis trois semaines de trois semaines, et plus personne ne croyait que ça finit un jour.

– Mais les gens croyaient que Ford pourrait arrêter ça ?

– Qui ça, les gens ? Sans doute que non. Mais pour mon père socialiste, Ford c'était comme un dieu. Parce qu'il avait construit une usine autour de l'ouvrier et de son temps de travail, une usine où la machine venait aux hommes, et où les hommes travaillaient ensemble pour produire quelque chose. Il avait relevé l'ouvrier. Et voilà qu'il arrive avec ses promesses. Les gens riaient à en faire chavirer le navire, mais mon père, lui, il ne riait pas. Parce que c'était Ford, et parce que toute personne sensée voulait mettre fin à la guerre de cette façon-là, même stupide. Mon père y croyait ; pendant le dîner (oui, il me semble bien qu'il y avait des oignons), il nous a dit que le Navire pour la Paix avait seulement besoin d'être écouté, et qu'alors il se ferait entendre. Pendant une semaine, mon père lit chaque jour de nouveaux articles sur l'expédition.

Assis sur une chaise rembourrée, absorbé par le récit de Mme Schreck, je tripotais nerveusement une tirelire qui évoquait l'histoire de Jacques et du haricot magique. Jacques tendait des haricots à sa mère qui pleurait, le visage enfoui au creux de ses mains. Quand une pièce tombait dans la fente dissimulée de la tirelire, Jacques laissait choir ses haricots, un plant sortait du sol, et la mère de Jacques relevait la tête en souriant. Une machine de plus que j'avais oubliée dans mon inventaire.

Tout en manipulant cette tirelire, je m'accrochais à chaque parole de Mme Schreck. Je me fichais bien de Ford et de la diplomatie, mais je voulais savoir ce qui allait arriver à ce policier et à sa fille.

– Chaque jour, nous suivons l'actualité du navire. De plus en plus de monde parle et espère, et d'autres commencent alors à parler et à espérer aussi. Et puis, il est arrivé quelque chose, je ne sais pas quoi. Les nouvelles parlent d'une dispute à bord. Les uns disent une chose, les autres en disent une autre. Qu'est-ce qui se passe ? Sur le bateau, les gens ont des projets de paix différents. Alors, même mon père, qui y a toujours cru, comprend que c'est fini. Si les médecins, les hommes d'Église et les beaux messieurs d'un pays grand comme un navire ne peuvent pas s'empêcher de se battre, quel espoir il reste alors aux fils de boulangers et de bouchers sur la grande carte du monde ?

Elle se tut, les mains posées sur ses genoux, un sourire d'excuse sur les lèvres pour tout signe de vie.

– Les journaux riaient assez fort pour laisser entendre leur déception. Ils se sont moqués des Pacificateurs quand ils ont traversé la Hollande pour aller à leur « conférence ». Ce mot avait tué les derniers espoirs. Mon père s'est aigri. Il en voulait à la terre entière : aux journaux, aux gouvernements, et aussi aux pacificateurs. À la terre entière, sauf à lui-même et à l'homme qui fabriquait des voitures. Il est resté socialiste encore vingt ans, jusqu'à ce qu'il meure d'une crise de cœur.

Un glissement subtil s'était produit dans l'attitude de Mme Schreck ; voilà qu'elle ne parlait plus d'Histoire mais d'expérience, une expérience directe et intime, cette denrée que chaque jour menace davantage.

– Voir mes espoirs disparaître dans une conférence n'a pas été ma dernière déception. Trois semaines après l'arrivée du Navire pour la Paix, le garçon avec qui je voulais faire ma vie, et qui était parti sur le front sans même s'engager dans l'armée, se fait tuer par les siens et est enterré dans un fossé. Où ça ? Quand ça ? Personne ne sait. Pendant longtemps, j'en ai voulu au Navire pour la Paix parce qu'il n'était pas arrivé plus vite, ou avec plus de monde. Ford était mon ennemi. Pas à cause du ridicule, mais parce qu'il n'était pas encore assez ridicule. Je détestais tout le monde, parce que personne n'était assez ridicule pour agir. Et pendant des années, moi aussi, je suis devenue mon ennemie.

– Mais qu'est-ce qu'une poignée d'individus pouvait faire contre une guerre qui remontait à... ?

Le son de ma voix me surprit, et je m'interrompis, fatigué de ce vieux débat entre fatalisme et activisme. Je n'avais rien de neuf à proposer, rien à ajouter, pas de plan de paix dans cette guerre de cent ans qui opposait le particulier, le citoyen, à l'État mécanisé ; aucun argument que Mme Schreck, qui avait assisté à un spectacle situé au-delà des arguments et de leurs contradicteurs, ne puisse utiliser.

– Qui remontait à quand ? Deux ans ? 1870 ? L'invention de la poudre et des piques ? C'est vrai, mon jeune ami. Et voilà pourquoi vous n'êtes pas du tout venu me parler du Navire pour la Paix. Vous êtes venu vous mettre à l'abri de la tempête, soigner votre nez, et voir si j'allais vous montrer ce que vous êtes trop fainéant pour aller chercher vous-même à la bibliothèque.

Aussitôt, elle reprit son air enjoué, son regard implacablement espiègle. Tout aussi vite, elle se leva et me tira par le bras en m'arrachant la clavicule. Elle ne tolérerait aucune résistance : il fallait que je voie la photo maintenant. Et si ma mémoire avait trop modifié l'image depuis la première fois que je l'avais vue, si je ne parvenais pas à retrouver dans le cliché la puissance d'autrefois, ma mémoire n'aurait alors plus qu'à se transformer pour correspondre à la réalité.

Elle me fit lever et me poussa jusqu'à une pièce, parfait exemple de ces chambres d'ami que l'on ne trouve que chez les personnes très âgées. Toujours impeccables, toujours parfumées, des déclivités ici et là dans le plancher. Sur le lit à baldaquin, qui attend celui qui ne viendra jamais y dormir, le couvre-pied de chenille blanche, orné de pompons brodés, est changé une fois par semaine avec une régularité de métronome. La chambre communique toujours avec la salle à manger par une porte aux trois quarts fermée. À l'intérieur, règne toujours une pénombre tendue de rideaux lourds et d'acajou sombre.

Mais poussé dans cette chambre, je ne remarquai aucun de ces détails. Car sur un bureau massif trônait un cadre en verre, reliquaire de trente centimètres carrés. Assez d'adrénaline affluait vers mes membres et mes poings pour me préparer au premier round. Deux lignes perpendiculaires, aux endroits où la photo avait été pliée en quatre un demi-siècle plus tôt, ne parvenaient pas à en altérer l'identité : c'était ma photo de Detroit, jusque dans les moindres demi-tons et les ombres ténues du souvenir.

À dire vrai, ces trois fermiers sur la route du bal que fut 1914 me frappèrent davantage qu'au premier jour. Comme alors les fresques de Rivera, une année passée en conjectures, recherches et atermoiements – une année qui m'avait entraîné dans cette tempête de neige – m'avait préparé au choc, et le récit personnel de Mme Schreck renforçait encore la puissance du cliché de Sander. L'heure était venue de nommer ces fermiers.

Mme Schreck grava ces noms dans mon esprit une fois pour toutes en posant un doigt tremblant sur le personnage à gauche de l'image, celui qui fermait la marche des trois hommes, un garçon aux allures de vieillard en costume froissé, et dont la cigarette forme un angle périlleux avec sa bouche.

– Voilà. C'est lui. Mon Hubert Schreck. Celui qui dans son fossé m'a fâchée avec tous les Navires pour la Paix et avec la terre entière.

Je sentis mon cuir chevelu se contracter sous l'effet de la chair de poule. Je ne parvenais plus à maîtriser ma voix.

– Schreck ? Mais vous m'aviez dit...

– Qu'il est mort avant que nous nous mariions ? C'est vrai. Qu'est-ce que je fais avec son nom, alors ? Je l'ai volé. Et je l'ai eu en passant par Ellis Island quand je suis arrivée ici. Je débarque. Il y a ce grand bonhomme en uniforme de policier qui me demande mon nom. Je lui donne celui de mon père, mon vrai nom, mais il fronce les sourcils et dit : « Trop long. » Alors, je lui donne le premier nom qui me passe par la tête, et c'est toujours celui d'Hubert, même après toutes ces années. Le policier l'écrit et met « Mme » devant ; dans ce pays, les femmes convenables sont mariées.

– Alors vous avez toujours été célibataire ?

Pince-sans-rire, elle prit un air faussement gêné.

– Je ne dirais pas ça.

Je regardai la photo à nouveau, et vis sur les visages des détails que je n'avais pas remarqués avant.

– Il a l'air d'un voyou. La photo a été prise près de la ville où vous habitiez ? Combien de temps avant la guerre ? Où est-ce qu'Hubert allait ce jour-là ?

– Oh, ce n'est pas vraiment lui.

Encore la chair de poule. Cette fois j'étais si hagard que Mme Schreck dut s'asseoir pour rire. Elle essaya de prendre un air contrit et tenta de m'expliquer :

– Je vous embrouille, je sais. Mais je n'ai jamais voulu dire qu'il s'agit vraiment de mon Hubert. J'ai eu cette image après la guerre, après la mort de Hub. Je suis allée faire un dernier voyage dans le Westerwald avant l'Amérique. Un drôle d'Allemand à bicyclette nous arrête moi et ma sœur au bord d'un chemin de terre, et il demande s'il peut nous photographier. On se méfie beaucoup toutes les deux, et puis il sort des photos et les pose sur le bas-côté pour nous prouver qu'il est bien photographe. C'est là que j'ai vu cette photo pour la première fois. Des jeunes gens, du même âge, pris à la bonne époque, et il y a ce garçon qui ressemble peut-être un peu à l'homme que j'ai perdu à cause de l'échec de Henry Ford. Mais il faut que vous faites les yeux comme ça :

Elle plissa les paupières exagérément et tint le cliché à deux centimètres de son visage. Elle avait un talent naturel pour le burlesque.

– Il me la fallait. Je ne voulais pas que personne la voir, sauf moi. Je donne tellement d'argent pour cette photo et une autre copie que je n'en avais plus assez pour mon portrait. J'ai brûlé la copie et j'ai plié celle-ci pour la mettre dans mon carnet – une fois, deux fois. Et personne ne la voit, seule moi. Plus tard, j'apprends sur les photographies. Il pouvait en refaire cent, mille...

– Les exposer dans des musées.

– *Ja.*

Ce « *ja* », étouffé et résigné, renfermait toute une vie. Mme Schreck m'invitait à remplir de sens ce monosyllabe, à y voir une affirmation aussi forte que celle, photographique, de la disparition d'Hubert. L'Histoire, Hubert, s'en étaient allés avant que Mme Schreck ait une seule fois tenu ce portrait. Tandis que mon esprit s'acheminait vers la même conclusion, elle me dit, sans le moindre accent :

– Personne ne possède une épreuve. Il suffit que la machine en fabrique une autre.

D'un doigt recourbé, elle se mit à gratter la plaque de verre, comme pour développer une autre image. Mais le contact du doigt ne produisit rien et n'effaça rien. Ce simple portrait, adoré pendant un demi-siècle, la majeure partie d'une vie, n'entretenait aucun lien réel avec Mme Schreck, sinon comme acte de l'imagination. Elle ne connaissait pas les jeunes gens photographiés, mais avait inventé, par nécessité, toute une histoire qui les reliait à elle *via* cette image docile. Après des années passées à essayer de monopoliser le cliché, elle avait dû finir par laisser la question de l'authenticité, non pas au photographe, ni même à la machine qui reproduit sans discrimination, mais à chaque spectateur qui fausse l'image dans la chambre noire de son imagination.

Je comprenais enfin que si nous avons sacrifié l'ancienne aura, respect sacré que nous inspire l'œuvre d'art singulière, nous avons, grâce la reproduction mécanisée, gagné quelque chose en compensation. Si, comme nous autres spectateurs, le photographe est impuissant à donner de l'authenticité à une épreuve, nous, spectateurs, sommes au moins aussi aptes que le photographe à donner une histoire et un sens à une épreuve. C'est ce qu'avait fait Mme Schreck ; c'est ce qu'il me faudrait faire moi aussi. Ce qui compte, ce n'est pas la tranche d'histoire déposée sur l'émulsion, c'est notre façon de la développer.

Quand Mme Schreck rompit le silence, son accent avait retrouvé toute sa force.

– Cette photo ne m'a jamais dit, pas même une fois, ce qu'il s'était arrivé à mon homme. C'est moi que j'ai dû faire tout le travail. Là-dedans.

D'un geste, elle indiqua son œil fatigué. Elle entendait, par ces récriminations, que prendre davantage de photos était le seul remède à la nostalgie, que vivre constituait le processus qui nous prépare à rejoindre de perpétuelles archives.

La neige continuait de déposer son tapis dans la cour. Des enfants se pressaient au-dehors, impatients d'imprimer sur les lieux la trace de leur présence. L'un d'eux, couché dans la poudreuse, agitait bras et jambes pour y laisser la silhouette bien connue d'un ange des neiges. Plusieurs manteaux, trop rembourrés, de sexe indéterminé, faisaient provision de boules de neige en vue d'une bataille. Tous se pressaient de goûter aux joies de la tempête, conscients qu'elle ne durerait pas longtemps, si proche du printemps.

Mme Schreck s'égaya. Sentant que j'étais sur le point de partir, elle se proposa de m'offrir la photo. Mais à présent, l'idée de posséder cet objet, de la priver d'un mari, fût-il imaginaire, m'horrifiait.

– Mais il faut que vous emportez quelque chose avec vous, et à chaque fois que vous reviendrez me voir, ou sinon toutes ces vieilleries vont me mettre dehors et je devrai habiter sur le balcon.

Timide, je lui suggérai de me donner le rouleau perforé, celui qui parlait de Ford et des retards de fabrication de la Model A. Elle me le céda avec plaisir. Comme elle voyait mon intérêt pour le piano mécanique, elle m'invita à installer le rouleau. Mais d'abord elle m'avertit :

– Une souris a fait un trou dans le pavillon, alors il faut appuyer fort.

De concert, nous appuyions chacun sur notre pédale. Je n'avais jamais entendu l'air auparavant, et déconcerté, je regardais les touches qui s'enfonçaient automatiquement, sans préméditation, et faisaient retentir des accords parfaits. Nous donnions de puissants coups de pédales pour essayer de faire passer l'aiguille de l'indicateur de tempo sur Presto, mais sans succès. Nous avons alors laissé l'aiguille redescendre sur Allegro, Andante, et finalement Adagio, et avons regardé défiler les perforations du rouleau, chacune correspondant à une touche. L'air changeait du tout au tout à chaque nouveau tempo. Même si la mélodie était programmée, nous lui infligions de grandes variations avec les pédales.

– Tenez, *kind*. Essayez ça. Posez vos doigts doucement sur les touches. Et quand il y en a une qui s'enfonce sous vous : paf ! Ça fait presque comme si on jouait.

Je posai mes doigts. Elle avait raison.

CHAPITRE 23

Tout le monde aura sa chance

> Écrivez n'importe quoi. Des vérités ou des mensonges, qu'importe. Parlez, mais parlez avec tendresse, car c'est tout ce que vous pouvez faire pour apporter un peu d'aide.
>
> John Berger, G.

Ainsi l'association de Peter avec ceux qui s'appelaient eux-mêmes « ce qui est l'*avant-garde* » avait-elle pris fin avant d'avoir produit aucun chef-d'œuvre significatif. Il ne remercierait pourtant jamais assez les modulateurs de réalité d'avoir accidentellement provoqué sa rencontre avec la délégation pacifiste emmenée par Ford. Depuis dix mois, rien de notable ne s'était produit sur le front statique ou à l'arrière, hormis la controverse au sujet de la photographie du cadavre. Mais cette fois, sur la Nef des fous, se déroulaient enfin des événements dignes d'être rapportés.

Peter écrivit à sa rédaction. À ce stade de sa carrière journalistique, il était presque parvenu à maîtriser l'orthographe et était capable, si on l'aidait un peu, de rédiger une note de frais. Il reçut de Maastricht une réponse enthousiaste et une avance suffisante pour se rendre à Oslo et former à lui tout seul un comité d'accueil improvisé pour recevoir ceux qui s'étaient improvisés diplomates.

Il arriva en Norvège avant l'*Oscar II*. Alors qu'il attendait l'arrivée du Navire pour la Paix, Peter fut étonné de voir décliner de jour en jour l'intérêt des journalistes et de la population pour cet événement. Certes, les ondes s'étaient fait l'écho d'une dispute à bord, et les journaux du monde entier avaient repris la nouvelle pour tourner la mission en ridicule, mais Peter ne voyait pas pourquoi cela devait en modifier ou en diminuer la valeur.

Puis il comprit que la plupart des gens n'accordaient d'importance à cette traversée de l'Atlantique sur un petit bateau que pour autant qu'elle pût leur apporter une paix réelle et durable. Peter, qui s'était rendu sur le front et avait photographié ses sous-produits, jugeait cet espoir risible. Il était désormais parvenu à un stade supérieur de réflexion qui lui faisait voir la paix comme une simple poursuite de la guerre par des moyens plus subtils. Dès le début, Peter n'avait guère parié sur les chances de deux cents industriels, étudiants et hommes d'Église face au gaz moutarde, aux troupes d'infanterie et aux fusils à répétition. Dès l'origine, le Navire pour la Paix n'avait représenté à ses yeux qu'une chose et une seule : une occasion de rencontrer l'homme qui avait automatisé l'automobile.

Il avait menti, ce fameux premier mai, quand il s'était impatienté contre la longueur du trajet et avait alors taquiné Adolphe en lui parlant d'une voiture rutilante laissée aux Pays-Bas. Il n'avait pas de voiture en ce temps-là et n'en avait jamais possédé. Mais il aimait tant l'idée de la vitesse, avait passé tant d'heures à bricoler gratuitement pour ses amis sous le capot de leurs machines, qu'il était bel et bien devenu un mécanicien amateur de premier ordre. Au plus fort de ses rêveries poétiques, il imaginait un avenir radieux et métallique, où services et marchandises passeraient en un éclair du producteur A au consommateur B.

Même lorsqu'il faisait ses premiers pas en tant que Theo Langerson, lorsque rapporter des noms, des dates, des lieux l'ennuyait au point de le rendre fou, il avait su développer suffisamment ses compétences et sa curiosité pour s'intéresser aux nouveaux matériels militaires et maîtriser le lexique des marques, des mécanismes, des calibres, des moments de torsion, des vitesses de projectiles, des cadences de tir et des chambres de mine, quand nombre de ses collègues s'attendaient encore à voir la cavalerie se lancer dans une charge apocalyptique. À Maastricht, comme de juste, la rédaction critiquait ses articles, leur fascination morbide pour les différentes catégories d'armement et leurs capacités.

En Norvège, il allait se retrouver face à face avec le plus grand mécanicien de son temps. Peter connaissait l'usine automatisée célèbre dans le monde entier : la machine qui fabriquait d'autres machines tandis que les ouvriers servaient de sages-femmes dans ce processus de reproduction. Il se représentait cette usine – de l'autre côté de la mer, en Amérique, dans le pays de Canaan – comme une moissonneuse-lieuse. À un bout de la chaîne, des tapis roulants charriaient un flot constant de sable, de charbon, de minerai de fer et de peinture noire. À l'autre bout, des gens faisaient la queue, comme à l'entrée d'un parc d'attractions, déboursaient cinq cents dollars et s'en allaient au volant des voitures qui arrivaient une à une sur une bretelle d'accès.

Et Peter, Hollandais ignorant, allait interviewer l'intelligence qui avait opéré ce miracle. L'espace d'un instant, il se demanda si le génial Ford, dont l'esprit était capable de réaliser n'importe quel tour, ne venait pas, en réalité, pour dévoiler au public une machine de paix auto-reproductrice. Mais ces sentiments généreux firent place à l'espoir que la guerre mondiale – Louvain, Tannenberg, le Sopwith, le *Lusitania* – était peut-être pour lui le moyen d'acquérir sa première voiture.

Lorsque l'*Oscar II* était enfin arrivé à quai, la plupart des journalistes qui avaient partagé l'attente de Peter s'étaient installés dans le cynisme de la désillusion. Seul Peter voyait en cette mission de salut une cause que chaque jour rendait plus sublime. Une meute de reporters fondit sur le port en quête d'un supplément de ridicule. Ford débarqua, hébété et livide, plus décharné et tuberculeux que d'ordinaire. Une escouade de gardes du corps l'emporta tout en promettant aux chacals une conférence de presse pour le lendemain.

Parmi les journalistes déjà sceptiques, ceux qui comprenaient l'anglais étaient loin de se douter de ce qui allait ressortir de cette conférence. Ford le Yankee les prit tous à contre-pied en leur lançant :

– Nous qui sommes venus voir ce que nous pouvions faire pour que cesse cette tuerie voulons vous remercier, vous qui nous apportez le soutien de votre présence.

Que racontait cet homme ? Ses propos avaient-ils un rapport avec la catastrophe qui menaçait l'Europe entière ? Un an plus tôt, lors d'une journée de grandes manœuvres, ces mêmes journalistes avaient pris connaissance du plan de campagne officieux des Français, appelé « système D » : D comme se débrouiller, se démerder ; et voilà que ce bricoleur américain leur proposait à présent le « système T » : « Tous pour la paix et haut les cœurs ! » Dans l'assemblée, les rares personnes qui possédaient de l'Histoire une vue d'ensemble savaient que le destin des nations avait déjà, par le passé, dépendu du syndrome des habits neufs de l'empereur.

– Mes condisciples du Navire pour la Paix comptent rester en Europe et y établir une médiation permanente sous l'égide des pays neutres.

À l'évidence, Ford lisait un discours préparé et écrit par quelqu'un d'autre. Il butta trois fois rien que sur le terme « médiation ». Tout en ânonnant à voix haute son exposé, le collégien faisait ouvertement la grimace devant son inaptitude à déclamer ces mots d'universitaire, et semblait dire : « De vous à moi, les gars, ça ne peut pas durer. » Il leva le nez de ses notes et poursuivit son discours sur un ton plus naturel, mais d'une voix toujours inquiète.

– Moi, en ce qui me concerne, je m'en retourne aux États-Unis comme je suis venu, parce qu'il faut bien que quelqu'un garde la boutique. Si tout le monde rentrait chez soi en faire autant, on n'en serait pas là. Mais je voudrais quand même vous dire une chose avant de partir : c'est qu'il faudrait faire comprendre aux grosses légumes de ce côté-ci de l'Atlantique qu'il y a beaucoup plus d'argent à se faire dans la production des armes de paix que dans celle des armes de guerre. Et histoire de leur mettre l'affaire en main, allez leur annoncer que je ne dépose pas de brevet sur les plans de mon tracteur, comme ça, ils pourront le fabriquer eux-mêmes sans devoir me verser un penny. Maintenant, j'aimerais vous parler un petit peu de ces plans.

Les journalistes n'auraient pas été plus abasourdis si l'ennemi leur avait donné l'assaut. Cette incrédulité devait persister, de conférence de presse en conférence de presse, tout au long du siècle, bien au-delà de la grande dépression pendant laquelle Henry Ford, encore lui, avait déclaré publiquement : « La période est vraiment faste. L'ennui, c'est que peu de gens s'en rendent compte. » Les médias du monde entier allaient devoir apprendre, au fil d'entretiens invraisemblables avec l'industriel et toute une nouvelle lignée de sommités, que les personnages publiques, eux aussi, avaient quelque peu évolué avec l'essor des masses.

Quels que fussent les espoirs que les journalistes de la presse internationale, atteints ou non de Fordite, avaient emportés avec eux à Oslo, Ford s'appliquait à présent à les anéantir en leur parlant de pistons, de segments et de combustion interne. De plus en plus agités, les reporters commençaient à comprendre que, dans son cerveau dérangé, cet Américain associait la perspective d'une paix rapide en Europe au tracteur bon marché qu'il mettait à la disposition de tous. Quelqu'un dans l'assistance, un Français contrariant à l'esprit polémique, prit la parole :

– M. Ford, vous rendez-vous compte que disparaît chaque jour deux fois la population de votre ville de Dearborn ?

– Vous savez, je ne connais pas les chiffres exacts, mais si c'est vrai, alors, c'est une véritable tragédie. Et c'est justement ce que je suis en train de vous dire. Si les faiseurs de guerre changeaient leurs mitrailleuses en tracteurs, personne ne se trouverait coincé au fond de ce foutu trou, pas vrai ?

La situation se dégradait. Les protestations en langues étrangères grandissaient. Un autre journaliste se leva et lança à Henry d'un ton impérieux :

– M. Ford, auriez-vous l'obligeance de nous indiquer s'il existe un quelconque parallèle entre les braves gens qui voyagent sur votre navire et les passagers du *Lusitania* ?

– Ceux qui se trouvaient sur le *Lusitania* étaient des crétins. Ils avaient été prévenus, non ?

Cette réponse fit l'effet d'une bombe dans l'assistance, mais elle ne déclencha pas d'explosion de rires. La conférence menaçait de tourner au pugilat. Les journalistes étaient divisés en deux camps. D'un côté, le grand nombre des mécontents faisait entendre de vives protestations et tentait de ramener le prétendu pacificateur à la réalité en lui infligeant les statistiques les plus effroyables de la guerre. De l'autre, un homme isolé, un Hollandais devenu fou, demandait à Ford des éclaircissements sur les rapports de vitesses.

Un correspondant danois, une légende pour toute la presse, pays neutres et belligérants confondus, finit par se lever et déclara :

– Je tiens le gros titre de ma prochaine édition : « La Guerre continue malgré le Remorqueur. »

Il salua Ford, tourna les talons et quitta la salle. Un murmure d'assentiment roula comme une vague au-dessus de l'assemblée. Tous présentèrent leurs respects à l'industriel et prirent congé. Ford était anéanti. Son état-major, inhabitué à cette tâche, s'efforçait de recoller les morceaux de son ego. C'était le premier coup sérieux jamais porté à la fierté du grand fabricant. Avant cet incident, pour le remercier de la voiture neuve garée sur leur trottoir, les gens l'auraient suivi au bout du monde.

Dans un souffle à peine audible, Ford se demanda pourquoi les journaux employaient autant de Juifs. Son regard finit par se fixer sur le fond de la pièce, où était encore assis le Hollandais qui lui posait des questions de mécanique. La vue de ce jeune homme (il existait au moins une autre personne qui préférait les voitures à la guerre et à la politique) fit davantage pour le moral de Ford que toutes ses légions de subalternes rémunérés et de diplomates volontaires.

Contre l'avis énergique de ses collaborateurs et de ses médecins, qui estimaient, dans les circonstances actuelles, qu'une retraite rapide en direction de l'hôtel constituait la meilleure stratégie, Ford décida qu'il devait parler à ce garçon, ne serait-ce qu'une dizaine de minutes, pour renouer avec la mission qu'il devait mener sur cette Terre ingrate. Il avait déjà jeté aux orties ses plans de paix mondiale. Il allait laisser en cale sèche les médiateurs perpétuels pour retourner en Amérique auprès de son entreprise. Son incursion dans l'histoire politique prenait fin. Séparé de son usine par un hémisphère, le mécanicien ne désirait qu'une chose à présent : passer quelques minutes à parler d'automobiles.

De la conversation elle-même, il n'y a pas grand-chose à dire. Le départ de l'interprète avec le reste des journalistes avait dressé entre les deux hommes une barrière linguistique que leur manque d'instruction respectif rendait insurmontable. Seule, de temps à autre, une expression adverbiale, poussée d'un geste de la main, parvenait à franchir le no man's land de l'inintelligible. Pourtant, les deux interlocuteurs échangeaient avec assez d'aisance, sinon des informations, du moins une passion commune. Chacun reconnaissait en l'autre le même amour profond et inconditionnel des machines qui tournent bien et avancent vite.

Ford dessinait des croquis de convertisseurs et de chaînes d'assemblage, qu'il accompagnait de longues explications, convaincu qu'il lui suffisait de parler lentement et fort pour que le jeune homme le comprenne. Quand Peter se retrouvait à court de vocabulaire, il faisait entendre pour tout commentaire un vrombissement qui simulait celui d'un moteur en train de tourner à plein régime. Ford acquiesçait alors d'un signe de tête, souriait, reproduisait le son, et les deux hommes se mettaient à imiter des bruits de moteur en se tapant sur les cuisses, alors que, derrière les murs de la petite salle louée pour l'occasion, un monde frappé de stupeur subissait une sanglante césarienne.

Dehors, devant la porte, attendait une troupe de photographes que l'on n'avait pas autorisés à assister à la conférence elle-même. Ils espéraient réaliser un cliché du grand industriel et patientaient au milieu des trépieds et de la poudre de magnésium. Quelques-uns allaient coller leur oreille à la porte et s'en éloignaient, perplexes.

– On dirait qu'ils font une course de voitures là-dedans.

Enfin les battants s'écartèrent ; obturateurs et flashs postés en embuscades se déclenchèrent tous ensemble. Mais la prise était gâchée. Ford n'était pas sorti seul de la pièce, comme chacun l'avait escompté : il était accompagné d'un jeune homme qu'il tenait par les épaules, et dont le visage était parfaitement inconnu. Les photographes demandèrent à l'industriel de poser à nouveau, seul cette fois. Mais la nouvelle prise fut encore ratée, car Ford, ébloui par la première salve de flashs, avait à moitié l'air d'un épileptique. Il rattrapa Peter-Theo et lui fit ses adieux, assisté d'un photographe qui joua les interprètes.

– Vous m'avez donné plus que ce que l'Europe tout entière semble pouvoir m'offrir. Je considère qu'un gentleman doit toujours rendre les faveurs qui lui sont faites. Alors, dites-moi ce qui vous ferait plaisir ?

Quand ces mots parvinrent jusqu'à Peter dans leur traduction abrégée, il répondit sans hésiter :

– Une Model T.

– Notez-moi ici l'adresse où je peux vous joindre. Je vais faire mieux que ça.

Peter ne pouvait indiquer ni la ferme des Schreck ni le magasin de la veuve, deux mondes qui lui étaient désormais interdits. Il opta donc pour le bureau des journalistes à Paris. Ford agita le bout de papier et annonça d'un air conquérant :

– Messieurs, un bénéficiaire.

Du même coup, la première prise reprit de la valeur, susceptible de faire au moins un entrefilet dans la rubrique mondaine. Peter ne lisait jamais les journaux, et ne prit conscience de sa célébrité que lorsqu'il reçut la lettre de Detroit. Il apporta celle-ci à un ami polyglotte, dans le ghetto parisien des reporters, qui lui donna du contenu de la missive une traduction libre et stylisée, mi-allemande, mi-néerlandaise. Peter comprit, ou crut comprendre l'essentiel du message : s'il réchappait de la destruction universelle qui menaçait encore le siècle, il serait un homme riche.

Même si Peter avait toujours cultivé une pointilleuse nonchalance, ne vivant que pour la vitesse, la consommation, et les rares produits de luxe qui parviennent quelquefois jusqu'aux classes populaires, il envisageait sans grand enthousiasme la perspective de voir les intérêts composés faire de lui un notable. Ce manque de curiosité était dû en premier lieu à une mauvaise maîtrise des multiplications que Peter effectuait en utilisant des astuces d'écolier. Le chiffre exact de sa fortune dépassait de quelques zéros les bornes de son entendement.

De plus, si Peter restait de marbre, c'est qu'il savait ne jamais devoir entrer en possession de l'héritage Ford. L'industriel n'avait pas réussi à arrêter la guerre ; elle continuerait sans fin. À court de combattants, les deux camps se passeraient bientôt du luxe des journalistes et des photographes, et les enrôleraient dans leurs armées. Naturellement, il serait tué au combat ; il ne pouvait y avoir d'autre issue.

Par ailleurs, même si la guerre venait à cesser dans l'après-midi, la situation restait tout aussi désastreuse. Peter ne pourrait conserver l'identité de Theo Langerson en temps de paix. Un journaliste illettré n'avait pas beaucoup d'avenir. Il ne pourrait rester en France sans justifier d'une profession, ni retourner en Allemagne sans affronter les tribunaux pour insoumission. Quant à sa place aux Pays-Bas, tout indiquait qu'elle était occupée par un suppléant qui donnait plus qu'entière satisfaction.

Les chances de pouvoir bénéficier du legs de Ford étaient donc bien faibles. Mais Peter savait à quel usage employer la lettre venue d'Amérique. Il plia avec soin la feuille de papier raide, et l'ajouta à son prochain envoi pour Maastricht, à l'attention de Wies, la fille du policier. Il y joignit aussi l'autoportrait qu'il avait réalisé en tenant son appareil tout neuf à bout de bras.

Elle pourrait ainsi reconnaître le visage de son correspondant, si du moins elle se souvenait du magasin de la veuve. À supposer que Wies la reçoive un jour, cette lettre pourrait peut-être aider Peter à expier la culpabilité logée au fond de lui, si l'on pouvait appeler ainsi l'amour qu'un unique élan de désir n'avait su éteindre.

Wies trouva en ce terrible document juridique une source d'expiation personnelle. Elle avait eu un fils ; peu importe de qui. Le fait est qu'elle n'avait pas su lui donner un père. Elle avait mis au monde un enfant promis à un avenir modeste. Elle lui avait transmis une maladie neurologique non diagnostiquée, responsable de pertes d'équilibre et de conscience. Pire encore, elle l'avait conçu au crépuscule du monde, en 1914. Avant que n'arrive la lettre de Ford, Wies n'avait rien à offrir à ce fils pour racheter les nombreux péchés qu'elle avait commis, sinon, quand le temps serait venu, des histoires au sujet d'un père héroïque qui partait se battre, seul évidemment, et se faisait tuer dans une guerre qui ne lui avait rien demandé.

Mais le legs pourrait rapporter davantage que ces histoires d'héroïsme. Wies alla chercher dans le fond de son armoire un dossier qu'elle cachait là. Elle en retira une photographie pliée en quatre et fanée avant l'heure. Elle compara le nouveau portrait de ce Theo avec le personnage au centre du cliché de plus grand format, bien que cette comparaison fût superflue. Elle regarda quelques instants encore le portrait du trio pour essayer de situer la date de sa réalisation. Puis elle abandonna cet exercice qu'elle jugeait absurde. Elle plia la lettre venue d'Amérique, et la rangea avec la photographie dans le dossier. Sur la couverture de celui-ci, elle raya le nom de Schreck d'un trait soigneux et le remplaça par celui de Langerson.

À partir de ce jour-là, l'enfant, Hubertus Johannes, qui avait été baptisé, comme il se doit, selon tous les rites d'aspersion en vigueur, s'appela Peter Hubertus. Il n'en fut pas pour autant plus avisé. Sa mère ne se lassa jamais de faire remarquer que le jeune garçon semblait destiné à une carrière de journaliste, comme son père. Il décrocha son premier emploi dans un petit quotidien de Maastricht, à la rubrique nécrologique. Pour arrondir ses fins de mois, il rédigeait de fausses lettres de lecteurs auxquelles répondait son collègue préposé aux pages conseils.

En 1934, à dix-neuf ans, le jeune homme commit lui aussi le péché devenu héréditaire dans sa famille, mais répara sa faute sans attirer l'attention en faisant un mariage honnête et convenable. De cette union, naquit une belle petite fille potelée. Chaque jour, Peter Hubertus voyait grandir ses responsabilités, et à l'âge de vingt-cinq ans, malgré ses troubles neurologiques et ses évanouissements à répétition, il était devenu un citoyen modèle.

Comme l'avait redouté son père, Peter Schreck, la guerre faisait encore rage lorsque le jeune homme devint majeur. Elle avait repris après une courte trêve. Et en 1940, au temps horrible de l'Occupation, un voisin, qui s'était montré amical jusqu'alors, alla révéler aux autorités nazies (par peur ou par appât du gain, qu'importe) les origines allemandes de Peter Hubertus. Ses ascendants germaniques établis, celui-ci fut appelé sous les drapeaux et expédié dans le Westerwald. Là-bas, on lui confia la direction d'un camp de travail destiné à recevoir des jeunes gens de diverses nationalités, des Hollandais en particulier. Le camp avait pour vocation d'occuper ces hommes – pas assez fiables pour porter les armes – à des tâches astreignantes et le plus souvent inutiles. Centimètre par centimètre, ils construisaient des routes au beau milieu de nulle part. Ils rasaient des collines et comblaient des ravins qu'ils allaient recreuser ailleurs.

Malgré sa devise, « Le Travailleur Gouverne le Monde », le camp n'était rien moins qu'une forteresse, réponse particulière de l'Allemagne au problème posé par l'essor des masses. Les conditions de vie y étaient plutôt bonnes pour la période : les prisonniers étaient nourris régulièrement, et même s'ils ne bénéficiaient d'aucun suivi médical, on ne les torturait pas trop.

La plupart des jeunes hommes supportaient cette situation grâce à des jeux qui entretenaient le moral du groupe, comme se laisser pousser la moustache pour parodier celle d'Hitler. Peter, à qui revenait toujours la responsabilité de couper court à cette parodie, était le moins bien loti. Ses évanouissements devenaient plus fréquents et plus graves ; bien qu'il fût l'administrateur officiel du camp, il n'avait pas plus droit que ses hommes à des soins médicaux. Il se mit à porter au cou une plaque d'identification frappée de l'insigne du Service de santé, bien connue de ceux qui sont affligés de troubles chroniques, mais la sienne disait seulement : « Ne vous inquiétez pas. J'irai mieux dans un instant. »

Ce qui le traumatisait davantage que cette collaboration, dont il s'accommodait assez, eu égard aux circonstances, c'était de savoir que le monde traversait la crise la plus aiguë de son histoire, et qu'il ne pouvait l'observer ou l'influencer qu'à travers ces quelques arpents de terre rhénane, où ses hommes et lui retournaient des collines et construisaient leurs routes nonchalantes vers le néant.

Un jour, un homme qui avait à peu près son âge se présenta au bureau du camp dans un uniforme de lieutenant flambant neuf. Peter Hubertus, croyant que l'heure des exécutions sommaires avait enfin sonné, éprouva un sentiment de soulagement. Mais le jeune homme lui fit savoir qu'il était son cousin Adolphe, le fils d'Adolphe et de la veuve Schreck, Alicia, qui habitait une ferme voisine. Wies avait retrouvé la personne dont Hubert avait griffonné le nom sur un vieux bout de papier, et appris à la seule famille de ce garçon la nouvelle de son internement. Peter Hubertus Langerson ignorait tout de ce parent et le renia avec la dernière énergie.

S'ensuivit une discussion houleuse et confuse, aucun des deux hommes ne voulant reculer devant les objections que lui opposait l'autre. Adolphe, qui en savait davantage sur cette histoire, ne parvint à faire entendre ses explications que lorsqu'il montra un portrait du père qu'il n'avait jamais connu. Peter y vit la copie parfaite du personnage situé le plus à droite sur la vieille photo du trio que possédait sa mère et, convaincu, finit alors par embrasser son cousin.

L'émotion de ces retrouvailles valut à Peter Hubertus une perte de conscience brutale qui laissa le jeune Adolphe désemparé. Quand il revint à lui, Peter fit à son cousin très inquiet tout l'historique de son dossier médical. Il lui expliqua que, dans ce camp, employés comme employeurs ne méritaient pas d'être soignés par des médecins.

Le jeune lieutenant, qui avait commandé un peloton pendant la *Blitzkrieg* en France, avait autrefois fait deux ans d'école vétérinaire, lorsqu'il habitait chez ses grands-parents, dans la ferme où Alicia était retournée vivre après la mort de son mari. Il espérait alors pouvoir utiliser les nouvelles techniques scientifiques au profit des élevages. Il avait abandonné ses études pour défendre la patrie. Mais il lui restait assez de connaissances médicales pour convaincre son nouveau cousin qu'une mastoïdectomie rudimentaire pourrait soulager ses souffrances. Il proposa de réaliser lui-même cette intervention, et Peter, prêt à tout pour qu'on lui porte secours, accepta.

Alors, trois heures durant, dans la pièce fermée au verrou, le vétérinaire découpa un morceau du crâne du Hollandais, derrière l'oreille, sans anesthésie. Il opérait avec des canifs passés sous un filet d'eau chaude dont la température était bien en dessous de celle nécessaire à la stérilisation. Il referma la plaie avec des points qui ressemblaient plus à des loquets qu'à des sutures, et pansa le tout du mieux qu'il put.

Un officier supérieur, alerté par cette longue séance à huis clos, fit irruption dans la pièce au moment où s'achevait l'intervention. Il ne crut pas le lieutenant Schreck lorsque celui-ci prétendit que les pansements servaient à recouvrir une infection bénigne ; il souleva donc les bandages et vit l'incision. Le vétérinaire et son patient qui avait perdu connaissance reçurent tous deux leur châtiment respectif.

Le tribunal militaire qui statua sur le cas d'Adolphe sentit que l'affaire réclamait un verdict sévère. Si un lieutenant prenait la responsabilité d'enfreindre une règle aussi simple et banale que celle interdisant de prodiguer des soins aux prisonniers des camps de travail, ne risquait-il pas de se laisser aller à des actes d'insubordination plus manifestes et plus graves ?

Le jeune Adolphe fut envoyé dans un bataillon disciplinaire dont l'officier avait la triste réputation de n'avoir ni esprit, ni épouse, ces exutoires qui permettent à la plupart des hommes de canaliser leur sadisme. L'officier informa Adolphe qu'il avait été condamné à être enterré vivant. Il l'entraîna dans un vaste champ, non loin du lieu où les terrassiers de son cousin effectuaient leurs ouvrages monumentaux et inutiles. Trois recrues creusèrent une fosse, puis forcèrent Adolphe à s'y coucher. Ils l'ensevelirent sous un tombereau de terre meuble. Adolphe n'avait pas encore passé une minute dans sa tombe, qu'ordre était donné aux soldats de le déterrer et de le ranimer.

L'officier lui dit que sa sentence avait été commuée en une peine plus humaine : l'exécution par balle. Adolphe dû s'agenouiller dans la poussière, le front contre le sol. L'officier appliqua le canon d'un pistolet non chargé sur la nuque du condamné et tira en l'air avec une deuxième arme. Quand la détonation retentit, Adolphe s'effondra, persuadé qu'il était mort.

Lorsque l'officier lui donna des petits coups de pied du bout de sa botte, Adolphe parvint à la conclusion équivoque qu'il pouvait encore percevoir des sensations. On lui dit d'attendre dans le champ sans bouger ; s'il modifiait sa position en quoi que ce soit, sa punition dépasserait toutes celles qu'il s'était vu infliger jusqu'alors. Les hommes s'entassèrent dans un véhicule militaire et s'en allèrent.

Adolphe, hors du temps, raccroché seulement au fil des heures par la lumière déclinante, était incapable de dire depuis quand il était là, ou combien durerait encore son attente. Mais ces préoccupations complexes ne le perturbaient pas. Privé de la distraction qu'offre une activité normale, il ne pouvait que repasser, encore et encore, les détails de ses fausses exécutions. À genoux, face contre terre dans le champ vide, il ne se souvenait plus si elles avaient eu lieu le matin même ou dans les lointains de l'Histoire. Sa solitude était totale ; les autres ne reviendraient plus. Peu à peu, l'atmosphère de la planète dont il était l'unique habitant s'emplit des terreurs de la mémoire.

Ce fils de paysans, gens de la terre à demi illettrés, n'aurait jamais survécu à pareille épreuve sans une intervention extraordinaire. À l'instant (instant véritable car situé hors du temps pour le lieutenant) où son cerveau menaçait de s'abîmer dans la solitude, une silhouette sortit d'un taillis voisin. Adolphe se concentra sur cette forme, son seul lien avec le monde matériel. Une femme mince en jupon blanc, qui arborait sous une ombrelle la plus magnifique chevelure rousse qu'Adolphe eût jamais vue, marchait d'un pas lent à quelques mètres de l'endroit où il était agenouillé. Il reprit aussitôt ses esprits, troublé cependant à la vue de cette femme habillée à la mode du demi-siècle précédent.

– Je vous souhaite le bonsoir, monsieur.

Elle s'était exprimée dans un français impeccable, lui avait adressé un petit signe de tête, et sans modifier son allure, avait disparu dans un bosquet. Stimulé par le choc, Adolphe réussit à triompher du reste de son interminable punition. Quand celle-ci fut levée, il reprit ses fonctions dans l'armée.

Fait remarquable, cette éternité passée dans un champ vide ne laissa que de rares séquelles au fils d'Adolphe et Alicia. À la fin de la guerre, il prit part au Miracle Économique et fit fortune dans les affaires. Seuls deux troubles persistèrent : une passion obsessionnelle pour les figurines en porcelaine de Limoges qui représentaient des femmes en jupons, et le besoin irrépressible de suivre les rousses aperçues dans la foule.

Pour s'être prêté à l'opération interdite, Peter Hubertus, une fois revenu à lui, fut relevé de ses responsabilités administratives dans le camp, et expédié par train de marchandises vers une prison civile pour y attendre son jugement. On laissa les ligatures qu'il avait derrière l'oreille s'infecter autant qu'elles le voulaient. Peter retira lui-même les fils avec l'un de ses ongles.

Il resta à l'isolement pendant un temps incalculable, nourri de façon irrégulière, sous la surveillance des autorités. Il ne se désespérait plus désormais de ne pas assister au cataclysme de son époque, et de ne pouvoir l'observer. Il se trouva un passe-temps pour supporter son emprisonnement, un jeu qui devenait plus attrayant à mesure qu'il y jouait. Par un effort de concentration, il s'inventa tout un bourg que son imagination brute façonnait et peuplait d'habitants.

Une journée de cellule passait comme une heure tandis qu'il concevait, se figurait et se racontait les rues, fermes, commerces, généalogies, intrigues, rendez-vous amoureux, scandales, naissances, morts, manœuvres politiques, bals, carrières, propriétés, accidents, traditions, ventes aux enchères, récompenses, guerres ; bref, toutes les chroniques et tous les événements qui faisaient la vie d'une petite société. Dans sa prison, il créait des existences et des histoires inspirées des trois personnages et de la campagne représentés sur la photographie que possédait sa mère. Il situa cette miniature du monde dans la première décennie du siècle, y mit tout ce qu'il savait de la Grande Guerre et de l'époque. Il finit par vénérer et remercier la solitude qu'on lui avait imposée. Sans elle, il n'aurait jamais connu si intimement son père, ni ses oncles imaginaires.

Quand il se fut lassé de reconstituer l'histoire du bourg, il se mit à prédire son avenir. Il riait de voir combien les événements réels de son village différaient de ceux consignés par les générations suivantes d'habitants dans leurs documents et leurs annales. Il passa ainsi un an et demi à attendre son procès.

Les victoires alliées dans les Ardennes déclenchèrent une éruption fébrile d'activité bureaucratique côté allemand, qui fit resurgir l'affaire du prisonnier oublié, dont le crime n'avait d'ailleurs pas été enregistré. Les autorités l'envoyèrent à tout hasard dans un camp de la mort où il fut tatoué en bonne et due forme, et préparé pour son exécution. Trente heures plus tard, Hitler se suicidait dans son Bunker de Berlin, et les journaux annonçaient la victoire alliée en Europe.

Ce que Peter Hubertus avait vu pendant ces trente heures lui confirma que tout ce que l'humanité peut accomplir, elle le réalise un jour. Pourvu qu'on laisse le temps faire son œuvre, survient chacune des atrocités que le corps peut endurer. Peter en conclut que pour survivre, le corps doit se concentrer sur les permutations supportables et oublier les autres. Il ne voyait pas cela comme une dérobade, mais plutôt comme une sorte d'impératif journalistique, pratique et catégorique. Bientôt, oncles et autres grandes figures de son village imaginaire adoptèrent cette même conviction.

Rentré en Hollande, il fut condamné à une peine d'une demi-journée de prison pour avoir collaboré avec les Nazis. Le matin qui suivit ce geste de clémence, il lut dans les journaux qu'un engin nucléaire avait été utilisé pour la première fois sur des populations civiles. Lorsqu'il essayait de se représenter la détonation, il s'imaginait que la bombe explosait au-dessus du bourg qu'il connaissait le mieux au monde et aimait plus que tout autre : celui qu'il avait inventé dans sa cellule. Peter se sentait dépassé. Cet engin semblait ne pas s'inscrire dans une continuité historique. Il ne trouvait pas sa place dans le contexte général. Peter oublia bientôt l'existence de la bombe. Il prit l'habitude de porter des chemises à manches longues pour cacher son numéro de série. Il écrivit de nouveau pour son journal – dans la rubrique jardinage.

Sa mère, Wies, était morte pendant qu'il était en prison, fusillée par les Allemands. Elle ne lui avait rien laissé du tout, hormis un bout de papier graisseux où apparaissait un nom tracé au crayon, une lettre écrite par une célébrité, et la photographie des trois hommes devenus plus familiers à Peter que sa propre vie, le tout accompagné d'instructions qui lui demandaient expressément de conserver tous ces documents.

La fille grassouillette de Peter fit un riche mariage avec un Hollandais qui avait fait fortune après la guerre, et dans les années soixante, elle parvint à obtenir une *green card* et un visa pour les États-Unis. Peter, devenu vieux avant l'âge, suivit sa fille et son gendre. Ils l'emmenaient avec eux aux sports d'hiver, dans les Catskill. Là-bas, des garçons d'hôtel lui demandaient s'il désirait du Bœuf au Jus ou du Canard à l'Orange, mais en l'absence de réponse, et peut-être parce qu'ils avaient remarqué le tatouage sur son bras, ils s'éloignaient avec déférence.

Comme sa fille et son gendre n'avaient pas d'enfant, la lignée de Peter Hubertus devait s'éteindre dans le Nouveau Monde. Il n'aimait pas la fin de cette histoire, alors le soir, sur les monts Catskill, il en inventait une autre. Il avait emmené en Amérique sa mère, sa femme et sa fille juste après la guerre, ou mieux encore, juste avant. Ils s'étaient échappés à temps. Ils s'étaient présentés devant l'officier d'immigration sur une Ellis Island d'une autre époque, celle dont il avait entendu parler dans les livres. L'officier lui avait demandé son nom. Après une hésitation, il avait dit d'un seul trait :

– Peter Hubertus Kinder Schreck Langerson van Maastricht.

L'officier d'immigration s'était massé les tempes et avait répondu d'un ton sec :

– Peter Mays.

Quant au premier Peter, le père sur la photographie, il décida de rester à Paris dans l'illégalité. Il avait d'autres Grandes Figures à interviewer. Il irait trouver les modulateurs de réalité, et leur demanderait de le cacher dans leurs catacombes. Ces gens semblaient du genre à aimer soustraire aux autorités un étranger en situation irrégulière.

Il leur ferait part d'une idée qui lui était venue : une œuvre d'art, une capsule temporelle, à enterrer et à rouvrir vers la fin du siècle. Elle renfermerait à côté des archives habituelles – photos, papiers officiels, almanachs –, un être humain vivant, miraculeusement conservé, et épargné par le temps.

Il lui faudrait régler les détails de cette opération. Mais pour l'heure, il retrouvait de l'intérêt à son avenir personnel et immédiat. Il commençait à éprouver, sans pouvoir le formuler aussi clairement, le même sentiment que le poète défunt Rupert Brooke, qui écrivait en 1914, deux mois jour pour jour avant la photographie du premier mai : « Si l'Apocalypse est en marche, j'imagine qu'il nous faut être au rendez-vous. »

CHAPITRE 24

Et nous entrons en possession de notre héritage

L'image du monde ne contient strictement aucune grandeur mesurable ; elle ne contient que des valeurs (...).

Max Planck, *Philosophie de la physique*

Avant que M. Nichols ne l'appelle dans son bureau, Mays avait trouvé comment employer l'argent de l'héritage. Il ne s'était guère penché sur cette question avant d'arriver à Detroit par le premier train du matin. Quand, à brûle-pourpoint, Alison lui avait demandé au téléphone ce qu'il comptait faire de cette somme, il n'avait su que répondre. Un quart de million de dollars restait à ses yeux une abstraction, résultat improbable auquel avait abouti la poursuite d'une rousse aperçue depuis une fenêtre. Ce chiffre n'était encore qu'un emblème. Il n'était pas venu à l'esprit de Peter qu'il puisse dépenser cet argent. Le maillon qui le rattachait à cette manne lui faisait défaut, et il ne parvenait pas à croire qu'il était devenu, pour un fils d'immigrants, un homme riche.

Mais dans les bureaux de la Ford Motors Company, il comprenait enfin l'importance de cette somme. Sans être excessive au regard des barèmes de 1984 (elle ne lui permettait pas d'acquérir, par exemple, une maison à Big Sur), elle dégageait des intérêts annuels d'un montant bien supérieur à tout ce que Mays était capable de dépenser. Il pouvait offrir à sa mère la gouttière neuve dont elle rêvait, payer des études techniques à Alison, et acheter quelques titres Trans-Air pour faire plaisir à Bullock, sans toucher encore au principal. Le problème était de taille.

Placer l'argent, le dépenser ou le distribuer lui paraissaient des solutions aussi arbitraires que déplorables. Mays – influencé par son père, orphelin désargenté qui avait acquis une petite notoriété pour retourner ensuite à un vague entre-deux – sentait que l'important n'était pas de choisir entre crédit et débit, production et consommation, mais de trouver un bon compromis. L'efficacité importait bien davantage que l'expansion, et la perspective d'un excédent de capital contrariait Peter, lui créait des obligations.

Tandis qu'il parcourait les archives Ford en attendant Nichols, il s'était demandé à quoi ce bon vieil Henry pouvait utiliser son excédent de capital. Le problème de l'industriel se posait à une échelle quelque peu différente de la sienne, mais pendant qu'il arpentait le musée photographique installé dans le vestibule, Peter trouvait que ses préoccupations entretenaient malgré tout une certaine similitude avec celles de Ford. Pour la première fois de sa vie, Mays envisageait la philanthropie sous un angle moins fermé que celui de la simple bienveillance témoignée envers ses compagnons de cellule au *Micro Mag*.

Il existait, songeait-il, un programme ingénieux implanté dans le corps humain : l'aptitude à ressentir la douleur. Après une discussion qu'il avait eue, tout enfant, avec une assiette brûlante, Mays avait appris à révérer la valeur de survie inhérente à la mécanique du traumatisme physique. Selon lui, il n'existait pas de processus d'apprentissage plus astucieux, de protocole d'instrumentation ou de contrôle plus habile que celui-là, excepté son tout aussi génial revers : le plaisir. Peter était jaloux de la nature qui avait mis au point, par simples tâtonnements, des systèmes qu'il aurait été incapable de découvrir lui-même en un milliard d'années.

À contrecœur, il concédait que le développement de capacités cognitives permettait à l'organisme d'attribuer à l'anxiété une valeur de survie équivalente. L'aptitude à la souffrance devait, elle aussi, faire l'objet d'une sélection naturelle. Le hic, se disait Mays dans son ignorance, était que l'évolution faisait montre d'une incapacité totale et immuable à différencier une aptitude bénéfique à la souffrance d'une aptitude excessive. Elle ne pouvait donc sélectionner les mécanismes qui discernaient l'une et ne tenaient pas compte de l'autre. Le fossé qui séparait la douleur inutile de celle perçue comme valeur de survie ouvrait un large espace à l'excès d'angoisse.

Si des gens se trouvaient frappés par une épidémie ou un tremblement de terre, Mays s'en désolait, mais il voyait en leur souffrance l'effet secondaire et regrettable d'une disposition nécessaire issue de l'évolution. La chagrin, lui aussi, avait son rôle à jouer. Mais la souffrance que l'on infligeait à autrui, ou celle que l'on pouvait éviter, c'était une autre histoire : l'excès d'angoisse pur et simple heurtait Mays et son sens de l'efficacité. Un excédent de souffrance, inutilisable par la sélection naturelle incapable de le distinguer, devait trouver son pendant en une sorte de surconsommation, en quelque puissance susceptible d'éponger cet excédent.

C'est là, songeait Mays occupé à tuer le temps dans le vestibule devant l'histoire photographique de Ford, qu'intervenait la philanthropie. La fortune qui l'attendait en cette après-midi lui laissait deux possibilités : il pouvait investir cet excédent de richesse, le faire grandir et regarder son magot fructifier (ce qui creuserait dans les caisses de la société un déficit démesuré au regard des besoins de Peter ou de son propre mérite), ou bien il pouvait tout claquer en achetant une part d'excédent de douleur.

C'est ce que Ford avait essayé de faire. La légende d'une photographie, où l'on voyait l'industriel sur un quai, en compagnie de son pote Edison, lors des réjouissances organisées en l'honneur de l'*Oscar II*, apprit à Mays comment Henry avait financé, avec ses propres deniers, le tout premier missile pour la paix. La guerre, qui vous réclamait des versements sans contrepartie, produisait de la souffrance stérile en quantité bien supérieure à son taux d'endettement. Ford et son programme individuel de retour à l'équilibre avaient tenté de racheter cet excédent pour stabiliser le marché.

La légende sous la photographie impliquait cependant que loin de parvenir à ses fins, la nation à vapeur affrétée par les fonds privés de Ford avait au contraire fait grandir l'angoisse en donnant un espoir aux belligérants et aux observateurs pour le leur retirer ensuite, comme par sadisme. Si le puissant Ford, l'un des hommes les plus riches de son époque, n'avait pu racheter le moindre excédent de souffrance, quelles espérances Mays pouvait-il placer en un pécule qui ne lui permettait même pas de s'offrir une maison au bord de l'océan ? Mais Peter connaissait une parade.

Il n'existait dans toute l'industrie qu'une seule réserve de capital susceptible de consommer assez de souffrance pour en diminuer l'offre : c'était l'humanité, quel que soit le sens attribué à ce terme. Mays ne pouvait en donner qu'une définition tautologique : l'humanité était une éponge destinée à absorber l'excédent de souffrance. Et, Peter le comprenait à présent, pour savoir ce que cette éponge était capable ou non de retenir, il fallait aller chercher dans le passé devenu objet d'archive et de mémoire la réponse qui s'y trouvait enfouie.

Une femme rousse habillée à la mode d'autrefois marche en boitant à contre-courant d'un défilé qui se disperse, un défilé en souvenir de ceux qui ont survécu à une lointaine tuerie, antique sacrifice. Voilà ce que Peter voulait : retrouver, dans le miroir du passé, le contexte oublié d'un excédent d'angoisse et d'une action avortée qui avaient donné forme à cette quantité abstraite que l'on appelle humanité. Or ses recherches avaient montré à Mays que seul un acte interprétatif délibéré pouvait rappeler le passé au présent.

Pour chaque fragment d'histoire exhumé, Peter avait été autorisé, ou condamné, à effectuer des ajouts. Observer, c'était déjà modifier. Cette puissance capable d'absorber l'excédent de douleur, que Mays désignait, faute de mieux, sous le nom d'humanité, pouvait accomplir ce que l'évolution était incapable de faire : se pencher sur le passé, l'interpréter, et n'en retenir que les caractères propres à réduire la prédisposition des individus à l'inutile.

La mémoire, songeait Mays, était un pense-bête destiné à vous rappeler de corriger l'avenir. Et les photos (celle de ses arrière-grand-oncles sur une route boueuse ; celles qu'il survolait à présent ; et même l'image de Kimberly Greene, plan d'ensemble cadré par la fenêtre) constituaient des souvenirs plus ou moins identifiés. Devant le cliché du Navire pour la Paix, Peter se rappelait ; et cette réminiscence était à l'origine de ses projets philanthropiques. Ils seraient modestes, presque insignifiants. Mais rien, tout compte fait, ne valait les petits ruisseaux. Il se contenterait de dispenser de l'affection.

Lui vint alors une idée : le Restaurant sans Supplément. Mays pourrait distribuer des subsides aux adhérents des quatre coins de l'État pour qu'ils apposent un signe distinctif sur leurs maisons. Quand, à l'occasion d'un déplacement, ceux-ci viendraient à passer devant l'une de ces maisons, ils pourraient alors s'arrêter et partager un repas à prix coûtant. Peter doutait fort qu'un tel dessein fût réalisable. Même si le rythme de la vie moderne autorisait un retour des tables d'hôtes, le fisc, lui, ne le tolérerait pas. Pourtant, cette idée plaisait à Peter ; il y voyait un pas fait dans la bonne direction.

À cet instant, le flot de ses pensées, qui approchait dangereusement la cote philosophique, se mit à enfler dans sa poitrine, comme sous l'effet d'une cause immanente, et à rompre les digues derrière lesquelles Mays contenait ses émotions depuis quelques mois. Plus il regardait la photo de l'industriel sur l'embarcadère, devant son navire ridicule, plus il songeait à ces fermiers oubliés qui, partis vers le désastre, sur leur route boueuse, avaient engendré un rejeton aussi ridicule que lui, et plus il sentait alors dans sa poitrine et dans sa gorge combien l'espoir était encore plus ridicule, plus désirable et plus nécessaire que les journaux le laissaient entendre.

La voix de M. Nichols rappela Mays aux réalités de ce monde. Il se retourna, et bien que l'homme fût tout près de lui, il lui sembla que ses mots de bienvenue résonnaient à plusieurs rues de là. Nichols ajouta quelque chose, que Peter ne saisit pas, sur le fait que rien ne tourne jamais comme prévu. Tant de choses dépendent d'une première méprise.

M. Nichols introduisit Mays dans un bureau aux allures de carré des officiers. Dans son cadre, un diplôme de l'université d'Annapolis diagnostiquait la démence. Des fenêtres en forme de hublot, des cloisons métalliques, des mouettes empaillées, des cartes de navigation, des filets de pêche, et les indispensables sloops enfermés dans leurs bouteilles créaient l'ambiance générale. Nichols fit asseoir son visiteur dans un fauteuil. Peter ne résista à la tentation de prononcer le serment des marins que par un effort suprême de sa volonté.

Nichols s'exprimait sur un ton si affable et cordial que Mays fut aussitôt sur ses gardes. Un sourire incrédule sur les lèvres, le chargé des relations publiques prit la lettre de Ford à Theo Langerson avec délicatesse et révérence, comme s'il s'agissait d'un objet de culte.

– Nous avons tout vérifié, et cette lettre est sans l'ombre d'un doute une pièce authentique. Il s'agit bien de l'original d'un document autographe appartenant à la première période de la correspondance de monsieur Ford. Ne vous en séparez pas ; il vaut de l'or.

Que représentaient quelques centaines de dollars à côté d'un quart de million ? Mays avait le mal de mer ; il avait envie de dire à ce type d'arrêter de lui montrer son bridge et de fermer les écoutilles avant que la cabine ne fasse eau de toute part. Peter s'aperçut qu'ils étaient tous deux en train de reproduire le combat rituel et séculaire, en deux rounds gagnants, qui opposait le plumitif à l'attaché de presse, les services de relations publiques aux rédactions des magazines spécialisés. L'attaché de presse lança sa seconde offensive en s'attaquant au point faible de son adversaire.

– Bien sûr, les modifications de votre nom de famille, la difficulté d'obtenir des documents fiables de la part du Bureau de l'immigration, et l'impossibilité presque totale de retrouver une trace de votre arrière-grand-père ne simplifient pas les vérifications de votre revendication de parenté.

Tombé dans l'embuscade, Mays sentit son sang bouillir avant la bataille. Il n'avait pas prévu cette attaque : on avait envoyé Nichols mener une guerre d'escarmouches contre le demandeur pour le congédier sur un vice de forme. Nichols, et l'état-major de la Ford derrière lui, appartenait à la classe pérenne de ceux que Bullock aimait appeler « les grosses pointures ». L'un des aphorismes de Lenny que Mays trouvait jusqu'alors impénétrables, « Les grosses pointures ne font pas dans la dentelle », revêtait une signification concrète et nouvelle devant la perfection trois-pièces en pure laine de M. Nichols.

– Comparée à certaines fouilles que doit entreprendre notre service recherches, l'enquête qui nous concerne ressemble à de l'histoire contemporaine. Mais ce qu'il y a de curieux avec les recherches, c'est que plus leur objet se situe dans un passé lointain, plus celui-ci gagne en netteté. Tout le monde s'accorde à dire la même chose sur les Grecs. Par contre, réunissez cinq experts, demandez-leur d'analyser un discours prononcé hier par le Président, et ça se termine en pugilat.

Plus ce type se montrait aimable, plus Mays se sentait l'envie furieuse de lui refaire le portrait. Il était arrivé à Detroit indifférent à l'argent, estimant que cet héritage apportait une piètre solution à un mystère qui demeurait enfoui dans le passé, aux approches de la Grande Guerre. Mais à présent, rien que de penser à ce babouin dans son costume Brooks Brothers, Mays (dont l'institutrice avait adressé autrefois un mot à sa mère pour lui laisser entendre que l'apathie de son fils pouvait avoir des causes somatiques) se sentait d'humeur férocement procédurière. Il calculerait le montant de ses intérêts sur cinq cents dollars jusqu'à la quatrième décimale, et mènerait les poursuites tout aussi loin.

– M. Nichols, j'ignore ce qui me vaut ce long préambule. Mais vos précautions de conseil d'administration me laissent penser que vous vous apprêtez à bondir sur la première occasion de vous débiner.

L'attaché de presse fit une grimace pour conserver son sourire.

– Je vous demande pardon. Je pensais que certains détails de cette affaire pourraient vous intéresser.

– Je me dispense de détails ces derniers temps. Ce qui m'intéresse surtout, c'est le chèque que vous allez me faire.

– C'est un peu plus compliqué que ça.

Comme toujours. La simplification était le péché mortel du siècle. Cette situation rappelait à Mays, nostalgique, un scénario macabre qu'il avait connu du temps où il était journaliste. Il interviewait l'un des directeurs adjoints de l'une des plus grosses firmes informatiques de Nouvelle-Angleterre, tandis que dans le bureau d'à côté un autre directeur adjoint se faisait virer. L'entreprise, au fait de toutes les nouveautés, s'était offert les services d'un médiateur professionnel pour « faciliter la transition ». Quand il était arrivé à son bureau, ce directeur adjoint avait trouvé, assis dans son fauteuil, un homme qui lui parlait de son renvoi en termes rassurants, et employait toutes les astuces psychologiques à sa disposition pour le calmer. Le professionnel disait : « Mon travail consiste à vous faire franchir ce cap en douceur. » « Arrêtez de me materner ; je sais ce que j'ai à faire. » « Vous n'en avez pas encore conscience, mais un comportement inopportun peut dès à présent compromettre votre future recherche d'emploi. » La personne que Mays interviewait essayait de poursuivre l'entretien comme si de rien n'était. Après être passé dans ce bureau, Peter devait envisager les rapports sociaux sous un nouveau jour : il voyait à quel point ils étaient devenus rationnels, coercitifs et inexorables.

Face à ce porte-parole du code des affaires assis derrière sa table en noyer, seules des insultes venaient à l'esprit de Mays. Il n'avait pas imaginé que la Ford irait tirer parti d'un point litigieux pour se défiler, mais il n'était pas surpris. Bullock avait fait des acrobaties pour lui fourguer huit mille dollars de titres Trans-Air. La Ford, qui jouait une somme trente fois supérieure, n'allait pas hésiter à en faire trente fois plus. Et Nichols ne constituait que le premier barrage.

– Mais la lettre est bel et bien de la main du premier M. Ford, la signature, authentique, et l'offre (un capital hors intérêt équivalent au coût d'une Model T) porte sa marque de fabrique. Le premier M. Ford avait une manière très personnelle de faire les choses.

Personnelle ou pas, Mays avait l'intention d'obtenir du bonhomme le financement de son Restaurant sans Supplément.

– Une généalogie plausible, et le fait que la lettre soit restée en possession de votre famille tout au long du siècle, permettent de dissiper les doutes sur ce chapitre. Restait une objection soulevée à propos de votre emploi actuel et de sa conformité avec la clause relative au journalisme…

Mays tressaillit. Alors c'était ça : ils avaient appelé *Micro Mag* pour vérifier ce qu'il faisait, et Brink leur avait sans doute répondu qu'à sa connaissance il se faisait des thunes sur Colombus Avenue. Ils l'avaient coincé pour vice de forme. Comme tout animal pris au piège, Peter resta immobile et attendit.

– … mais d'un commun accord, nous avons reconnu que la presse spécialisée répondait, dans l'esprit, aux volontés de M. Ford. Après tout, les magazines techniques étaient les seuls qui trouvaient grâce aux yeux de M. Ford. Non, le problème ne venait pas de là.

– D'où alors ?

D'une souplesse remarquable, Mays avait rebondi, quitté son silence coupable pour se récrier au premier sous-entendu injustifié.

– Eh bien, il nous fallait retrouver les pièces correspondantes dans notre propre service des fidéicommis, tâche plus difficile que vous ne pourriez le croire. Aujourd'hui, la grande crise à laquelle les grosses entreprises doivent faire face, c'est l'invasion de la paperasse. Voilà quatre-vingts ans que notre société existe, et construire des voitures ne nous a jamais causé autant de soucis que la gestion de données. Dieu merci, il y a le classement informatique. Comme vous l'imaginez, un petit compte en fidéicommis ouvert en 1917, ça ne se retrouve pas comme ça dans le premier classeur venu.

M. Nichols sourit d'un air engageant. Mays essayait d'imaginer ce même sourire sans les dents.

– Un petit compte ? Je ne parlerais pas d'un quart de million de dollars en ces termes, n'est-ce pas M. Nichols ? Ça représente quelques voitures, même achetées au prix fort.

– Nous y voilà. Les intérêts composés. Rothschild les appelait la huitième merveille du monde. Grâce à l'une de nos secrétaires partie à la retraite, une très vieille dame d'origine hollandaise qui a travaillé pour la compagnie dès les premiers temps, nous avons en effet retrouvé les pièces relatives à votre compte.

– Vous avez les documents, alors. Je ne comprends pas ces tergiversations.

– Si vous voulez bien m'excuser un instant, M. Mays. Je crois qu'un support visuel pourrait clarifier la situation.

Et sans attendre l'assentiment de Peter, l'attaché de presse le laissa seul dans le bureau. Trop exaspéré pour céder à la surprise, Mays fixa la photo de l'usine de River Rouge, celle que Ford transforma en fabrique de munitions après l'échec de sa croisière pour la responsabilité collective. Nichols reparut avec un coffre-fort. Peter aperçut la silhouette d'un garde armé dans le couloir.

– Tout d'abord, je tiens à vous assurer, M. Mays, que la Ford Motors Company ne manquerait jamais d'acquitter une dette contractée par son fondateur.

Peter comprenait pourquoi il détestait les hommes affaires. Ils lisaient dans vos pensées mieux que vous ne compreniez leurs propos.

– Mais, poursuivit Nichols, le contrat stipule clairement que le principal déposé sur le compte s'élèvera à cinq cents dollars payables en cette devise.

Il plongea la main dans le coffre et en sortit un rouleau de pièces. Il l'ouvrit en le frappant contre le bord de son bureau, en retira un penny de cuivre, et le tendit à Mays. Celui-ci ne remarqua rien tout d'abord et allait jeter la pièce sur la table quand il vit l'effigie. Il se raidit : il ne s'agissait pas de Lincoln, mais d'un autre émancipateur, l'homme dont la reproduction mécanisée avait envahi l'existence de Peter et l'avait irrévocablement transformée. Voyant s'éloigner son Restaurant sans Supplément, il feignit l'indignation d'une manière peu convaincante.

– Et alors ?

– Alors vous ne comprenez pas ? Puisque le principal n'a pas été déposé en devise américaine légale, il ne peut pas y avoir d'intérêts. Soyez assuré que nous avons vérifié cela auprès de nos avocats.

Le canular s'étalait sous les yeux de Mays dans toute sa miséricordieuse clarté. Il avait été victime d'un cas monstrueux d'égotisme. Devant lui, la route du passé était bloquée. Il regarda la date inscrite sur la pièce : 1917. Cette décennie avait pris le contrôle de sa vie, mais s'il faisait un geste pour s'en libérer, il finissait toujours par se heurter à quelques Grandes Figures. Et il n'existait aucun moyen de passer outre, sinon par le biais de la complicité, de la collaboration.

Il fit rouler entre ses doigts le morceau de cuivre – de la taille exacte et du même poids que cette ferraille dont Peter n'hésitait jamais à débarrasser ses poches. Il lui restait un dernier atout.

– À combien s'élève la valeur de l'une de ces pièces ?

Il essayait de se souvenir comment on appelait les collectionneurs de monnaies : des Numides, des Namibiens, des numérologues... des numismates.

– Environ cinq dollars.

Cinq cents dollars multipliés par cent *cents* faisaient cinquante mille *cents* Henry Ford. Cinquante mille *cents* à cinq dollars l'unité faisaient encore un quart de million. Il refit la multiplication en prenant garde aux zéros. C'était bien ça ; sa fortune était intacte, et Mays le fit savoir tout haut. M. Nichols hocha la tête d'un air compatissant.

– Je suis navré. Le contrat est formel : il parle de cinq mille dollars payables en cette devise. C'est un point que nous avons aussi soumis à notre service juridique. Au prix actuel de ces pièces, cela vous fait exactement...

Nichols tendit à Mays deux rouleaux : cent *cents*. Un dollar, et même pas en monnaie légale. Peter se sentit floué par une équivoque qu'il ne parvenait pas à formuler. Mais l'équivoque véritable, celle qui ne serait jamais dévoilée sans un recours à l'interprétation subjective, s'était produite bien longtemps avant la naissance de Mays. Assis dans son fauteuil, il soupesait son héritage : modeste, métallique et lourd. Incapable de comprendre son ascension vers la pauvreté, Peter regarda encore la pièce d'un *cent*. En lieu et place du traditionnel « En Dieu notre confiance », la devise disait : « Aide ton Semblable ».

CHAPITRE 25

Regarder

> La forme qui ravit l'œil est empreinte de signification.
>
> Beaumont Newhall, *Histoire de la photographie*

Mme Schreck et moi continuions d'actionner les pédales du piano mécanique en variant les tempi pour déformer les mélodies du temps jadis. J'en vins à penser que faire de la musique, même avec une machine vouée tout entière à la reproduction servile, avait au moins, à défaut d'autres mérites, celui de valoir mieux que le silence. Je commençais à croire que notre action conjointe derrière les soufflets de l'instrument ne constituait qu'un partenariat limité. Les airs connus qui s'écoulaient du cylindre, rendus méconnaissables par la manière dont nous les interprétions, laissaient deviner l'intervention d'une main (ou plutôt celle d'un pied).

La technologie ne retire pas à l'homme le rôle qu'il joue dans la musique ; elle se contente de modifier les liens qui associent acteurs, éditeurs et public, et de brouiller leur distinction à l'intérieur de ce nouvel ensemble. Depuis que l'on s'est rendu compte que frapper sur un tronc creux apportait à la voix humaine un complément appréciable, instrument et mélodie ont cessé de mener des existences séparées pour se fondre l'un dans l'autre.

L'époque actuelle redoute que la musique reproduite de façon mécanique ne supplante plus qu'elle n'augmente notre propre compétence au clavier. Cela viendra peut-être un jour, mais cette éventualité était loin de mes préoccupations et de celles de Mme Schreck pendant que, du pied, nous actionnions les pédales, et que nos doigts se courbaient sur les touches de piano en une illusoire démonstration de virtuosité. Il nous semblait que pouvoir choisir un rouleau, régler les tirettes, décider d'un rythme et d'une vitesse nous laissaient encore une marge de manœuvre confortable.

Quand nous cessâmes de jouer, les battements rythmés du rouleau allèrent rejoindre le silence des neiges. D'une formule maladroite, je pris congé et allai chercher mon manteau. Sur le pas de la porte, Mme Schreck me dit au revoir en des termes qui annonçaient sa disparition :

– Certaines choses, personne ne peut les prouver. Le thé que nous avons pris ensemble aujourd'hui en fait partie.

Je ne compris pas ce qu'elle voulait dire. En guise de défi, je brandis le rouleau qu'elle m'avait donné – *« Henry's Made a Lady out of Lizzie »* – comme une preuve du contraire. Elle partit d'un éclat de rire et ajouta simplement :

– Peut-être.

Dans l'allée que j'empruntai pour quitter son immeuble, je compris qu'elle avait raison. Le soleil s'était couché depuis longtemps ; si quelqu'un venait à passer dans ce quartier isolé, je ne pourrais pas le voir, et lui ne pourrait pas me voir non plus. D'ici au lendemain, des rafales de neige effaceraient à demi la trace de mes pas et, dans quinze jours, le redoux la ferait disparaître. Le rouleau, lui non plus, ne constituait en rien une preuve de ma visite : j'aurais pu le dénicher dans n'importe quelle brocante spécialisée en vieilleries et objets de collection. Les indices que j'avais peut-être laissés derrière moi dans l'appartement, indices d'une deuxième présence – un rond de thé sur une table, un coussin déplacé – seraient bientôt perdus dans le désordre général des lieux.

Restait Mme Schreck, bien sûr. On pourrait, sous serment, lui demander de témoigner de ma venue. Mais déjà, elle s'en allait vers des lointains dont rien ne pourrait jamais la faire revenir, ni mémoires, ni archives. Sa famille était vouée aux disparitions : d'abord ses parents, dévorés par les nationalismes en action. Puis le mari qu'elle n'épousa jamais, balayé avant d'avoir pu laisser un portrait de lui.

Mme Schreck avait parlé une fois d'un cousin plus âgé, qui ressemblait un peu à l'un des deux autres fermiers, un journaliste qui avait vu Marconi lancer son « S » par-dessus l'Atlantique, avait assisté à la seule conférence de presse donnée par Ford en Europe, et s'était retrouvé parmi les reporters contraints de faire le pied de grue devant la chambre où Sarah Bernhardt agonisait. Cet homme, témoin direct de quelques-uns des événements les plus retentissants du siècle, avait disparu à la veille de la seconde grande catastrophe européenne en laissant derrière lui ces mots énigmatiques : « On a découvert la pénicilline par hasard ; alors, tenez prêtes vos boîtes de pétri. »

Oui, même Mme Schreck était condamnée à l'effacement par les lois de la génétique. Avant peu, elle s'en irait sans laisser de trace. Que savais-je d'elle au fond ? C'était une émigrée qui portait un nom d'emprunt ; en cela, rien ne la distinguait du reste de l'humanité. Comme disait Margaret Mead, tous ceux qui ont traversé le siècle en passant par Hiroshima et Nagasaki se retrouvent immigrants sur une terre étrangère.

Et tous ces téléspectateurs, dont les salons s'emplissent chaque soir de signaux hertziens venus leur raconter les violences perpétrées en des coins du Globe qui ne sont plus si reculés, se retrouvent eux-mêmes habitants d'une zone occupée. L'armée d'occupation, c'est l'Histoire, et nous sommes tous ses complices. Personne ne pourrait retrouver dans de quelconques dossiers la trace de Mme Schreck, déjà engagée sur le chemin de la disparition, tant sa condition d'exilée était universelle. Je ne pouvais dire avec certitude si telle ou telle photo me la ferait voir, elle, ou si le document me montrerait quelque autre immigrée dans un pays occupé.

Mme Schreck allait disparaître. Le souvenir de ma visite allait disparaître, tout comme les notes que nous avions tirées du vieux piano mécanique avaient disparu dans le silence qui nous cernait. Je n'avais qu'une seule et unique preuve de ma rencontre avec la vieille dame : rien, sinon le fait d'avoir partagé son histoire, ne pouvait expliquer le changement radical et irrévocable infligé à la photo des trois fermiers *auf dem Weg zum Tanz*. Je ne verrais jamais plus cette image-là de la même façon. C'était pour moi la preuve que la vieille dame avait existé.

L'interprétation personnelle qu'elle m'avait donnée des trois personnages n'avait certes pas diminué la fascination que ce cliché exerçait sur moi. Je n'avais jamais été aussi impatient de mettre la main sur une épreuve, de m'absorber en elle plutôt que de me laisser prendre par la légende qui l'accompagnait et l'identifiait. Je voulais passer au crible les détails que j'avais oubliés, observer les nez trop forts, les oreilles trop grandes, l'optimisme inscrit sur l'arc des sourcils ; bref, je voulais me laisser aller à l'illusion de l'observateur qui croit pouvoir déduire de quelques similigravures mécaniquement reproduites la personnalité du sujet, son appartenance sociale et cette quantité insaisissable : le « type ».

Il me fallait à tout prix retourner vers cette photo (celle du musée de Detroit, identique à celle qui trônait sur la commode de Mme Schreck – aucun tirage n'est un original), armé de ce que je savais à présent sur Sander, Bernhardt, Ford et l'époque de la Grande Guerre, pour vérifier si une certaine impression qui m'était venue pouvait résister à la lumière crue de la preuve visuelle. Car depuis les révélations de Mme Schreck, le personnage à la gauche de l'image, celui qui traînait derrière les autres, avait commencé à prendre les teintes de son Hubert dans mon esprit. Je lui avais déjà inventé la moitié d'une histoire, et il avait fait de même pour moi. Sans raison valable, sinon celle de la proximité, le sujet du milieu flirtait par associations d'idées avec le cousin de Mme Schreck, ce journaliste qui avait disparu en appelant à la vigilance. Quant au troisième fermier, personnage nerveux et conservateur qui ouvrait ce défilé perdu, il possédait, comme je l'avais soupçonné dès le premier jour au musée de Detroit, mon propre visage surgi d'un autre temps.

Cette impression nouvelle n'altérait pas mon sentiment d'avoir affaire à trois jeunes hommes réels. Plus que jamais, j'avais conscience que les véritables sujets de ce cliché avaient mené des existences aussi vérifiables, sinon aussi commentées, que toutes les Grandes Figures sur lesquelles je m'étais penché. Peut-être se trouvait-il encore quelqu'un qui ait connu ces jeunes gens. Mais l'engagement de Mme Schreck envers cette photographie l'avait transformée pour toujours à mes yeux, en plaçant à côté de l'image véritable une image interprétée. L'une ne chasse pas l'autre, mais toutes deux coexistent, à la manière de ces vues qui vont deux par deux dans un stéréoscope pour créer l'illusion de la profondeur.

Comme le remarque très justement Chvéïk, éleveur de chiens devenu bon soldat : « Il y a bien peu de cabots qui peuvent dire : "Moi, je suis de pure race." » Tandis que je m'employais à retrouver leur piste, les fermiers sur la route boueuse s'étaient faits mélange inextricable d'Histoire, d'associations, de préjugés et de mesures. Car les photographies, comme le patrimoine génétique inscrit en chaque cellule, constituent des documents codés transmis par le passé, solution cryptée au problème de la survie.

Et de même que les gènes sont testés encore et encore dans le creuset de l'expérience individuelle, le code photographique doit lui aussi être réinterprété à chaque nouveau regard. Le but de ce processus infini est d'étoffer le code, de renforcer sa valeur de survie. Mme Schreck avait affermi pour moi l'image de Detroit.

Muni de deux photos légèrement différentes placées côte à côte – celle de l'essayiste, et celle du fabuliste –, il ne me manquait plus qu'un stéréoscope pour que l'image s'incarne dans les trois dimensions. Sur le chemin qui me ramenait chez moi, au milieu des congères, dans l'obscurité, je me mis à imaginer quelle forme cette machine pourrait prendre. Je voyais la mince pellicule de l'image s'étirer dans deux directions : vers le passé, pour retrouver, en amont de la catastrophe, le jour idyllique de la rencontre entre le photographe et ses sujets ; et vers l'avenir, loin, très loin devant, jusqu'à ce que le produit de cette journée finisse par croiser celui qui voudrait bien s'acquitter, comme je l'avais fait, de l'obligation de voir.

Ce tiers, l'observateur, finirait peut-être par s'imaginer que la photo cherche à lui transmettre un héritage en main propre, un message inscrit dans la trame complexe de sa biographie personnelle, dans l'histoire de son travail, de sa famille, de ses amours. À moins qu'il ne se contente d'aller chercher dans l'image le moyen d'éteindre enfin, soixante-dix ans plus tard, les braises incendiaires du premier conflit mondial.

Mais on ne peut échapper aux destructions de la Grande Guerre. Si la photographie, comme l'ADN, veut perfectionner le code de la survie, elle doit y ajouter le souvenir de chaque traumatisme. La mémoire constitue l'anticorps, le sérum qui soigne la morsure du serpent. Nul ne saurait échapper au souvenir de la Première Guerre, à ce bal qui attend, juste à droite du cadre. Nous sommes obligés d'entrer dans la danse. Chvéïk, toujours lui, trouve la clé de la survie : il tient à distance ses cavalières, les catastrophes du monde.

> – Quand la guerre sera finie, viens me voir. Tu me trouveras à Na Bojišti, au Calice, tous les soirs à partir de six heures...
> – Entendu, à six heures, quand la guerre sera finie ! s'écria Vodička depuis la rue.
> – Viens plutôt à six heures et demie, au cas où j'aurais été retenu quelque part, répondit Chvéïk.

Aucun chien n'est de pure race. Le mystère ultime de la photographie réside dans le fait que sujet, artisan et spectateur impliqué, tous nécessaires à la réalisation du produit fini, gravitent avec circonspection les uns autour des autres et se définissent mutuellement, chacun de son côté. Les fermiers de Mme Schreck, le spectateur impliqué que crée mon imagination, le véritable Sander et les jeunes hommes réels représentés sur la photo travaillent tous à se reconstruire les uns les autres, allant jusqu'à postuler l'existence du biographe que je suis. Et il est certain que je ne suis pas de pure race.

J'ai songé à délaisser mon rôle d'interprète pour retrouver la voix de l'autorité, exposer les suites de ma rencontre avec Mme Schreck, raconter comment, depuis cet instant, les relations que j'entretiens avec mes contemporains se sont améliorées. Mais chaque jour me convainc davantage qu'il revient au public, et non à l'auteur (dont la vieille défroque s'use d'année en année au contact de la machine), de lire entre les lignes du récit, d'y apporter les pièces manquantes, la vision stéréoscopique. Ford, adepte de l'erreur commise en toute bonne foi, a tenu ces propos, rapportés par des journalistes :

> L'Histoire, ça ne vaut pas un pet de lapin. C'est dans le présent que nous voulons vivre, et la seule histoire qui vaille, c'est celle que nous faisons aujourd'hui.

Trois fermiers marchent sur une route boueuse : il faudra, pour l'heure, se contenter de cela.

Quand, parvenu à me frayer un chemin à travers la neige, j'arrivai devant l'entrée presque invisible de mon immeuble, j'eus la certitude que Mme Schreck allait disparaître ; elle n'était déjà plus là. Tandis que j'entrais m'enfermer dans la chaleur de mon studio, je compris qu'il m'était tout aussi impossible de revoir la vieille dame que de revenir en 1914 pour interroger les fermiers au sujet de leur histoire véritable.

Je n'avais que la photo, ou plutôt, la photo portait en elle sa propre autorité. L'important était que Mme Schreck, avant de s'en aller, ait transformé pour toujours ma façon de voir cette image. Je souhaite que ceux et celles qui auront suivi mon propre discours jusqu'ici fassent le même constat. Seuls une complicité directe, la présence d'un autre, un interprète, un associé nous permettent d'étoffer le code de la survie enfoui dans le passé. La forme qui ravit l'œil prescrit toute action ; le ravissement de l'œil est plus éloquent que les discours.

CHAPITRE 26

L'instant mécanique

> Sauvé quand la sécurité n'est plus ; sauvé, où tombent les hommes ; Et si ces pauvres membres meurent, sauvé au-delà de tout.
>
> Rupert Brooke, « Sécurité », 1914

La première prise est ratée parce qu'Hubert, voulant trouver le degré parfait d'inclinaison pour la cigarette qui pendait à ses lèvres pleines de chérubin, laisse échapper son mégot et se penche pour le ramasser à l'instant précis où le photographe ouvre l'obturateur. Peter s'en prend à Hubert, et Hubert à Adolphe, son fournisseur de cigarettes. Le photographe excentrique s'en prend au trio, sans distinction, et avec force invectives.

Il menace de tout remballer, et l'espace d'un instant, l'occasion semble perdue. Les jeunes gens flattent la vanité du photographe, tentent de l'apaiser et de le convaincre des mérites d'un cliché réalisé ici, sur la route boueuse en cette fin d'après-midi, un cliché qui montrera trois types de visages fort intéressants. Peter fait voir sa mâchoire, dont la ligne trop saillante avait retenu l'attention de l'homme. L'étrange personnage coiffé d'un chapeau à large bord et chaussé de guêtres se laisse fléchir, mais prévient qu'à la moindre bêtise, sa dernière plaque de verre sera gâchée.

Adolphe, toujours pragmatique, fait observer que le soleil décline rapidement, et que s'ils veulent une photo, ils feraient mieux de la prendre tout de suite. En réalité, le soleil ne baisse pas plus vite que d'habitude à cette époque de l'année – premier mai, célébration païenne et fête des prolétaires. Le photographe acquiesce, impatient.

– Jeunes gens, si vous voulez bien rester au milieu du chemin en essayant de prendre un air naturel, dans l'attitude où je vous ai trouvés tout à l'heure, nous pourrons réaliser le cliché, et l'affaire sera faite.

Peter ne l'entend pas de cette oreille. Il s'active autour de ses compagnons pour leur faire adopter une pose qui évoque l'héroïsme ou en affecte les signes : il dégage les épaules d'Adolphe, redresse le menton d'Hubert.

– Attends un peu, jeune mâchoire. Qu'est-ce que tu fais là ?

– Sauf votre respect, monsieur, je donne un petit coup de pouce à l'appareil.

– Un coup de pouce... ? L'appareil n'a pas besoin de ton coup de pouce, merci pour lui. Il fonctionne à la perfection sans l'aide de personne.

– Vous voulez dire que vous allez vous contenter de le laisser faire ?

– Dans un sens, oui.

Peter est stupéfait. Il ne voit pas où se cache l'artifice si les sujets de la photo n'ont rien d'autre à faire que rester plantés là. Songeur et consterné, il rejoint sa place au milieu du cortège. Il observe ses chaussures et se demande bien comment ce modèle a pu lui plaire. Le photographe attend que Peter sorte de sa torpeur et relève la tête, en vain. Le jeune homme s'obstine dans l'attitude renfermée du suspect convoqué à une séance d'identification, et que son regard fuyant accuse.

– Ma jeune mâchoire, aurais-tu l'obligeance d'arrêter de bouder pour donner aux spectateurs une petite chance de voir ta figure ?

– Qui est-ce qui boude ? Et d'abord, je croyais que vous ne vouliez pas de pose.

Adolphe, soudain livide, renchérit :

– Et de quels spectateurs parlez-vous au juste ?

Seul Hubert reste impassible. Il joue avec sa cigarette comme s'il venait à l'instant même de découvrir le tabac. Ses sourcils, qui se dressent et se froncent, effectuent des acrobaties enfantines. Il fait de l'escrime avec sa canne et donne des coups dans les chevilles de ses frères, comme avec les écureuils qu'il capture et tourmente.

Le photographe s'empresse d'assurer à Adolphe, pris de trac, que le cliché ne sera pas exposé dans les grandes foires ; le document aura surtout valeur scientifique et ira compléter une somme croissante d'archives, une galerie de portraits qui vise à présenter, du haut en bas de la pyramide sociale, les diverses classes, physionomies, et fonctions économiques présentes en ce siècle naissant. Les visages d'Hubert, Peter et Adolphe (et même la vision banale de trois jeunes gens qui vont au bal du premier mai), iront s'insérer dans ce projet où ils combleront un vide ténu mais déterminant.

Les fermiers écoutent en silence, impressionnés par l'étendue de l'entreprise. Hubert ne peut se retenir de poser une question et se voit aussitôt rassuré : une partie entière du catalogue sera réservée aux seuls révolutionnaires, et l'ouvrier pauvre figurera en bonne place dans le tableau. L'ambition et la rigueur du projet séduisent Adolphe qui se redresse inconsciemment et se fige dans une posture sévère toute germanique. Il éprouve un nouveau respect pour cet original à bicyclette qui, de ses mains, pierre après pierre, sauve de la ruine universelle un monde sans mémoire.

Le projet de cet homme évoque à Peter les cartes de géographie. Photographier la société revient à cartographier un territoire inconnu. C'est une clé, la possibilité de regarder un lieu sans avoir besoin de s'y rendre. Le dessein de cet homme (réaliser un document qui définisse des catégories et sous-catégories plus précises à chaque nouvelle photo) équivaut à affiner l'échelle de la carte. Une carte 1 :1 000 est assurément préférable à une carte 1 :10 000 ; elle est plus détaillée, plus fidèle à la réalité du territoire. S'il prenait assez de photos, l'individu à bicyclette pourrait peut-être, malgré son incurable prévention contre la pose, perfectionner la carte des Hommes du vingtième siècle en en ramenant l'échelle à 1 pour 100 – une photo pour quelques centaines de visages.

Mais Peter ne tire pas la conclusion logique de ce rêve de précision toujours accrue. Une carte 1 :1, que l'on ne pourrait déployer sans recouvrir le territoire, n'ajoute rien à ce que le territoire montre déjà. Pour une complète authenticité, l'encyclopédie devrait renfermer une photographie de chaque visage existant, dossier trop volumineux que l'on pourrait aussi bien remplacer par les visages véritables.

Par ailleurs, il ne vient à l'esprit d'aucun des protagonistes, qui ne totalisent pas plus de vingt ans d'études à eux quatre, que la matière même de ce projet – Hommes du vingtième siècle – va s'accroître bien au-delà des limites de toute entreprise documentaire. Le programme est condamné à l'abstraction du cadre, tout comme cet instant saisi sur la route.

– Comprenez-moi, cette planche est davantage destinée à la science qu'à la renommée. Vous n'avez rien à craindre : vos parents ne vont pas vous punir parce que vous serez devenus des célébrités. Oh, il se peut qu'on vous accroche au mur d'un musée dans une centaine d'années ! Mais pour l'heure, il ne s'agit que d'archives, rien de plus. Toutefois, s'il vous dit de venir me retrouver dimanche prochain ici même, je pourrai vous obtenir un cliché.

Hubert veut savoir comment cela est possible. Est-ce qu'ils vont devoir partager la photo avec les archives ; une semaine sur deux, par exemple ? Dans ce cas, il faudra voir à leur faire une belle ristourne.

Le photographe explique qu'il peut, sans l'abîmer, réaliser à partir de l'original un nombre infini de tirages tous uniques à leur manière. L'imagination des trois jeunes gens s'attarde sur cette formidable perspective : efflorescence mécanisée qui s'effectue sans effort, processus divin affranchi des approximations humaines qui, au moyen de quelques leviers impassibles, crée des doubles et les offre à chacun pour un prix modique, processus qui ne duplique pas seulement les gens, mais aussi les instants, cet instant. On pouvait tapisser le monde d'instants qui n'existaient pas avant même que l'objectif les arrache à la trame du temps et les imprime sur l'émulsion.

Conscients de franchir un seuil technologique – la photographie en extérieur –, les jeunes gens s'accordent aussitôt sur l'attitude à prendre : cortège grave et solennel au parvis d'une église où l'appareil photo fait office d'autel. Le photographe, trouvant en cet instant précis son objet d'étude véritable, profite de la reconnaissance du projet qui s'affiche sur les visages pour ouvrir l'obturateur en secret.

À force de pratique, il a appris à voir presque aussi bien que l'objectif, à discerner par avance l'image qui se révélera au développement. Il sait instantanément que cette prise est la bonne, que les trois fermiers dans leur costume réservé aux dimanches et jours de fête, debout dans les vastes étendues vides du Westerwald, ont fait tomber le masque de l'individualité pour prendre à leur charge la tâche plus lourde dévolue au groupe, la posture, qui précède la pose, de ceux qui se savent hors du temps. C'est cela que voit l'auteur de l'image ; les jeunes fermiers, arrêtés sur le chemin du bal, voient quant à eux un tout autre spectacle.

Car ce regard habité et innocent, venu à point nommé dans leurs yeux, n'a pu s'y glisser sans l'aide d'une vision. Ils perçoivent l'ouverture de l'obturateur, prennent conscience de la lumière qui s'échappe de leurs personnes et s'en va dans la boîte, emportant avec elle toute mémoire de l'instant et de leur apparence. Pendant une fraction de seconde, tous trois voient ce qui rôde juste derrière le photographe, et les regarde par-dessus son épaule : l'autre, la multitude. Ils voient, projeté instantanément sur un écran minuscule, le film des souffrances infligées par la machine, à une échelle qui dépasse ces trois paysans. Alors, sans que le temps se soit écoulé, l'obturateur s'ouvre, lucarne transparente, et leur regard se porte au-delà du photographe sur le défilé innombrable des visiteurs de musée – les indifférents, les interdits, les intrigués.

C'est cette vision que l'objectif arrête : elle explique cette qualité dans l'œil des sujets, qui les hante et les transcende. Leur regard se fixe sur la masse des spectateurs à venir et sur leurs souffrances. Ils regardent vers l'avenir, puis reviennent au présent.

Quand le photographe replace le cache sur la lentille et lance un cri de satisfaction, la vision des multitudes se dissipe. D'un tacite accord, les jeunes gens décident de ne pas parler de ce qu'ils viennent de voir ; il n'y font aucune allusion, n'échangent aucun regard, ne manifestent aucune interrogation. En gardant cette image pour eux-mêmes, ils espèrent en perdre toute mémoire avant même d'arriver au bal.

Hubert, le premier, chasse cette vision d'horreur collective. Il ramasse un gravillon qu'il lance pour essayer d'assommer un moineau. Maintenant que le cliché est pris, Peter sent naître de la camaraderie entre le photographe et lui. Il se promet de le provoquer à nouveau, mais de le laisser gagner cette fois.

Le photographe commence à ranger son matériel et conseille aux jeunes hommes d'aller bien vite au bal, tout en leur rappelant le rendez-vous du dimanche suivant. Mais ils lanternent, hésitent à quitter la scène de la grande tragédie. Ils tournent en rond. Les langues se délient : politique, actualité, et ces vagues rumeurs de guerre que les gens colportent pour tuer le temps. Adolphe se froisse : le photographe lui pose une question (sur le Kaiser et ses 800 000 hommes), celle qui l'irritera jusqu'au bout, grain de sable autour duquel viendra se former une perle lumineuse et terrible.

Le photographe rassemble les échantillons de sa galerie de portraits étalés sur le bord du chemin. Il en fait un paquet bien net qu'il remise avec soin sur sa bicyclette. Peter observe, dédaigneux.

– Redites-moi encore, M. Platon, pourquoi un homme comme vous, qui m'a l'air fort nanti, ne possède pas d'automobile ?

La photographe retrouve le sourire ironique qu'il avait eu pour dire au jeune polémiste d'éviter les organisations.

– Une voiture sert à aller aussi vite que possible d'un point de départ à un point d'arrivée. Moi, je gagne ma vie en montrant ce qui se passe dans l'entre-deux.

L'homme enfourche son laboratoire portatif et repart sur la route boueuse, il s'enfonce et serpente dans les creux invisibles et mornes du Westerwald, mais ne perd jamais le cap fixé sur la flèche de la cathédrale de Cologne. Les trois fermiers le regardent disparaître. Rien ne bouge ; ne reste que l'océan immense des solitudes, les jachères réticentes.

C'est à Peter que revient le soin de tirer ses compagnons de leur abattement, de les rappeler au monde matériel. Il s'acquitte de cette tâche en utilisant la bonne vieille méthode des injures et des farces.

– Hu-ub, Hubie. Tu as la figure de quelque chose que les chiens apprennent à ne pas faire dans la maison. A-do-olphe. Crois-tu qu'Alicia voudra bien se laisser tripoter ?

Et ainsi, tous les cent mètres.

– A-do-olphe. Alicia ne voudra jamais danser avec quelqu'un qui a une grosse trace de boue sur les pans de sa veste.

Adolphe fait deux tours complets sur lui-même pour tenter d'examiner la tache, aiguillonné par Peter qui lui dit qu'elle se trouve juste à l'endroit où il ne peut pas la voir. Hubert, curieux, vient décrire une orbite capricieuse autour de ce manège : système solaire détraqué. Dans un éclair de génie, Adolphe ôte sa veste et l'examine de près. À sa grande colère, il n'y trouve pas la moindre tache. Honteux, il remet sa veste en silence. Un instant plus tard, il redoute que ce petit jeu ait été un piège : pris de panique, il vérifie que son portefeuille est en place Il l'est. Tout va bien dans l'Empire.

Le trio approche assez du bal pour entendre glisser sur la détrempe immobile du mois de mai les bruits d'un village en fête. Une dernière fois, Peter taquine Adolphe en soulignant le pittoresque des gens du cru : beaucoup viennent seulement d'apprendre qu'un siècle nouveau a commencé quatorze ans plus tôt. Hubert fait une grimace qui accuse, chez ce garçon que l'on croirait atteint de progéria, les plis de sa peau de pachyderme. Les boucles de ses cheveux, son front tendu d'une tempe à l'autre, montrent combien l'innocence est proche de la violence.

– Luden, Luden. Brûlez tout et redistribuez les richesses.

– Une poignée de cendres chacun, hein Hubert ?

L'enfant-vieillard sourit ; un chiot que l'on caresse. Il repense à une remarque que le photographe a faite : tant que la politique ne sera pas une science, elle restera une boucherie. Mais le jeune homme fait erreur sur le sens de ces paroles ; il y voit une sanction. Pour la première fois, une tache de vin sur l'arête de son nez apparaît nettement.

Il redemande comment se prononce le mot russe « Soviet ». Il ne peut admettre que Peter (presque son frère) et Will le briquetier (presque son père) ne soient pas d'accord sur la prononciation de ce mot clé. Il est tiraillé entre ces deux autorités.

Les jeunes gens marchent en silence en repensant à l'instant de la photographie. Ils restent de l'un ou l'autre côté des ornières creusées par les roues des charrettes : les bords du chemin sont plus cléments à leurs chaussures. Ils décident de se cotiser, d'aller au rendez-vous du photographe le dimanche suivant et d'acheter le souvenir d'un monde qui ne survivra pas plus de trois mois.

Ils marchent en file indienne ; Peter a repris la tête. Adolphe cherche à donner une inclinaison à son chapeau tout en observant celui de son condisciple : un coup trop sobre, un coup trop canaille. Resté en arrière, Hubert dessine du bout de ses talons fatigués des drains et des terrassements dans les flaques d'eau.

Un observateur qui serait arrivé par l'ouest, dans la montée, et aurait aperçu le cortège sans se faire remarquer (là, trois personnages, tous en costume noir, marchent d'un pas lent dans un silence morose), aurait la très nette impression de voir un affluent qui s'en va grossir les eaux d'un fleuve funèbre, alors que la vérité est tout autre : trois jeunes gens sur une route boueuse s'en vont fêter l'arrivée du printemps.

Si proche maintenant, la musique qui sort du taillis où se cache le bal de mai provient sans équivoque d'une fanfare. Adolphe, vainqueur de la controverse, lance un regard plein de sous-entendus à Peter. Celui-ci, plus grand, plus massif, se détourne d'un air malicieux – profil perdu à l'arcade prononcée, au nez chevalin – et proteste :

– Nous ne sommes quand même pas à Vienne, Adolphe. Tu nous avais promis de nous emmener à Vienne.

Une grosse caisse suivie d'un tuba fracassant arrache Adolphe à sa marche somnambule. La violence du temps frappé réveille dans son esprit la vision déjà oubliée de la catastrophe aperçue derrière l'épaule du photographe. Adolphe s'arrête, un peu à l'écart du chemin, immobilisé par le choc du souvenir : une foule innombrable se presse tout au bord du cadre. Il la revoit, comme à l'instant de l'exposition ; scène de nuit dont les contours se lèvent dans l'éclair fugitif du phosphore.

Annonce d'une terrible naissance, suivie d'une seconde : obstétrique brutale. Il épousera Alicia, exercera son privilège militaire, mais il ne verra pas les moissons. Il rentrera après une longue absence et trouvera sa maison incendiée, ses albums de photos détruits. Avant qu'Adolphe n'ait la force de crier, cette image reproduite s'efface aussi vite que la vision originale. Il ne la reverra plus.

Dans les champs vides, Adolphe ne parvient plus à faire un seul pas en direction du bal tant la peur le paralyse. Il n'a même plus l'énergie de s'assurer que le voleur lui a laissé son portefeuille. Cette peur lui vient de nulle part ; d'un souvenir. Adolphe ne redoute ni la fin de l'ordre ancien, ni la perspective de sa propre mort prévisible, mais quelque chose de bien plus banal.

– Peter...

En tête du défilé, la silhouette arrogante à l'allure enjouée se fige elle aussi. Dans le ton que prend Adolphe, Peter perçoit une allusion à la vision partagée un instant plus tôt. Il espère que ce garçon bien comme il faut ne précisera pas davantage sa pensée. Il ferme les yeux :

– Hein ?

– Peter, est-ce qu'on va être blessés ?

Et voilà : la crise que Peter espérait éviter. Il rit et se met à marcher au pas de l'oie.

– Est-ce qu'on va se faire ouvrir en deux ?

Peter essaie encore de rire, mais il force sa voix. Il voudrait tant dire à ses futurs frères qu'il les aime, mais un comportement trop inhabituel ne ferait que les inquiéter. La peur s'en ira bientôt ; s'il prend patience et s'il fait l'idiot, il épargnera à ses compagnons ces effusions embarrassantes.

– Blessés ?

C'est Hubert qui parle. Debout dans une flaque, il a un lacet défait. À le voir ainsi, mélange d'innocence et de cruauté, on dirait tout à fait un saint de pierre taillé au mur d'une cathédrale du Nord. Saint patron des flaques de boue et de la complicité.

– Blessés, tu dis ? Et alors ?

Trois personnages marchent sur une route boueuse dans le soir qui approche, deux sont jeunes, l'autre d'un âge indéterminé. Le soleil s'attarde dans le ciel où il dépose en longs filaments une lumière pâle et incertaine. Le tissu noir des costumes se soulève aux épaules tandis que les marcheurs balancent les bras. Tous trois tiennent une canne, bien qu'aucun d'eux n'en ait besoin. Les cannes sont du dernier chic cette année, mais l'on dédaignera bientôt cet accessoire réservé aux boiteux et aux vieillards.

La musique du bal les a presque rattrapés. Le bal les a presque rattrapés. Le personnage en tête du cortège entraîne le défilé à sa suite. Il balance sa canne, enroule ses doigts autour d'un foulard sombre et incline crânement son chapeau. Il entraîne ses compagnons derrière lui avec une inquiétante bonne humeur.

Aux approches de la fête, la musique cesse. La fanfare fait une pause entre deux morceaux, à moins que les notes englouties ne se soient abîmées au fond d'un ravin caché, dans le paysage changeant du Westerwald. Une expression d'horreur mal dissimulée passe sur les trois visages puis se transforme en rire nerveux. Pour remplir le silence oppressant, pour consigner cet instant dans leur mémoire, celui qui est en tête du cortège se met à chanter :

– Carottes et oignons. Si ma mère m'avait servi plus souvent de la viande, je ne serais peut-être jamais parti.

Et puis, par association d'idées, un autre air :

– Tu es partie depuis si longtemps. Reviens-moi, reviens-moi, reviens-moi.

CHAPITRE 27

Arrivée au bal

> Pour percevoir l'aura d'un objet, nous cherchons par quel moyen investir celui-ci du pouvoir de nous regarder en retour.
>
> Walter Benjamin

Au fond de La Corbeille, assis dans un recoin sombre, Mays jeta sur la table ses rouleaux de pièces en espérant que l'établissement n'exigerait pas d'être payé en monnaie légale. Bien qu'il eût conservé son emploi, Peter n'avait pas les moyens de s'offrir un repas ici, et moins encore de distribuer des gratifications à la manière de Bullock. Il avait enveloppé dans du papier de soie trois *cents* à l'effigie de Ford et les avait donnés au fringant serveur qui l'avait accueilli puis conduit à sa place.

Mais quand l'homme en costume alla rejoindre son poste, le roulement du métal sur le sol de La Corbeille signala que le pourboire n'avait pas reçu l'approbation de son bénéficiaire. Celui-ci n'avait pas regardé les pièces d'assez près pour remarquer le défaut qui en faisait la valeur. Après tout, l'écart avec l'orignal était faible : seuls différaient le profil et la devise.

S'il envisageait de dépenser la monnaie de Ford, Mays eût été plus avisé d'aller en tirer profit dans la boutique d'un numismate installé non loin du quartier de la finance. Mais arrivé en ville, il s'était rendu tout droit de South Station au restaurant sans même s'arrêter chez lui pour déposer ses affaires. Trop pressé de retrouver la seule et ultime voie d'accès qui lui ouvrît encore un chemin vers le passé, il avait couru depuis le train jusqu'à La Corbeille avec armes et bagages.

Il jouait avec ses rouleaux de pièces quand un toussotement sec et discret vint le tirer de sa rêverie. Le maître d'hôtel, debout à côté de la table, lui présenta celle qui allait le servir : la dame du temps jadis qu'il préférait, après Bernhardt. Maintenant qu'il se trouvait face à Alison, Peter inclinait même à réviser ce classement. Faisant fi du protocole, il céda à l'envie qui s'était emparée de lui lors du premier dîner avec Bullock. Quand le barbon lui présenta Miss Stark, Mays lâcha d'un trait :

– Bien ravi de faire votre connaissance, ma mignonne.

Aucun des deux personnages costumés ne laissa tressaillir un seul de ses muscles. Alison, l'air absent, regardait la nappe qu'elle était en train d'étendre. Mays eut la désagréable sensation qu'elle ne le reconnaissait pas. Son visage était si parfaitement vide que Peter finit par se demander s'il correspondait bien à celui de la femme qu'il avait rencontrée à peine quelques jours plus tôt.

Plus il regardait, plus il voyait de différences entre la copie et l'original. Comme dans le jeu des Sept erreurs, deux images placées côte à côte, tout à fait identiques au premier regard, révèlent, après examen, qu'elles n'ont rien de commun.

En faisant entendre ce toussotement sec qui servait de préambule à chacune de ses actions, le maître d'hôtel se retira. Miss Stark, blanche comme l'albâtre, continuait de disposer les couverts. À l'instant où Mays allait se convaincre qu'il n'avait jamais vu cette femme auparavant, elle dit, avec un accent cockney forcé :

– Voyons voir : la fourchette à droite, le couteau et la cuiller à gauche ? Ou bien, est-ce que c'est le couteau à droite, la fourchette et la cuiller à... Oh et puis merde. Vous n'avez qu'à vous débrouiller tout seul, milord.

Un grand soulagement desserra soudain le cœur de Mays. Il ne voulut pas infliger à Alison d'affectueuses démonstrations en public et se contenta de la frôler un peu. Elle rit, repoussa l'attaque et continua de dresser la table.

– Alors te voilà riche ?

– En deux mots : pas vraiment.

Alison jugea cette révélation satisfaisante, voire amusante. Mais elle ne le regarda pas et ne ralentit pas non plus le rythme de ses préparatifs. Son visage avait retrouvé ses traits familiers. Comme chaque fois, lorsque qu'une sensation de bien-être l'envahissait, Mays, privé de toute souplesse, éprouvait d'insurmontables difficultés à s'exprimer.

– Alors... ça va ?

– Sous les draps ? Plutôt pas mal, j'espère que tu auras l'occasion de t'en rendre compte.

– Écoute. J'aimerais bien parler à ton ami Arkady. Une question à lui poser.

Comme au téléphone, lorsque le nom du vieil homme avait surgi dans la conversation, Alison marqua un temps d'arrêt. Mays, nerveux, essaya de se couvrir.

– C'est un homme... civilisé, tu ne crois pas ? Un homme... civilisé ?

Peter voulait dire « cultivé », « expérimenté » ou « connaisseur du monde », mais incapable de trouver parmi ces termes celui qu'il cherchait, il s'était rabattu par deux fois sur « civilisé », bien que ce choix le surprît lui-même. Il plongea la main dans son sac de voyage et en retira une feuille de papier épais, très abîmée et très ancienne. Il la déplia sur la nappe propre : trois jeunes hommes photographiés en train de marcher regardent quelque chose par-dessus leur épaule droite – un observateur remarquablement discret.

– Je voulais lui montrer ça.

Par le simple fait qu'il était déjà né à l'époque où elle avait été prise, Arkady pourrait peut-être expliquer à Mays ce que la photo signifiait. Pourtant, que pouvait lui apprendre sur cette image brute un Autrichien gâteux dont la raison vacillait ? Pas grand-chose. Mais sait-on jamais, il pourrait retrouver la date du cliché d'après la mode des costumes ou, par un hasard extraordinaire, identifier la région d'Europe que laissait voir l'arrière-plan indistinct.

Il n'y avait qu'une chance infime pour que M. Krakow, ou qui que ce soit d'autre, puisse fournir à Mays des renseignements nouveaux sur la photo. On pouvait retrouver l'origine d'un portrait à l'huile grâce à un style, une école, un mouvement, ou même grâce à la touche personnelle du peintre. Mais une photo, surtout aussi dépourvue d'artifice, avait pu être réalisée par n'importe quelle personne capable de s'offrir un appareil.

Toutefois, ce n'est pas le nom du photographe que Mays voulait apprendre d'Arkady. Cette information ne présentait qu'un intérêt clinique. Il n'éprouvait pas non plus le besoin de compléter la biographie succincte des trois sujets que sa mère lui avait déjà fournie. Il voulait seulement savoir ce que regardaient ces jeunes gens. Dès l'instant où il était tombé sur cette image dans l'aile est, Peter avait reconnu ce regard lointain : c'était l'œil englué et chassieux de Krakow, l'œil du passé qui dévisage le présent et le reconnaît.

Pour découvrir le souvenir pressant que le passé lui avait adressé, Mays avait suivi le cortège des Grandes Figures, celui de

Bernhardt et de Ford. Il avait été payé en petite monnaie, mais cela ne lui suffisait pas. Krakow représentait le dernier maillon qui rattachait encore Peter au passé de manière directe : un homme ordinaire qui regardait le présent sans pouvoir chasser la mémoire du Vieux Monde et de l'ordre ancien. Krakow pourrait lui dire ce que ces jeunes gens voyaient juste au-dessus de l'épaule du photographe.

Alison se pencha sur le cliché froissé. Cette femme qui n'avait vu aucune ressemblance entre Peter et Theo Langerson sur la photo de l'Héritier, posait maintenant d'elle-même le doigt sur le personnage au centre du défilé et disait :

– Tu es superbe en costume noir.

Elle raidit le haut de son corps et reprit les usages de la vieille Angleterre. Sur un tout autre ton, elle déclara :

– Il est mort la nuit où tu m'as appelée de l'Illinois.

L'espace d'un instant, Mays eut l'impression étrange qu'elle parlait encore du personnage au centre de la photo. Lorsqu'il comprit qu'elle ne faisait pas référence à son arrière-grand-père, mais au seul lien qui le rattachait aujourd'hui au regard insistant des trois fermiers, Peter fit silence : il ne voulait pas que des mots, choses si stupides, viennent entacher la disparition du vieil homme. Dans le silence, culpabilité, remords, soulagement, nostalgie et gratitude se ressemblent, nul ne peut faire la différence. Alison fit éclater le vide.

– Je suis sa seule bénéficiaire.

– Sa... ? Tu le savais ?

– Je suis tombée de la lune. C'est toujours ce fantasme au sujet de sa femme, cette histoire dont j'ai voulu que tu me tires le jour où je t'ai attrapé par la manche. C'est dingue Peter, il l'a même écrit dans son testament : « Je suis sain d'esprit. Je sais que Miss A. S. n'est pas mon épouse, mais la ressemblance est si parfaite... »

– Que je lui laisse tous mes biens ?

Alison ferma les yeux et fit oui de la tête. Mays, qui résista à l'envie de demander le montant de la somme, entendit la jeune femme murmurer :

– Ça ne va pas chercher bien loin. Il a dû faire un sacré trou dans ses rentes pour continuer à venir prendre ses repas ici, préserver l'éclat du Vieux Monde. Malgré tout, il y a de quoi me permettre de reprendre des études.

Peter saisit encore le poignet d'Alison, comme pour la retenir. Il imaginait le pire : elle allait l'abandonner. Tandis qu'il faisait une fixation maladive sur le passé, elle regardait vers l'avenir et possédait à présent les moyens de l'atteindre. Elle allait rafler le trésor du Temple (une formation technique) que Mays n'avait jamais approché qu'en dilettante.

Ceux qui pouvaient le ramener vers le passé étaient morts. Il était trop vieux pour se rééquiper et repartir vers l'avenir. Il ne souhaitait qu'une chose, mais avec une ardeur sans égale : goûter le présent et avoir le temps de faire connaissance avec la femme qui se trouvait devant lui. Mais elle allait partir. Peter s'obligea à réagir en adulte.

– L'informatique ?

Alison eut un rictus sardonique.

– Pour qui tu me prends ? Ça, c'était la semaine dernière. Je me suis dis que je pourrais étudier quelques langues étrangères, et puis voyager. Aller voir ce qu'il reste des endroits où le vieux a roulé sa bosse. C'est son argent après tout. Tu ne connaîtrais pas un bon chaperon ?

Le regard qu'elle adressa à Mays lui fit comprendre que tout le monde aurait sa chance, ou que la seule histoire qui vaille est celle que nous faisons aujourd'hui.

À l'autre bout de la salle, Peter vit se profiler la silhouette du maître d'hôtel qui tendait le cou dans leur direction, inquiet du retard d'Alison. Celle-ci dissipa les inquiétudes de Mays d'un geste qui signifiait que ce type pouvait aller cuire à petit feu dans la marmite du chef. Peter leva les yeux vers le visage de cette femme dont il essayait encore d'interpréter les traits. Krakow, le Viennois, y avait retrouvé la trace d'époques lointaines et perdues. Pourtant, ni la femme, ni la serveuse ne se remplaçaient l'une l'autre ; le vieil homme les avait posées côte à côte, variations sur un original introuvable.

C'était la seule explication au regard englué d'Arkady, à ces yeux que Mays avait remarqués lors de leur première rencontre. En Alison, Arkady avait découvert l'un de ces points de conjonction entre passé et présent, instant où les deux plans intersectés se juxtaposent pour évoquer au mieux les trois dimensions du modèle original, qui préexiste au négatif et se situe hors du temps. Il avait lu sur le visage d'Alison le message que le passé avait envoyé à son attention vers l'avenir, le souvenir de sa femme morte depuis longtemps – correspondance. Pas d'observation sans implication ; pas de fait sans interprétation.

Cette même conjonction, Mays le comprenait maintenant, attendait son heure derrière les regards pressants des fermiers sur leur route boueuse. C'est lui qu'ils observaient par-dessus l'épaule du photographe, et le prolongement de leur propre existence – visage de ce temps. Derrière la vision de la femme rousse aperçue dans le défilé des Anciens combattants se dissimulait encore cette même obsession : présence du passé, interférence de deux mondes juxtaposés. L'histoire décale légèrement la deuxième image, et la parallaxe combine le tout pour restituer le relief et la profondeur de l'original. En dehors de cet original, le seul possible, il n'existait pas d'autre bal que celui-là, un bal immobile.

Peter replia en quatre le cliché et d'un geste précis ramassa ses rouleaux de pièces, puis se dirigea vers la sortie de La Corbeille. Là, il fit une pause assez longue pour se rappeler qu'il avait oublié, sous l'effet puissant de sa découverte, quelque chose d'important. Il fixa la dame du temps jadis qui était restée, éberluée, au fond de la salle. D'une voix assez forte pour se faire entendre, il lui cria :

– Alors, est-ce qu'à la fin il repart avec la nana ?

À en juger par le silence pesant qui vint planer au-dessus des hommes d'affaires attablés et des gros actionnaires de Boston dont les regards perçants se détournèrent des boiseries et des nappes damassées, la réputation de l'établissement était à jamais compromise. Pourtant, le téléscripteur phosphorescent n'enregistra pas la moindre baisse à l'annonce de cette catastrophe. Le personnel était au bord de l'apoplexie, les yeux rivés sur Miss Stark. Elle restait muette.

– Quand est-ce qu'on largue les amarres ?

Peter hurla plus fort que la première fois. L'expression qui apparut sur le visage d'Alison laissait entendre qu'ils auraient tout le temps de voyager, un temps qui s'étirait à l'infini vers le passé et l'avenir.

Mays devait refaire l'expérience des conjonctions lorsqu'il arriva ce jour-là au *Micro Mag* pour découvrir que rien n'avait changé depuis son départ. Il poussa sous son bureau ses bagages qu'il n'avait toujours pas défaits, et se mit à l'ouvrage, mais il ne toucha pas à son article sur les accumulateurs, ni à aucun des travaux de correction dont le retard s'accroissait pourtant. Il rassembla ses maigres connaissances grammaticales et se mit à rédiger une lettre.

Il comptait sur le miracle de l'électronique pour en produire à la chaîne une centaine de copies qu'il enverrait à des célébrités, à des hommes d'Église, à ses relations de travail, même à des personnes piochées dans l'annuaire, et dans chacune il glisserait le tout premier Penny pour la Paix. Mais à quatorze heures, sa lettre se résumait encore à ces quelques lignes :

« Certains d'entre nous aimeraient s'associer pour empêcher nos petits gars de retourner dans les tranchées à Noël. »

Un quart d'heure plus tard, Brink, qui passait devant le bureau de Mays pour la troisième fois depuis son retour, s'arrêta après une hésitation. Elle fit un effort pour se contenir et dit :

– Peter, puis-je vous prier, la prochaine fois, de bien vouloir déposer vos jours de congé *avant* de les prendre ?

Il lui adressa un salut martial. Si les Japonais prenaient au sérieux cette fameuse guerre technologique, ils pourraient faire débarquer toute une armée d'occupation sans rencontrer de résistance. Au cours du menu bavardage qui suivit, Brink laissa échapper que Bullock l'avait quittée, et abandonné son travail pour fuir vers des contrées inconnues. On avait découvert, semblait-il, que les livres de compte d'une certaine Trans-Air Transport, société dans laquelle il avait poussé tous ses clients à investir massivement, étaient des chefs-d'œuvre d'invention littéraire.

Mays s'excusa, bien qu'il fût presque certain de n'être pas fautif. Brink, imperturbable, jamais bien loin de la lisière continue du bonheur accordé à ceux qui sont nés dans leur élément, retourna à ses occupations.

Dûment informé du retour d'un corps chaud à harceler, le grand Delaney, espèce d'oiseau coureur de forme ovoïde et vêtu d'un gilet, surgit comme une trombe en faisant voler des papiers qui allèrent recouvrir plus qu'à moitié la table de Mays. Peter se prépara au pire. Mais au lieu de faire son inévitable numéro de music-hall, Dougo se contenta d'inspecter les affaires de son collègue. Tombé sur une des pièces commémoratives, il l'examina d'un air soupçonneux, puis donna un coup violent sur le bureau du plat de la main, comme un candidat à un jeu télévisé, qui enfonce son poussoir.

– Henry Ford !

Il imita le son d'un gong, puis empocha la pièce comme s'il s'agissait d'un prix.

– Et ces trois péquenauds...

Il prit la photo posée sur la table de Mays, autel réservé d'ordinaire aux morts et aux membres de la famille proche.

– ... c'est Staline, Churchill et Roosevelt à la conférence de Yalta.

Un bruissement de feuilles provint de la barricade de plantes qui enserrait le bureau de Moseley et, par une brèche dans la frondaison, ce spécimen rare jeta un regard furtif. Tout autour de lui – ici, à portée de main, ou bien à l'autre bout de la ville, à La Corbeille, et même sur une route boueuse très lointaine, aux confins d'une décennie qui ne s'ouvrirait plus jamais, sauf aux sels d'argent d'une épreuve bon marché et facile à obtenir – Mays découvrait cette quantité insaisissable, universelle et têtue, cette quantité qui a toujours besoin d'une aide extérieure : son Semblable.

TABLE

REMERCIEMENTS DU TRADUCTEUR

J'offre ce travail à ma mère qui me donne tant, et à ma grand-mère, en souvenir des identités remarquables.

Mes remerciements vont à Marc Chénetier sans qui je n'aurais pas eu l'idée de cette traduction, à Arnaud Hofmarcher pour la confiance qu'il m'a accordée, à Richard Powers pour sa patience et ses précieux conseils, à Claro et Aurélia Lenoir pour leur relecture, et à tous ceux, enfin, qui m'ont apporté leur aide et leur soutien.

Collection LOT 49
dirigée par Claro & Hofmarcher

Dès les années soixante, la fiction américaine a vu ses formes et son écriture prendre des chemins et se lancer des défis pour le moins singuliers. Des écrivains aussi différents que William Gaddis, Thomas Pynchon, William Burroughs, etc., ont bâti alors des œuvres souvent ambitieuses, parfois monstrueuses, toujours dérangeantes et jubilatoires. Qu'en est-il aujourd'hui de cette explosion novatrice ?

La collection LOT 49 – ainsi baptisée en hommage au roman de Pynchon, *Vente à la criée du Lot 49* – a pour ambition de publier les écrivains d'aujourd'hui qui, complices ou héritiers de cet âge d'or, bouleversent à leur tour la donne du langage et l'équilibre chimiquement instable de la narration – sans oublier certains de leurs précurseurs injustement négligés.

Souhaitant laisser le « champ libre » à ces nouveaux iconoclastes, LOT 49 se voudrait, à raison de quatre ou cinq textes par an, le vivier chahuteur de ces futures « baleines blanches » de la fiction contemporaine de langue anglaise.

À PARAÎTRE EN LOT 49

MARK LEYNER, *Mégalomachine*
(traduction : Claro)

Jouant avec les formes comme les facettes d'un Rubik's Cube, Leyner se (dé)met en scène dans cette farce érotico-médiatique, portée par une prose-amphétamine aussi jubilatoire qu'étourdissante. L'accoutumance est grave et immédiate.

« Leyner est un magicien tordu, un virutose du mélange des genres. » Jay McInnerney

BRIAN EVENSON, *La Confrérie des mutilés*
(traduction : Françoise Smith/Illustrations de Tomi Ungerer)

Après avoir eu la main tranchée au cours d'une agression, Kline, un détective privé, se retrouve embarqué malgré lui dans une société secrète composée de mutilés volontaires. Un conte dérangeant dans la lignée de Chesterton et Borgès.

« Une œuvre qui hante le lecteur bien après qu'il a tourné la dernière page, comme un écrit ancien ou un crime réel. » Rick Moody

Tom Robbins, *Villa Incognito*
(traduction : Jean-Luc Piningre)

Huitième roman de Robbins, *Villa Incognito* est apparu sur les listes des Best-Sellers dès sa sortie aux États-Unis. Virtuose et profond, toujours jubilatoire, moins « politiquement correct » que jamais, Tom Robbins s'attaque une fois de plus au puritanisme, au moralisme et au capitalisme ambiant.

« L'écrivain le plus dangereux du monde. » Il Corriere della serra

Ben Marcus, *Très Remarquables Américaines*
(traduction : Claro)

Ce roman surprenant peut difficilement être tenu pour un éloge de la famille américaine ni pour une ode aux vertus de la conformité et de l'uniformité. C'est plutôt le récit d'une mort annoncée du langage, et de sa renaissance sous forme d'objets aussi hétéroclites qu'inquiétants.

« Un des proses les plus époustouflantes que j'aie lue depuis longtemps. »
Rick Moody

« Comment peut-on croire à un seul mot sorti du cœur pourri de Ben Marcus ? » Michael Marcus, père de Ben Marcus

Richard Powers, *Le Passage des ombres*
(traduction : Jean-Yves Pellegrin)

D'un côté, une jeune artiste travaillant à un projet de réalité virtuelle nommé La Caverne, une pièce aux murs vierges, susceptible, grâce aux miracles de la technologie, de se transformer instantanément en l'environnement souhaité par ses visiteurs.

De l'autre, un universitaire tenu en otage par des fondamentalistes musulmans, seul dans une pièce, plongé dans l'obscurité, avec pour seuls « compagnons » sa mémoire et son imagination.

Powers aborde dans cette œuvre maîtresse le scénario virtuel du monde contemporain, en précisant les nouveaux enjeux de l'art, du réel et de leur manipulation politique.

« Richard Powers est une sorte de génie, avec cette caractéristique remarquable que d'ordinaire les génies font de mauvais romanciers, ce qui est loin d'être son cas. » Jim Grace

William H. Gass, *Le Tunnel*
(traduction : Claro)

Gass a mis trente ans à écrire ce roman hors du commun. Récit d'une vie minée par le ressentiment, hantée par l'ombre du nazisme, brisée par les passions : « infâme » plus que « divine » comédie d'un siècle épris de haine ; chant funèbre et guerrier ; tombeau nostalgique et farce magnifique : *Le Tunnel* est tout cela et bien plus encore : le trou que creuse l'auteur dans l'esprit du lecteur, afin d'en extraire cette pépite d'abjection qu'est « le fascisme du cœur ».

« Le Tunnel *est de toute évidence l'un des plus grands romans du* XXe *siècle, à classer d'emblée aux côtés des chef-d'œuvres de Proust, Joyce et Musil.* » Steven Moore

Mise en pages par DV Arts Graphiques à Chartres
Imprimé en France par la Société Nouvelle Firmin-Didot
Dépôt légal : avril 2004
N° d'édition : 227 – N° d'impression : 67230
ISBN 2-74910-227-8